古典文獻研究輯刊

六 編

潘美月・杜潔祥 主編

第 11 冊

陳奐之《詩經》訓詁研究

林慧修 著

國家圖書館出版品預行編目資料

陳奐之《詩經》訓詁研究／林慧修 著 — 初版 — 台北縣永和市：
花木蘭文化出版社，2008〔民 97〕

序 2+ 目 4+306 面；19×26 公分
（古典文獻研究輯刊 六編；第 11 冊）

ISBN：978-986-6657-09-2（精裝）
1.陳奐之 2.詩經 3.訓詁 4.學術思想 5.研究考訂

831.18   97000969

ISBN 978-986-6657-09-2

古典文獻研究輯刊
六 編 第十一冊   ISBN：978-986-6657-09-2

陳奐之《詩經》訓詁研究

作　　者　林慧修
主　　編　潘美月　杜潔祥
企劃出版　北京大學文化資源研究中心
出　　版　花木蘭文化出版社
發 行 所　花木蘭文化出版社
發 行 人　高小娟
聯絡地址　台北縣永和市中正路五九五號七樓之三
　　　　　電話：02-2923-1455／傳真：02-2923-1452
電子信箱　sut81518@ms59.hinet.net
初　　版　2008 年 3 月
定　　價　六編 30 冊（精裝）新台幣 46,500 元

陳奐之《詩經》訓詁研究

林慧修　著

作者簡介

林慧修（laura277@ms51.hinet.net）

1979 年生於屏東縣，主修訓詁學，2007 年以「陳奐之《詩經》訓詁研究」論文，獲世新大學文學碩士學位。現任台北縣海山高級中學國中部國文代課教師。曾發表單篇論文：〈俞樾《古書疑義舉例》在語文學研究上的意義〉、〈陳奐之「假借」說試探〉。

提　　要

　　本文試圖探究陳奐在《詩經》方面的訓詁成就，期能就中發現清代以訓詁治經，至陳奐之《詩毛氏傳疏》以訓詁注解《經》、《傳》之發展。

　　陳奐從嘉慶十七年（1812）至道光二十七年（1847）歷經三十多年而著成《詩毛氏傳疏》一書。此時期的疏作，已經破除「疏不破注」的傳統，但陳氏《傳疏》仍堅守《傳》說，以恢復毛《傳》舊觀、梳理《傳》義為要務，在清代「新疏」的潮流下，陳書與胡承珙《毛詩後箋》、馬瑞辰《毛詩傳箋通釋》因治學態度均傾向復古，在撰著體例上也選擇「疏」體，使他們的著作成為清代中期《詩經》復古的重要著作。

　　雖說陳奐是以訓詁梳理《傳》義，但因篤守《傳》說，故所事之訓詁採以「經學」的角度進行分析。所以陳氏的訓詁，是在遵從《傳》說的原則下進行，《傳》義對陳氏而言相當於「古義」，對於訓解《傳》義也多徵引西漢前人之說，《傳》說對陳氏而言具有絕對的優越性。正緣此，陳奐雖承自段、王二氏宗法甚多，但若當二氏《傳》說衝突時，則多為調停之說，甚或曲從《傳》說。

　　大體來說，陳奐《傳疏》雖有因為「墨守」而致誤的情形，但也因為他致力於訓解毛《傳》，所以除了仿照《爾雅》作《毛詩說》、《毛詩傳義類》，將毛《傳》訓義及訓例都整理出來外，也對於《經》、《傳》文字進行校勘，不但奠定《傳疏》在毛《傳》詮釋學上的地位，也成就該書在毛《傳》校勘學上的特殊價值。至於陳奐疏通毛《傳》之法，不論是「因聲求義」或是「歸納互證、闡發義例」，均可看出陳氏上承段、王二家，下開俞樾的情形。陳氏高足俞樾，能不囿於一書，擴大研究古人、古書的行文習慣，撰成《古書疑義舉例》一書，開啟文法一門的研究，故陳氏在毛《傳》上的研究成果，實在學術史上，具有上承前人，下啟後學的傳承意義。

目

次

自　序

　　漢人重訓詁，宋人重義理，宋人雖亦不廢訓詁，然與漢人之精神已殊異。有清一代，遙承漢人實事求是之精神，重語言文字之學，至於乾嘉而極於顛峰，段玉裁與王氏父子爲其中之代表性人物。

　　段、王同師承戴震，陳奐又承自段、王，並下傳俞樾，爲段、王一脈之中堅，所撰《詩毛氏傳疏》，梁啓超在《中國近三百年學術史》一書中認爲是清代「疏體模範」，更在所列清人「新十三經注疏」《詩經》部分，特爲標舉說：「碩甫『畢生思慮，會萃於茲』（自序語），其價值與毛《詩》同懸天壤，可斷言也。」足見陳氏在新疏上之重大成就。

　　陳奐之《詩經》訓詁研究，有《毛詩音》、《毛詩說》、《毛詩傳義類》、《鄭氏箋考徵》、《詩毛氏傳疏》等書，而《詩毛氏傳疏》實集其大成。陳氏於《詩經》訓詁，善汲取段、王二家之訓詁方法及研究成果，又自具特色，其最大特色在以經學訓詁之立場，篤守毛《傳》，並忠實梳理《傳》義，其《詩經》研究之積極意義與價值在此，是清代《詩經》復古派之重要代表人物，《詩毛氏傳疏》一書，於清代《詩經》學史中實具特殊之學術地位。

　　筆者既就讀世新大學中國文學系碩士班，蒙洪國樑師不棄，允任論文指導教授，並同意以「陳奐之《詩經》訓詁研究」爲題撰寫碩士論文。九十六年七月，獲文學碩士學位，承口試委員蔣秋華教授、張寶三教授多所指正，並予嘉勉。十二月，蒙臺灣大學潘美月教授推薦，於花木蘭出版社所編之《古典文獻研究輯刊》中出版，俾得就教於方家。

　　本論文撰寫期間，指導教授洪國樑師雖肩負繁重行政工作，對我仍不時諄諄誘掖，論文草成，更承仔細審閱，多所斧正；美盈學妹於旁聽洪師課程之便，多次倩其轉交論文稿件，往返於筆者與洪師之間；徐士賢師、筆者家人及所有關心我之友人，均予我默默支持，予我情感慰藉，漫漫苦心極慮之撰作歷程，幸有諸多「惠而好我」者不棄相伴，爲我最大之精神支柱；蔣秋華教授、張寶三教授於本論文之匡正，潘美月教授之推薦出版，均於此謹致謝忱。

第一章 緒 論

　　《詩經》的研究，最早可推至孔子對《詩經》的整理、編訂，自是之後，相關的研究不輟，每個學者對《詩經》的研究主軸，都深受個人的學習歷程或是大時代的學術環境影響，而呈現不同的主體性。在陳奐《詩經》方面的研究，除受師長及其周圍學人的啓發外，亦是整個清代《詩經》學研究趨向的反映。《詩經》學於歷代發展各異。清初，一群經過政局動盪不安的明末學者，深感導正當前空虛浮靡學風的重要性，因此，如顧炎武、王夫之、黃宗羲等人，開始於故紙堆中，用新的方法、思維，進行經學的整理，《詩經》亦在其列。此時《詩經》學著作雖傾向漢宋兼採，但在清中葉，《詩義折中》面世後，則以漢學爲主，使《詩經》研究逐漸趨向復古之路，又因此時期學者善以科學的方法治學，文字、聲韻、訓詁之學邁越前古，使得《詩經》研究亦蔚爲一時顯學。而胡承珙《毛詩後箋》、陳奐《詩毛氏傳疏》（以下簡稱《傳疏》）、馬瑞辰《毛詩傳箋通釋》，爲清代中期《詩經》復古的重要著作，也是乾嘉學派導向復古漢學的代表。除了學者的治學態度傾向復古外，在撰述體例上，也多選擇「疏」體，後人故將六朝至唐所撰著的疏作簡稱作「舊疏」，清代的疏作則別稱作「新疏」。然既有「舊疏」，豈需另創「新疏」？必定是舊疏有不盡愜人之處。陳奐的時代正處於「新疏」盛行之際，而由當時各經的新疏看來，似乎均爲不滿「各經《疏》、《正義》僅宗守傳注一家之說」、「未能兼綜博采」而作，於是「相要各執一經，別爲之『正義』」，目的除了「貫串古今異同」外，也希望能破除「孔、賈藩籬」、「徐、楊之門戶」，〔註 1〕而孫詒讓更指出新疏出現的意義在於「發鄭《注》之淵奧，裨賈《疏》之疑闕」，〔註 2〕

〔註 1〕參見〔清〕黃承吉《孟子正義·序》，收入黃承吉：《夢陔堂文集》（臺北：文海出版社，1967 年 5 月，臺初版），卷 5，頁 113。
〔註 2〕參見〔清〕孫詒讓《周禮正義·自序》，收入王雲五主編：《國學基本叢書》（臺北：

可見當時學術興起一股「新疏」熱潮，而此時期的疏作不但破除「《疏》不破《注》」的傳統，更希望就此勘正舊疏之誤。陳奐之撰作《傳疏》，除是承繼乾嘉以來爲群經撰著新疏的學術脈絡外，〔註3〕應也是不滿前人「不分時代」及「不尙專修」之失。所謂「不分時代」，指的是說《詩》者兼習毛、鄭，將先出的毛《詩》與後出的三家《詩》混爲一談，此如鄭《箋》雜以三家說而申毛、補毛、改毛。所謂「不尙專修」，是指不明家法，誤合毛、鄭，此如孔氏《正義》具疏《傳》、《箋》，合毛、鄭爲一家之書，此亦《正義》與《傳疏》之別。〔註4〕「不分時代」及「不尙專修」，陳奐認爲均是混亂家法，破壞其內部學說的一致性，湮沒詩人本志，因而別立「新疏」。

新疏的作者，往往本實事求是的精神而「兼綜博采」，免囿一家之說，此宗旨似與陳氏《傳疏》推宗毛《傳》，即使是遭受「墨守之譏」亦所不辭，有所異趣。所以陳書在當時的學風中，雖屬特例，但治學的態度卻是一致的，亦是博采今故眾說，以證成《傳》義，採用「疏」體以疏通《經》、《傳》，尤其是《經》、《傳》的語言。陳氏在這樣的學術氛圍下，除繼承皖派考證學風外，並從段、王二氏家法，進行毛《傳》語言的釋義、校正等方面的疏證工作，由此締造陳氏細膩的訓詁成就。

陳奐的學術，近年來已漸受重視，相關論題的研究不輟，茲就所見略述如下：

一、以陳奐爲研究主體之學位論文

有柳向春之博士論文《陳奐交遊研究》〔註5〕及蘇瑞琴之碩士論文《陳奐詩毛氏傳疏淺析》〔註6〕。

柳著對陳奐生平、家世、交遊、著作及其交遊與其《詩經》研究的關係，均作詳細的探討，有助於了解陳奐交遊，及其交遊所予陳奐學術的影響。蘇著是以陳奐《傳疏》之訓詁、校勘作爲論文探討的核心，對於《傳疏》的條例有所歸納，但在內容的闡釋上仍顯不足，往往僅指出現象，而未說明意義。本論文於蘇著之闕如處多所著力。

商務印書館，1967 年 3 月，臺 1 版），頁 6。以下凡引及此書，只註明頁數，其餘從略。

〔註 3〕關於清代「新疏」的撰著原因及相關問題，可參見張素卿：《清代漢學與左傳學——從「古義」到「新疏」的脈絡》（臺北：里仁書局），2007 年 3 月 15 日，初版。

〔註 4〕陳奐：《詩毛氏傳疏》（臺北：臺灣學生書局，1986 年 10 月，初版 7 刷），〈敘錄〉，頁 3～4。以下凡引及此書，只註明頁數，其餘從略。

〔註 5〕柳向春：《陳奐交遊研究》，復旦大學博士論文，2005 年。

〔註 6〕蘇瑞琴：《陳奐詩毛氏傳疏淺析》，陝西師範大學碩士論文，2005 年。

二、以陳奐及他家合論之學位論文

有陳智賢之博士論文《清儒以說文釋詩之研究：以段玉裁、馬瑞辰、陳奐之著作爲依據》〔註7〕、邱惠芬之博士論文《胡承珙、馬瑞辰、陳奐三家詩經學研究》〔註8〕及張政偉之碩士論文《戴震、段玉裁、陳奐〈周南〉、〈召南〉論述辨異》〔註9〕。

陳著是以陳奐及他家著作，作爲解釋清儒以《說文》釋《詩》的依據，雖然對於《傳疏》的特色、陳奐與段玉裁治學方式之承襲及胡承珙解《詩》立場、態度之異同均有述及，但陳著主要是探討「清儒以《說文》釋《詩》」，所以仍以陳奐如何以《說文》解《詩》爲撰述重點。另二論著則以經學史的角度，探討陳奐與他家之關係。邱著旨在研究陳奐與另二位清初《詩經》復古大家在解《詩》理論與方法上的異同，及三人對《詩經》學發展的影響。張著以〈周南〉、〈召南〉對戴、段、陳三氏之《詩經》理論進行直線式的研究，其結論推翻了學術史上對於戴、段、陳三氏因師承關係而有《詩經》學上的傳承關係之一般認知，此說法促使研究者對此論點的重新思考。這三本論著均涉及陳奐解《詩》的探討，但對於陳奐《詩經》訓詁方面的研究則較少論述。

三、單篇論文

（一）綜論生平及學術者

有山本正一著〈陳碩甫小論〉（李寅生譯，收入林慶彰、楊晉龍主編《陳奐研究論集》）、楊向奎〈陳奐南園學案〉（收入林慶彰、楊晉龍主編《陳奐研究論集》）、柳向春〈陳奐著述概述〉、〈陳奐之生平及交遊大略〉（二文均附於柳著博士論文《陳奐交遊研究》中）。

〈陳碩甫小論〉一文除了對陳奐的生平有簡略的介紹外，對於陳氏的學術傾向與發展也都有粗淺的說明，有裨於認識陳奐的學術梗概。楊文則指出《傳疏》中，「關於禮數名物，可供考處甚多」，故認爲陳氏於此書「一方面提供有用史料，一方面可以啓發我們作深入的研究」。但楊氏主要是利用實例比對陳氏所解與其他同時或後來名家所論，如與孫詒讓《周禮正義》論「呂同於旅，而旅爲地祭」之說，認爲孫氏所論「更爲詳贍」，以爲陳氏學識不如同時或後來的名家，可知本文的論旨

〔註7〕陳智賢：《清儒以說文釋詩之研究：以段玉裁、馬瑞辰、陳奐之著作爲依據》，國立政治大學博士論文，1996年。
〔註8〕邱惠芬：《胡承珙、馬瑞辰、陳奐三家詩經學研究》，國立臺灣師範大學博士論文，2002年。
〔註9〕張政偉：《戴震、段玉裁、陳奐〈周南〉、〈召南〉論述辨異》，暨南大學碩士論文，2001年。

僅提供一思考方向而已，至於其說是否正確，仍有商榷之餘地。

（二）綜論經學者

有濱久雄著〈陳奐的經學思想〉（李寅生譯）、林葉蓮〈陳奐的《詩經》學〉（二文均收入林慶彰、楊晉龍主編《陳奐研究論集》）。

其中〈陳奐的經學思想〉一文藉介紹陳奐撰著《傳疏》及《公羊逸禮考徵》的方法和內容，說明陳奐的經學思想。以陳奐的交遊及太平天國之時代背景，說明陳奐學術的形成，也說明陳奐的學脈系統對於他在經學思想上的表現之影響。林著〈陳奐的《詩經》學〉一文指出「清代漢學家之《詩經》學，至陳奐《詩毛氏傳疏》，集其大成。」並從《傳疏》末附之《釋毛詩音》、《毛詩說》、《毛詩傳義類》及《鄭氏箋攷徵》探討陳氏學說。文中雖依陳氏書中之標題論述，可能是篇幅所限，未能進行較爲深入的研究，但卻爲後輩研究者開啓陳氏相關學說的研究視角。

（三）《傳疏》相關探討

1. 闡述《傳疏》者，有蔣見元、朱杰人〈《詩毛氏傳疏》解題〉、眭駿〈《詩毛氏傳疏》提要〉、田漢雲〈陳奐與《詩毛氏傳疏》〉、滕智賢〈陳奐與《詩毛氏傳疏》芻論〉、種村和史〈陳奐《詩毛氏傳疏》的特質〉（連清吉譯）、林慶彰〈《詩毛氏傳疏》的訓釋方法〉（上述諸篇論文均收入林慶彰、楊晉龍主編《陳奐研究論集》中）。

上述諸文多是對陳奐撰著《傳疏》的態度、立場以及方法，作概論性的敘述，尚留下許多仍待深入探討的空間。

2. 發明陳奐校勘者，如滕智賢〈試論陳奐對《毛詩》的校勘〉、滕智賢〈陳奐的校勘〉（二文均收入林慶彰、楊晉龍主編《陳奐研究論集》）。

滕氏應是現今學者中給予陳氏在毛《詩》《經》、《傳》上校勘最多注意的學者，文章中不但對比陳氏與顧廣圻因不同的校勘方式因而產生不同的校勘表現，並對《傳疏》與段玉裁《小箋》進行的承襲痕跡作粗淺的比較，由文中亦見滕氏對於陳氏的校勘成果給予極高的肯定。但因陳氏多採理校，論證結果難免有疏，滕氏也略舉二例說明其誤校之處。滕氏雖然對於陳氏的校勘有了專門的研究，但因篇幅所限，尚不能對陳奐的校勘做全面而深入的介紹，然其研究方向與成果，則開啓後來研究者思考的路徑。

3. 發明陳奐「假借」理論者，有拙著〈陳奐之「假借」說試探〉。〔註10〕本文是利用陳奐在《傳疏》中所指陳的語言現象，試圖說明陳奐的假借理論。

4. 駁難陳奐訓釋者，有江慎中〈陳碩甫〈東門之楊·疏〉駁義〉（收入林慶彰、

〔註10〕林慧修：〈陳奐之「假借」說試探〉，《世新中文研究集刊》，第 2 期，2006 年 5 月。

楊晉龍主編《陳奐研究論集》）。

　　此文對陳奐《傳疏》於〈東門之楊〉一詩之闡釋，力申毛義，以爲陳說多牽強，不足難鄭。由江氏的研究中亦可見陳氏《傳疏》的立場與侷限。

（四）音韻方面的相關著作

　　有臼田眞佐子〈《說文部目分韻》考〉（李寅生譯）。〔註11〕《說文部目分韻》一書是陳奐從段玉裁學《說文》時，受段氏指示而作。福田襄之介的《中國字書研究》將此書列爲「《說文》部目研究書」之一，其重要性可見一斑。此文對《部目》分韻與《廣韻》、《集韻》的關係，經比對後，以爲《部目》以《五音韻譜》爲原型，其韻目是以《廣韻》爲依據。此研究應可引發研究者對於陳奐在《說文》學或音韻學發展上的注意。

（五）陳奐與他家解《詩》比較

　　有黃忠愼〈清代中葉《毛詩》學三大家解詩之歧異—以對〈詩序〉、《毛傳》、《鄭箋》的依違爲考察基點〉、〔註12〕郭全芝〈胡承珙與陳奐《詩》訓異同〉、〔註13〕洪文婷〈陳奐《詩毛氏傳疏》之解經立場與原則—由胡承珙、馬瑞辰、陳啓源、陳奐說《詩》之比較談起〉。〔註14〕

　　黃文是基於至 1993 年止，關於胡、馬、陳三家學術異同比較的著作付之闕如，故欲比較同爲清中葉毛《詩》學三大名家之解經異同爲何？這些解經差異在經學史上有何意義？黃氏於文中所論，雖因篇幅所限無法深入探討，但他對於三家在經學史上的意義，除考量梁啓超的「新疏」說外，也同時思考清代「漢學」與「宋學」、「古文」與「今文」之間的糾纏，及三人在毛《詩》學著作上的影響，這些論點有助於後學進行更爲深入的研究，是一篇具有啓發性的文章。

　　綜觀上述所論，可窺知現今學術界對於陳奐學術的研究概況，其中以單篇文章爲多，因受篇幅限制，而無法針對論題進行深入的剖析、探討。儘管如此，這些論文所述及之觀點，卻提供日後研究者思考的方向。另外，由上述文章的分類，亦可見學人對於陳奐的討論，較多是落在經學史或個人學術的探討，僅少對陳奐的訓釋

〔註11〕林慶彰、楊晉龍主編：《陳奐研究論集》（臺北：中央研究院中國文哲所籌備處，2002年 3 月，初版 2 刷）。以下凡引及此書，只註明頁數，其餘從略。

〔註12〕黃忠愼〈清代中葉《毛詩》學三大家解詩之歧異——以對〈詩序〉、《毛傳》、《鄭箋》的依違爲考察基點〉，《國文學誌》，第 6 期，2002 年 12 月。

〔註13〕郭全芝〈胡承珙與陳奐《詩》訓異同〉，收入林慶彰主編：《經學研究論叢》（臺北：臺灣學生書局，2000 年 9 月，初版），第 8 輯，頁 173～192。

〔註14〕洪文婷〈陳奐《詩毛氏傳疏》之解經立場與原則——由胡承珙、馬瑞辰、陳啓源、陳奐說《詩》之比較談起〉，《中國文學研究》，第 22 期，2006 年，6 月。

或訓詁多所措意，對陳奐《詩經》訓詁方面的專門研究，寥寥可數。「訓詁」應是《傳疏》一書的重要特色，筆者不揣淺陋，有志在前輩學者的研究基礎上，就此作深入探討。

本書共分六章，第一章將探討陳奐撰著《傳疏》的契機，並探討是書的成書歷程，以見陳氏著成是書的背景。第二章將討論陳奐解《詩》對於今、古《詩》說的抉擇，見陳氏以古義為尊的解《詩》立場。第三章除說明陳奐承段氏《毛詩故訓傳定本小箋》所作的校勘外，更析論陳氏善用皖派學風進行毛《詩》經、《傳》的校正，其中多有勝於段氏者，使毛《詩》經、《傳》的校勘工作達到極致。以下則續論陳奐疏通毛《傳》的方法，並以其疏通鈐鍵作為劃分標準。第四章以「音」為主，主要討論的有假借和連縣字；第五章則以「義」為主，主要是探討語詞的訓釋；而此二章亦可見陳氏精深的訓詁功力，及其闡發毛《傳》的匠心。第六章除總結全文要義之外，也將試論陳奐《傳疏》在學術上的特殊意義。

第一章分兩節，第一節將試論陳氏的學思歷程所展現的學術性格，第二節談陳奐《傳疏》成書的相關問題，藉以概括出陳氏《詩經》學的輪廓。

第一節　由學思歷程看陳奐之學術性格

陳奐，字倬雲，別號碩甫（又作碩父、石父），又號師竹，晚號南園老人，為蘇州府長洲學附貢。生於乾隆五十一年（1786），歿於同治二年（1863），享年七十八歲。曾祖父名玉朝，字藎卿，號璞完，原與兄朝璽共居崇明，後移居南門。祖父名浩，字嶧山，號瀾平，為玉朝季子；官至京師兵馬司正指揮，後以母老歸海門，復徙蘇州南園掃葉山莊薛一瓢徵君之故宅。父名鎮，號丈芸，世稱丈芸先生，為陳浩長子。娶趙氏，生三子，伯名烜，字尊湖；季名煌，字莘耕；陳奐為仲，後與顧濂從侄竹海公之女琴芝聯姻，其子珽，後與顧家的顧書紳之次女結婚，夫人與其子均先奐而卒。〔註15〕

一、陳奐之治學經歷

對陳奐治學產生重大影響的，主要是啟蒙時期的諸師長、學術奠基期的良師——江沅、段玉裁，及段氏歿後而交游的王氏父子、《傳疏》成書期的胡承珙、汪遠孫兄

〔註15〕參見陳奐《師友淵源記》，收入周駿富輯：《清代傳記叢刊·學林類·思舊錄等六種》（臺北：明文書局，1985年，初版）。管慶祺：〈徵君陳先生年譜〉、山本正一著、李寅生譯：〈陳碩甫年譜〉，收入《陳奐研究論文集》，同注12。

弟等師友。以下將依陳氏求學的歷程，及與諸友人交往的先後爲敘述脈絡，以見陳氏的治學歷程及其治學方法。

（一）陳奐學術之啟蒙期

陳奐四歲始入私塾，受學於顧濂，〔註16〕陳氏於《師友淵源記》中，特稱顧氏爲「發蒙師」。〔註17〕另，顧桐、〔註18〕司馬錫朋、〔註19〕陳兆熊、〔註20〕顧光照、〔註21〕楊德墉〔註22〕等師長，對陳奐在各方面的學習亦多所啓發，爲陳氏幼年至少年時期重要的學習導師。陳奐於《師友淵源記》中曾述其得讀書門徑的過程說：

> 師（楊德墉）慣作典制八股文，凡上陳徐氏乾學《讀禮通考》、秦氏蕙田《五禮通考》二書，摘備要領，自有課程。然而不許學徒觀習者，恐窒礙其文辭也。奐每伺師解館，竊過錄之，及回館，放置几案，師若弗知也。
>
> 癸亥至己巳，共七年，奐得漸知讀書門徑者，實權輿於此。（頁71）

楊德墉所授門徒者爲文章制藝，而自己所勤讀的卻是《讀禮通考》、《五禮通考》二書，且「摘備要領，自有課程」，但因怕妨礙生徒對文章制藝的學習，所以不許門生觀習。陳氏或許是好奇心使然，也或許是對學習的渴望，竟暗自過錄其師所記二書「要領」，七年的勤勉不懈，使他因此而掌握讀書門徑。我們從《傳疏》中，看到陳氏考論禮制的淹貫周詳，實非偶然。所以楊德墉的這種「不教之教」，反使陳氏因而走上訓詁、考據之路，而張星鑑亦說：「先生……少從書塾中見《五禮通考》，好其書，摘錄之，先生之學實基於此。」〔註23〕即是此意。

（二）陳奐學術之奠基期

1. 江　沅

庚午年，陳奐二十五歲，既從江沅（字子蘭）治校讎之學，且學有所成，深得

〔註16〕顧濂，字殿德，爲江蘇金匱庠生，爲奐私塾蒙師，且許與從侄竹海公之女琴芝締姻。

〔註17〕陳奐《師友淵源記》，收入周駿富輯：《清代傳記叢刊・學林類・思舊錄等六種》（臺北：明文書局，1985年，初版），頁68。以下凡引及此書，只註明頁數，其餘從略。

〔註18〕顧桐，字響山，授奐四子書、《易》、《書》、《詩》、《禮記》，及先儒讀書法。（同注17，頁69）

〔註19〕司馬錫朋，字賓湄，授《周官》、《左氏傳》（遵用胡安定本），其破蒙熟之論，以爲二經學生必讀。（同注17，頁70）

〔註20〕陳兆熊，字南喬。陳奐說：「戊午春，殿德師仍來舊館；秋，有疾歸里，薦南喬師代權舊館事，因受業焉。戊午至庚申，皆在門。」（同注17，頁70。）

〔註21〕陳奐說：「履中，諱光照，殿德師之從孫也。辛酉、壬戌皆在門。」（同注17，頁71。）

〔註22〕楊德墉，字惕齋，爲金匱廩貢、溧陽訓導師。

〔註23〕參見〔清〕張星鑑：〈陳碩甫先生傳〉，〔清〕繆荃孫：《清續碑傳集・卷七十四・書陳碩甫先生〉，收入周駿富輯：《清代傳記叢刊》，同注17，頁281。

江氏肯定，此由陳氏於〈段氏說文解字注跋〉一文中提到受江氏之邀，共擔校勘《說文解字注》可見一般，陳氏說：

> 先生（段玉裁）自乾隆、庚子去官後注此書，先爲長編，名《說文解字讀》，抱經盧氏、雲椒沈氏曾爲之序，既乃簡練成《注》，海內延頸望書之成，已三十年於茲矣。會徐直卿學士，偕其友胡竹嚴明經積城，力任刊刻，江子蘭師因率奐同司校讎，得朝夕誦讀，而義蘊閎深，非淺涉所能知也。……竊謂小學明而經學無不可明矣。〔註24〕

於此可見，校勘《說文解字注》對於陳氏學術奠基的影響，除了豐厚陳氏在小學方面的修養外，也使他在經學上的造詣更上一層，故謂「小學明」則「經學無不可明」。江沅之於陳奐，除了在學問上給予指導外，也開啓陳奐的學術之路。若沒有江沅，陳氏無以識得段氏，也不能在段氏的刻意引薦下結識王氏父子，並藉此相互問難，江沅在陳奐學術成長的重要性由此可見。

2. 段玉裁

陳奐與段玉裁的結識因緣，陳氏在《師友淵源記》中有如下記載：

> 段若膺與艮庭先生（江聲之號）友善，著《六書音均表》，發明平上入分合相配，曰：「此《表》唯艮庭、子蘭知之，外無第三人知之者。」奐遂憤發。是日雞鳴起，夜半雞鳴止，盡一晝夜，探其梗概。若膺師《經韻樓文集》未定本，切屬弗借予人，奐私心選錄，加小圈以爲記。若膺師曰：「子蘭何復借予人邪！」師猝無以應，唯曰：「我館陳徒好書，或者是若膺師指示圈記。」迺曰：「果是陳徒！陳徒，讀書種子也。吾將往見之。」奐因是得識若膺師。（頁72～73）

此段文字，在陳氏成學歷程上所顯示的意義有二：一、陳氏音韻學基礎之奠定。陳氏學術能力的積累，除賴於諸師啓迪外，更重要的是其自發的學習熱忱，故在得知段玉裁認爲《六書音均表》唯江聲、江沅祖孫知曉，便決心一探，此遂萌發他對音韻方面的學習；二、陳氏拜段玉裁爲師。段玉裁將未完成的《經韻樓文集》借予江沅，陳奐藉此私讀此書，且加以圈記。這樣的機緣，使陳奐有機會得到段玉裁的賞識，且讚其爲「讀書種子」。只是，看似偶然的機緣，背後卻深藏江沅對陳奐的用心。若從江沅爲段玉裁及陳奐引介的角度論，江沅無疑是陳奐最重要的師長，深刻影響他的學術之路，藉此亦見江沅的胸襟，及提攜後進的用心。

〔註24〕〔清〕陳奐：《三百堂文集》，收入趙詒琛、王大隆同輯：《乙亥叢編》（臺北：世界書局，1976 年 12 月，初版），頁 473～474。以下凡引及此書，只註明頁數，其餘從略。

　　而段玉裁喜收陳奐爲徒，並可由張星鑑〈書陳碩甫先生〉一文略窺一二，張氏說：

　　　　一日，段（段玉裁）謂江（江沅）曰：「余所撰《六書音韻表》，子之祖艮庭先生能究此中之義，子亦能之。此外，恐無知之者。」江告先生（陳奐），先生竭日夜力攻之。謂江氏曰：「金壇所謂『不傳之學』，小子已窺其奧矣。」江以語段，遂大奇之。翌日，江向段君借《經韻樓集》，段君曰：「此集未經刪定，子勿出以視人。」越數月，江以書返段，段君曰：「老人屬子勿視他人，誰加朱墨於此書耶！」江曰：「是必陳氏子。」段君細視之，改容曰：「一代名儒屬此君矣，其學識已出孔、賈之上，傳吾道者必此人也。」〔註25〕

張星鑑又說：

　　　　既而江應汪稼門中丞之聘，先生始往段所受學，實段君招之也。〔註26〕

又陳氏於《師友淵源記》中說：

　　　　嘉慶十七年壬申冬十二月，會《說文解字注》授梓，子蘭師之闓，而以校讎委任。奐受業師（段氏）門，晨夕相親，几席相接。難必問，疑必析。日之所請益，夜筆之簿記，……師曰：「汝聞道蚤，汝之學在唐儒陸、孔上矣。」又曰：「汝未出門交耳，讀書舍此，無它求矣。」（頁75～76）〔註27〕

文中段玉裁將陳奐的學問上比孔穎達、賈公彥及陸德明，且以爲能傳段氏家學的亦僅陳奐一人，此語除透露段氏對陳奐的激賞外，亦可作爲身爲一代碩儒的段玉裁會屬意陳奐作爲入門弟子的說明。然陳奐眞正拜入段玉裁門下的契機，在陳奐所作的《說文解字注・跋》之末署名「乙亥三月受業陳奐拜手敬書」，〔註28〕及張星鑑於〈書陳碩甫先生〉說：「先生既至段君所，因其師以大父行呼段，不敢呼之爲先生，段君曰：『子勿外視老人』，時刻《說文解字注》第二卷，大書『受業長洲陳奐校字』，

〔註25〕同註18，頁284。

〔註26〕同註18，頁284。

〔註27〕陳奐在《說文解字注・序》曾提及他與江沅共同擔任校讎工作，於此則聲稱江沅應聘至福建而委陳氏此重任，二說似有相忤之處。據江沅《說文解字注・後敘》說：「段先生作《說文解字注》，沅時爲之校讎，且慫恿其速成，既成，又日望其刻以行也。癸酉之冬，刻事甫就，而沅適游閩……時嘉慶十有九年秋八月，親炙學者江沅謹拜敘于閩浙節署。」見〔清〕段玉裁：《說文解字注》（臺北：黎明文化事業股份有限公司，1996年9月，12刷），後序，頁1，總頁796。以下凡引及此書，只註明篇數、頁數，其餘從略。知本由江沅與陳奐師生共同從事《說文解字注》的校讎工作，後江沅於校讎《說文解字注》期間應聘至閩，遂由陳氏獨任重責。

〔註28〕同註27，〈說文讀序〉，頁3a，總頁797。

於是始稱段君爲先生。」〔註29〕可推知：段玉裁既收陳奐爲入門弟子，陳氏除從段
玉裁校讎《說文解字注》外，期間並與段氏「晨夕相親，几席相接」，其中「難必問，
疑必析。日之所請益，夜筆之簿記」，必當溢出校讎之外。據陳奐在《傳疏・條例》
中說：「此《疏》之作始於嘉慶壬申，從學段氏若膺先生於蘇郡白蓮橋枝園，親炙函
丈，取益難數，而成於道光庚子。」〔註30〕始撰《傳疏》與校《說文解字注》同年，
知陳氏作《傳疏》，有不少意見得之於段氏，而段氏在毛《傳》上的研究心得，不啻
是陳奐日後研究毛《傳》的重要基石，段氏家學成爲陳氏治學的師法所在，故陳氏
日後撰著立說亦多踵武段氏。〔註31〕

3. 王氏父子

陳奐與王念孫的結識，在《師友淵源記》有一段相關的記載：

> 先生（指王念孫）四歲即口授《爾雅》，稍長從學於戴東原先生。故戴氏
> 自有段王兩家之學。嘉慶二十三年戊寅，奐入都，謁先生。先生有骹奰疾，
> 從者抉而行，命無揖，且曰：「吾不見客十七年矣，段若膺先生歿後，天
> 下遂無讀書人矣。」送出及衕衕口，曰：「癃病不能荅拜，明日遣兒子引
> 之荅拜也。」前輩接待後進如此。……道光七年丁亥，再入都，猶及見，
> 先生屬校《管》、《荀》書，間有校語，則載記《褧志》中，前輩之中不沒
> 人言，又如此。（頁 79～81）

嘉慶二十三年（1818），陳奐到山東東平訪親，是年秋天，爲應順天鄉試而入都，順
道拜訪名儒王念孫。因爲段玉裁和王念孫二人同出於戴東原門下，陳氏既拜段玉裁
爲師，所以王氏可說是陳奐的叔伯輩；也因段玉裁的揄揚，〔註32〕王氏早聞陳氏之
才，遂破多年不見客之例，時王氏已達七十五歲高齡，且患有骹奰疾，雖諸多不便，
仍接見陳氏（時年三十三歲），不但親迎，且躬送，並說明自己有疾，不便荅拜，將
託兒子王引之代爲荅拜，此見王氏對陳奐之特殊情感。又說王氏將陳氏所校《管子》、
《荀子》二書之語悉入《褧志》中，更見王氏「不沒人言」之風範。而王氏見陳氏
時的喜悅，由戴望所寫的〈孝廉方正陳先生行狀〉一文中清楚識出：

> 段先生卒，嘉慶二十一年也。明年入都，謁王給事念孫。給事已致仕，其

〔註29〕同注17，頁284。
〔註30〕同注4，頁9。
〔註31〕陳奐在《傳疏》中，採用許多段玉裁《詩經小學》、《毛詩小箋》等多書意見；在音
　　　　韻觀念上的承繼尤多，此將述於下文。
〔註32〕由陳奐所寫的《王石臞先生遺文編次・序》中可知，從前在蘇州時，段氏與王氏不
　　　　但書信往來頻繁，且已經提及陳奐的名字。參見〔清〕王念孫《王石臞先生遺文》，
　　　　收入《續修四庫全書》（上海：上海古籍出版社，2003年，第1版），頁25。

子文簡公引之，方爲禮部侍郎，就養其邸，恆老病不見客，閽人辭焉。先
生曰：「試以名刺入，不見不敢黷也。」給事視其刺，喜甚，命僕扶出，
由寢門及堂，大嚤先生字，曰：「若膺歿後，猶有高第弟子如君者乎！老
夫不佞，願爲忘年交！」〔註33〕

此明王氏對於陳氏才學甚爲肯定，在惜才之餘，遂與陳氏定爲忘年之交，這對年少
的陳奐來說，是莫大的鼓勵。此後，陳氏時爲王家的座上賓，因而結識許多學術同
好，〔註34〕此又爲其未來學術發展的另一助力。〔註35〕

　　王氏在學術上對陳氏的啓迪亦多，支偉成於〈皖派經學家列傳第六〉「陳奐」條
明載：

先生生平學業，以毛《詩》最爲專家。所著《詩毛氏傳》三十卷，於先秦
微言大義，靡不曲發其蘊；而名物訓詁，復與《廣雅疏證》相出入。〔註36〕

此已道出陳奐一生用力最深、成就最大的，便是在毛《詩》的擘治上；其中對名物
詁訓上的考證與運用，多與王氏所著的《廣雅疏證》相應。此亦說明陳奐對於王氏
學術的汲取，以名物訓詁爲多。又戴望在〈孝廉方正陳先生行狀〉一文曾說：

自段先生師事外，篤服王氏父子，嘗取其論學書札，裒爲一帙，使弟子各
題識其上。〔註37〕

而張星鑑在〈書陳碩甫先生〉一文中也說：

先生平生論學，必以王氏爲宗，所著《毛氏傳疏》與《廣雅疏證》相出入。
凡弟子從遊者，必授以《管子》、《周禮》先鄭《注》、丁度《集韻》等書，
是皆王氏家法。〔註38〕

可見陳奐不但自身篤服王氏父子，論學亦宗法王氏，並以「王氏家法」授門弟子，
陳奐不啻是王氏之學的繼承者及延續者。陳氏對於王氏父子的景仰，除表現在對其

〔註33〕同注 17，頁 275。

〔註34〕〔清〕戴望在〈孝廉方正陳先生行狀〉一文中說：「自是先生往給事所，徑造寢室，
質問疑義若家人，然文簡亦敬愛先生。凡四方學者至，必道使見於時賢士大夫，若
胡給事承珙、郝戶部懿行、胡戶部培翬、金優貢鶚、徐學士松（荃孫按：徐星伯先
生未爲學士，嘉慶丙子，戍西域未回。徐學士蓋少鶴侍郎也）。」（同注 17，頁 275）

〔註35〕例如：王引之方著《經義述聞》，每卷成，必出相示，嘗曰：「吾與若學術既同，閉
戶造車，出而合轍，德不孤矣。」見〔清〕戴望：〈孝廉方正陳先生行狀〉，同注 17，
頁 275。且在注 35 所提到的學者與陳奐亦有深入的交游，於學術上切磋甚多，對其
學問的增長影響頗大。

〔註36〕〔清〕支偉成：《清代樸學大師列傳》（臺北：藝文印書館，1970 年），頁 281。以下
凡引及此書，只註明頁數，其餘從略。

〔註37〕同注 17，頁 280。

〔註38〕同注 17，頁 285。

家法的承襲外，更將二人的論學書札裒輯成書，〔註39〕作為弟子論學的圭臬。所以〔日〕山本正一以為：

> 他（陳奐）在與王氏交往十餘年間，屢屢參加二王不朽的名著《讀書襍志》、
> 《經義述聞》的審訂工作。這期間，他的學問受到王氏的影響極大，⋯⋯
> 先生之學因段氏而越精，因王氏而集其大成，也不為過。〔註40〕

陳奐本身精於校讎，透過參與王氏父子二部名著的審訂工作，使陳氏篤服二人學問，受其影響頗深。故與王氏交游的十餘年間，對於陳奐學問的養成，不只是加深根基，更拓展堂廡。誠如引文所言，陳奐學問「因段氏而越精，因王氏而集其大成」，最後終能以《傳疏》名家，而為專門之學，建立他在清代《詩經》學史上的地位。

（三）《詩毛氏傳疏》之成書期

陳奐的學術成就，除上述諸位師長分別在讀書門徑及研究方法上，給予極大的啟發外，與友人切磋，亦是一股不可缺少的前進動力。陳奐經由王引之得識當時的多聞之士，對他在《詩經》的研究上助益實多，以下將擇要談論幾位具關鍵地位的友人。〔註41〕

1. 胡承珙

胡承珙（1776～1832），字景孟，號墨莊，安徽涇縣人。十三歲便入邑庠，仕宦之途頗為順暢，然因積勞成疾，四十九歲即乞假，回鄉養病，八年後（道光壬辰，胡氏時年五十七歲）歸道山。胡氏一生在官職及文藝表現均稱卓越，胡培翬在〈福建台灣道胡君別傳〉指出：

> 世之沉潛經義，精於考訂者，往往拙於文詞，即或工文矣，而詩未必工，
> 蓋兼之者難也。又如閭巷憔悴專壹之士，文章學問負一時重名，而終其身
> 坎坷不遇者多矣！君經學詩文卓然，均可傳後，而早登甲科，陟歷清要；
> 中歲擁旄海外，宦績偉然，豈非生有夙慧，得天者厚歟？〔註42〕

胡氏兼善考據、詞章，又宦途暢順，胡培翬稱讚他是「生有夙慧，得天者厚」，惜年未六十而歿。

〔註39〕關於陳奐與王氏父子往來的信函，可參見《陳奐研究論集》之「附錄：陳奐相關資料彙編」部分及柳向春《陳奐交遊考》中「高郵王氏與陳奐交遊研究」一章。

〔註40〕〔日〕山本正一著、李寅生譯：〈陳碩甫小論〉，收入《陳奐研究論文集》，同註12，頁200～201。以下凡引及此書，只註明頁數，其餘從略。

〔註41〕除下文所討論的友人外，其餘的可參見陳奐所撰的《師友淵源記》。書中詳載他與友人間的互動情形，以及這些朋友對他的影響。

〔註42〕〔清〕胡培翬：〈福建台灣道胡君別傳〉，《研六室文鈔·卷10》，收入《續修四庫全書》，同註32，頁481。

　　胡氏治經從小學始，熟於《爾雅》、《說文》。在小學方面的著作：有為補綴惠棟《九經古義》之未及，共十條，成《爾雅古義》二卷；又為考《小爾雅》之真偽，且釋其字義，作《小爾雅義證》十三卷；《儀禮古今文疏義》十七卷，是胡氏見鄭注《儀禮》，多引古今異字，而賈《疏》對此則多不談，胡氏以為不可，故站在語言學的角度上另撰是書。另著有《春秋三傳文字異同考證》、《求是堂詩集》一卷、《奏摺》一卷、《文集》六卷、《駢體文》二卷。除此外，有未成者《公羊古義》及《禮記別義》等書。而一生用力最勤的當屬《毛詩後箋》。〈皖派經學家列傳（六）〉曾提到：

> 先生畢生精力所專注者，要在《毛詩後箋》一書。采集甚富，後之是者錄之、非者辨之；而其最精者，在能於《傳》文前後會出指歸；又能於西漢以前古書反覆尋考，貫通詩義，證明毛旨。蓋以鄭君後漢人，去毛公已遠，其語言文字名物訓詁，未免不獲盡通，《箋》之於《傳》，遂有申毛而不得毛意者，有異毛而不如毛義者；故從毛者十之八九，從鄭者十之二三。〔註43〕

胡氏撰作《後箋》肇因於對鄭《箋》的不滿，以為鄭玄時代離毛公遠矣，若以東漢之語言文字、名物訓詁理解毛《傳》，扞格不通處仍有，遂有「申毛而不得毛意，異毛而不如毛義」的窘境，因此，胡氏《後箋》從毛者十之八九，從鄭者僅十之二三。在著述方法上，他采集諸說，將是者錄之、非者辨之，最難得的是會出《傳》文指歸，並利用西漢以前的古書，以求因時代之近，而便於進行《詩》義、毛旨的考索。此為胡氏「畢生精力所專注」的傳世之作，在清代《詩經》學史上有其特殊地位。

　　胡氏對於毛《傳》的深刻研究，與陳奐志趣相投，所以陳氏在《師友淵源記》「胡承珙」條中曾說：「書無不覽，唯專意於毛氏《詩傳》，志術既同，往復討論不絕於月。」〔註44〕（頁95）所以，對陳奐治毛《傳》影響最大的，除段玉裁外，就屬胡氏。遺憾的是，《毛詩後箋》至胡氏死前仍未完成，並由其嗣子託陳奐為此書校補〈魯頌・泮水〉以下諸篇，以備開雕，正因二人「志術」相同，多所切磋之故。

2. 汪遠孫、汪適孫、汪邁孫

　　汪遠孫，字久也，號小米；汪適孫，字亞虞；汪邁孫，字少洪。有振綺堂，藏書甚豐。此三昆弟是陳奐《傳疏》得以版行的重要助力，所以陳奐在《師友淵源記》文末記：

〔註43〕同注36，頁233。

〔註44〕兩人討論學問的書信，存有〈答陳碩甫明經書〉、〈復陳碩甫書〉、〈再復陳碩甫書〉三篇，可參見胡承珙：《求是堂文集・卷三》，收入《續修四庫全書》，同注32，頁255～262。

　　噫！余識振綺昆弟季二十餘年，主賓無嫌，去就自適，《詩疏》之藉爾有
　　成者，徒以有汪氏三昆矣。（頁 111～112）

此道出汪氏三昆弟對陳奐著成《傳疏》的重要意義。據《國朝耆獻類徵出編》「汪遠
孫」條所說：「吾鄉藏書若趙氏小山堂、吳氏瓶花齋，杭、屬輩所借觀、珍惜者，今
皆散佚不存，惟振綺堂所藏，巋然具在。」〔註45〕可知汪氏所設之振綺堂藏書之豐。
而陳奐在此藏書充盈的書閣中自由進出閱讀，確有裨其學問的增長及著作的撰寫；
汪遠孫對陳氏的期待，以及適孫的慫恿，陳氏在《傳疏‧條例》末載：「友人汪亞虞
慫恿爲之」（頁 9），知此使陳氏有了「揉疏之志」（詳下文）。

　　陳氏與汪氏昆仲情深義篤。遠孫死於四十三歲的壯年，〔註46〕其仲弟適孫承兄
志，不但以亡兄書相諄託，更在陳奐遘疾時，強邀至家，爲其醫治，不願陳奐與其
兄的心血遽付溝壑，但適孫也只享年四十。邁孫爲「承兩兄之志，留余至於家，以
完成修輯之役，咸豐三年，少洪又卒，年四十有八。」（《師友淵源記》，頁 111）汪
氏家族由興至衰，昆弟三人爲陳書的付梓工作，努力不輟，人事的凋零，仍舊澆不
熄汪氏對陳氏的友誼，及對是書版行的努力與堅持。

二、學術途徑師法段、王

（一）音韻實踐

　　在段玉裁的栽培下，陳奐由通知古音，進而用於訓詁實踐，及得識王念孫後，
又得王氏父子之誘掖而愈成熟，其古音韻學之造詣，已得當時儕輩之信服。〔註47〕
陳氏的古音理論，踵武二人處亦多，以下略舉其要。

1. 古無去聲

　　明清學者對於上古究竟有無四聲之別，意見紛異。不論是明‧陳第的「古無
四聲」，〔註48〕抑或是清‧顧炎武的「古人四聲一貫」，〔註49〕均主張古人並無四

〔註45〕〔清〕李桓輯：《國朝耆獻類徵出編‧卷百四十八‧郎署十》，同注 18，頁 180。
〔註46〕小米對陳奐的情誼，由其囑汪家昆弟以接力式地助陳奐完書，並版行於世可知，然
　　　　陳奐對小米未嘗不是，所以在小米逝世後，陳氏哭道：「君去更無知己友，我留且讀
　　　　爲刊書。」（同注 17，頁 110）足見二人篤實的情感。
〔註47〕據陳奐在〈爾雅義疏跋己酉〉所說：「奐館汪戶部孟慈荀家，先生挾所著《爾雅疏》
　　　　稿徑來館中，以自道其治經之難：『漏下四鼓者四十年，常與老妻焚香對坐，參徵異
　　　　同得失，論不合輒反目不止。草木蟲魚多出親驗，訓詁必通聲音。余則疏於聲音，
　　　　子盍爲我訂之？』奐時將南歸，不敢諾。」收入陳奐：《三百堂文集》，同注 24，頁
　　　　472～478。足見陳氏在聲韻方面有一定的功力。
〔註48〕〔明〕陳第在〈讀詩拙言〉中說：「四聲之辨，古人未有。」收入《毛詩古音考》（臺
　　　　北：廣文書局，1996 年 1 月，初版），冊下，頁 4。

聲的觀念；江永、〔註50〕戴震、〔註51〕錢大昕、〔註52〕江有誥、〔註53〕王念孫、〔註54〕夏炘〔註55〕則以爲古有四聲，但未嚴格區別其中之異；孔廣森則主古無入聲；〔註56〕獨段玉裁以古無去聲，並提出「古四聲不同今韻，猶古本音不同今韻」〔註57〕的論點，竺家寧以爲至此「才算是眞正建立起古聲調的觀念，不再受中古四聲的束縛」。〔註58〕陳奐在《毛詩音》「積行」條下說：「平聲，古無去。」〔註59〕

〔註49〕〔清〕顧炎武在《音學五書・音論中》「古人四聲一貫」說：「四聲之論，雖起於江左，然古人之詩，已自有遲疾輕重之分，故平多韻平，仄多韻仄，亦有不盡然者，而上或轉爲平去，或轉爲平上入，或轉爲平上去，則在歌者之抑揚高下而已，故四聲可以並用。」顧炎武：《音學五書》（〔光緒8年（1882）刊本〕），第1函，冊1，頁19。

〔註50〕〔清〕江永在《古韻標準・例言》中說：「四聲雖起江左，按之實有其聲，不容增減，此後人補前人未備之一端。平自韻平，上去入自韻上去入者恒也，亦有一章兩聲或三、四聲者，隨其聲諷誦咏歌，亦自諧適不必皆出一聲，如後人詩餘歌曲，正以雜用四聲爲節奏，《詩》韻何獨不然？」收入周永年輯：《貸園叢書（3）》，《百部叢書集成（550）》（臺北：藝文印書館，1996年），頁5。

〔註51〕〔清〕戴震《聲韻考・韻書之始》中說：「古人用韻，未有平上去入之限，四聲通爲一音，故帝舜歌以熙韻喜、起，而三百篇通用平上去，及通用去入者甚多，各如其本音讀之，自成歌樂。」收入周永年輯：《貸園叢書（4）》，《百部叢書集成（551）》，同註50，頁6。

〔註52〕〔清〕錢大昕在《潛研堂文集》「音韻問答」說：「古無平上去入之名，若音之輕重緩急，則自有文字以來，固區以別矣。」於此他認爲和中古四聲並沒有什麼不同。收入陳文和主編：《嘉定錢大昕全集》（南京：江蘇古籍出版社，1997年，初版），冊9，頁237。

〔註53〕〔清〕江有誥在《唐韻四聲正・再寄王石臞先生書壬午冬日》說：「有誥初見，亦謂古無四聲說……，古人實有四聲，特古人所讀之聲，與後人不同。」由此可見，江氏對古人四聲看法的轉變。收入江有誥：《江氏音學十書（3）》（臺北：藝文印書館），頁1。

〔註54〕王念孫在「古韻二十一部」條說：「或四聲皆備，或有去入而無平上，或有入而無平上去。」〔清〕王引之：《經義述聞》（臺北：臺灣商務印書館，1979年1月，臺1版），卷31，頁1259～1260。又於《唐韻四聲正・石臞先生復書癸未三月》：「《唐韻四聲正》與鄙見幾如桴鼓相應，益不覺狂喜，顧氏『四聲一貫』之說，念孫向不以爲然，故所編古韻……皆與尊見相符。至字則上聲不收，惟收去入，爲小異耳……既與尊書大畧相同，則鄙著雖不刻，不可也。」收入〔清〕江有誥：《江氏音學十書（3）》，同註53，頁11～12。

〔註55〕〔清〕夏炘在《詩古韻表二十二部集說（卷下）》中謂：「觀三百篇中，平自韻平，仄自韻仄，劃然不紊。其不合者，古人所讀之四聲有與今人不同者也。江君《唐韻四聲正》一書，考據最爲明確。」收入《續修四庫全書》，同註33。

〔註56〕江有誥在《唐韻四聲正・再寄王石臞先生書壬午冬日》一文中，說「孔氏謂古有平上而無入」，同註53，頁1。

〔註57〕〔清〕段玉裁：《六書音均表》，同註28，表一，頁19a～b，總頁824。

〔註58〕竺家寧：《聲韻學》（臺北：五南圖書出版有限公司，1991年7月，初版1刷），頁

已見陳氏亦認爲上古無去聲的看法，故在聲調認知上僅有平上入三種聲調。

2. 異平同入說

段氏將古韻分爲十七部，入聲卻僅有八類，〔註60〕段氏爲了使所有的韻部均有可配的入聲韻部，因而將數個韻部共配一組入聲字，故叫「異平同入」，此觀念似近於江永的「數韻同一入」。所謂「數韻同一入」是指「非強不類者而混合之也。必害其音呼、別其等第、察其字之音轉，偏旁之聲、古音之通，而定其爲此韻之入，即用同一入，而表中所列之字亦有不同，蓋各有脈絡，不容紊殽，猶之江漢合流，而禹貢猶分爲二水也。二三韻同一入，一入又分二三類，愈析則愈精。」〔註61〕這兩種將韻部與所分的入聲作分配的方法並無一定的根據，但陳奐在解釋韻部合音時，時而運用此法以爲理據，如在《毛詩音》「摩及」條：「及在緝部，業、捷在狎業部，合音最近，此即異平同入之理。」〔註62〕用以說明〈大雅・烝民〉詩「四牡業業，征夫捷捷，每懷摩及」三句中的末字押韻現象。「及」字在緝（əp）部，而「業」、「捷」二字在狎業部，狎業部即指「盍」（ap）部，緝、盍二部因主要元音相近而旁轉。運用旁轉的關係，使三字得以合韻，這可說是在段氏「異平同入」理論上的發展，〔註63〕陳氏繼此以說明異部之間的「合韻」關係。

3. 諧聲者必同部

段玉裁在注《說文解字》時，以諧聲偏旁歸納古韻，〔註64〕此和利用上古韻語

709。

〔註59〕 陳奐：《毛詩音》，《傳疏》附，同注4，頁932。

〔註60〕 段氏使用「異平同入」之法的配合情形：1. 職德——第一、二、六部，2. 屋沃覺燭——第三、四、九部，3. 藥鐸——第五、十部，4. 緝葉怗——第七部，5. 合盍洽狎葉乏——第八部，6. 質櫛屑——第十一、二部，7. 術物迄月没曷末點鎋薛——第十三、十四、十五部，8. 陌麥昔錫——第十六、十七部。參見段玉裁：《六書音均表・古異平同入說》，同注27，表二，頁4b總頁840。

〔註61〕 江永《四聲切韻表・凡例》，同注33，頁10～11：江氏使用「數韻同一入」之法的配合情形：1.屋燭（沃覺錫一部分的字）～k，2.質術櫛物迄没（屑薛職一部分字）～t，3.月曷末點鎋薛（屑一部分字）～t，4.藥鐸（沃覺陌麥昔錫一部分字）～k，5.錫（麥昔一部分字）～k，6.職德（麥屋一部分字）～k，7.緝（合葉洽一部分字）～p，8.葉（業狎乏一部分字）～p。參見江永：《四聲切韻表・凡例》，頁11～18。

〔註62〕 《毛詩音》，《傳疏》附，同注4，頁981。

〔註63〕 吳慶峰在《音韻訓詁研究》一書中論及段氏將「異平同入」的理論，運用在對上古韻部的研究上，主要貢獻有三點：一、支脂之三分；二、以入聲繫聯各「同入」韻部；三、以入聲爲樞紐，倡言合韻之說。詳參吳慶峰：《音韻訓詁研究》（濟南：齊魯書社，2002年10月，1版1刷），頁11～12。

〔註64〕 由段玉裁在「古諧聲說」中提到：「諧聲之字半主義、半主聲，凡字書以義爲經而聲緯之，許叔重之《說文解字》是也。」（同注27，表一，頁22a，總頁825）可知段氏提出「同諧聲者必同部」的想法源於此。

歸納韻部有異曲同工之效，這樣的發現使段玉裁成為第一位運用大量諧聲資料以考訂古音韻的學者。段氏在「古諧聲說」中，曾說：「一聲可諧萬字，萬字而必同部，同聲必同部。明乎此，而部分音變平入之相配，四聲之今古不同，皆可得矣。」〔註65〕這已充分說明同聲與同部之間的關係。段氏的「諧聲表」及諧聲理論，受到後繼古韻學家的重視和採用，在陳奐著作中亦見其對此理論的運用，如《毛詩音》「父母」條：

> 母，古音如某，與否韻，在十五海。今展轉音變，同一母聲，每在海韻，悔、晦在隊韻，敏在軫韻，晦、痗在厚韻，然以古諧聲諧之，則同諧聲者必同部，此古今音變之異。〔註66〕

陳奐以為「母」、「否」字古音押韻（如〈周南・葛覃〉「害澣害否，歸寧父母」），以《廣韻》韻目該之，均在上聲十五海（段玉裁《六書音均表》第一部上聲部分含六「止」、十五「海」）。從母聲之字，如每、悔、晦、敏、晦、痗諸字，就古音來說，也應都屬十五「海」（段玉裁的第一部），因「同諧聲者必同部」。今音（《廣韻》）則每在海韻（應是十四賄韻），悔、晦在隊韻，敏在軫韻，晦、痗在厚韻，是「古今音變之異」。

　　又如《毛詩音》「委蛇」條：

> 它聲、也聲皆在戈麻部。〔註67〕

陳奐首先利用二字的聲符：它、也，推得凡屬它字或也字的諧聲韻部均在「戈麻」部。由此知，陳奐認定同諧聲偏旁的字必同部，所以可利用聲符所歸之部，得知凡屬該諧聲偏旁的字母，其上古韻部均同。這也是陳氏對此理論的實際運用。而同諧聲偏旁除可推出彼此同處一上古韻部外，有時則表示雖處於不同韻部，卻因為接近而能透過合韻，使彼此成為一個整體，此如陳氏於《毛詩音》「狐裘」條下所說：「裘从求聲。求在尤幽而入之咍。段氏所謂古諧聲偏旁，即合韻之理。」〔註68〕即為此證。

4. 合韻的運用

　　所謂的「合韻」是指異部押韻。所以段玉裁在《六書音均表》中也說：「凡與今韻異部者，古本音也；其於古本音有齟齬不合者，古合韻也。」〔註69〕前輩學者雖也發現這種異部押韻的情形，但常以無韻處理。段氏曾於「古異部假借轉注說」提到：

〔註65〕段玉裁：《六書音均表》，同注27，表一，頁22a，頁825。
〔註66〕同注4，頁930。
〔註67〕同注4，頁934。
〔註68〕同注4，頁951。
〔註69〕同注27，表四，頁1a～b，總頁844。

—17—

《方言》如萌藥之藥，秦晉之間曰肄；水火之火，齊言曰燬，此同部轉注
假借之理也。如關西曰迎，關東曰逆；荊郊之鄙謂淫曰遙；齊魯之間，鮮
聲近斯；趙魏之東，實寔同聲，此異部合韻之理也。〔註70〕

他認爲會造成這種異部押韻的情形，應和各地方言發音殊異有著必然關係，所以段
氏之後的學者也開始注意這種合韻關係，陳奐更是直接以「合韻」解釋類似的狀況，
如《毛詩音》「既調」條：「段云：『本音在弟三部，讀如稠。〈車攻〉以韻同字，屈
原〈離騷〉以韻同字，東方朔〈七諫〉以韻同字，皆讀如重，此古合韻也。』」（頁
961）又如「駒」條：「一作驕，與蔞合韻。」〔註71〕驕屬見母宵部、蔞屬來母侯部，
二字宵、侯合韻。又「贈之」條：「贈與來合韻。」〔註72〕贈屬從母蒸部、來屬來
母之部，蒸、之二部合韻。據陳氏古音系統論之，侯爲尤幽部；宵爲蕭宵部，二者
屬鄰韻，可爲合韻。之部與蒸部爲陰陽對轉，亦可合韻。〔註73〕又於「斯」字條說：
「《說文》：『斯，從斤其聲。』斯，支部，其，之部，此古合韻之理。」〔註74〕也
說明之、支二部甚爲接近，但段玉裁因爲主張支、之、脂三分，而陳氏亦認同此說，
故謂「段氏於他部有合韻，而支、之部不用合韻，不相襍廁。」〔註75〕以「合韻」
解釋異部押韻現象，除上述所舉之例外，其他如：「入奏」條：「合韻祿字。」〔註76〕
「不那」條：「那古音如難。〈隰桑〉又難如那，此歌元合韻之理。」〔註77〕「癸興」
條：「興在蒸部，與林、心在侵部合韻最近。」〔註78〕均屬此。值得注意的是，陳
奐的「合韻」有時也包含同部字，如「餽」條：「……與取合韻。」〔註79〕餽，侯
部，取，侯部；「裕」條：「谷聲，合韻瘉字，今讀如俞矣。」〔註80〕裕，侯部，谷，
屋部，侯之入，瘉，侯部等。從上二例陳氏所謂「合韻」的例子觀之，就今日的語
音觀念，則合韻二字韻部相同；然就陳氏的語音觀念，可能仍表異部關係。而事實
爲何，則尚待進一步的考察，始可確知。

〔註70〕 同注27，表三，頁 8a，總頁 842。
〔註71〕 同注4，頁 932。
〔註72〕 同注4，頁 945。
〔註73〕 由此得知，異部押韻爲「合韻」，此異部應爲相鄰之韻部，且包含對轉、旁轉等情況
　　　　在內。
〔註74〕 同注4，頁 952。
〔註75〕 同注4，頁 952。
〔註76〕 同注4，頁 968。
〔註77〕 同注4，頁 969。
〔註78〕 同注4，頁 973。
〔註79〕 同注4，頁 971。
〔註80〕 同注4，頁 971。

5. 隨處用韻

《毛詩音》「肅肅」條，陳奐引王念孫之語說：

> 夫聲與聲之相應，若水之從水，火之從火。其在詩之中，若風之入（慧修
> 案：此疑缺一「於」字。《經義述聞・毛詩下》「古詩隨處有韻」條有「於」
> 字）〔註81〕竅而無所不達，故古人之詩隨處可以用韻，非但用之句末，如
> 後人作五七言之例已也。〔註82〕

說明古人作詩並非僅於句末押韻，是「隨處可以用韻」，陳氏利用這個特性說明雖
然「趯趯阜螽」之「趯」、「阜」非處句末，仍可分別與「喓喓草蟲」之「喓」、「草」
一韻，主要是「古人用韻之例，自不徒施於句末也，隨處有然」。〔註83〕此論實由
王氏而來。在陳氏著作中，凡非句末押韻字多注明之，如「肅肅」條下：「音修，
與悠悠為句中韻。」〔註84〕儘管古人作詩雖隨處可用韻，然亦有規則可循。陳氏
依此，以為〈小雅・常棣〉「宜爾家室，樂爾妻帑」之「家室」不入韻，更據唐石
經改為「室家」。〔註85〕家屬見母魚部、室屬書母質部、帑屬透母魚部，由此知，
家、帑均為魚部，故應作「室家」始得押韻。又於〈小雅・何人斯〉「爾還而入，
我心易也。還而不入，否難知也。壹者之來，俾我祇也」句中，利用用韻原則解
釋「俾我祇也」之「祇」不可為「祇」，因為易屬定母錫部、知屬知母支部、祇屬
群母支部、祇屬照三母脂部，可知此處若作「祇」則不韻，〔註86〕故作「祇」，謂
符合《詩經》押韻原則。

（二）治學態度

　　陳奐屬清朝三百年學術的乾嘉時期學者。〔註87〕居於考證全盛時期的他，必定
以考證作為治學的重要利器。這種考證、校讎的嚴謹功夫除受時代的影響外，亦與

〔註81〕〔清〕王引之：《經義述聞》（臺北：臺灣商務印書館，1979年1月，臺1版），冊2，
　　　　卷7，頁285。以下凡引及此書，只註明卷數、頁數，其餘從略。
〔註82〕同註4，頁931。
〔註83〕同註4，頁933。
〔註84〕同註4，頁961。
〔註85〕同註4，頁958。
〔註86〕詳參同註4，頁534。
〔註87〕跨越乾隆、嘉慶、道光、同治四朝，然大致可歸入乾嘉時期的學者，因其主要的學
　　　　術活躍時間為乾嘉時期，而此時期恰為考據學的全盛時期，陳氏理當受此風潮影響。
　　　　俞樾在《春在堂隨筆・卷八》中曾說：「吳中老輩，余所及見者二人，一宋于庭先生
　　　　翔鳳，一陳碩甫先生奐，皆乾嘉學派中人也。」引自〔清〕震鈞輯《國朝書人輯略》，
　　　　收入周駿富輯：《清代傳記叢刊》，同註17，卷9，頁633。陳奐既為乾嘉中期碩儒
　　　　段玉裁的高足，又是俞樾之師，故陳氏應是橫跨乾嘉中、晚期的學者。

段、王二氏的薰陶有關，而這種「嚴謹」態度，在陳奐著作中表露無遺，以下從「疑者闕疑」、「並存異說」及「反臆說」三方面，茲舉所見以論之。

1. 疑者闕疑

陳奐《傳疏》於考證後，時會加上「未聞」、「餘義未聞」、「未詳」、「無明文」、「不可考」或「不復知」等字眼。如〈衛風‧碩人〉「四牡有驕，朱幩鑣鑣」，毛《傳》：「幩，飾也。人君以朱纏鑣，汗扇且以為飾。鑣鑣，盛貌。」《傳疏》：

> 幩者，所以為馬飾，故謂幩為飾。《說文》：「幩，馬纏；鑣，扇汗也。」
> 「鑣，馬銜也。」《釋文》：「鑣，馬銜外鐵也，一名扇汗，又曰排沫。」
> 是似鑣、扇汗一物。又〈輿服志〉云：「乘輿象鑣，赤扇汗；王公列侯朱
> 鑣，絳扇汗；卿以下有騑者，緹扇汗。」此漢人鑣與扇汗為二，其制未聞
> 也。（頁162）

陳氏舉《說文》、《釋文》之說，以為「鑣」和「汗扇」實為一物，為馬飾，以為是用於馬銜的外鐵，此為經學家之解。若就漢人或實際文獻（〈輿服志〉）考察，則「鑣」和「扇汗」為二物。陳奐列出此兩種說法，無法判斷孰非孰是，是因為「其制未聞」，故為免因不清楚名物之制，所產生偏狹而有失周全，故將二者一併列出。

他如〈商頌‧那〉「猗與那與，置我鞉鼓」，毛《傳》：「鞉鼓，樂之所成也。夏后氏足鼓，殷人置鼓，周人縣鼓。」《傳疏》：

> 《傳》引《禮記‧明堂位》文，以明三代鞉鼓之制。有虞氏有鞉鼓，其制
> 未聞也。（頁906）

陳奐於此特說：「《傳》引《禮記‧明堂位》文，以明三代鞉鼓之制」，知陳奐對於足鼓、置鼓、縣鼓的理解，主要是根據〈明堂位〉。據此往上推，有虞氏當有鞉鼓，但因文獻無徵，所以陳奐說是「未聞」。

〈豳風‧七月〉「為此春酒，以介眉壽」，毛《傳》：「春酒，凍醪也。」《傳疏》說：

> 春酒為凍醪，義未聞。《說文》：「醪，汁滓酒也。」凍醪，《楚辭》謂之「凍
> 飲」，疑即今作「白酒」。釀酒之有汁滓者，《周禮‧酒正》《注》：「醴，猶
> 體也，成而汁滓相將，如今恬酒矣。」鄭以醴為汁滓酒；《說文》：「醴，
> 酒一宿孰也。」醴、醪連篆，當是一酒。於「醴」下，言「一宿孰」；於
> 「醪」下，言「汁滓」，義互相成。《漢書‧楚元王傳》：「穆生不耆酒，元
> 王每置酒，常為穆生設醴。」顏《注》云：「醴，甘酒也。少麴多米，一
> 宿而孰，不齊之。」是也。〈月令〉：仲冬，「乃命大酋秫稻必齊」，蓋稻有
> 稬、秔。稬者，釀酒。秫稻，稬稻也。仲冬，周之春，正月。十月作酒，

而十一月用之。酒即末章行鄉飲酒禮也，是春酒易孰矣。（頁 369）

陳奐認爲「醪」爲汁滓酒，且此酒宿孰，「凍醪」疑是今之所稱「白酒」，「春酒」是指於周之春釀造之「易孰」的酒，且於「行鄉酒禮」之用。此對於醪、凍醪、春酒之義能辨明，但對於《傳》文稱「春酒」爲「凍醪」，即以「春酒」概括「凍醪」之義，則思索不得，故云「義未聞」。

〈大雅・烝民〉「王命仲山甫，城彼東方」，毛《傳》：「東方，齊也。古者諸侯之居逼隘，則王者遷其邑而定其居，蓋去薄姑而遷於臨菑也。」《傳疏》：

案：〈世家〉言胡公都薄姑，至獻公即都臨菑。獻公當周夷王世，不當宣王世，與毛《傳》不合。孔仲達以爲遷之言未必實，是矣。……則《傳》云「去薄姑而遷於臨菑」者，宜在齊文公時，然書缺有閒矣，載疑可也。
（頁 786）

司馬遷《史記・齊世家》說是獻公元年徙薄姑都治臨菑。而以獻公時當爲周夷王時代，至欲殺胡公自立爲王，胡公因而遷都。此說與《傳》文所謂「去薄姑而遷於臨菑」當在齊文公時有出入。陳氏肯定孔穎達對《史記》說法的懷疑，而孔氏肯定《傳》說，主要是孔氏以爲「毛時書籍猶多，去聖未遠，雖言『蓋』爲疑辭，其當有所依約而言也」。﹝註88﹞儘管如此，陳氏仍以「書缺有閒」之由，採取「載疑」的方式，而不妄斷資料是非。

上述四例，前二例云「制未聞」，第三例云「義未聞」，均是詳實交代自己不清楚名物之制或《傳》義。最末條則云「書缺有閒」，因爲「不清楚」或文獻的侷限，所以陳氏解說時，採用的是「不妄斷是非」、「不妄說」、「不妄解」，並以「載疑」的方式，並存異說，備參，充分展現其謹愼的治學態度。

2. 並存異說

陳奐解《詩》是以毛《傳》爲宗，但不排除異說，如〈小雅・小旻〉「人知其一，莫知其他」，毛《傳》：「一，非也。他，不敬小人之危殆也。」《傳疏》：

《傳》釋「一」爲「非」，釋「他」爲「不敬小人之危殆」，言人知暴虎馮河爲害之非，而無知其不敬小人之危殆，亦如暴虎馮河有立至之害也。《荀子・臣道篇》：……。毛《傳》正本《荀子》。又〈昭元年〉《左傳》：……。尤可證《傳》義之用古訓，非憑臆說也。高注《淮南子・本經篇》云：……。是漢人說《詩》與《傳》義皆合。又《呂覽・安死篇》《注》：「喻小人而

﹝註88﹞〔唐〕孔穎達等：《毛詩注疏》（臺中：藍燈文化事業公司，影印嘉慶二十年江西南昌府學開雕阮元重刊宋本《十三經注疏》本《毛詩注疏附校勘記》），卷 18 之 3，頁 17a，總頁 677。下引鄭《箋》、孔《疏》、阮元《校勘記》均據此本，不復注明。

爲政，不可以不敬，不敬之則危，猶暴虎馮河之必死也。『人知其一，莫
知其他』。一，非也。人皆知小人之爲非，不知不敬小人之爲殆。」此解
「人知其一」句，與《傳》義略異。（頁 519）

陳奐先舉《荀子》，以明《傳》文所本，次引《左傳》，以證《傳》義用古訓。此
二者都是先秦古書，當然可信。又引《淮南子》高誘《注》，證漢人說《詩》與《傳》
義合。陳氏於《傳疏》的討論中，指出毛《傳》與《呂覽·安死篇注》對於「人
知其一」的解釋略異，從引文中可知此異在於《傳》文解此句作「人只知道暴虎
馮河危害之非」；《呂注》則釋作「人皆知小人之非」，故「一」字雖同解作「非」，
但主詞卻不同。而陳氏所引《呂覽》與《淮南子》同爲高誘《注》，所《注》卻異，
前者上已述矣；後者同《傳》義，旨在說明人只知暴虎馮河之害，卻不知應畏慎
小人危亡，此說合於《傳》義，亦同於古訓。陳氏引二異說，非在論是非，而爲
備考之用。

他如〈大雅·江漢〉「錫山土田」，毛《傳》：「諸侯有大功德，賜之名山、土田
附庸。」《傳疏》云：

〈王制〉云：「凡四海之內，九州名山、大澤不以封，其餘以爲附庸、閒
田。」又云：「天子之縣內，名山、大澤不以盼，其餘以祿士爲閒田。」
是則名山、大澤、附庸、閒田，皆不以封諸矦，諸矦有功德則賜之。……
故詩但錫土田不及附庸，《傳》每引成文，往往連類及之，而於經實無當
也。《正義》謂土田即附庸，汪龍斥其非矣。一說《正義》云「定本、集
注毛《傳》皆有『附庸』二字」，則本固有無此二字者矣。《傳》承經義，
言名山不及大澤，因召在岐山之陽，不及大河也，則《傳》非全引成文可
知。兩說皆足以明《經》、《傳》，姑具存焉。（頁 800）

從引文知：一、〈王制〉提到「名山、大澤、附庸、閒田」，毛《傳》是據〈王制〉
而作注釋。二、《正義》所據毛《傳》作「賜之名山土田附庸」，但經文只說「錫
山土田」，沒說「附庸」，毛《傳》因據〈王制〉，所以「引成文」而「連類及之」
（說到「土田」，因與「附庸」同類，所以順〈王制〉文字而並舉），其實「於經
實無當」（與經之本文不合）。三、《正義》說「土田即附庸」，誤矣，孔氏未了解
毛《傳》引書體例。且土田、附庸爲異物，汪龍已斥其非。四、另有人以爲：《正
義》既然說「定本和集注本的毛《傳》都有『附庸』二字」，可見一定有另外的本
子沒有「附庸」二字，否則《正義》無須言此。故毛《傳》可能只記「賜之名山
土田」，無「附庸」二字，因爲毛《傳》雖據〈王制〉作解，但「非全引成文」。
也許是因爲經文只說「土田」，未言「附庸」，毛《傳》因之未及「附庸」。此論亦

有可能。因〈王制〉提到「名山大澤」，但毛《傳》只說「賜之名山」，未及「大澤」，此乃「承經義」而作注解之故。五、若持「引成文」、「連類及之」的觀點，則毛《傳》有「附庸」二字；若持「承經義」、「非全引成文」的觀點，則毛《傳》無「附庸」二字。二說均能言之成理，且在版本上亦持之有據，故陳氏說「兩說皆足以明經傳，姑具存焉。」然無論如何，《正義》謂「土田即附庸」，陳氏以爲誤矣。

〈周頌・維天之命〉「假以溢我」，毛《傳》：「嘉，假；溢，愼。」《傳疏》：

> 《箋》云：「溢，盈溢之言也。以嘉美之道饒衍與我，我其聚斂之以制法度，以大順我文王之意。謂爲《周禮》六官之職也。」……此以六官、六政爲明堂大法，鄭說所本也。鄭箋《詩》「溢」爲「盈溢饒衍」，與《傳》異。（頁820）

鄭《箋》釋「溢」字，本於《大戴禮・盛德篇》以六官六政所釋之明堂大法。鄭說釋「溢」雖與《傳》義略異，但因鄭說亦有所本，既然有本，除非陳氏有足夠的理由反駁其說，否則多探異說並存。

陳奐《傳疏》採用「並存異說」，或補足《經》、《傳》義；或因各說自有道理，而姑存二說以備考，以此解《詩》，可從不同角度體會詩意。陳氏於此雖多存而無斷，但於上文所舉諸例，不難發現陳氏對異說的採用，仍以凸顯《傳》說之精當爲目的。於此除見陳奐學識的博深之外，更體會其嚴謹的治學態度。

3. 重論據，反臆說

陳奐爲學重本源，對於無據之論，多視爲臆測之詞，不足爲信。如〈大雅・抑〉「尚不愧于屋漏」，毛《傳》：「西北隅謂之屋漏。」《傳疏》：

> 〈曾子問〉《注》云：「當室之白，謂西北隅得戶明者也。明者曰陽。」又云：「祭成人，始設奠於奧。迎尸於前，謂之陰厭。尸謖之後，改饌於西北隅，謂之陽厭。」奐案：厭者，安也。西北隅爲神主之所安藏。〈文二年〉《穀梁疏》云：「糜信引衛次仲曰：『宗廟主皆用栗，祭訖則内於西壁墇中，去地一尺六寸。』」〈昭十八年〉《左疏》云：「每廟木主皆以石函盛之，當祭則出之。事畢則納於函，藏於廟之北壁之内，所以辟火災（《左傳》十三經注疏本，作「灾」字）也。」引《白虎通義》「納之西壁」，或云「西壁」，或云「北壁」，其義同也。〈士虞禮〉：「祝反，入徹，設于西北隅，如其設也。几在南，扉用席。」何休〈成三年〉《公羊傳注》云：「因新入宮，易其西北角。」《穀梁傳》云：「喪主於虞，吉主於練，於練焉壞廟。壞廟之道，易檐可也，改塗可也。」是士虞而納主，諸侯練而納主，

皆在廟室之西北隅，其後常祭，祭末改饌，亦於此處矣。《爾雅》:「屋漏之義。」郭璞云「未詳」，孫炎云:「屋漏者，當室之白，日光所漏入。」孫本鄭《禮注》作解。舍人云:「古者徹屋西北扉，以炊浴汲者，訖而復之，古謂之屋漏也。」劉熙《釋名》云:「禮，每有親死者，輒撤屋之西北隅薪，以爨竈煑沐，供諸喪用。時若值雨則漏，遂以名之也。」〈喪大記〉云:「甸人取所徹廟之西北扉薪，用爨之。」《疏》云:「謂正寢爲廟，神之也。」案:此即劉與舍人所本，但〈喪大記〉謂新死者撤正寢西北扉隱之處，非即廟室中之西北隅，不得混而爲一，且劉以「雨漏」作解，尤爲迂遠。……《正義》謂「漏，隱」，〈釋言〉文。鄭意以《詩》之「屋」，蓋即《儀禮》之「席」也；《詩》之「漏」，即《儀禮》之「扉」也。〈士虞〉《疏》云:「扉用席，謂以席爲障，使之隱。」《箋》說爲長。……此詩之「屋漏」，爲人所不見之地。(頁756)

「屋漏」原指「天窗」，古代通常會在宮室的陰暗處設置天窗，使日光可以射入。據毛《傳》及陳氏所引，多以西北隅爲屋漏所在，此蓋以太陽東昇西落的自然規律而論。此處既爲陽光難照射處，故多陰暗。《詩》中所指「屋漏」所在地，爲「廟室」之西北隅，與〈喪大記〉所指「正寢」有別，其指因人死，故「神之」，非眞有「廟」。舍人、劉熙雖欲本〈喪大記〉之說，卻誤解其意，而劉氏更以「漏水」釋「屋漏」義，亦誤矣。另，據陳氏所引，知孫氏本《禮注》，以「日光所漏入」爲「屋漏」義。而陳氏據〈曾子問〉《注》知「西北隅」亦可得戶明，且爲神主安藏之所；引《箋》語，《詩》之「屋漏」即《儀禮》之「席扉」，表「隱」意。陳氏藉上述文獻所言，將本詩之「屋漏」意引申爲「人所不見之地」。雖然陳氏所用爲〈曾子問〉《注》(鄭《注》)之說，然因其他諸說亦多有本，故並錄之。

〈大雅・江漢〉「王命召虎」，毛《傳》:「召虎，召穆公也。」《傳疏》:

《汲郡古文》:「宣王五年伐荊蠻，六年平淮夷，七年命申伯。」然則召穆公爲申伯定宅，自在既平淮夷之後。《紀年》僞書，閒有依據。(頁798)

晉時於汲郡古冢〔註89〕出土一批先秦古書資料，這些古書資料寫於竹書之上，其中有魏國紀年之書，後人稱爲《竹書紀年》，除外，也有《汲冢古文》等稱。因其中有傳統學者認爲「不經」的記載，逐漸亡佚，因而有後來僞撰的《竹書紀年》。晚出

〔註89〕《晉書・武帝紀》:「咸寧五年……冬十月戊寅，……汲郡人不準掘魏襄王冢，得竹簡小篆古書十餘萬言。」楊家駱主編:《新校本晉書并附編六種》(臺北:鼎文書局，1976年)，頁70。又〈束晳傳〉:「太康二年，汲郡人不準盜發魏襄王墓，或云安釐王冢，得竹書十車，漆書，皆科斗字。」《晉書》，頁1427。

《竹書紀年》自清初以來即漸受懷疑，陳奐所據當即此者。陳奐據《竹書紀年》所載，推斷召穆公爲申伯定宅的時間是在平淮夷之後。雖然陳奐知道《竹書紀年》是僞造的，〔註90〕但認爲不同於「嚮壁虛造」之書，而是「閒有依據」，以爲仍有參考價值。陳氏這條資料的考辨是否正確，另當別論，但他不輕易抹煞僞書的觀念，誠爲可取。事實證明，朱右曾、王國維的輯校古本《竹書紀年》，正是以「今本」爲底本，作爲輯佚的資料假定。〔註91〕

　　以上由「疑者闕疑」、「並存異說」、「重論據，反臆說」等三項，說明陳奐在擁毛《傳》的立場上，似應排斥異說，但如果異說有據，他往往持保留的態度，即使不合毛恉，仍予尊重。此種一切依憑證據的精神，實爲治學嚴謹的表現，而此精神實承襲自段、王家法。以下將就研究方法的承襲，進一步說明陳奐如何師法段、王二氏。

（三）研究方法

　　此部分探討陳奐對段、王二氏訓詁方式的承襲，從明句讀、語法運用、依據語境等項說明陳氏之訓詁、校勘工作。

1. 明句讀

　　王氏父子在自刻的書上標明句讀。〔註92〕此證王氏父子已深刻體悟到，看似微不足道的句讀問題，對於學習及閱讀的重要性。所以近人楊樹達也說：「句讀之事，視之若甚淺，而實則頗難。」〔註93〕強調一般人將句讀之事當成微末細小之事，但事實上是一件頗爲艱難的事，因爲它在在影響文句的解讀。與王氏父子交游甚密的陳奐，自然領悟王氏重句讀的苦心，並將這種觀念傳授於弟子。身爲陳奐高足的俞樾，繼承這個觀念，在他的《群經平議・序》中，特將「正句讀」列爲其三大治經之道之

〔註90〕由上注所言，可知《竹書紀年》爲戰國魏國的史書，於晉武帝太康年間自汲冢郡出土，自此受到晉南北朝學者的高度重視，但至唐漸亡佚，僞撰之《竹書紀年》遂出。陳奐言「《紀年》僞書」，知其在《紀年》上當有今、古本的觀念。據檢閱《今本竹書紀年》的結果，二者於文字上雖有異，然表達的事件卻是一致，反而是在《古本竹書紀年》「宣王」的部分，均不見記載五年、六年、七年的相關事件。參見王國維輯：《古本竹書紀年輯校、今本竹書紀年疏證》（臺北：藝文印書館影印本，1958年），頁105～106。由此幾乎可以判定陳奐所稱的「紀年」，應是《今本竹書紀年》，而此《竹書紀年》亦一直被認定爲僞造之作。

〔註91〕參見洪師國樑：〈朱右曾《汲冢紀年存眞》與王國維《古本竹書紀年輯校》之比較〉，《第二屆清代學術研討會論文集》（高雄：國立中山大學中文系，1991年）。

〔註92〕楊樹達在《古書句讀釋例・敘論》：「句讀人多視以爲淺近，故清儒刻書恆不施句讀。惟高郵王氏自刻之書，如《廣雅書證》、《經傳釋詞》等，皆自加句讀。」收入楊家駱主編《古書疑義舉例等七種》（臺北：世界書局，1992年5月，3版），頁3。

〔註93〕同上注，頁3。

一。〔註94〕陳奐在《傳疏》中雖未標明句讀，但另採彈性方式，將認為易生誤讀處，加注「逗」或「逗讀」以提示，或於成句之末字的右下方加一小字「句」、「逗」，或加注「幾字一氣讀」等話語，以達到「明句讀」的功效，以下茲舉數例說明。

例如〈邶風‧匏有苦葉〉「旭日始旦」，毛《傳》：「旭，日始出。」《傳疏》：

> 《傳》「旭」字逗，「日始出」三字詁經之「旭」字。（頁98）

一般人易將《傳》文中的「旭日始出」四字連讀，所以陳奐特明「旭」字下當「逗」，以分「旭」和「日始出」為二部分，且更說明如此斷句的理由：據《傳》文以「日始出」三字解釋經文中的「旭」字。並引《新書‧脩政語下篇》說「旭旭然如日之始出也」，以為此與《傳》義同，作為此斷句之依據。

餘如〈小雅‧祁父〉「有母之尸饔」，《傳疏》：

> 「有母之尸饔」，「有母」二字當逗讀，「之」猶「則」也。言我從軍以出，有母不得終養，歸則惟陳饔以祭，是可憂也。……所謂養不及親也。（頁478）

旨在討論「有母之尸饔」一句的讀法。陳奐在「有母」後作一停頓，以為當讀作「有母，則尸饔」，以「予」為主詞，「予」為「有母」陳饌，此與鄭玄讀法不同；鄭《箋》：「己從軍而母為父陳饌飲食之具，自傷不得供養也。」以「有母」為主詞，作「有母」為父陳饌解。陳奐據《序》意，以為此著重「養不及親」之意，故應是「予」從軍，使母不得終養；「予」歸，「惟陳饔以祭（母）」。鄭說順經而解，卻不合經恉，故改讀之。

〈小雅‧蓼莪〉「鮮民之生，不如死之久矣。」毛《傳》：「鮮，寡也。」《傳疏》：

> 寡字逗，不與民連讀。寡、孤一也。「寡民之生」與《左傳》「寡我襄公」，文義相同。案：此下二句即承上二句一氣直下。上之人征役不息，則下之人勞苦不休，以致喪父喪母，不得終其養親之志，孤寡之由，皆上使之然也。（頁546）

指經文應讀作「鮮，民之生，不如死之久矣。」一般多將「寡民」連讀，以「寡」為定語，修飾「民」，以「寡民」為偏正詞組。陳奐據《左傳》「寡我襄公」之詞例，以「寡」為動詞，以「民之生」（民之父母）為賓語，即以「寡之生」為動賓詞組；因下之人「勞苦不休」，以致「喪父喪母」，即「寡民之生」（使民之父母喪亡）。

〔註94〕俞樾在《群經平議‧序》中提到：「余幸生諸老先生之後，與聞緒論，粗識門户，嘗試以為治經之道大要有三：正句讀、審字義、通古文假借，得此三者以治經，則思過半矣。」〔清〕俞樾：《春在堂全書》（臺北：中國文獻社，1968年），冊1，頁7。

〈衛風・有狐〉《序》：

> 有狐，刺時也。衛之男女失時，喪其妃耦焉。古者國有凶荒，則殺禮而多
> 昏。句會男女之無夫家者，所以育人民也。（頁176）

陳奐以爲〈有狐〉篇小序於此若作「逗」，則意思直貫而下；若加「句」，則表文意應分兩層讀，若以今日標點符號，則是冒號或分號。〈齊風・載驅〉《序》：「載驅，齊人刺襄公也，無禮義故。句盛其車服，疾驅於通道大都，與文姜淫播其惡於萬民焉。」〔註95〕及〈秦風・車鄰〉《序》：「車鄰，美秦仲也，秦仲始大。句有車馬禮樂侍御之好焉。」〔註96〕亦是此類的句讀標示法。

〈大雅・蕩〉「侯作侯祝」，毛《傳》：「作祝詛也。」《傳疏》：

> 《傳》文「作祝詛也」四字一氣讀。「祝詛」二字以釋經之「祝」字，則
> 「作祝」連文成義；「侯作侯祝」，「侯作祝」也。侯，維也，猶有也，猶
> 云「是剝是菹」，「是剝菹」也；「爰始爰謀」，「爰始謀」也；「迺宣迺畝」，
> 「迺宣畝」也；「克禋克祀」，「克禋祀」也；「匪紹匪游」，「匪紹游」也，
> 皆以弟一字爲語詞，弟三字爲助詞，此其句例。（頁748）

由「祝詛」二字釋經「祝」字，以爲經文「作祝」二字必須連文成義，「作祝詛也」四字一氣讀。陳奐於此例，主要是依「句例」而作判斷。其他如〈大雅・縣〉《傳疏》：「《小箋》本《傳》文增『瓜瓞』二字，以『瓜紹也』三字連讀，宜據以補正。」（頁656）〈大雅・行葦〉《傳疏》：「《傳》云『鍭矢參亭』者，『鍭矢』釋『鍭』，『參亭』釋『鈞』，四字連讀。……《傳》云『巳均中蘗』，四字亦連讀。」（頁713）及〈大雅・靈臺〉《傳疏》：「《傳》文『不日有成也』五字作一句讀。」（頁686）均屬此類型之斷句法。

綜上所云，呈現陳氏標明停頓的形式，及其斷句的依據。陳氏在斷句的形式上，若表一意直貫而下者，則採「逗」、「逗讀」、「連讀」、「一氣讀」、「作一句讀」等話語標之；若標注「句」者，則表文意需分兩層解讀，用法相當今之「分號」。陳氏治學最重依據，故由上亦見其所斷句者，其來有據，非妄論也。而其作爲斷句依據者，約可分作他書、《序》意、釋義、句例等數端。

2. 語法運用

語法觀念至馬建忠的《馬氏文通》出現後，才有一個完整的理論體系出現。實際上，在毛《傳》及鄭玄箋《詩》時，已不自覺地使用語法闡明詩義，如說：「某，辭也」，粗分詞的虛實。唐孔穎達更在此基礎上提出義類（實詞義之大類）與語辭義

〔註95〕同注4，頁257。
〔註96〕同注4，頁299。

兩大概念，以說明實詞和虛詞。〔註97〕在王氏父子的年代，雖然時常運用語法判斷文句的得失，或用以釋文義，或用以正文字，然此均是概念的運用，並不具有理論體系。儘管如此，語法分析，在經文闡釋上仍有其具體功效。陳奐遵王氏之法，大量運用語法觀念進行釋義，使他在毛《傳》的闡釋上，有了不少發明。以下粗分數類作為說明。

（1）根據句法

例如〈大雅·板〉「大邦維屏，大宗維翰」，《傳疏》：

> 「大邦維屏」與「萬邦之屏」句法同。〈桑扈〉《傳》：「屏，蔽也。」（頁745）

陳氏比較〈板〉「大邦維屏」與〈桑扈〉「萬邦之屏」，認為句法同，並據毛《傳》釋「屏」為「蔽」。同篇或異篇「句法」間的比較，是陳奐釋義之重要方法，以下再舉他例說明，陳氏對此法的運用。

又如〈衛風·芄蘭〉「雖則佩觿，能不我知」，毛《傳》：「不自謂無知，以驕慢人也。」《傳疏》：

> 古「能」與「而」通，皆語詞之轉，「則」猶「是」也。「雖則佩觿，能不我知」，言雖是佩觿，而不我知也；「雖則佩韘，能不我甲」，言雖是佩韘，而不我狎也。猶〈民勞篇〉「戎雖小子，而式弘大」，上言「雖」而下言「能」，與上言「雖」而下言「而」，句法正同。（頁172）

陳氏就「語詞之轉」的觀點，以為「能」、「而」通。在楊樹達《詞詮》「能」字條：「（六）承接連詞與「而」同。……按：諸例皆『能』與『而』互用。」〔註98〕又「而」字條說：「（三）助動詞假作『能』字用，……亦假『而』為『能』，作名詞用。」〔註99〕知「能」與「而」通用，其詞性功用有三：承接連詞、助動詞，以及名詞。然由此句例，知「而」字應作「承接連詞」，〔註100〕「能」字為「而」字之假字，

〔註97〕如〈周南·芣苢〉「薄言采之」，毛《傳》：「薄，辭也。」鄭《箋》：「薄言，我薄也。」《正義》曰：「毛《傳》言『薄，辭』，故申之，言『我薄也』。『我』訓經『言』也。薄，還存其字，是為辭也。言我薄者，我薄欲如此，於義無取，故為語辭。……〈時邁〉云『薄言震之』，《箋》云『薄猶甫』，甫，始也。〈有客〉曰『薄言追之』，《箋》云『王始言餞送之』，以薄為始。以〈時邁〉下句云『莫不震疊』，明上句『薄言震之』，為始動以威也。〈有客〉言云：『以繫其馬』欲留微子，下云『薄言追之』是時將行。王始言餞送之。詩之『薄言』多矣，唯此二者以『薄』為『始』，餘皆為辭也。」（同注89，卷1之3，頁4a，總頁41。）

〔註98〕楊樹達：《詞詮》（北京：中華書局，2004年7月，3版14刷），卷2，頁77。

〔註99〕同上注，卷10，頁461。

〔註100〕王力在《漢語語法史》中以為：「『而』字一般用作連詞。主要是把平行的兩個形容

—28—

故本句應作「雖則佩觽，而不我知」解。另舉〈大雅·民勞篇〉之例「雖……，而……」，和本例「雖……，能……」句法相同，此亦可爲「而」、「能」相通之證。陳奐於此例進行同篇各章句例比較，當得自王氏父子以「終……且……」、「既……且……」例子的啓發。

又如〈小雅·賓之初筵〉「屢舞僛僛」，毛《傳》：「屢，數也，僛僛然。」《傳疏》：

> 屢，俗字，《釋文》本作婁。《傳》訓「婁」爲「數」者，爲全詩「婁」字通訓。〈正月〉、〈巧言〉《箋》皆云：「婁，數也。」《爾雅·釋言》「婁，亟也」，亟亦數也。「僛僛然」上當有「數舞」二字，蓋僛僛然者，數舞兒也。「數舞僛僛然」與「南山崔崔然」、「信誓旦旦然」，句例相同。（頁607）

「屢（婁）」訓爲「數」，是全詩「屢」字通訓，毛氏此《傳》、鄭玄〈正月〉、〈巧言〉《箋》莫不如此。但「僛僛然」三字應是形容「數舞」，不當無所指而單獨存在，陳奐認爲上面當有脫文。陳奐由毛《傳》先釋經字再釋經句的《傳》例推知，「僛僛然」三字必是釋「屢舞僛僛」句之文，《傳》文應作「數舞僛僛然」。此種訓釋亦有句例可證，如〈齊風·南山〉「南山崔崔，雄狐綏綏」，毛《傳》作「南山崔崔然」、〈衛風·氓〉「言笑晏晏，信誓旦旦」，毛《傳》作「信誓旦旦然」，陳奐於此利用《傳》例勘正《傳》文之奪文。

（２）根據對文

例如〈小雅·車舝〉「高山仰止，景行行止」，毛《傳》：「景，大。」《傳疏》：

> 「景行」與「高山」對文。上「行」爲道，下「行」讀「女子有行」之行。
> 高山猶高崗也。（頁601～602）

「景行行止」中的兩個「行」字不同義，「景行」與「高山」相對爲文，景、高均高、大之稱，行、山均名詞，仰、下「行」字均作動詞，所以同爲偏正詞組。斷上「行」字爲「道」，而下「行」字爲「女子有行」之行。這是據對文而判斷詞性及詞義。因鄭《箋》讀上「行」字爲「行爲」之行，且釋「景」作明，陳氏故而對此提出解釋，而《正義》站在護鄭的立場，弭合毛《傳》與鄭《箋》在釋義上的差異。〔註101〕

又如〈大雅·民勞〉：「無縱詭隨，以謹無良，式遏寇虐，憯不畏明。」毛《傳》：

詞、兩個動詞或兩個同類的詞組連在一起，有順接，有逆接。……其實，『而』字只有一種語法功能，那只能是連詞。至於是順接，是逆接，還是把狀語連接於謂詞，那只是受上下文的影響罷了。」（北京：商務印書館，2003年6月，1版3刷），頁142～143。馬建忠在《馬氏文通》中將上古連詞區分爲四類：提起連字、承接連字、轉捩連字、推拓連字，「而」即屬於「承接連字」。參見呂叔湘、王海棻：《馬氏文通讀本》（上海：上海教育出版社，2001年7月，2版1刷），頁458～527。
〔註101〕　同注88，卷14之2，頁16a，總頁485。

「詭隨，詭人之善，隨人之惡，以謹無良，懲小以懲大也。」《傳疏》：

> 詩五章，每章皆以「詭隨」、「寇虐」作對文。《傳》云「懲小以懲大也」者，「懲小」謂上「無從詭隨」二句，「無良」即是「詭隨」，「以謹」即是「無從」也；「懲大」謂下「式遏寇虐」二句，《傳》實為五章總釋也。（頁 738）

此詩共有五章，每章均以「詭隨」、「寇虐」作對文鋪陳。「詭隨」、「寇虐」均指不善之人，二者僅有程度上的區別。「詭隨」之人只是詭（責）人之善、隨人之惡，〔註102〕此為小惡，然小亂、小惡為亂之源，故要「懲小」，而「寇虐」是與之相對之大惡，故陳氏於此利用「對文」，詮釋毛《傳》「小」、「大」之意。

「對文」的語用，屬於語境之一，能因個別性，對詞義作靈活的解釋。上所舉之例，陳奐除利用相對為文的靈活性釋詞義外，也順利地使《傳》說合理化。其他如：〈衛風·漢廣〉《傳疏》：「〈邶·谷風〉『方舟』、『泳游』對文。方、舟一類，泳、游一類，游者浮水而過，泳者涉水而行。」（頁 37）〈召南·小星〉《傳疏》：「宵與晝對文。」（頁 64）〈邶風·簡兮〉《傳疏》：「釋『方』為四方，與下文『公庭』作對文」（頁 107）〈王風·大車〉《傳疏》：「凡穀皆訓善，唯此『穀』字與下句『死』字作對文，故又訓生也。」（頁 198）〈大雅·桑柔〉《傳疏》：「式，用。穀，善。言良人之作為，皆用以善道也。『穀』與『垢』相對成義。」（頁 766）等均是使用「對文」方式，尋得語義。

（3）據渾言、析言

古人運用渾言、析言的觀念以構詞造句，雖屬修辭技巧，亦與語法有關。陳氏據渾言、析言以探詞義之例，如〈召南·小星〉「抱衾與裯」，毛《傳》：「衾，被也。裯，禪被也。」《傳疏》：

> 《說文》：「衾，大被。」「被，寢衣，長一身有半。」《論語·鄉黨篇》：「必有寢衣，長一身有半。」鄭玄《注》云：「今小臥被。」許、鄭同意。《傳》釋「衾」為被，「裯」為禪被者，渾言衾、裯皆被名，析言則裯為禪被，而衾為不禪之被。凡人入寢，必衣寢衣而加衾也。《詩》之「裯」，即《論語》之「寢衣」也。《方言》：「汗襦，自關而西或謂之袛裯。」《說文》：「袛裯，短衣也。」「袛裯」連文，與單言「裯」者不同，而其為帖身之物，義實不異。《箋》云：「裯，牀帳也。」《爾雅》：「幬謂之帳。」幬本或作

〔註102〕 王氏父子以「詭隨」為疊韻連語，不可分釋，毛《傳》則分釋。陳氏為《傳》訓作解，認為「詭人之善」即「隨人之惡」，雖分釋而同義。陳氏此說有回護毛《傳》之嫌，說詳第二、四章。

裯。此鄭所本也。（頁 65）

《傳》文釋「裯」為襌被。鄭玄釋「裯」為牀帳，與許慎同意，而異毛氏。鄭氏之易《傳》，孔穎達以為：「鄭以衾既為被，不宜復云襌被也。漢世名帳為裯，蓋因於古，故以為牀帳。」〔註103〕陳奐則舉《論語》，以為「裯」與「寢衣」同，表「帖身」之物，就古人所用「渾言、析言」之構詞，渾言則「衾」與「裯」均為被名，析言則「裯」為單層無裏之寢衣，「衾」則無襌之被，陳氏以析言之法說明「衾」與「裯」的微異處，試圖為《傳》說解釋。

又如〈大雅・生民〉「克岐克嶷」，毛《傳》：「岐，知意也。嶷，識也。」《傳疏》：

> 《說文》：「㠜，小兒有知也。《詩》曰：克岐克㠜。」高注《淮南》本經引《詩》作「嶷」。《小箋》云：「今本毛《詩》作『嶷』，淺人依『岐』字偏旁改之耳。岐、知古音同在十六部，嶷、識古音同在一部，此古於疊韻得訓之大凡也。岐者山之兩岐也，心之開明似之，故曰『知意』。嶷者，心口閒有所識也，故曰『識也』，〈皇矣〉亦『不識不知』竝言。」奐謂「岐，知」、「嶷，識」析言也，渾言知、識不別。（頁 703）

由《說文》知「㠜」為「小兒有知」，其與高《注》所引《詩》文皆作「克岐克嶷」，陳氏於此藉段說指出「嶷」字經淺人誤涉偏旁而改作「嶷」，進一步以音韻關係說明「岐、知」、「嶷、識」因古音同部，而兩兩得訓為說外，更進一步解釋知、識二義析言有別，渾言則通。

渾言、析言；散言、對言，均說明兩者同中有異、異中有同。陳奐使用此法，或以求同，或以別異。除上述諸例外，其他如〈鄭風・有女同車〉《傳疏》：「……案：苃、蕳、榮、荂與華同義。木為華，草為榮。木堇〈月令〉言『榮』，而《詩》言『華』。《詩》上章言『華』，而下章言『英』。《傳》云『英猶華』者，草亦華，渾言無別耳。」（頁 220）〈齊風・載驅〉《傳疏》：「《爾雅・釋器》：『輿革前謂之鞎，後謂之茀；竹前謂之禦，後謂之蔽。』鞎、茀、禦、蔽皆前後闌車，其用革、用竹各有異名，此析言之也。渾言之則茀、蔽不專稱輿後。」（頁 257）〈豳風・鴟鴞〉《傳疏》：「楚人謂之蕱，蕱讀敵戰之『敵』。幽、冀謂之萑苻也。皆散文可通之例。」（頁 376）均是渾言無別，析言殊矣，此語法作用與上文所述「對文」，有相似之處。且見詩句多以渾言變換字句，增加用字的變化；《傳》文若以渾言釋詩義，則多取其同，析言則多重其異。此陳奐承毛氏釋義方式解《傳》文。

〔註103〕同注88，卷 1 之 5，頁 6a～b，總頁 64。

3. 依據語境

多數詞語均存有二個以上的義項，故需由語境，始能確定語詞的具體意義。王引之曾在《經義述聞‧通論》「經傳平列二字，上下同義」條說：「古人訓詁，不避重複，往往有平列二字，上下同義者，解者分為二義，反失其指。」〔註104〕又於「經文數句平列，上下不當歧異」條說：「經文數句平列，亦多相類，如其類以解之，則較若畫一，否則上下參差，而失其本指矣。」〔註105〕王氏除了說明經、傳數句平列之文，或同類，或同義外，也明古人字義的使用，雖同義連用亦無嫌。陳奐解釋《詩經》、毛《傳》，即常依據語境以確定詞義。所用方法又溢出上述王氏方法之外者，如〈邶風‧終風〉「願言則嚏」、「願言則懷」，《傳疏》：

> 願，思也。言，我也。「願言」為「思我」，思我，我思也。「願言則嚏」，謂我思之而志倦欠敧也；「願言則懷」，謂我思之而憂傷也，猶上文云：「莫往莫來，悠悠我思也。」「願言」之「言」訓為我，與「寤言」之「言」不同義。〈葛覃〉「言告言歸」，「言告」之「言」訓為我，與「言歸」之「言」不同義，皆兩「言」字連文而異解。（頁87）

「願言」和「寤言」二「言」字不同義，前者表我，後者表「言語」之言。又「言告」和「言歸」二「言」亦訓義不同，陳氏於〈葛覃〉《傳疏》已說，「言告，我告也。言歸，曰歸也。」（頁19）故知兩處均是「言」字連文異解。但若非於特定文脈，以釋「言」字，則難得「言」字確解。一字多訓多義，如何確定文義，則須仰賴語境。

他如〈召南‧采蘩〉「被之僮僮，夙夜在公」，毛《傳》：「夙，早也。」《傳疏》：

> 「夙，早」，《爾雅‧釋詁》文。《釋文》作蚤。〈東方未明〉、〈生民〉《傳》並訓「夙」為早；而此《傳》又為全詩「夙夜」二字通訓也。古曰夙夜，今曰早夜。「夜未旦」謂之早夜。〈庭燎〉云「夜如何其，夜未央」、「夜如何其，夜未艾」，未央、未艾即早夜之義。末章言「夜如何其，夜向晨」，晨，明也。向明，已非早夜矣。行事必以早夜為恭敬，故《周語》叔向說〈昊天有成命〉曰「夙夜，恭也」，是也。「被之僮僮，夙夜在公」、「被之祁祁，薄言還歸」，公讀如《論語》「祭於公」之公，「在公」，正行助祭之禮，故夫人用被為首飾之最盛，其非「視濯溉饎爨」可知，且「在公」與下文「還歸」意緊相承，不應中間橫梗先夕親事可知。公，公廟也。歸，歸燕寢也。僮僮，來儀也。祁祁，去儀也。「夙夜在公」，質明而始行事。「薄言還歸」，晏朝而退也。「夙夜」二字連讀得義，而與「夙興夜寐」平

〔註104〕同注81，冊6，卷32，頁1294。
〔註105〕同注81，冊6，卷32，頁1297。

列者，自不同也。全詩中，若〈行露〉、〈小星〉、〈雞鳴〉、〈陟岵〉、〈雨無正〉、〈烝民〉、〈韓奕〉、〈昊天有成命〉、〈我將〉、〈振鷺〉、〈閔予小子〉、〈有駜〉，解者失其讀久矣，因具論之。（頁 46）

《傳》文釋「夙」作早，此夙字通解。若將「夙夜」連讀，則有二意，一指朝暮，如「夙興夜寐」，夙、夜平列。一指早夜，此「夙夜」則連讀成義，古稱夙夜，今稱早夜，《詩》中「夙夜」解作此者多矣，如〈齊風・雞鳴〉「夙夜警戒」、〈魏風・陟岵〉「夙夜無已」、〈小雅・雨無正〉「莫肯夙夜」、〈魯頌・有駜〉「夙夜在公」即是。〔註106〕除外，陳氏探下文「薄言還歸」，以為「在公」二字為在公廟進行助祭之禮，非如鄭《箋》所謂的「視濯溉饎爨」之事，而助祭為重大之事，必恭敬行之，古有以早夜行事表恭敬者。因強調「恭敬」，則當釋作「早夜」，是偏正詞組，非如「夙興夜寐」之平列。

〈衛風・氓〉「將子無怒」，毛《傳》：「將，願也。」《傳疏》：

《傳》於此「將」訓「願」。「將仲子兮」、「將伯助予」，兩「將」字訓「請」。

請者，語氣直；願者，語氣曲，故隨文以別言之。（頁 165）

在〈衛風・氓〉「將子無怒」，《傳》釋將作願。《詩》云：「匪我愆期，子無良媒。將子無怒，秋以為期。」由此四句，知女方解釋錯過婚期，非其所願，而是未有善媒，除希望得到男方的諒解外，也允諾秋行婚禮，必待「媒妁之言」。既是女方求得諒解之語，語氣自然曲，表達希望、商量的語氣。而〈鄭風・將仲子〉「將仲子兮，無踰我里」、〈小雅・正月〉「載輸載爾，將伯助予」，二詩「將」字，《傳》均訓作「請」，《爾雅》：「請，告也。」告為事實的陳述，故氣直。前者為女子對失態追求者，採取警告。後者是將局勢告訴長者，請求協助。由此亦知，語境也塑造情境，情境影響語言的表達。

詞語依據語境的不同，其具體義亦別，所以在詞義的解釋上，若持一字之義，欲通解此字，則某處通，某處則不辭。

綜上可見，因陳奐作《疏》的目的，主要是疏通毛《傳》之文，所以多用同是

〔註106〕馬瑞辰說：「《詩》言『夙夜』不一，有兼指『朝暮』言者，〈陟岵〉行役『夙夜無已』之類是。有專指『夙興』言者，此詩『夙夜在公』（〈魯頌・有駜〉），及它詩『豈不夙夜』（〈召南・行露〉）、『夙夜敬止』（〈周頌・閔予小子〉）、『庶幾夙夜』（〈周頌・振鷺〉）、『我其夙夜』（〈周頌・我將〉）、『莫肯夙夜』（〈小雅・雨無正〉）皆是也。舊皆兼指朝暮言，失之。」〔清〕馬瑞辰《毛詩傳箋通釋》，收入《宋元明清十三經注疏匯要》（北京：中共中央黨校出版社，1996 年），卷 3，頁 5a，總頁 282。故馬氏以此「夙夜」應作「朝暮」解，王先謙同意此說。參見〔清〕王先謙：《詩三家義集疏》（臺北：明文書局，1988 年 10 月 10 日，初版），頁 74。

疏毛《傳》之注本，或群書中所引之異文，進行《傳》文的還原工作，並進行字義的比較、歸納，以此釋得字義之正解，此與王氏父子先提出舊說之誤，次明個人結論，最後提舉若干例證之法如出一轍，成爲陳氏解經的重要技法。

第二節　陳奐《詩毛氏傳疏》之撰著歷程及其體例

　　上一小節已述陳氏《傳疏》是時代下的產物，而陳氏的學思歷程給予他因應時代需要的養分，使他能逞天時、地利、人和之勢，爲學術界留下巨作，也爲後輩在毛《傳》的閱讀上，引領一條捷徑。於下將介紹陳奐《傳疏》的撰著歷程。

一、陳奐《詩毛氏傳疏》之撰著歷程

　　陳奐以訓詁知識解經，尤以釋《詩經》之成績爲最，陳氏在《詩經》方面的零星著作，亦爲日後撰寫《詩毛氏傳疏》的重要基礎。下面將由《義類》至《傳疏》成形，論《傳疏》一書的撰述始末。

　　〈皖派經學家列傳第六〉「陳奐」條說：

> 表明西漢諸儒說禮器制度，可補古經殘闕，同《傳》異《箋》者數端，爲
> 《毛詩說》一卷。又準以古音，依四始爲《毛詩音》四卷。明鄭多本三家，
> 與毛不同術，爲《鄭氏箋考徵》一卷。更編《毛詩傳義類》十九篇爲一卷；
> 又其少作有《詩語助義》三十卷。……兼通禮經以旁證《春秋》、《穀梁》，
> 爲《穀梁逸禮》一卷。〔註107〕

此明陳氏作《毛詩說》、《毛詩音》、《鄭氏箋考徵》及《毛詩傳義類》的闡發重點，分別是爲表明西漢諸儒說禮器制度，以補古經殘闕，發明同《傳》異《箋》者數端，以成《毛詩說》一卷；又準以古音，依四始爲《毛詩音》四卷，以明古今音之別；明鄭多本三家，與毛不同術，針對鄭《箋》依據三家《詩》說改毛《傳》，或申明毛《傳》之處，加以研究，作《鄭氏箋考徵》一卷。陳氏以爲毛《傳》之意有備於《爾雅》，有不備於《爾雅》者，根據《爾雅》的體裁、體例，對此現象作綜合性的研究，更編成《毛詩傳義類》一卷，以疏通字義。各著作不相雜廁，卻相互聯繫，依此欲闡發主題，作爲著述核心。另，陳氏少作有《詩語助義》三十卷，又因兼通《禮經》以旁證《春秋》、《穀梁》，爲《穀梁逸禮》一卷。上述諸作看似各自發展，卻爲陳氏日後揉合成《疏》的根基，而《傳疏》即是諸作的總合成果。

〔註107〕同注36，頁281。

（一）撰著動機

支偉成在〈皖派經學家列傳第六〉「陳奐」條說：

> 初在京師，識胡承珙，知亦攻毛《詩》，與己同愾；意其研討有年，於毛
> 氏《經》、《傳》必爲完書，故己所治毛《詩》，特編爲《義類》。〔註108〕

奐在京師結識胡承珙，也因與胡氏在毛《詩》方面的研究旨趣相同，除往來談論頻
繁外，陳氏更因此以爲胡氏已爲毛《詩》作一完《注》，爲免雷同之虞，遂將自己研
治毛《詩》心得，僅編爲《義類》。

陳奐在《師友淵源記》中，也表達了這個想法，他說：

> 竊謂墨莊治《詩》有年，於毛《詩》《經》、《傳》必爲完書，故己所治
> 《詩》，特編爲《義類》。及其病革之日，遺言屬校《後箋》，〈魯頌・泮
> 水〉下無稿本，並爲補篇。乃知所治毛《詩》，條例章句，不爲完書。
> 奐遂奮焉，以《義類》揉《疏》。乙未有此志，至是乃得堅，丙丁戊己
> 四年而《疏》成。（頁95）

又戴望在〈孝廉方正陳先生行狀〉一文中亦說：

> 給事（胡承珙，他曾任給事中）出爲臺灣兵備道，引疾歸里，病革遺言：
> 以所撰《後箋》艸本遺先生，自〈魯頌・泮水〉以下皆闕，爲之補篇，乃
> 知所治毛《詩》特條舉《傳》義，不爲統釋，遂有揉《義類》作《疏》之
> 志。〔註109〕

胡承珙積勞成疾，於病榻前仍不忘學術，囑託陳奐爲校勘《後箋》，並補〈魯頌・泮
水〉以下諸篇之闕，〔註110〕陳氏因此得見胡氏《後箋》草稿，且知此書的著作體例
只是「條舉《傳》義」，與己所想的「統釋」全文，差距甚遠，遂萌發「揉《義類》
作《疏》」的念頭，此爲陳氏首次想以自己《義類》十九篇爲基礎，爲毛《詩》《經》、
《傳》作一統釋性專著。

陳奐在《師友淵源記》中曾說：

> 余始交小米於錢唐。十一年辛卯，重至錢唐，偕宿西湖萬林園……。嘗謂
> 余曰：「子體弱，日月不我與，盍將所箸毛《詩》作爲《傳疏》，互相切證
> 乎？」余初編《義類》，至是始有揉《疏》之志，此道光十五年乙未事也。

〔註108〕同注36，頁281。

〔註109〕同注17，頁276。

〔註110〕除《後箋》的〈泮水〉標題下著有「已下長洲陳奐補」的字樣外，在文中亦時見「奐
案」的字眼，此似可證陳奐補《後箋》之闕的事實。又據比對《傳疏》與《後箋》
二書於〈魯頌・泮水〉以下的說解，論點的掌握上並無二致，主要差異是在於體例，
這是各忠原書所致。

〔註111〕（頁110）

汪遠孫對陳奐不佳的身體，顯得憂慮，以歲月不居爲由，希望陳氏能夠盡快將編寫的《義類》揉爲《傳疏》，且以彼此可互相切磋爲勉勵。在汪氏的友誼敦促下，更堅定了陳奐的「揉《疏》之志」。故若無汪氏的聳恿、催促，此書未必得以版行。故戴望又說：

> 至是聞舍人言，始屬艸稿，迄六年而定，先生五十五歲矣。書成而舍人歿，
> 其弟適孫復請定其兄遺書，又爲先生刊《詩疏》以行……。〔註112〕

此明陳氏揉《義類》爲《疏》得以成功，主要是汪遠孫不但在精神上給予肯定，更給予實質上的支助。陳氏在獲胡氏草稿後六年（道光二十年，陳奐五十五歲），即成《詩毛氏傳疏》。此時，對陳氏《疏》作寄予厚望的汪遠孫不幸辭世，死前不忘以此書付梓行世囑託於二弟汪適孫，此除見汪氏對陳氏情誼之深外，亦見其爲學術的用心。然因1840年的鴉片戰爭，及主要資助刊刻的汪氏家族屢遭巨變，〔註113〕使得是書從道光二十年（1840）四月六日計畫開雕，卻至道光二十七年（1847）八月七日，前後共歷七年的時間，始刊刻竣工。〔註114〕

（二）撰著歷程

陳奐於《傳疏・條例》說：

> 此《疏》之作始於嘉慶壬申（1812），從學段氏若膺先生於蘇郡白蓮橋枝
> 園，親炙函丈，取益難數，而成於道光庚子（1840），杭郡西湖水北樓，
> 友人汪亞虞聳恿爲之。（頁9）

據上引《師友淵源記》，陳奐自言「奐遂奮焉，以《義類》揉《疏》。乙未有此志，至是乃得堅，丙丁戊己四年，而《疏》成。」則陳氏此言「此《疏》之作始於嘉慶壬申」，所指的《疏》，應是《義類》。那時，陳氏已因江沅而結識段玉裁，並從段氏學毛《傳》和《說文》。《義類》是《傳疏》著成的重要基礎，二者具有承襲關係。《傳疏》的寫作時間若從編寫《義類》算起，則長達二十八年的時間。〔註115〕若由

〔註111〕有人會因此以爲陳奐是在此時始有揉《疏》之志，事實不然，在道光十四年甲午，因胡承珙的嗣子欲刊行胡氏遺作，知陳奐不但與高堂素有交情，且是志術一同，故商請陳奐爲《後箋》作校補。於此，陳奐因已見《後箋》全貌，知其僅爲條舉傳義之文，萌生揉《義類》爲全面統釋性的《疏》作。道光十五年乙未，小米的一番話，對陳奐揉《疏》的想法，有了正面且增強的效果。
〔註112〕同注17，頁276。
〔註113〕道光二十三年（1843年）十月，適孫猝然離世。道光二十四年（1844），小米獨子去世。
〔註114〕陳奐《傳疏・條例》：「庚子四月六日開雕，丁未八月七日雕成。」同注4，頁9。
〔註115〕林葉蓮在《中國歷代詩經學》中說：「陳氏撰述此書，歷十八載而成。」（臺北：

胡承珙嗣子於道光十四年甲午，囑其校補《後箋》，而有此志；亞虞於道光十五年乙未，促其揉《疏》，始動手編撰，則編撰時間僅有四年。《義類》爲陳奐著《傳疏》之基礎，〔註116〕《傳疏》一切要義亦由此出，只是二者詳略有別。

　　除了著作《傳疏》的動機、成書時間外，陳奐對《傳疏》疏毛《傳》的主要內容，亦有如下的說明：

　　　　凡聲音訓詁之用，天地山川之大，宮室衣服制度之精，鳥獸草木蟲魚之細，

　　　　分別部居，各爲探索，久乃劃除條例章句，揉成作《疏》。〔註117〕

指出編撰《義類》時，曾針對幾方面下過功夫，所涉如下：凡聲音訓詁之用、天地山川之大、宮室衣服制度之精、鳥獸草木蟲魚之細等進行分類，後即據《義類》的成果，作爲《傳疏》的基礎。

　　茲將陳奐揉《義類》成《疏》之時程，列表如下：

時　　間	西元紀年	年　齡	事　　件　（進程）
嘉慶十七年（壬申）	1812	26	補長洲縣學員。12月始於枝園校正《說文》，段氏傳戴氏之「以字考經，以經考字」的學問方法於陳奐，並專攻毛《詩》、《說文》。（開始了陳氏對毛《傳》的研究）
道光十四年	1834	49	胡承珙嗣子欲刊行其父遺作，請託陳奐爲其校補。（陳奐已奮起作《疏》之心）
道光十五年（甲午）	1835	50	小米之言，使作《疏》之心更堅。
道光十六至十九年（丙、丁、戊、己）	1836～1839	51～54	《詩毛氏傳疏》著成。（《師友淵源記》「胡承珙」條說）〔註118〕
道光二十年（庚子）	1840	55	定稿。隨後汪適孫計畫刊行，且欲於四月六日開雕。
道光二十七年（丁未）	1847	62	是年八月七日竣工。

　　　　臺灣學生書局，1995 年 8 月，初版 2 刷），頁 385。不知所據爲何，恐筆誤所致。

〔註116〕戴維在《詩經研究史》中指出：「陳奐作《詩毛氏傳疏》，格於體例等原因，有些問題就未能深入討論，後來，他爲輔翼補充《傳疏》，又相繼作《毛詩音》、《毛詩說》、《毛傳義類》、《鄭氏箋考徵》。」戴維：《詩經研究史》（長沙：湖南教育出版社，2001年 9 月，1 版 1 刷），頁 541～542。此說恐誤。首先，陳奐曾在《詩毛氏傳疏》中說過一開始的體例是仿《爾雅》作《義類》，之後是因爲：一、見胡承珙《後箋》體例，並非對毛《傳》作全面性的統釋；二、受到胡培翬的建議；三、汪小米的極力敦促，儘管開雕至刊成時間因汪家屢遭遽變而有所延誤，但終究完成。三個因素，才會揉《義類》爲《疏》。其次，由《毛詩音》、《毛詩說》、《毛傳義類》、《鄭氏箋考徵》分散著《傳疏》的相關意見，而非所謂的補充，《傳疏》這種全面的統釋，反倒完整。

〔註117〕陳奐《傳疏‧叙錄》，同注 4，頁 4。

〔註118〕陳奐於《傳疏‧條例》的陳述與此有異，認爲完書時間在道光庚子（二十年），相差一年。

由上表可見陳奐著作《詩毛氏傳疏》的進程，對於《傳疏》著作時間認知的分歧，〔註119〕似乎可因此表而得釋疑。但《傳疏》之成書，究竟是在道光十九年，抑二十年？或許《傳疏》大體成書在道光十九年，因為二十年四月開雕，自成書至開雕之間不免又有增刪，故又說是「二十年」，以與開雕時間相合。

二、《詩毛氏傳疏》的體例及陳奐解《詩》的原則

陳奐《傳疏》因為是以疏解毛《傳》為主，所以對於《經》文，並未作全面性的詮釋，往往是述《序》之後，即直接進行《傳》文的闡釋。《傳疏》共三十卷，每卷先標出題名、卷數，然後標明該卷〈風〉、〈雅〉、〈頌〉之總計篇、章、句，並於其下指出該〈風〉、〈雅〉、〈頌〉之地理位置、風土民情及其命名源流。在爬梳各篇前，先總計各章之總句數，次列《序》文及各章《經》、《傳》文字，並依次進行疏解。體例於《傳疏·叙錄》中說「初放《爾雅》編作《義類》」（頁4），可見《義類》是仿照《爾雅》的訓釋方式編排而成。後揉為《疏》，其卷數分合，陳氏在《傳疏·叙錄》中說：

> 考《漢書·藝文志》，毛《詩》二十九卷、《毛詩故訓傳》三十卷。此蓋以十五〈國風〉為十五卷、〈小雅〉七十四篇為七卷、〈大雅〉三十一篇為三卷、〈三頌〉為三卷，合為二十八卷，而《序》別為一卷，故為二十九卷；毛公作《故訓傳》時，以〈周頌〉三十一篇為三卷，而《序》分冠篇首，故合為三十卷。今分作三十卷者，仍毛《詩》舊也。（頁5）

《漢書·藝文志》所載的毛《詩》經文的卷數和《毛詩故訓傳》並不一致，但陳奐依段玉裁在《毛詩定本小箋》中所作的分卷，認為三十卷才是原本毛《傳》的舊觀，〔註

〔註119〕對於《傳疏》成書歷時的認知，有廣義、狹義之別。廣義來說，是從編《義類》至《傳疏》定稿止；狹義來說，則僅指《傳疏》本身的撰著時間。邱惠芬以為：「道光十五年（1835）寫《詩毛氏傳疏》，道光十九年（1839）稿定開雕。」歷時四年。邱惠芬：《胡承珙、馬瑞辰、陳奐三家詩經學研究》，同注8，頁163；張政偉亦說「道光十五年，……此後陳奐……專心撰寫《詩毛氏傳疏》，道光十九年已有初稿，道光二十年定稿，隨即開雕勘刻。」歷時四年，若計至定稿，則五年。張政偉：《戴震、段玉裁、陳奐〈周南〉、〈召南〉論述辨異》，同注9，頁29～30。此二者均狹義論陳奐《傳疏》的成書時間，陳智賢則說「如果從決定以疏體的形式著書，到《傳疏》成書，那麼陳氏的確前後大概只花了六年的時間。但不可否認的，《傳疏》的重要內容是來自陳氏早先所著的『義類』，因此《傳疏》著作的時間應當溯及先前的準備工作。……此書的完成，的確前後歷經了二十八年。」陳智賢：《清儒以《說文》釋《詩》之研究：以段玉裁、馬瑞辰、陳奐之著作為依據》，同注7，頁105。陳氏所論顧及狹義與廣義的論述，然其在狹義著作時間上，以為是歷時六年，恐誤，似應作四年。

〔註120〕段玉裁在《毛詩故訓傳定本小箋·題辭》說：「《毛詩詁訓傳》三十卷者，玉裁宰巫

120〕故從之，所以是書所分卷數、篇第系從《毛詩故訓傳》一脈。

　　實際翻檢是書，見其體例如下：

　　　　詩毛氏傳疏卷二（隔一行，頂格書寫）召南鵲巢詁訓傳弟二（空兩格）毛詩國風（另

　　起一行，低一格書寫）召南之國十四篇、四十章、百七十七句疏……（另起一行，

　　低二格書寫）鵲巢三章、章四句疏……（另起一行，頂格書寫）《詩序》……疏……

　　（另起一行，頂格書寫）經文傳……經文傳……疏……（另起一行，頂格書寫）經文傳……

　　經文傳……疏……（另起一行，頂格書寫）經文傳……經文傳……疏……（另起一行，

　　頂格書寫）（《傳疏》，頁 43～44）

每卷起首均先標明本書卷數、是卷範圍及此範圍屬《詩經》風、雅、頌的哪一部分，
並列出此範圍的總篇、章、句數，然後再標篇名，又於各篇經文之前列出各篇的章
句數。各章均先列經文，次列《傳》文，最後於本章之末作《疏》。是書題名的標法
是遵從陸德明《經典釋文》中所謂的大題在下，小題在上的格式；將各國、什之篇
目及總章句數之計數列於前首，次列出《詩序》，再其次則著錄《詩經》原文，此編
排方式則是按照段玉裁在《毛詩小箋》的作法；〔註 121〕另將各詩篇章句移置前面，
此是依循孔穎達作《毛詩正義》時所採用的體例，〔註 122〕陳奐以為這樣的編排才符
合毛《傳》的原貌，而此與《毛詩故訓傳（定本）》在每篇之後列出該篇的章、句數
不同。戴維據此說：

　　　　山事簡所訂也。曷為三十卷？從《漢志》也。夫人而曰治毛《詩》，而所治者乃朱
　　子《詩傳》，則非毛《詩》也，是以訂毛《傳》也。《故訓傳》與鄭《箋》久與經文
　　相雜厠，曷為每篇先《經》後《傳》也，還其舊也。周末漢初，《傳》與《經》必
　　各自為書也，然則《漢志》云『《毛詩經》二十九卷，《毛詩故訓傳》三十卷』，本
　　各自為書，今釐次《傳》文，還其舊，而每篇必具載經文於前者，亦省學者兩讀也。」
　　《經韻樓集》，收入《續修四庫全書》，同注 32，冊 1671，頁 692。由陸德明《經
　　典釋文・序錄》：「《毛詩故訓傳》，二十卷，鄭氏箋。」盧氏抱經堂本（臺北：漢京
　　文化事業有限公司，1980 年 2 月 15 日），文一，頁 17a、總頁 11、《隋書・經籍志》：
　　「毛《詩》二十卷，漢河間太守毛萇傳，鄭氏箋。」藝文印書館輯：《隋書》（臺北：
　　臺灣開明書局，1962 年），冊 3，卷 27，頁 12a～b。都以為毛《詩》、《毛詩故訓傳》、
　　《鄭箋》均為二十卷，而朱熹《詩集傳》亦認為是二十卷，《正義》使將三者採為
　　一處進行注疏。但段氏以為《漢志》所訂的二十九卷毛《詩》、三十卷毛《傳》，為
　　其原貌，且按此將《詩》、《傳》、《箋》分開。有些學者對段玉裁以為毛《傳》卷數
　　應為三十卷的說法存疑。（例如蘇瑩輝在〈從敦煌毛詩訓詁傳論毛詩定本及詁訓傳
　　分卷問題〉一文中，即持此論。）
〔註 121〕陳奐曾說：「先師金壇段氏玉裁《詩經小箋》云：『章句既移篇前，則都數移在此。』」
　　　　　參同注 4，頁 11。
〔註 122〕陳奐於〈關雎篇〉題名下說：「《小箋》各本章句在篇後；孔穎達《正義》云：『定
　　　　　本章句在篇後』，然後知孔本章句在前可知也。」同注 4，頁 11。

他（指陳奐）既說毛公為戰國時人，而他（指毛公）作《詁訓傳》時將《序》分冠各篇之首，與書籍流變的模式不合，戰國時似乎還無將《序》分割置各篇的形式，要之，毛公如作漢人，則不存在這種矛盾，或毛《傳》並不是陳奐所說的如此分卷。〔註123〕

但陳奐在《傳疏‧叙錄》中說：

數傳至六國時，魯人毛公依《序》作《傳》。……授趙人小毛公。（頁3）

陳氏指出作《故訓傳》的為戰國時期的魯人毛亨，再傳給小毛公—毛萇。其所作的《故訓傳》均將《序》分冠各篇之首的形式，然戰國時，未有將《序》分割置各篇的形式，此至漢始有，所以，戴氏認為陳氏所認定的毛公出生時代，〔註124〕與《序》的習慣性編排有出入，若將毛公視作漢人，此不合理處自然弭合，要不然就是陳氏所說的分卷有誤，若為後者，則陳氏恐誤從段說。

　　至於陳奐解《詩》的原則：在校勘上，有依據善本直接訂正、增刪，疑有衍、奪之字則表明於《疏》中；廣採三家與毛同字同義、異字異義者；意見相忤處，則加以辨正，另散見於六朝之後的相關說法者從略。對於資料的運用，以古義為尚，這是陳氏主尊毛《傳》之因，且釋義多與《爾雅》相表裏，名物禮制則依漢人說法為準。對於資料引用及說解的依據上，後人所引《傳》文，或文意增益，或不足徵信者均不載。陳氏注重師法、家法，故特重本源之引用。毛氏之學源出荀子，鄭玄與許慎所作《周禮注》、《說文解字注》善承毛氏，故陳奐對二人之說引用甚多。其他舊說不悉備載，相違處亦不復駁難，若有足以明毛或申毛者，不論是鄭《箋》、孔

〔註123〕同注117，頁540。

〔註124〕《漢書‧儒林傳》說：「毛公，趙人也。治毛《詩》，為河間獻王博士，授同國貫長卿，長卿授解延年，延年為阿武令，授徐敖，敖授九江陳俠，為王莽講學大夫，由是言毛《詩》者本之徐敖。」漢‧班固撰、唐‧顏師古注：《漢書》（臺北：洪氏出版社，1975年，3版），冊5，頁3614。又〈關雎〉《正義》引鄭氏《詩譜》說：「魯人大毛公為詁訓傳於其家，河間獻王得而獻之，以小毛公為博士。」（同注88，卷1之1，頁2a，總頁11）又三國‧陸璣《毛詩草木鳥獸蟲魚疏》說：「亨作《詁訓傳》，以授趙國毛萇。時人謂亨為大毛公，萇為小毛公。」收入《景印文淵閣四庫全書‧經部六四‧詩類》（臺北：臺灣商務印書館，1983年，初版），頁21。班固只知道有一個毛公，且這個毛公是趙國人，並明言其治毛《詩》，為河間獻王博士，雖固未言其姓名，但知此人為毛萇。在此也指出治毛《詩》由河間獻王立博士，至授延年，均屬民間之學，頂多也只能說是半官方的，但到了徐敖，其為官學的學者之師，故毛《詩》由此邁向官學。鄭玄已知有大、小二毛公，大的作《故訓》傳於家；小的則為河間獻王時的毛《詩》博士。陸璣不但知道有兩個毛公，且能直言二人之名。屈萬里先生以為：「時代愈後，知道的古事愈詳，這點，不能使人無疑。所以，作《詁訓傳》的究竟是不是毛亨，還有討論的餘地。」《詩經釋義》（臺北：中國文化大學出版部，1988年5月，3版），頁18。

《疏》，甚是近人說《詩》家之論，皆取證。關於陳奐解《詩》疏《傳》，於下有詳細的討論，此不贅述。

附論：陳奐《詩毛氏傳疏》及相關著作〔註125〕版本〔註126〕述略

本論文所據之《詩毛氏傳疏》爲臺灣學生書局重印上海文瑞樓藏版、民國鴻章書局石印本，茲就所見《傳疏》之不同版本，整理如下：

《傳疏》		版　　本	印行書局	館藏處（僅標著其中一家）
卷數	附			
30	釋毛詩音四卷、毛詩說一卷、毛詩傳義類一卷（19篇）、鄭氏箋考徵一卷	清刊本	臺北：世界書局	國家圖書館
30	釋毛詩音四卷、毛詩說一卷、鄭氏箋考徵一卷	上海文瑞樓藏版民國鴻章書局石印本	善本書	國家圖書館
	釋毛詩音四卷、毛詩說一卷、毛詩傳義類一卷（19篇）、鄭氏箋考徵一卷		臺灣：臺灣學生書局	臺灣大學圖書館
30	毛詩說一卷	清道光咸豐間（1847）蘇城吳門南園陳氏掃葉山莊原刊本	善本書	國家圖書館
	釋毛詩音四卷、毛詩說一卷、毛詩傳義類一卷（19篇）、鄭氏箋考徵一卷		濟南：山東友誼書社	中央研究院近史所
			上海：上海古籍出版社	中央研究院文哲所
30	釋毛詩音四卷、毛詩說一卷、毛詩傳義類一卷（19篇）、鄭氏箋考徵一卷	清道光二十七年（1847）至咸豐元年（1851）蘇州漱芳齋刊本	善本書（又名：陳石父著書）	國家圖書館
			北京：中國書局	中央研究院文哲所
柳向春以爲蘇城吳門南園陳氏掃葉山莊原刊本即蘇州漱芳齋刊本〔註127〕				
1		上海蜚英館石印縮本〔註128〕	線裝書	傅斯年圖書館

〔註125〕 關於陳奐著作概述之撰述，主要是根據陳奐《師友淵源記》、近人山本正一所作〈陳碩甫年譜〉（此文收入《陳奐研究論集》中）後所附「著述目錄」，及柳向春於〈陳奐著述概述〉之說。

〔註126〕 關於《傳疏》的版本，主要是依據國家圖書館及中央研究院圖書館所藏，另亦參考柳向春於〈陳奐著述概述〉之說而成此論。

〔註127〕 柳向春：〈陳奐著述概述〉，同注5，頁230。

〔註128〕 從傅斯年圖書館的館藏目錄搜尋畫面看來，這本《傳疏》應是根據南菁書院本影印，但此本真正依從的版本是蜚英館石印本，故南菁書院本似可視爲蜚英館石印本。

30	釋毛詩音四卷、毛詩說一卷、毛詩傳義類一卷（19篇）、鄭氏箋考徵一卷	清光緒14年(1888)江南南菁書院刊本	善本書	國家圖書館
			臺北：漢京出版社	
			臺北：復興出版社	傅斯年圖書館
（皇清經解續編本多據此二刊本）				
30	釋毛詩音四卷、毛詩說一卷、毛詩傳義類一卷（19篇）、鄭氏箋考徵一卷	清道光年間武林愛日軒刻本 （叢書名：《詩經要籍集成》）	北京：學苑出版社	中央研究院文哲所
30	釋毛詩音四卷、毛詩說一卷、毛詩傳義類一卷（19篇）、鄭氏箋考徵一卷	商務印書館國學基本叢書本鉛印毛《詩》五種本 （萬有文庫版）	上海：商務印書館	傅斯年圖書館
30	釋毛詩音四卷、毛詩說一卷、毛詩傳義類一卷（19篇）、鄭氏箋考徵一卷	清光緒十年（1884）吳縣朱記榮槐廬家塾翻刻本	古籍線裝書	傅斯年圖書館

　　由上述表格所列，知《傳疏》至少有上海文瑞樓藏版民國鴻章書局石印本、清道光咸豐間（1847）蘇城吳門南園陳氏掃葉山莊原刊本、清光緒14年（1888）江南南菁書院刊本上海蜚英館石印縮本、商務印書館國學基本叢書本、清刊本、清道光年間武林愛日軒刻本、清道光二十七年（1847）至咸豐元年（1851）蘇州漱芳齋刊本、清光緒十年（1884）吳縣朱記榮槐廬家塾翻刻本等八種版本。除清光緒十年（1884）吳縣朱記榮槐廬家塾翻刻本外，餘皆有書局印行出版，且多於全書之末附上釋毛詩音四卷、毛詩說一卷、毛詩傳義類一卷（19篇）、鄭氏箋考徵一卷，以便學人研讀。據臺灣書局出版之《傳疏》「出版說明」，得知前四種均是清代「通行本」，臺灣書局據鴻章書局石印本印行，也許亦是基於此。因此版本通行又附有陳奐其他毛《詩》相關著作，研讀上相當便利，所以本論文採用此版本作為研究底本。

　　關於陳奐的著作，以下將就見存與否分類，並略述著作內容。

見存者：

1. 《詩毛氏傳疏》三十卷，是陳奐以早年所做的《毛詩音》、《毛詩說》、《毛詩傳義類》及《鄭氏箋考徵》為基礎，揉為「疏」，此書是清代《詩經》古文派的代表。

2. 《毛詩說》一卷，此書主要是揭示毛《傳》訓詁條例，並以圖表識明制度文物，以補禮經殘闕。

3. 《毛詩音》四卷，此書是陳奐準以古音，依四始分類，以明古今音之別。

4. 《鄭氏箋考徵》一卷，主要是明鄭多本三家，與毛不同術，針對鄭《箋》依據三家《詩》說改毛《傳》，或申明毛《傳》之處，詳加研究而成此書。

5. 《毛詩傳義類》一卷，陳奐以爲毛《傳》之意有備於《爾雅》者，有不備於《爾雅》者，根據《爾雅》的體例、體裁而撰成此書。

＊現今各書局版行的《詩毛氏傳疏》，多半含《詩毛氏傳疏》三十卷、《毛詩說》一卷、《毛詩音》四卷、《鄭氏箋考徵》一卷、《毛詩傳義類》一卷五個部分。

6. 《公羊逸禮考徵》一卷，此書「是編就何休《公羊注》所引《禮》，條分件繫，爲之考徵。義主簡明，於徐彥《疏》多所是正」。

7. 《毛詩九穀考》一卷，此書專述九穀，並疏通證明之。

8. 《師友淵源記》一卷，此書錄有同學、師友，其撰錄原則是「《傳疏》中義有所採取者，必錄其姓氏，而無切涉於己者勿錄也。師先之，友次之，遊於門者又次之」。

9. 《三百堂文集》二卷，此是王欣夫補輯陳奐所撰序跋傳志，並印入《乙亥叢編》。

10. 《說文部目分韻》一卷，此依宋李仁甫《五音韻譜》改依陸法言二百六韻編次之法，始東終乏爲目，所以便學。

11. 《毛詩後箋》補篇，此書是陳奐爰以《傳疏》語，條錄補綴而成。

12. 《流翰仰瞻小傳》，《三百堂文集》卷上有載此書。今僅存序言。此是將「師之賜翰（教），友之惠簡」，「類以聚之，毋散佚焉」。其編著原則，「今自道光三十年庚戌以前作古者，編成六冊」、「咸豐辛亥紀元以還，屬舊識而沒於辛亥後者，編成四冊」、關於昔侶及近交之作，編成二冊、論學說經者亦間錄之。另有門弟子書一冊、家書一冊，共十四冊。又「人各附小傳，凡二百又二人，其中多著名學者，亦有姓字不彰，賴此以存者。」

13. 《陳石甫師述》一卷，此書是陳奐將段玉裁之學，撮其要領，特述而成此作。

14. 《荀子校語》一卷，此書是陳奐著《傳疏》之餘，力校《荀子》所得，陳氏依《傳詁》，以正楊倞之失，期使荀義豁然昭明。

散佚者：

1. 《詩虛字義》三十卷，戴氏〈陳先生行狀〉作《詩語助義》。此是陳奐治毛《詩》所載語助發聲之例。

2. 《讀詩餘志》，此書《師友淵源記》有載，係依王念孫《讀書雜誌》體例而作。

3. 《毛詩考證》，《王文簡公文集‧與陳碩甫書》有載此書。柳向春以爲此或即《傳疏》初稿。

4. 《詩義》一冊，見於道光八年胡承珙復函。

5. 《毛詩釋文校》一卷，王欣夫《蛾術軒篋存善本書錄》有載此書。此書亦是對毛《詩》之訂補，爲《毛詩音》張本。

4. 《儀禮管見》，《王文簡公文集‧與陳碩甫書》有載此書。

5. 《禘祫或問》，張星鑑〈陳碩甫先生傳〉有載此書。

6. 《宋本集韻校勘記》，張星鑑〈陳碩甫先生傳〉有載此書。

7. 《十三經假借字說》，《三百堂文集》卷下〈與王伯申書〉有載此書。此未成書。

8. 《公羊禮徵》四卷，楊峴《遲鴻軒文棄》附刻《自訂年譜》有載此書。

9. 《管子辨誤》一卷，《三百堂文集》卷上〈明刊本管子跋〉有載此書。

10. 《管子補注》，張文虎《西冷續記》有載此書。是陳奐校《管子》之補注。

11. 《穀梁逸禮》一卷，此書《崇明縣志》云已刊，疑即是《穀梁逸禮考徵》。

第二章　陳奐以古義爲尊之解《詩》系統

　　歷代《詩經》學的發展，由漢至清歷經四個鼎盛時期：第一期是西漢今文學，齊、魯、韓三家立爲學官；第二期是東漢後期，毛、鄭《詩》學定於一尊；〔註1〕第三期是宋代對漢學的反動，這種反動力量激發了《詩經》的自由研究，最後邁向理學化的發展；第四期是清代《詩經》學的全面復古。今人周予同在《經今古文學・經今文學的復興》一節中，就學術史的角度，將清代學術的變遷分爲四期，其意略如下：

第一期：清初承晚明的王學（王守仁），後有顧炎武大唱「捨經學無理學」之　　　　說。時漢學初興，仍以宋學爲根柢。不分門戶，各取所長，爲漢宋兼　　　　採時期。

第二期：乾隆以後，惠棟、戴震等人提出「爲經學而治經學」，此風大昌，說經　　　　始主實證，不再空談義理，爲專門漢學，此可說是自宋復於東漢。

第三期：嘉慶、道光以後，由許、鄭之學導源而上，《詩》宗三家而斥毛氏……　　　　可說西漢今文學的復興，亦是自東漢復於西漢。

第四期：光緒末年，因康有爲「孔子改制考」之論，諸子學大興，甚而影響現　　　　代之古史研究者—顧頡剛，此爲自西漢復於周、秦。〔註2〕

〔註1〕西漢時《詩經》立學官的僅有三家《詩》：文帝時立魯、韓二家；景帝時立齊《詩》
　　　一家，直至東漢光武帝時並立齊、魯、韓三家爲學官。古文毛《詩》雖曾於平帝時
　　　立於學官，然此爲王莽、劉歆所爲，不足論之，至光武中興，遂遭罷，且終漢世不
　　　立。至東漢末的鄭玄「混亂一切古今文的家法，而自創一家之言。……遍注群經，
　　　其著作種類之多，在兩漢首屈一指；而其內容，則都兼採今古文。如箋《詩》，以毛
　　　本爲主，而又時違毛義，兼採三家，於是鄭《詩箋》行，而今文齊、魯、韓三家《詩》
　　　廢」。參見周予同：《經今古文學》（臺北：臺灣商務印書館，1967 年 3 月，臺 1 版），
　　　頁 23～24。可見《詩經》的鼎盛期非彰顯於立於學官的今文三家，而是雖宗古文，
　　　卻刻意消弭今古文家法的鄭玄所箋之毛《詩》。

〔註2〕參見同上注，頁 28～29。

　　經學在清代學術上的發展實屬主流，經學本身的內部變化，誠如周氏所論，先是專門漢學（東漢古文學）、西漢今文學，最後是諸子學的興起。在光緒末年之前的經學發展，與整個《詩經》學的演進歷程是相符的。又戴維論有清以來近三百年《詩經》學的發展脈絡，以爲是呈逆向而行：先經歷宋學、東漢的古文學，最後才是西漢今古文學大明的局面。〔註3〕故《詩經》學到了清代，一言蔽之，屬於全面復古；〔註4〕若細論之，則有如戴氏所分的三期：

第一期：清代前期，相當於順治、康熙時期，是爲漢宋兼采時期。

第二期：清代中期，相當於乾嘉時期，此時宋學式微，學者講求實證，爲漢學　　　　　大興時期。

第三期：清代晚期，相當於道光以後至清朝滅亡。此期西漢三家今文學大興，　　　　　〔註5〕占《詩經》學的主流。〔註6〕

　　在清代三百年的學術發展，由周氏所分四期看來，知其傳達的是一種復古訊息，此足見清代思潮，尤其是以「復古」爲其職志〔註7〕的清代中葉之乾嘉時期爲最，消極的說是「復古」，積極面則是「求眞」。專門漢學的抬頭，學風由理學化轉爲實證漢學，處於當下的陳奐，當受此實證學風感染，而傾向古文家法的專門漢學。因

〔註3〕　戴維：《詩經研究史》（長沙：湖南教育出版社，2001年9月，1版1刷），頁476。

〔註4〕　戴維：「乾隆二十年，命傅恒等撰《詩義折中》二十卷，這標誌著《詩經》官學的轉變。……以漢學爲主，進一步引導清中期《詩經》學的全面復古。」同注3，頁524。

〔註5〕　西漢的今文學得以在清代晚期復興，主要是：一、對於日愈精、月益狹的錮釘之學的反動。〔清〕曾國藩在〈朱愼甫遺書叙〉說：「嘉道之際，學者承乾隆季年之流風，襲爲一種破碎之學。辨物析名，梳文櫛字，刺經典一、二字，解說或至數千萬言，繁稱雜引，遊衍而不得所歸。」〔清〕曾國藩：《曾文正公全集》（上海：世界書局，1937年），冊8，頁13。道出乾嘉時期，治經必以考證爲門徑的情況下，爲辨名物、字句，遂流於繁瑣。而這樣的繁瑣使學術終脫離現實社會。二、經世致用思想因應內憂外患而起。且「左宗棠〈吾學錄序〉、孫鼎臣〈冀塘芻論〉，皆有天下不亂於髮賊，而亂於漢學之說」。參見蕭一山：《清代通史》（臺北：臺灣商務印書館，1985年，修訂本臺6版），冊2，頁595。三、莊存與爲清代今文經學之開創者，成爲清代復興今文經的主要人物，加上清儒對於今文輯佚甚勤，使得宋學與今文學代之而起。又戴維說：「三家《詩》在漢代先於毛《詩》而興盛，東漢末，鄭玄箋毛《傳》，從而使齊、魯、韓三家《詩》逐漸依次覆亡，到唐初《毛詩正義》頒行，三家經《詩》滅絕，其文本在宋代也告佚亡，僅餘下《韓詩外傳》。宋末元初，王應麟著《詩考》，開三家《詩》輯佚工作的先路。元明兩代，由於宋學的壟斷，致使三家《詩》的研究中斷了近四百年。清初隨著漢學的復興，三家《詩》也就開始復興了。」（同注3，頁549）均說明今文學的復興。然不同的是，戴氏以爲帶動三家《詩》復興的其中一因素，是漢學的復興，此論或有商榷之餘地。

〔註6〕　同注3，頁476。

〔註7〕　〔清〕梁啓超：《清代學術概論》（臺北：里仁書局，1995年2月，初版），頁8。

此，本章共分為二節，第一節先論《詩序》的正統性，及其解《詩》義例，說明《詩序》為說《詩》之本；再探毛《傳》的正統地位，及其與《詩序》在解《詩》上的相承關係，以明陳奐對二者的態度；第二節繼談毛《傳》解《詩》的義例，及其古義系統，此與遵從古義的陳奐觀點暗合。本節承陳奐之意，並從古義的角度剖析毛《傳》優於三家《詩》說。上述二節所談似以《詩序》及毛《傳》解《詩》之義例闡發為主，但實際上也說明陳氏以古義為尊的解《詩》系統。

第一節　陳奐對《詩序》及毛《傳》之態度

一、《詩序》為說《詩》之本

（一）《詩序》出於聖人，最合詩人本志

　　決定《詩序》對於讀《詩》是否具引導地位，主要是取決於《詩序》作者的時代，所以須先對《詩序》作者年代進行考察。《詩經》的研究專著，根據清《四庫全書總目》（以下簡稱《總目》）所載，以為最早是《詩序》二卷，《總目》說：

> 案：《詩序》之說，紛如聚訟，以為《大序》子夏作，《小序》子夏、毛公合作者，鄭玄《詩譜》也。以為子夏所序《詩》，即今《毛詩序》者，王肅《家語注》也。以為衛宏受學謝曼卿作《詩序》者，《後漢・儒林傳》也。以為子夏所創，毛公及衛宏又加潤益者，《隋書・經籍志》也。以為子夏不序《詩》者，韓愈也。以為子夏惟裁初句，以下出於毛公者，成伯璵也。以為詩人所自製者，王安石也。以《小序》為國史之舊文，以《大序》為孔子作者，明道程子也。以首句即為孔子所題者，王得臣也。以為毛《傳》初行，尚未有《序》，其後門人互相傳授，各記其師者，曹粹中也。以為村野妄人所作，昌言排擊而不顧者，則倡之者，鄭樵、王質；和之者，朱子也。〔註8〕

由上述引文，知《詩序》作者眾說紛紜，莫衷一是。細數歷來說法有：

　　1. 鄭玄《詩譜》：子夏作《大序》，《小序》則由子夏、毛公合作

　　2. 王肅《家語注》：子夏所作

　　3. 《後漢・儒林傳》：衛宏所作〔註9〕

〔註8〕〔清〕《四庫全書總目提要》（臺北：中華書局，1997年9月，初版7刷），頁330。
〔註9〕認為《詩序》為衛宏作，肇始於范曄《後漢書・卷七十九・儒林・衛宏傳》所稱，以為衛宏「初，九江謝曼卿善毛《詩》，乃為其訓。宏從曼卿受學，因作毛《詩序》」，

4. 《隋書‧經籍志》：子夏所創，毛公及衛宏又加以潤益
5. 成伯璵：子夏裁初句，其餘則出於毛公
6. 王安石：詩人自製〔註10〕
7. 程明道：《小序》為國史之舊文，《大序》為孔子所作
8. 王得臣：首句為孔子所題
9. 曹粹中：輯師說而成
10. 鄭樵、王質、朱熹：村野妄人所作

　　上述十種說法約可以分為子夏說、子夏毛公合作說、衛宏說、孔子說、國史舊文說、詩人說、村野妄人說等七類。《詩序》因漢人所賦予的正統性，而獲得解《詩》的權威地位，但由漢至宋，隨著作者地位愈卑而愈微。由上述也看出一開始由鄭玄以為《詩序》的作者為子夏，至後這種說法備受挑戰；一直到清代，與陳奐同樣支持《序》為子夏所作者有：閻若璩、毛奇齡、陳啓源、朱彝尊、王鳴盛、錢大昕、趙翼等。而陳奐在《傳疏‧叙錄》中已說明支持子夏作《詩序》的原因，陳氏說：

　　卜子子夏，親受業於孔子之門，遂隱括詩人本志為三百十一篇作序。〔註11〕
可見陳奐主張《大序》、《小序》的作者均為子夏〔註12〕，毛公只是依《序》作《傳》。

　　　　遂以為衛宏作毛《詩序》，對此，程師元敏有詳論，考得毛《詩序》非東漢衛宏所作。參見程師元敏：《詩序新考》（臺北：五南圖書出版股份有限公司，2005年1月，初版1刷），頁117～135。

〔註10〕王禮卿在〈詩序辨〉一文說：「陳振孫謂『其後人集先世遺文而成者』，要為漢人之作。所述論《詩》之義甚精，必有所受，其說為可信。《序》詞既非出一手，是以獨斷《周頌‧序》，義與毛合，文則時有詳略，不盡相同。三家間義同之《序》，詞亦時有參差。既毛《序》一家之言，其文例亦不盡一致。蓋《詩》非作於一世，故《序》非出於一史，則詞非成於一人。首《序》或為國史之詞，亦可有後儒（秦、漢以前）潤飾；後《序》亦或為國史之言，或為歷代經師本國史原義所申益。意其間源遠長，中更多手，授受之際，或出之經師筆授，或出之弟子之筆錄；而宗派既分，師承又異；故其詞不能畫一，理勢然也。」收入林慶彰：《詩經研究論集》（臺北：黎明文化事業股份有限公司，1982年10月，再版），頁428～429。將《詩序》的作者、淵源導向不畫一，可說是更精密的剖析。

〔註11〕〔清〕陳奐：《詩毛氏傳疏》（臺北：臺灣學生書局，1986年10月，初版7刷），頁3。以下凡引及此書，只註明頁數，其餘從略。

〔註12〕子夏傳群經，文獻中多有此說，然其中真假各半，之所以常將傳群經的功勞歸諸子夏，實因為：一、《論語》中將子夏列為文學科（即經學）；二、子夏好學，「日知其所亡，月無忘其所能，可謂好學也已矣」。又朱子評論子夏：「子夏是箇細密、嚴謹底人。」參見〔宋〕黎靖德編輯：《朱子語類》（京都：中文出版社，1984年3月，3版），上冊，卷32，頁2a，總頁469。如此嚴謹、好學之人，必能擔當傳經大任，也因此，使其成為傳經的「箭垛」式人物。三、子夏居西河，魏文侯因其博學，拜

所以陳奐在〈周南・關雎〉《序》《傳疏》中說：

> 毛公之學出自子夏，故《傳》與《序》無不合。（頁 13）

又段玉裁於《毛詩故訓傳定本小箋題辭》中以爲《詩序》的源由爲：

> 《傳》說皆子夏所傳，而毛公述之；則《序》亦子夏所傳，而毛述之。……
> 《序》爲毛公所自述，故傳《詩》不傳《序》也。〔註13〕

知段氏以爲毛公祖述子夏之意而作毛《傳》，但毛公僅爲《詩》作《傳》，並未爲《序》作《傳》，此緣於《序》、《傳》均是毛公所述之故。段氏以爲毛公承子夏之學，述子夏所傳，而成《詩序》；陳奐則直接以子夏爲《詩序》的作者。二說雖略有不同，但均強調《詩序》作者的正統性與權威性，尤其陳奐認爲《序》爲子夏「隱括詩人本志」而成，似乎以爲《序》說可作爲詩人本志的代言。

陳奐於《傳疏・敘錄》說：

> 竊以毛《詩》多記古文，……要明乎世次得失之迹，而吟詠情性，有以合
> 乎詩人之本志，故讀《詩》不讀《序》，無本之教也；讀《詩》與《序》
> 而不讀《傳》，失守之學也。（頁 4）

以爲《詩》主要是吟詠情性，而毛《傳》最合乎「詩人本志」，而欲得「詩人本志」，則須透過《詩序》與毛《傳》而後可，所以說：「讀《詩》與《序》而不讀《傳》，失守之學也。」

（二）對《詩序》義例的闡發

1.《詩序》來源考

陳奐論《詩序》源流說：

> 《論語・八佾篇》云「〈關雎〉樂而不淫、哀而不傷」，此孔子論《詩》釋
> 〈關雎〉之義，而子夏作《序》之所本也。（〈周南・關雎〉《序》《傳疏》，
> 頁 12～13）
> 昔正考父校商之名頌十二篇於周大師，以〈那〉爲首，是爲子夏作《序》

其爲師，當時西河人民把子夏擬爲「夫子」（《禮記・檀弓篇》：「吾與女（慧修案：指曾子與子夏）事夫子於洙、泗之間，退而老於西河之上，使西河之民，疑女於夫子。」見〔唐〕孔穎達等：《禮記注疏》（臺中：藍燈文化事業公司，影印嘉慶二十年江西南昌府學開雕阮元重刊宋本《十三經注疏》本《禮記注疏附校勘記》），卷 7，頁 8b，總頁 128。下引鄭《注》、孔《疏》、阮元《校勘記》均據此本，不復注明。其學行日益崇高，故後人追溯孔子的統緒，將他放在周漢之間。不知陳奐是否也是受到上述因素的影響，而將作《大序》、《小序》的作者認定爲子夏。

〔註13〕〔清〕段玉裁：《毛詩故訓傳定本小箋》，《經韻樓集》，收入《續修四庫全書》（上海：上海古籍出版社，2003 年，第 1 版），冊 1671，頁 692。

之源流也。（〈商頌・那〉《傳疏》，頁 905）

　　《正義》云：「季札見歌唐，曰：『思深哉，其有陶唐氏之遺民乎？不然，

　　何憂之遠也！』」案：此《序》之所本也。（〈唐風・蟋蟀〉《傳疏》，頁 279）

陳奐以爲子夏作《序》，有本於孔子者，有本於周大師者，彷若無一字無來處之精微。但在考索《詩序》來源時，有些雖能直接點明「《序》之所本」，有的卻只能說「某與《序》（或《序》義）合（或同）」，這是因爲有些能確知《序》說所本，但更多的只說是「合」或「同」，此說明二者間雖不具必然的源流關係，但仍可用以說明非鑿空之說。茲舉諸例以論之，如：

（1）〈召南・摽有梅〉《序》：「男女及時也。召南之國，被文王之化，男女得以及時也。」

　　〈襄八年〉《左傳》：「晉范宣子來聘，公享之，宣子賦〈摽有梅〉。季武子曰：『誰敢哉！今譬於草木，寡君在君，君之臭味也。歡以成命，何時之有？』」案：此雖斷章，亦取摽梅「及時」爲喻，《序》與《左氏》說合。（《傳疏》，頁 61～62）

（2）〈鄭風・將仲子〉《序》：「弟叔失道而公弗制；祭仲諫而公弗聽，小不忍以致大亂焉。」

　　〈隱公元年〉《左傳》：「鄭武公娶于申，曰武姜，生莊公及共叔段。莊公即位。」案：此即《序》所云：「祭仲諫，公弗聽也。」詩人皆言公距諫之詞，與《左氏傳》合。（《傳疏》，頁 203）

（3）〈小雅・四牡〉《序》：「勞使臣之來也，有功而見知則說矣。」

　　《詩》中皆言使臣有功見知，而於其來也以勞之。〈四牡〉「勞使臣」，〈襄四年〉《左傳》文也。（《傳疏》，頁 396）

（4）〈秦風・車鄰〉《序》：「車鄰，美秦仲也，秦仲始大。有車馬禮樂侍御之好焉。」

　　《國語》：「史伯曰：『秦仲嬴之雋也，且大，其將興乎。』」史伯言嬴姓之大始於秦仲耳，非謂幽王之世秦仲尚在也。《序》與《國語》合。（《傳疏》，頁 299）

（5）〈小雅・采薇〉《序》：「文王之時，西有昆夷之患，北有玁狁之難，以天子之命，命將遣戍役以守衛中國。」

　　《逸周書》敘文王立，西距昆夷，北備獫狁，謀武以昭威懷，作〈武〉，稱與《詩序》同。（《傳疏》，頁 416）

（6）〈大雅・棫樸〉《序》：「文王能官人也。」

　　《後箋》云：「《大戴禮》、《逸周書》皆有〈文王官人篇〉，《荀子》亦
　　云：『文王以官人為能。』竝與此《序》語合。」（《傳疏》，頁666）

　　上述六例，《序》語所合者有《左傳》、《國語》、《逸周書》、《大戴禮》、《荀子》
等，這些典籍遍及先秦與兩漢。說「合」或「同」，而不說「所本」，因為合與同，
有可能是具源流關係，也有可能僅是所據資料相同。

　　於上所舉屬文字上的合、同，以下再舉諸例，以明語義上的合、同。例如：
　（1）〈小雅・南山有臺〉《序》：「得賢則能為邦家，立大平之基矣。」
　　　　〈襄二十年〉《左傳》：「季武子如宋，歸復命，公享之，公賦〈南山有
　　　　臺〉。武子去所，曰：『臣不堪也。』」《穆天子傳》：「祭公飲天子酒，
　　　　天子命歌〈南山有薹〉。薹，古臺字，此皆謂得賢之樂，與《序》義同。
　　　　（《傳疏》，頁432）
　（2）〈小雅・庭燎〉《序》：「美宣王也，因以箴之。」
　　　　《列女傳・賢明篇》：「宣王嘗夜臥宴起，姜后待罪於永巷，使其傅母通
　　　　言於王。王曰：『寡人不德，實自生過，非夫人之罪也。』遂復姜后，
　　　　而勤於政事。早朝宴退，卒成中興之君。」案：此與《詩》義合。箴
　　　　猶戒也，與〈常武〉《序》同。（《傳疏》，頁472。）
　（3）〈周頌・潛〉《序》：「季冬薦魚，春獻鮪也。」
　　　　《禮記・月令》……，此冬薦魚也；〈月令〉……，又《周禮》……、《夏
　　　　小正》……，此春獻鮪也；〈魯語〉云……。案：冬春之際，皆取魚嘗
　　　　廟，正與《序》義合。（《傳疏》，頁850）
　（4）〈周頌・酌〉《序》：「告成大武也。言能酌先祖之道，以養天下也。」
　　　　《孟子》曰：「取之，萬民不悅則勿取，文王是也；取之，萬民悅則取
　　　　之，武王是也。」《序》以大武之取天下，為能酌文王之道，即此意
　　　　也。……〈禮樂志〉云：「周公作勺，言能酌先祖之道也。」此正與毛
　　　　《詩序》同。《白虎通義・禮樂篇》云「周樂曰『大武』、『象』，周公
　　　　之樂曰『勺』，合曰『大武』」，此或出三家《詩》，然亦足證此〈序〉
　　　　言告成大武，故有「合曰大武」之語，至蔡邕〈獨斷〉、應劭《風俗通》
　　　　亦皆言「酌先祖之道」，知《序》義之來古矣。（《傳疏》，頁871）

　　上述所引諸例中，引用典籍與《序》語不見得完全密合，但《序》義時與古籍
相合，知《序》義實從古義，由來已久。陳氏對於《序》語或《序》義，不論是尋
求其存在的價值，或是捍衛內容的真實性，均不遺餘力，這種企圖，由陳奐善求「實
據」（《傳疏》，頁254）的用心，已可見。

2. 釐清《序》義

《詩序》存在的意義與價值,即在於闡述《詩》旨,可見《詩序》有助於《詩》義的理解。陳氏以為子夏作《詩序》的目的,亦是要使說《詩》成為有本之教,讓《詩序》成為讀《詩》的指南。然《詩序》創作年代久遠,其中所述歷史事件漸渾沌不清、地理狀況也難以掌握,所以《詩序》所言既已難解,又該如何藉此以解《詩》旨?陳氏有鑑於此,遂對《詩序》中之歷史事實、地理沿革、古代禮制、詩作年代、《序》中人物等端加以辨證,見其釐清《序》義之用心。

(1) 明歷史事實

陳奐在說明《序》義時,常會引用《左傳》說法,這除了《左傳》與某些《序》語「同」或「合」外,也正因為《左傳》為先秦史之重要典籍,有助於說明《詩》中相關史實。如〈鄘風·定之方中〉《序》:「〈定之方中〉,美衛文公也。衛為狄所滅,東徙渡河,野處漕邑。齊桓公攘戎狄而封之,文公徙居楚丘,始建城市而營宮室,得其時制,百姓說之,國家殷富焉。」《傳疏》:

> 衛滅在魯閔公二年:封楚丘在僖公二年。《春秋》之義:書「入」不書「滅」,
> 不與夷狄滅中國也;書「城」不書「封」,不與諸侯封諸侯也。《詩》美文
> 公中興,《序》乃據實事而言之。(頁 138)

據《春秋》之義法,夷狄滅中原諸侯,只用「入」不用「滅」字;諸侯封諸侯,只說「城」,不說「封」,因為不稱許夷狄滅中國、諸侯封諸侯的行為。可是《詩序》卻用「滅」、「封」,乃據歷史事實而言,不泥《春秋》大義。

又〈鄭風·出其東門〉《序》:「〈出其東門〉,閔亂也。公子五爭,兵革不息,男女相棄,民人思保其室家焉。」所謂的「公子五爭」,究竟為何?陳奐於《傳疏》中,引《左傳》詳述此五爭緣由,以明歷史真相。〔註14〕

(2) 明地理沿革

古籍所述地名屢有更迭,易生混淆,造成閱讀上的障礙。如在〈周南·漢廣〉《序》:「文王之道被于南國,美化行乎江漢之域。無思犯禮,求而不可得也。」《序》中的「南國」所指為何?陳奐據〈禹貢〉等書加以辨說,且以「文王之化,其所被於東南者尤多」,謂《序》之南國,是指「江漢之域」,而在西南者,則別稱作「召南之國」。〔註15〕

又〈邶風·新臺〉《序》:「〈新臺〉,刺衛宣公也。納伋之妻,作新臺于河上而要之,國人惡之而作是詩也。」《傳疏》對「作新臺于河上」之「新臺」,究竟位於哪

〔註14〕同注 11,頁 233。
〔註15〕同注 11,頁 35～36。

條河上，有所辨證說：「古今河道不同，衛宣公所作新臺河上，絕非魏、晉鄴城縣北臨河之新臺。」（頁122）其後並徵引古籍，說明此河應為哪一河道。

古代實景，離今已遠，但地理位置的確認，能使《詩》的閱讀更加立體，故地理位置的辨證亦為陳奐釋《詩》所必然，但在《序》中，以涉及歷史事件為多，需要闡發、論證地理位置的仍屬少數。

（3）考古代禮制

閱讀《詩經》少不了對古代朝儀制度的理解。但《詩序》較常提到的是詩作的創作背景及其中心主旨，亦有對於「古代禮制」的記載。例如〈周頌・思文〉《序》：「〈思文〉，后稷配天也。」《傳疏》：

> 此南郊祀天之樂歌也。后稷為周始封之祖，故既立為大祖廟，而又於南郊之祀配天。〈生民〉《序》云：「文武之功起於后稷，故推以配天。」是也。……始行后稷配天之事，與《孝經》合，其後遂以南郊配稷為定禮，又與〈祭法〉、〈魯語〉合也。……鄭康成……，《公羊傳》：「郊則曷為必祭稷，王者必以其祖配。」此鄭本《公羊》作解，其說卓矣。（頁835～836）

所謂「國之大事，在祀與戎」，在當時家、國不分的觀念下，祭祀既是國，也是家重要的事情，祭祀的準備過程有許多繁瑣的禮儀規定，且於〈周頌・昊天有成命〉《序》《傳疏》：「后稷配天有詩，帝嚳配天無詩，遂使周公制禮一代典章，殘闕茫如，非細故也。」（頁827）更見宗教祭祀亦屬古代禮制的重要環節，故此將宗教一類納入禮制，統一探討，而此亦是《序》文對禮制方面談論最多的一類。《序》文只說了「后稷配天」，但關於后稷的身分，即「配天」的特殊性何在，則未著墨，因此，陳氏特針對這四個字進行疏理，以理解《序》文所云，故而更深刻的理會此詩的寫作背景。

又如〈周頌・雝〉《序》：「〈雝〉，禘大祖也。」（《傳疏》，頁851）此《序》旨在明「禘祭」為何？陳奐先說明禘祭分為禘天於圓丘、禘地於方丘、禘人鬼於宗廟三種，並將三代異禮加以論述，定五年一祭為禘祭。陳奐除引眾說以明古制外，更直接以經文作為檢驗論據，特舉鄭玄之說，似以「極淹貫古者」、「自圓其說」，然「鄭說可補經義之未備，要不可以論周公制禮之初」，〔註16〕且以尋鄭說之本，以論其失，可見陳氏好尋古籍之本，除明古義外，也是為了釐清引用的正確性。古制茫邈，若不加以分辨、考查，很容易陷入似是而非的景況。

（4）辨詩作年代

〔註16〕同注11，頁852。

　　《詩經》時代去今久遠，欲探詩篇撰著時代實為不易，但歷來學者在這方面仍努力不輟，實因時代的確定有助於解《詩》。以下茲舉數例，見陳氏對《詩》作年代的推論情形。例如：

　　（1）〈大雅‧崧高〉《序》：「尹吉甫美宣王也。天下復平，能建國親諸侯，褒賞申侯也。」《傳疏》：

　　　　此詩當作於〈采芑〉南征之後，在宣王中興初年。（頁775）

　　（2）〈大雅‧韓奕〉《序》：「尹吉甫美宣王也。能錫命諸侯。」《傳疏》：

　　　　宣王命韓伯為侯伯，……此詩當在〈六月〉北伐後而作。（頁788）

　　（3）〈周頌‧武〉《序》：「〈武〉，奏大武也。」

　　　詩以「武」命篇《序》云「〈大武〉」，猶〈大夏〉、〈大濩〉耳。《周禮》、《禮記》、《左傳》皆言「舞〈大武〉」，則〈大武〉為樂舞。《箋》云：「〈大武〉，周公作樂所為舞也。」《後箋》云：「《箋》言周公所作即此〈武〉詩，又言所為舞者，以〈周頌〉惟〈維清〉及此《序》言『奏』，是既歌此詩即為此舞。但〈維清〉《箋》言象舞武王所制，則似武王時，巳象文王之伐而為舞，周公乃為歌詩作樂，而奏之於廟；〈大武〉則似樂歌樂舞，皆成王時周公所作。〈獨斷〉謂〈大武〉，周武所定，蓋本《左傳》『武王克商作〈武〉』之語。而《國語》引此以為周文公之頌，且經云『於皇武王』、云『耆定爾功』，必非武王時所作。意此亦同〈維清〉，其舞作於武王時，詩則周公所定，至此乃合詩與舞而奏之與〔註17〕。」（《傳疏》，頁856）

　　《詩經‧大雅》中「美宣王」的詩篇，自〈雲漢〉至〈常武〉共六篇，依詩作描述時代，括而稱之為「宣王時代」，由《詩序》亦可見宣王武功之大略。陳奐針對詩作時代進行論證者，僅上所舉三例。第一、二例明確指出作詩的時間點，以助於解《詩》。第三例由《周禮》、《禮記》、《左傳》說明〈周頌‧武〉一詩為樂舞，也因為屬合樂舞之詩，所討論的除了作詩的時間點外，也包含樂及舞的創作點。鄭康成以為周公作〈周頌‧武〉之詩、樂、舞；〈武〉、〈維清〉均〈大武〉樂章之一。胡承珙據〈維清〉《箋》及〈獨斷〉之說，以為象舞，武王所制，因推〈大武〉之樂、舞似亦作於武王，詩則周公所定；至周公時，詩、樂、舞的結合遂告完成。陳奐應是認同胡承珙對此詩作者的辨證結果，故採之。考訂詩篇作者及年代，的確不易，此為後世解《詩》埋下異解的空間。另有一些《詩》作所述說對象，或是創作年代，

〔註17〕「與」字，據〔清〕胡承珙：《毛詩後箋》作「歟」，見〔清〕王先謙編：《皇清經解續編》本（臺北：復興書局，1972年），冊8，卷27，頁17b，總頁5714。

明確無疑，此是「論詩編樂，自有制度」的關係。〔註18〕

（5）辨《序》中人物

上文談到《序》文對於歷史背景、地理情況、撰作者年代多無明確交代，而詩中人物亦多有待考辨。以下茲舉數例，以見陳奐對《序》中人物的辨證。

（1）〈大雅・桑柔〉《序》：「芮伯刺厲王也。」《傳疏》：

　　《書序・疏》引《世本》云：「……芮伯，芮良夫也。」〈文元年〉《左傳》引此篇弟十三章，以爲周芮良夫之詩，詩爲芮良夫所作，《傳》有明文矣。又《潛夫論・過利篇》亦曰：「周厲王好專利，芮良夫諫而不入，退賦〈桑柔〉之詩以諷。」三家《詩》亦謂芮良夫刺厲王。（頁759）

（2）〈周頌・絲衣〉《序》：「繹賓尸也。高子曰靈星之尸也。」《傳疏》：

　　《序》引高子說者，以博異聞也。《鄭志・荅張逸》云：「高子之言，非毛公後人箸之。」奐疑高子即高行子。孟子稱高子論〈小弁〉之詩，〈小弁〉《傳》引其說。《韓詩外傳》又稱高子與孟子論衛女之詩，則與此高子當是一人，習於《詩》者，故毛《詩序》與《傳》皆有高子。陸德明《釋文》：「徐整云：『子夏授高行子，高行子授薛倉子，薛倉子授帛妙子，帛妙子授河間人大毛公。』」（頁869）

（3）〈鄭風・清人〉《序》：「刺文公也。高克好利而不顧其君，文公惡而欲遠之，不能，使高克將兵而禦狄于竟。……高克奔陳，公子素惡高克進之不以禮，文公退之不以道，危國亡師之本，故作是詩也。」《傳疏》：

　　此詩爲公子素所作。《漢書・古今人表》有公孫素，與鄭文公、高克列下上，當是一人。（頁210）

（4）〈大雅・崧高〉《序》：「天下復平，能建國親諸侯，褒賞申伯焉。」《傳疏》：

　　申，申矦也。申伯者申矦，受命爲矦伯也。篇中所敘，命召伯城謝，以及錫命之美、餞禮之盛、入國之喜樂，申矦爲矦伯，不爲二伯。鄭《箋》謂「申伯以賢，入爲周卿士」，則申矦兼二伯之職矣，鄭說非也。（頁775）

第一例引證諸說，以明芮伯即芮良夫，最後引三家《詩》的說法，證今古文說同。蓋三家《詩》與毛《詩》淵源各異，說《詩》亦各有所從，若在某問題上而說同，即可增強可信度。第二例對於《序》中「高子」，先是陳奐疑即高行子，蓋高子

〔註18〕同注11，頁821。

善說《詩》，且據徐整論子夏授《詩》源流，明高行子受《詩》於子夏。故高子與高行子，一善說《詩》，一承子夏《詩》學，其時代又相彷彿，故陳氏疑高子即高行子，理自此矣。第一、二例人物特色清晰，容易據客觀條件分辨，以考究其人。第三例主要是論高克、公孫素及鄭文公三人的關係。陳氏言「公孫素，與鄭文公、高克列下上」，然《漢書·古今人表》將人分九等，鄭高克與公孫素同列於下中，而鄭文公則列於下上，〔註19〕陳氏殆失檢，但據〈人表〉，三人同時則無疑。第四例主要證《序》中所謂的「申伯」爲何人？鄭《箋》謂申伯兼二伯之職，陳氏以爲：據詩中所述，申侯只是受命爲侯伯，非入爲周卿士而兼爲二伯之職。

3. 闡述《序》義之方式

闡釋《序》文可由不同面向談論，上述多從內容論，此則專就闡釋之「方式」予以探討。主要分徵引異說、比較論證、以經文釋《序》、引《箋》語爲釋等四端，盼能深入分析陳奐對《序》義的闡發。

（1）徵引異說

若《序》文論及詩作之歷史背景，或相關之人物、地理，往往因時代久遠及地理因革，致文獻難徵，故需仰賴多方論證，以共構一個較合理的答案，但因爲推論結果常因人而異，遂異說滋生。陳奐之闡述《序》義往往並列異說，進而定其近是。

例如〈王風·黍離〉《序》：「周大夫行役，至于宗周，過故宗廟宮室，盡爲禾黍，閔周室之顛覆，彷徨不忍去而作是詩也。」《傳疏》：

> 〈令禽惡鳥論〉：「昔尹吉甫信後妻之讒而殺孝子伯奇，其弟伯封求而不得，作〈黍離〉之詩。」陳思王本韓《詩》也。劉向《說苑·奉使篇》云：「魏文侯封大子擊於中山，趙倉唐見文侯，文侯曰：『子之君何業？』倉唐曰：『業《詩》。』文侯曰：『於《詩》何好？』倉唐曰：『好〈晨風〉、〈黍離〉。』」《韓詩外傳》亦有其文。倉唐以《詩》諷動其父文侯，是自指伯封作。而《新序·節士篇》又以爲：「衛宣公子壽，閔其兄見害而作。」所傳聞異，此皆三家《詩》說，與毛《詩序》列〈黍離〉於〈王風〉之首者不同。（頁 181）

《序》說〈黍離〉爲周大夫不忍周王室傾覆所作。陳氏則由〈令禽惡鳥論〉、《說苑·奉使篇》、《新序·節士篇》指出〈黍離〉作者另有伯奇及衛宣公子壽二說，且均因「閔」而作。若從三家《詩》說，則〈黍離〉不當列入〈王風〉，而應列入〈小雅〉或〈衛風〉。陳奐雖列三家《詩》說，但仍主毛《詩》，所以說「與毛《詩序》列〈黍

〔註19〕〔漢〕班固撰、〔唐〕顏師古注：《漢書》（臺北：洪氏出版社，1975 年，3 版），頁 909。

〈離〉於〈王風〉之首者不同。」而毛《詩》與三家《詩》說對於此篇的作者也是因不同的論述而有異說。

又〈小雅‧小弁〉《序》：「〈小弁〉，刺幽王也。大子之傅作焉。」《傳疏》：

> 大子，大子宜咎也。宜咎被幽王之放，其傅乃述其念父而作詩，此毛《詩》說也。趙岐《孟子注》以〈小弁〉爲伯奇之詩，或本三家義，與毛《詩》說異，與《孟子》「親之過大而怨」之說亦異。事繫天下之存亡，故曰大也。（頁524）

《孟子‧告子下》有：「〈凱風〉，親之過小者也；〈小弁〉，親之過大者也。親之過大而不怨，是愈疏也……。愈疏，不孝也。」孟子以〈凱風〉和〈小弁〉二詩說明親之過小、過大，形諸於詩文，則有怨與不怨的不同情感抒發。「親之過大」而「不怨」，則「愈疏」，疏則「不孝」。毛《詩》說「刺幽王」，指出太子宜咎因幽王寵信褒姒而遭放逐，其傅閔其見逐而作，但以第一人稱的口吻書寫，似太子之語氣，全詩讀來透露怨己亦怨親的情感，此說正合於《孟子》之語。關於本詩作者，《孟子注》本三家《詩》說，所考訂作者異於毛《詩》。

又如〈大雅‧泂酌〉《序》：「召康公戒成王也。言皇天親有德，饗有道也。」《傳疏》：

> 《藝文類聚‧職官部二‧揚雄博士箴》云：「公劉挹行潦而濁亂，斯清官操其業、士執其經。」案：此三家說〈泂酌〉爲公劉詩也。（頁731）

陳奐引揚〈箴〉，明三家將此詩視作公劉之詩，認爲是讚美公劉遺澤，使豳地能夠「官操其業、士執其經」。〔註20〕毛《詩》則以爲是召康公懼成王之稚，欲以公劉之美德戒之。毛《詩》與三家《詩》說對於此詩看法有異，其異在於著眼點的不同，毛《詩》以爲〈公劉〉是以公劉之厚民戒成王；此以公劉之有遺澤，故皇天親之。三家《詩》說將此篇亦作公劉詩，應是以詩中所美人物分之，然此分法亦失詩文以此諷彼或戒彼的特質。

綜上所舉，一、二例所傳異聞是關於作者的問題；第三例則點出各家因著眼點之異，對詩作所屬亦有不同看法。而此所舉的「異聞」，恰爲毛《詩》與三家《詩》之異說，可見四家《詩》說之別。陳氏以爲《詩序》代表的是毛《詩序》一系的立場，其亦爲子夏所作，呈現的是孔子一脈的儒家正統，雖承認其價值，但也不排斥接納不同的意見，故並列三家《詩》說。

（2）比較論證

〔註20〕參見〔清〕王先謙：《詩三家義集疏》（臺北：明文書局，1988年10月10日，初版），頁903。

比較論證和上文所提的徵引異說，均是起疑與釋疑的重要方式。陳奐對《詩序》的解讀，除了釋《序》文中的諸多疑義，更習慣針對詩篇與詩篇間的共同性作進一步的比較，讓思考與閱讀視角，由點而線，最後擴大至面，層層推進。以下將比較的方式，依據陳氏比較的內容，分為對應比較、歸納比較二種。

A. 對應比較

「對應比較」主要著重在陳奐釋《詩》所呈現的「對應」關係，以此凸顯二者間的異同。例如：

(1)〈鄭風・有女同車〉《序》：「刺忽也，鄭人刺忽之不昏于齊。大子忽嘗有功于齊，齊矦請妻之，齊女賢而不取，卒以無大國之助，至於見逐，故國人刺之。」《傳疏》：

> 故鄭人刺忽微弱，由失援於大國之助；前日不昏於齊，致啓後日爭閱，作追刺之詞。（頁 218）

又〈鄭風・山有扶蘇〉《序》：「刺忽也，所美非美然。」《傳疏》：

> 上篇言應取不取；此言不應取而取者，皆所以追刺忽之失援也。……案：忽妻陳嬀之時，陳亂已盟，至蔡人殺佗之歲，即忽救齊之年。鄭陳雖外親姻，而陳不足恃，昭昭共見，而忽又辭昏於齊，鄭之爭端實始於此，〈山有扶蘇〉猶〈有女同車〉也。（頁 220～221）

〈有女同車〉和〈山有扶蘇〉二篇旨在說明鄭公子忽對個人婚姻所作抉擇之對應：一、婚姻對象的對應，齊女對應陳嬀；二、大國與小國的對應，大國之助對應陳不足恃。太子的婚姻不純是個人婚姻，而是一場政治婚姻，在兩相對應下，將凸顯「國人刺之」的背後因素。

(2)〈衛風・竹竿〉《序》：「〈竹竿〉，衛女思歸也。適異國而不見荅，思而能以禮者也。」《傳疏》：

> 此詩與〈泉水〉文略同，而事實異。〈泉水〉之衛女因念父母而思歸，歸寧也；〈竹竿〉之衛女以不見荅而思歸，歸宗也。歸宗，義也；歸寧，非禮也。故《序》於〈泉水〉思歸不云禮，而於〈竹竿〉之思歸，為能以禮者。（頁 169）

因〈邶風・泉水〉與〈衛風・竹竿〉二《序》均有「衛女思歸」語，易引人誤二《序》義同。如何楷、〔註 21〕魏源〔註 22〕將二篇作者皆歸之穆姬（許穆夫人），姚際恆則

〔註21〕參〔明〕何楷：《詩經世本古義》，收入《景印文淵閣四庫全書》（臺北：臺灣商務印書館，1983 年，初版），冊 81，卷 23 上，頁 19b，總頁 81～774。

〔註22〕參〔清〕魏源：《詩古微》，收入《續修四庫全書》，同注 13，冊 77，中編之二，頁

以為二《詩》語多重複，認為〈泉水〉為許穆夫人作；〈竹竿〉或許穆夫人之媵亦思歸，和其嫡夫人之作。〔註23〕但于鬯明白指出二《序》「文同而義異」，二者的分別在於「〈泉水〉之衛女為已嫁之女；〈竹竿〉之衛女為未嫁之女」，故「歸」字於此有不同的解讀：前者之「歸」為「歸寧父母」，後者之「歸」為「婦人謂嫁曰歸」；一言「思歸衛」，一言「思嫁」。〔註24〕藉由于鬯對於「歸」字作嫁與未嫁間的不同詮釋，更助於辨析陳氏所說的「文略同，而事實異」。

（3）〈唐風・揚之水〉《序》：「〈揚之水〉，刺晉昭公也。昭公分國以封沃，沃盛強，昭公微弱，國人將叛而歸沃焉。」《傳疏》：

> 此與下篇〈椒聊〉，刺昭公意略同。（頁283）

說明此篇《序》與〈唐風・椒聊〉《序》同說「刺晉昭公也」，內容亦大同小異，寫作意圖如胡承珙所謂：「皆刺晉昭，而詩反似言桓叔之美者同意，蓋其美者非真美也。」〔註25〕

B. 歸納比較

歸納比較法是清代學者從事訓詁工作時，較常使用的方法，而王氏父子的歸納法，所使用的材料及方法，基本上是「經注相校，群書互證」。經書，多歷經後人的注釋，「注」既為經作解，透過經、注比較，可達一定的闡釋及校勘作用。另藉群書互證，為經、注比較成果進行覆核，可提高釋義及校勘結果的可信度。陳奐於《傳疏》中，亦仿王氏，以此法進行經文的補綴及校正。

例如〈周南・葛覃〉「言告言歸」，毛《傳》：「婦人謂嫁曰歸。」《傳疏》：

> 「婦人謂嫁曰歸」，《釋文》一本無「曰」字。《正義》云：「定本『歸』上無『曰』字。」案：有「曰」字是也。〈江有汜〉、〈齊・南山〉《箋》及《公羊傳》、《穀梁傳》、杜預注《左傳》皆有「曰」可證。（頁21）

《釋文》「一本」及《正義》所據「定本」，「歸」字上均無「曰」字，陳奐則以有「曰」字為是。因為《箋》語據《傳》文作，他書則多有引《詩》、《傳》文者，故陳氏從〈召南・江有汜〉、〈齊・南山〉二篇《箋》語及《公羊傳》、《穀梁傳》、杜預注《左傳》，得知應有「曰」字。陳氏此論除有所據外，就句讀論，有「曰」字，則「嫁」稱「歸」，義明矣，指歸夫家；若無「曰」字，則為「婦人謂嫁歸」，古人行文有省

11b～16b，總頁163～165。

〔註23〕參〔清〕姚際恆：《詩經通論》（臺北：廣文書局，1961年10月，初版），頁86。

〔註24〕參〔清〕于鬯：《香草校書》（北京：中華書局，1984年8月，1版1刷），上冊，卷12，《詩（二）》，頁235～236。

〔註25〕同注17，冊7，卷10，頁8a，總頁5301。

「曰」字例，讀作「婦人謂嫁，歸」，文義始暢然。陳氏利用版本的依據，及古人行文用例，確知《傳》文有「曰」字，進一步對「言告言歸」之「言」義進行歸納，由上已知，下「言」字爲「曰」，則明曰、言、云同義。陳奐在此除就「曰」字的有無進行校勘外，也進行詞義歸納的功夫，而此歸納只是就辭義的一般性而言，下文關於「語境」的探討，則是就詞義的個別性而論。

他如〈齊風・南山〉《序》：「〈南山〉，刺襄公也。鳥獸之行，淫乎其妹，大夫遇是惡，作詩而去之。」《傳疏》：

> 案：此即淫妹之事，則詩作在會濼（指會文姜於濼地）之後矣。前二章刺襄，後二章并刺魯桓，刺魯桓亦所以刺襄也。〈敝笱〉刺文姜、〈猗嗟〉刺魯莊公，《序》意皆同。（頁 250）

以〈南山詩〉爲主，旨在刺襄公淫其同父異母之妹—文姜於濼地，魯桓公已娶文姜，卻縱容襄公與文姜的不倫之戀，桓公、襄公、文姜遂爲詩人指刺對象。本詩以刺襄公爲主，陳氏另指出刺文姜之〈敝笱〉及刺魯莊公之〈猗嗟〉。三詩對於三位事件人物的諷喻，不論對事件本身，抑是當時輿論的反應，均有較爲立體的呈現。〈敝笱〉《序》：「刺文姜也，齊人惡魯桓公微弱，不能防閑文姜，使至淫亂，爲二國患焉。」〈猗嗟〉《序》：「刺魯莊公也，齊人傷魯莊公，有威儀技藝，然而不能以禮防閑其母，失子之道，人以爲齊侯之子焉。」知〈敝笱〉刺文姜及〈猗嗟〉刺魯莊公，均依《序》說。陳奐僅引惠士奇之說，明〈猗嗟〉爲「莊公狩而作也」。（《傳疏》，頁 259）至於〈敝笱詩〉，孔穎達說：「魴鱮之大魚，非弊敗之笱所能制。……刺魯桓公之微弱，不能制文姜也。又言文姜難制之意。齊子文姜初歸於魯國止，其從者庶姜庶士，其數眾多如雲然，以此強盛，故魯桓不能禁也。」〔註26〕依此見，仍以作諷刺魯桓公之微弱爲當。

〈小雅・六月〉《序》：「〈六月〉，宣王北伐也。」《傳疏》：

> 周至厲王，天下大壞，無綱紀文章；宣王雖是中興，而〈六月〉以下十四篇，皆已列於變雅，時爲之也。北伐，伐玁狁也。宣王之〈六月〉，其彷彿文王之〈采薇〉乎！（頁 444）

以宣王之〈六月〉與文王之〈小雅・采薇〉相較，二詩均爲伐玁狁之詩，而文王與宣王，一爲開國之君，一爲中興之主；以宣王之中興，本應列入正雅，但因時代較晚，不得不列入變雅。

〔註26〕〔唐〕孔穎達等：《毛詩注疏》（臺中：藍燈文化事業公司，影印嘉慶二十年江西南昌府學開雕阮元重刊宋本《十三經注疏》本《毛詩注疏附校勘記》），卷 5 之 2，頁 9b，總頁 199。下引鄭《箋》、孔《疏》、阮元《校勘記》均據此本，不復注明。

〈大雅・抑〉《序》：「〈抑〉，衛武公刺厲王，亦以自警也。」《傳疏》：

〈抑〉與〈賓之初筵〉皆衛武公入相於周而作也。……〈賓之初筵〉刺幽王作，〈抑〉刺厲王，兩詩皆作於平王時，而《序》云「刺厲王」者，本作詩之意，而言取殷鑒不遠之義。……案：……武公作〈抑〉，已在耄年，詩作於平王之世，其一證也。(〈抑〉)《序》云亦以自警者，與《國語》合。

〈賓之初筵〉韓《詩序》云：「飲酒悔過」，則亦爲自警而作，兩詩意正同。（頁 752）

〈抑〉，陳奐舉〈小雅・賓之初筵〉與之比較，說明兩個問題：一、創作時代，二、詩旨。時代：以爲二者均爲「衛武公入相於周而作」，當在平王之世。詩旨：〈抑〉，據毛《序》「刺厲王，亦以自警也」，是追刺厲王，並以自警；〈賓之初筵〉據毛《序》：「刺時也。幽王荒廢，媟近小人，飲酒無度，天下化之。君臣上下沈湎淫液，武公既入而作是詩也。」只說追刺幽王，未云「自警」。陳奐據〈賓之初筵〉韓《序》「飲酒悔過」語，〔註27〕認爲「亦爲自警而作」，〈抑〉與〈賓之初筵〉「兩詩意正同」，是補充〈賓之初筵〉毛《序》說法。

　　上述所論，凸顯陳氏藉由各篇間的類近處，進行歸納、比較以解《詩》，更可由此見陳氏尊毛而不泥毛的求眞精神。

　　（3）以經文釋《序》

　　陳氏在闡述《序》義時，另有一種疏《序》方式，即特指《序》文爲某章的某句經文，以點明《序》文或引用經文以概括詩旨者。例如：

　　（1）〈魯頌・泮水〉《序》：「〈泮水〉，頌僖公能修泮宮也。」《傳疏》：

　　　　五章云：「既作泮宮，淮夷攸服。」（頁 884）

　　（2）〈魯頌・閟宮〉《序》：「頌僖公能復周公之宇也。」《傳疏》：

　　　　七章云：「復周公之宇。」（頁 889）

上二例均爲《序》文引用經字之例，而此爲疏《序》中的特例，於此仍予點出，以明陳氏釋《序》之另一方式。

　　（4）引《箋》語爲釋

　　陳奐認爲鄭《箋》「實不盡同毛義」（《傳疏》，頁 4），所以對鄭《箋》或取或否。但因毛氏未對《序》文作《傳》，而鄭《箋》對於《序》文之解說，也不無可採。所以陳氏有時直以《箋》說疏《序》文。茲引三例說明：

　　（1）〈王風・君子陽陽〉《序》：「〈君子陽陽〉，閔周也。君子遭亂，相招爲祿仕，

〔註27〕《後漢書・孔融傳》《注》引，見同注 11，頁 603。

全身遠害而已。」《傳疏》：

《箋》云：「祿仕者，苟得祿而已，不求道行。」（頁185）

（2）〈鄭風・狡童〉《序》：「〈狡童〉，刺忽也。不能與賢人圖事，權臣擅命也。」《傳疏》：

《箋》云：「權臣擅命，祭仲專也。」（頁224）

（3）〈小雅・鶴鳴〉《序》：「〈鶴鳴〉，誨宣王也。」《傳疏》：

《箋》云：「誨，教也。教宣王求賢人之未仕者。」（頁475）

第一例，陳氏借《箋》說，明〈序〉文所謂的「仕祿者」。第二例，陳氏借《箋》語所舉之「權臣擅命」者，即指專擅之「祭仲」其人。孔《疏》進一步詮釋說：「大臣專國之政，輕重由之是之，謂權臣也；擅命謂專擅國之教命，有所號令，自以己意行之，不復諮白於君。鄭忽之臣，有如此者，唯祭仲耳。」〔註28〕更說明「祭仲」的角色及鄭《箋》以此釋《序》文之意。第三例，藉《箋》語明「誨宣王」所誨內容為何？是「教宣王求賢人之未仕者」。三例均是利用《箋》語說明《序》意，語雖簡潔，義已曉暢。

4. 名篇義例疏解

一般以為《詩經》篇名之於該詩篇的內容，無絕對關係。通常是以該詩文第一句，或取一字，如〈衛風・氓〉取「氓之蚩蚩」之第一字、〈齊風・還〉取「子之還兮」之第三字、〈齊風・著〉取「俟我於著乎而」之第四字；或取二字，如〈周南・關雎〉取「關關雎鳩」之二三字；或取三字，如〈召南・摽有梅〉取「摽有梅，其實七兮」之第一句全文；或取四字，如〈邶風・匏有苦葉〉之「匏有苦葉，濟有深涉」之第一句全文；或取五字，如〈周頌・昊天有成命〉之「昊天有成命，二后受之」之第一句全文。由上，《詩經》名篇由一字至五字均有，以第一章的第一句之經字名篇者為常例：在此常例中又以無意義的任取經字為常，以有意義者為變；未以經字名篇者，多屬有意義名篇，此亦為《詩經》名篇之變例，以下將說明陳奐對於這種現象的闡發。

（1）以經字名篇例

《詩經》篇名以經字名篇者為常例，以下茲舉三例說明：

例如〈小雅・巧言〉《序》《傳疏》中說：

五章有「巧言」二字，因以名篇。（頁530）

《詩序》說：「大夫傷於讒，故作是詩也。」則「巧言」名篇正合篇旨，故「巧言」

〔註28〕同注26，卷4之3，頁11a，總頁173。

二字，雖出自經文的第五章，仍探之。

又〈大雅・江漢〉《序》《傳疏》：

> 宣王次江漢之水厓，命將伐東國，詩人遂以如江如漢，狀武夫威武，取「江漢」命篇。（頁797）

陳奐以爲詩人以長江、漢水之水流貌，形容宣王所命武將之威武，此與篇旨同，又爲經文首句中之二字，故而名之。

又如〈大雅・韓奕〉《序》《傳疏》：

> 韓，韓矦；奕猶奕奕也。宣王命韓矦爲矦伯，奕奕然大，故詩以「韓奕」名篇。（頁788）

此篇言韓矦初立，宣王厚賜，詩人咏之。韓、奕二字於經文非連言，仍取合篇旨二字名篇。

（2）不以經字名篇之例

陳奐特明《詩經》不用經字名篇的情形，以及《序》對此均申釋其義之常例。如〈大雅・巷伯〉《序》：「〈巷伯〉，刺幽王也。寺人傷於讒，故作是詩也。巷伯，奄官兮。」《傳疏》說：

> 凡全《詩》不用經字名篇，《序》必申釋其義，若〈小雅・雨無正〉之「雨」、〈大雅・常武〉之「常」、〈召旻〉之「旻」，〈頌〉之〈酌〉、〈賚〉、〈般〉皆然。此云〈巷伯〉亦不用經中之字，故《序》著釋篇名之義，此其通例也。《序》以巷伯爲奄官，則巷伯、寺人爲一人。……故詩以〈巷伯〉名篇。巷者，宮中之道名，孟、伯皆長也，巷伯即經所謂「寺人孟子」也。（頁537～538）

據阮元重刊宋本，《序》「巷伯，奄官」四字屬鄭《箋》，阮元《校勘記》說：「《正義》，標起止云『至奄官』，又云『故《序》解之』，……是《正義》本此四字爲《序》文也。〈車鄰〉《正義》云：『《序》言"巷伯，奄官"。』亦其證。考鄭此《注》云：『巷伯，內小臣也。』奄官、上士四人掌王后之命，正據此《序》之文而釋之也，是鄭自有。……當以《正義》本爲長。」〔註29〕至於詩名「巷伯」之故，孔穎達說：「寺人自傷讒作詩，輒名篇爲巷伯，以其官與巷伯相近。讒人譖寺人，寺人又傷其將及巷伯，故以巷伯名篇。以所掌既同，故恐相連及也。」〔註30〕《正義》從鄭《箋》解「巷伯」之職，以爲「寺人」與「巷伯」僅爲相近之官。以此說明本詩雖是「寺人」自傷而作。但因以執掌同而「恐相連及」，故以「巷伯」名篇，此與陳奐所謂「巷

〔註29〕同注26，卷12之3，頁29a，總頁433。

〔註30〕同注26，卷12之3，頁19b～20a，總頁428。

伯、寺人爲一人」不同。陳氏除闡釋以「巷伯」名篇之義外，亦交代《序》例，以爲若篇名非取於經文者，《序》必申明其義。陳氏從所舉「《序》箸釋篇名之義」例，歸納「不用經中之字」名篇者，《序》文必釋名篇之義的「通例」，亦可斷俗本以「巷伯，奄官」屬入鄭《箋》之誤。

他如〈周頌·般〉《序》《傳疏》：

> 〈酌〉、〈桓〉、〈賚〉三《序》，皆申說名篇之義例。（頁874）

孔穎達謂「經無『般』字，《序》又說其名篇之意。」〔註31〕指出不用經字名篇，《序》必申說之。陳氏於此，則另舉〈酌〉、〈桓〉、〈賚〉三篇《序》文也都有申說篇名，歸納出《序》文「申說名篇之義例」。

〈周頌·酌〉《序》：「〈酌〉，告大武也。言能酌先祖之道，以養天下也。」《傳疏》：

> 《後箋》：「……而篇名『酌』者，言酌時之宜，所謂湯伐桀，武王伐紂時也。曰酌先祖之道者，……《孟子》曰：『取之，萬民不悅則勿取，文王是也；取之，而萬民悅則取之，武王是也。』〈序〉以大武之取天下，爲能酌文王之道，即此意也。」……〈禮樂志〉云：「周公作〈勺〉，言能酌先祖之道也。」此正與毛《詩序》同。《白虎通義·禮樂篇》云：「周樂曰〈大武〉，象周公之樂曰〈勺〉，合曰〈大武〉。」此或出三家《詩》，然亦足證，此《序》言「告成大武」，故有「合曰〈大武〉」之語。至蔡邕〈獨斷〉、應劭《風俗通》亦皆言「酌先祖之道」，知《序》義之來古矣。（頁871）

又〈周頌·賚〉《序》：「〈賚〉，予也，言所以錫予善人也。」（《傳疏》，頁873）

孔氏說：「此經無『酌』字，《序》又說名『酌』之意，言武王能酌取先祖之道，以養天下之民，故名篇爲酌。」〔註32〕指出經無「酌」字，《序》則申說名篇爲「酌」之意。陳氏以《後箋》所言，以爲武王所酌者，時宜也，文王之道也。並藉古籍文獻所說，知《序》語合乎古義。又孔氏述〈周頌·賚〉《序》說：「經無『賚』字，《序》又說其名篇之意。〈賚〉，予也，言所以錫予善德之人，故名篇曰賚。」〔註33〕亦陳《序》解說名篇之意。

未以經字名篇者，《序》文必申說其意，使名篇成爲有意識的操作，而不同於以經字名篇的任意摘選。孔穎達《詩正義》對於未以經字名篇者，《序》文必申說名篇之意的情形均予指出，但未如陳氏將同此情形者透過歸納，得知此爲《序》文「申

〔註31〕同注26，卷19之4，頁21a，總頁755。

〔註32〕同注26，卷19之4，頁15b，總頁752。

〔註33〕同注26，卷19之4，頁19b，總頁754。

說名篇」之通例；另，以古籍文獻說明「《序》義之來古矣」，強調《詩序》從古義為說的特性。

除上所言外，另有一種情形是以經字名篇，而《序》亦申說其意者，例如〈周頌・桓〉《序》說：「〈桓〉，武志也。」此即為以「桓」名篇釋義，但經文中有「桓桓武王」，故「桓」屬經字，而《序》文且申說「桓」義，此異於《序》文釋篇名的通例。陳奐對此情形，亦提出說明，《傳疏》說：

> 《正義》云：「桓者，威武之志，言講武之時，軍功（「功」字疑作「師」）〔註34〕皆武，故取桓字名篇也。」（頁 873）

《傳疏》引《正義》語，明以「桓」名篇之意。但此字既為經字，為何仍釋義，此有反常例。雖經文有「桓」字，然不同以往的是，二「桓」字，義不相屬，如孔穎達謂：「此經雖有『桓』字，止言王身之武；名篇曰『桓』，則謂軍眾盡武。《謚法》：『闢土服遠曰桓』，是有威武之義。『桓』字雖出於經，而與經小異，故特解之。」〔註35〕除此特例外，均僅釋未用經字名篇者，如〈小雅・雨無正〉《序》「雨，自上下者」（《傳疏》，頁 511）、〈大雅・常武〉《序》「有常德以立武事」（《傳疏》，頁 801）、〈大雅・召旻〉《序》「旻，閔也」（《傳疏》，頁 809），均屬此類。因《序》義已至豁朗，所以陳氏就沒多加申發。

二、論毛《傳》為有守之學

（一）論毛《傳》之正統地位

陳奐在主張《序》為「讀《詩》之本」後，進一步提出毛《傳》是「有守之學」。毛《傳》能為有守之學，此源自於它在授受淵源上所具有的正統性。以下據陳奐〈毛傳淵源論〉討論毛《傳》的淵源。

陳奐說：

> 「言六藝者，折衷孔子」，司馬遷論之篤矣。子夏善說《詩》，數傳至荀卿子，而大毛公（慧修案：《傳疏・敘錄》謂是毛亨）生當六國，猶在暴秦燔書之先，又親受業荀氏之門，故說《詩》取義於《荀子》書者，不一而足。漢諸儒未興，要非諸漢儒之所能企及。（《傳疏》，頁 1001～1002）

說明毛亨受業於子夏的數傳弟子荀卿之門，因而取得聖人傳授淵源的正統地位。而毛亨又依《序》作《傳》，陳奐既認定《詩序》為子夏所作，則毛《傳》憑此正統的授受淵源，遂成為讀《詩》、《序》最重要的依傍。只是曾為官學的三家《詩》就無

〔註34〕據《毛詩注疏》作「師」，同注 26，卷 19 之 4，頁 17b，總頁 753。
〔註35〕同注 26，卷 19 之 4，頁 17b，總頁 753。

此優勢嗎？對此，陳奐則說：

> 毛《詩》眞得聖人之教者矣。……三家《詩》別有師承，不若毛《詩》之
> 得正也。(《傳疏》，頁 12～13)

以爲毛《詩》是「得聖人之教」，而三家《詩》另有師承，且不若毛《詩》純正。對
於四家的師承關係，陳奐另引諸說以明之：

> 《漢書·儒林傳》：「申公，魯人也。少與楚元王交俱事齊人浮丘伯受《詩》。」
> 《鹽鐵論》云：「苞丘子與李斯俱事荀卿。」苞丘子即浮丘伯，爲荀卿門
> 人。魯《詩》亦出荀子；韓《詩》引荀卿子以說《詩》者四十有四；齊《詩》
> 雖用讖緯，而翼奉、匡衡其大指與毛《詩》同。然而三家往往與內、外《傳》
> 不合符節者何也？蓋七十子歿，微言大義各有指歸，唯毛《詩》之說，篤
> 守子夏之《序》文發揮焉，而不凌襍。〔註36〕

又於《傳疏·敘錄》說：

> 三家雖自出於七十子之徒，然而孔子既歿，微言已絕，大道多歧，異端共
> 作，又或借以諷動時君，以正《詩》爲刺，違詩人之本志。〔註37〕

依陳氏之意，《左傳》、《國語》爲左丘明作，而毛公說《詩》與二書義悉吻合，陸德
明以爲此即同用師說之故。〔註38〕魯申公、楚元王交與毛亨均出荀卿子之門，又韓
《詩》說《詩》亦多引荀說，故四家《詩》在解《詩》上同本於荀子。既如此，四
家說《詩》的歧異，從何而來？且爲何以內、外《傳》作爲判斷是否篤守子夏之學
的標準？〈十二諸侯年表序〉有載：

> 是以孔子明王道，干七十餘君，莫能用，故西觀周室，論史記舊聞，興於
> 魯而次《春秋》，上記隱，下至哀之獲麟，約其辭文，去其煩重，以制義
> 法，王道備，人事浹。七十子之徒口受其傳指，爲有所刺譏襃諱挹損之文
> 辭不可以書見也。魯君子左丘明懼弟子人人異端，各安其意，失其眞，故
> 因孔子史記具論其語，成《左氏春秋》。〔註39〕

孔子所明王道詳載於《春秋》，時七十子之徒均口授傳指，但因其「刺譏襃諱挹損之
文辭不可以書見」，左丘明懼後生「各安其意」，而失《春秋》旨意，遂「因孔子史
記具論其語」，成《左氏春秋》，故《左傳》爲解釋《春秋》，亦最合孔子作《春秋》

〔註36〕 參見《毛詩說·毛傳淵源通論》，《傳疏》附，同註11，頁1002。

〔註37〕 同註11，頁3。

〔註38〕 同註36。

〔註39〕 〔漢〕司馬遷著、楊家駱主編：《新校本史記三家注》(臺北：鼎文書局，1999 年 6
月，11 版)，卷 14，頁 509～510。

意之作。陳氏故而認為《春秋》內、外《傳》合乎孔子的正統性，既合於此，自然即是守子夏之學。而左氏所謂「人人異端，各安其意」，即陳奐所謂「微言大義各有指歸」。最後僅毛《詩》仍篤守子夏《序》文解《詩》，最為純粹，故陳奐以為「齊、魯、韓可廢，毛不可廢；齊、魯、韓且不得與毛抗衡」（《傳疏・敘錄》，頁 3），更清楚說明自己尊崇毛《詩》的立場。

（二）據毛《傳》發明《詩序》之義

就陳奐的立場而言，既認為《詩序》為子夏所作，必視《詩序》先於毛《傳》，〔註40〕所以當毛《傳》與《詩序》相應時，則以為是《詩序》影響毛《傳》。據戴望於〈孝廉方正陳先生行狀〉一文所記：「說經貴守師法，出入旁雜，為道之賊。自魏晉下，陋儒類自謂集大成，而不得經旨之彷彿。」〔註41〕又張星鑑於〈陳碩甫先生傳〉所載：「凡制度文物皆守西漢以前舊說，而於東漢人不苟同。」〔註42〕均見陳奐重視師法，其對《詩序》和毛《傳》的堅守，除肇因於師承的正統性外，也因二者均近於古義所致。

宋人對《詩序》頗持異議。如朱熹以為：「《詩小序》全不可信，如何定知是美刺那人，毛公全無解，鄭閒見之。」〔註43〕又說：「今但看作卜筮看，而以其說推之，道理自不可易，但其間有不須得如此說處，剩著道理耳。正如《詩》之興者，舊說常剩卻一半道理也。」〔註44〕說明《小序》不可信從之因，在於它太落實《詩》的美刺對象，致生穿鑿。至清代，有從朱子一派之反《詩序》者，也有守漢人的說《詩》傳統而尊《序》者。陳奐之尊《序》，正因《序》說與毛《傳》多相合，以為毛《傳》依《序》作解。〔註45〕

〔註40〕洪湛侯認為「《詩序》和毛《傳》都是為毛《詩》而作的說解，應該是比較一致的。今綜覽全書，《序》、《傳》相應的現象比較普遍，但卻看不出毛《傳》因襲《詩序》的地方，相反的，我們卻找到不少《詩序》據毛《傳》立說的例子，似可作為推斷《詩序》寫定時代的線索之一。」《詩經學史》（北京：中華書局，2002 年 5 月，1版 1刷），頁 164。所以洪氏認為毛《傳》早於《詩序》，此與陳奐以為毛亨是依《序》作《傳》的意見不同。

〔註41〕收入周駿富輯：《清代傳記叢刊》（臺北：明文書局，1985 年，初版），頁 281。

〔註42〕同上注，頁 282。

〔註43〕〔宋〕朱鑑：《詩傳遺說》，收入清・納蘭性德輯：《通志堂經解》（揚州：江蘇廣陵古籍印刻社，1996 年），冊 7，頁 576。

〔註44〕〈答蔡季通四〉，《詩傳遺說》，同上注，頁 1915。

〔註45〕例如〈葛覃〉《傳疏》：「《儀禮・士昏禮》：『祖廟未毀，教于公宮三月。若祖廟已毀，則教于宗室。』亦《傳》所本也。因歸而告師氏，即《序》所謂『尊敬師傅』之義。」（頁 21）〈摽有梅〉《傳疏》：「〈有狐〉《序》云：『古者凶荒，則殺禮而多昏，會男女之無夫家者，所以蕃育民人也。』《傳》義正本彼序為說。」（頁 63）〈黍離〉《傳

今人李家樹曾在《詩經的歷史公案》中指出：

> 《詩序》和毛《傳》所說相同的，共一百三十五篇，約百分之八十四・三
> 八。……所說相異的，共五篇（〈召南〉的〈鵲巢〉、〈草蟲〉、〈羔羊〉三篇。
> 〈鄘風〉的〈君子偕老〉一篇。〈鄭風〉的〈出其東門〉一篇）。而毛《傳》
> 注釋實在太簡，所以不知道它對《詩》旨的看法的共有二十篇。〔註46〕

李家樹是就〈國風〉一百六十篇作統計，指出毛《傳》和《詩序》意見相同的有一百三十五篇，比例高達百分之八十四・三八。其次提到毛《傳》與《詩序》相違的僅五篇；另有因毛《傳》旨意不明，而不清楚其對《詩》旨的說解，故無從討論它對《詩序》依違者，有二十篇之多。「注釋太簡」的二十篇，不便用來討論《序》、《傳》的異同。至於「所說相異的」五篇，是否真如李氏所說？以下即取李氏以為「相異」的五篇，據陳奐說法，探討諸篇《序》、《傳》依違的情形，並藉以了解陳奐如何據毛《傳》以明《詩序》之法。

1. 鵲 巢

《序》說：「〈鵲巢〉，夫人之德也。國君積行累功以致爵位，夫人起家而居有之；德如鳲鳩，乃可以配焉。」

毛《傳》釋「維鵲有巢，維鳩居之」說：「鳲鳩不自為巢，居鵲之成巢。」陳奐舉〈鳲鳩〉《傳》語「鳲鳩之養其子，朝從上下，莫從下上，平均如一」（《傳疏》，頁44），說明「鳲鳩」之德在於有次序、不偏私。推此意，則內可以掌家，外則輔助國君治國，下上均可服從而盡心。所以君王如鵲，諸侯之夫人如鳩，詩人由此而以鳲鳩起興。此與鄭《箋》所謂「興者，鳲鳩因鵲成巢而居有之，而有均壹之德，猶國君夫人來嫁，居君子之室，德亦然」同，與《詩序》言鳲鳩之德一致。李氏只偏就〈鵲巢〉一詩對照《序》、《傳》，因而誤以為「所說相異」，其實應是相應。

2. 草 蟲

《序》說：「〈草蟲〉，大夫妻能以禮自防也。」

疏》：「《詩》言『彼黍彼稷』，即是宗周之地，故《傳》依《序》為彼宗廟宮室也。」（頁182）〈鳲鳩〉《傳疏》：「案：此當是《傳》文，《傳》上言尸鳩養子平均如一，此言君子執義當如尸鳩之一也。執義一則用心固，亦謂在位君子，其用心當一，與《序》說正同。」（頁356）〈角弓〉《傳疏》：「《韓詩外傳》亦云：『民皆居一方，而怨其上，不凶者，未之有也。』釋詩以言交怨必致凶國，與《序》刺幽王意合，《傳》義當然也。」（頁616）

〔註46〕李家樹：《詩經的歷史公案》（臺北：大安出版社，1990年11月，1版1刷），頁27～31。

毛《傳》於「喓喓草蟲，趯趯阜螽」下釋說：「卿大夫之妻待禮而行，隨從君子。」《序》讚美大夫妻能以禮自防。而《傳》則說是要「待禮而行，以隨君子」。陳奐解《傳》說為：「庶人之家有不待備禮者，卿大夫之妻必待備禮而後行。待禮而行，隨從君子，《傳》謂『大夫妻』而言也。」（《傳疏》，頁 47）《序》說「以禮自防」、《傳》說「待禮而行」，二者均明依「禮」而行則可以自防之意。

3. 羔 羊

《序》說：「〈羔羊〉，鵲巢之功致也。召南之國，化文王之政，在位皆節儉正直，德如羔羊也。」

毛《傳》於「羔羊之皮，素絲五紽」下釋說：「小曰羔，大曰羊。素，白也。紽，數也。古者素絲以英裘，不失其制，大夫羔裘以居。」所說的「古者」，即指文王時，合於《序》之「化文王之政」。陳奐引《韓詩章句》，說：「詩人賢仕為大夫者，言其德能稱有絜白之性、屈柔之行，進退有度數也。」並以為「韓與毛訓同，唯為絲數之量名，與毛訓異。」可見韓、毛解釋均同，都藉「羔裘」以說大夫之德，唯「紽」字所釋不同。以「羔羊」作為有德之代稱，陳氏引《正義》，謂：「德如羔羊者，詩人因事託意，見在位者裘得其制，德稱其服，故說『羔羊之裘』，以明在位之德，《序》達其意，故云『如羔羊』焉。」（《傳疏》，頁 57）

4. 君子偕老

《序》說：「〈君子偕老〉，刺衛夫人也。夫人淫亂，失事君子之道，故陳人君之德、服飾之盛，宜與君子偕老也。」

毛《傳》於「君子偕老，副笄六珈」下說：「能與君子俱老，乃宜居尊位、服盛服也。副者，后夫人之首飾，……飾之最盛者，所以別尊卑。」《序》因衛夫人淫亂，「失事君子之道」，不能「與君子偕老」，所以「陳人君之德、服飾之盛」以諷刺，是從反面說；《傳》則認為，能「與君子偕老」的人，才可以「居尊位、服盛服」，是從正面說，《序》、《傳》並無不合。陳奐亦綜合《序》、《傳》之意說：「后夫人能與君子俱老，宜居尊位、服盛服，所以總釋三章，而又與《序》相發明也。」（《傳疏》，頁 130）

5. 出其東門

《序》說：「〈出其東門〉，閔亂也。公子五爭，兵革不息，男女相棄，民人思保其室家焉。」

毛《傳》釋「雖則如雲，匪我思存」說：「思不存乎相救急。」又釋「縞衣綦巾，聊樂我員」說：「願室家得相樂也。」《序》說明時亂，男女相棄、失時。陳奐以為《傳》「思不存乎相救急」，應是說：「男女遭亂世，失時配耦，自相遺棄，無有人焉。

思固存之，不能相救於急難，爲是可閔爾。」（《傳疏》，頁 234）這是依《序》「公
子五爭，兵革不息，男女相棄」解《傳》，說明動亂不安的外在環境，使得男女不能
得時而婚，女子因時亂而遭男子散棄者眾多，既是如此，如何成一「室家」。陳氏繼
解《傳》「願其室家得相樂」之說，以爲「丈夫生，願有室；女子生，願有家。室家
二字即蒙『縞衣綦巾』句，言我民人願室家相保，得以相樂」，此亦與《序》所謂「民
人思保其室家」相合。

　　就陳奐作《傳疏》的目的，是欲據毛《傳》以發明《詩序》之義。上舉五例，
李家樹以爲《序》、《傳》說法相異，經一一辨正後，發現二者未但無不合處，反
而因陳奐解釋《傳》說，使毛《傳》和《詩序》得以相互發明；李氏以爲「相異」
者，或因未能參照他篇毛《傳》，或未能詳審《傳》意，致生誤解。如此，則〈國
風〉一百六十篇之中，如以李氏所計《序》、《傳》「所說相同」的一百三十五篇，
加上這「所說相異」而實相同或相應的五篇，共一百四十篇之多，約佔百分之八
十七・五，比例不能說不高，則《序》、《傳》關係值得吾人重視，亦有待吾人作
更深入的探討。

第二節　陳奐明毛《傳》解《詩》之法

一、對毛《傳》義例之闡發

　　陳奐在《傳疏》中屢指陳《傳》例，〔註47〕以告讀者，明毛《傳》解《詩》之
通例，另也指出變例。以下將《傳疏》中所摘取之《傳》例詳列於下，且藉由陳奐
對《傳》例的闡發，見毛《傳》解《詩》的特色。

1.「興」義的表現方式及其內涵

　　陳奐發明「興」義，或對「興」的特質、特色作界說，例如〈周南・關雎〉「關
關雎鳩，在河之洲。」毛《傳》：「興也。」《傳疏》：

> 興也者，詩託「關雎」以爲興也。《序》云：「《詩》有六義：二曰賦、三
> 曰比、四曰興。」《周禮・大師》教六詩，其次弟與《詩序》同。鄭玄《注》
> 云：「賦之言鋪，直鋪陳今之政教善惡。」鄭司農眾《注》云：「比者，
> 比方於物；興者，託事於物。」《禮記・樂記》云：「人生而靜，天之性

〔註47〕近人向熹有〈「毛詩傳」說〉一文，收入向熹：《詩經語文論集》（成都：四川民族出
　　　　版社，2002 年 7 月，1 版 1 刷）。關於毛《傳》例，向氏於此文有更爲詳細的解說，
　　　　本文僅以陳奐所指出的《傳》例爲說，而非藉毛《傳》以詳考《傳》例爲目的。

也；感於物而動，性之欲也。物至知知，然後好惡形焉。」蓋好惡動於
中，而適觸於物，假以明志謂之興。而以言乎物則比矣；而以言乎事則
賦矣；要迹其志之所自發，情之不能已者，皆出於興。故孔子曰：「《詩》
可以興。」凡託鳥獸草木以成言者，皆興也。賦顯而興隱，比直而興曲。
《傳》言興，凡百十有六篇，而賦、比不之及，賦、比易識耳。余友長
洲吳毓汾說。（頁13）

毛《傳》只提出「興」的寫作手法，未對「興」義作進一步申說。上引陳奐說指出：
《詩大序》明《詩》六義與《周禮·大師》教《詩》之次第相同，此特指六義中有
關《詩》的作法：賦、比、興。且以先、後鄭《周禮注》所言，釋「賦、比、興」
之義，故知「興」者，是以事託物言之。在《禮記·樂記》中說，人性之有欲，因
感於物而動，故物是性（情）、欲萌發的關鍵。而「興」者，是託物、觸物以明志，
可知，興是指人之情性，託之於物、適觸於物，以明其志。而「託物」、「觸物」為
興體之手法，較之賦、比二義，則顯得隱、曲。毛《傳》所標興體共一百十六篇，
在《詩經》三百零五篇中，約佔百分之三十八·三五，為三分之一強，知《詩經》
中，以興體為作詩技巧的數量遠超過賦、比二體。

　　據《說文》：「興，起也。」所謂「起」，是「起詩文之意」。毛《傳》所指的「興」
體，據陳奐的詮釋，有多種不同的內涵。以下即據陳氏之意，分別舉證。

　　或指出「即事言興」、「離事言興」之別。如〈周南·卷耳〉：「采采卷耳，不盈
頃筐。」毛《傳》：「憂者之興也。」《傳疏》：

《正義》云：「不云興也，而云憂者之興，明有異於餘興也。餘興言采菜，
即取采菜喻；此言采菜，而取憂為興，故特言憂者之興，言興取其憂而已，
不取采菜也。勤事采菜，尚不盈筐，言其憂之極。」案：興有即事以言興
者，〈葛覃〉是也；興有離事以言興者，〈卷耳〉是也，它放此。（頁23）

引《正義》說明毛《傳》標注「興」義的兩種方式。一種是興句的意義與詩之主題
有關，而另一種則是興句意義與詩之主題無關。與主題有關的，陳奐稱之為「即事
以言興」；與主題無關的，陳奐稱之為「離事以言興」。例如〈葛覃〉《傳》：「興也。」
陳奐以為「此興義與〈鴛鴦篇〉同。婦人之衣不一端，而舉『葛』以言興者，溯其
本也。交於萬物，亦不一事，而舉鴛鴦以言興者，廣其義也。此言近而指遠也。」
（《傳疏》，頁17）又於〈鴛鴦篇〉說：「此一興體也。前二章鴛鴦為興，言交於萬
物有道。舉一物，以例餘也。」（《傳疏》，頁596）據陳氏之意：〈周南·葛覃〉提
到「為絺為綌，服之無斁」，又提到「薄汙我私，薄澣我衣」，因此用「葛之覃兮」
為興，這是「即事以言興」。但衣服的原料不只「葛」一類，而以「葛」為興者，是

「舉一物以例其餘」。交於萬物有道,「鴛鴦于飛,畢之羅之」是其一例,除外如「獺祭魚而後漁,豺祭獸而後田」(《傳疏》,頁 596)也都是其例,但詩僅舉「鴛鴦」為興。像這類的興,是「即事以言興」,藉「舉一物以例其餘」,以興起詩文之意,使讀者能「舉一反三」。於〈卷耳〉,則是「離事以言興」,所起詩文之意與卷耳無關,是因「懷人」之憂,致采卷耳而不盈頃筐,所以說是「憂者之興」。

　　或指出「寓意於喻言」、「明言其正意」之別。如〈召南・草蟲〉:「喓喓草蟲,趯趯阜螽。」毛《傳》:「興也。」《傳疏》:

　　　首章以阜螽之從草蟲,興妻之隨從君子,此蓋明言其意所在也。凡言興體,
　　　有寓意於喻言者,又有明言其正意者,是其例也。二、三章以「陟山采菜」,
　　　興從君子必當順其志願。(頁 47)

「喓喓草蟲,趯趯阜螽」是「阜螽從草蟲」之意;「未見君子,憂心忡忡,亦既見止,亦既覯止,我心則降」,是「妻隨從君子」之意。二者相類,所以用「喓喓草蟲,趯趯阜螽」為興,是「明言其意所在」,是「比」法的「明喻」一類。而〈秦風・蒹葭〉《傳疏》:

　　　案:此詩多用興體也。先言蒹葭之盛,喻國家之興,此一興也。又言霜至
　　　物成,喻禮得國興,此一興也。下皆以水為喻,遡洄猶逆禮,遡游猶順禮,
　　　此又一興也。首章為霜,喻已得禮;下章未晞、未已,就未為霜言,喻未
　　　得禮,餘義三章盡同。(頁 309)

以蒹葭之蒼蒼「喻」國家之興;以白露成霜「喻」禮得國興;以遡洄「喻」逆禮、遡游「喻」順禮;以未晞、未已「喻」未得禮。既說「興」又說「喻」,此即上「喓喓草蟲,趯趯阜螽」條所說「凡言興體,有寓意於喻言者」,是「比」法的「暗喻」(隱喻)一類。

　　或指出「興該賦、比」之特點,如〈秦風・黃鳥〉《傳疏》說:

　　　黃鳥,小鳥,故交交為小皃。〈小宛〉「交交桑扈」,《傳》亦云:「交交,
　　　小皃也。」《傳》以黃鳥得所止,喻人得死,所以見三良不得壽命終,小
　　　鳥之不如,所以明經興義,總釋全章也。詩本賦三良耳,而因黃鳥生興,
　　　故《左傳》為之賦,毛《傳》為之興。此因興以賦,猶〈葛藟〉因興以比,
　　　興該賦比矣。(頁 314)

陳氏指出〈黃鳥〉是「因興以賦」、〈葛藟〉是「因興而比」,此「興而賦」、「興而比」的說法,應是受到朱子的影響。如朱子釋〈周南・漢廣〉三章、〈唐風・椒聊〉二章,說:「興而比」,〔註48〕釋〈邶風・谷風〉次章及〈小雅・小弁〉末章,說「賦而比」,

───────────────

〔註48〕〔宋〕朱熹:《詩集傳》,埽葉山房藏本(臺北:學海出版社,2004 年 9 月,1 版),

〔註49〕釋〈衛風・黍離〉及〈鄭風・出其東門〉、〈野有蔓草〉首章，說「賦而興」，〔註50〕釋〈曹風・下泉〉首章說「比而興」，〔註51〕及釋〈小雅・巧言〉三章，說「興而比」，〔註52〕又陳氏以「因興以賦」的觀念，詮釋〈黃鳥〉「詩本賦三良耳，而因黃鳥生興」，繼此說明《左傳》為之「賦」，毛《傳》為之「興」，是「因興以賦」。但《左傳》此處之「賦」非指「鋪陳其事」意，而是指「創作」，陳氏於此恐有誤解。若所舉「因興以比」之例，〈王風・葛藟〉《傳疏》中有更清楚的說明：

> 案：此詩因「葛藟」而興，又以「葛藟」為比，故毛《傳》以為興，《左傳》則以為比。凡全詩通例：〈關雎〉「若雎鳩之有別」，〈旄丘〉「如葛之曼延相連及」，〈竹竿〉「如婦人待禮以成為室家」，〈齊・南山〉「國君尊嚴如南山崔崔然」，〈山有樞〉「如山照不能自用其財」，〈綢繆〉「若薪芻待人事而後束」，〈葛生〉「喻婦人外成于他家」，〈晨風〉「如晨風之飛入北林」，〈菁菁者莪〉「如阿之長莪菁菁然」，〈卷阿〉「猶飄風之入曲阿」，曰若、曰如、曰喻、曰猶，皆比也，《傳》則皆曰興。比者比方於物；興者託事於物，作詩者之意，先以託事於物，繼乃比方於物，蓋言興而比，已寓焉矣。（頁193）

毛《傳》以為興，《左傳》以為比，此全詩通例。興是託事，比是比方，陳氏所謂「先以託事於物，繼乃比方於物」，即是「託事於物」而有「比喻」之意，是「興而比」。至於興、比（喻）的關係為何？孔穎達說「《傳》言興也，《箋》言興者喻言。《傳》所興者，欲以喻此事也。興、喻，名異而實同」，〔註53〕故「興而比」，乃「比方於物」且「託事於物」者。如〈關雎〉「關關雎鳩，在河之洲」起興，託雎鳩之有別，興夫婦有別；又以「后妃說樂君子之德，無不和諧，又不淫其色，慎固幽深，若雎鳩之有別焉」為比。

以上所舉，均是毛《傳》發明興體之常例。毛《傳》另有異於上述所列者，如〈邶風・燕燕〉《傳疏》：

> 《箋》云：「『差池其羽』謂張舒其尾翼，興戴媯將歸，顧視其衣服。」二

卷1，頁5a，總頁9、卷3，頁16a，總頁103。

〔註49〕同上注，卷2，頁5b，總頁32、卷5，21b，總頁210。

〔註50〕同注48，卷2，頁21a，總頁63、卷3，頁7a，總頁85。另釋〈小雅・小弁〉七章說「賦而興」，及釋〈魯頌・泮水〉說「賦其事以起興」，均屬此。參同注48，卷5，頁21b，總頁210、卷8，頁12b，總頁360。

〔註51〕同注48，卷3，頁30a，總頁131。

〔註52〕同注48，卷5，頁22b，總頁212。除上所指外，朱熹另有釋〈小雅・頍弁〉說「賦而興又比也。」同注48，卷5，頁36b，總頁240。

〔註53〕同注26，卷1之2，頁13a～b，總頁36。

章《箋》:「『頡頏』興戴嬀將歸,出入剪卻。」三章《箋》:「『下上其音』
興戴嬀將歸,言語感激,聲有小大。」此《箋》言興,而《傳》不言興。
〈螽斯〉《正義》引《鄭志・答張逸》云:「若此無人事,實興也。文義自
解,故不言之。凡說不解者耳,眾篇皆然。」凡實興,而《傳》不言興者,
放此。(頁82)

《傳》不言興,但由《箋》語及〈螽斯〉《正義》知此詩為興體,陳氏據〈螽斯〉《正
義》引《鄭志・答張逸》云:「若此無人事,實興也。」此二句為判斷「興」的標準
之一,另由此亦知《傳》文不言「興」,多因「文義自解」所致。

又〈魯頌・有駜〉「振振鷺,鷺于下。」毛《傳》:「以興絜白之士。」《傳疏》:
詩以「燕舞」起義,亦即以「鷺鳥」生興,故《傳》義已見〈振鷺篇〉,
而此重發《傳》者,將以明其興義也。鷺,白鳥,興絜白之士,則馬肥彊
亦是興,可互見也。……凡言興者,例皆發《傳》於首章首句,而唯〈南
有嘉魚〉不發《傳》於首章,此又不發《傳》於首句,皆其變例。以見《傳》
之言興,固有通於上下者矣。(頁883)

陳奐特指標明興體於首章首句,為毛《傳》之常例,此篇雖於首章標明興體,卻非
首句;〈小雅・南有嘉魚〉更標「興也」於第三章,此均為變例。非標注「興」體於
首章首句,乃因「《傳》之言興,固有通於上下者矣」。

綜上所述,可知毛《傳》所指「興」義內涵及其表現方式概為「即事以言興」,
是「因興而賦」;「離事以言興」,是鄭樵《六經奧論》所謂「不可以事類推,不可以
義理求也」之「興」;〔註54〕「寓意於喻言」是「因興而比」(隱喻);「明言其正意」
是「興而比」(明喻)。除「離事」一類外,都與賦、比有關。又《傳》文發明興體
之常例與變例,其常例是發明興體於首章首句,反之,則為變例,此變例多因顧及
《傳》文須「通於上下」所致。

2. 一字同訓,以釋首見者為常例

例如〈周南・卷耳〉「云何吁矣」,毛《傳》:「吁,憂也。」《傳疏》:
「吁」當為「盱」。《爾雅注》引《詩》:「云何盱矣。」邢昺《疏》云:「〈卷
耳〉及〈都人士〉文也。」邢所據〈卷耳〉作「盱」,詁訓箸於〈卷耳〉,
故〈都人士〉與〈何人斯〉「盱」皆不傳,此其例也。(頁26)

由邢昺《疏》知《爾雅注》所引之「云何盱矣」,出自〈卷耳〉、〈都人士〉二詩,所

〔註54〕鄭樵《六經奧論》:「凡興者,所見在此,所得在彼,不可以事類推,不可以義理求
也。」參見屈萬里先生於《詩經釋義・敘論》所引。屈萬里先生:《詩經釋義》(臺
北:中國文化大學出版部,1988年5月,3版),頁11。

見作「盰」，毛《傳》訓〈卷耳〉「盰」為「憂」。據毛《傳》「一字同訓只標於首見」之例，故〈小雅・何人斯〉與〈小雅・都人士〉「盰」字即不復傳。

又〈周南・兔罝〉：「公侯好仇。」《傳疏》：

> 仇，匹也，義見〈關雎〉，《傳》例不煩更見也。（頁 32）

〈關雎〉「君子好逑」，毛《傳》：「逑，匹也。」《傳疏》：「《釋文》：『逑本亦作仇。』『仇，匹』，〈釋詁〉文；孫炎本『仇』作『逑』。〈秦・無衣〉、〈賓之初筵〉、〈皇矣〉《傳》竝訓仇為匹。」（頁 14）可見「逑」可作「仇」，所以「君子好逑」可寫作「君子好仇」，故毛《傳》釋逑為匹，即是釋仇為匹，以此明「仇」義。

毛《傳》以釋首見之詞為常例，後出之詞即「不煩更見」，但也有不限於首見者，如陳氏引《小箋》所說：「『薄』，見〈葛覃〉矣，於此始為傳者，漢人傳注不限於首見也。」（《傳疏》，頁 34）又於〈周南・關雎〉篇言：「〈芣苢〉《傳》：『采，取也。』《傳》例有不限於首見也。」（《傳疏》，頁 16）說明一般解經是以首見釋之為常例，陳奐於此特明毛《傳》釋經有不限於首見者。〈周南・芣苢〉「薄言采之」，毛《傳》：「薄，辭也。」鄭《箋》：「薄言，我薄也。」孔穎達謂：「毛《傳》言『薄，辭』，故申之，言『我薄也』。『我』訓經『言』也。薄，還存其字，是為辭也。言我薄者，我薄欲如此，於義無取，故為語辭。《傳》於「薄汙我私」不釋者，就此眾也。〈時邁〉云『薄言震之』，《箋》云『薄猶甫』，甫，始也。〈有客〉曰『薄言追之』，《箋》云『王始言餞送之』，以薄為始。以〈時邁〉下句云：『莫不震疊』，明上句『薄言震之』，為始動以威也。〈有客〉言云『以縶其馬』欲留微子，下云『薄言追之』，是時將行，王始言餞送之。詩之『薄言』多矣，唯此二者以『薄』為『始』，餘皆為辭也。」〔註55〕說明毛《傳》、鄭《箋》〈周南・葛覃〉「薄」字不釋，而釋〈周南・芣苢〉「薄」字之意，在於「就此眾也」，且歸納餞別詩「薄言」之「薄」多作無義「語辭」解。而「采」字雖首見於〈關雎篇〉的「左右采之」句，但毛《傳》未釋，於〈芣苢〉「采采芣苢，薄言采之」則解說「采采，非一辭也」、「采，取也」。此因〈關雎〉「左右采之」之「采」字，義甚明，不煩注解；而〈芣苢〉是「采采芣苢」，「采」義不易明，所以〈關雎〉「采」字首見而不注，〈芣苢〉「采」字後出而有注。「采采」，毛《傳》云「非一辭也」，又釋後一「采」字為「取也」。說明「采采」是「采之又采」、〔註56〕「采之不已」之意。又〈秦風・蒹葭〉「蒹葭采采」，毛《傳》：「采采猶淒淒

〔註55〕同注 26，卷 1 之 3，頁 4a，總頁 41。
〔註56〕丁聲樹有〈詩卷耳芣苢「采采」說〉，反對「采采」是「采之又采」義。見國立北京大學四十周年紀念刊編輯委員會：《國立北京大學四十周年紀念論文集》（北京：國立北京大學出版社），乙編上，1940 年 1 月。又見《國學季刊》6 卷 3 期，1940 年 1 月。

也。」〈曹風・蜉蝣〉「采采衣服」，毛《傳》：「采采，眾多也。」均與〈芣苢〉之「采采」不同，故〈關雎〉之「采」不解而易明；〈芣苢〉之「采采」若不解則不易明。

3. 釋經義之體例

毛《傳》釋《詩》，泰半先釋字義，再釋經義。如〈周南・關雎〉：「關關雎鳩，在河之洲。」毛《傳》：「關關，和聲也。雎鳩，王雎也，鳥摯而有別。水中可居者曰洲。后妃說樂君子之德，無不和諧，又不淫其色，慎固幽深，若雎鳩之有別焉，然後可以風化天下。」《傳疏》：

> 《傳》云「后妃說樂君子之德，無不和諧」者，即申釋「關關，和聲」。云「又不淫其色，慎固幽深，若雎鳩之有別焉」者，……此即申釋「摯而有別，所謂樂而不淫也」。君子，謂文王也，言后妃之德必本諸文王也。《傳》既釋字之訓，又釋經之義，全詩《傳》例如此也。（頁 14）

說明毛《傳》解經不僅疏通經字，並通釋經義，此為毛《傳》解經之常例。又〈豳風・鴟鴞〉「鬻子之閔斯」，毛《傳》：「鬻，稚；閔，病也。稚子，成王也。」《傳疏》：

> 《傳》既釋字義，而又釋經義云：「稱（慧修案：陳氏引《釋文》作「稱」）子，成王也。」（頁 375）

此即點出毛《傳》以「稚」釋經字「鬻」，且進一步說此「稚子」指「成王」，則《詩序》所說「〈鴟鴞〉，周公救亂也。成王未知周公之志，公乃為詩以遺王，名之曰『鴟鴞』焉」之義即可解，故毛《傳》釋「稚子」為「成王」，即指出經義所在。

《傳》文由釋字義，次釋經義，此屬《傳》文通例，所以陳奐說「凡《傳》例先依經文次弟作解，後乃統釋經義，以發作詩者之恉」（《傳疏》，頁 68），但也有非依此釋經，而是直接統釋經義者，如〈鄭風・女曰雞鳴〉「弋言加之，與子宜之。」毛《傳》：「宜，肴。」《傳疏》：

> 加，加豆也。《周禮・醢人》：「加豆之實，箈菹，鴈醢。」〈既醉〉《傳》：「加豆，陸產也。」鳧鴈皆陸產，故弋之以為加豆之實。「宜，肴」，《爾雅・釋言》文。宜之為言嘉也，古宜、嘉同聲，……上句言「加」，既為加豆之「加」；則下句言「宜」，當讀為嘉肴之「嘉」，故《雅》、《傳》直詁宜為肴，釋經義，非釋字義也，……凡言酒必兼言肴。（頁 215）

「弋言加之」之「加」為加豆之義，據《周禮》「加豆之實」是指盤中裝的蒲菜和肉醬，這些食物正如〈既醉〉《傳》所說為陸產食物。「與子宜之」之「宜」，若釋字義，陳氏以為應讀作「嘉」，即指嘉肴；上「加豆」可省稱曰「加」，則下「嘉（宜）肴」自可省稱曰「嘉（宜）」。「嘉（宜）」是指嘉肴，所以下文說「宜（嘉）言飲酒」，是因為「凡言酒必兼肴」。所以毛《傳》釋「宜」為「肴」，是統下文而說，是釋經義，

非釋字義。若據《傳》例先釋字義，再釋經義之例，對毛《傳》有所誤解，所以陳氏於此特予表出。

　　或直接統釋全章大恉，而發其義於首章者，如〈小雅・鼓鍾〉「鼓鍾將將，淮水湯湯，憂心且傷。」毛《傳》：「幽王用樂不與德比，會諸侯于淮上；鼓其淫樂以示諸侯，賢者爲之憂傷。」《傳疏》：

　　　　案：上句言「鼓鍾」，而下句即言「淮水」，是用樂於淮水之上也。淮水之
　　　　上非方嶽覲諸侯之地，今幽王會諸侯，而用先王之樂，是不與先王之德比
　　　　矣；不與德比即爲淫樂，此《傳》總發全章之恉。（頁 565）

毛《傳》不似以往之先釋字義或經義，而是直接總釋全章大恉。「湯湯」，見於〈齊風・載驅〉「汶水湯湯」，毛《傳》釋云：「湯湯，大貌。」因《傳》例有「釋經不限於首見」者，故「將將」釋於後出之〈周頌・執競〉「磬筦將將」，毛《傳》：「將將，集也。」於此《傳》則統釋全章大恉。〈鄭風・有女同車〉「佩玉將將」，毛《傳》：「將將鳴玉而後行。」此「將將」同〈鼓鍾〉之「將將」。「湯湯」，語義明白，不需詳解字義，故而直接總釋全章大恉。而〈執競〉之「將將」，陳氏以爲此當是「瑲瑲」之古文假借，而《傳》文之「集也」，指「諸工會集也」，〔註57〕此「將將」義異於上文所述者，於此若不解，則不易明。

　　或發其義於末章者，如〈召南・摽有梅〉「求我庶士，迨其謂之」，毛《傳》：「不待備禮也。三十之男，二十之女，禮未備，則不待禮會而行之者，所以蕃育民人也。」《傳疏》：

　　　　《傳》又本《周禮》會男女法，以申明不待備禮之義，乃統釋全章，非專
　　　　釋末章。凡《傳》總釋，有發見於章首者，又有發見於章末者，此其例矣。
　　　　（頁 63）

此言毛《傳》解經時有連貫上下章而釋之，不泥該章單一字義、句義，而是觀照全局、統釋全詩，這是以末章統釋全章。

　　又有以釋下文經義而統釋上文經義的情形，如〈召南・鵲巢〉「之子于歸，百兩成之」，毛《傳》：「能成百兩之禮。」《傳疏》：

　　　　案：一章迎，二章送，末章「百兩成之」兼送迎，《傳》乃倒文以釋之，
　　　　云「能成百兩之禮」者，爲能成百兩送迎之禮也。言成之者，宜室家、寧
　　　　父母。（頁 44）

首章「之子于歸，百兩御之」，毛《傳》：「百兩，百乘也。諸矦之子嫁於諸矦，送

〔註57〕同注 11，頁 835。

御皆百乘。」二章「之子于歸，百兩將之」，毛《傳》：「將，送也。」毛《傳》於一、二章釋「御」、「將」之字義。鄭《箋》：「御，迎也。」故王先謙說：「首章爲從車，次章爲送車，正取與禮證合。」〔註58〕故毛《傳》釋經，有統釋之例，解末章「百兩成之」爲「能成百兩之禮」，是統釋上二章所說的「御之」、「將之」之禮爲說。

　　綜上所述，毛《傳》釋經義之體例，可約略歸納爲四：一、先釋字義，再釋經義；二、直接統釋經義；三、直接統釋全章大恉；四、以釋下文經義而統釋上文經義。故先知《傳》文或先釋字義再釋經義；或似釋字義，實釋經義；或釋單章經義，或釋全章旨意；其釋全章旨意，或在首章，或在末章。明此體例，即可免誤解之虞。

4. 逆辭為訓

　　上文提及《傳》文多先釋字義再釋經義，而詮釋經字的順序一般是依經文脈絡，順而解之，但在毛《傳》釋經的習慣中，逆辭解之的情況亦多見，如〈小雅·小旻〉：「哀哉爲猶！匪先民是程，匪大猶是經。」毛《傳》：「程，法；經，常；猶，道。」《傳疏》：

> 經訓常，連言之曰「經常」；猶訓道，大猶，大道也。〈巧言〉「秩秩大猶」，
> 　《箋》亦云「猶，道也。」《傳》先釋「經」字，後釋「猶」字，逆其辭
> 　以爲釋，則「是經」與「是程」同義。（頁517～518）

《傳》文先釋「經」字再釋「猶」字，就經句字序論，是逆辭以釋。《傳》文釋「程」字爲法，「經」字爲常，此「常」應同「典常」，表常法、常規，所以「是程」與「是經」義同，故推《傳》文欲將同義者並列指出，而逆辭以釋。

　　又如〈小雅·白華〉「樵彼桑薪，卬烘于煁」，毛《傳》：「卬，我。烘，燎也。煁，烓竈也。桑薪，宜以養人者也。」《傳疏》：

> 「烘，燎」，《爾雅·釋言》文。燎當作尞，《說文》：「烘，尞也。《詩》曰：
> 　『卬烘于煁。』」「煁，烓」，亦〈釋言〉文。《傳》既本《爾雅》釋「煁」
> 　爲「烓」，而又釋之爲「竈」也。……《說文》：「烓，行竈也。……」薪
> 　爲吹爨，故云「宜以養人」。言「桑薪」者，〈氓〉《傳》「桑，女功之所起」，
> 　是其義也。《傳》先釋「煁」而後釋「桑薪」者，此逆辭爲訓之例。（頁
> 　630～631）

由陳氏所疏，知《傳》釋「煁」，所釋者爲字義；釋「桑薪」，所釋者爲經義。先釋

字義再釋經義，為毛《傳》之常例，若依經文之次，則是逆辭為訓。

陳奐說「《傳》有順經之辭而釋之者，亦有逆經之意而釋之者」（《傳疏》，頁702），明言毛《傳》有順經字而釋，亦有推測經義作解，陳氏說此為「承上起下之詞」。又據上文歸結出毛《傳》逆辭以釋的因素，不外乎依循《傳》例，或是《傳》文欲釋同義經文，而逆辭為訓。

除此之外，若有不明原因而逆辭者，可能是傳寫訛誤，如〈邶風‧柏舟〉「憂心悄悄，慍于羣小」，毛《傳》：「慍，怒也；悄悄，憂貌。」《傳疏》：

> 《傳》先釋「慍」後釋「悄悄」，文疑誤倒。顏師古注《漢書》、楊倞注《荀
> 子》及魏徵《群書治要》竝云：「悄悄，憂貌。慍，怒也。」《正義》亦順
> 經為釋，其所據毛《傳》皆當不誤。（頁78）

毛《傳》釋慍、悄悄均是釋詞義，楊倞注《荀子》及魏徵《群書治要》當是引毛《傳》原文，且據《正義》釋二句經文：「言仁人憂心悄悄然，而怨此羣小人在君側者也。」知唐人所見本毛《傳》皆順經為釋，故疑今本《傳》文誤倒。

5.「倒文」釋經

「逆辭」，所逆者為經文之次，與語法無涉；「倒文」出現在語法上，通常是因應三種需求：一是強調賓語，一是變化句法，一是押韻需要。而「倒文」可含「倒字」和「倒句」二種。所倒者為經文本身，故陳奐在〈周南‧汝墳〉《傳疏》引《正義》說：「『不我遐棄』猶云『不遐棄我』，古之人語多倒，《詩》之此類眾矣。」（頁40）而毛《傳》逆經之意，故以倒文釋之而復其正。如〈邶風‧日月〉：「乃如之人兮，逝不相好。」毛《傳》：「不及我以相好。」《傳疏》：

> 〈唐風〉《釋文》引韓《詩》：「逝，及也。」及與逮同義。「逝不」為「不
> 及」，此倒句法。（頁85）

毛《傳》串講「逝不相好」句為「不及我以相好」，知釋「逝」為「及」，以「逝不」為「不逝」，並釋為「不及」。

又如〈曹風‧下泉〉：「冽彼下泉，浸彼苞稂。」毛《傳》：「下泉，泉下流也。苞，本也。稂，童粱。非溉草得水而病也。」《傳疏》：

> 《傳》釋「下泉」為「泉下流」者，〈七月〉《傳》：「流，下也。」則下亦
> 流也，是即《爾雅》「下出」之義。苞、本雙聲。「苞稂」為「稂本」，與
> 「下泉」為「泉下」皆倒句以明義。（頁358）

毛《傳》釋「苞」為「本」，故「苞稂」即應解為「稂本」。陳奐是據此而推毛《傳》「下泉」為「泉下流」，即「泉下」、「泉流」之意。取以說二者「皆倒句以明義」。其他如〈鄘風‧柏舟〉「汎彼柏舟，在彼中河。」毛《傳》：「中河，河中。」《傳疏》：

「中河，河中，此倒句之例。」（頁 128）〈鄭風・清人〉「左旋右抽，中軍作好。」毛《傳》：「居軍中爲容好。」《傳疏》：「故《傳》釋經『中軍』爲『軍中』，作倒句法。」（頁 212）〈小雅・鴻鴈〉「鴻鴈于飛，集于中澤。」毛《傳》：「中澤，澤中也。」《傳疏》：「中澤，澤中，此倒句。」（頁 470）〈小雅・北山〉「或盡瘁事國」，毛《傳》：「盡力勞病以從國事。」《傳疏》：「《傳》……云『以從國事』釋經『事國』二字，倒句以釋之。」（頁 559）均說明毛《傳》倒文解經之例。

陳奐在釋《傳》例有「倒文」釋經的同時，也擴充毛《傳》此一解經方式，對毛《傳》所未釋的「倒文」，併予指出。如〈小雅・伐木〉：「坎坎鼓我，蹲蹲舞我。」《傳疏》：

> 案：上句言「鼓」，下句言「舞」，舞與鼓相應也。……「坎坎鼓我」、「蹲
> （慧修案：陳奐以爲「蹲」當作「墫」）墫舞我」，言我爲之擊鼓則坎坎然，
> 我爲之興舞則墫墫然，亦倒句也。（頁 412）

陳奐釋此二句則直接倒經文爲「我鼓坎坎，我舞蹲蹲」以釋。

另如〈小雅・魚麗〉：「物其有矣，維其時矣。」《傳疏》：

> 經文「維其」二字確是推本萬物盛多之由，猶言「維其如是，所以如是」；
> 〈裳裳者華〉「維其有章矣，是以有慶矣」、「維其有之，是以似之」，凡言
> 「維其」者如此，此《詩》文法倒裝耳。（頁 428）

陳氏詮釋「維其如是，所以如是」，即「正因如此，所以如此」；指出「維其……」是指出造成現象之「因」，「所以……」是「果」。〈魚麗〉「物其有矣，維其時矣」，是先說「果」，後說「因」，所以說是「文法倒裝」。其他如〈小雅・甫田〉「以我齊明」，《傳疏》：「齊明，明齊也。」（頁 582）〈商頌・玄鳥〉「在武丁孫子」，《傳疏》：「『在武丁孫子』猶云『在孫子武丁』，倒句之以就韻耳。」（頁 911～912）諸例均是利用倒文釋經，且明經文倒文的用意在於協韻。〔註59〕若晦於此，而順經解之，則誤解經義。

6. 以疊字釋單字

毛《傳》常以疊字釋經文單字，而以疊字釋經的目的，陳奐在〈邶風・谷風〉《傳疏》中說：「凡經文一字，《傳》文用疊字者，一言不足則重言之，以盡其形容

〔註59〕俞樾在《古書疑義舉例》一書，亦將「倒句例」、「倒序例」（慧修案：可統歸作「倒
文」）視爲古人的行文習慣，且又另一「倒文協韻例」條，說明倒文的目的，除了古
人的行文習慣、變化文句使具文辭之美外，另一個就是爲了協韻。參見〔清〕俞樾：
《古書疑義舉例》，收入楊家駱：《古書疑義舉例等七種》（臺北：世界書局，1992
年 5 月 3 日，3 版），頁 3、4、12。

者，例準此。」（頁103）清楚地交代《傳》文有以疊字釋單字的情形，而目的在於足義，並清楚表達字意。如〈邶風・擊鼓〉「憂心有忡」，毛《傳》：「憂心忡忡然。」《傳疏》：

> 「有」，狀物之詞。「憂心忡忡然」，《傳》以「忡忡」釋經之「忡」，此疊字釋單字也。〈草蟲、出車篇〉云「憂心忡忡。」（頁89）

「有」為狀物之詞，「有忡」即「忡然」，但「忡」字一言不足以盡其形容，所以加一「忡」字，說「忡忡然」，此為毛《傳》以疊字釋單字的釋經手法。毛《傳》經常使用此釋經方式，其他如〈衛風・氓〉「桑之未落，其葉沃若。」毛《傳》：「沃若，猶沃沃然。」《傳疏》：「〈隰桑〉《傳》：『沃，柔也。』沃，《說文》作『𣵀』，重言之則謂『𣵀𣵀』。」（頁167）〈小雅・十月之交〉「噂沓背憎」，毛《傳》：「噂，猶噂噂。沓，猶沓沓。」《傳疏》：「『噂，猶噂噂』、『沓，猶沓沓』，此疊字釋單字之例。」（頁510）〈商頌・那〉「庸鼓有斁，萬舞有奕。」毛《傳》：「斁斁然盛也；奕奕然閑也。」《傳疏》：「經言斁，傳言斁斁……經言奕，傳言奕奕。」（頁908）均是以重言釋一字之《傳》例。陳奐疏《傳》文，亦仿此訓釋方式，如〈鄭風・女曰雞鳴〉「明星有爛」，《傳疏》：「爛猶爛爛也。大星爛爛，故小星已不見矣。」（頁215）即是。

陳奐除指出毛《傳》以疊字釋經單字之例外，另也指出「以單字釋疊字」的情形。如〈大雅・文王〉「亹亹文王」，毛《傳》：「亹亹，勉也。」《傳疏》：

> 亹者斖之俗。……《後箋》云：「古斖字本有勉義。〈襄二十六年〉《左傳》：『夫小人之性斖於勇。』杜《注》：『斖，動也。』動與勉義相近。」案：《文選・束晳補亡詩》《注》引毛《詩》《傳》重勉字，為後人誤衍。單字釋經雙字，不重勉字也。（頁642）

此點出毛《傳》以「疊字釋經單字」是解經常例；以「單字釋經之雙字」則是特例，若不知此特例，而以常例改之，反造成誤衍的錯誤。

又如〈大雅・板〉「上帝板板」，毛《傳》：「板板，反也。」《傳疏》：

> 「板」古作「版」。《後漢書・董卓傳論》《注》、《文選・劉峻辯命論》《注》引《詩》作「版版」。《傳》以「反」詁「版版」，此單字釋經疊字之例。《爾雅》：「版版，僻也。」僻，《禮記》《注》作「辟」，辟與反義相近。（頁741）

此除說明毛《傳》有以單字釋經疊字之特例外，也清楚交代此單字非經字，而是以單一經字之字義，釋經疊字。「板板，反也」，但「板」未即是「反」義。疊字有時是單字意義的加強，有時是連緜詞，與單字不同。

7. 依聲立訓

此部分所談的為「聲訓」之法。東漢末年，劉熙的《釋名》成為第一部全面使用聲訓訓釋辭義、探求語源的著作，但早在先秦已有使用此法釋義者，如《周易·說卦》：「乾，健也；坤，順也。」又如《爾雅·釋言》：「甲，押也。」又：「顛，頂也。」到了漢朝，聲訓的使用更加廣泛，毛《傳》亦在此列，如〈周南·關雎〉「關關雎鳩」，毛《傳》：「關關，和聲也。」《傳疏》：

> 關關，和聲。關古讀如管。如管叔，《墨子》作「關叔」之比，與「和」
> 雙聲得義。（頁 13）

關屬見母元部、和屬匣母歌部。見、匣同為牙音，所以二字可雙聲得義。

又〈小雅·雨無正〉「哀哉不能言」，毛《傳》：「哀賢人不得言。」《傳疏》：

> 經言「不能言」，《傳》云「不得言」，得、能聲轉而義相近。（頁 514）

得屬端母職部、能屬泥母之部。端泥旁紐、之職對轉，二字聲轉義近，且得、能二字亦可作意義之引申。上述諸例是透過雙聲或聲轉的關係，說明毛《傳》因聲立訓的情形。

在聲音的觀察上，除了直尋上古音外，亦可由其諧聲偏旁觀測毛《傳》利用聲訓的痕跡。如〈周頌·訪落〉：「將予就之，繼猶判渙。」毛《傳》：「判，分。」《傳疏》：

> 「判」從半聲，故云「分」。（頁 860）

此為以諧聲偏旁得義之例。又如〈商頌·長發〉：「昔在中葉，有震且業。」毛《傳》：「葉，世也。」《傳疏》：

> 葉從枼聲，枼從世聲，故葉世同訓。（頁 919）

說明毛《傳》因聲音關係而訓「葉，世也」，而這種聲音繫聯是漸次推進：葉，枼聲→枼，世聲，故葉、世二字聲同義通。

依陳氏所說，上述諸例標明毛《傳》運用釋詞與被釋詞間所存在聲音關係釋義，知毛氏已知使用「因聲求義」，試圖為《詩經》經字尋求正確字義。毛《傳》之意是否即是如此，不得而知，但藉陳奐的指陳，或有助於吾人對此一問題的深入思考。

8. 複經作解

上述旨在論《傳》例，此處則另補充毛《傳》於解經前的「複經」習慣，若不明此例，易刪改《傳》文而致誤。陳氏在〈周南·關雎〉《傳疏》說：

> 蓋漢初《經》與《傳》，本各自為書。《傳》、《箋》不分，久相襍廁，複經
> 之句，每任意刪去。有在本句下者，其文易明；有不在本句下者，其理難
> 曉。易明者仍之而不補，難曉者隨文移改，令詩節次昭然，共喻學者，知

非毛氏之舊而已，全《詩》仿此。（頁 16）

說明毛《詩》經文與《傳》文本各自成書。《傳》文解經習於複經，自《正義》俱疏《傳》、《箋》，合毛、鄭兩家為一家之書（陳奐說，詳下）後，《傳》文卻常有被任意刪減的情形。對上述情況，陳氏的處理方式是「仍之而不補」、「隨文移改」；若釋文在所釋經文之下，文義易明，就不一定要補回刪去的複句經文；若釋文非在被釋經文之下，文義則難明，故須「隨文移改」。

陳氏所謂「仍之而不補」者，如〈鄭風・野有蔓草〉：「邂逅相遇，適我願兮。」毛《傳》：「邂逅不期而會，適其時願。」《傳疏》：

案：《傳》文「邂逅」下奪「相遇適我願兮」六字。「邂逅相遇，適我願兮」，此《傳》複經句也，二句作一氣讀。「不期而會，適其時願」，此《傳》釋經義也，八字亦作一氣讀。《序》云：「思遇時」，「思不期而會」。〈隱八年〉《穀梁傳》云「不期而會曰遇」，是不期而會謂之遇，非不期而會謂之邂逅也。邂逅有適願之意。《穀梁傳》又云：「遇者，志相得也。」「志相得」即詩所謂「適我願也」。〈綢繆〉《傳》云：「邂逅，解說也。」「解說」猶「說懌」，亦是「適我願」之意。義著於〈綢繆〉，於此則不為「邂逅」發傳矣。此徑轉寫者刪去複句未盡，遂誤以《傳》文「不期而會」四字，專釋「邂逅」二字，沿譌至今，直以邂逅為塗遇之通稱，學者失其義久矣。（頁 237）

陳奐指出《傳》文本作：「邂逅相遇，適我願兮：不期而會，適其時願。」毛《傳》釋「邂逅」為「解說」（說懌、悅懌），說見〈唐風・綢繆〉。此篇《傳》文「邂逅」下，因轉寫者不知有複經之句而刪去「相遇適我願兮」六字，毛《傳》非釋「邂逅」為「不期而會」，「不期而會」稱「遇」，不稱「邂逅」。

所謂「隨文移改」者，如〈魯頌・閟宮〉：「保有鳧繹，遂荒徐宅，至于海邦，淮夷蠻貊，及彼南夷，莫不率從。」毛《傳》：「淮夷蠻貊，蠻貊而夷行也。」《傳疏》：

《傳》文「淮夷」下各本奪「蠻貊」二字，今補。〈江漢〉《傳》云：「淮夷東國在淮浦而夷行也。」以釋經之「夷」字；此《傳》云：「淮夷蠻貊，蠻貊而夷行也。」以釋經之「夷蠻貊」三字，今轉寫者不知經文複句之例，因謂「蠻貊」重文，刪去二字，以致文義不明。（頁 901）

陳氏以為今本毛《傳》多作「淮夷蠻貊而夷行也」七字，此為轉寫者不明複經句例而致誤。另從〈大雅・江漢〉《傳》知以「淮夷東國在淮浦而夷行也」釋「夷」字；此篇《傳》文以「蠻貊而夷行也」釋經之「夷蠻貊」三字。陳氏因《傳》文非在所釋經文之下，故「隨文移改」，以使文義曉然。

　　上文主要是指出陳奐對毛《傳》解《詩》義例的闡發，希望透過上述八點《傳》例，說明毛《傳》解《詩》的原則與模式。以下將繼續談論毛《傳》解《詩》的依據，以明陳奐擁護毛《傳》的主要因素。

二、論毛《傳》之古義系統

（一）論毛《傳》之本

　　陳奐對於自己作《傳疏》的原因，在《傳疏・敘錄》中清楚陳述，陳氏說：

> 唐貞觀中，孔沖遠作《正義》，《傳》、《箋》俱疏，於是毛、鄭兩家合爲一家之書矣。（頁4）

又說：

> 古《經》、《傳》本各自爲書，自《傳》與《箋》合併，而久失原書之舊，
> 今置《箋》而疏《傳》者，宗毛《詩》義也。（頁5）

提及《傳》、《箋》的合併，肇始於唐・孔穎達作《正義》時，因俱疏二者，致二家之說多所混淆，而《傳》文之貌非古。陳奐作《傳疏》，以恢復毛《傳》舊觀爲目的，自然別白《傳》、《箋》，「置《箋》而疏《傳》」，以發明毛《詩》大義爲主。陳奐既以尊毛《傳》爲達宗毛《詩》義之旨，可見陳氏認爲毛《傳》最得毛《詩》本旨。由〈小雅・小旻〉《傳疏》說：「《傳》義之用古訓，非憑臆說也。……是漢人說《詩》與《傳》義皆合。」（頁519）知陳氏以《傳》說有本，不隨生臆說，並合於古義。陳奐以爲毛《傳》有具於《爾雅》，有不盡具於《爾雅》，陳氏又引胡培翬之說，以爲「《毛詩傳》可以紹統《爾雅》而旁通發揮」（《傳疏》，頁 1033），就陳氏所論，毛《傳》與《爾雅》的關係密切；餘下則就傳承而論，因左丘明曾親授荀子，故內、外《傳》先於《荀子》，又毛《傳》所用《三禮》多出於《荀子》，毛公用《三禮》亦是用師說，[註60] 故列於《荀子》之下。因「孟、荀一家，先後同揆，故毛公說《詩》與孟子說《詩》之意同，用師說也」。（《傳疏，頁1004》）又列《孟子》於末，以明之。除上所說外，依《爾雅》、內、外《傳》、《荀子》、《三禮》、《孟子》之次，陳《傳》說之本，亦可見毛《傳》引用該說之頻率。

1. 毛《傳》與《爾雅》之關係

　　陳奐在《傳義類・序》說：「《爾雅》，周公所作，昔儒既疏明而詳說之矣。大毛公生當六國，去周初未遠，孔子沒，七十子微言大義殆未埽滅，故其作《詩故訓傳》，《傳》義有具於《爾雅》，有不盡具於《爾雅》。」（《傳疏》，頁1033）以爲毛《傳》

〔註60〕同注11，頁1003。

之所以時從《爾雅》作訓解，是因為《爾雅》的作者為周公，而大毛公與其時代相近，又因為孔子歿後，七十子所言之微言大義尚未盡失，所以毛公作《傳》，「義有具於《爾雅》，有不盡具於《爾雅》」。以下由毛《傳》與《爾雅》義的異同，見其與《爾雅》的關係。

（1）毛《傳》與《爾雅》釋義之異同

陳奐認為：毛《傳》基本上以用《爾雅》義為通例，且說「毛《傳》取《爾雅》為釋，精當不移。」（《傳疏》，頁552）但《傳》文也有與《爾雅》異訓者。例如〈鄘風·定之方中〉「騋牝三千」，毛《傳》：「馬七尺以上曰騋。騋馬與牝馬也。」《傳疏》：

> 馬七尺以上曰騋，《傳》本《周禮·廋人》文為說。《釋文》本及定本作「六
> 尺」，誤。《說文》亦云「馬七尺為騋」，引《詩》曰「騋牝驪牝」，段《注》
> 云：「〈釋畜〉曰『騋牝驪牝』，今《爾雅》譌作『驪牡』，而《音義》不誤
> 可攷，《音義》曰：『騋牝，頻忍反，下同』。下同者，即謂驪牝也，此以
> 驪牝釋詩之『騋牝』。驪與騋，以雙聲為訓，謂騋馬驪色亦兼牝馬也。」
> 案：《爾雅》以騋為驪，不解「牝」字，非謂「騋牝」為驪色之牝。《傳》
> 云「騋馬與牝馬」，釋騋、牝為二馬，不用《爾雅》義也。（頁142）

《說文》引《詩》作「騋牝驪牝」，姚文田、嚴可均謂「詩」當作「爾雅」。〔註61〕鄭玄《禮記·檀弓上》「戎事乘驪」《注》引《爾雅》作「騋；牝驪，牡玄」，〔註62〕鄭氏所用《爾雅》義指「七尺以上的馬，母馬是驪色，公馬是玄色。」另，段玉裁認為《爾雅》應作「騋牝：驪牝」，表騋馬是驪色，此不論公馬或母馬都是驪色。因詩說「騋牝」，所以《爾雅》釋《詩》說「騋牝」，目的只在解釋「騋」是「驪」，不在解釋「牝」。段氏所釋，是據《經典釋文》的注而作的判斷。綜上，《爾雅》無論用鄭玄所引或段氏所說，對「騋」字的解釋，都強調其色；而毛《傳》則只強調其高大。又毛《傳》以「騋牝」為並列詞組，所以表二馬。《爾雅》若據鄭玄本，則「騋」、「牝」二字分讀；若據段說，「騋牝」二字連讀，為偏正詞組。

又〈魏風·陟岵〉「陟彼岵兮」，毛《傳》：「山無草木曰岵。」《傳疏》：

> 《爾雅·釋山》：「多草木，岵；無草木，峐。」《傳》與《爾雅》正相反，
> 《正義》以為轉寫之誤：《說文》、《釋名》並與《爾雅》同，與毛《傳》
> 異。《說文注》云：「毛《詩》所據為長。岵之言怙，落也。屺之言芑，滋
> 也。岵有陽道，故以言父，無父何岵也；屺有陰道，故以言母，無母何恃

〔註61〕　〔清〕姚文田、嚴可均：《說文校議》（臺北：廣文書局，1972年11月，初版），冊
　　　　下，卷10上，頁2，總頁398。

〔註62〕　同注12，卷6，頁11b，總頁114。

也。毛又曰『父尚義』、『母尚恩』，則屬辭之意可見矣。」案：《唐語林》：
「施士丐說：『山無草木曰岵，所以言陟彼岵兮，言無可怙也。』」以岵之
無草木，故以譬之，此可爲毛《傳》之確證。（頁 270）

因爲毛《傳》與《爾雅》釋詞相反，《正義》以爲《傳》文應是轉寫致誤，況《說文》
與《釋名》均同《爾雅》說法。但段玉裁以爲「毛《詩》所據爲長」，又《說文》「岵，
山有艸木也」，段氏疑「許宗毛者也，疑『有、無』字本同毛，後人易之」。〔註63〕
因毛《傳》於「岵」說「無」，於「屺」說「有」，故明《說文》當同毛。且由陳氏
引《唐語林》中施士丐語，知毛《傳》之說當而無誤。故陳奐在疏解《傳》說時，
屢稱「毛《傳》不必盡同《爾雅》」（《傳疏》，頁 1006），又於《毛詩說》「毛《傳》
不用《爾雅》說」及「毛《傳》用《爾雅》說」二條中分別舉例，以明毛《傳》對
《爾雅》義的取捨。而用與不用的標準爲何？陳奐在「毛《傳》不用《爾雅》說」
條中，曾有如下的說明：

〈生民〉「履帝武敏」，〈釋訓〉曰「敏，拇也」；〈小星〉「抱衾與裯」，〈釋
訓〉曰「裯謂之帳」。若此之類，皆毛《詩》不用《爾雅》，而鄭氏《箋》
用之。或謂《爾雅·釋訓篇》多遭後人改竄矣。（頁 1006）

由此可見：毛《傳》與《爾雅》異說者，或因《爾雅》之文有些已爲後儒改竄，其
未經改竄之本，未必即與毛異。又毛《傳》因用師說，故釋義亦有不取《爾雅》者。
陳氏在〈召南·騶虞〉《傳疏》中提到：「毛《傳》不本《爾雅》，當別有師承也。」
（頁 74）即指出毛《傳》基本上遵從《爾雅》，對於未從之處，非自生臆說，而是
「別有師承」，鄭《箋》揉合諸家，所以或與毛異，而與《爾雅》同。

毛《傳》有用《雅》訓，卻立意不同者；有毛《傳》不用《雅》訓，而另有所
本者，但亦有在同異、依違之中，保留權宜空間者，如〈邶風·北風〉：「北風其涼，
雨雪其雱。」毛《傳》：「北風，寒涼之風。」《傳疏》：

《爾雅》「北風」謂之「涼風」。……《傳》但就詩本句爲釋，故云：「北
風，寒涼之風。」不用《爾雅》作訓，與〈豈風〉（慧修案：〈豈風〉即是
〈凱風〉）〔註64〕、〈谷風〉異也。（頁 117）

《爾雅》釋「北風」爲「涼風」。毛《傳》釋作「寒涼之風」，增一「寒」字。或因
下文有「雨雪其雱」而隨文立訓。陳奐特別提出，毛《傳》對於「北風」的訓解雖

〔註63〕〔清〕段玉裁：《說文解字注》（臺北：黎明文化事業股份有限公司，1996 年 9 月，
12 刷），九篇下，頁 4b，總頁 443。
〔註64〕陳奐說：「凱當作豈。《傳》以樂字釋豈字。〈載驅〉、〈蓼蕭〉、〈旱麓〉〈泂酌〉竝以
樂易釋豈弟，此作豈之證。豈古文愷字。」（同註11，頁 91）

不取於《爾雅》，但在〈豳風〉《傳》「南風謂之凱風」及〈谷風〉《傳》「東風謂之谷風」之訓解，則全依《爾雅·釋天》文作解，間接說明毛《傳》釋《詩》，往往針對語言環境作解。

又如〈召南·卷耳〉：「陟彼崔嵬，……陟彼砠矣。」毛《傳》：「崔嵬，土山之戴石者。」「石山戴土曰砠。」《傳疏》：

> 《釋文》：「碻本亦作砠。」《說文》：「岨，石戴土也。」引《詩》作「岨」，是叔重所據作山旁「岨」矣。〈皀部〉：「阢，石山戴土也。」則岨一名阢也。《釋名》云：「石戴土曰岨。岨，臚然也。」皆謂石山戴土也。《爾雅》：「土戴石為砠。」與毛《傳》異。段氏《說文注》云：「用石戴於土上，土而戴之以石；用土戴於石上，石而戴之以土。二文互異而義則一。戴者，增益也。石在上則高、不平，故曰崔嵬；土在上則雨水沮洳，故曰岨。毛之立文為善矣。」（頁 26）

《說文》、《釋名》釋「岨」（「砠」）字為「石戴土」，《爾雅》則釋「砠」為「土戴石」，毛《傳》與《說文》、《釋名》所釋義同，而《爾雅》訓則與毛《傳》釋「崔嵬」同。段氏認為《爾雅》、毛《傳》對「崔嵬」、「砠」二語解釋不同，但均為有土有石的高山，所以說「二文互異而義則一」。段氏認為毛《傳》「立文善矣」，因為「石在上則高、不平」，符合崔嵬形容山高不平之狀；「上在上則雨水沮洳，故曰岨」，符合聲訓推命名之義。就〈卷耳〉三章論，「陟彼崔嵬，我馬虺隤」、「陟彼高岡，我馬玄黃」、「陟彼砠矣，我馬瘏矣」，此三章運用互足，敘述山勢及路面狀況，正面說明行走艱難。先以「崔嵬」指山高；次以「高岡」指山勢之險峻；最後「砠矣」指石上增益土，雨水沖刷下，造成路面泥濘、滑溼，增加行走的艱辛。再由馬、僕的疲病側面烘托路之難行。姚際恆亦說：「二章，言山高，馬難行；三章，言山脊，馬益難行；四章，言石山，馬更難行。」〔註 65〕先言高；次說所處；後言性質，形成互足效果。一說是「石戴山」，一說是「山戴石」，此毛《傳》與《爾雅》的詮釋不一，陳氏贊同毛《傳》與《爾雅》只是「二文互異而義則一」的說法，主要是為了支持毛《傳》宗《雅》訓的認知。關於「砠」字的闡釋，先借用字書，對相關字進行考索；其次引用其師段說，增強立論效果，解毛《傳》與《爾雅》在「砠」字訓釋上的衝突。

（2）毛《傳》與《爾雅》義相成

毛《傳》訓義多同《爾雅》，其不同者，亦往往與《爾雅》相輔相成。陳氏於《毛

〔註65〕同注 23，頁 21。

詩說》特立「毛《傳》、《爾雅》字異義同說」、「毛《傳》、《爾雅》訓異義同說」二條（均見《傳疏》，頁 1005），指出毛《傳》和《爾雅》有「字之所異，義之所同」，﹝註 66﹞又毛《傳》是「言訓詁也，具法乎《爾雅》，亦不泥乎《爾雅》」，﹝註 67﹞所以會有「訓異義同」的情形。以下從毛《傳》與《爾雅》「字異義同」及「訓異義同」舉例，說明毛《傳》與《爾雅》釋義上時有相輔相成的情形。

　　毛《傳》與《爾雅》或「字異義同」，如〈曹風・侯人〉「維鵜在梁」，毛《傳》：「鵜，洿澤鳥也。」《傳疏》：

> 《爾雅》：「鵜，鴮鸅。」《釋文》云「鴮鸅」，毛《詩傳》作「洿澤」，同。
> （頁 354）

《爾雅》與《釋文》均從鳥旁，毛《傳》從水旁，但兩者所指無別，均指「鵜」。《說文》：「鵜，洿澤也。」同毛《傳》。段《注》說：「〈釋鳥〉『鵜，鴮鸅』，毛《傳》：『洿澤鳥也。』按今《爾雅》多俗字，毛《詩》作『洿澤』是也。」﹝註 68﹞據段氏以《爾雅》多用俗字，意即毛《傳》所用爲古字。

　　又〈大雅・卷阿〉「茀祿爾康矣」、「純嘏爾常矣」，毛《傳》：「茀，小也。嘏，大也。」《傳疏》：

> 《爾雅》：「芾，小也。」茀、芾聲同，故義通。《傳》緣本句「康」字，
> 　復對下文「純嘏」字，故以「茀祿」爲小祿也。（頁 734）

毛《傳》緣下文「嘏」字，釋「茀」爲小。《爾雅》亦釋作「小」義解，但用「芾」字，不同《傳》文。陳氏以爲茀、芾二字聲同（均屬非母），故義可通。

　　另如〈衛風・氓〉「匪我愆期」，毛《傳》：「愆，過也。」《傳疏》：

> 「愆，過」，《傳》爲全詩通訓。《爾雅》：「諐，過也。」《說文》：「愆，籀
> 文作諐。」（頁 165）

毛《傳》釋愆爲過，此全詩通訓。毛《傳》用「愆」字，《爾雅》用「諐」字，均表過，因二字爲異體字，故字異義同。

　　陳奐於《毛詩說》「毛《傳》、《爾雅》字異義同說」條，指出：

> 凡通借者必諧聲也；……凡或體者必諧聲也。至若毛《傳》多古文，《爾
> 雅》則逕六朝後人改竄，破俗之體，不勝枚舉，定作頒、里作𤲬之類者無
> 論矣。字之所異，義之所同也。（《傳疏》，頁 1005）

毛《傳》和《爾雅》「字異義同」者，異文間通常是「通借」、「或體」，此如上文所

﹝註 66﹞見《毛詩說》「毛《傳》《爾雅》字異義同說」條，同注 11，頁 1005。
﹝註 67﹞見《毛詩說》「毛《傳》《爾雅》訓異義同說」條，同注 11，頁 1005。
﹝註 68﹞同注 63，四篇下，頁 50a，總頁 155。

舉諸例。另知《爾雅》用後起專字，而毛《傳》多古文，或許是《爾雅》字多遭後人改竄之故。如《爾雅》「鵁鸀」，毛《傳》作「洿澤」，而《說文》無「鵁鸀」二字；又如〈鄭風・大叔于田〉「乘乘鴇」，《爾雅》作「䳕」，而《說文》無「䳕」字，則「鵁鸀」、「䳕」諸字之起，或在《說文》後。

或「訓異義同」，如〈陳風・防有鵲巢〉：「誰侜予美，心焉忉忉。……誰侜予美，心焉惕惕。」毛《傳》：「惕惕猶忉忉也。」《傳疏》：

> 惕惕亦憂勞之意，故云猶忉忉也。……《爾雅》：「惕惕，愛也。」郭《注》云：「《詩》云『心焉惕惕』，韓《詩》以為說人，故言愛也。」案：愛者謂愛君，君受讒賊所誑，故君子憂勞之心惕惕然。《爾雅》釋經義，毛《傳》釋字義也。說人即是愛君。（頁335）

〈齊風・甫田〉：「無思遠人，勞心忉忉。」毛《傳》：「忉忉，憂勞也。」〈防有鵲巢〉之「忉忉」，毛《傳》無釋，因已見〈甫田〉，而訓「惕惕」為「猶忉忉也」。陳奐說：「惕惕亦憂勞之意，故云猶忉忉也」，即承〈甫田〉而說。毛《傳》訓「惕惕」、「忉忉」為「憂勞」，是釋詞義；《爾雅》訓「惕惕」為「愛」，是釋經義。《詩序》說：「〈防有鵲巢〉，憂讒賊也。宣公多信讒，君子憂懼焉。」君子因為愛君，見國君為小人讒言所害，心不禁惕惕然憂勞。毛《傳》、《爾雅》義正相成。

又如〈小雅・小弁〉：「踧踧周道，鞫為茂草。」毛《傳》：「踧踧，平易也。」《傳疏》：

> 《爾雅》：「儵儵、嘒嘒，罹禍毒也。」郭《注》云：「悼王道穢塞。」「嘒嘒」即「鳴蜩嘒嘒」，「儵儵」即「踧踧周道」之異文。《釋文》引樊光本《爾雅》作「攸攸」，攸音條，竝與踧踧古聲同。《爾雅》總括經義，《傳》乃兼通古訓，釋踧踧為平易。《說文》：「踧行，平易也。」……周室通達之大道，其平易踧踧然，今為茂草所塞。〈墓門〉《傳》：「所謂幽閒希行用生，此棘薪也。」《楚辭》東方朔〈七諫〉「何周道之平易兮，然蕪穢而險戲」，亦此意也。茂草生，行道窮也；讒人進，家道窮也，故見者為之憂傷。（頁526）

此《爾雅》釋儵儵、嘒嘒為罹禍毒之意，又引郭璞之《注》明幽王穢塞王道。《詩序》：「〈小弁〉，刺幽王也。大子之傅作焉。」陳氏說「茂草生，行道窮也；讒人進，家道窮也，故見者為之憂傷」，知見者所傷者，乃因茂草生、讒人進，致行道窮、家道窮，此亦大子傅所刺也。人所憂者，即幽王罹「讒人」之禍毒，《爾雅》總括「踧踧周道，鞫為茂草」之經義所在。毛《傳》釋「踧踧」作「平易」，此訓由來古矣，又總括「踧踧周道」之經義，故陳氏說毛《傳》「兼通古訓」。

上述從毛《傳》與《爾雅》「字異義同」及「訓異義同」，論述二者的關係。「字

異義同」者，可見《傳》文對《爾雅》義的直接攫取；「訓異義同」者，則見毛《傳》與《爾雅》義之相輔相成。而在詮釋上，二者或解字義，或釋經義，時有更迭。

2. 本於內、外《傳》

陳奐說：

> 《釋文·序錄》云：「左丘明作《傳》，趙人虞卿傳同郡荀卿，名況，毛爲荀弟子，故作《詁訓傳》多與《左氏傳》說《詩》同。」是亦用其師說也。（《傳疏》，頁 24）

陳氏旨在明《傳》說源於《左傳》，而這種說法也與《序》說暗合。陳奐特別引陸德明《經典釋文·序錄》之語，說明毛亨與左丘明之間的師承關係，故毛《傳》引用《左傳》也是引用先師說，毛說多同《左傳》，至爲合理。李家樹在《詩經歷史公案》中亦說：「毛氏說《詩》，關於事實的，大抵多與《左傳》相同；關於典章的，多與《周禮》相同；關於訓詁的，多與《爾雅》相同。」〔註69〕說明毛《傳》徵引《左傳》部分以明事實者多。

其實，毛《傳》不僅論《詩》中事實多本《左傳》，即論《詩》義亦多所取資。如〈周南·卷耳〉「嗟我懷人，寘彼周行」，毛《傳》：「懷，思。寘，置。行，列也。思君子官賢人，置周之列位。」《傳疏》說：「毛《傳》以『懷人』爲『思君子，官賢人』，以『周行』爲『周之列位』，皆本《左氏》說。《序》所謂『輔佐君子，求賢、審官也』。」（頁 24）又如〈召南·采蘩〉「于以采蘩，于沼于沚」，毛《傳》：「公侯夫人執蘩菜以助祭，神饗德與信，不求備焉。」《傳疏》說：「《傳》言『蘩菜助祭不求備物』，即本《左傳》以釋經義。〈隱三年〉《左傳》……，此《傳》及〈采蘋〉《傳》皆本《左》以爲說也。」（頁 45）〈召南·采蘋〉「于以奠之，宗室牖下」，毛《傳》：「奠，置也。宗室，大宗之廟也。大夫士祭於宗廟，奠於牖下。」《傳疏》說：「奠訓置，故奠祭爲置祭。《左傳》『賓諸宗室』，此《傳》所本也，賓亦置也。」（頁 51）〈魏風·碩鼠〉「碩鼠碩鼠，無食我苗」，毛《傳》：「苗，嘉穀也。」《傳疏》說：「《春秋·莊七年》：『秋大水，無麥苗。』《左傳》云：『不害嘉穀也。』苗爲嘉穀。毛《傳》正本《左傳》爲訓。」（頁 276）〈小雅·鹿鳴〉「視民不恌，君子是則是效」，毛《傳》：「是則是效，言可法效也。」《傳疏》：「〈昭七年〉《左傳》：『仲尼曰：「能補過者，君子也。」《詩》曰「君子是則是效」，孟僖子可則效已矣。』此引《詩》，亦謂君子可爲人則效，《傳》義所本也。」（頁 395）皆是。

在明毛《傳》說《詩》多本於《左傳》的同時，陳奐也指出《左傳》引《詩》，

〔註69〕同注 43，頁 17。

時而斷章取義，如〈小雅・蓼莪〉「缾之罄矣，維罍之恥」，毛《傳》：「缾小而罍大。」《傳疏》：「《左傳》：『鄭子大叔對范獻子曰：「今王室實蠢蠢焉，吾小國懼矣，然大國之憂也，吾儕何知焉？吾子其早圖之！《詩》曰：『缾之罄矣，維罍之恥』王室之不寧，晉之恥也。」』此引《詩》，缾喻己小國、罍喻晉大國，雖是斷章，亦取缾小罍大之義。《傳》云『缾小而罍大』，正本左氏說也。」（頁 546）〈小雅・小明〉「靖其爾位，正直是與」，毛《傳》：「靖，謀也。」《傳疏》說：「《傳》訓靖為謀。謀所以恤民，當亦本諸《左傳》。〈召旻〉『實靖夷我邦』、『日靖四方』（〈我將篇〉），《傳》皆云『靖，謀也』，皆謂謀治民人，意義相同。『靖共爾位』則指明君矣。大夫有恤民之責，故引《詩》可斷章取義，而要之詩意在刺幽王，自不指在位之大夫。」（頁 564）諸例既指出《左傳》用《詩》常「斷章取義」，而毛《傳》解《詩》用《左傳》，已間接說明《傳》義亦有「斷章取義」之嫌，而由〈小雅・隰桑〉《序》：「刺幽王也。小人在位，君子在野，思見君子盡心以事之。」《傳疏》說：「〈襄二十七年〉《左傳》『鄭伯享趙孟，子產賦〈隰桑〉，趙孟曰：「〈武〉請受其卒章。」』此賦《詩》，以君子美趙孟。趙孟但斷取『忠君愛上』之義，故云請受卒章也，皆與《序》合。」（頁 629）知陳奐於「斷章取義」的概念是正面的，以為雖為斷取詩文之意以為他喻，但總是回歸原本，符合《詩》之旨趣，故雖斷章取義亦無傷。

　　毛《傳》除本於《左傳》外，也本《國語》為說。如〈小雅・皇皇者華〉：「駪駪征夫，每懷靡及。……周爰咨諏。……周爰咨謀。……周爰咨度。……周爰咨詢。」毛《傳》：「每，雖。懷，和也。」「忠信為周，訪問於善為咨，咨事為諏。」「兼此五者，雖有中和，當自謂無所及，成於六德也。」《傳疏》：

　　《國語》：「忠信為周。」〈襄四年〉《左傳》：「〈皇皇者華〉，君教使臣曰：『必咨於周。』臣聞之：訪問於善為咨。」內、外《傳》義互明。內《傳》之所謂「善」，即外《傳》之所謂「忠信」也。「訪問於善」，此即「必咨於周」之義。內《傳》以咨列五善，數咨即數周也，故外《傳》六德不數咨，內、外《傳》皆出左氏，非有異也。此毛氏兼用內、外《傳》說，周咨並舉，其實諏、謀、度、詢皆連咨言，皆是訪問於善，咨字一義領下四事，意亦數周，不數咨也。斯為善承左氏之學矣。……《傳》列「周、咨、諏、謀、度、詢」，凡六事，而云「兼此五者」，則合周咨為一矣。周咨合一，諏、謀、度、詢各一，為五善，從內《傳》說；以五善而加懷和，則謂之六德，從外《傳》說。（頁 401～403）

《國語》說「忠信為周」、《左傳》說「訪問於善為咨」，陳氏明「咨字一義領下四事」，是「訪問於善」包含「周、諏、謀、度、詢」，故周為「訪問為善」之一事，內、外

《傳》擇一而說，義互明。據陳奐說，內、外《傳》出自左丘明之手，故二者說法不當有異，陳氏以為毛亨兼用內、外《傳》，實「善承左氏之學」。荀子曾受學左氏，毛《傳》用《國語》、《左傳》，是用師說訓解《詩》義。

其他毛《傳》沿用《國語》之說者，如〈大雅・旱麓〉：「瞻彼旱麓，榛楛濟濟。豈弟君子，干祿豈弟。」毛《傳》：「言陰陽和，山藪殖，故君子得以干祿樂易。」《傳疏》：「《周語》單穆公：『詩云：「瞻彼旱麓，榛楛濟濟。豈弟君子，干祿豈弟。」夫旱麓之榛楛殖，故君子得以易樂干祿焉。若夫山林匱竭，林麓散亡，藪澤肆既，民力彫盡，田疇荒蕪，資用乏匱，君子將險哀之不暇，而何易樂之存焉。』案：君子有易樂之德，求福而福自至，榛楛之殖，此其驗也。毛《傳》正用《國語》。」（頁670）〈大雅・既醉〉「永錫類善」、「室家之壼」、「永錫祚胤」，毛《傳》：「類，善也。壼，廣也。胤，嗣也。」《傳疏》：「〈周語〉……云：『類也者，不忝前者之謂也。壼也者，廣裕民人之謂也。萬年也者，令聞不忘之謂也。胤也者，子孫蕃育之謂也。單子朝夕不忘成王之德，可謂不忝前哲矣。膺保明德，以佐王室，可謂廣裕民人矣。若能類善物，以混厚民人者，必有章譽蕃育之祚，則單子必當之矣。』毛《傳》：『類，善；壼，廣；胤，嗣』，悉本《國語》立訓，與〈昊天有成命篇〉同。」（頁718）

又有沿用《國語》義者，如〈大雅・思齊〉「惠于宗公，神罔時怨，神罔時恫」，毛《傳》：「宗公，宗神也。恫，痛也。」《傳疏》：「《國語》以宗公為百神，與毛《傳》以宗公為宗神，正是一意。」又：「『恫，痛』，《爾雅・釋言》文。〈楚語〉云：『又能上下說乎鬼神，順道其欲惡，使神無有怨痛于楚國。』怨恫即怨痛，《傳》訓正用《國語》。」（頁674）〈大雅・崧高〉「崧高維嶽」，毛《傳》：「堯之時，姜為四伯，掌四嶽之祀，述諸侯之職，於周則有甫、有申、有齊、有許也。」《傳疏》：「〈周語〉云：『堯用伯禹貢之從孫，四嶽佐之，祚以天下，賜姓曰姒，氏曰有夏；祚四嶽國，命以侯伯，賜姓曰姜，氏曰有呂。此一王四伯，唯能釐舉嘉義，以有胤在下，守祀不替其典。』案：《傳》義正本《國語》。四伯主掌四嶽之祀，述諸侯之職。堯之時，炎帝後，姜姓為之伯夷，其一伯也；堯之四伯，猶周之二伯。」（頁776）均為毛《傳》解《詩》本於《國語》之例。

3. 本於荀子

依陳奐說：子夏之《詩經》學數傳至荀卿，荀卿傳毛亨。〔註70〕又說：「毛公親受業於荀門，故《傳》義常用師說。」（《傳疏》，頁378）另於〈周南・卷耳〉：「采采卷耳，不盈頃筐」，毛《傳》：「頃筐，畚屬，易盈之器也。」《傳疏》說：

〔註70〕據陳奐在〈毛傳淵源通論〉所說，子夏善說《詩》，數傳至荀卿子，而大毛公親受業荀氏之門，故說《詩》取義於荀子書者不一而足。（同注11，頁1001～1002。）

盈，滿也。《荀子・解蔽篇》釋《詩》云：「頃筐，易滿也；卷耳，易得也，然而不可以貳周行。故曰心枝則無知，傾則不精，貳則疑惑。」毛《傳》正本《荀子》。陸德明《釋文・序錄》云：「荀卿子傳魯人大毛公。」徐堅《初學記》云：「荀卿授魯國毛亨，作《詁訓傳》。」故《詁訓傳》多用其師說。（頁23）

所以毛亨用荀子之說，自是用師說。毛《傳》多承師說，是重師法的表現，此所以陳氏認為毛《傳》淵源有自。〈豳風・七月〉「女執懿筐，遵彼微行」，毛《傳》：「懿筐，深筐也。」若依此例，應釋〈卷耳〉「頃筐」為「淺筐」，而毛《傳》乃釋為「易盈之器」，陳奐引《荀子・解蔽篇》釋《詩》語，即說明《傳》文所本。又引陸德明《釋文・序錄》及徐堅《初學記》，知毛《傳》屢本《荀子》為說，此有其淵源可溯，因毛公為荀子弟子，又《傳》文多本師說，故必用《荀》說。

毛《傳》直用師說者，又如〈邶風・匏有苦葉〉「士如歸妻，迨冰未泮」，毛《傳》：「迨，及；泮，散也。」《傳疏》說：「《荀子・大略篇》云『霜降逆女，冰泮殺止』，言霜降始逆女，冰泮而殺止也。毛氏親業荀門，故其說嫁娶時與荀說同。」（頁97～98）〈小雅・出車〉「我出我車，于彼牧矣」，毛《傳》：「出車就馬於牧地。」《傳疏》說：「《傳》云『出車就馬於牧地』者，《荀子・大略篇》：『天子召諸侯，諸侯輦輿就馬，禮也。《詩》曰：「我出我輿，于彼牧矣。自天子所，謂我來矣。」』《傳》義正用師說。」（頁420）〈大雅・抑〉「溫溫恭人，維德之基」，毛《傳》：「溫溫，寬柔也。」《傳疏》說：「《荀子・不苟篇》：『君子寬而不僈、廉而不劌、辯而不爭、察而不激、寡立而不勝、堅彊而不暴、柔從而不流、恭敬謹慎而容，夫是之謂至。』文即引此《詩》。《傳》以寬柔詁溫溫，正用其師說。」（頁758）〈商頌・長發〉「受小球大球，為下國綴旒」，毛《傳》：「球，玉，綴，表，旒，章也。」《傳疏》說：「《荀子・君道篇》：『《傳》曰：「斬而齊、枉而順、不同而壹。」《詩》曰：「受小球大球，為下國綴旒。」此之謂也。』荀謂『斬焉、枉焉、不同焉，而齊之、而順之、而壹之』，此即章明法度之謂也。毛謂荀之弟子，故《傳》訓多依師說。」（頁916）均屬此。

4. 本於《三禮》

毛《傳》在以禮制解《經》上多本於《三禮》，且多典核精要，故陳氏讚說「西漢先儒往往襍用異禮，不若毛《傳》之精且核矣。」（《傳疏》，頁793）如〈衛風・淇奧〉：「有匪君子，如切如磋，如琢如磨。」毛《傳》：「治骨曰切，象曰磋，玉曰琢，石曰磨。道其學而成也，聽其規諫以自修，如玉石之見琢磨也。」《傳疏》：

《禮記・大學篇》引《詩》而釋之，云：「如切如磋者，道學也。如琢如

摩者，自修也。」《爾雅·釋訓》文同，此《傳》所本。（頁154）
《禮記·大學篇》釋《詩》與《爾雅·釋訓》文同，與毛《傳》相近，知《傳》說必有所本。今本《禮記》雖成於漢人之手，但與《郭店楚墓竹簡》、《上海博物館藏戰國楚竹書》之相關篇章對照（如〈鄭風·緇衣〉），知今本《禮記》淵源有自。其所釋與《禮記》、《爾雅》並同者，又如〈唐風·揚之水〉「素衣朱襮」、「素衣朱繡」，毛《傳》：「襮，領也。諸侯繡黼丹朱中衣。」「繡，黼也。」《傳疏》：

> 《傳》訓繡為黼者，亦本《爾雅》、《禮記》為訓。朱即丹朱，繡即繡黼也。繡與黼共刺文，繡、黼同義，猶丹、朱同義，皆二字平列。……毛《傳》所見經文自作「朱繡」，引《禮記》「丹朱繡黼以為中衣領緣」之文解經，義同而字異。鄭《箋》改「朱繡」為「朱綃」，從魯《詩》也，併改《禮記》「繡黼」為「綃黼」，文義有不可通。（頁284）

毛《傳》釋「素衣朱襮」引《禮記》說，此見《傳》義本於古訓。又鄭《箋》：「綃黼丹朱中衣，以綃黼為領」，既改經文，又改《禮記》，故「文義有不可通」。

　　《傳》文明引《三禮》經文者有之，但也有略易經文或暗用其義者，如〈大雅·泂酌〉：「豈弟君子，民之父母。」毛《傳》：「樂以強教之，易以說安之；民皆有父之尊、母之親。」《傳疏》：

> 《禮記·表記篇》：「《詩》云『凱弟君子，民之父母。』凱以強教之，弟以說安之；使民有父之尊、有母之親。」《傳》所本也。凱俗豈字。《傳》「豈」作樂，「弟」作易者，蓋以訓詁字代之也。各本「母之親」上有「有」字，俗依《禮記》增入，《傳》固不必悉依《禮記》文。（頁732）

《傳》文作：「樂以強教之，易以說安之；民皆有父之尊、母之親。」此本《禮記·表記》文。而易「凱」、「弟」二字為「樂」、「易」，這是因為《傳》以「凱」訓「樂」、以「弟」訓「易」，即以訓詁字代之；「樂以強教之，易以說安之」，既訓經字又釋經義。毛《傳》釋「凱弟」句既不必悉依經文，則下釋「民之」句也應如此。陳奐以為今見各本「母之親」上有「有」字，是依《禮記》文增入的俗本，舊本毛《傳》應無「有」字。故《傳》文雖本於《禮記》，而有合於從古義，但仍本於釋《詩》之立場及隨文釋義之體例而不泥於字句。

　　另如〈大雅·泂酌〉：「挹彼注茲，可以濯溉。」毛《傳》：「溉，清也。」《傳疏》：

> 〈特牲饋食禮〉……此士禮也。〈少牢饋食禮〉……此大夫之禮也。天子饋食禮無明文。首章餴饎，則為饋食可知；二章視滌濯祭器；三章視滌濯祭器又兼告絜。《傳》云「清」者，清猶絜也，可據〈特牲〉、〈少牢〉二禮例推，而知《傳》義本諸此。（頁733）

〈泂酌〉,《詩序》說是「召康公戒成王也」,是所述爲天子之禮。天子饋食禮於《儀禮》中無明文,但可據〈特牲〉(士禮)、〈少牢〉(大夫禮)二禮推知。〈檜風‧匪風〉「誰能亨魚,溉之釜鬵」,毛《傳》說:「溉,滌也。」而此篇則訓爲「清也」。陳奐認爲「清猶絜也」,絜即〈特牲〉、〈少牢〉二禮的「告絜」,故毛《傳》釋「溉」爲「清」,是暗用《儀禮》義。其他取自《三禮》的,如〈豳風‧伐柯〉《傳疏》:「《禮記‧中庸篇》:……案:《詩》言伐斧柄之法,以喻治人之法,不在求遠,《傳》即本〈中庸〉爲訓也。」(頁 386)〈大雅‧抑〉《傳疏》:「《傳》訓覯爲見義,本〈中庸〉曾子言:『十目所視。』亦此謂也。」(頁 756)即屬此類例。

5. 本於《孟子》

毛亨承子夏一脈受《詩》,治學自然受孔、孟之教影響,故毛《傳》多處徵引孔、孟言論,如〈小弁〉:「弁彼鸒斯,歸飛提提。民莫不穀,我獨于罹。何辜于天,我罪伊何?心之憂矣,云如之何。」毛《傳》:「幽王取申女,生大子宜咎。又說褒姒,生子伯服,立以爲后,而放宜咎,將殺之。」「舜之怨慕,日號泣于旻天、于父母。」《傳疏》:

> 《孟子‧萬章篇》:「萬章問曰:『舜往于田,號泣于旻天。何爲其號泣也?』孟子曰:『怨慕也。』長息問於公明高曰:『舜往于田,則吾既得聞命矣;號泣于旻天、于父母,則吾不知也。』公明高曰:『是非爾所知也。』夫公明高以孝子之心爲不若是恝。我竭力耕田,共爲子職而已矣;父母之不我愛,於我何哉?」趙《注》云:「言舜自怨遭父母見惡之厄而思慕也。」案:「號泣于旻天、于父母」,《列女傳‧母儀篇》作「號泣日呼閔天、呼父母」,則兩「于」字當作「呼」字解。「於我何哉」者,猶《詩》云「我罪伊何」也。毛《傳》援引《孟子》爲訓。《正義》云:「引此者言大舜尚怨,故大子亦可然也。」(頁 525)

《孟子》中,藉萬章問「舜往于田,號泣于旻天」之事,明舜遭父母見棄,及其心中的怨慕之情。毛《傳》汲取《孟子》述舜事之文,以釋「民莫不穀,我獨于罹。何辜于天,我罪伊何」之經義,意在以舜事凸顯太子宜咎因幽王寵愛褒姒,不但被流放,更有生命安危之虞,宜咎心中之怨,豈亞於舜?毛《傳》故而以舜事比之。

又如〈大雅‧板〉:「天之方難,無然憲憲。天之方蹶,無然泄泄。」毛《傳》:「蹶,動也。泄泄猶沓沓也。」《傳疏》:

> 《說文‧口部》:「呭,多言也。」引《詩》作「呭呭」。〈言部〉:「詍,多言也。」引《詩》作「詍詍」,今《詩》作「泄泄」,乃呭、詍之假借字。
>
> 《孟子‧離婁篇》:「《詩》曰『天之方蹶,無然泄泄』,泄泄猶沓沓也。事

君無義，進退無禮，言則非先王之道者，猶沓沓也。」《孟子》以沓沓釋
泄泄，又以言非禮義釋沓沓，與《說文》「多言」之訓合，《傳》義正本《孟
子》也。（頁 742）

毛《傳》以沓沓釋泄泄，是用《孟子》語，與「事君無義，進退無禮，言則非先王
之道」意合。陳氏引《說文》，以爲呭、詍爲泄之假借字，訓作多言，且以此同《孟
子》意，則《說文》之「多言」是解「泄泄」、「沓沓」之詞義，《孟子》之「言則非
先王之道」則是釋經義，二義相合。

上述所論，知《傳》說必有本，且其所本者甚多，但不出孔、孟一系的師法範
疇，於此，已凸顯毛《傳》在《詩經》詮釋上所佔有的正統地位。

（二）毛《傳》與它家《詩》解之比較

毛《傳》所說多從古訓舊說，釋《詩》以古義爲準則，在陳奐擁毛的立場上，
亦推見其對古義的信任，且由陳奐在《毛詩說》特立「古義說」一條，〔註71〕已見
陳氏對古義的重視。換言之，是否因爲毛《傳》乃由眾多古訓所建造的塔樓，才會
促成陳奐對它的信依？以下藉由《傳疏》對毛《傳》、三家《詩》、鄭《箋》、《正義》
說法的比較，探討陳氏尊信毛《傳》的原因。

1. 四家《詩》說比較

廣義的說，四家《詩》說均源於孔門，然不難發現四家《詩》說時有字異義同，
或訓異義同的情形，如〈邶風‧靜女〉「自牧歸荑，洵美且異」，毛《傳》於「異」
字無解，《傳疏》說：「異者，媐之假借字。李善《注》〈神女賦〉引韓《詩》云：『媐，
悅也。』當是此詩章句。異、媐，一聲之轉。……鄭言『窈窕』，亦貞靜之謂，此本
三家《詩》以申毛《詩》，或毛《詩》本作『洵美且媐』。」（頁 121）此三家與毛字
異而義同。〈小雅‧蓼莪〉「欲報之德，昊天罔極。」《傳疏》：「《易林‧乾、蒙、謙、
恆》云：『南山昊天，刺政閔身，疾悲無辜，背憎爲仇。』蓋出三家《詩》，與毛《詩》
亦合。」（頁 547）此出三家說《詩》之義而與毛合。〈周南‧兔罝〉「赳赳武夫，公
侯干城。」《傳疏》：「鄭《箋》亦云：『此兔罝之人，賢者也，有武力，可任爲將帥
之德，公侯可任以國守，扞城其民，折衝禦難於未然。』此或出於三家《詩》義，
毛《詩》簡略，義當然也。」（頁 31～32）此三家說《詩》之義而不悖於毛。〈小雅‧
青蠅〉「營營青蠅，止于樊。」毛《傳》：「興也。」《傳疏》：「《箋》：『蠅之爲蟲，汙
白使黑，汙黑使白。』《易林》、《論衡》、《初學記》並有『青蠅汙白之語』，《後漢書‧
楊震傳》『青蠅點素，同茲在藩』，《漢書‧昌邑王賀》『夢青蠅之矢，積西階東可五

〔註71〕同注11，頁 997～998。

六石。』矢，即汗也。此皆本三家《詩》，可以申明毛《詩》之興義也。」（頁602）此三家用《詩》之義而可以發明毛《傳》興義。此知三家說《詩》或與毛同，或可佐毛。

　　陳奐曾說：「凡韓同毛者多，魯異毛者多，其師承源流蓋如此。」〔註72〕（《傳疏》，頁76）所以毛、韓意見雖有不同，但相同、相近者仍多，往往可用以互相參照。在實際的解《詩》中，亦發現毛、韓多有字（訓）異而意同的情形，如〈召南·羔羊〉「羔羊之皮，素絲五紽。退食自公，委蛇委蛇。」毛《傳》：「紽，數也。古者數絲以為鏬，不失其制，大夫羔裘以居。」「委蛇，行可從迹也。」《傳疏》說：「紽，數名也。詩人、賢仕為大夫者，言其德能稱有絜白之性，屈柔之行，進退有度數也。案：韓與毛訓同，唯紽為絲數之量名，與毛訓異。……委蛇……《釋文》引韓《詩》：透迤，公正皃。韓字異而義亦相近。」（頁58～59）即屬此例。

〔註72〕陳奐相信這種說法，是據《新唐書·藝文志》所載：「韓《詩》，卜商序，韓嬰注二十二卷；又《外傳》十卷。」（臺北：洪氏出版社，1977年），冊2，頁1429。故以韓《詩序》為子夏所作，則韓、毛二家之序同為子夏所為，所以二家有共同的師承淵源。但皮錫瑞曾說：「《史記·儒林傳》述漢初經師……為《詩》有三人，於魯則申培公，於齊則轅固生，於燕則韓太傅。……《史記》不及毛公，若毛公為六國時人，所著《毛詩故訓傳》，史公無緣不知，此毛《詩》不可信者一。……則班氏初不信毛，《漢志》亦非全用《七略》，此毛《傳》不可信者二。徐整、陸璣述毛《詩》源流，或以為出荀卿，或以為不出荀卿，兩漢以前皆無此說，此毛公不可信者三。《荀卿·非十二子》，有子夏之賤儒。是荀卿之學非出子夏，判然為二。毛公之學自謂子夏所傳。祖子夏，不應祖荀卿；祖荀卿，不應祖子夏，此毛《傳》不可信者四。申公受《詩》於浮邱伯，浮邱伯又受之荀卿，則魯《詩》實出荀卿矣。若毛《詩》亦荀卿所傳，何以與魯《詩》不同？此毛《傳》不可信者五。《漢志》但云毛公之學，不載毛公之名，亦無大小毛公之分。鄭君《詩譜》曰：『魯人大毛公為《詁訓傳》於其家，河間獻王得而獻之，以小毛公為博士。』陸璣曰：『荀卿授魯國毛亨，毛亨作《詁訓傳》以授趙國毛萇。時人謂亨為大毛公，萇為小毛公。』……鄭，漢末人，不應所聞詳於劉、班；陸璣，吳人，不應所聞又詳於鄭，此毛公不可信者六。」皮錫瑞：《經學通論》（臺北：河洛圖書出版社，1974年12月，臺影印初版），頁18～19。由皮氏所提出的六點證據，以為毛《詩》的傳承淵源不可信。至於韓《詩序》，據程師元敏考證：「清人所謂韓《詩序》多篇，如魏源所舉二十篇，中十五篇（〈關雎、苤苢、汝墳、黍離、溱洧、雞鳴、四月、鼓鍾、賓之初筵、假樂、抑、雲漢、閟宮、那、二南〉（姑作一篇計））俱是韓《詩》之傳說，非韓《詩序》；另五篇確為韓《詩序》，但均出唐以後人文章稱引，係後人依託，非漢朝固有。」同注9，頁240。由上所述，毛、韓的師承淵源尚未可靠，二者的關係如何恐待確定。又因為魯《詩》的傳承系統應是確切無疑，原以為毛《詩》與魯《詩》同出子夏，今卻有「毛、魯多異」（慧修案：陳奐以為「韓同毛者多，魯異毛者多，蓋師承源流如此」）之論，是否以為二者的詩成淵源有別，又陳氏既堅稱毛《詩》出於子夏，如此，本為不移魯《詩》傳承系統反遭質疑，不知陳奐於此所論是否有扞格不通之處？

餘如〈衛風·碩人〉「庶士有朅」，毛《傳》：「朅，武壯貌。」《傳疏》：

> 〈伯兮〉《傳》：「朅，武皃。」此云「武壯」，義同。《文選·魏都賦》《注》
> 引毛《詩》作「揭」，《釋文》引韓《詩》作「桀」，云「健也」。韓與毛亦
> 字異而義同。（頁 164）

雖然〈衛風·伯兮、碩人〉二《傳》對於「朅」字的解釋，前者單釋作「武」字，後者則累字爲「武壯」，「武」即「壯」，同義疊用。朅，韓《詩》作「桀」，韓《詩》云「健也」；朅屬見母月部，桀屬羣母月部，二字旁紐疊韻，屬同源，〔註73〕故毛、韓字異義同。

〈衛風·氓〉「氓之蚩蚩」，毛《傳》：「氓，民也。蚩蚩，敦厚之貌。」《傳疏》：

> 《傳》詁「氓」爲「民」。民，斥男子也。《方言》、《說文》並云：「氓，
> 民也。」「蚩蚩，敦厚之貌」，《釋文》、《正義》本無「之」字，敦亦厚也，
> 言男子始來，意甚敦厚，則蚩蚩然。《釋文》引韓《詩》：「氓，美皃。」
> 美皃謂之氓，則蚩蚩爲美，毛、韓訓異意同。（頁 165）

毛《傳》訓「氓」爲「民」，又訓「蚩蚩」爲「敦厚之貌」；韓《詩》雖單訓「氓」字，實亦統釋「氓之蚩蚩」一句之句意。「氓」訓爲「美」，是指溫柔敦厚的美德，所以說「蚩蚩爲美」。因此，陳奐以爲毛、韓訓異而實同。

又陳奐認爲韓說亦可用以申毛、證毛或補毛。如〈邶風·終風〉：「終風且暴，顧我則笑，謔浪笑敖，中心是悼。」毛《傳》訓「笑」爲「侮之也」，釋「謔浪笑敖」爲「言戲謔不敬。」《傳疏》：

> 「笑」即「笑敖」。《序》謂之「侮慢」，故《傳》云：「笑侮之也。」《爾
> 雅》：「謔浪笑敖，戲謔也。」《說文》：「謔，戲也。」謔爲戲，連言之爲
> 「戲謔」，「笑敖」者，謔之狀也。《傳》云「言戲謔不敬」，即所以釋經「謔」
> 字之義。韓《詩》云：「浪，起也。」韓以「謔」字逗，謔則起笑敖，則
> 亦以笑敖爲謔，可因韓讀而明毛訓矣。（頁 86）

「戲謔」是指其事，「笑敖」是言其狀，二義相承，都是「侮之」、「不敬」之意。陳奐認爲韓《詩》釋「浪」爲「起」，是讀爲「謔，浪（起）笑敖」，即是以「笑敖」爲「謔」之狀，與毛《傳》釋「謔浪笑敖」爲「戲謔不敬」、《爾雅》釋「謔浪笑敖」爲「戲謔」並合，所以說「可因韓讀而明毛訓」。此用韓以申毛。

另如〈大雅·皇矣〉「自大伯王季」，毛《傳》：「從大伯之見王季也。」《傳疏》：

> 《韓詩外傳》：「大王亶甫有子曰大伯、仲雍、季歷。歷有子曰昌。大伯知

〔註73〕王力：《同源字典》（北京：商務印書館，2002 年 11 月，1 版 6 刷），頁 343。

大王賢昌，而欲季為後也，大伯去之吳。大王將死，謂曰：『我死，汝往
讓兩兄，彼即不來，汝有義而安。』大王薨，季之吳，告伯仲，伯仲從季
而歸。羣臣欲伯之立季，季又讓伯，謂仲曰：『今羣臣欲我立季，季又讓，
何以處之？』仲曰：『刑有所謂矣，要於扶微者，可以立季。』季遂立，
而養文王，文王果受命而王。」………案：韓與毛義同，毛義簡略，即韓
義以證明之。（頁 679）

毛《傳》只以「從大伯之見王季」解經文，但韓《詩》則將歷史始末作清楚的交代，
此即用韓補毛義之略。

2. 毛《傳》優於三家《詩》說

　　儘管三家《詩》說對毛《傳》多所補充、發明，但因「《傳》必有依據」（《傳疏》，
頁 633），且以為「毛《傳》之精密」（《傳疏》，頁 397），相較於三家《詩》說更近
古義，故陳氏在〈下武〉《傳疏》中則因《淮南子・謬稱篇》所言與古說殊，而以其
「當出三家《詩》義」（《傳疏》，頁 693），顯示三家《詩》說不如毛《傳》說之近
古義。

　　陳奐以為毛義優於三家義，除了正統性外，另一個原因即是《傳》語「簡質」
（《傳疏》，頁 499）、不雜陰陽讖緯靈異之說。如〈大雅・生民〉所載后稷事，陳氏
說：

案：《爾雅・釋訓》一篇多經（慧修案：疑當作「經」）漢人增益，其釋「履
帝武敏」句：武，迹也；敏，拇也。鄭《箋》同《雅》訓。《史記》、《楚
辭》、《列女傳》、《春秋繁露》、《白虎通義》、《正義》引《異義》，齊、魯、
韓《詩》說竝同。「敏」，《爾雅》舍人本作「畝」，釋云：「古者姜嫄履天
帝之迹於畎畝之中，而生后稷。」亦出三家《詩》義，主感天而生說。毛
公作《傳》不從讖緯，最得其正。（《傳疏》，頁 700）

又說：

《傳》云「天生后稷，異之於人，欲以顯其靈也」者，此蒙釋上章之義。
云「帝不順天，是不明也，故承天意而異之於天下」者，此總釋本章之義。
帝，高辛氏帝也。帝嚳知姜嫄之生后稷，異於凡人，是天意欲顯其靈矣，
故置隘巷、平林、冰寒，皆承天意而異之於天下之事。《傳》依經作解，
義甚顯白，不若後世橫滋異說，載疑以誣經也。（頁 702）

毛《傳》釋「履帝武敏」句說：「履，踐也。帝，高辛氏之帝也。武，迹。敏，疾也。
從於弟而見於天，將事齊敏也。」指后稷的母親姜嫄為求有子，於是隨高辛氏帝（帝
嚳）行郊禖之祭，行動迅速恭敬，以「歆」字屬下句；鄭《箋》以「履帝武敏歆」

為句,解釋說:「帝,上帝也。敏,拇也。介,左右也。『夙』之言『肅』也。祀郊禖之時,時則有大神之迹,姜嫄履之,足不能滿履其拇指之處,心體歆歆然。」釋「帝」為上帝,釋「敏」為拇,與《爾雅》、《楚辭》及其他漢人之說同。是以后稷乃感天而生,與毛《傳》之經人道而生者不同。《爾雅》舍人本「敏」作「畝」,但舍人《注》說「姜嫄履天帝之迹於畎畝之中,而生后稷」,仍是感天而生。陳奐認為「感天而生」是因讖緯之說而起,是後世滋生而「誣經」的「異說」。《爾雅》一書甚古,但〈釋訓〉一篇載入此說,是「漢人增益」,所以與毛《傳》古說不合。毛《傳》「不從讖緯」,而從人情事理「依經作解」,所以「最得其正」。毛《傳》的人道生子,與三家《詩》的感天而生,何者近於事實,學者自有不同看法。〔註74〕但陳奐是站在傳統儒家的立場,重人事而不涉神怪,以醇正與否作為判斷優劣的準據。

毛《傳》訓解經文除了醇正外,也能「不泥」,此為更勝於他說處。如〈小雅・杕杜〉與〈采薇〉、〈出車〉相關,〈杕杜〉說:「有杕之杜,有睆其實,王事靡盬,我心傷悲。卉木萋止,女心悲止,征夫歸止。」毛《傳》:「興也。睆,實貌。杕杜猶得其時蕃滋,役夫勞苦,不得盡其天性。」「室家踰時則思。」《傳疏》:

> 《鹽鐵論・繇役篇》:「古者無過年之繇,無踰時之役。今近者數千里,遠者過萬里,歷二期長子不還,父母愁憂,妻子詠歎。憤懣之恨,發動於心,慕思之積,痛於骨髓,此〈杕杜〉、〈采薇〉之所為作也。」案:詩中皆敘踰時期歸之語,故三家《詩》以二詩(慧修案:〈杕杜〉、〈采薇〉)刺時而作;毛《詩》則以為盡人之情,極道其勞役之苦、室家之意。不泥於文辭,此毛氏之所以獨勝三家也。(頁425)

〈采薇〉《序》:「〈采薇〉,遣戍役也。文王之時,西有昆夷之患,北有玁狁之難,以天子之命,命將率遣戍役以守衛中國,故歌〈采薇〉以遣之,〈出車〉以勞還,〈杕杜〉以勤歸也。」以明〈采薇〉、〈出車〉、〈杕杜〉三詩相關。《史記・周本紀》以〈采薇〉為懿王時代,是「中國被其苦,詩人始作,疾而歌之曰『靡室靡家,獫允之故』、『豈不日戒,獫允孔棘』,此三家舊說,以〈采薇〉為懿王時詩」。(《傳疏》,頁416)以為刺詩。又《鹽鐵論》以為「憤懣之恨,發動於心,慕思之積,痛於骨髓」,亦為刺詩。〈采薇〉「我心傷悲,莫知我哀」,毛《傳》:「君子能盡人之情,故人忘其死。」〈杕杜〉「有睆其實」,毛《傳》:「杕杜猶得其時蕃滋,役夫勞苦不得盡其天性。」從二詩內容看,〈采薇〉只是言「戍役之情」、「道人之情」、

〔註74〕戴君仁有〈經學思想的變遷〉一文,認為「無父感天」較接近事實,因上古男女配偶尚未固定,是「人民知有母而不知有父而生的神話」。見《梅園論學續集》,《戴靜山先生全集(二)》(臺北:戴顧志鵷,1980年)。

「盡人之情」，〔註 75〕〈杕杜〉只是言「女心悲止，征夫歸止」，是「室家踰時則思者」之情，〔註 76〕並無所謂「憤懣之恨，發動於心，慕思之積，痛於骨髓」之意。所以毛《傳》只從「室家之思」的人情上立說，靈活而通達，三家《詩》必欲解為刺詩，則是「泥於文辭」。故解《詩》最忌拘泥，拘泥則穿鑿。如〈召南・羔羊〉「素絲五紽」、「素絲五緎」、「素絲五總」，韓《詩》以「紽、緎、總」為絲數之量名。陳奐《傳疏》以為「五，古文作×，當讀為交午之午」，並說：「今細繹經義，上句言裘，下句言縫，若但言絲數，而於縫殺之制，其義不明。蓋三家泥於五字為數名，故有此解。然同是『羔裘』也，首章止用二十五絲，二、三章又多至一百絲、四百絲，以用絲之多寡為羔裘之制度，其說迂迴難通，總不如《爾雅》、毛《傳》之得經恉也。」（頁 59）〈大雅・皇矣〉「臨衝茀茀，崇墉仡仡」，《傳疏》：「《傳》云：『仡仡猶言言』者，皆謂城之高大。『仡仡』與『孽孽』同聲。……韓《詩》：『仡仡，搖也。』鄭《箋》：『言言猶孽孽，將壞兒。』鄭本韓義，不若毛訓為優。」（頁 685）除說明鄭《箋》所本為韓《詩》義外，也透露韓《詩》與毛《詩》義之異趨處，此即所以毛義訓優於韓義。

3. 毛《傳》與鄭《箋》、《正義》說之比較

　　毛《詩序》、毛《傳》、鄭《箋》，三者系屬一脈，代表著毛《詩》學的早期學說，而孔穎達秉持《疏》不破《注》的原則作《正義》，《傳》文與《箋》語同屬於「注」，故孔氏疏《注》時，則以與二者意見相同者疏之。而鄭《箋》與《正義》詮釋的共同目的本應在於申毛，但因毛《傳》為純正的古文學說，鄭玄則是兼融今古文說法，故遇鄭《箋》以三家遺說申毛時，則有與毛《傳》本意相忤者，此時《正義》多強毛從鄭，曲解《傳》說。故《箋》與《傳》文有合者，亦有相違者；《正義》申說毛《傳》，本應合於《傳》說，但為回護鄭《箋》，時有誤解《傳》說。以下將從陳氏《傳疏》探討毛《傳》與鄭《箋》的優劣，及《正義》申毛之得失，以見陳氏對鄭《箋》與《正義》的態度。

（1）毛《傳》、鄭《箋》之比較

　　由《傳疏》的解說中，不難發現《箋》語時有發明或申補《傳》說。例如〈邶風・谷風〉「何有何亡」，毛《傳》：「有謂富也，亡謂貧也。」《傳疏》：

> 亡與無同。「有」為富，則「無」為貧矣。《箋》云：「有求多，亡求有。」歆・汪龍《毛詩異義》謂：「《箋》正申說《傳》『貧富之義』，富益求多，貧則求有也。」（頁 102）

〔註 75〕詳參同注 11，頁 419。
〔註 76〕詳參同注 11，頁 425。

《傳》文明貧、富定義，因富已有，必推而求多；貧既無，故但求有也。鄭《箋》所謂「有求多，亾求有」，可說是《傳》意的延伸，故汪氏以爲《箋》語申說《傳》義。

又〈鄘風・定之方中〉「定之方中，作于楚宮。揆之以日，作于楚室。」毛《傳》：「楚宮，楚丘之宮也。……室，猶宮也。」《傳疏》：

> 《爾雅》「宮謂之室，室謂之宮」，是宮、室同也。《傳》，「楚宮」、「楚室」無二義。《箋》：「楚宮，謂宗廟也。楚室，居室也。君子將營宮室，宗廟爲先，厩庫爲次，居室爲後。」《箋》雖分釋，亦《傳》義之所得該。（頁 139）

《傳》「室猶宮也」，不說「室，宮也」。「猶」是義隔而通。宮、室，渾言則同，析言則異；散文則通，對文則別。毛《傳》釋詞義；鄭《箋》則用《禮記・曲禮》說，明實際營建之次序，是補《傳》文之不足。〈大雅・縣〉與〈斯干〉皆述先作宗廟後營居室。

其他以《箋》語申《傳》義的，如〈衛風・淇奧〉「善戲謔兮，不爲虐兮。」《傳疏》：

> 《箋》云：「君子之德有張有弛，故不常矜莊而時戲謔。」此申《傳》義。
> （頁 157）

鄭《箋》所言是申明毛《傳》「寬緩弘大，雖則戲謔，不爲虐矣」之意，而由《箋》語，可知《傳》文所謂「寬緩弘大」的意涵。又如〈鄭風・羔羊〉「彼其之子，舍命不渝。」毛《傳》：「渝，變也。」《傳疏》：

> 《韓詩外傳》云：「崔杼弑莊公，合士大夫盟所殺者十餘人，次及晏子。晏子曰：『直兵推之，曲兵鉤之，嬰不之革也。』崔杼曰：『舍晏子。』晏子起而出，授綏而乘，其僕馳，晏子撫其手曰：『麋鹿在山林，其命在庖廚。命有所縣，安在疾驅。』安行成節，然后去之。《詩》曰：『羔裘如濡，恂直且侯；彼己之子，舍命不偷。』晏子之謂也。」……《箋》云：「處命不變，謂守死善道、見危授命之等。」此鄭用韓以申毛也。（頁 212）

毛《傳》訓「渝」爲「變」。鄭氏訓「舍」爲「處」，並申釋「舍命不渝」之義爲「守死善道、見危授命之等」，應是就《韓詩外傳》述晏子事而發揮，所以陳奐說是「用韓申毛」。

其他《箋》語申補《傳》文者，如〈陳風・衡門〉「衡門之下，可以棲遲」，毛《傳》：「衡門，衡木爲門，言淺陋也。棲遲，遊息也。」《傳疏》說：「《箋》云：『賢者不以衡門之淺陋，則不遊息於其下，以喻人君不可以國小，則不興治致政化。』鄭說眞足以申明《經》、《傳》之恉。」（頁 327）指出鄭說中明毛《傳》釋《經》「棲

遲」一句之意。〈小雅‧常棣〉「死喪之威，兄弟孔懷。原隰裒矣，兄弟求之。」毛《傳》:「威，畏。懷，思也。裒，聚也。求矣，言求兄弟也。」《傳疏》所言「《箋》云:『死喪，可畏怖之事，維兄弟之親，甚相思念。』鄭用三家義以申《傳》訓」（頁404）論《箋》用三家說《詩》之意申明毛意。〈小雅‧鶴鳴〉「鶴鳴于九皋，聲聞于野。」毛《傳》:「興也。皋，澤也。」《傳疏》:「《傳》但釋『皋』爲澤，不釋『九』字。《釋文》引韓《詩》:『九皋，九折之澤。』《箋》:『皋，澤中水溢出所爲坎，自外數至九。』鄭本韓申毛也。」（頁475）議《箋》語用韓《詩》說申補毛釋「九皋」之意。上述諸例均《箋》申說毛《傳》之例。

　　從上文，可見鄭氏多從韓以申毛。陳奐在《傳疏‧敘錄》中對於這個現象，有了一個合理的解釋，陳氏說:

> 東京已降，經術粵隆，若鄭仲師（鄭玄）、賈景伯（賈逵）、許叔重（許慎）、馬季長（馬融）稍稍治毛《詩》。然在廷諸臣猶尚魯訓，兼習韓故。鄭康成殿居漢季，初從東郡張師（原注:張恭祖）學韓《詩》，後見毛《詩》義精，好爲作《箋》，亦復間襍魯《詩》，并參己意，固作《箋》之旨，實不盡同毛義。（頁3～4）

說明鄭康成的習《詩》進程，由韓《詩》入手，後以毛《詩》義優於三家《詩》說，始研治毛《詩》，並爲作《箋》以申明其義。惟時又間雜魯、韓，參以己意，此知《箋》語時以三家《詩》說申毛，即《箋》義不盡同於毛義之故。如鄭康成在注《禮記》時，以韓《詩》爲主，尚未治毛《詩》，及作《詩箋》，仍時用《禮注》，故或與《傳》義扞格。如〈小雅‧楚茨〉《傳疏》說:「鄭注《禮記》，以『祊』爲『繹』，宜於廟門外;箋《詩》又以門內爲大門內，非廟門內。康成初不治毛《詩》，而箋《詩》常自用其《禮注》，孔《疏》曲爲護解。」（頁570）即其例。陳奐在詮釋《詩》義時，以古義爲尊，所以對毛、鄭異說，往往認爲鄭《箋》「變前儒之說，故《箋》與《傳》往往不同」（《傳疏》，頁331），且「不如毛義之有據」（《傳疏》，頁606），以下據陳奐所指，論鄭《箋》不如毛《傳》之處。

　　〈周頌‧思文〉「貽我來牟」，毛《傳》:「牟，麥。」《傳疏》:

> 《傳》釋「牟」爲麥，則經中「來」爲語詞。……《說文》及趙岐《注》引《詩》作「䴥」，毛《詩》作「牟」，牟爲䴥古文假借字。鄭《箋》云:「武王渡孟津，白魚躍入于舟，出涘以燎。後五日，火流爲烏，五至，以穀俱來，此謂『遺我來牟』。」……鄭以《詩》之「牟」即《書》之「穀」，但此詩頌后稷，不及武王，《箋》不若《傳》義爲長。鄭以「來」爲「行來」之來，然亦不以「來」爲麥也。（頁837）

鄭《箋》所釋，知鄭氏以《詩》「貽我來牟」之「牟」，即《書說》（僞古文〈大誓〉）「烏以穀俱來」之「穀」，將「來」釋作行來之來。然王念孫說：「韓《詩》『貽我嘉麰』，……『嘉』當爲『喜』字之誤，來、麰、喜古聲相近，故毛《詩》作『來牟』，〈劉向傳〉作『麰麥』，韓《詩》作『喜麰』，猶『僖公』之爲『釐公』，『祝禧』之爲『祝釐』也。」（註77）又於《漢書・劉向傳》，劉向上封事曰：「〈周頌〉曰：『飴我麰麥。』麰麥，麥也。」「來牟」即「麰麥」，故「來牟」亦指「麥」。據陳奐說，《傳》釋「來」爲語詞；據《說文》，「來」字即爲「麥」字，此從古文字學看。此處只能比較毛、鄭於「麥」、「穀」說之優劣。至於「來」字，毛《傳》無說，鄭《箋》釋作「行來」，則顯誤。

其他又如〈大雅・大明〉「文王初載，天作之合」，毛《傳》：「載，識。」《傳疏》：「『載，識』，疊韻立訓。……據按文義，則文王之取大姒，斷不在幼年矣。解者泥信文王幼年生子之說，遂以『初載』爲『初有知識』，稽諸事理，無有可通，失《經》、《傳》之恉矣。」（頁650）議鄭《箋》解經句「文王初載」作「於文王生適有所識」之失。〈大雅・韓奕〉「奕奕梁山」，《傳疏》：「鄭《箋》據《漢志》『梁山在夏陽西北』，而誤以梁山爲韓國之山，韓矦爲晉所滅之韓。近儒能辨韓矦爲近燕之韓，復據《水經・灅水》《注》：『水逕良鄉縣之北界，歷梁山，南高，梁水出焉』，即爲此詩『奕奕梁山』之證，則又誤梁山爲近燕矣。梁自夏陽之梁山，韓自北國之韓矦。解者膠泥一處，齟齬難通。」（頁788）此說，指出鄭《箋》以「梁山爲韓國之山，韓矦爲晉所滅之韓」之誤。〈大雅・江漢〉：「釐爾圭瓚，秬鬯一卣」，《傳疏》：「鄭康成泥周人鬯鬱分官：以爲和香草者，爲鬱鬯；不和者，爲秬鬯，恐非是。」（頁800）明鄭氏誤以和香草與否，分作「鬱鬯」與「秬鬯」，實泥「周人鬯鬱分官」所致。諸例均說明「拘泥」某家之說，或某字辭之解，反不得確解。另於〈小雅・巷伯〉「豈不爾受，既其女遷。」毛《傳》：「遷，去也。」《傳疏》：「《傳》於〈氓〉、〈賓之初筵〉、〈殷武〉皆云『遷，徙』，此云『遷，去』，又『徙』義之引申也。……《箋》：『「遷」之言「訕」也』，謂王訕誹讒人。訕者，謗上之名，亦賊義之稱，以讒言爲非，安得謂之訕誹，不若《傳》『去』義爲當。」（頁540）此《傳》、《箋》說法相忤，陳氏仍以《傳》說爲長之例。

（2）《正義》申毛《傳》之得失

《正義》主在疏通《傳》義和《箋》語，故於解讀毛《傳》、申說《傳》義上自有貢獻。不僅如此，《正義》的據本，亦有助於對毛《傳》的正確理解。如〈大雅・

〔註77〕〔清〕王引之：《經義述聞》（臺北：臺灣商務印書館，1979年1月，臺1版），冊2，卷7，頁276。

既醉〉「令終有俶，公尸嘉告」，毛《傳》：「公尸天子以卿，言諸侯也。」鄭《箋》：「既始友善令，終又厚之公尸，以善言告之，謂嘏辭也。諸侯有公德者，入爲天子卿大夫，故云公尸、公君也。」《傳疏》：

> 《白虎通》引曾子曰：「王者宗廟以卿爲尸，射以公爲耦，不以公爲尸，避嫌。三公尊近，天子親稽首拜尸，故不以公爲尸。」當時傳記有此說，故知宗廟之尸必以卿也。案：《傳》言天子尸以卿爲之，故曰「公尸」、「公君」也，疑《傳》文「言諸侯也」四字，後人據鄭《箋》增入。《正義》云：「《傳》言以卿爲非諸侯者，故又言諸侯入爲卿大夫，以申足《傳》說。」然則《傳》言「卿」，《箋》言「諸侯」，孔所據與今本異。〈曲禮〉《疏》云：「祭祖則用孫列，天子諸侯，雖取孫列，用卿大夫爲之。故〈既醉〉《注》『天子以卿』，鄭《箋》『諸侯入爲天子、卿大夫』，故云『公尸』。」是《傳》文無此四字又可證。〈宣八年〉《公羊》《注》：「禮：天子以卿爲尸，諸侯以大夫爲尸，卿大夫以下以孫爲尸。」《傳》云「天子以卿」，正與《逸禮》合也。（頁716）

據《傳》云「公尸天子以卿」、《箋》說「諸侯有公德者，入爲天子卿大夫，故云公尸、公君也」，知天子以「卿」爲「尸」。由《正義》：「《傳》言以卿爲非諸侯者，故又言諸侯入爲卿大夫，以申足《傳》說。」可證《傳》文無「言諸侯也」一句；又據〈曲禮〉孔《疏》引〈既醉〉鄭《箋》，知〈曲禮〉孔《疏》所引毛《傳》「諸侯入爲卿大夫」是鄭《箋》語，〈既醉〉《正義》引鄭《箋》以說毛《傳》。陳氏利用《正義》所見本，證毛《傳》無「言諸侯也」一句，因《傳》言「卿」，《箋》言「諸侯」。此知陳氏往往利用孔穎達所見本，以推勘毛《傳》之眞意。

　　《正義》之於《傳》文除了勘誤的效用外，其存在的主要目的仍是解經，它是透過疏解毛《傳》和鄭《箋》，達到解經的目的。如〈齊風・盧令〉：「盧令令，其人美且仁。」毛《傳》：「言人君能有美德，盡其仁愛，百姓欣而奉之、愛而樂之。順時遊田，與百姓共其樂、同其獲，故百姓聞而說之，其聲令令然。」《傳疏》：

> 此《傳》總釋全章之恉，陳古義以風今時也。《孟子・梁惠王篇》：「今王田獵於此，百姓聞王車馬之音，見羽旄之美，舉欣欣然有喜色而相告曰：『吾王庶幾無疾病與？何以能田獵也？』此無他，與民同樂也。」《正義》引《孟子》以申述《傳》義，得其恉矣。（頁254）

毛《傳》「陳古義以風今時」，《正義》引《孟子》爲說，正所謂「古義」，以此疏解毛《傳》「人君盡其仁愛，與民同樂」之意，故陳奐說《正義》得《傳》說大恉。

　　又〈小雅・漸漸之石〉：「有豕白蹢，烝涉波矣。」毛《傳》：「將久雨，則豕進

涉水波。」《傳疏》：

> 《傳》云「豕進涉水波」，以釋經義。云「將久雨」，《釋文》：「一本作『天
> 將雨』。」案：一本是也。「雨」上又奪一「大」字耳。《正義》本據《傳》
> 文作「天將大雨」四字，可證。下《箋》云「天將大雨」，亦蒙《傳》言
> 也。《傳》蓋探「滂池」（慧修案：陳氏以爲「滂沱」當作「滂池」）句作
> 訓也。《正義》云：「毛以下經『月離于畢』爲雨徵類之，則此亦雨徵也。
> 言役人遇雨之勞苦也。」孔說得毛恉矣。（頁 636）

今本毛《傳》「將久雨」，陳氏據《經典釋文》所引「一本」毛《傳》作「天將雨」，
以爲《釋文》之「一本」爲是，但以爲「雨」上又脫一「大」字。理由爲：一、《正
義》申釋毛《傳》說：「毛以下經『月離於畢』爲雨徵類之，則此亦雨徵也。故云：
『天將大雨，則豕進涉波水矣。』」證《正義》所見毛《傳》本作「天將大雨」。二、
鄭《箋》釋「月離于畢，俾滂沱矣」說：「將久雨，則豕進涉水波。」正承上文毛《傳》
而說，有「大」字。三、毛《傳》釋經有探下文爲訓之通例，故「大」字是探下文
「滂沱」而言。陳奐除據《正義》以正今本毛《傳》之誤外，且依《正義》以下文
「月離于畢」爲雨徵，推言「有豕白蹢，烝涉波矣」亦爲雨徵，並闡發詩義說「言
役人遇雨之勞苦」，以曲盡毛《傳》未發之義。

《正義》釋《詩》申發《傳》旨者如上所舉，但亦有不少誤解《傳》義者。如
〈秦風・晨風〉：「未見君子，憂心欽欽。如何如何，忘我實多。」毛《傳》：「思望
之，心中欽欽然。今則忘之矣。」《傳疏》：

> 《後箋》云：「《傳》文兩『之』字相承，明指『賢者』，而言：『思』謂穆
> 公思之；『忘』謂康公忘之。《箋》以『憂心』爲思賢，與《傳》同。至『忘
> 我實多』，則謂假穆公之意，責康公之忘己，此泥於《序》文『忘』字之
> 故。其實《序》言『忘穆公之業』，乃作詩大旨，非即指詩中『忘』字也。
> 《箋》釋經『忘』字本與《傳》異，《正義》強以鄭說述毛，殊失毛旨。」
> （頁 316）

陳奐藉胡氏《後箋》說明以下幾點：一、《傳》文「之」字爲賢者之稱代詞；但「思
之」與「忘之」的主詞有別，前者爲穆公，後者爲康公；二、鄭《箋》所論「憂心
爲思賢」與《傳》義同，但「忘我實多」之「忘」字的詮釋，因泥於《序》文而誤
解。《傳》文與《箋》語所釋「忘」字之別，前者就經文「忘」字而言，後者卻依《序》
文說解，所解爲《詩》旨，非字義；三、《傳》義與《箋》語說解有層次上的差異，
《正義》未察，逕以鄭《箋》說毛，遂失毛旨。《正義》以《箋》說《傳》之例甚多，
造成不少解經上的錯誤，茲更舉二例說明。

〈衛風・伯兮〉「焉得諼草」，毛《傳》：「諼草，令人忘憂。」《傳疏》：

> 《傳》云：「令人忘憂」，儀徵・阮元《校勘記》云：「此當作『令人善忘』。
> 《箋》：『憂以生疾，恐將危身，欲忘之。』《傳》不言『憂』，《箋》以『憂』
> 申之也。……《爾雅・釋文》引毛《傳》作『令人善忘』為證。《正義》
> 云『令人善忘憂』，『憂』字以鄭說為毛說耳。」……《傳》文當作「諼草，
> 令人善忘」。（頁175）

由《校勘記》所論，知毛《傳》無「憂」字，鄭《箋》有，此為《箋》語申毛也；並謂「凡《正義》以為毛、鄭不異者，其自為文」，〔註78〕故《正義》釋《傳》義為「欲得善忘憂之草」，此用鄭說毛；毛《傳》非有「憂」字，《正義》本乃「自為文」，後人不明此例，遂以《正義》之說而改毛《傳》，遂作「諼草令人忘憂」。

又〈齊風・雞鳴〉「無庶予子憎」，毛《傳》：「無庶予子憎，無見惡於夫人。」《傳疏》：

> 經文「予子」連文，辭句不順。奐疑「子」乃「于」之誤，定本作「與子
> 憎」亦誤也。古本當作「無庶予于憎」，與「比予于毒」、「寘予于懷」、「胡
> 轉予于恤」，皆上一字作「予」，下一字作「于」，句法正同。此句「予」
> 字，與上句「子」字，對文立言。予，我也。我夫人自謂也。庶，眾也。
> 眾卿大夫也。言無使眾卿大夫見憎於我，此夙夜敬戒之詞。《傳》云「無
> 見惡於夫人」者，無使卿大夫見惡於夫人也。「惡」即經之「憎」字；「於」
> 即經之「于」字；「夫人」即經之「予」字，是《傳》本作「予于憎」，其
> 義甚明。《箋》：「庶，眾也。無使眾臣以我故，憎惡於子。」鄭蒙上「與
> 子同夢」作說，非所據經作「予子憎」也。但解「憎」謂「憎君」，而與
> 《傳》謂「憎夫人」，文義不同。……《正義》云：「夫人，謂卿大夫。『憎
> 惡君』是見惡於卿大夫也。」陸、孔（慧修按：陸德明、孔穎達）依《箋》
> 申《傳》，實非《傳》義。（頁244）

陳奐此條，有得有失。他認為經文的「無庶予子憎」，古本當作「無庶予于憎」，無據。一、毛《傳》是串講句意，非必悉依經文，銖兩悉稱，字字有著落。「無庶予子憎」，是否定句法，「子」為賓語，提至動詞「憎」之前。若依陳氏所說，則無賓語。（〈大雅・生民〉「庶無罪悔」、〈大雅・抑〉「庶無大悔」，作「庶無」，此作「無庶」，倒文以成否定句。）原文無「辭句不順」的問題。二、陳奐所舉「比予于毒」、「寘予于懷」、「胡轉予于恤」諸例，是肯定句，動詞在前，與此例不同（陳奐自是運用

〔註78〕同注26，卷3之3，頁21b，總頁144。

王氏父子歸納法），不能作句法上之類比。三、敦煌《唐寫本毛詩詁訓傳》（巴黎藏伯二五二九號）作「與子憎」，﹝註79﹞與定本同。「與」即「予」，貽也。四、經文上文作「甘與子同夢」，此作「庶無予子憎」，二「子」字正相承。即《箋》「無使眾臣以我，故憎惡於子」，正依「無庶予子憎」作解，陳氏謂「鄭蒙上『與子同夢』作說」，亦無據。但陳氏指出《正義》之失，確中《正義》之弊。《傳》說「無見惡於夫人」，《箋》說「無使眾臣以我，故憎惡於子」，是改易毛《傳》的說法。《正義》以鄭說毛，混同毛鄭，既失鄭意，又失毛旨。

其他類此者，如〈小雅·常棣〉「儐爾籩豆，飲酒之飫」，《傳疏》：「……〈魯語〉亦作『飫』，與毛《詩》字義正合。鄭《箋》不用〈魯語〉之『飫』以申『飫私』之訓，而用〈周語〉『立成之飫』為說，誤解經之『飫』字，并誤解《爾雅》、毛《傳》釋『飫』為『私』之義。《正義》從鄭申毛，是不可以不辨。」（頁407）〈小雅·賓之初筵〉「籩豆有楚」，《傳疏》：「《傳》於豆言實，而於籩言加，互詞。加籩者，廣庶品也。《箋》據〈籩人〉加籩無核，而饋食之籩有核，故以核為籩實，此鄭義也。《正義》依《箋》解《傳》『加籩』為『加之於籩』，則誤矣。」（頁604）〈大雅·卷阿〉「矢詩不多，維以遂歌」，《傳疏》：「《箋》誤解經『矢詩』為召公自言陳作此詩，因易《傳》以『不多』為順辭，《疏》又據《箋》此解申《傳》，以『不多』為多，謂王能用賢，不復須戒，故以作詩為煩多，而〈公劉〉敘下疏，謂此二句乃〈召公〉自言作意，為〈公劉〉、〈泂酌〉、〈卷阿〉三篇總結，皆非《經》、《傳》之旨。」（頁737）諸例，《正義》或誤解《傳》意，或誤解《箋》意，或誤用《箋》說《傳》，此歧路之中又生歧路。

《正義》在解經上的錯誤，除為回護鄭說，而依《箋》申《傳》外，另有一種情形，即是《正義》以為《箋》誤，或《箋》、《傳》二者均誤，遂發異說。如〈秦風·渭陽〉「我送舅氏，曰至渭陽」，《傳疏》：「《箋》云：『秦是時都雍，至渭陽者，蓋東行送舅氏於咸陽之地。』攷咸陽在今陝西西安府長安縣，雍在今鳳翔府鳳翔縣西北。《正義》謂『雍在渭南，晉在秦，東行必渡渭者』，誤也。」（頁319）《正義》應是以為鄭《箋》所解為誤，而另創此說。又如〈小雅·正月〉「哿矣富人，哀此惸獨」，《傳疏》：「毛《傳》訓『哿』為『可』，可亦快意、愜心之稱。故《箋》曰：『富人已可，惸獨將困。』《正義》曰：『可矣，富人猶有財貨以供之。』失《傳》、《箋》之意矣。」（頁505）《傳》、《箋》以富人的快意和惸獨之人的可哀作對照。而《正義》卻誤毛《傳》所訓之「可」為「可以」之「可」，又增「猶有財貨以供之」，是

﹝註79﹞潘重規：《敦煌詩經卷子研究論文集》（香港：新亞研究所，1970年9月1日，初版），頁216。

增字解經。又如〈大雅‧桑柔〉「多我覯痻，孔棘我圉」，《傳疏》：「《箋》易『圉』作『禦』，云『甚急矣。我之禦寇之事』，或本三家，而與《傳》實無異也。《正義》以為《傳》、《箋》異，失之。」（頁762）言《箋》所解，實本三家《詩》說，此與毛《傳》說解「圉」作「垂也」，用字不同而義實相足。毛《傳》：「圉，垂也」，指邊垂，是說「邊境軍事情況危急」；鄭《箋》「圉當作禦」，是說「我抵禦敵寇來犯，情況緊急」，故二者所解是字異意同。《正義》誤讀《箋》、《傳》之意，以為《傳》義指「自傷在邊垂也」；《箋》語表「禦寇之事」，誤判兩者所言為異而失之。

　　綜上所論，陳奐對於毛《傳》的擁護，除了因為毛氏以平實的訓詁方式撰述，不隨意臆測外，也因為其說所本多尊師說或古訓，而此即是陳氏解《詩》的一貫態度。陳氏因《傳》說既得聖人之傳，且較為簡質可信，故而信崇，但也因為過於恪守毛《傳》，而有所偏執。以下將檢討陳氏因擁毛而產生的「強經就《傳》」之弊。

（三）陳氏解《傳》義之檢討

　　在清代《詩經》研究的學者中，陳奐屬宗毛一派，其《傳疏》更是闡釋毛《傳》的佳作，陳漢章以為「江南段、陳師弟之書，號為毛氏學者」。（《詩毛氏學‧陳序》）毛《傳》固然是《詩經》學史上第一本最重要的著作，但因受時代侷限，也難免白玉微瑕；陳氏在擁毛的心理下，時或強經以就《傳》，造成解經上的盲點。以下茲舉例說明。

　　〈邶風‧終風〉「終風且暴」，毛《傳》：「終日風為終風。」《傳疏》：

> 《御覽‧天部九》引《傳》「終日而風為終風」，有「而」字。「終日而風」
> 為終風，則下二章「終風且霾」、「終風且曀」皆是終日而風也。《釋文》
> 引韓《詩》云：「西風也。」《爾雅》「西風謂之泰風」，泰當作大。〈桑柔〉
> 《箋》作「大風」，毛、韓意同。《爾雅‧釋天》「日出而風為暴」，《傳》
> 與《雅》訓異意同。「終日而風」總釋三「終風」之義，「日出而風」則專
> 釋詩首章「暴」字之義。（頁86）

陳奐先明毛《傳》有不同版本，據《御覽》所引之《傳》文有「而」字。又說「終日而風」是通釋三章起首之句，非專就一章而言。並引《爾雅》說明韓《詩》所言之「西風」為大風，而「終日而風」之風亦為大風，故毛、韓均以「大風」釋「終風」。於此，陳氏依《傳》解之，且將韓《詩》過度運用、引申，以輔毛說。毛《傳》釋「終風」為「終日風」，在「終」字下衍一「日」字，王引之將此視作「增字解經」，〔註

〔註80〕見〔清〕王引之《經義述聞‧通說》「增字解經」條，同注77，冊6，卷32，頁1311。

80）其在「終風且暴」條說：

> 家大人曰：「〈終風篇〉『終風且暴』，毛《詩》曰：『終日風爲終風。』韓
> 《詩》曰：『終風爲西風也。』此皆緣詞生訓，非經文本義。終猶既也，
> 言既風且暴也。」《爾雅》曰：「南風謂之凱風、東風謂之谷風、北風謂之
> 涼風、西風謂之泰風、焚輪謂之穨、迴風爲飄。」以上六句，通釋詩詞而
> 不及終風。又曰：「日出而風爲暴、風而雨土爲霾、陰而風爲曀。」以上
> 三句專釋此詩之文，而亦不及「終風」，然則「終」爲語詞明矣。〔註81〕

此知，王引之認爲「終」爲語詞。且依王念孫所言，應爲「既風且暴」。〔註82〕陳
氏當見及王氏父子此條，但爲回護毛《傳》而不從。胡承珙亦說：

> 毛公非不知「終」有「既」訓，而於「終風」必云「終日風」者，自由師
> 說相承。且三章「不日有曀」者，謂「不旋日而又曀也」，此「終日」亦
> 對下「不日」言之，「終日風」本非風名，故《爾雅》無釋耳。至韓《詩》
> 以「終風」爲「西風」，雖於古無考，然謂其緣辭生訓則終之，與「西」
> 殊不相涉，竊嘗以意說之。〔註83〕

由胡氏所言，似以爲毛公並非不知「終風且暴」可作「既風且暴」解，而是認爲毛
公師承有自，篤守師說，而釋「終風」作「終日風」；又以爲依對文之法，「終日」
對「不日」可也。胡氏當是回應王氏父子之說，以爲毛《傳》辨說。其實王氏父子
的說法，是歸納全書詞例，並運用語法、音韻而得的結論，應不可易。胡氏與陳奐
說法相互呼應，正是護《傳》心理的反映，而陳、胡二家對「終風」的解釋，正是
王引之所謂：「必欲專守一家，無少出入，則何邵公之墨守，見伐於康成者矣。」（《經
義述聞・序》）

又〈小雅・民勞〉「無縱詭隨，以謹無良」，毛《傳》解作「詭人之善，隨人之
惡者，以謹無良，愼小以懲大也。」《傳疏》：

> 「詭隨」，疊韻連語，《傳》雖分釋而同義也。……「無良」即是「詭隨」，
> 「以謹」即是「無從」也。（頁738）

陳氏以「詭隨」爲疊韻連語（關於「連語」的內涵，於第四章將有相關的說明，此

〔註81〕同注77，冊2，頁194。此說又見於〔清〕王引之撰、孫經世補：《經傳釋詞/補/再
補》（臺北：漢京文化事業有限公司，1983年4月5日）。

〔註82〕洪師國樑在〈王叔岷先生《古籍虛字廣義》對《經傳釋詞》──系虛字研究著述的
繼承和發展〉一文中，對於「終」、「既」二字的關係亦有討論。見《王叔岷先生學
術成就與薪傳研討會論文集》（臺北：臺灣大學中國文學系，2001年8月），頁80
～81。

〔註83〕同注17，冊7，卷3，頁19a，總頁5156。

不贅述），特別指出毛《傳》因二字同義而分釋連語之詞。陳氏除以「詭隨」二字的連語關係說明毛《傳》的詮解外，更以對文之法，表示以「詭隨」對「無良」，詭隨即無良之義，以此求得解釋上的合理性。而王引之用王念孫之說：

> 詭隨，疊韻字，不得分訓詭人之善，隨人之惡。詭隨即無良之人，亦無大惡小惡之分。詭隨謂譎詐謾欺之人也。〔註84〕

認爲毛《傳》「增字解經」，肇因於毛公分訓「詭隨」二字，〔註85〕故毛《傳》是因「分釋」而「增字」。詭屬見母歌部、隨屬邪母歌部，二字疊韻，合釋成義爲「譎詐謾欺」。

從上述二例，知王氏或歸納詞例，透過語境，以確認經文字義之訓釋，或從「連語」的語言現象，而得經文確解；陳氏則帶著毛《傳》的包袱解經，馴至遷就毛《傳》的「增字解經」。陳奐在解經上力挺毛《傳》，除了遷就毛《傳》的「增字解經」外，另有因誤解《傳》義而誤釋經文者，如〈召南·殷其靁〉「何斯違斯」，毛《傳》：「何此君子也。斯，此；違，去。」《傳疏》：

> 《傳》云「何此君子」，以釋經「何斯」之「斯」。「斯，此」，〈釋詁〉文，釋經「違斯」之「斯」。〈節南山〉「惡怒是違」，《傳》亦云：「違，去也。」「違斯」猶言「此去也」，故《傳》先釋「斯」，後釋「違」，逆其辭以釋其義，詁訓中多有此例。（頁61）

依陳奐所釋《傳》義，「何此君子」應是釋「何斯」一語，「斯」釋爲「此」；則下文「斯，此」，應是釋「違斯」之「斯」。若依此解，則「何斯違斯」一句當釋作「何此君子此去也」，經文既作「何斯違斯」，故《傳》文對於「違斯」一詞先釋「斯」字再釋「違」字，實是依順經義作解，陳奐恐誤解《傳》義。

另如〈大雅·緜〉「肆不殄厥慍」，毛《傳》：「肆，故、今也。」《傳疏》：

> 〈思齊〉《傳》：「肆，故、今也。」二《傳》訓同。凡「肆」者，皆承上起下之詞。肆兼故、今兩義。《爾雅》：「治、肆、古，故也。肆、故，今也。」肆爲故，肆、故又爲今，與「伊，維也」，「伊、維，侯也」；「潛，深也」，「潛、深，測也」，皆其例。毛《傳》雖本《雅》訓，而意不同。《雅》謂肆一句、故一句，總爲之「今也」；《傳》謂《詩》之肆，既爲故，

〔註84〕同注77，冊2，卷7，頁262～263。
〔註85〕「承珙案：詭戾隨從，事雖相反；而詭善隨惡，義相因，故雖分訓仍不害疊韻爲文。若章懷注《後漢書》以詭隨爲詭詐委隨之人，則字別義，似非本訓。蘇《傳》以爲不顧是非而妄隨人。朱子從之，則更於詭字不切矣。」《毛詩後箋》，同注17，冊8，卷24，頁50a～b，總頁5642。所以胡承珙於此並不認爲毛《傳》將「詭隨」二字分訓有損疊韻爲文之則。

又爲今，立意自異。故者，上承古公也；今者，起下文王也。（頁 664）
《爾雅》「治（讀爲始）、肆、古，故也」，應分作「治、古，故也」、「肆，故也」二條。「治、古，故也」，「久故」之故，表時間副詞；而「肆，故也」則爲虛詞，作連詞用，爲承上起下之詞。此即王引之所謂「二義不嫌同條」。而「肆、故，今也」一條，均爲語詞，古書中「今」作連詞使用者不少，如《尚書‧甘誓》「天用勦絕其命，今予惟共行天之罰」，「今」即「故」。〔註 86〕陳奐於此用郭璞說，讀作「肆、故，今也」，以爲「肆」可解爲「故」，又可解作「今」，是反訓，恐誤。肆、故、今皆作語詞（連詞），爲承上起下之詞。

───────────────

〔註 86〕參同注 77，冊 5，卷 26，頁 1034。

第三章　陳奐對段玉裁校勘毛《傳》之繼承與發展

　　胡適曾說：「治古書之法，無論治經、治子，要皆當以校勘、訓詁之法為初步。校勘已審，然後本子可讀；本子可讀，然後訓詁可明；訓詁可明，然後義理可定。」〔註1〕陳奐對毛《傳》的疏解，即以校勘為先；而欲事校勘，亦並有賴於訓詁，二事實相關。

　　清代校勘學者主要分為吳、皖二派，吳派有惠棟、錢大昕、顧廣圻等人，皖派有戴震、段玉裁、王念孫、阮元等人。前者主要是以版本間的對校為主，後者則崇尚理校，重在發明。兩派的校勘均及毛《詩》，吳派如顧廣圻的《毛詩注疏校勘記》，此書校勘內容甚為全面完備；〔註2〕皖派有戴震《毛鄭詩考正》、段玉裁《毛詩故訓傳定本小箋》（以下簡稱《小箋》）、《詩經小學》、阮元《毛詩校勘記》（《十三經注疏校勘記》）、陳奐《傳疏》等。

　　第一章已述及陳奐早年從江沅學校讎，並拜入段玉裁門下修習《說文解字注》，前後校勘《管子》、《荀子》、《集韻》等書，前二者的校正成果亦為王念孫採入《讀書雜志》。且曾多次受好友之邀，校書多種，陳奐可說是特為後學開途徑於校勘。陳氏承皖派之學，在此之前，皖派已有戴、段二人從事毛《詩》的校勘工作。段氏《小箋》的撰述主旨，是因「《故訓傳》與鄭《箋》久與經文相雜厠」，因此為每篇「先經後傳」，以「還其舊」。〔註3〕陳氏《傳疏》雖出段氏《小箋》後，但能在《小箋》

〔註1〕胡適著、季羨林主編：《胡適全集》（合肥：安徽教育出版社，2003年9月），卷2，頁178。

〔註2〕詳參滕志賢：〈試論陳奐對毛詩的校勘〉，收入林慶彰、楊晉龍主編：《陳奐研究論集》（臺北：中央研究院中國文哲研究所，2002年3月，初版2刷），頁428。

〔註3〕見段玉裁《毛詩故訓傳定本小箋·題辭》語。〔清〕段玉裁：《毛詩故訓傳定本小箋》，

的基礎上又別有己見，故相較於戴、段二氏之作，實有後出轉精之姿。又清代《詩經》學新疏中，亦僅有陳奐《傳疏》對毛《詩》作過精審的校勘，故《傳疏》可作爲皖派毛《詩》校勘的代表作之一。〔註4〕

本章分爲四節，第一節討論陳氏以段氏《小箋》爲基礎的申發；第二節探討陳氏對段氏《小箋》的修正；第三節探究陳氏對段氏《小箋》的增補；第四節是結論，並說明陳氏在毛《詩》校勘上的得失。藉上述諸端，以凸顯陳氏對毛《傳》的校勘成果及其訓詁特色。

第一節　陳奐對段氏校勘毛《傳》之申發

陳奐從游段氏期間，除受《說文解字注》以爲小學奠基外，並深得段氏校讎精髓。段氏《小箋》集《詩經小學》及《說文注》的校勘成果，而陳氏《傳疏》更可說是《小箋》的延續與發展。陳氏在校勘毛《傳》上，與段氏雖或結論相同，但後出轉精，往往更勝《小箋》，或補《小箋》之不足。

經比對段玉裁《小箋》與《詩經小學》，發現段玉裁在《詩經小學》一書中，對前人疑義多已進行疏解，《小箋》大多採用《詩經小學》論證後的結果，所以《詩經小學》已有說者，《小箋》於論據即不求詳備。〔註5〕反觀陳奐《傳疏》，在提出一個結論或看法時，雖多徵引段說，但仍試圖多方引證，以證成結論。讀者從中除可了解陳氏的論證過程外，並可檢驗陳氏校勘結果之確否。以下爲說明陳氏對《小箋》的申補，先述對《小箋》的因襲，然後分別從「詳審《正義》及《釋文》本」、「旁

《經韻樓集》，收入《續修四庫全書》（上海：上海古籍出版社，2003 年，1 版），冊 46，頁 57。以下凡徵引此書，僅註明卷次、頁碼。

〔註4〕支偉成曾以「儀徵劉孟瞻父子祖孫及凌曉樓、陳碩甫諸先生雖出皖系，其篤守漢儒，實吳派之家法，亦可移皖入吳否？」向章太炎請益。章氏回答說：「陳碩甫專守毛《傳》，尚與吳派不同。蓋吳派專守漢學，不論毛、鄭，亦不排斥三家；碩甫專守毛《傳》，意以鄭《箋》頗雜，三家不如毛之純也；仍應入皖。」參見〈章太炎先生論訂書〉，〔清〕支偉成：《清代樸學大師列傳》（臺北：藝文印書館，1970 年 10 月，初版），頁 11 。

〔註5〕關於段玉裁《詩經小學》與《毛詩故訓傳定本小箋》的關係，虞萬里以爲《小學》撰著年代早於《小箋》兩年，對於《故訓傳》本與《經》別，「合《傳》於《經》者，多有脫落」的思想早已明確。另《小學》中指出毛《傳》的本字、用韻原理、改正毛《傳》文字、批評毛、鄭異同等，均爲撰著《小箋》打下基礎。故《小箋》有沿襲《小學》者、有補《小學》所無者、有訂正《小學》武斷處者。詳參虞萬里：〈段玉裁《詩經小學》研究〉，收入虞萬里：《榆枋齋學術論集》（南京：江蘇古籍出版社，2001 年），頁 766～767。

蒐佐證、推尋語義」、「運用《傳》例，辨《傳》、《箋》異趣」等方面，論陳奐對《小箋》的申補，說明陳氏《傳疏》對段氏《小箋》的疏理。

一、因襲《小箋》，無多申發

　　陳奐《傳疏》引用段氏之說者多，有明引《小箋》說法以校者，如〈鄭風・山有扶蘇〉：「山有扶蘇，隰有荷華。」毛《傳》：「扶蘇，扶胥，小木也。」《小箋》本於「木」上無「小」字，並說：

> 此從《釋文》無「小」字爲長。《正義》作「小木」，乃淺人用鄭說增字，非也。毛云「高下大小各得其宜」，「高下」謂山隰，「大」謂扶蘇松，「小」謂荷龍。正言以刺忽，與鄭說異，鄭乃互異其小大耳。《呂覽》及《漢書・司馬相如、劉向、揚雄傳》、枚乘〈七發〉、許氏《說文》皆謂「扶疏」爲大木。許氏扶作枎，古疏、胥、蘇通用。（卷7，頁5b～6a，總頁87）

《傳疏》：

> 《釋文》本《傳》文「木」上無「小」字。（以下全引《小箋》）〔註6〕

《正義》本作「小木」，此誤的來源，段氏以爲是鄭《箋》互異大小所致。因毛《傳》說「高下大小各得其宜」，是順經文「山有扶蘇，隰有荷華」的語序而說，所以段玉裁解釋說：「『高下』謂山隰，『大』謂扶蘇松，『小』謂荷龍。」而鄭《箋》說：「扶胥之木生于山，喻忽置不正之人于上位也；荷華生于隰，喻忽置有美德者于下位。此言其用臣顛倒，失其所也。」「扶胥之木生于山，喻忽置不正之人于上位」，是以「扶胥之木」、「不正之人」爲「小」；「荷華生于隰，喻忽置有美德者于下位」，是以「荷華」、「有美德者」爲大，是小在上、大在下，所以段氏說是「互異其小大」。段氏義據諸書並以「大木」釋「扶疏」，另有《釋文》的版本依據，故判定「木」上無「小」字。陳奐全引《小箋》的說法，並予肯定。

　　或雖未明用《小箋》說法，但所論例證多與之相同者，如〈鄭風・遵大路〉：「摻執子之手兮，無我魗兮。」毛《傳》：「魗，棄也。」《小箋》說：

> 《釋文》曰：「魗，本亦作斀。」案：《說文・攴部》云：「斀，棄也。」引《詩》「無我斀兮」，此毛正從攴也。鄭《箋》作「醜」，訓惡。魗與醜同。（卷7，頁4b，總頁86）

《傳疏》：

> 魗當作斀。《釋文》本亦作「斀」。《說文・攴部》云：「斀，棄也。」引《詩》

〔註6〕〔清〕陳奐：《詩毛氏傳疏》（臺北：臺灣學生書局，1986年10月，初版7刷），頁221。以下凡徵引此書，僅註明頁碼。

作「無我魗兮」，魗即殽也。殽訓棄，棄讀如「棄予如遺」之「棄」，《箋》讀「魗」爲「醜」，與上章同訓。魗，俗字。（頁 214）

陳奐指出「魗當作殽」的結論。陳氏立論有二：一、《釋文》一本作「殽」（其所據本則作「魗」）；二、《說文》雖無「殽」字，然由所引《詩》句，知其用字爲「魗」，其義爲棄，知「魗」即「殽」。至於「魗」字，則當爲「殽」之俗字。本條《傳疏》所述與《小箋》幾乎相同，只有遣辭用字之別，均以毛《傳》本用「殽」字。今以敦煌本《毛詩詁訓傳》（巴黎藏伯二五二九號）驗之，正作「殽」，〔註 7〕二家之說確不可易。

又如〈豳風·七月〉：「朋酒斯饗，曰殺羔羊。」毛《傳》：「饗者，鄉人飲酒也。鄉人以狗，大夫加以羔羊。」今本毛《傳》無「鄉人飲酒也」五字，《小箋》說：

據《正義》補，與《說文》正合，此因兩「鄉人」複而脫也。（卷 15，頁 3b，總頁 109）

《傳疏》：

《傳》文「饗者」下，各本奪「鄉人飲酒也」五字。《說文》：「饗，鄉人飲酒也。」本《傳》訓；《正義》本有五字，今訂正。（頁 378）

陳氏指出舊本應有「鄉人飲酒也」五字，俗本多奪，其證有二：一、許愼《說文》多本毛《傳》訓，其說「饗」字，宜即用《傳》訓；二、《正義》疏《傳》說「鄉人飲酒而謂之饗者，鄉飲酒禮尊事重，故以饗言之」，〔註8〕知《傳》文本有此五字，所以《正義》據以說明。陳氏因《小箋》文不便直引，所以用《小箋》之意另作說明。〔註9〕

綜上所舉諸例，均是陳氏融合或明引《小箋》說法。而二人校勘的第一步，多在尋找他書所引或所釋之文，作爲他校的依據，其中尤以《釋文》本爲多。又因許

〔註 7〕潘重規：《敦煌詩經卷子研究論文集》（香港：新亞研究所，1970 年 9 月 1 日），頁 254。以下凡徵引此書，僅註明頁碼。

〔註 8〕〔唐〕孔穎達等：《毛詩注疏》（臺中：藍燈文化事業公司，影印嘉慶二十年江西南昌府學開雕阮元重刊宋本《十三經注疏》本《毛詩注疏附校勘記》），卷 8 之 1，頁 24a，總頁 287。下引鄭《箋》、孔《疏》、阮元《校勘記》均據此本，不復註明。

〔註 9〕盧文弨說同段氏。阮元說：「《正義》中所云『飲酒』，皆推《傳》意如此，非《正義》本《傳》中有『鄉人飲酒』四字，而今脫去也。《正義》云：『《傳》以朋酒斯饗爲黨正飲酒之禮。』又云：『《箋》以斯饗爲國君大飲之禮』，二者皆推其意，《傳》之無『飲酒』，猶《箋》之無『大飲』，其明證矣。《說文》自解『饗』字從鄉之義，非取此《傳》成文也。」同注 8，卷 8 之 1，頁 31a，總頁 291。故以爲「不當補」。阮氏以爲《正義》是「推《傳》義如此，非《正義》本《傳》中有『鄉人飲酒』四字」。恐不必然。細味《正義》「……者」之體例，是就原文已有者而予申發。《傳》當有此五字，如諸家說。

慎曾治毛《詩》，所以《說文》引《詩》用字，亦多尊毛，故段、陳二氏亦多以《說文》所引用之字、所釋之義爲重要參考。本小節旨在點出陳奐承襲段氏校勘的痕跡，以見陳氏對於段氏學術的重視與肯定。但陳氏《傳疏》主要的校勘工作若僅止於此，則《傳疏》中即可逕取段說，無須再事校勘，而事實並非如此。下文將繼論《傳疏》對《小箋》的申補及其修正。

二、詳審《正義》及《釋文》本以申發

陳氏有透過《正義》與《釋文》本勘正俗本，如他對〈小雅‧巷伯〉《序》文的校正，《序》：「……故作是詩也。巷伯，奄官兮。」《傳疏》：

> 《釋文》、《正義》、〈秦風〉《正義》及《周禮疏》皆以此下有「巷伯奄官」四字，又《正義》本「官」下有「兮」字。《小箋》云：「兮、也，古通用。」然則《序》文有「巷伯奄官兮」五字矣，今據以補正。凡全詩不用經字名篇，《序》必申釋其義。若〈小雅‧雨無正〉之「雨」、〈大雅‧常武〉之「常」、〈召旻〉之「旻」、〈頌〉之〈酌〉、〈賚〉、〈般〉皆然。此云「巷伯」，亦不用經中之字，故《序》箸釋篇名之義，此其通例也。（頁 537）

陳奐先以《釋文》、《正義》與《周禮疏》所引，證「官」下有「兮」字；另以歸納的方式，指出「全詩不用經字名篇，《序》必申釋其義」之通例。陳氏於此並用本校與理校二法，證《序》文當作「巷伯，奄官兮」五字。

> 又如〈魏風‧陟岵〉《序》：「國迫而數侵削。」《傳疏》：

> 「國迫而數侵削」，《釋文》、《正義》本及《御覽‧人事部五十二》竝作「國小而迫，數見侵削」；〈園有桃〉及〈檜‧羔裘〉、〈浮游〉皆云「國小而迫」。
> （頁 270）

主要論證「國迫而數侵削」一句。古籍多作「國小而迫，數見侵削」，陳氏引以爲外部證據，但二句的解釋仍有微異。「國迫而數侵削」一句顯然不合語法，若作「國小而迫，數見侵削」，有了「見」作「被」意，如「見棄」一類，則可解作「因國小而迫，多次被侵削」。陳氏先利用《釋文》、《正義》進行本校，次以《御覽》作爲他校，最後以理校之法進行他篇《詩序》用語的歸納，以爲〈魏風‧園有桃〉等三詩用「國小而迫」，是用《詩序》習用語。

故陳氏亦不乏以上述之法對《小箋》進行申補者。此如〈小雅‧常棣〉：「雖有兄弟，不如友生。」毛《傳》：「兄弟尙恩，怡怡然；朋友以義，切切然。」《小箋》作「兄弟尙恩，熙熙然；朋友以義，切切節節然」，並說：

> 十六字從《正義》本。（卷16，頁4a，總頁114）

《傳疏》：

> 《正義》云：「兄弟之多則尚恩，其聚集則熙熙然；朋友之交則以義，其聚集切切節節然。切切節節者，相切磋勉勵之貌。《論語》云：『朋友切切偲偲，兄弟怡怡。』《注》云：『切切，勸競貌；怡怡，謙順貌。』此『熙熙』當彼『怡怡』，『節節』當彼『偲偲』也。定本『熙熙』作『怡怡』，『節節』作『偲偲』，依《論語》，則俗本誤。」然則《正義》本當作「兄弟則尚恩熙熙然；朋友以義切切節節然」十六字。〈伐木〉《正義》亦云：「朋友切切節節」。《釋文》云：「『切切然』，一本作『切切偲偲然』。」今各本依定本作「怡怡然」，不作「熙熙然」；依《釋文》本作「切切然」，不作「切切節節然」，皆是後人改竄。《大戴禮・立事篇》：「兄弟憘憘，朋友切切。」文又不同。（頁 406）

由上知定本依《論語》用字作「怡怡然」及「切切偲偲然」；今本毛《傳》作「怡怡然」、「切切然」，皆非《正義》本之舊，以爲後人改竄而致錯亂如此。《小箋》於此僅說所引毛《傳》從《正義》本；陳氏詳審《正義》本原貌，並推尋致誤之由，以申補《小箋》之說。

又如〈邶風・終風〉：「寤言不寐，願言則嚏。」毛《傳》：「嚏，跲也。」《小箋》說：

> 毛作「疐，跲也。」鄭云：「疐讀當爲不敢嚏咳之嚏。」此鄭改字也。《唐石經》以下《經》、《傳》皆從口，是用鄭廢毛，嚏不得訓跲，明矣。（卷3，頁 4a，總頁 68）

《傳疏》：

> 「嚏，跲」，《經》、《傳》皆從誤本。《釋文》：「疌本又作嚏，又作疐。鄭作『嚏』。『跲』本又作『跆』，孫毓同。崔云：『毛訓「疌」爲「尌」。』今俗人云『欠欠，尌尌』，是也。不作『劫』字。」《正義》引王肅作「疐，劫」，定本、《集注》同。然則唐初舊本經皆作「疐」，今作「嚏」者，其誤始於唐《開成石經》。（頁 87）

段、陳二家均謂毛字應作「疐」，而段氏明白指出作「嚏」字，始於鄭改毛字；陳更以《釋文》、《正義》所引王肅本、定本、《集注》，明唐初舊本仍作「疐」，今本作「嚏」字，爲《唐石經》據鄭而改。陳氏本段氏意而加詳。〔註10〕驗之敦煌《唐寫本毛詩

〔註10〕據鄭《箋》：「疐，讀當爲不敢嚏咳之嚏。」疑鄭本仍作「疐」，假借爲「嚏」，所以說「讀當爲不敢嚏咳之嚏」，六朝俗本或據鄭讀改作「嚏」，《開成石經》又據俗體勒石。

詁訓傳》（巴黎藏伯二五三八號）作「連」，〔註11〕不符合陳氏所以爲的古本用字，卻可說明唐寫本中有不作口旁者。雖不能依此說明「連」即是「寋」字誤增偏旁而成，但可增添「寋」字爲經文用字的可能性。

　　陳氏著重在俗本與古本毛《傳》釋義及用字上的區別，也藉由諸說所引《傳》文試尋毛《傳》舊觀，此類因多有利用各類版本進行對校，但因僅能校出其中的異同，無法確知是非，此亦爲對校法之限，故需輔以他法而校。

　　《小箋》常僅引出所據版本，對於依從的理由則未多做說明，陳奐則利用各種方式申補《小箋》所不足者，以證成其說。除上所引外，另如〈小雅・谷風〉：「無草不死，無木不萎。」毛《傳》：「草木無有不死葉萎枝者。」《小箋》本作「草木無不有死葉萎枝者」，並說：

　　　　「不有」從日本古本。（卷20，頁1b，總頁133）

《傳疏》：

　　　　《後箋》云：「據《正義》引定本及《集注》『草木無有不死葉萎枝者』，則《正義》本不同可知。今觀《正義》云：『雖至盛夏之月，萬物茂壯，無能使草不有死者，無能使木不有萎者。』可見《傳》文『無有不死葉萎枝者』，當作『無不有死葉萎枝者』。『無不有』即偶然有之之意，非謂草木盡死也。」（頁544）

《小箋》所說從「日本古本」，即山井鼎之《七經孟子考文》，阮元說：「《考文》古本作『不有』，采《正義》。」〔註12〕《傳疏》引胡氏《後箋》說作爲說明。胡氏以爲《正義》既特別指出定本及《集注》本，作爲所據本之外的另一異本，可見《正義》所據本必然與之不同。胡氏詳審《正義》釋經所說「雖至盛夏之月，萬物茂壯，無能使草不有死者；無能使木不有萎者」，推斷《傳》文當作「無不有死葉萎枝者」。因爲盛夏之月既然「萬物茂壯」，草木有可能「無不有死葉萎枝」，不可能「無有不死葉萎枝者」而「草木盡死」。胡氏的說法是對的，我們從鄭《箋》所見：「盛夏養萬物之時，草木枝葉猶有萎槁者。以喻朋友雖以恩相養，亦安能不時有小訟乎？」用「猶有」、「安能不有」；又《正義》稱《傳》說「草木無能不有枝葉萎槁者」，用「無能不有」，都可證明《正義》本作「無不有」；俗本作「無有不」實悖《傳》意。段、胡、陳三家所校，當可依從。惟段氏未說明理由，胡氏能詳審《正義》之語，辨其所據本；上述鄭《箋》及《正義》釋《傳》語，亦可爲此例添一證據。

〔註11〕同注7，頁226。
〔註12〕同注8，卷13之1，頁27a，總頁448。

又〈衞風・木瓜〉「報之以瓊玖」，毛《傳》：「瓊玖，玉名。」《小箋》說：

〈王風〉《傳》曰：「玖，石次玉者。」《說文》：「玖，石之次玉，黑色者。」
今此《傳》作「玉名」乃「玉石」之誤耳。「玉石」見揚雄〈蜀都賦〉、《漢
書・西域傳》，師古曰：「玉石，石之似玉者也。」（卷5，頁8a，總頁81）

《傳疏》：

《後箋》云：「首章《正義》云：『此言「琚，佩玉名」，下《傳》云「瓊
瑤，美石」，「瓊玖，玉名」，三者互也。』此『瓊玖，玉名』，名當作石，
蓋謂《傳》訓『瓊玖』爲玉石，與『琚』爲佩玉名，『瑤』爲美石，三者
互文見義。若作『瓊玖，玉名』，則與『琚，佩玉名』同，不得云三者互
矣。《正義》又云：『琚言佩玉名；瑤、玖亦佩玉名。瑤言美石，玖言玉名，
明此三者皆玉石襍也。』此玖言玉名，亦當作玉石，蓋以瑤之美石、玖之
玉石，證琚雖佩玉名，而亦爲玉石襍也。今本《正義》『瓊玖，玉名』、『玖
言玉名』，二『名』字皆『石』之誤。若此《傳》本『玖』爲玉名，則《正
義》不當引〈丘中有麻〉《傳》，以明『玖非全玉』矣。」（頁179）

段氏引他《傳》及《說文》，明「玖」之屬性爲石之次玉，又引他說，知「玉石」之
義正指「石之似玉者」，以此作爲「玖」應作「玉石」之證。陳奐據《後箋》引《正
義》之說，以爲「瓊玖，玉名」之「名」當爲「石」之誤。理由是：「瓊玖，玉石」、
「琚，佩玉名」、「瑤，美石」，三者互文見義。阮元亦說：「據此，則《正義》本唯
『琚，佩玉名』作『名』，其『瓊瑤，美石』、『瓊玖，玉石』，皆作『石』，故云『三
者互也』。『互』謂玉名、美石、玉石相互也。」〔註13〕三者均屬「玉石襍」；今本
《正義》作「瓊玖，玉名」，失三者相互之理，應改「玉」作「石」。據上推知，《傳》
文「瓊玖，玉名」之「玉」亦當作「石」，且由《正義》引〈丘中有麻〉《傳》明「玖
非全玉」，即爲「石次玉」，〔註14〕亦可爲證。

〈豳風・鴟鴞〉「予所蓄租，予口卒瘏。」毛《傳》：「租，爲。」《小箋》本作
「祖，爲」，並說：

《正義》曰「祖訓始也。物之初始必有爲之」，故毛《傳》云：「祖，爲也。」
《釋文》曰：「租又作祖，如字。」今俗本作（慧修案：疑脫一「祖」字），
又作「租」，見宋本有不誤者。（卷15，頁4b，總頁110）

《傳疏》：

《校勘記》云：「《釋文》：『租，子胡反。本又作「祖」，如字，爲也。』」

〔註13〕同注8，卷3之3，頁22a，總頁145。
〔註14〕同上注。

《正義》：『祖訓始也。物之初始必有爲之，故云「祖，爲也」。』今《釋文》、《正義》『祖』皆譌『租』，當正。」奐案：「蓄」《釋文》作「畜」；〈蓼莪〉《箋》：「畜，起也。」祖訓爲，爲者作也；畜亦當訓起，此毛義也。《釋文》「租」下引韓《詩》云：「積也」，疑韓《詩》作「蓄租」，今本從韓改毛耳。（頁 376）

阮元《校勘記》承段氏《小箋》，而陳奐又承阮元說法，藉由《釋文》又本、《正義》釋語，知毛本當作「祖」。陳奐又據《釋文》「蓄」作「畜」，以爲「畜」、「祖」皆「起」義，爲動詞，爲同義疊用，以爲毛《詩》當作「畜祖」，今本作「蓄祖」者，是「從韓改毛」。據敦煌本《毛詩詁訓傳》（敦煌藏斯二〇九號）亦作「畜祖」，〔註15〕得陳氏說之證確。

又如〈小雅・庭燎〉「夜如何其？夜未央。」毛《傳》：「央，旦也。」《小箋》本「旦」作「且」，並說：

> 且，薦也。凡物薦之則有二層，「未且」猶言「未漸」，進也。與未艾、鄉晨爲次第；若作「旦」字，則與「鄉晨」不別矣。（卷18，頁1b，總頁 122）

《傳疏》：

> 「央，旦」，《釋文》本「旦」作「且」；《正義》從王肅本作「旦」。案：「且」字是也。《箋》云：「猶言夜未渠央也。」《釋文》引《說文》云：「久也，已也。」王逸注《楚辭》云：「央，盡也。」〈韓奕〉《箋》，「且」訓多；〈載芟〉《傳》，「且」訓此。多者猶言久也，此者猶言已也、盡也。「夜未且」正與「夜未久」同意。王子雝不明「且」字之義，遂改「且」爲「旦」，而以「未旦」爲「夜半」，《正義》從其誤。（頁 472）

《小箋》於本條，從全詩層次而論，以爲毛《傳》應訓「央」作「且」；《傳疏》則從釋義的角度說明今本毛《傳》之誤，肇因於王肅不明「且」字之義，又《正義》從王肅之誤。爲此，陳氏先從《釋文》本用字作「且」，《正義》本用字作「旦」，明毛《傳》至少有二本。進而由《箋》語釋句，知「夜未央」不同於「夜半」；由《說文》、《楚辭注》等釋義，知「央」與「且」同意。段、陳二氏雖均以「且」訓作「央」爲當，但陳述觀點殊異。

三、旁蒐佐證、推尋語義以申發

除了利用上述諸法外，「旁蒐佐證」與「推尋語義」也是陳氏用以申發《小箋》

〔註15〕同注 7，頁 276。

的重要方式。如〈唐風·杕杜〉「有杕之杜」，毛《傳》：「杕，特生貌。」《小箋》本無「生」字，並說：

> 《顏氏家訓》作「獨皃」。（卷4，頁4b，總頁98）

又於〈唐風·有杕之杜〉說：

> 〈杕杜〉《傳》云：「杕，特貌。」武公寡特，故以「有杕」起興。（卷10，頁6a，總頁99）

《傳疏》：

> 《釋文》據《傳》「特」下無「生」字。〈有杕之杜〉《箋》云「特生之杜」，彼《箋》依經「生于道左」，言此不當有「生」字也。《六書故》引《傳》作「杕，特皃」，與《釋文》同，「特」當讀若「有菀其特」之特。《家訓·書證篇》，江南本，《傳》作「杕，獨皃」。緣下文獨行作訓，恐非毛義，當從《釋文》本作「特皃」為長也。（頁289）

段氏於〈唐風·杕杜〉《傳》僅作「特皃」，而無說解，又引《家訓》「獨皃」之又一說；於〈唐風·有杕之杜〉則用「特皃」以興武公「寡特」，證「杕」為「特」義。陳氏於此分從正向與反向證據論證：在正向論說上，由《釋文》本知無「生」字，《六書故》同；〈有杕之杜〉《箋》釋「有杕之杜」為「特生之杜」，是蒙下文「生于道左」而說，不足為「特生」之據。在反向論證上，《家訓》江南本所引《傳》文作「獨皃」，特、獨雖然義近，但陳氏認為：從版本上說，「特」有較多的版本依據；「獨」可能是江南本因下文「獨行」而誤。今驗之敦煌本《毛詩詁訓傳》（巴黎藏伯二五二九號）亦作「杕，特貌」，〔註16〕知陳氏所論有據。陳氏在此條中引《釋文》、《六書故》及《家訓》諸外部證據，以比較法進行正、反論說，甚且對《家訓》之異說亦進行辨證，以達論證結果的全面性。此為對段氏說法的申發。

餘如〈小雅·鹿鳴〉「吹笙鼓簧」，毛《傳》：「簧，笙也。吹笙而鼓簧矣。」《小箋》本於上「笙」字下補「簧」字，說：「此簧字今補。」又「而」字作「則」，並說：

> 〈君子陽陽〉《疏》引「吹笙則鼓簧矣」，《宋書·樂志》引「吹笙則簧鼓矣」，今依《疏》本。（卷16，頁1b，總頁112）

《傳疏》：

> 〈君子陽陽〉「執簧」、〈車鄰〉「鼓簧」，簧即笙，故《傳》兩云：「簧，笙也。」此「笙簧」連言，與單言「簧」者不同。《傳》：「簧，笙也。」《小

〔註16〕同注7，頁219。

笺》本於「笙」下增一「簧」字。「吹笙而鼓簧矣」,〈君子陽陽〉《正義》引〈鹿鳴〉云「吹笙鼓簧,言吹笙則鼓簧」,是今本《傳》文「而」字乃「則」字之誤。《宋書‧樂志》引「吹笙則簧鼓矣」,「簧鼓」文倒,而「則」字不誤。《小笺》本依〈王風〉《正義》訂正。(頁394)

陳奐所論問題有二:一、《傳》文「簧,笙也」,「笙」字下是否應補一「簧」字;二、「吹笙而鼓簧矣」之「而」字是否當改作「則」字。此二疑均據《小笺》之論為說。第一點,《小笺》僅說「此簧字今補」,而未列佐證或說明理由,陳氏則舉〈王風‧君子陽陽〉與〈秦風‧車鄰〉二篇,因二詩文均單言「簧」字,故《傳》釋之作「簧,笙也」,以簧、笙為一物,「簧」即指「笙」;反之,若詩中並言笙、簧,則所謂「簧」,是「笙」之「簧」,亦即「笙簧」,以此申補《小笺》的理由。第二點,《小笺》明依〈君子陽陽〉《疏》引,作「吹笙則鼓簧矣」。陳氏指出俗本多作「而」,並據他篇《正義》及《宋書》所引本篇《傳》均作「則」,可證(〈樂志〉雖誤倒「鼓簧」為「簧鼓」,但「則」字不誤)。於此,陳奐對《小笺》說法作出更有力的說明。阮元亦引段說,但認為《宋書‧樂志》和〈君子陽陽〉《疏》所引,是「引者以意言之耳」,[註17]恐亦難取信讀者,豈有「以意引之」而所引相同之理?

　　〈周南‧漢廣〉「之子于歸,言秣其駒。」毛《傳》:「五尺以上曰駒。」《小笺》說:

　　《經》、《傳》「駒」字,依〈株林〉、〈皇皇者華〉正之,皆當作「驕」。(卷
　　1,頁8b,總頁62)

《傳疏》:

　　駒當作驕。〈陳風〉「乘我乘駒」,《釋文》作「驕」,引沈重云:「或作駒,後人改之。」〈皇皇者華〉篇內同;〈小雅〉「我馬維駒」,《釋文》:「本亦作驕。」據〈陳風〉、〈小雅〉,則知〈周南〉本亦作「驕」也。「驕」,非韻,與蔞、株、濡、諏為合韻。《說文》:「馬高六尺為驕。《詩》曰:『我馬維驕。』」〈株林〉《笺》:「六尺以下曰驕。」此《傳》云「五尺以上」,即是六尺以下也。高誘注《淮南子‧時則、脩務》篇,兩云「馬五尺以下為駒」,然則「駒」乃五尺以下之稱矣。何注《公羊傳》云:「鄉大夫曰駒,高五尺以上。」武進‧臧鏞堂說此「駒」字,亦必「驕」字之誤。奐謂〈株林〉《傳》言「大夫得乘驕」,與何《注》統「鄉大夫、士」說異。(頁38)

陳奐首先提出「駒當作驕」的結論,並分為三個部分,辨證「駒」是否改為「驕」。

[註17] 同注8,卷9之2,頁18a,總頁323。

第一、以內外部證據交錯證明，進行用字比對。內部證據〈陳風〉、〈小雅〉之例都作「駒」。由外部證據《釋文》本，得知應作「驕」；作「駒」者，爲後人所改，依此推〈周南‧漢廣〉應作「驕」字。此亦見陳氏以《釋文》本所引爲力證。阮元承段氏「蓋六尺以下五尺以上謂之『驕』，與駒義迥別。三家義皆當作『驕』，俗人多改做駒」之說，〔註 18〕以爲「毛於此及〈皇皇者華〉皆更不爲『驕』字作《傳》，當皆是『駒』字，未必後人改之」，〔註 19〕故作「驕」者多爲三家《詩》，毛《詩》則作「駒」。第二、陳氏分別對「駒」、「驕」二字進行釋義。《說文》釋「驕」字指「馬高六尺」，〈陳風‧株林〉《箋》則以爲「六尺以下」，並不只限定「六尺」，與此《傳》所說的「五尺以上」近似，可知「驕」字指「五尺以上六尺以下的馬」，由臧鏞堂所校《公羊傳》「駒，高五尺以上」，臧氏以爲「駒」字應作「驕」，可證。從高誘的《注》知「駒」是指「五尺以下的馬」，故駒、驕爲高度近似的馬種，此爲因實物形近致誤之例。第三、《詩經》爲有韻之文，陳氏善以聲韻關係考用字的正誤，遂取三篇有「駒」字之篇，改「駒」作「驕」。察其押韻情形：〈周南‧漢廣〉「……言刈其蔞。……言秣其驕」、〈陳風‧株林〉「乘我乘驕，朝食于株」、〈小雅‧皇皇者華〉「我馬維驕，六轡如濡。載馳載驅，周爰咨諏」。陳氏以爲驕非韻，與蔞、株、濡、諏爲合韻。綜上所論，就「駒」、「驕」的字義論之，應作「驕」爲是；以他校法驗之，亦以「驕」字爲當；各篇與「驕」字爲韻者，均爲合韻關係，故證得「駒」當作「驕」。陳說可爲《小箋》作進一步的補充與驗證。

　　〈陳風‧東門之枌〉「貽我握椒」，毛《傳》：「椒，芳香也。」《小箋》本作「芳物」，並說：

　　　　依定本。（卷 12，頁 1b，總頁 103）

《傳疏》：

　　　　《傳》云：「椒，芳香也。」定本作「椒，芳物」。《小箋》從定本；〈內則〉：
　　　　「佩容臭。」鄭《注》云：「容臭，香物。」芳物，其即容臭一類，與《箋》
　　　　云：「遺我一握之椒，交情好也。」案：此與〈鄭風〉「贈之以芍藥」同意。
　　　　彼《傳》云：「芍藥，香草。」（頁 327）

段氏《小箋》本作「芳物」，但僅提出版本依據，故未成確論；陳氏則爲「芳物」釋義，以申補《小箋》之說。陳氏先由鄭注〈內則〉，知「芳物」即「容臭」一類，指香物，「貽我握椒」亦與「贈之以芍藥」同意，均贈香物以「交情好」。「椒」爲芳物

〔註 18〕〔清〕段玉裁：《說文解字注》（臺北：黎明文化事業股份有限公司，1996 年 9 月，
　　　　初版 12 刷），十篇上，頁 7b，總頁 468。以下凡徵引此書，僅註明篇數、頁碼。
〔註 19〕同註 8，卷 7 之 1，頁 24a，總頁 260。

之一類，而芳香表無形之氣，二義不同，毛《傳》當如段、陳說，作「芳物」爲是。

〈小雅・都人士〉：「彼都人士，臺笠緇撮。」毛《傳》：「臺所以禦暑，笠所以禦雨也。」《小箋》本作「臺所以御雨，笠所以御暑也」，並說：

> 依〈南山有臺〉《疏》及《文選・謝玄暉臥病詩》《注》所引。（卷22，頁4a，總頁143）

《傳疏》：

> 汪龍《詩異義》云：「〈南山有臺〉《疏》及《文選・謝玄暉臥病詩》《注》引此《傳》云『臺所以御雨』，又〈無羊〉《傳》：『衰所以備雨，笠所以御暑。』則毛公本『臺』爲『御雨』，『笠』爲『御暑』，此《傳》暑、雨字正是後人轉寫誤倒。笠本以禦暑，而亦可禦雨，故〈良耜〉《傳》曰：『笠所以禦暑雨。』」案：汪說是也。〈南山有臺〉《傳》：「臺，夫須」，臺皮可以爲衰，因之御雨之物即謂之臺。此《傳》「臺」，御雨；〈無羊〉《傳》「衰」，備雨，則臺即衰矣，臺與笠明是二物。（頁622）

陳奐引汪龍語，以爲毛《傳》釋「臺」應是「禦雨」，釋「笠」應是「禦暑」。今本毛《傳》暑、雨二字爲後人轉寫誤倒。陳氏繼而說明「臺」可以爲「衰」（蓑），爲禦雨、備雨之用；臺、笠則分屬二物，「笠」可禦雨，亦可禦暑；以此表示「臺」僅可「禦雨」，故《傳》文斷不可能作「臺所以禦暑」。段氏依他書所引，以證今本毛《傳》之誤；陳氏不僅舉汪氏之說，並由他《傳》說明臺、笠的功用，以支持段、汪二家說。

〈小雅・采薇〉「象弭魚服」，毛《傳》：「象弭，弓反末也，所以解紒也。」《小箋》本作「可以解彎紒者」，並說：

> 「彎」字依《說文》補。紒，《說文》作「紛」，似「紛」長。（卷16，頁7b，總頁115）

《傳疏》：

> 故《傳》云「弓反末」……反猶弛。弭弛，則其末之象骨可以任解紒之用，故《傳》云「弓反末所以解紒」，……「所以解紒」總釋「象弭」之用，則《傳》文「弓反末所以解紒也」八字當作一氣讀，各本「弓反末」下衍一「也」字，失其理矣。《箋》云：「弭，弓反末彎者，以象骨爲之，以助御者解彎紒，宜滑也。」……《釋文》：「解紒本又作紛，芳云反。」毛《傳》古本當作「解紛」。《箋》申《傳》作「解彎紒」，「紒」字不見於《說文》，經典中唯〈士冠禮〉「采衣紒」、「主人紒」作「紒」，古本作「結」，鄭於《周禮・追師、弁師》《注》、《儀禮・褋記》《注》、《儀禮・

士冠、士喪、少牢、饋食》《注》皆有「紛」字，今本毛《傳》必是涉《箋》
致誤。（頁418）

《小箋》依《說文》補「韘」字，作「可以解韘紛者」，又以為「紛」亦應依《說文》
作「紛」為長。段氏全依《說文》為說，應是以為許依毛訓之因；陳奐先明「弓反
末所以解紛也」八字當作一氣讀，次論「解韘紛」為《箋》申《傳》之語；「紛」字
經典古本作「結」，而毛《傳》古本作「紛」，以為今本毛《傳》必誤涉《箋》語所
致，以為《傳》文應作「弓反末所以解紛也」。

〈邶風・燕燕〉「燕燕于飛，頡之頏之。」毛《傳》：「飛而上曰頡，飛而下曰頏。」
《小箋》說：

> 上下字當互易，頡同頁，頁，頭也。飛而下則頭搶地；頏同亢，亢者頸也。
> 飛而上則亢向天。（卷3，頁3a，總頁68）

《傳疏》：

> 飛而上曰頡，飛而下曰頏。《小箋》……《說文注》引〈甘泉賦〉：「……
> 魚頡而鳥胻。」李《注》云：「頡胻猶頡頏也。」顏《注》云：「頡胻，上
> 下也。」皆本毛《詩》「頡頏」為訓。奐謂《傳》文當是頡頏二字互譌。
> 凡鳥飛必印上而後注下，故《傳》先釋「頏之」，飛而上曰頏；再釋「頡
> 之」，飛而下曰頡，以盡其翱翔回顧之狀；猶下章「下上其音」，《傳》必
> 先釋「上音」，再釋「下音」，以寫其鳴號遠近之態，同一意例。今本順經
> 改《傳》，恐失毛氏之恉。（頁82）

就《小箋》所言，以為此《傳》文應作「飛而下曰頡，飛而上曰頏。」此仍順經作
解。陳奐以為，就鳥「印上而後注下」的飛行型態而論，以為應先釋「頏之」，再釋
「頡之」；就「逆意以解」的《傳》例言之，亦以此為當，正同下章「下上其音」句，
《傳》文則先釋「上音」，再釋「下音」。綜上所述，《小箋》與《傳疏》對於頡、頏
的單字解釋無異，故陳氏亦先引《小箋》說法，表示贊同其說，但就整體《傳》文
的安排上，應以陳氏所論為尚，且可作為《傳疏》對《小箋》的補充。

校勘的基本方法，就是以證據作為立論的基礎，因此證據的效力成為論點是否
能服人的關鍵。陳奐在申補《小箋》上，除強化其證據力之外，並能通過語義的推
尋，對經字詞義作全面歸納，而辨其異同離合。

四、運用《傳》例，辨《傳》、《箋》異趨以申發

毛《傳》的釋《詩》之法，即今所謂的《傳》例，《傳》例所含的範圍廣泛，舉
凡可以成為毛《傳》釋《詩》條例者均是。前章已專述毛《傳》條例，此僅說明陳

奐如何利用《傳》例，以辨識《傳》文及《箋》語之異趣，由此申補段氏《小箋》之說。例如〈鄭風・有女同車〉「有女同行，顏如舜英。」毛《傳》：「行，行道也。」《小箋》說：

> 衍一「行」字。（卷7，頁5a，總頁87）

《傳疏》：

> 《傳》文衍一「行」字。〈行露〉、〈北風〉、〈載馳〉、〈鹿鳴〉、〈行葦〉《傳》
> 皆云：「行，道也。」（頁220）

段玉裁僅說出校勘的結論，未提及過程，此爲《小箋》常見的模式。陳奐則歸納內部五篇《傳》文釋「行」作「道」之常例爲佐證，明此《傳》文確衍一「行」字。

他如〈豳風・破斧〉：「既破我斧，又缺我斨。」毛《傳》：「隋銎曰斧。斧斨，民之用也；禮義，國家之用也。」《小箋》說：

> 〈七月〉《正義》引此《傳》，有「方銎曰斨」四字。（卷15，頁6a，總頁
> 111）

《傳疏》：

> 〈七月〉《正義》據此《傳》，「隋銎曰斧」下當有「方銎曰斨」四字。「斨，
> 方銎」已見〈七月〉，此重釋之者，欲借「斧斨」以設喻，《傳》固有此例
> 耳。……於「斧」言「破」；於「斨」言「缺」，互詞。《傳》以「斧、斨」
> 喻禮義；「破、缺」之以喻四國壞周公禮義。（頁383）

《小箋》僅引《正義》明今本毛《傳》奪「方銎曰斨」四字。依注釋之例，一詞若前後並出，則既注之於前，後出者即不重複注釋。但陳氏認爲：若同一詞語在詩句中具不同目的，亦可重釋，「《傳》固有此例」。此詩是借「斧斨」以喻禮義，毛《傳》既說「斧斨，民之用也」，又說「禮義，國家之用也」，前面就有可能既釋「斧」又釋「斨」，不以重釋爲嫌。驗之敦煌本《毛詩詁訓傳》（倫敦藏斯二〇四九號、一四四二號），均有「方銎曰斨」四字，〔註20〕並可爲陳氏添一證據。

〈魯頌・閟宮〉「淮夷蠻貊」，毛《傳》：「淮夷蠻貊，蠻貊而夷行也。」《小箋》說：

> 俗本脫「蠻貊」二字，今補。上章已言「淮夷」，故此言「蠻貊」，如淮夷
> 蠻貊者，劣於夷者也，而夷行則進矣。（卷29，頁6a，總頁176）

《傳疏》：

> 《傳》文「淮夷」下各本奪「蠻貊」二字，今補。〈江漢〉《傳》云「淮夷，

〔註20〕同注7，頁264、278。

東國，在淮浦而夷行也」，以釋經之「夷」字。此《傳》云「淮夷蠻貊，
蠻貊而夷行也」，以釋經之「夷蠻貊」三字。今轉寫者不知經文複寫之例，
因謂蠻貊重文，刪去二字，以致文義不明。（頁 901）

段作「蠻貊」，陳氏作「蠻貊」，《經典釋文》：「貊，字又作貊。」陳氏承段氏之說，
以爲各俗本奪「蠻貊」二字，但二人對於脫奪的判斷依據不同。段氏就經文文意的
遞進作爲判斷的依據。認爲〈閟宮〉第一章既然已經提到「淮夷來同」，第二章的「淮
夷蠻貊」是就「蠻貊」而說，是指「較進化而接近於『夷』的『蠻貊』」。如《傳》
文脫「蠻貊」二字，作「淮夷蠻貊而夷行」，則無論讀作「淮夷：蠻貊而夷行」，或
「淮夷蠻貊，而夷行」，不僅句意不通，也看不出一、二兩章的文意遞進關係。（段
氏讀「淮夷蠻貊」爲「蠻貊如淮夷」、「如淮夷之蠻貊」。）陳奐則以「《傳》例」作
爲判斷的依據。他以〈江漢〉「淮夷來求」，《傳》：「淮夷，東國，在淮浦而夷行也。」
是釋「夷」字的釋例推之，認爲本《傳》釋是「夷蠻貊」三字，若脫去「蠻貊」二
字則不成義，以爲是傳寫者不明《傳》文複經之例，視「蠻貊」二字爲重文而刪，
遂致文義不明。段、陳二家所見角度雖異，卻殊途同歸。

〈曹風・鳲鳩〉「淑人君子，其儀一兮。其儀一兮，心如結兮。」毛《傳》：「言
執義一，則用心固。」《小箋》說：

上文《箋》云：「淑，善；儀，義也。善人君子，其執義當如一也。」此
《傳》云：「言執義一，則用心固。」文句相承，分屬《箋》、《傳》，必有
一誤。（卷 14，頁 2b，總頁 107）

《傳疏》：

《箋》云：「淑，善；儀，義也。善人君子，其執義當如一也。」案：此
當是《傳》文。《傳》上言鳲鳩養子，平均如一；此言君子執義，當如鳲
鳩之一也。執義一，則用心固，亦謂「在位君子，其用心當一」，與《序》
說正同。今各本割截《經》、《傳》，而又以「淑，善；儀，義也」下十六
字擅入《箋》語，使《傳》文上下語意不通，唯楊倞注《荀子》，引此皆
爲《傳》文，可得其證矣。（頁 356）

段氏與陳氏同指出「語義連貫」的問題，作爲起疑點，但段氏不妄斷究竟是《箋》
語誤入《傳》文，或是《傳》文擅入《箋》語，在謹愼的原則下，段氏對此存疑。
陳氏則直引《箋》語，以爲當是《傳》文。其論證理由有三：一、利用上下語義的
連貫性；二、此與《序》說同，正符合《傳》文多同於《序》說的規律；三、由楊
倞《注》所引皆作《傳》文，證是《傳》文擅入《箋》語。惟阮元《校勘記》亦引
段說，以爲並是《箋》語，認爲「言執義一則心固」之上「當脫『《箋》云』二字」，

〔註21〕恐不必然。因「淑，善；儀，義也」這種數字連訓，於最後一字之末標「也」字的訓釋體例，正是毛《傳》當用的訓釋體例，況又有《荀子》楊倞《注》之有力佐據。陳氏因尋得楊倞《注》爲證，足釋《小箋》之疑。

〈周南・葛覃〉「害澣害否，歸寧父母」，毛《傳》：「父母在則有時歸寧耳。」《小箋》：

> 或云此九字恐後人所增。毛云：「寧，安也。」毛意同〈草蟲〉《箋》所云「寧父母」。《說文》：「晏，安也。」引《詩》「以晏父母」，即毛經之異文。一説與《序》説不同。（卷1，頁4b，總頁60）

《傳疏》：

> 《傳》文「父母在則有時歸寧耳」此九字，是《箋》語竄入《傳》文耳。《箋》云「言常自絜清以事君子」，但解「害澣害否」句；「父母在則有時歸寧耳」，正解「歸寧父母」句。《序》《箋》云：「可以歸安父母。言嫁而得志，猶不忘孝。」《序》《箋》以「歸寧」爲孝也。〈泉水〉《箋》：「國君夫人，父母在則歸寧。」兩《箋》正合也。又伏后議，若后適離宮，及歸寧父母，從子禮。是鄭解此詩「歸寧」，實與《左傳》「歸寧」同義。則此云「父母在有時歸寧」，《箋》語非《傳》語，甚顯白也。《箋》解經「歸」字爲「歸宗」之「歸」，以「寧」字連上讀，與《傳》釋經歸字爲「歸嫁」之「歸」，而以「寧」字連下讀者不同。《序》云「則可以歸」，「歸」即「言告言歸」。《序》又云「安父母」，即「寧父母」。毛公本《序》作《傳》，故上文既釋「歸」爲「嫁」，則此句弟訓「寧」爲安。歸寧父母者，既嫁而寧父母，所謂「無父母詒罹」也。《後箋》云：「王符《潛夫論・斷訟篇》：『不枉行以遺憂，故美歸寧之志。一許不改，蓋所以長貞絜而寧父兄也。』」案：此正足以發明《序》、《傳》之義。〈草蟲〉《箋》云：「憂不當君子，無以寧父母，故心衝衝然。」又云：「始者憂於不當，今君子待已以禮，庶自此可以寧父母，故心下也。」「寧父母」即本詩之義，古者后夫人三月廟見，使大夫寧。有「寧父母」禮，無「歸寧父母」禮。《左傳》「歸寧」，《春秋》時制，文王初年不當有此，且此篇三章皆言后妃在父母家事，唯末句纔説到嫁耳，若作「歸寧」連文解，大失經恉。《說文》：「晏，安也。」《詩》曰「以晏父母」，許引三家《詩》，與毛《詩》文異而義實同。（頁22）

〔註21〕同注8，卷7之3，頁14a，總頁274。

段氏以爲毛《傳》釋「寧」爲「安」，讀「歸寧父母」爲「歸，寧（安）父母」，認爲與〈召南・草蟲〉「亦既見止，亦既覯止，我心則降」鄭《箋》「始者憂於不當，今君子待己以禮，庶自此可以寧父母，故心下也」之「寧父母」同意。又《說文》引《詩》「以晏父母」，訓「晏」爲「安」，「晏（安）父母」與毛《詩》「寧父母」文異而義同。且〈葛覃〉《序》說「尊敬師傅，則可以歸安父母」，「歸安」連讀。若「歸寧父母」讀爲「歸，寧（安）父母」，則「歸寧」二字分讀，與《序》不合。故段氏僅列「或云」，而不斷定是否如此。陳奐從訓例來說，鄭《箋》「言常自絜清以事君子」，是解釋「害澣害否」句，若「父母在則有時歸寧耳」是《傳》語，則《箋》對「歸寧父母」句即無解釋，所以應是《箋》語。又鄭《箋》釋《序》，指出「歸安父母」是「不忘孝」，與「父母在，則有時歸寧耳」之意正合，又與〈泉水〉《箋》「國君夫人，父母在則歸寧」之文，意並合。鄭氏之解與《左傳》之「歸寧」同義，即「歸安」意。毛《傳》既釋上文「言告言歸」之「歸」爲「婦人謂嫁曰歸」，則此「歸寧父母」之「歸」亦緊承上文，是「歸嫁」之歸，非「歸宗」、「歸家」之「歸」，則毛以「寧」字連下讀。陳奐於《詩序》「……則可以歸安父母……」之「歸」字下，著一「句」字，即讀「則可以歸」爲句，以「安」字連下讀。以爲「毛公本《序》作《傳》」，讀應如此。並以《後箋》所引《潛夫論》，有「歸寧父母」句，鄭《箋》釋〈草蟲〉，均足發明此篇《序》、《傳》之意。陳氏認爲此詩爲文王時詩，不應有后夫人「歸寧父母」禮。由《說文》所引爲三家《詩》，與毛《詩》文異，而與毛《傳》「寧父母」連讀之義同。由上所論，知陳氏最主要的判斷依據是：毛《傳》與鄭《箋》對「歸寧」之「歸」解釋不同，所以認定此九字非《傳》文。此即「審《傳》、《箋》異趣」之效。

今本毛《傳》有不少的錯誤來自與《箋》語相厠雜，致誤《箋》爲《傳》，或誤《傳》爲《箋》。陳氏運用《傳》例，詳審《傳》、《箋》異趣，使各還其舊，不僅裨便訓詁，在《傳》、《箋》的校勘上，亦具貢獻。

第二節　陳奐對段氏校勘毛《傳》之修正

陳奐遵循師法，又不泥於師法。因師承之故，陳氏校正毛《傳》佐以段氏《小箋》說法者多，但陳氏並不盲從《小箋》說法，倒是對《小箋》之論，除了申補其不足外，且對有問題的說法加以修正，只不過陳奐或許基於尊師，並未明白指出段說，但意見自有不同。以下將分由「覈諸群書以修正」、「據《傳》例以修正」、「辨毛《傳》與他書之錯亂以修正」等方面，說明陳氏對《小箋》的修正。

一、覈諸群書以修正

陳奐常利用毛《傳》釋義之依據，或他書異文，或後人引《傳》，或字書所錄，或古本所見，以校勘《傳》文。覈諸毛《傳》釋義依據者，如〈鄭風・褰裳〉「豈無他士」，毛《傳》：「士，事也。」《小箋》說：

> 經本作「事」，《傳》本作「事，士也。」謂「事」即「士」之假借，轉寫以注改經，又以經改注。經果是「士」字，何須《傳》乎？前文「士曰昧旦」，何以不傳也？「吉士誘之」、「無與士耽」皆不傳。（卷7，頁7a，總頁88）

《傳疏》：

> 〈昭十六年〉《左傳》云：「子大叔賦〈褰裳〉，宣子曰：『起在此，敢勤子至於他人乎？』」此釋上章「豈無他人」也。又云：「子大叔拜宣子曰：『善哉，子之言是！不有是事，其能終乎？』」此言終事晉國，釋下章「豈無他士」也。《傳》以事詁士，正用《左傳》說。（頁226）

段玉裁對此《傳》文，以為因轉寫者先「以注改經」，又「以經改注」而致此。段氏以為：經文若作「士」，則語意明白，無須作解；若必欲作解，亦當釋之於前，不當釋之於後，故經文當作「豈無他事」，而毛《傳》釋作「事，士也」。陳奐則以為：毛《傳》此訓本於《左傳》，因《左傳》適引此詩，釋「士」為「事」，毛《傳》乃取以作解，與「士曰昧旦」、「吉士誘之」、「無與士耽」諸例不同，未可執彼而疑此，故不從段說。據敦煌《唐寫本毛詩詁訓傳》（巴黎藏伯二五二九號）亦作「豈無他士」。〔註22〕

覈諸他書異文者，如〈邶風・式微〉：「胡為乎中露。……胡為乎泥中。」毛《傳》：「中露，衛邑也。泥中，衛邑也。」《小箋》本作「中露，露，衛邑也。泥中，泥，衛邑。」曰：

> 露、泥二字，今補。從來連「中」字為邑名，非也。泥中猶言邑中。中露猶泥中也，即「中林」、「林中」之例。（卷3，頁9a，總頁71）

《傳疏》：

> 中露，《列女傳》引作「中路」，衛邑，未聞。泥中，衛邑，亦未聞。二邑皆當在衛之東。（頁104）

段氏釋《傳》，以為中露即指露中，與泥中同表邑中，故露、泥為衛邑名，因僅露、泥二字為衛邑，故複經字露、泥二字明之，則「中」字屬方位詞。陳氏不以段氏所

〔註22〕同注7，頁241。

校毛《傳》爲然，故引《列女傳》之「中路」，連「中」字爲邑名，與「泥中」並爲衛邑名。至其具體所在，則「未聞」（不詳），只知「二邑皆當在衛之東」。這是對段氏《小箋》的修正。

顧諸後人引《傳》及字書所錄者，如〈邶風·谷風〉：「能不我慉，反以我爲讎。」毛《傳》：「慉，養也。」《小箋》本「養」作「興」，並說：

> 《說文》云「慉，起也」，起即興，《正義》作「養也」，非。（卷3，頁9a，總頁71）

《傳疏》：

> 「慉，養」，《釋文》以爲王肅義，毛《傳》作「興」，孫毓引《傳》亦作「興」。《玉篇》：「慉，興也。」案：「興」古「媵」字。《廣雅》：「媵，喜也。」《說文》：「媵，說也。」說亦喜也。此《傳》「興」字當亦訓爲喜，慉與好亦同義。或曰《說文》：「慉，起也。」〈蓼莪〉《箋》：「畜，起也。」畜與慉同，疑古毛《傳》本作「起」，「起」讀「起家而居有之」之「起」。
>
> 《箋》：「畜，驕也」，本三家《詩》。（頁102）

按：《釋文》釋「慉」字說：「許六反。毛『興也』（四部叢刊正編本作『與』），〔註23〕鄭『驕也』，王肅『養也』，《說文》『起也』。」是毛《傳》應釋「慉」爲「興」（慉屬曉母覺部，興屬曉母蒸部，興或是慉之音轉。四部叢刊正編本作「與」，或是「興」字之誤），孫毓引《傳》同，《玉篇》所錄，應即《傳》義；今本毛《傳》作「養也」，當是王肅義。陳奐以爲「興」是古「媵」字，釋爲喜、悅、好，與下「讎」字相對；慉從畜得聲，《孟子·梁惠王下》「畜君者，好君也」，亦畜、好通假之證，故「慉」得釋爲「媵」（好）。陳氏引「或曰」據《說文》「慉，起也」之訓，以爲「或」疑古本毛《傳》作「起」。陳氏僅載此「或曰」之說，其意應以前一說爲然。段氏以爲毛《傳》作「興也」，但又舉《說文》「慉，起也」，以爲「起即興」，陳氏不以爲然，故對「興」義另作解釋，是本段說並予修正。陳奐的意見是對的，因爲「興」固然有「起」義，然而是「興起」之「興」，與「喜說（悅）」之「興（媵）」不同，段氏說法是「偷換概念」。

顧諸古本所見者，如〈豳風·七月〉：「二之日其同，載纘武功。」毛《傳》：「纘，繼；功，事也。」《小箋》說：

> 《經》、《傳》「功」字疑「公」之誤，故下文「宮公」不再釋。（卷15，頁3a，總頁109）

〔註23〕〔唐〕陸德明：《經典釋文》，四部叢刊正編本（臺北：臺灣商務印書館），毛詩音義（上），頁12b，總頁57。

《傳疏》：

　　《正義》云：「『纘，繼；功，事』，皆〈釋詁〉文。」今《爾雅》「纘」作「纂」，「功」作「公」。（頁367）

本詩第七章「上入執宮功」，《正義》說：「《經》當云『執於宮公』，本或『公』在『宮』上，誤耳。今定本云『執宮功』，不爲『公』字。」〔註24〕是《正義》本作「宮公」，定本作「宮功」。段玉裁據《正義》本「宮公」，因毛《傳》於「宮公」不再釋，故疑上「載纘武功」《經》、《傳》之「功」均爲「公」之誤，以爲毛《傳》當作「公，事也」；蓋據注釋體例，既注於前則不復注於後。段氏據後文以改前文。陳奐釋「上入執宮功」句說「功，事也」。《正義》本作『宮公』，定本作『宮功』，從定本作解，與段氏不同。其釋「載纘武功」毛《傳》，舉《正義》引《爾雅·釋詁》文，證《正義》所見經文作「武功」，所見《爾雅》、毛《傳》均作「纘，繼；功，事」，今本《爾雅》或爲後人所改。「上入執宮功」，阮元《校勘記》說：「考此《傳》、《箋》皆無『公』字之訓，《箋》云『執宮中之事』，與上『載纘武功』《傳》『功，事也』相承，當以定本爲長。」〔註25〕所說自較近理。段氏據尚難確定之「宮功（公）」字以改「武功（公）」字，證據尚嫌薄弱，況《正義》本「武功」作「功」字，不作「公」。驗之以敦煌《唐寫本毛詩詁訓傳》（倫敦藏斯二〇四九號）亦作「功」字，〔註26〕又得陳氏所論之一證。

二、據《傳》例以修正

　　陳氏利用毛《傳》釋經文所衍之條例，或是經文本身的句例，修正段氏說法。或兼用《傳》例與他篇句例者，此如〈衛風·芄蘭〉：「雖則佩觿，能不我知。」毛《傳》：「不自謂無知，以驕慢人也。」《小箋》說：

　　「無」當作「有」。（卷5，頁6a，總頁80）

《傳疏》：

　　「雖則佩觿，能不我知」，言雖是佩觿而不我知也；雖則佩韘而不我狎也。猶〈民勞篇〉云「戎雖小子，而式弘大」。上言「雖」，而下言「能」；與上言「雖」，而下言「而」，句法正同。經言「佩觿」、「佩韘」，雖是成人，亦當謙退，而不自謂我知、而不自謂我狎，《傳》乃申明經義「寔刺惠公」，故云不自謂無知、不自謂不狎，以見其驕慢人。《經》反言之，《傳》正言

〔註24〕同注8，卷8之1，頁20a，總頁286。
〔註25〕同注8，卷8之1，頁30b，總頁290。
〔註26〕同注7，頁274。

之也。（頁 172）

段氏以爲應作「不自謂有知」，應是爲順經「能不我知」而解，以表謙退之意，是「反言之」。然陳氏以爲《傳》文是申發《詩序》「刺惠公」之義，故謂「不自謂無知，以驕慢人」，是「正言之」。若依毛《傳》「以驕慢人」的諷刺之意推之，當以陳說爲長。〔註27〕

又如〈唐風‧椒聊〉「彼其之子，碩大無朋。椒聊且，遠條且」，毛《傳》：「條，長也。」「彼其之子，碩大且篤。椒聊且，遠條且」，毛《傳》：「言聲之遠聞也。」《小箋》校勘「言聲之遠聞」說：

> 此總釋二章也。汪氏龍曰：「此六字當本在『條，長也』之下，後人移《傳》入經，誤析之耳。」……聲當作馨，芳香條鬯之意。（卷10，頁 3b，總頁97）

《傳疏》：

> 下章《傳》云：「言聲之遠聞也。」案：此六字當本在「條，長也」之上，後人誤奪，乃坿於篇末耳。「言」上當有「遠」字，「遠，言聲之遠聞也」與「折，言傷害也」、「旬，言陰均也」，同一句法。今以全《詩》通例效之，凡上下章同辭，則《傳》必總釋於上章，如〈殷其雷〉《傳》「振振，信厚也」、〈北風〉《傳》「虛，虛也」、「亟，極也」，〈殷其雷〉、〈北風〉末二句同辭，以及〈桑中〉末三句同辭、〈漢廣〉末四句同辭、〈黍離〉、〈園有桃〉、〈秦‧黃鳥〉末六句同辭，而其義皆總釋於上章，不分釋也，此詩遠、條二字成義同辭，不應分屬上下章，可證矣。「遠，言聲之遠聞也」，正釋經之「遠」字，「條，長也」，正釋經之「條」字。《箋》云：「椒之氣日益遠長，似桓叔之德彌廣博。」鄭《箋》正申毛《傳》，蓋詩以椒香遠長，興桓叔德政有遠聞，子孫將有晉國也。（頁 286）

段氏以爲此六字爲總釋之詞，且引汪氏之語，以爲應在「條，長也」之下；陳氏則以爲應在「條，長也」之上，其論據爲：一、「凡上下章同辭，《傳》必總釋於上章」。此詩二章均有「遠條且」，又遠、條二字「成義同辭」，不應第一章釋「條」、第二章釋「遠」，上下分釋，且應先釋「遠」，後釋「條」，故六字當在「條，長也」之上。

〔註27〕陳氏用《經義述聞》「能不我知，能不我甲」條。但王引之釋「不我知」爲「不知我」，陳氏則順經字之序，釋作「不自謂我無知」。見王引之：《經義述聞》（臺北：臺灣商務印書館，1979 年，1 月，臺 1 版），冊 2，卷 5，頁 206。又見《經義述聞》「增字解經」條，謂毛《傳》於「不」下增「自謂」字，「知」上增「無」字。見〔清〕王引之《經義述聞》，冊 6，卷 32，頁 1311。

〔註 28〕二、依毛《傳》複經之例，「言」字上當複「遠」字，如此，則此六字所釋爲「遠」字，自然應在「條，長也」之上。又段氏以爲「聲」當作「馨」，陳氏亦不以爲然，以爲「椒聊且，遠條且」是「以椒香遠長，興桓叔德政有遠聞」，所謂「桓叔德政有遠聞」，正釋毛《傳》「聲之遠聞」。

　　又〈鄭風・山有扶蘇〉「隰有荷華」，毛《傳》：「荷華，扶渠也，其華菡萏。」《小箋》本於「扶渠」上增一「荷」字，並說：

　　　　荷，本葉名，以爲花葉之總名。〈陳風〉《傳》亦曰：「荷，扶渠也。菡萏，荷華。」淺人於此下刪下一「荷」字，乃不辭矣。（卷 7，頁 6a，總頁 87）

《傳疏》：

　　　　《傳》云「荷華，扶渠」者，以「扶渠」釋荷字，華則連經文而言之，故訓中多有此例，又恐人誤以扶渠當華，故申釋之，云「其華菡萏」也。（頁221）

段氏以爲須再複經字「荷」，以明「扶渠」所釋者爲「荷」。然毛《傳》中如〈曹風・蜉蝣〉「蜉蝣掘閱，麻衣如雪」，毛《傳》「掘閱，容閱也」，《傳疏》：「《傳》云：『容閱』，釋閱不釋堀，堀乃連而及之，詁訓中有此例也。」（頁 352）〈豳風・九罭〉「我覯之子，袞衣繡裳」，毛《傳》「袞衣，卷龍」，《傳疏》：「袞衣，卷龍，但釋經之『袞』字。〈采叔〉《傳》『玄袞，卷龍』，亦但釋經之『袞』字。袞衣、玄袞，《傳》乃依經連言，非解『玄』字與『衣』字也。」（頁 387）〈小雅・南山有臺〉「樂只君子，遐不眉壽」，毛《傳》：「眉壽，秀眉也。」《傳疏》：「《經》於『眉』不言秀，而『黃』不言髮，此乃行文之例。《傳》嫌但解『眉』爲秀眉，而『壽』未見，故必連『壽』言之。」（頁 434）均連經文作解，陳氏據此例疏《傳》，知「華」字純是連類及之，「扶渠」僅釋「荷」字，於下繼說「其華菡萏也」以明「荷華」之義。

　　又如〈秦風・小戎〉「文茵暢轂」，毛《傳》：「文茵，虎皮也。」《小箋》本作「文茵，文，虎皮也」，並說：「今脫『文』字」。又說：

　　　　此皆虎皮爲「文」之證。《傳》不釋「茵」者，以人所易知也，許慎則云：「茵，車中重席。」（卷 11，頁 2b，總頁 100）

《傳疏》：

　　　　《傳》釋「文」爲「虎皮」，各本文下衍「茵」字，當刪。（頁 305）

段、陳二氏對於毛《傳》「文茵，虎皮也」，有不同的校正。段氏於此運用《傳》例，以爲須先複經句，再複經句中所釋字，以爲今本毛《傳》脫「文」字；並謂「虎皮」

〔註 28〕考〈巴黎藏伯二五二九號毛《詩》殘卷〉並無此六字，或是誤奪。同注 7，頁 218。

單指「文」，對於「茵」字則因易解故毛《傳》不釋。此《傳》例，如〈式微〉之「泥中」，毛《傳》釋作「泥中，泥，衛邑也」；〈山有扶蘇〉之「荷華」，今本毛《傳》作「荷華，扶渠也，其華菡萏」，段氏以爲「扶渠」上脫一「荷」字，當作「荷華，荷，扶渠也，其華菡萏」（說見上條），均屬此例。陳氏於「泥中」、「荷華」均不從段說，於此例亦然，以爲今本毛《傳》衍「茵」字，當刪，「虎皮」僅釋「文」字。二人均運用《傳》例，所校得之結果則異，其關鍵即在「茵」字。依段說「泥中」例，「中」爲方位詞，自可不釋，而「文茵」之「茵」不如「中」字之易解，恐未必如段說之「人所易知」，既舉「文茵」，似不當單釋「文」而不釋「茵」；若毛《傳》確以爲「茵」字易解，似當如陳氏說，單舉「文」字，免致誤解，此與複經句之例不同。又依段說「荷華」例，更不當不釋「茵」字。此似以陳說爲長。〔註29〕

雖陳氏《傳疏》旁徵佐證以申補或修正《小箋》，但有時陳氏或以爲理所當然，僅說明論說結果。此如〈召南・采蘩〉：「于以用之，公侯之事。」毛《傳》：「之事，祭事也。」《小箋》說：

> 「之事」與「之子」同。古之、是同用，之事猶是事也。是事，祭事也；
> 之子，嫁子也。《詩》若言公侯此事。（卷2，頁2a，總頁63）

《傳疏》：

> 「祭事」釋「事」字，則《傳》文「之」字疑當衍。（頁45）

段、陳二氏均以爲《傳》文作「祭事」，無誤。所爭執處在於「祭事」所釋的對象爲「之事」，或單一「事」字。就段氏所論，則將「之事」之「之」等同於「是」，且作限定詞用；陳氏則僅視爲「介詞」。而下章《傳》文釋「宮」爲「廟也」，並未作「之宮，廟也」，知「之」字爲衍。此例陳奐校「之」字爲衍文，段氏反釋「之」字用義，以明「之」字於此存在的必要性。

三、辨毛《傳》與他書之錯亂以修正

除上述所論二法，陳氏也常利用古籍引文，釐辨毛《傳》與他書之錯亂，以勘正《傳》文之誤。此如〈王風・君子陽陽〉：「君子陶陶，左執翿。」毛《傳》：「翿，纛也，翳也。」《小箋》說：

> 「翳也」之上當有「纛」字，此「熠燿，燐也，燐，熒火也」之例。（卷
> 6，頁2b，總頁82）

《傳疏》：

〔註29〕〈巴黎藏伯二五二九號毛詩殘卷〉亦作「文茵，虎皮也」。同注7，頁220。

案：翿、纛、翳三字兩訓。《爾雅》、毛《傳》皆錯亂不可讀。《爾雅》：「翿，
纛也。」《釋文》：「翿……，纛，字又作蠹。」……〈爾雅釋文〉不爲「翳」
字作音。……《周禮注》引《爾雅》，而《釋文》亦不爲「翳」字作音，
是陸所見之《爾雅》無「纛，翳也」三字。《詩正義》云：「〈釋言〉翿，
纛也。』李巡曰：『翿，舞者所持纛。』孫炎曰：『纛，舞者所持羽。』」
此李、孫但爲「翿，纛也」作訓。郭璞云「今之羽葆幢，舞者所持以自蔽
翳」，此郭依翿有翳訓，故以蔽翳解之。乃轉寫者遂誤合「翳也」於「纛」
字之下，失《爾雅》之舊本矣。《爾雅》：「翿，纛也。」毛《傳》：「翿，
翳也。」此解經義各有師承，兩訓不必相同，而意義實合一轍。《釋文》
於《詩・君子陽陽、宛丘》兩篇竝云：「翳，……又云纛，……俗作蠹。」
陸所見《爾雅》不誤，其所見《詩傳》已衍「纛也」二字。……《玉篇》：
「翿，纛也。」此《爾雅・釋言》文也。又：「翿，翳也。」……毛《傳》
文也。……《箋》承「翳」字作訓，則《傳》中無「纛」字，又足證也。
今本《爾雅》依已誤之毛《傳》衍「纛，翳也」三字，毛《傳》又依已誤
之《爾雅》衍「纛也」二字。不有《釋文》，何由識《爾雅》之誤；不有
鄭《箋》、《說文》、《玉篇》，又何由正毛《傳》之誤。（頁186～187）

段氏舉〈豳風・東山〉「熠燿宵行」毛《傳》釋字之例，以爲「翳也」之上脫一「纛」
字。陳氏則以爲「纛也」二字衍，理由爲：一、〈爾雅釋文〉不爲「翳」字釋音，鄭
司農《周禮注》引《爾雅》，而《釋文》亦不爲「翳」字釋音，證陸德明所見《爾雅》
作「翿，纛也」，無「纛，翳也」三字。二、《詩正義》引〈釋言〉，李、孫均不爲「翳」
字作訓，可見李巡、孫炎、孔穎達所見《爾雅》亦無「纛，翳也」三字；郭璞《注》
依毛《傳》「翿」有「翳」訓，故解爲「舞者所持以自蔽翳」，後人轉寫乃誤合《傳》
文以入《爾雅》。三、《箋》承「翳」字作訓，知《傳》中無「纛」字。綜合各說，
得證古本毛《傳》與《爾雅》的原貌分別是：毛《傳》「翿，翳也」，《爾雅》「翿，
纛也」。本條見段、陳二人的校正角度不同，也得出不同的結論。而陳氏能在無直接
的版本證據下，進行縝密的校勘，更可見其功力。段氏於此僅提出一個作爲《傳》
例的說明，相較於陳氏引證、說解清晰，則顯得論證單薄。此辨毛《傳》與《爾雅》
之錯亂，以修正段說。

　　〈豳風・七月〉：「一之日于貉，取彼狐貍，爲公子裘。」毛《傳》：「于貉，謂
取狐貍皮也。狐貉之厚以居，孟冬天子始裘。」《小箋》本作「于貉謂取貉。貉，貉
皮；狐貍，狐貍皮也。狐貉之厚以居，孟冬天子始裘」，並說：

　　〈小戎〉《傳》：「虎，虎皮也。」今依以補六字。（卷15，頁3a，總頁109）

《傳疏》：

> 《傳》文「于貉，謂取狐貍皮也」八字誤，當作「取彼狐貍謂取狐貍皮也」
> 十字。《傳》言「狐貍」爲「狐貍皮」，則「貉」爲「貉皮」，可互見，故
> 不更爲「于貉」作解。《箋》乃云：「于貉，往搏貉以自爲裘也。」凡《傳》
> 未備，《箋》乃申補之，以完經義，此其通例。今本刪去複經句「取彼狐
> 貍」四字，而又因《箋》中「于貉」二字羼入《傳》中，致不可讀，當據
> 全《詩》通例訂正。（頁366）

〈秦風・小戎〉「虎韔鏤膺」，毛《傳》：「虎，虎皮也。」明「虎」乃特指「虎皮」而
言。〔註30〕段氏依此《傳》之釋例，於今本毛《傳》中補「貉。貉，貉皮；狐貍」六
字；陳氏則透過上下文互見的技法，知若解「狐貍」作「狐貍皮」，則「貉」即是「貉
皮」，故不需特爲「于貉」作解。陳奐由《箋》語疑今本《傳》文之誤，由以下諸點分
說所本，一、今本毛《傳》刪去複經句「取彼狐貍」；二、《箋》特解「于貉」義，以
申補《傳》文，完足經義，後人將《箋》語「于貉」二字羼入《傳》文中。由上的辨
證，知陳氏證誤的主要關鍵在於掌握「通例」—《傳》文互見手法、《箋》語足經義及
《傳》文的複經之例，而恢復《傳》文舊觀，以爲應作「取彼狐貍，謂取狐貍皮也」，
不從段氏「補六字」之說。二人雖均據《傳》例而作校勘，但觀點殊異。據敦煌《唐
寫本毛詩詁訓傳》（倫敦藏斯一三四號）作「于貉，謂取狐貍、貉之皮也」。〔註31〕若
毛《傳》作此，可指「于貉」亦含「狐貍」，此言「貉」，彼言「取彼狐貍」，已含「取
彼貉」，而此所取者即爲「狐貍皮」、「貉皮」，由經文互見之例，可證《傳》文應爲「于
貉，謂取狐貍、貉之皮也」。此辨毛《傳》與鄭《箋》之錯亂，以修正段說。

第三節　陳奐對段氏校勘毛《傳》之增補

　　段、陳二家在毛《詩》的校勘上，陳氏既承段玉裁的校勘成果而有所申發與修
正，亦有段氏未及勘正而陳氏獨有校語，是對段氏《小箋》的增補。以下將從「審
《箋》、《正義》語與《經》、《傳》文之對應以增補」、「繹《傳》義、《傳》例以增補」、
「據古本或其他相關資料以增補」三方面討論，以見旨要。

一、審《箋》、《正義》語與《經》、《傳》之文字對應以增補

　　毛亨依《經》作《傳》，鄭玄、孔穎達依《經》、《傳》作《箋》、《正義》，故由

〔註30〕同注6，頁307。
〔註31〕同注7，頁246。

鄭《箋》、《正義》所疏，可尋得與《經》、《傳》間的對應關係，以勘正《經》、《傳》文字。陳氏校勘毛《傳》時，能詳予比勘鄭《箋》、《正義》與《經》、《傳》的文字對應，多段氏所未發。先舉對經文的校勘一例。

〈王風・丘中有麻〉：「彼留子嗟，將其來施施。……彼留子國，將其來食。」《傳疏》：

> 「將其來施施」，舊本當作「其將來施」四字。《正義》「其將來之時施施然，甚難進而易退」，是孔所據《經》文本作「其將」也。……（將其來食）「將其」亦誤例。《箋》：「其將來食。」《正義》：「故言子國其將來，我乃得有食耳。」是舊本作「其將」也。（頁200）

陳奐從《正義》解「其將來施」句，以爲孔穎達據《經》文本作「其將」；另依《箋》及《正義》釋「將其來食」語，判斷舊本應作「其將」，而非「將其」（「施施」問題詳下文）。驗之敦煌本《毛詩詁訓傳》（巴黎藏伯二五二九號），二處經文並作「其將」，〔註32〕陳奐在無版本依據下，所論竟與舊抄本合，不能不佩服其卓識。

以下舉校勘毛《傳》之例，如〈曹風・侯人〉「季女斯飢」，毛《傳》：「季，人之少子也；女，民之弱者。」《傳疏》：

> 《傳》解經「季女」，各本依《定本》。《正義》云：「〈采蘋〉『有齊季女』、〈車舝〉『思孌季女逝兮』，皆不得有男在其間，故以『季女』爲『少女』；此言『斯飢』當謂幼者竝飢，非獨少女而已，故以季女爲人之少子、女子，皆觀經爲訓，故不同也。」案：《正義》本《傳》文當作「季，人之少子；女，女子」七字。此「季女」與〈采蘋〉、〈車舝〉不同，「季」爲人之少子；女爲女子，分釋其義，……定本云「季，人之少子；女，民之弱者」，是《定本》以「季女」爲少弱之稱，義無分別，則《傳》亦不必分釋其義，且經言「女」，不言「民」也，古毛《傳》當從《正義》本，今《正義》本從定本而誤。（頁355）

陳奐以爲今各本毛《傳》均依定本作「季，人之少子也；女，民之弱者」，今《正義》本亦後人據定本而誤改。據《正義》申《傳》語：「故以季女爲少子、女子。」知《正義》本毛《傳》當作「季，人之少子；女，女子」。若如定本「季，人之少子也；女，民之弱者」之說，「季」爲「少」、「女」爲「弱」，少、弱義同，實無須分釋，今毛《傳》既分釋「季」、「女」，知義當有別，從知定本非毛《傳》之舊。〔註33〕今本

〔註32〕同注7，頁212。

〔註33〕阮元指出：《正義》云：「《定本》云『季，人之少子，女，民之弱者』」，其《正義》本未有明文，今無可考。《正義》云：「伯仲叔季，則季處其少，女比於男，則男彊

《正義》已遭後人誤改，陳氏從《正義》釋《傳》語中而復古本毛《傳》之舊。

　　餘如〈小雅・六月〉「有嚴有翼」，毛《傳》：「嚴，威嚴也。翼，敬也。」《傳疏》：

> 《傳》各本「威」下衍「嚴」字。訓嚴爲威，不訓嚴爲威嚴也。〈常武〉「有嚴天子」，《傳》「嚴而威也」，亦訓「嚴」爲「威」。《傳》「威」，《箋》「威嚴」；猶《傳》「敬」，《箋》「恭敬」，今各本依《箋》增入「嚴」字。《釋文》「嚴，威也。」《正義》「其嚴者威敵屬眾。」是陸孔所見毛《傳》不重「嚴」字。（頁 446）

《箋》申《傳》義，有增字足義之例。「有嚴有翼」，《箋》申《傳》說：「有威嚴者，有恭敬者」，以「威嚴」足《傳》「威」字義，以「恭敬」足《傳》「敬」字義。據《箋》之釋例，可知《傳》訓「嚴」爲「威」，不作「威嚴」，〈常武〉同。後人未明此，遂依《箋》語而增入《傳》語，於「威」下衍一「嚴」字；《釋文》、《正義》本毛《傳》無「嚴」字。據敦煌本《毛詩詁訓傳》（巴黎藏伯二五〇六號）亦作「嚴，威也」。〔註34〕

　　〈召南・野有死麕〉：「野有死麕，白茅包之。」毛《傳》：「郊外曰野。包，裹也。凶荒則殺禮，猶有以將之。野有死麕，羣田之獲而分其肉。白茅，取絜清也。」《傳疏》：

> 案：此《傳》文錯誤。「包，裹也。凶荒則殺禮，猶有以將之」十三字，當在「白茅，取絜清也」之下。《傳》云：「郊外曰野。野有死麕，羣田之獲而分其肉。白茅，取絜清也。包，裹也。」此依經作解也。又云：「凶荒則殺禮，猶有以將之」，此統釋經義也。曰「包之」，曰「將之」，《經》、《傳》兩「之」字皆指「死麕」言，故首章《傳》必先釋「野有死麕」，再釋「包之」，其義乃明；猶下章《傳》必先釋「野有死鹿」，再釋「純束」，其文自順。首章《箋》：「貞女之情，欲令人以白茅裹束野中田者所分麕肉爲禮而來。」下章《箋》：「樸樕之中及野有死鹿，皆可以白茅裹束以爲禮。」毛依《經》作《傳》，鄭依《傳》作《箋》，可以證今本《傳》文之誤。凡《傳》例先依經文次弟作解，後乃統釋經義，以發作詩者之恉，即如〈召南〉之篇，〈采蘩〉、〈草蟲〉、〈甘棠〉、〈羔羊〉、〈殷其靁〉皆其例也。（頁 68）

陳奐依語言層次及《傳》例，釐正今本《傳》文次序，又據鄭《箋》依《傳》申釋語，證明古本《傳》文之次序。依語言層次，當先述「野有死麕，羣田之獲而分其

女弱。」又標起止云「至弱者」，其自爲文者，不可據意必求之，當云「季，少子；女，弱」。同注 8，卷 7 之 3，頁 12a，總頁 274。

〔註34〕同注 7，頁 178。

肉」，後述「包，裹也」、「凶荒則殺禮，猶有以將之」，因「包之」、「將之」兩「之」字均指「死麕」；若不先述「死麕」，則「包之」、「將之」不知所指。知「包，裹也」、「凶荒則殺禮，猶有以將之」必在「野有死麕，羣田之獲而分其肉」之後。依《傳》例，「先依經文次弟作解，後乃統釋經義」，「凶荒則殺禮，猶有以將之」是統釋經義，又當在「包，裹也」之後。鄭《箋》釋首章說「……以白茅裹束……爲禮」，釋二章說「……皆可以白茅裹束以爲禮」，即順《傳》「……白茅，取絜清也。包，裹也。凶荒則殺禮，猶有以將之」之文字次序而作解，證鄭玄所見毛《傳》當作：「郊外曰野。野有死麕，羣田之獲而分其肉。白茅，取絜清也。包，裹也。凶荒則殺禮，猶有以將之。」

又如〈邶風‧靜女〉「自牧歸荑」，毛《傳》：「牧，田官也。」《傳疏》：

> 「田官」爲「牧」，未聞，此必「田」誤作「官」，轉寫併入耳。《傳》文當作「牧，牧田也」四字。《箋》「自牧田歸荑」，鄭所據作「牧田」，《正義》不爲「田官」作解，孔本亦不誤。《周禮》：「牧田任遠郊之地。」〈隱五年〉《左傳》：「鄭人侵衛牧。」「衛牧」猶言「晉郊」耳。（頁121）

陳氏先從「未聞」起疑，以爲《傳》文當作「牧，牧田也」，因「田」誤作「官」，轉寫者併入而致誤。從《箋》、《疏》與《傳》文對應的角度觀察，《箋》語作「牧田」、《正義》於「田官」未作解，知《傳》文可能作「牧田」。另從《周禮》與《左傳》，亦可證。今案：《正義》申毛說「言我欲令有人自牧田之所歸我以茅荑」，〔註35〕所見毛《傳》正作「牧田」，並可爲證。

二、繹《傳》義、《傳》例以增補

陳奐熟於《傳》例，時以《傳》例校勘《傳》文（此已詳上文），此欲探陳氏藉繹《傳》義、《傳》例以增補段氏《小箋》校勘毛《傳》之不足。此如〈召南‧行露〉「亦不女從」，毛《傳》：「不女從，終不棄禮而隨此彊暴之男。」《傳疏》：

> 《傳》云「終不棄禮而隨此彊暴之男」，以釋經「不女從」之義。今本《傳》文「從」上奪「女」；蜀石經有「女」字，今訂正。（頁57）

詩中之「女」，假借爲「汝」，即此「彊暴之男」。二章「誰謂女無家」，毛《傳》於「女」字未作解釋，大概以爲明白易知，鄭《箋》則說「女（汝），女（汝）彊暴之男」，應即是探下毛《傳》「彊暴之男」作解。經文說「不女從」，毛《傳》說「終不棄禮而隨此彊暴之男」，其複舉經字當有「女」字，所解方有著落。陳氏以爲俗本

〔註35〕同注8，卷2之3，頁14a，總頁105。

奪「女」字，幸有蜀石經而得補正。

又〈邶風‧柏舟〉：「威儀棣棣，不可選也。」毛《傳》：「君子望之儼然可畏，禮容俯仰各有威儀耳。棣棣，富而閑習也。物有其容，不可數也。」《傳疏》：

> 《傳》「君子望之儼然可畏，禮容俯仰各有威儀耳」，此文多有誤奪。《正義》云：「『君子望之儼然可畏』，釋經之『威』也；『禮容俯仰各有宜耳』，釋經之『儀』也。」《正義》本《傳》中「威儀」二字作「宜」字。案：「君子」下尚有奪字，古本毛《傳》當作「君子有威儀，望之儼然可畏，禮容俯仰各有宜耳」十九字。《傳》順經先出「威儀」二字，下復分解，以「畏」釋「威」，以「宜」釋「儀」。言「可畏」必曰「望之儼然」；言「各有宜」必曰「禮容俯仰」，又於分解中見其互義，自各本君子下奪去「有威儀」三字，解者因改「宜」為「威儀」。幸《正義》本作「宜」不誤，尋繹《傳》文，訂正之如是。〈襄三十一年〉《左傳》衛北宮文子引《詩》釋之云：「言君臣上下、父子兄弟、內外大小皆有威儀也。」文子又云……毛《傳》言「君子有威儀」，正用《左傳》文。（頁77）

本條《小箋》僅引《左傳》文，以明此毛《傳》「各有威儀」所本，並未以為《傳》文有誤。陳奐由《正義》疏《傳》所舉之《傳》文中，知今本《傳》文中「威儀」二字應作「宜」字。又陳氏「尋繹《傳》文」，認為「君子望之儼然可畏」既是釋經之「威」，「禮容俯仰各有宜耳」既是釋經之「儀」，則二句之前應該還有一句包含「威儀」二字的話，以總攝下文，所以他認為古本毛《傳》應作「君子有威儀，望之儼然可畏，禮容俯仰各有宜耳」十九字；「君子有威儀」是「順經而出」，總攝下文，「望之儼然可畏，禮容俯仰各有宜耳」是分解「威」、「儀」二字。不僅如此，他還推尋今本毛《傳》「宜」、「威儀」互錯的可能原因。〔註36〕驗之敦煌《唐寫本毛詩詁訓傳》（巴黎藏伯二五三八號）作「君子望之儼然可畏，禮容俯仰各有宜耳」，〔註37〕與《正義》本正同。陳氏所補「有威儀」三字，雖不易得版本之證明，但亦能言之成理，此所謂「理校」。

又如〈邶風‧柏舟〉「威儀棣棣，不可選也」，毛《傳》：「物有其容，不可數也。」

〔註36〕阮元於此提出兩種意見：一、當依《正義》所述毛《傳》改。由《正義》語，知「威儀」當作「宜」；《傳》文以「畏」解「威」，以「宜」解「儀」，此為詁訓之法，不知者改「宜」作「威儀」，於是此《傳》分解「威儀」二字，且「威」字互見「儀」字解中。毛氏以「宜」解「儀」之詁訓不復可見。二、《正義》改作「各有宜」，誤也。毛《傳》「皆有威儀」，從《左傳》。以為《正義》不當改《左傳》北宮文子語之「皆有威儀」為「各有宜」。同注8，卷2之1，頁23a～b，總頁83。

〔註37〕同注7，頁223。

《傳疏》：

> 《傳》云「物有其容，不可數也」，此上當奪「選，數也」三字。先釋經
> 字，再釋經義，全詩通例如此。《左傳注》及《釋文》皆云：「選，數也。」
> 疑杜、陸所見《傳》文有此三字。《正義》云：「又解不可選者，物各有其
> 容，遭時制宜，不可數。」（頁78）

此運用「先釋經字再釋經義」之《傳》例，認為經文說「不可選也」，《傳》應先釋
「選，數也」，然後才說「物有其容，不可數也」。《左傳・襄公三十一年》引《詩》
「威儀棣棣，不可選也」，杜《注》及《釋文》均注說：「選，數也。」應即本毛《傳》；
又據《正義》「又解『不可選者』」的話推尋，亦應有此三字。

三、據古本或其他相關資料以增補

　　陳奐對段氏《小箋》校勘毛《傳》的增補方式，除上列所舉二端外，另可從「據
古本或其他相關資料」進行增補，如〈召南・采蘋〉「維錡及釜」，毛《傳》：「錡，
釜屬。有足曰錡，無足曰釜。」《傳疏》：

> 「錡，釜屬」，則錡與釜屬而別也。郭璞注《方言》云：「錡或曰三腳釜。」
> 《玉篇》云「三足釜」，……《正義》云：「定本『有足曰錡』，下更無《傳》；
> 俗本『錡』下又云『無足曰釜』。」《御覽・器物二》引，無「無足曰釜」，
> 與定本同。而《六書故》「錡」下、「鬵」下兩引毛《傳》「有足曰錡，無
> 足曰釜」，是毛《傳》有此兩本也。（頁51）

由《方言注》與《玉篇》知錡為三足釜。《正義》所見毛《傳》有定本與俗本兩本，
俗本多「無足曰釜」四字。《正義》標起止說「《傳》『方曰筐』至『曰釜』」，所據與
俗本同。《御覽》所引與定本同，《六書故》所引與俗本同。段氏《小箋》無「無足
曰釜」四字，從定本，但未說明原因。〔註38〕阮元《校勘記》說：「此《傳》『錡，
釜屬，有足曰「錡」』，互文見意，不更言無足曰『釜』矣。當以定本為長。」〔註39〕
以為毛《傳》簡直，不說「無足曰釜」而文意已明。陳氏因《正義》所據有「無足
曰釜」四字，所以不加判斷，只並列二本，並說：「毛《傳》有此兩本。」

　　詳參典籍用字，證毛《傳》文字更迭，以訂正今本毛《傳》。其中有由他篇《傳》
文及典籍所釋名物，以證今本毛《傳》之誤者，如〈召南・何彼襛矣〉「唐棣之華」，
毛《傳》：「唐棣，栘也。」《傳疏》：

> 「唐棣，栘」當作「唐棣，棣」。〈晨風〉「山有苞棣」，《傳》：「棣，唐棣

〔註38〕同注3，卷2，頁3a，總頁64。

〔註39〕同注8，卷1之4，頁19a，總頁60。

也」，是唐棣一名棣，作「栘」者誤也。《論語·子罕篇》「唐棣之華，偏
其反而」，皇侃《疏》云：「唐棣，棣樹也。」《玉篇》云：「樘棣，棣也。」
樘，俗字。皆可訂今本毛《傳》及《爾雅·釋木》之誤。《說文》：「栘，
棠棣也。」「棣，白棣也。」棠當作常。（頁71）

本篇《傳》：「唐棣，栘也。」而〈晨風〉《傳》訓「棣」爲「唐棣」，二訓不同，必
有一誤。陳奐由《論語疏》、《玉篇》等字書資料，均訓「唐（樘）棣」爲「棣」，《說
文》「栘」、「棣」有別，「栘」訓爲「常棣」，「棣」訓爲「白棣」。〈常棣〉《傳疏》：「案：
《釋文》所據《傳》本或作『常棣，栘者』是也；《爾雅》當作『常棣，栘』，正爲
《傳》所本。……據此毛《詩》『常棣』，韓《詩》作『夫栘』，是常棣爲「栘」之確
證。《說文》：『栘，棠棣也。』棠乃常字之誤，許治毛《詩》，則毛《傳》之作『常
棣，栘』，亦其明證。」（頁403）此似見「唐棣」與「栘（常棣）」之別；又云：「唐
棣得專稱棣，而常棣一名栘，乃棣之屬。……唐棣，白棣也；常棣，赤棣也。」（頁
404）知「栘」應是「常棣」別稱，即「赤棣」；而唐棣得專稱「棣」，即「白棣」，
具爲棣之屬。陳奐據此，訂今本〈何彼襛矣〉《傳》及《爾雅·釋木》「唐棣，栘」
之誤。本篇「唐棣之華」，敦煌本《毛詩詁訓傳》（巴黎藏伯二五二九號）、（倫敦藏
斯七八九號）分別作「棠棣之華」（慧修案：據上知「棠爲常之誤」）及「唐棣之華」，
「棠」應是與「唐」音近而誤。

又如〈秦風·晨風〉「隰有六駮」，毛《傳》：「駮如馬，倨牙，食虎豹。」《傳疏》：
「駮」言「六」者，王肅說據所見而言。胡承珙《後箋》云：「『六』字當
爲『舉』之聲借，『六駮』即『舉駮』。據〈吳都賦〉『驀六駮』，劉《注》
即引此詩。《眾經音義·九》『魏黃初三年，六駮再見於野』，亦引此詩爲
證。」據胡說，則《傳》「駮」上當奪「六」字。（頁316～317）

如王肅說，「六」爲「據所見而言」，則是數詞，故毛《傳》釋「駮」而不釋「六」。
胡氏以爲「六駮」即「舉駮」，且引他書所引，以明「六（舉）駮」二字連文，其爲
物也「如馬，倨牙，食虎豹」，故〈吳都賦〉、《眾經音義》所引皆「六駮」二字並舉。
陳氏據胡承珙說，以爲毛《傳》亦當「六駮」二字並舉，今本奪「六」字。〔註40〕

　　陳氏依古本或其他資料進行版本比對，但因毛《傳》有多本流傳，其中謬誤亦
隨傳鈔而沿譌至今，不能依憑單一版本、資料爲據，仍需採集多本，並徵引典籍史
料，以明古本面貌。陳氏精熟《傳》例，且謹慎使用，並佐以他校諸法，以確保校
正結果的準確性。

───────────────

〔註40〕羅振玉有〈隰有六駮申陸氏義〉一文可參考。清·羅振玉：《羅雪堂先生全集》（臺
　　　北：大通書局，1976年），三編，冊1，頁3～5。

第四節　結論──陳奐在毛《傳》校勘上之得失

　　前三節主要談論陳奐對今本毛《傳》脫、衍、誤的校正，並深究其對段氏校勘毛《傳》之申發、修正及其增補，及在毛《傳》校勘上所解決的相傳問題或錯誤。從上文的說明，可知今本毛《傳》致誤之因甚多，主要是傳寫者的誤改或誤合所致。在誤合上多以《箋》語羼入《傳》文，或誤合毛《傳》與《爾雅》，致《傳》文錯亂難讀。陳氏對此，多利用字書、古籍文獻資料的比勘，或以《傳》文與《詩序》的一致性、詳審《箋》、《正義》語、《傳》例及語言層次等方法，校勘今本毛《傳》。所解決的相傳問題如：〈小雅·常棣〉毛《傳》：「兄弟尚恩，怡怡然；朋友以義，切切然。」《小箋》僅說作「兄弟尚恩，熙熙然；朋友以義，切切節節然」十六字，從《正義》本。陳氏則詳審《正義》本原貌，明後人改竄致誤之迹。（詳本論文頁 132～133）又如〈唐風·杕杜〉毛《傳》：「杕，特生貌。」《小箋》僅說：「《顏氏家訓》作『獨兒』。」陳氏進一步從《釋文》、《六書故》及《箋》語進行正向論說，又藉江南本作爲反向論說的依據，最後再全面釐清上述論證的正誤。（詳本論文頁 137～138）

　　陳氏申發段氏校勘的部分，即是陳氏對段氏校勘毛《傳》作深入探討，或作論據補充，以確實解決今本毛《傳》版本相傳之誤，此亦是陳氏特識所在，於校勘毛《傳》有其貢獻。例如〈召南·野有死麕〉「野有死麕，白茅包之。」毛《傳》：「郊外曰野。包，裹也。凶荒則殺禮，猶有以將之。野有死麕，羣田之獲而分其肉。白茅，取絜清也。」陳氏以語言層次、《傳》例及《箋》語，明《傳》文之次序有誤。（詳本論文頁 161）又如〈召南·行露〉「亦不女從」，毛《傳》：「不女從，終不棄禮而隨此彊暴之男。」陳氏細繹《傳》意及《傳》例，已得《傳》文「從」字之上當奪一「女」字，經得蜀石經之證，更添陳說之可信。（詳本論文頁 162）

　　雖然敦煌寫本不過是眾多抄本之一，本文多處不煩徵引，並非完全以此寫本作爲陳氏校勘結果的是非依據，而是敦煌寫本多屬六朝抄本，年代久遠，應較近古本原貌。陳氏雖未見及此寫本，所校乃多與此寫本合，更見其校勘功力湛深。本文以陳氏所校《傳》文覈之敦煌寫本者 16 處，其合者有 9 處，〔註41〕達百分之五十六點二五的比率，爲二分之一強。

　　陳氏力圖恢復毛《傳》舊觀，除申發段氏《小箋》精髓及增補其不足外，也力求修正段氏校勘之誤，使毛《傳》的校勘工作愈臻成熟、完備。故陳氏校勘，可說是承繼前賢的成果，又益以縝密的比勘、思辨。由上述所分析陳氏的校勘方法，可

〔註41〕見本文頁 138、144、146、152、157、159～160、162、166、167。

以發現陳氏最少使用的是版本間的比對。陳垣嘗論「對校法」說：

> 以同書之祖本或別本對讀，……此法最簡便，最穩當，純屬機械法。其主旨在校錄異同，不校是非。〔註42〕

對校法在吳派顧廣圻的《毛詩注疏校勘記》已經發揮得淋漓盡致，陳氏對於此法不再多用，而傾向以本校、他校或理校作爲主要的校正法。而此三法交錯使用，是以前兩法作爲理校的基礎，也因此，理校雖是「最危險之法」，〔註43〕但在版本的侷限下，時或不免運用此法。

在理校方法上，陳氏憑著嚴整的材料佐證，兼用邏輯推論，以破除版本之侷限者，如〈小雅・谷風〉：「習習谷風，維風及頹。」毛《傳》：「頹，風之焚輪者也，風薄相扶而上，喻朋友相須而成。」《傳疏》：

> 《傳》文疑有誤。《爾雅・釋天》：「焚輪謂之頹，扶搖謂之猋。」李《注》云：「焚輪，暴風從上下降，謂之頹。頹，下也；扶搖，暴風從下升上，故曰猋。猋，上也。」孫《注》云：「迴風從上下曰頹，迴風從下上曰猋。」頹與猋不同，自不得紐合爲說。《傳》云：「頹，風之焚輪者也。」正用《爾雅》「焚輪爲頹」之訓。《小箋》：「焚輪猶紛綸也。」案：言此者，以興朋友相切直，義已明備，不煩更取「扶搖」以足經文「頹」字之義，而與《雅》訓乖戾。（頁544）

據此例，知今本毛《傳》「風薄相扶而上」六字爲衍文。因據《爾雅》：「焚輪謂之頹，扶搖謂之猋」，今本毛《傳》「風薄相扶而上」，即《爾雅》「扶搖謂之猋」；《詩》「維風及頹」，只說「頹」不說「猋」，毛《傳》應該只說「頹，風之焚輪者也」，不該有「風薄相扶而上」六字，因「頹與猋不同，自不得紐合爲說」。又毛《傳》說：「朋友相須而成。」陳奐認爲：只說「頹（焚輪）」而「以興朋友相切直，義已明備」，不需又多出經文所沒有的「猋」（扶搖、風薄相扶而上）來足成其義。而《正義》說：「詩言頹，據其未與相扶之名耳。」〔註44〕陳奐不從，大概認爲是曲徇今本毛《傳》的誤解。

又如〈王風・丘中有麻〉：「彼留子嗟，將其來施施。」毛《傳》：「施施，難進之意。」《傳疏》：

> 「將其來施施」，舊本當作「其將來施」四字。《正義》：「其將來之時施施然，甚難進而易退。」是孔所據《經》文本作「其將」也。《家訓・書證

〔註42〕陳垣：《校勘學釋例》（北京：中華書局，2004年7月，1版1刷），頁129。

〔註43〕同上注，頁133。

〔註44〕同注8，卷13之1，頁2b，總頁435。

篇》：「《詩》云『將其來施施。』《韓詩》亦重爲『施施』，河北毛《詩》皆云『施施』。江南舊本悉單爲『施』，俗遂是之，恐爲少誤。」是顏所見江南舊本皆單作「施」。《經》言「施」，《傳》則重言之，云：「施施，難進之意。」此猶〈桑柔〉「旟旐有翩」，「翩翩，在路不息也」；〈那〉「庸鼓有斁」，「斁斁然盛也」；「萬舞有奕」，「奕奕然閑也」，同其句例。《詩》三章，章四句，每句四字，不應此句獨五字。「來施」不作「來施施」，而顏之推反爲江南舊本誤，則非也。《説文》：「昳，日行昳昳也。」《傳》「施施」與「昳昳」同。（頁199～200）

《經》文究竟應是單言「施」，抑重言「施施」？陳奐面對這個校勘，採取幾個檢視角度：首先是版本之異，顏之推《家訓》以爲韓《詩》、河北本毛《詩》均重言作「施施」；至於江南舊本則作單言「施」，一般人也都以單言爲是，而顏氏則以單言爲誤，陳氏又以顏說爲非，就作「施」字說，也有江南舊本的版本證據。陳氏既以「單言」爲是，爲何今《經》文多作「重言」？就詩文內部的文字規律來說，陳奐認爲全詩在句型、字數上應具一致性，於此不當例外，故應單言「施」。其次，陳奐認爲「經言『施』，《傳》則重言之」，以足經義，故毛《傳》說：「施施，難進之意。」此如〈桑柔〉「有翩」，《傳》作「翩翩」，釋爲「在路不息也」；〈那〉「有斁」，《傳》釋爲「斁斁然盛也」；「有奕」，《傳》釋爲「奕奕然閑也」。毛《傳》以重言（疊字）釋《詩經》單言例。又如〈邶風·式微〉「有洸有潰」，毛《傳》：「洸洸，武也；潰潰，怒也」，陳奐說：

　　《經》言「洸」，《傳》言「洸洸」；《經》言「潰」，《傳》言「潰潰」。凡
　　《經》文一字，《傳》文用疊字者，一言不足則重言之，以盡其形容者。（《傳
　　疏》頁103）

《經》「有洸」，《傳》文作「洸洸，武也」；《經》「有潰」，《傳》文作「潰潰，怒也」，均爲此《傳》例。陳氏亦於此特明此例旨在「一言不足則重言之，以盡其形容者」。阮元藉《經義雜記》也指出「經文一字，《傳》、《箋》重文」之例，〔註45〕另據俞樾在《古書疑義舉例》「涉注文而誤衍」條所言，以爲「古書有涉注文而誤衍者。〈丘中有麻篇〉：『將其來施』，《傳》曰：『施施，難進之貌。』《箋》云：『施施，舒行伺閒，獨來見己之貌。』按：《經》文止一『施』字，而《傳》、《箋》並以『施施』釋之，此以重言釋一言之例，……今作『將其來施施』，即涉《傳》、《箋》而誤衍下『施』字，《顏氏家訓·書證篇》曰：『江南舊本，悉單爲施。』」〔註46〕由俞氏所言，認

〔註45〕同注8，卷4之1，頁25a，總頁158。
〔註46〕〔清〕俞樾《古書疑義舉例》，收入楊家駱主編：《古書疑義舉例等七種》（臺北：世

為《經》文應作單言的理由，除了顏氏所見本外，更因熟知《傳》、《箋》有以「重言釋單言」之例，故推知古書有「涉注文而誤衍」之例，今《經》文作「施施」，必是因《傳》文而衍。〔註47〕所使用的校正法，有版本對校、他篇句例比對及該篇句式檢核等，進行綜合而詳細的校勘，以正今本《傳》文之失。（另有以詁訓之例及其他方法校之者，將述於下章「陳奐疏通毛《傳》之法」，於此不贅。）據上所論，陳氏在毛《傳》校勘上的成果，已比前賢更進一步。他在校勘上的貢獻，除了補足顧廣圻探對校法所受的版本限制外，也對同多探理校的段玉裁有許多勘正。

陳氏雖有嚴密的校勘功力，然千慮終免一疏，亦免不了有因推論致誤的情形。滕志賢在〈陳奐的校勘〉一文中曾引及〈周南‧螽斯〉、〈秦風‧小戎〉二例，〔註48〕除此之外，本文另舉數例，以明陳氏誤校的情形。例如〈小雅‧常棣〉：「常棣之華，鄂不韡韡。」毛《傳》：「鄂猶鄂鄂然，華外發也。」《傳疏》：

> 「華」字，各本作「言」字，誤。《正義》謂：「華聚而發於外也。」又以
> 華之外發，取眾多為義。《釋文》：「華外發鄂鄂然也。」是其證。（頁404）

引《正義》、《釋文》所釋，以為各本「華」字作「言」為誤。然「鄂鄂然」應是華「外發」之狀，承上句「常棣之華」而言，自可省略「華」字，而說「言外發也」，文義自順。《正義》、《釋文》均統「常棣之華，鄂不韡韡」二句而說，實難取證。且據敦煌《唐寫本毛詩詁訓傳》（巴黎藏伯二五一四號、倫敦藏斯二〇四九號）亦均作「言」字，〔註49〕似可作為毛《傳》古本應作「言」字之佐證。

他如〈秦風‧蒹葭〉「宛在水中坻。……宛在水中沚。」毛《傳》：「坻，小渚也。小渚曰沚。」《小箋》釋「坻，小渚也。」說：

> 「小渚」當作「小沚」，乃合《爾雅》，坻、沚同訓不可通，聲之誤也。（卷
> 11，頁3b，總頁101）

《傳疏》：

> 《爾雅》：「小州曰渚，小渚曰沚，小沚曰坻。」《傳》於「沚」用《爾雅》，
> 而於「坻」乃易之云「小渚」者，沚、坻皆是絕小之稱，不復區別也。（頁
> 310）

界書局，1992年5月，3版），頁54。

〔註47〕 以「施施」釋「施」，應是施為旎之借字。《說文》段《注》亦云：「《史記‧屈原賈生列傳》曰：『庚子日施兮。』……即《說文》『旎』字也。旎旎，迤邐徐行之意。旎旎猶施施，《詩》毛《傳》曰：『施施，難進之意。』」（同注18，七篇上，頁6b，總頁307）知旎與施通用，故以施字代旎字。

〔註48〕 參見滕志賢〈陳奐的校勘〉，同注2，頁465～466。

〔註49〕 同注7，頁188、280。

段、陳二家均認為毛《傳》在釋義上，應合於《爾雅》，然毛《傳》坻、沚都訓為「小
渚」，故段氏以為「不可通」，認為「渚」為「沚」之聲誤；陳氏則以《傳》文中有
渾言無別之例，以為坻、沚，均「絕小之稱」，不必再作區別，以調和《爾雅》與毛
《傳》，亦見其護毛之心。依《爾雅》所釋，諸語由大至小應是：州→渚→沚→坻，
沚、坻在大小上仍具有層次上的差異。據〈巴黎藏伯二五二九號毛詩殘卷〉所引毛
《傳》，作「坻，小者也。小坻曰沚也」。〔註50〕「者」應是「渚」之誤，而訓「沚」
為「小坻」，與今本毛《傳》不同。《爾雅》與敦煌本毛《傳》所釋「沚」、「坻」不
同（依大小之序，《爾雅》為沚→坻，毛《傳》為坻→沚），應是師承之異，陳氏曲
護今本毛《傳》，尚不如段氏論為「聲之誤」之具求實精神。

　　〈周南・螽斯〉「螽斯羽」，毛《傳》：「螽斯，蚣蝑也。」《傳疏》：

> 斯，語詞。「螽斯羽」與「麟之止」句法相同。《傳》云：「螽斯，蚣蝑」，
> 疑「螽」下「斯」字當衍。……《爾雅》「阜螽、草螽、析螽、蟿螽、土
> 螽」，李巡《注》云：「皆分別蝗子異方之語。」「析螽」，〈七月〉篇作「斯
> 螽」，《爾雅》、毛《傳》皆謂之「蚣蝑」。然則「螽」為蚣蝑，「斯螽」為
> 蚣蝑，猶「鳩」為秸鞠，「尸鳩」為秸鞠，「鳩」為鶻鳩，「鳴鳩」為鶻鳩，
> 此單評累評之例。若謂斯螽可倒作螽斯，則析螽亦可倒作螽析矣，解者失
> 之。（頁28）

陳氏以為「螽斯羽」與「麟之止」句法相同，應依相同句例作解。「止」即「趾」，
止、趾為古今字，據《爾雅》：「止，足也。」若依陳氏說，「麟之止」即「麟足」，
「之」字為句中語助詞，無義；所以「螽斯羽」亦即「螽羽」，「斯」為語詞，無
義，只是具有緩讀的效果。陳奐認為：「螽斯」、「斯螽」不同；「螽斯」之「斯」
為語詞，而「斯螽」是「螽」的「累評」，也可稱為「析螽」（〈七月〉的「斯螽」，
即《爾雅》的「析螽」，亦即「蚣蝑」）；「斯螽」不可倒作「螽斯」，正如「析螽」
不可倒作「螽析」；「斯螽」可連文，而「螽斯」不可連文，〈周南〉毛《傳》：「螽
斯，蚣蝑」的「斯」字是衍文，毛《傳》是釋「螽」而非「螽斯」。滕志賢於〈試
論陳奐對毛《詩》的校勘〉及〈陳奐的校勘〉二文，均對此例有論，滕氏說陳奐
所謂「斯，語詞。『螽斯羽』與『麟之止』句法相同。」此立論前提有誤，以為「〈麟
之趾〉不作〈麟之〉，〈揚之水〉不作〈揚之〉」，並依據他篇句法，以為「『螽斯』
之『斯』可以看作名詞詞尾，〈小雅・小弁〉『鷪斯』、『鹿斯』與此相同。『螽斯羽』
句法不同於『麟之趾』。」〔註51〕

〔註50〕同注7，頁221。
〔註51〕同注2，頁452、465。

〈小雅・皇皇者華〉「周爰咨謀」，毛《傳》：「咨事之難易爲謀。」《傳疏》：

> 《傳》云「咨事之難易爲謀」者，疑「易」字當衍。《左傳》「咨難爲謀」、《國語》「咨事爲謀」，韋《注》云：「事當爲難，依內《傳》改也。」《說文》云「慮難曰謀」、〈桓六年〉《左傳》「會于成，紀來諮謀齊難也」。「諮謀」即「咨謀」，皆無「易」字可證。（頁402）

以爲《傳》文「易」字爲衍文，且引《左傳》、《國語注》及《說文》爲證。然毛《傳》或可據《左傳》，但無以證明必據《左傳》，敦煌本《毛詩詁訓傳》（倫敦藏斯二○四九號）亦作「咨事之難易爲謀也」。〔註52〕且驗之陳氏所舉諸典籍，雖說明「咨謀」之事多爲難事，然古人的行文習慣，有連類及之例，連類及之有同義者，亦有反義者，此「難易」是正反兼及，即所謂偏義複詞，雖並言難、易，可能僅表「難」義，陳氏所校未必是。

〈魯頌・駉〉「駉駉牡馬」，《傳疏》：

> 《正義》本作「牧馬」，云「定本『牧馬』字作『牡馬』」；《家訓・書證篇》：「江南書皆爲『牝牡』之『牡』；河北本悉爲『放牧』之『牧』。」案：江南多舊本，古毛《詩》本作「牡馬」，不誤。（頁878）

「駉駉牡馬」之「牡」，《正義》作「牧」，定本作「牡」；《顏氏家訓》謂江南本作「牡」，河北本作「牧」。陳氏以爲「江南多舊本」，作「牡馬」，故以爲古本毛《詩》本應作「牡馬」。〔註53〕段玉裁《小箋》作「牧」，〔註54〕且於《詩經小學》說：「今俗以騋驪爲良，自是尙力五路之馬，不皆尙強。且《詩序》云『牧於坰野』，毛《傳》云『牧之坰野，則駉駉然』，《正義》云：『駉駉然，腹榦肥張者，所牧養之良馬也。』經文作『牧』爲是。」〔註55〕阮元亦以爲作「牧」字，於《校勘記》說：「今考《正義》云：『但毛以四章分說四種之馬，故言駉駉良馬，腹幹肥張。明首章爲良馬，二章爲戎馬也。』又云：『以四章所論馬色既別，皆言以車，明其每章各有一種，故言此以充之。不於上經言之者，以上文二句四章皆同，無可以爲別異，故就此以車異文而引之也。』《正義》此言深得《傳》旨，……當以《正義》本爲長。」〔註56〕從《正義》所解，以爲應作「牧」字爲當。阮氏並指出：若從《顏氏家訓》「有驦無騚，定從『牡』字」之說，則「與《傳》乖，已不可通矣」；並謂唐石經

〔註52〕同注7，頁280。
〔註53〕敦煌本《毛詩詁訓傳》（巴黎藏三七三七號）亦作「牡馬」。同注7，頁237。
〔註54〕同注3，卷29，頁1b，總頁173。
〔註55〕〔清〕段玉裁：《詩經小學》，收入《段玉裁遺書》，抱經堂藏板（臺北：大化書局，1977年，再版），冊上，卷29，頁2a，總頁570。
〔註56〕同注8，卷20之1，頁23b，總頁772。

原作「牧」字，後誤改作「牡」。〔註57〕陳氏於此過信「江南多舊本」，而定古本毛《詩》應作「牡馬」，恐誤。凡此，皆爲陳氏之失。

　　綜上文所論，陳奐在段玉裁校勘毛《傳》的基礎又進一步，故對段氏所校毛《傳》有申發、修正，也有增補，陳氏之所以能在毛《傳》校勘上有如此的創發，主要是因爲陳氏善於「理校」，在既有的文獻資料外，破除版本侷限，以恢復毛《傳》舊觀，由陳氏與敦煌寫本比勘上更見其校勘功力。陳氏在毛《傳》校勘上雖碩果累累，仍難免於疏失，此除因「理校」所存在的「危險」外，有時是因陳氏過於曲護《傳》文所致。

〔註57〕同上注。

第四章　陳奐疏通毛《傳》之法（一）
——因聲求義

　　陳奐撰著《傳疏》一書，除了糾駁歷來對毛《傳》的誤解外，更欲正面疏通毛《傳》，希望可發揮引導後人對毛《傳》的正確閱讀。由姚永概於《詩毛氏學·序》所言，知《傳疏》在毛《傳》詮釋系統中佔有一席之地，姚氏說：

> 毛《詩》最後出，專行於世。《傳》文簡奧精深，世不能盡知，康成作《箋》，
> 別下己意；自是諸儒，或申毛，或申鄭；至唐《正義》出，強毛以從鄭，
> 而毛《傳》愈晦，清陳奐《毛詩疏》始一廓清之，有功於毛氏矣。〔註1〕

毛《詩》一書，先後有毛氏（亨）和鄭玄兩位大學者為作疏理。毛氏（亨）著成《故（詁）訓傳》一書，因用字過於「精深」，人多不得其中「奧義」；鄭玄則撰《毛詩傳箋》，對毛《傳》或闡發，或補充，若有與《傳》意不同者，則「別下己意」。「別下己意」處呈現鄭《箋》並未恪守毛《傳》，「亦復閒雜魯《詩》，並參己意」，「實不盡同毛義」，〔註2〕毛《傳》義蘊未得真正彰顯。唐孔穎達所作《正義》，因為是「《傳》、《箋》俱疏」，〔註3〕其中不免強毛從鄭，或有《傳》、《箋》語不分的混亂情形，使《傳》義更加晦闇難解。陳奐《傳疏》專守師法，恪遵毛《傳》，以疏理《傳》義、點明詩旨為要務，是對毛《傳》所作的全面統釋性著作，當然具有廓清澄明之功。

　　又據錢基博所論：

> 先是金壇段玉裁若膺，撰《毛詩故訓傳》定本三十卷，正譌補奪，申毛說

〔註1〕〔清〕馬其昶：《詩毛氏學》（臺北：廣文書局，1982年8月，初版），卷首，頁1載。
〔註2〕參陳奐《詩毛氏傳疏·敘錄》語。〔清〕陳奐：《詩毛氏傳疏》（臺北：臺灣學生書局，1986年10月，初版7刷），頁3～4。以下凡引及此書只註明頁數，其餘從略。
〔註3〕參同上注，頁4。

而不主鄭《箋》。奐爲其高弟，本師說以作《疏》而有不同。精深博大，遠在段氏定本及桐城馬瑞辰元伯所撰《毛詩傳箋通釋》三十卷、涇縣胡承珙墨莊所撰《毛詩後箋》三十卷之上。（〈魯頌‧泮水〉而後陳奐所編）《毛詩》之有陳奐，猶《虞易》之有張惠言。〔註4〕

錢氏點出陳奐本段玉裁申毛不主鄭之立場而作《傳疏》，然撰著成果卻遠在段氏《小箋》、馬氏《傳箋通釋》、胡氏《後箋》之上，更將《傳疏》與精通虞氏《易》學的皖派張惠言所著的《周易虞氏義》九卷相比擬。錢氏認爲陳氏《傳疏》不但青出於藍，且在同爲毛《詩》復古三大家中，更是獨領風騷。

　　梁啓超曾比較陳奐、胡承珙、馬瑞辰三家，對於毛、鄭的態度，及其訓解方式說：

　　　　胡、馬皆毛、鄭並釋，陳則專於毛；胡、馬皆有新解方標專條，無者闕焉，陳氏則純爲義疏體，逐字逐句訓釋。〔註5〕

此見《傳疏》對毛《傳》的「廓清」主要表現在，一、態度上宗毛《傳》，盡所能地爲《傳》文尋求合理的說法，使《傳》義由晦而明；二、因爲毛《傳》主要是「釋字義」，若要廓清《傳》義，必須通讀字義，故方法上採「逐字逐句」的訓釋方式，以破除文字迷障，體會其中奧義。

　　陳奐對《傳》義的廓清，尤見他在毛《傳》訓釋上的用心。此種匠心，由梁啓超評論清代《詩經》古文學三大家作品的特色，更加凸顯：

　　　　三書比較，胡、馬貴宏博而陳尚謹嚴，論者多以陳稱最。陳所以專毛廢鄭者，以鄭固箋毛，而時復破毛，嚴格繩之，亦可謂爲「不守師法」。又鄭本最長於《禮》，恆喜引《禮》解《詩》，轉生輵轇。孔沖遠並疏毛、鄭，疏家例不破注，故遇有毛、鄭衝突之處，便成了「兩姑之間難爲婦」，勉強牽合打完場，那疏便不成片段了。碩甫專宗其一，也可以說他取巧，但毛《傳》之於訓詁名物，本極矜愼精審，可爲萬世《注》家法程。碩甫以極謹嚴的態度演繹他，而又常能廣采旁徵以證成其義，極絜淨而極通貫，眞可稱疏家模範了。〔註6〕

陳奐《傳疏》、胡承珙《毛詩後箋》、馬瑞辰《毛詩傳箋通釋》三書專標「毛《詩》」，但各自解《詩》的立場與方法不盡相同。立場上，陳奐因不滿鄭玄雜三家《詩》作

〔註4〕錢基博：《古籍舉要》（臺北：世界書局，1993年），頁38。
〔註5〕〔清〕梁啓超：《中國近三百年學術史》（臺北：里仁書局，2002年8月30日，初版3刷），頁259。
〔註6〕同上注，頁259。

《箋》，尤其在「別下己意」處多與《傳》義不合，故棄而不用。胡氏在宗毛《傳》上與陳氏吻合，二書可說是不滿鄭《箋》的繆輘而作。馬氏兼釋毛、鄭，且以鄭《箋》為本，此與陳氏觀點大異其趣；方法上，陳氏注重字句上的訓解及經義的闡發，胡氏則注重經義上的爬梳、闡發，馬氏重詞義訓解與校勘，二者均專標新解，異於陳奐篤守《傳》訓的全面性統釋。

陳奐善以文字、聲韻、詁訓之學解《詩》，以助《傳》義的疏解。關於陳奐疏通毛《傳》的方法，本論文將分立二章討論。本章探討以「音」為鈐鍵的求假借與連緜字（詞）二法；第五章則針對以「義」為錧鐒等諸法，探討陳奐對毛《傳》詞義的訓釋。

第一節　陳奐之「假借」說

假借一法屬訓詁方法中重要且難解的課題。陳奐所謂假借，範圍至廣，包含古今字、同源字、諧聲字、引申字等（今人對「假借」之定義及所函括之範圍，意見多不一致，本論文僅就陳奐之意論述）。本節先藉陳氏論「假借」名義及四家《詩》相關問題，探毛《傳》釋假借義的方式，及四家《詩》的用字問題，以明毛《傳》釋義所由；其次探討陳奐為彰明毛《傳》釋假借義，逐依《傳疏》所見，將假借義的類型概分為四類，藉以說明陳奐對假借之運用；最後以這四種假借類型，蠡測陳氏破假借的條件。

一、陳奐論「假借」名義及四家《詩》相關問題

詁訓的目的在於通讀古書。然而語詞因時間遞革、南北差異，往往造成一詞多音、多義。若詞語的轉換僅是單純的引申、擴大或縮小，並無礙於詞義訓解；真正造成詞義難明的是「假借」，故破讀假借逐為歷來解經者的重要任務。

通「假借」對於古書解讀的重要性，如阮元在《經義述聞・序》曾說：

> 經自漢、晉以及唐、宋，固全賴古儒解注之力，然其間未發明而沿舊誤者
> 尚多，皆由於聲音文字假借、轉注未通徹之故。〔註7〕

阮元指出漢、晉、唐、宋諸儒，由於對聲音文字之掌握多疏，所以對假借、轉注之法未能通徹體會，故多沿舊誤而無多創發。王引之則進一步指出《經》、《傳》使用假借的情形：

〔註7〕〔清〕王引之：《經義述聞》（臺北：臺灣商務印書館，1979 年 1 月，臺 1 版），冊1，頁 1。以下凡引及此書只註明頁數，其餘從略。

訓詁之指，存乎聲音，字之聲同聲近者，經、傳往往假借，學者以聲求義，破其假借之字，而讀以本字，則渙然冰釋。如其假借之字，而強爲之解，則詁鞠爲病矣。故毛公《詩傳》，多易假借之字，而訓以本字，已開改讀之先，至康成箋《詩》注《禮》，婁〔註8〕云「某讀爲某」，而假借之例大明，後人或病康成破字者，不知古字之多假借也。〔註9〕

若訓詁的目的在於釋義，則「聲音」便是釋義的關鍵，「就古音以求古義，引申觸類，不限形體」，更是以「聲音」破假借的必要認知。破假借一法早在毛公解《詩》及鄭玄箋《詩》、注《禮》時已普遍運用，前者直接以本字或本字之義訓假借字；後者則以術語明假借之例，由此則不難理解陳奐《傳疏》特重「假借」說明之因。阮、王二氏在說明古書通假情形時，均注意到通「聲音」之道的訓詁方法，此近人孫雍長的解釋是：「清代學者在訓詁實踐中之所以能取得斐然成績，一條重要原因即在於他們對漢字與漢語語詞的各種複雜關係，有了比較正確而深刻的理性認識，認識到了漢字表義的關鍵在於它所代表的語音，而不是形體，所以深有感觸地強調：『訓詁之要，在聲音，不在文字。』」〔註10〕俞樾亦承阮、王二家之說，故其在《群經平議·序》中說：

> 本朝經學之盛，自漢以來未之有也。余幸生諸老先生之後，與聞緒論，粗識門戶，嘗試以爲治經之道大要有三：正句讀、審字義、通古文假借，得此三者以治經，則思過半矣。……三者之中，通假借爲尤要。〔註11〕

「正句讀、審字義、通古文假借」被視作治經必須注意的三點法則，而這三點之中尤以「通假借」爲重。

上述三位學者均說明「通假借」對於解讀古書的重要性，而阮、王二家除點明破假借的準則外，更明正確破假借對古籍閱讀的影響。陳奐曾問學於王念孫，俞樾又爲陳奐高足，知三人觀念一脈，故陳氏應知以聲音破假借，且因毛《詩》多用假借字，毛《傳》多以本字或本字之義釋假借字，故陳氏對「破假借」必深有體會，只是他的認知並非著眼於假借本身，而是落在歸納毛《傳》破假借的通例上。此節將藉陳氏疏通毛《傳》用字及明《傳》文釋義方式，以探陳氏對於「假借」的基本認知。

〔註8〕本來以爲是「屢」字之誤。經查廣文及中華二版本，都作「婁」。
〔註9〕《經義述聞·序》語，同注7，冊1，頁3。
〔註10〕孫雍長：《訓詁原理》（北京：語文出版社，1997年12月，1版1刷），頁27。
〔註11〕〔清〕俞樾：《群經平議》，《春在堂全書》（臺北：中國文獻出版社，1968年），冊1，頁7。

（一）「假借」與「通假」

「假借」一詞，原爲文字學中的六書理論之一，東漢許慎最早爲其下定義，他在《說文解字·敍》中說：「假借者，本無其字，依聲託事，令長是也。」大致說明「假借」是：一、依本義原本無專造字；二、透過聲音的關係尋找假借字。日後或爲此義另造專字，或爲假字原義別創新字，但就當初借字的立場，仍屬於文字學上的造字假借。另章太炎在《轉注假借說》中謂：「同聲通用者，後人雖通號假借，非六書之假借也。」〔註12〕這裡所謂「假借」是指「本有其字」的假借，兩義均有其字形，透過聲音的聯繫，使二者於同一時空下而「同聲通用」。所謂「非六書之假借」，則強調此爲訓詁學上的用字假借。就近人的認識，多將「假借」分爲二類：一是本無其字的造字假借，即文字學上的假借；一是本有其字的用字假借，即訓詁學上的假借；後者，學者或用「通假」一詞，以與「造字假借」區隔。不過這種分法的確當性，學者仍有不同意見，所以在論陳奐「假借說」前，必先釐清陳氏的假借概念。茲舉例說明如下。

（1）〈鄭風·褰裳〉：「子不我思，豈無他士。」毛《傳》：「士，事也。」《傳疏》：

古士事聲同，其字作士，其意爲事，此謂假借也。（頁 226）

（2）〈小雅·祈父〉：「祈父！予王之爪士。」毛《傳》：「士，事也。」《傳疏》：
士讀與事同，假借字也。（頁 477）

此二例用不同的方式說明「士」與「事」的假借關係，例一指出二字在聲同的條件下建構其假借關係，字形書以假借字，字義則讀以本字，所以毛《傳》以事訓士，表以事之義訓士字，則怡然理順。例二亦表示二字的假借關係，但以「某讀與某同」，示二字聲同，且以後者之義釋前者，這樣的假借爲有本字的假借。也就是說：他所謂的「假借」，是具有聲音關係，而在字形上以此（假借字）代彼（本字）；若掌握聲音條件，則可循此得彼。毛《傳》不用「假借」一詞，但其釋假字與本字的關係，隱藏在直訓的方式中。（「士」與「事」，也有人認爲是同源關係，於此不詳加討論。）

有本字的假借，近人多稱作「通假」，以別於無本字的「假借」。陳氏雖於《傳疏》中已用「通假」一詞，但與「假借」並無實質上的分別。例如〈衛風·氓〉：「于嗟女兮，無與士耽。」毛《傳》：「耽，樂也。」《傳疏》：

《說文》：「媅，樂酒也。」「媅，樂也。」今字「媅」通假作「湛」，「酖」

〔註12〕〔清〕章太炎：《國故論衡（上）》（臺北：廣文書局，1973 年 6 月，3 版），頁 47。

又通假作「酖」。《爾雅》:「妉,樂也。」邢《疏》引《詩》作「妉」,妉
乃酖、媅之俗字。凡樂過其節謂之酖。(頁 167)

據《說文》,知酖、媅均有樂義,此指過樂而有損禮義。今「媅」多作「湛」,「酖」
多作「耽」,兩兩因同諧聲偏旁而通假。雖然陳奐在《傳疏》中使用「通假」一詞遠
少於「假借」,但由上述的討論,可以確知,陳氏所論多為經典用字中有本字的假借,
〔註13〕只有少數提到「六書假借」。

究竟陳氏所謂的「六書假借」,是否即指無本字的造字假借,姑舉二例論之:

(1)陳奐在《毛詩音》「將率」條下曾說:

帥,古文以率爲帥字,帥或帨字,此本無其字假借也。(頁 958)

(2)〈小雅・斯干〉:「噲噲其正,噦噦其冥。」毛《傳》:「正,長也。冥,幼
也。」《傳疏》:

「冥,幼」,〈釋言〉文:崔靈恩《集注》、孫炎《爾雅注》作「窈」,
而王肅述《傳》及郭璞《注》皆作「幼」。幼古窈字,長讀平聲;長者
廣大,幼者深遠,皆言宮室之廣大深遠,非謂人之長幼也。郭、王不
明六書假借之例,幼爲長幼之幼,陸、孔皆因其說,而於經義無當;
孫、崔作「窈」,經義雖當,而於《爾雅》、毛《傳》之古字,其眞已
沒。今讀幼爲窈,存其假借之幼字,而讀以本義之窈字,斯兩得之矣。
(頁 486)

在例一中,率爲帥之古文假借字,而帨是帥的或體。〔註14〕據《說文》,將帥字當
作「達」或「衛」,〔註15〕不作「帥」或「率」,是古文雖「以率爲帥字」,亦非本
字,所以是「本無其字假借」,也就是「六書假借」。例二中,陳奐批評郭璞、王肅
「不明六書假借之例」,而以「長幼」之幼訓「冥幼」,不知當「讀幼爲窈」。依陳氏
之意:「幼」爲「窈」之古字,爲「本無其字假借」,爲「六書假借」,「窈」爲後出
本字;毛《傳》說「冥,幼也」,是用假借字,「幼」當讀爲「窈」。從上述二例,見
陳氏雖有「無本字假借」、「六書假借」的說法,但這類例子畢竟不多;因此,他所
謂的「通假」,是因「假借」而「通」的意思,是使用上的方便語,其實也就是「假

〔註13〕王引之論「經文假借」時說:「至於經典古字,聲近而通,則有不限於無字之假借者,
往往本字見存,而古本則不用本字,而用同聲之字。學者改本字讀之,則怡然理順,
依借字解之,則以文害辭。」見《經典述聞・通說》,同注7,冊6,卷32,頁1269。
此爲經典用字之意。

〔註14〕參見〔清〕段玉裁《說文解字注》(臺北:黎明文化事業有限公司,1996年9月,
初版12刷),七篇下,頁45a,總頁361。以下凡徵引此書,僅註明篇數、頁碼。

〔註15〕同上注。

借」，他並無意在「通假」和「假借」的名稱上作本質的區分；他所謂的「假借」，屬廣義，包含「有本字假借」和「無本字假借」在內。

（二）本字與正字

「本字」是相對於假借字而言，有二種情形：一是用字當時與假借字並存的「現存本字」；一是用字當時爲「六書假借」，迨後乃造專字的「後起本字」。至於「正字」，一般是相對於誤字、異體字而言，所以正字就是正體字。不過，陳奐在使用「正字」一詞，有時也指「本字」，所以仍有加以探討、區分的必要。以下先談相對於誤字、異體字的「正字」。

例如〈衛風・竹竿〉：「淇水滺滺，檜楫松舟。」毛《傳》：「滺滺，流貌。」《傳疏》：

> 《說文》：「攸，行水也。从攴从人，水省。」《六書故》云：「唐本作水行攸攸也，其中從水。」《釋文》作『浟浟』，《玉篇》：『浟，水流皃。』」《五經文字》：「滺，見《詩・風》；亦作攸。」案：攸從水爲正字，隸變作浟，俗又誤作滺，攸、悠聲同義近。（頁170）

「攸」所从之「丨」，《說文》謂是「水省」；《六書故》謂唐本「其中從水」，則所从之「丨」不省（或作水，或「丨」上下二斷），當是正字。《釋文》、《玉篇》作「浟」，則爲增水旁之累增字（陳奐謂是隸變）。《五經文字》作「滺」，則是誤字，其一本作「攸」則是正字。可見正字「攸」，是相對於累增字「浟」與誤字「滺」而言，與相對於「假借字」的「正字」（本字）無涉。

《傳疏》中多用「本字」之稱以與「假借字」相對，但偶亦用「正字」之稱，茲舉二例說明如下。

（1）〈鄘風・君子偕老〉「玼兮玼兮，其之翟也。」毛《傳》：「褕翟、闕翟，羽飾衣也。」《傳疏》：

> 《傳》以褕翟、闕翟二者釋經之「翟」也。〈玉藻〉、〈襍記〉皆云：「夫人揄狄。」《詩》《釋文》：「揄，字又作褕。狄，本亦作翟。」《說文》作「褕翟」，與今本毛《傳》同。褕正字，揄假借字；翟正字，狄假借字。……羽飾衣者，羽字即承上兩「翟」字，則羽即翟也。……《說文》「褕」字下云：「羽飾衣」，正本毛《詩》說。（頁132）

（2）〈周頌・潛〉：「猗與漆沮，潛有多魚。」毛《傳》：「潛，椮也。」《傳疏》：

> 潛，韓《詩》作「涔」。〈禹貢〉「沱潛」，〈夏本紀〉作「沱涔」。此潛、涔聲通之證。椮，《釋文》所據舊《詩傳》作「槮」，《爾雅・釋器》：「槮

謂之涔。」李巡、孫炎、郭璞竝訓積柴，作木旁參，唯舍人云：「以米投水養魚爲涔。」舍人本《爾雅》作米旁參；以米養魚，非古義也，諸家皆依字偏旁爲說。竊謂其字作「罧」，訓爲蓄水養魚，不必改作「槮」，亦不必訓作投米也。《說文·网部》：「罧，積柴水中以聚魚也。」〈木部〉：「椮，以柴木雝水也。」〈江賦〉：「椮澉爲涔。」椮、涔亦聲之轉。《淮南子·說林篇》：「罧者，扣舟；罩者，抑之；罾者，舉之。」高《注》：「罧，以柴積水中以取魚。扣，擊也。魚聞擊舟聲，藏柴下，壅而取之。罧讀沙槮。今兗州人積柴水中捕魚爲罧，幽州名之爲涔也。」武進莊述吉云：「罧，據《爾雅》、《說文》當作罧。」案：莊說是也。《淮南子》與《說文》正合：「積柴聚魚」，其字正作「罧」。《釋文》引韓《詩》云：「涔，魚池。」亦是圍聚捕取之義，與積柴之說亦未嘗不合。《說文》云：「涔，漬也。」涔本字，潛假借字；罧正字，槮假借字。（頁851）

第一例中，褕、揄聲符相同；翟、狄二字音同，藉著古籍文獻進行異文的比對，得出兩兩通用之證，但卻無法斷定何爲正字？何爲假借字？後準以《說文》用字，知褕、翟爲正字，亦即「本字」，揄、狄爲假借字。第二個文例中，陳奐透過古籍異文，知潛、涔與罧、槮兩兩聲通而可假借。潛，據《說文》：「涉水也。一曰藏也」，與〈周頌·潛〉之「潛有多魚」無關；槮，據陳奐說，當訓爲「蓄水養魚」，與舊解之訓「積柴」亦不甚相侔；二字當是假借字。涔、罧，均「積柴聚魚」，有《淮南子》高《注》、《說文》可證；韓《詩》用「涔」，存其本字，《說文》釋「罧」，存其本義。毛《傳》本作「槮」，《釋文》所據舊《詩傳》可證，今本作「槮」，殆後人據誤本《爾雅》而改。據陳奐說，毛《傳》之「潛，槮也」亦用假借字（陳奐以爲：毛《傳》依《爾雅》作訓，故用「槮」字）。陳氏此例說：「涔本字，潛假借字；罧正字，槮假借字。」一稱「本字」，一稱「正字」，而均與「假借字」相對，則此「正字」即「本字」。

據上所論之「正字」，與本字僅有名稱之別，無實質之異，亦由此知尋正字在經典解讀上的重要性。而正字所代表的不一定是本義的專造字、當用字，亦有以習用字作爲正字，此屬於經典用字的問題，爲一種訓詁實踐，不應獨立看待。

清儒註解經典多重「破假借」，時直索《說文》以求字義，如王引之在《經義述聞·春秋名字解詁上》〈齊公子鑄字子工〉條：

《說文》：「鑄，銷金也。」字子工者，謂攻金之工也。或曰鑄，當讀爲祝。古字祝與鑄通。（頁897）

又陳奐在〈鄭風‧清人〉「叔馬慢忌，叔發罕忌。」毛《傳》：「慢，遲。」《傳疏》：

> 慢，《釋文》作「嫚」，古「侮嫚」作嫚，「懈慢」作慢，其義皆不訓遲。
> 慢、嫚皆趨之假借字。《說文》：「趨，行遲也。」因之凡遲皆可謂之趨。（頁
> 209）

以《說文》所釋字義，多符合形構，則此字即爲專造字、當用字。而《說文》非前人考得本字的唯一來源，另有其他的字書可茲利用，如《爾雅》、《廣雅》、《玉篇》、《釋文》等；或以古書用例求得字義者，如王引之在《經義述聞‧毛詩》「維鳩方之」條：

> 戴氏東原《詩考正》讀「方」爲「房」，云：「房之猶居之也。」引之謹案：
> 鳥巢不得言房。方當讀爲放。〈天官‧食醫〉：「凡君子之食恆放焉。」《論
> 語‧里仁篇》：「放於利而行。」鄭、孔《注》竝曰：「放，依也。」《墨子‧
> 法儀篇》：「放依以從事。」放亦依也。「放依」之放通作「方」……，字
> 或作旁，《莊子‧齊物論篇》：「旁日月，挾宇宙。」《釋文》引司馬彪《注》
> 曰：「旁，依也。」「維鵲有巢，維鳩方之」者，「維鵲有巢，維鳩依之」
> 也。古字多假借，後人失其讀耳。（頁191）

又陳奐在〈陳風‧澤陂〉：「寤寐無爲，涕泗滂沱。」毛《傳》：「自目曰涕，自鼻曰泗。」《傳疏》：

> 「涕泗」，《易‧萃‧上六》、《禮記‧檀弓》皆作「涕洟」，……泗者洟之
> 假借字。（頁338）

上述二例是透過古書用語進行異文比對，以尋得本字，此多爲習用字、常用字，所以旨在明古人用語的習慣，字義不盡然符合形構，此爲訓詁學中所謂用字假借的本字。可見就經典用字的立場，本字的探求，不一定全以《說文》爲據。

（三）毛《傳》釋假借義的方式

　　毛《詩》既以使用假借字爲常，則釋假借字爲本字或本字之義，必爲毛《傳》解《詩》的重要內容，故詮釋毛《傳》，亦須辨識其釋假借字之法，若失此，則無以藉毛《傳》詮釋，探毛《詩》眞義。陳奐在《毛詩說》「假借說」條中提到：

> 凡字必有本義，古人字少，義通乎音，有「讀若某某」之例，此東漢人假
> 借法也。毛公尚在六國時，而假借之法即存乎轉注。故〈汝墳〉「條肄」
> 則直云：「肄，餘也。」東漢人必云「肄讀若藥」矣。〈采蘋〉「湘之」則
> 直云：「湘，亨也。」東漢人必云「湘讀若鬺」。〈葛覃〉之「害」、〈綠衣〉
> 之「曷」，皆訓何，曷者本字，害者假借字。段先生曰：「害本不訓何，而
> 曰何也，則可以知害爲曷之假借也。」此一例也。若假干爲扞，直云「干，

扞也」，假輈爲朝，直云「輈，朝也」，此直指假借之例。毛《傳》言假借，
不外此二例。」〔註16〕

「假借」之所以產生，是因爲字少而以同音字互通的結果。東漢治經者，從「義通乎音」的道理，發展出「某讀若某」的方式，以顯示假借字和本字的關係（「某讀若某」，或以擬其音，或以破假借）。陳奐認爲「毛公尚在六國時」，在破假借的方法上還沒有發展出「某讀若某」的方式，所以「假借之法即存乎轉注」，亦即借用轉注的表現方式來表達；也正因如此，所以毛《傳》詮釋假借字的方法不易被了解，其詮釋假借字和本字的關係也不易被掌握。此亦如段玉裁在《六書音均表》「古假借必同部說」所提：

> 自《爾雅》而下，詁訓之學不外假借、轉注二耑。如〈緇衣〉《傳》：「適之館舍；粲，餐也。」「適之館舍」爲轉注，「粲，餐」爲假借也。〈七月〉《傳》：「壺，瓠；叔，拾也。」「叔，拾」爲轉注，「壺，瓠」爲假借也。
> 〔註17〕

轉注與假借被視作重要的訓詁方法，毛《傳》以相同的方式訓釋二者，儘管在訓釋表象上，不能立即說明訓釋字與被訓釋字間的關係，但段氏曾於「古異部假借轉注說」中說：「古六書假借以音爲主，同音相代也；轉注以義爲主，同義互訓也。作字之始，有音而後有字，義不外乎音。」〔註18〕指出「假借」是因音而代；「轉注」是同義互訓，依此以爲兩者在訓釋字與被訓釋字間有著不同的媒介，迨深入釐析，始知其媒介不外「音」而已。

爲說明毛《傳》「假借之法即存乎轉注」之說，茲先引陳奐《毛詩說》「轉注說」條：

> 古無四聲，讀者以方俗語言有輕重緩急，遂音殊而義別，故……同是正，長也。長爲「長幼」之長，亦爲「長短」之長。……一字必兼數音，一訓可通數義，展轉互訓，同意相受，六書之轉注也。〔註19〕

所謂「展轉互訓，同意相受」，是「六書之轉注」的表達方式，而毛《傳》正借用這種方式以說假借。如毛《傳》釋〈葛覃〉「害，何也」；又釋〈綠衣〉「曷維其已」爲「何時能止也」，是訓「曷」爲「何」，這就是陳奐所謂「展轉互訓，同意相受」的「轉注」方式，而毛《傳》用以說假借。「害，何也」，是以本字之義釋假借字；訓

〔註16〕《毛詩說》，《傳疏》附，同注2，頁1001。
〔註17〕《六書音均表》，《說文解字注》附，同注14，表一，頁22b，總頁825。
〔註18〕同注14，表三，頁7b～8a，總頁842。
〔註19〕同注2，頁1001。

「曷」爲「何」，是釋本字之義；所以「曷謂之何，害亦謂之何」。陳奐藉發明毛《傳》這種說假借的方式，而尋得「曷者本字，害者假借字」。這是毛《傳》說假借的第一種方式，也就是段玉裁所說的「此一例也」。其又一例，則是「直指假借之例」，即以本字釋假借字，如假干爲扞，則直云「干，扞也。」而扞爲干之本字，此即陳奐所謂：「凡經假借字即用本義字箸明之。」〔註20〕此二者是陳奐闡發毛《傳》釋假借之例，對後學讀毛《傳》應有相當的啓發。

　　如前所述，毛《傳》釋假借之法已略可知。但釋詞與被釋詞間的關係實存在著變動性，二者可能是本字與假借字，或本字之義與假借字的關係。陳奐該如何判斷毛《傳》中釋詞與被釋詞間的假借關係？以下仍以上文所提及的〈汝墳〉「條肄」、〈兔罝〉「干城」二例作爲說明。

　　（1）〈周南·汝墳〉「遵彼汝墳，伐其條肄。」毛《傳》：「肄，餘也。」《傳疏》：
　　　　肄者，櫱、栘之假借字。〈長發〉《傳》：「櫱，餘也。」《爾雅》：「栘，
　　　　餘也。」《說文》：「櫱，伐木餘也。」引〈商書〉「若顛木之有由櫱」，
　　　　又……引《書》作「粤栘」，〈般庚篇〉作「由櫱」。《詩》之「條肄」
　　　　即《書》之「由櫱」，《傳》既訓「肄」爲餘，又申之云「斬而復生曰
　　　　肄」，「斬而復生」即《說文》所謂：「伐木餘也。」（頁40）
　　（2）〈周南·兔罝〉「赳赳武夫，公侯干城。」毛《傳》：「干，扞也。」《傳疏》：
　　　　「干，扞」，〈釋言〉文，〈采芑〉同。〈成十二年〉《左傳》：「此公侯之
　　　　所以扞城其民也。故《詩》曰『赳赳武夫，公侯干城』。」《左傳》釋
　　　　《詩》「干城」即「扞城」。干，古文假借字。（頁31）

　　第一例由〈長發〉《傳》之訓及《爾雅》、《說文》之釋，找出同表「餘」義的櫱、栘二字，故知毛《傳》訓「肄」爲「餘」，是以本字之義釋假借字。針對毛《詩》用字陳奐另有《毛詩說》「本字借字同訓說」條，以明《詩經》用字情形。關於櫱、肄二字的關係，於該條中說：「櫱，餘，本字；肄，餘，假肄爲櫱也。」〔註21〕據《毛詩傳義類》：「肄、羨、櫱，餘也。」〔註22〕肄、櫱二字同部（據段玉裁所分，在弟十五部），而均訓爲「餘」，二字或有一字爲本字，另一字爲借字，或二字均非本字；「羨」字屬弟十四部，而並訓「餘」，但表「有餘於財」，〔註23〕與「肄、櫱」不同類。「櫱」字僅見於〈商頌·長發〉「苞有三櫱」，毛《傳》「櫱，餘」，陳奐說：「劉

〔註20〕同注2，頁929。
〔註21〕同注2，頁991。
〔註22〕《毛詩傳義類》，《傳疏》附，同注2，頁1036。
〔註23〕見〈小雅·十月之交〉「四方有羨」《傳疏》說，同注2，頁511。

德注《漢書·敘傳》引《詩》作『包有三枿』，《爾雅》：『枿，餘也。』枿與櫱同。餘者讀爲杞夏餘之餘。」（《傳疏》，頁 918）表枿與櫱同指餘義，由〈汝墳〉《傳疏》知此餘義是指枯樹又長出嫩芽。毛《傳》於「肄、羡、櫱」三字僅說是餘義，而陳奐進一步闡述餘義內涵，而肄、櫱之餘義雖不二，但據上所論，櫱才是餘義本字，肄爲借字。〔註 24〕第二例藉異文比對，知干、扞爲異文假借字，「扞」爲此捍衛義之本字，且「干」爲古文假借字。此見異文比對在尋得本字的重要性，也是破假借的第一步。

（四）四家《詩》的用字問題

陳奐在《毛詩說》「毛用借字，三家用本字；亦有三家用借字，毛用本字者說」條下，對四家《詩》的用字作了這樣的評論：

> 毛《詩》用古文，三家《詩》用今文。革作鞹、喬作鷮、宛作蜿、里作悝，皆毛用假借，而三家用其本義，此常例也。毛《詩》「考槃在澗」，三家「澗」作「干」，澗本義，干假借；毛《詩》「百卉具腓」，三家《詩》「腓」作「腓」，腓本義，腓假借，此又變例，百不居一矣。他如「有靖家室」、「陽之如何」、「碩大且卷」、「獷彼淮夷」，三家字義俱異者，彼各有其師承也。（《傳疏》，頁 1006～1007）

又馬瑞辰在〈毛詩古文多假借考〉一文中，也說明了四家《詩》用字的情形：

> 毛《詩》爲古文，其經字類多假借。毛《傳》釋《詩》，有知其爲某字之假借，因以所假借之正字釋之者；有不以正字釋之，而即以所釋正字之義釋之者。說《詩》者必先通其假借，而經義始明。齊、魯、韓用今文，其經文多用正字，經、傳引《詩》、釋《詩》，亦多有用正字者，正可藉以考證毛《詩》之假借。〔註 25〕

陳、馬二氏均指出四家《詩》用字之異，毛《詩》與三家《詩》分別代表《詩經》古、今文學。就常例論，前者多用古字，後者多用今字；又本義所指爲常用義，故今字多爲本字，反之，則屬變例用法。又三家《詩》與毛《詩》既同出一源，〔註 26〕故取其同者，作爲推求本字的參考。如：

> （1）〈小雅·白華〉「英英白雲，露彼菅茅。」毛《傳》：「英英，白雲貌。」《傳

〔註 24〕 凡《毛詩說》「本字借字同訓說」條所提四十例，除部分融於各例討論外，餘將列表說明，以「附錄」置於全書之後。

〔註 25〕 〔清〕馬瑞辰：《毛詩傳箋通釋》，收入《宋元明清十三經注疏匯要》（北京：中共中央黨校出版社，1996 年），卷 1，頁 19a，總頁 261。

〔註 26〕 參見《毛詩說》「毛《傳》淵源通論」條，同注 2，頁 1001～1003。

疏》：

　　英英，《釋文》引韓《詩》作「泱泱」。潘岳〈射雉賦〉「天泱泱以垂雲」，
　　用韓《詩》也。英英，假借字。（頁 629～630）

（2）〈曹風・浮游〉「浮游之羽，衣裳楚楚。」毛《傳》：「浮游，渠略也。……
　　楚楚，鮮明貌。」《傳疏》：

　　「浮游，渠略」，《爾雅・釋蟲》文，古字作「浮游」。〈夏小正〉「五月
　　浮游有殷」，《傳》：「殷者，眾也。浮游，殷之時也。浮游者，渠略也。」……
　　《說文》作「蜉蝣」，則「渠略」爲假借字。……《釋文》「楚楚」，《說
　　文》作「黼黼」……黼、楚同聲，黼黼本字，楚楚假借字，……蓋許
　　取三家《詩》之本字，以明毛《詩》之借字也。（頁 351～352）

（3）〈小雅・無羊〉「或寢或訛。」毛《傳》：「訛，動也。」《傳疏》：

　　訛當作吪。〈兔爰〉「尚寐無吪。」《傳》亦云：「吪，動也。」《玉篇・
　　口部》引《詩》「或寢或吪」，「吪，動也」，其所據正作「吪」。《釋文》
　　引韓《詩》作「譌」，云：「譌，覺也。」譌同寤，寤，覺也。毛、韓
　　字異而意同。（頁 489）

（4）〈小雅・祈父〉「祈父！予，王之爪牙。」《傳疏》：

　　《玉篇・牙部》引「祈父！維王之爪牙。」此三家《詩》「予」作「維」。
　　「維，爲也。」與毛字異義同。（頁 477）

　　第一例中，直接明《釋文》所引及〈射雉賦〉用字本韓《詩》，因此認定「泱泱」
爲「英英」之本字。第二例中，兩處以《說文》用字爲本字，這是對三家《詩》用
字的間接引用，誠如陳氏所言：「許取三家《詩》之本字以明毛《詩》之借字。」所
以《說文》用字亦以本字爲多。這是兩種引三家《詩》本字作解的方式。第三例，
利用他《傳》及《玉篇》指出「訛」之異文「吪」，而《釋文》引韓《詩》作「譌」，
與毛《詩》雖是字異，但意實同。第四例，以《玉篇》引三家《詩》用字異於毛《詩》，
但字異意同。此見毛《詩》與三家《詩》雖然用字常有不同，但所釋《詩》意卻無
不合，這應是同出一源的關係，故陳奐大量引用三家《詩》說以釋《傳》義。

　　陳奐一般是透過它書所引異文，推求三家《詩》所用經字，進而以與毛《詩》
比較，以確認本字。若毛《詩》用字與三家《詩》不同，而具有用本字之可能，亦
必說明其故。如：

〈召南・采蘩〉「于以采蘩，于澗之中。」毛《傳》：「山夾水曰澗。」《傳疏》：

　　《爾雅・釋山》：「山夾水，澗。」《傳》所本也，〈考槃〉同。《釋名》云：
　　「澗，閒也。」言在兩山之間也。凡兩者爲閒，兩山之閒必有用焉，故其

川流行於兩山間者爲澗。（頁45）

又〈衛風·考槃〉：「考槃在澗。」毛《傳》：「山夾水曰澗。」《傳疏》：

「山夾水曰澗」，〈采蘩〉同。

是陳奐以〈采蘩〉、〈考槃〉兩處之「澗」爲本字，故《毛詩說》「毛用借字，三家用本字；亦有三家用借字，毛用本字者說」條謂「毛《詩》『考槃在澗』，三家『澗』作『干』，澗本義，干假借」。但〈考槃〉《傳疏》又說：

《釋文》引韓《詩》作干，云「墝埆之處也。」劉逵注〈吳都賦〉引韓《詩》：「『考槃在干』，地下而黃曰干。」《後箋》云：「黃疑潢字之誤。潢汙者停水之處。」〈小雅〉《正義》引鄭注〈漸卦〉云「干者大水之傍」，故「停水處」即其義也。至韓《詩》「干」有兩訓，則或由《韓故》、《韓說》與薛君《章句》之不同也。（頁157）

韓《詩》作干，但有「墝埆之處」及「地下而黃（潢）」（大水之傍、停水處）的兩訓。若作「墝埆之處」解，於〈采蘩〉「于以采蘩，于澗之中」兩句則不通，當是假借；但用以解釋〈考槃〉，則未嘗不可通。若作「地下而黃（潢）」（大水之傍、停水處）解，於〈采蘩〉、〈考槃〉也都可通。雖然陳奐對韓《詩》「兩訓」的現象提出解釋，認爲是「由《韓故》、《韓說》與薛君《章句》之不同」，但終不如毛《傳》對〈采蘩〉、〈考槃〉兩詩都作「山夾水曰澗」的統一解釋，所以就〈考槃〉來說，他認爲「澗」是本字，「干」是假借字（〈采蘩〉則無三家《詩》異文）。

二、陳奐闡釋「假借」之方法

（一）以術語明假借法

《傳疏》中標誌的術語是多元而非單一內涵：相同的術語可能表示不同的內容；反之，不同的術語，可能表達相同的假借概念。陳奐除以「假借」或「通假」標示假借關係外，也以「同」、「通」、「轉」、「讀爲」等術語說明假借現象。此部分所要探究的是陳氏對術語的運用，說明陳氏疏通毛《傳》的方法之一。以下茲就所見以論。

1. 以「某某同」、「讀與某同」、「聲義同」說解者

    （1）〈大雅·緜〉「予曰有疏附」，毛《傳》：「率下親上曰疏附。」《傳疏》：

疏附」，《書大傳》作「胥附」。疏、胥同。（頁665）

    （2）〈小雅·斯干〉：「似續妣祖，築室百堵。」毛《傳》：「似，嗣也。」《傳疏》：

似讀與嗣同。其字作似，其意爲嗣，此謂假借也。（頁484）

    （3）〈小雅·采薇〉：「君子所依，小人所腓。」毛《傳》：「腓，辟也。」《傳疏》：

腓讀與辟同。其字作腓，其意爲辟，此謂假借也。〈生民〉「牛羊腓字

之。」《傳》：「腓，辟也。」亦假腓爲辟。（頁 418）

（4）〈小雅・伐木〉「醑酒有藇」，毛《傳》：「以筐曰醑。」《傳疏》：

　　《說文》：「醑，下酒也。」凡作酒者以筐漉酒，是謂之醑，下猶漉也。

　　又《說文》：「籠，竹器也。可以取麤去細。」醑、籠聲義皆同。（頁

　　410）

　　「同」是清人經解中，常見的訓解符號，其實質內涵爲何，後人的解讀，可說是眾說紛紜，莫衷一是，如王力以爲均指「同源字」，〔註 27〕崔樞華則以爲「大多是異體字」，〔註 28〕但在《傳疏》中，多用以泛指詞與詞間因聲音繫聯所形成的互通關係。如第一例，指出同音字在經典中互用的情形。第二、三例，釋字與被釋字間因讀音相同，於古籍中多有互用，故可通假。第四例，指的是藉由《說文》指出二字之義，以爲二字「聲義皆同」，依今日語言觀念而論，應屬同源詞。上述四例陳氏均以「同」表示二字間的同音關係，但實際論證後，發現陳氏所謂的「同」有表假借者，亦有指同源詞者。

2. 以「聲通」、「通用」作解者

（1）〈大雅・緜〉「率西水滸」，《傳疏》：

　　《水經・漆水》《注》引《詩》，西作先。先假借字，古西、先聲通也。

　　（頁 658）

（2）〈邶風・柏舟〉：「心之憂矣，如匪澣衣。」毛《傳》：「如衣之不澣矣。」

　　《傳疏》：

　　匪，不也。……凡全詩中匪字或爲非，或爲不，古匪、非通用，故匪

　　謂之非，非又謂之不，匪亦謂之不。（頁 79）

「通」和「同」所表述的情況泰半相同，說明二字在經典古籍中，因聲近，時而互相借用，以構成假借關係，此如第一例。第二例，匪、非二字於古同屬幫母微部，故聲同而通用。故此處所提之「通」，均表示二字通用假借的情形，而通用字間有些是於古無異，於今畫然有別；有些則反焉，故於此亦可凸顯用字的時代性。

　　除外，又有「通作」之例，如〈周南・葛覃〉：「爲絺爲綌，服之無斁。」毛《傳》：「斁，厭也。」《傳疏》：

〔註27〕王力於《同源字典・序》說：「段玉裁在《說文解字注》中，王念孫在《廣雅疏證》中，不少地方講某字和某字相通，或某字與某字實同一字。王筠講分別字、累增字，徐灝講古今字。其實都是同源字。」參見《同源字典》（北京：商務印書館，2002 年 11 月，1 版 6 刷），頁 1。以下凡徵引此書，僅註明頁碼。

〔註28〕崔樞華：〈《廣雅・釋詁疏證》以聲音通訓詁發覆〉，載《北京師範大學學報》（社科版），1991 年，第 6 期，頁 41。

　　　　厭，《釋文》作「猒」，古猒足、猒憎，皆作「猒」，今字通作「厭」。《說文·攴部》引《詩》「服之無斁」，「斁，猒也」。《正義》云：「斁，厭。」（頁 18）

此例，段玉裁以爲是淺人因不明古字而改寫，〔註29〕但也有人認爲二字是古今字，且漸以今字代古字，今字因而專行，而古字卻廢矣。此「通作」與假借不同。

　　「通用」亦有用於推尋語源者，如〈大雅·鳧鷖〉：「鳧鷖在潀，公尸來燕來宗。」毛《傳》：「宗，尊也。」《傳疏》：

　　　　宗、尊雙聲通用。若晉「伯宗」，《國語》、《穀梁傳》作「伯尊」之例。公
　　　　尸在廟中則全乎君，故以「尊」詁「宗」也。……〈雲漢〉「靡神不宗」，
　　　　「宗，尊也」。二《傳》意同。（頁 721）

宗屬精母東部、尊屬精母眞部，二字雙聲。〈鳧鷖〉與〈雲漢〉二《傳》均詁「宗」作「尊」，又《說文》段《注》說：「凡尊者謂之宗，『尊之』則曰『宗之』。」〔註30〕宗、尊通用，由《國語》、《穀梁傳》以「伯尊」代「伯宗」，得此通用之證。此所謂「通用」，是推求二字語源而說。

3. 以「讀爲」、「聲同」、「聲轉義通」、「一聲之轉」表聲音關係而作解者

　　(1)〈大雅·卷阿〉「有馮有翼」，《傳疏》：
　　　　《說文》：「凭，依几也。讀若馮。」馮、凭聲同。（頁 734）
　　(2)〈大雅·下武〉：「昭茲來許，繩其祖武。」毛《傳》：「繩，戒。」《傳疏》：
　　　　繩讀爲愼。《續漢書注》引《詩》作「愼其祖武」，是三家《詩》作「愼」
　　　　也，繩、愼聲轉義通。（頁 693）
　　(3)〈大雅·桑柔〉「具贅卒荒」，毛《傳》：「贅，屬。」《傳疏》：
　　　　贅訓屬，贅、屬一聲之轉。如《孟子》：「屬其耆老。」《書大傳》作「贅」
　　　　之例。（頁 764）

　　因聲音關係干係著詞義解讀，釋音遂爲釋義中重要的一環。但釋音並非只是擬音，其中也說明古籍通用假借的情形。在所引三例中，除了表音外，也以聲音作爲通用假借的理據，陳氏更以「聲同」、「讀爲」、「聲轉義通」、「一聲之轉」說明聲與義間的關係，於此也看出陳氏對於「因聲求義」一法的運用。

　　除外，又有「讀如」者。「讀如」，一般認爲是用以擬音，但前人對訓詁術語的

〔註29〕《說文》段《注》：「淺人多改猒爲厭，厭專行而猒廢矣。猒與厭音同而義異，〈雒誥〉：『萬年猒于乃德。』此古字當存者也。按：飽足則人意倦矣，故引伸爲猒倦、猒憎。」同注14，五篇上，頁 27b，總頁 204。
〔註30〕同注14，七篇下，頁 14b，總頁 345。

用法頗不一致，所以陳奐認爲「讀如」也有用來說明音、義關係的。如〈商頌・長發〉：「有娀方將，帝立子生商。」毛《傳》：「有娀，契母也。」《傳疏》：

> 《淮南子・墜形篇》：「有娀在不周之北。」高誘《注》云：「娀讀如嵩高之嵩。」案：嵩高山在河南，於聲求義，高說自得諸師讀。（頁914）

陳氏以爲高氏「娀讀如嵩高之嵩」，不只擬音，並指出「娀」即後世「嵩高」之「嵩」，是地名之音轉，所以說「於聲求義，高說自得諸師讀」。

又如〈大雅・大明〉「時維鷹揚」，毛《傳》：「鷹揚如鷹之飛揚也。」《傳疏》：

> 揚讀如〈環人〉「揚軍旅」之「揚」。（頁655）

《周禮・夏官・環人》「揚軍旅」，鄭玄說是「爲之威武以觀敵」，孫詒讓疏解鄭氏之意說：「《說文・手部》云：『揚，飛舉也。』《漢書・五行志》顏《注》云：『揚謂振揚張大也。』……揚軍旅，所謂官兵也。……軍旅當揚威武以觀敵之事。」〔註31〕指出鄭氏解「揚軍旅」之「揚」，如《漢書》顏《注》之「振揚張大」，即展現、誇耀之意，爲「飛舉」意義之引申。陳奐謂「揚讀如〈環人〉『揚軍旅』之揚」，亦即此意。

上述二例，雖與論假借諸例不同，但與釋義有關，非單純擬音而已，故附論於此。

陳氏善承前人對上述術語的運用，用以指陳經文中的假借現象，有裨於讀者更能曉然於借字與本字的聲音關係。

（二）陳奐闡釋假借之類型

一般將假借就「本字」的有無，粗分爲「假借」和「通假」。但已如上文所述，陳奐在運用「假借」和「通假」這兩個名稱時，並不作本質上的區隔，多指有本字的假借（除少數例外），且多利用「假借」一詞。而他所謂的假借，多指出本字與借字間的不同關係，而予以不同的稱謂，以標誌二者間的假借性質，如同音（含音近）假借、古文假借、省文假借。嚴格說來，「假借」應只具聲音上的相同或相近，而在意義上以彼代此，所以「古文假借」和「省文假借」只能說是「通用」而不能說是「假借」；但陳奐所說的，是寬泛意義的假借，只是用字上的以此代彼。還有一類，依本字和借字的性質來看，應屬「同源」，陳奐雖未特別標識「同源假借」一類，但所舉例證正是此種語言現象；就陳奐所舉的例證來看，這種「同源假借」也是「同音假借」的一種，或許我們可以視爲「同音假借（二）」。茲爲指出此類假借的特質，故於本文中特立此一類。以下依此四類假借類型，探討各類型的獨特性及他們之間

〔註31〕〔清〕孫詒讓撰、王文錦、陳玉霞點較：《周禮正義》（北京：中華書局，1987年12月），頁2414。

的共通性。

1. 同音（音近）假借

這裡所謂「同音假借」，主要是指二字經聲紐與韻部的連結所產生的借用關係，這也是假借的一般形式與途徑，二字間爲單純的假借關係。

例如〈小雅・采芑〉：「約軝錯衡，八鸞瑲瑲。」毛《傳》：「軝，長轂之軝也，朱而約之。」《傳疏》：

> 〈考工記・輪人〉說「置轂之制」：「五分其轂之長，去一以爲賢，去三以爲軹。……」《說文》「軝」下本《傳》訓，引《詩》作「軝」，或作「𨊠」。
> 段《注》云：「……〈考工記〉『軹』字即毛《詩》之『軝』字，軹者同音假借。」（頁454）

按《說文》：「軝，長轂之軝也，以朱約之。從車，氏聲。《詩》曰：『約軝錯衡。』」又云：「軹，車輪（段《注》謂當作『轂』）小穿也。從車，只聲。」是軝、軹分別二字。段玉裁用程瑤田說（見《說文》段《注》），謂「〈考工記〉之『軹』即毛《詩》之『軝』字」，此從〈考工記〉「軹」之形制而說；又謂「軹者同音假借」，則本字當作「軝」。陳奐即本段說。就聲音來說，段《注》以爲「（『軝』、『軹』）二字古音最合」。〔註32〕今按：軝屬群母支部，軹爲章母支部，二字疊韻。其聲母，若依戴震所言「位同」（即發音部位近同）而論，見、章屬第一位全清，〔註33〕且關長龍在分析段玉裁雙聲歸併的理由時說：「端（包括知、章）見雙聲七組，……凡可與端系雙聲的見系字標爲三等入舌音。」〔註34〕知陳奐於此承襲段氏一脈的聲紐歸併，故軝、軹可視作同音假借。

又如《毛詩音》「摽有梅」條下說：

> 摽音受。《說文》：「受，讀若《詩》『摽有梅』。」案：許叔重據毛《詩》
> 作摽，於受下引《詩》以證其同音通假之例。受，平小切。（頁934）

《傳疏》亦說：

> 摽、受讀同，又於音箸義也。（頁62）

《詩》「摽有梅」，毛《傳》釋爲「落」。按《說文》：「摽，擊也。」「受，物落也，上下相付也。」則毛《傳》以「摽」爲「受」的假借。《說文》「受」字段《注》說：「按：摽，擊也。毛《詩》『摽』字正『受』之假借。《孟子》：『野有餓莩。』趙曰：

〔註32〕見「軝」字《注》。同注14，十四篇上，頁47a，總頁732

〔註33〕李葆嘉：《清代上古聲紐研究史論》（臺北：五南圖書出版有限公司，1996年6月，初版1刷），頁127。

〔註34〕同注33，頁132。

『餓死者曰莩。』《詩》云：『莩有梅』，『莩，零落也。』丁公箸云：『莩有梅，韓《詩》也。』〈食貨志〉：『野有餓莩。』鄭氏：『莩音藨有梅之藨。』《孟子》作『莩』者，『莩』之字誤；《漢志》作『莩』者，又『受』之俗字。韓《詩》作『受』是正字，毛《詩》作『摽』是假借字。」〔註35〕陳氏當用段說，又特別指出摽、受二字的「同音假借」關係。按：摽、受，同為並母宵部，是可同音通假。

「同音假借」一類是扣緊「聲音」線索而成，但中國字同音者多，在確認二字間的假借條件時，必先尋得二字間假借的可能性，而這種可能性多由「古籍異文」取得；其次再進行語音判讀；最後佐以文獻材料。文獻材料為最後一步，也是最重要的檢驗工作，有時二字語音遙隔，卻因有文獻作為使用例證，其假借關係仍可成立。又語音因時空而異，故文獻所代表的是語言的社會性，說明二字間互相借用的事實，故可信。

2. 同源假借

「同源假借」，顧名思義是說本字與借字之間除了假借關係外，同時具有相同的語源關係。這種關係的形成，王寧以為：「新詞因詞義引申而派生後，便孳乳出相應的新字。孳乳字已經承擔了發源字分化出的新義，與發源字有了明確的意義分工，但是，由於過去長期的習慣，在新字尚未被完全習用的過渡階段，仍有與發源字混用的情況。同一發源字孳乳出的兩個以上的新字，也可能在過渡階段因分化未成熟、尚未成為多數人的習慣而混用。這就是同源通用現象造成的原因。」〔註36〕以下將藉諸例說明這種關係。

例如〈邶風・新臺〉：「魚網之設，鴻則離之。」《傳疏》：

離讀為麗。〈士冠禮〉《注》云：「古文麗為離。」《易・離卦》云：「離，麗也。」凡《詩》「離羅」、「離罦」、「離罿」、「離畢」，離皆麗也。（頁124）

由段玉裁所說：「凡言『讀若』者，皆擬其音也。凡傳、注言『讀為』者，皆易其字也。」〔註37〕知「甲讀為乙」乃是以乙字之義釋甲字，此為破假借之法，故「離讀為麗」，是以「麗」字之義釋「鴻則離之」之「離」。《說文》「麗」字段《注》：「兩相附則為麗。」〔註38〕《易・離卦》：「彖曰：『離者，麗也。』」《正義》：「麗謂附著也。」〔註39〕又同卦「明兩作離」，因「兩相附」而有「附著」之義，所以

〔註35〕同注14，四篇下，頁5b，總頁162。

〔註36〕王寧：《訓詁學原理》（北京：中國國際廣播出版社，1997年4月，2版2刷），頁53。

〔註37〕見《說文解字》「藁」字《注》，同注14，一篇上，頁12a，總頁6。

〔註38〕同注14，十篇上，頁23a，總頁476。

〔註39〕〔唐〕孔穎達等：《周易注疏》（臺中：藍燈文化事業公司，影印嘉慶二十年江西南昌府學開雕阮元重刊宋本《十三經注疏》本《周易注疏附校勘記》），卷3，頁36b，

鄭《箋》所謂:「設魚網者宜得魚,鴻乃鳥也,反離焉。」〔註40〕《小爾雅·廣言》:「麗,兩也。」又《周禮·夏官·校人》「麗馬一圉」,《注》:「麗,耦也。」〔註41〕「麗」義爲兩相附。離,《漢書·揚雄傳下》:「諸附離之者或起家至二千石。」顏師古《注》:「離,著也。」〔註42〕《後漢書·張衡傳》:「松喬高跱孰能離。」李賢《注》:「離,附也。」〔註43〕《經義述聞·毛詩·小弁篇》「不離于裏。……離,附也。」〔註44〕「離」義爲附著。詞義上,「麗」爲兩相附,「離」爲附著。它們都有共同的意義核心「依附」,故判麗、離爲一組同源詞。語音上,離屬來母脂部、麗屬來母支部,二字雙聲,因主要元音均爲 e 而通轉。而〈王風·兔爰〉「雉離于羅」、「雉離于罦」、「雉離于罿」之「離」,均讀爲「麗」,此正如王念孫所謂:「離,麗也。離與麗古同聲而通用。」〔註〕45 二字在用字上爲假借關係,在語源上則屬同源,故可謂爲同源假借字。

　　又〈小雅·巷伯〉:「萋兮斐兮,成是貝錦。」毛《傳》:「萋斐,文章相錯也。」《傳疏》:

> 〈淇奧〉《傳》:「匪,文章皃。」匪即斐也。文章爲斐,文章相錯爲萋斐,
> 萋、錯雙聲爲訓。《說文》:「緀,帛文皃。」引《詩》「緀兮斐兮」,《玉篇》:
> 「緀,文皃。」緀本字,萋假借字。(頁538)

由彼《傳》「匪」字與此《傳》「斐」字所釋之義相當,知「匪」即「斐」也。又以「萋、錯雙聲」(俱爲清母),故訓萋爲錯。又《說文》引《詩》作「緀兮斐兮」,知緀爲萋之異文,緀屬清母脂部、萋屬清母脂部,依陳奐說,二字爲同音假借字。王力則以爲「在文章相錯的意義上,『萋』、『緀』實同一詞」,〔註46〕故二字亦爲同源

　　　　總頁73。
〔註40〕 〔唐〕孔穎達等:《毛詩注疏》(臺中:藍燈文化事業公司,影印嘉慶二十年江西南昌府學開雕阮元重刊宋本《十三經注疏》本《毛詩注疏附校勘記》),卷2之3,頁16a,總頁106。下引鄭《箋》、孔《疏》、阮元《校勘記》均據此本,不復注明。
〔註41〕 〔唐〕賈公彥:《周禮注疏》(臺中:藍燈文化事業公司,影印嘉慶二十年江西南昌府學開雕阮元重刊宋本《十三經注疏》本《周禮注疏附校勘記》),卷33,頁1b,總頁494。
〔註42〕 〔漢〕班固撰、〔唐〕顏師古注:《漢書》(臺北:洪氏出版社出版,1975年,3版),卷87,總頁3565。
〔註43〕 〔漢〕范曄撰、〔唐〕李賢注:《後漢書》(臺北:洪氏出版社出版,1975年,3版),卷59,總頁1938。
〔註44〕 同注7,冊2,卷6,頁241。
〔註45〕 〔清〕王念孫:《廣雅疏證》(南京:江蘇古籍出版社,2000年9月,1版1刷),卷第5上,頁19b,總頁143。
〔註46〕 同注27,頁425。

假借關係。

又〈大雅・我將〉：「維羊維牛，維天其右之。」《傳疏》：

　　《周禮・羊人》賈《疏》云：「祭天用犢，其日月以下有用羊者，故〈我
　　將〉詩『惟牛惟羊，惟天其祐之』，彼亦據日月以下及配食者也。」案：
　　賈說是矣。唯所引與今本不同，或係轉寫誤倒，恐不足依據。祐與右同。
　　（頁 831）

由賈《疏》所引，知有異文「祐」。陳奐指出異文的存在有二種可能性，一是版本問題，一是轉寫訛誤。若爲後者，指誤倒作「維牛維羊」，則此異文「不足爲據」；末以「祐與右同」斷之，知陳氏判斷此異文應是版本之異所致，故探之。祐、右均匣母之部，二字聲同。高亨舉《詩・大雅・大明》「保右命爾」，《太平御覽》三○三引「右」作「祐」，及《詩・周頌・時邁》「實右序有周」、《漢書・李尋傳》「此皇天右漢亡己也」，〔註47〕以爲祐、右通假之證。又《說文》於右、祐二字並訓「助也」，故在「助」的意思上，應屬同源關係。

又〈小雅・小明〉：「心之憂矣，憚我不暇。」毛《傳》：「憚，勞也。」《傳疏》：

　　《釋文》「憚」字亦作「癉」，徐音旦，徐仙民所據《詩》作「癉」矣。今
　　〈大東〉、〈雲漢〉皆作「憚」，訓勞，「憚」爲「癉」之假借。（頁 563）

由《釋文》所引另一本及徐仙民所釋之音，知有異文「癉」。又王引之舉《韓子・三守篇》曰「惡自治之勞憚」，以爲「憚與癉同」。〔註48〕在語音上，癉屬端母元部、憚屬定母元部，二字爲旁紐疊韻的假借。憚，《集韻・緩韻》：「憚，勞也。」〈小雅・大東〉「哀我憚人」，毛《傳》：「憚，勞也。」《廣雅・釋訓》：「痑痑，疲也。」王念孫《疏證》：「憚與痑亦同義。」〔註49〕所以憚亦有疲義。《爾雅・釋詁下》：「癉，勞也。」《說文》：「癉，勞病也。」〔註50〕《韓非子・解老》：「夫內無痤疽癉痔之害。」王先愼《集解》：「癉，謂勞倦。」〔註51〕在詞義上，「憚」爲勞累疲倦義，「癉」爲勞倦疲病義。「勞倦而疲累」爲憚、癉二字共有的核心義素，故憚、癉應爲同源詞。

又〈大雅・抑〉：「相在爾室，尚不愧於屋漏。」毛《傳》：「西北隅謂之屋漏。」《傳疏》：

〔註47〕 高亨：《古字通假會典》（濟南：齊魯書社，1997 年 7 月，1 版 2 刷），頁 371。
〔註48〕 見王引之《經義述聞・爾雅上》語。同注 7，冊 5，卷 26，頁 1030。
〔註49〕 同注 45，卷第 6 上，頁 9b，總頁 179。
〔註50〕 同注 14，七篇下，頁 33b，總頁 355。
〔註51〕 〔戰國〕韓非著，〔清〕王先愼集解：《韓非子集解》（臺北：臺灣商務印書館，1974
　　　　年 8 月，臺 3 版），卷 6，頁 24。

《箋》云：「屋，小帳也。」……《釋名》：「帷，屋也。」以帛依板施之，
形如屋也。屋即幄之假借。（頁756）

陳奐引《釋名》釋帷為屋，而以為「屋」為「幄」之假借字，屋、幄，均屬影母屋
部，二字同音。又《墨子·非攻中》：「竹箭羽旄幄幕。」孫詒讓說：「幄，〈節葬下
篇〉作屋。」〔註52〕故屋為幄之同音假借字。《說文》：「屋，居也。」〔註53〕徐灝
說：「古宮室無屋名。古之所謂屋，非今之所謂屋也。《周禮·天官·幕人》：『掌帷、
幕、幄、帟、綬之事。』鄭玄《注》：『四合象宮室曰幄。王所居之帳也。』蓋屋即
古幄字，相承增巾旁。……引申之，凡覆蓋於上者皆謂之屋。」〔註54〕屋的本義應
為「幄」義，《小爾雅·廣服》：「幄，幕也。」〔註55〕所以「屋」字的本義亦為幕，
在詞義擴大引申後，以為「凡覆蓋於上者皆謂之屋」，遂以屋指屋頂。房屋之義為後
起義，後另為本義造一「幄」字，王力以為二字為典型的同源字。〔註56〕

「同源假借」的產生，是因為本字與借字間存在的不僅是緊密的聲音關係，
〔註57〕在意義上亦具共同義項。但這兩個特質須以不同的角度看待：在用字角度
上為假借；在語源追溯上為同源，如此才不會自陷於矛盾之中。

3. 古文假借

「同音假借」說明二字緊密的聲音關係，而「古文假借」若著眼於字形，則本
字與借字屬文字學上的古今字，也就是王筠所說的「分別文」，呈現形體相衍的特點，
近似呂思勉所謂的「省借」或「增借」關係，〔註58〕反別於下文談到的洒、灑之今
古文的古文假借；著眼於經典用字上，則因古今語之別，而為訓詁學上的古文假借
關係，故書以古字之形，而表以今字之義。

例如〈邶風·匏有苦葉〉「深則厲，淺則揭。」毛《傳》：「以衣涉水為厲，謂由
帶以上也。」《傳疏》：

「厲」當讀為「濿」。《爾雅·釋文》：「本或作濿。」王逸注〈九歎〉引《爾

〔註52〕〔清〕孫詒讓：《墨子閒詁》（高雄：復文圖書出版社，1985年10月，初版），頁4。
〔註53〕同註14，八篇上，頁72b，總頁404。
〔註54〕〔五代〕徐灝：《說文解字注箋》，收入《續修四庫全書》（上海：上海古籍出版社，
　　　　2003年，1版），冊226，頁179。
〔註55〕楊琳說：「渾言之，則幕亦泛指幕帳，故云『幄，幕也』。」參見《小爾雅今注》（上
　　　　海：漢語大詞典出版社，2002年9月，1版1刷），頁197。
〔註56〕參同註27，頁293。
〔註57〕據上所論，此類型的假借在聲與韻的關係上較其他類型更為密切。
〔註58〕「所謂『省借者，乃既有專字後，仍用未造專字時之字，增借則既有專字後，并以
　　　　之代原字。』這裡的專字、原字實為古今字。」參見杜朝輝：〈略論呂思勉的假借理
　　　　論〉，《培訓與研究——湖北教育學院學報》，2000年1月，第17卷，第1期，頁21。

雅》正作「灂」，云：「灂，渡也。」渡水則其字當作水旁，「灂」今單作「厲」者，謂「厲」即「灂」之古文假借字也。（頁95）

由《爾雅·釋文》，知「厲」有異文「灂」字。厲，《說文》：「旱石也。」〔註59〕可知毛《傳》曰「以衣涉水爲厲，謂由帶以上也」，應非《說文》「厲」字義，而古書有書以「涉水」義，後又增水旁而爲「灂」。「灂」字段《注》「厲者石也。從水厲，猶從水石也，引申之，爲凡渡水之稱」。〔註60〕在形體上，「厲」透過增添偏旁的相承關係而爲「灂」字，且由其承載「渡水」的義項，故厲爲灂之古文，而灂亦爲厲之後起滋乳字，此形、義演化猶如《說文》「屆」字段《注》所言：「俗以異義異其形。凡砥厲字，作礪；凡勤勉字，作勵；惟嚴肅字，作厲，而古引伸假借之法隱矣。凡經傳中有訓爲惡、訓爲病、訓爲鬼者，謂厲即癘之假借也。……有訓爲涉水者，謂厲即灂之假借。」〔註61〕所以厲爲灂之古文假借字。

他如〈小雅·正月〉：「燎之方揚，寧或滅之。」毛《傳》：「滅之以水也。」《傳疏》：

《釋文》：「威，呼說反，齊人語也。」案：威，古滅字。《傳》威爲滅，猶御爲禦、窊爲深，皆以今字釋古字之例，謂之古文假借可也。（頁502）

威爲滅、御爲禦、窊爲深，這三組字，陳奐以爲是以今字釋古字，此就形構論二字在字形上的相承關係；但在意義上並非完全一致，如「禦」原爲祀之意，「禦」字段《注》：「後人用此爲禁禦字，……古只用御字。」〔註62〕可見「御」字古雖爲使馬之意，又可假借爲表「禁禦、防禦」，後由今字「禦」字承擔這個假借義，故以今字釋古字，則御爲禦之古文假借字。又《說文》：「窊，深也。」段《注》：「此以今字釋古字也。窊、深古今字。……知古深淺字作窊，深行而窊廢矣。」〔註63〕即知深淺字原作窊，深雖爲窊之今字，但其原義爲「深水出桂陽南平，西入營道」。〔註64〕非深淺之義，深淺義爲其假借義，故窊爲深之古文假借字。

〈大雅·思文〉：「詒我來牟，帝命率育。」毛《傳》：「牟，麥。」《傳疏》：

麥曰牟，疊言之曰牟麥。《孟子·告子篇》云「麰麥」，是也。《說文》及趙岐《注》引《詩》皆作「麰」，毛《詩》作「牟」，牟爲麰古文假借字。

（頁837）

〔註59〕同注14，九篇下，頁19b，總頁451。
〔註60〕同注14，十一篇上，頁22a，總頁561。
〔註61〕同注14，九篇下，頁19b，總頁451。
〔註62〕同注14，一篇上，頁12b，總頁7。
〔註63〕同注14，七篇下，頁18b，總頁347。
〔註64〕同注14，十一篇上，頁28b，總頁534。

《說文》:「麥,芒穀……凡麥之屬皆从麥。麰,來麰,麥也。」〔註65〕知麥、麰義同。而《說文》:「牟,牛鳴也。」〔註66〕知牟本爲牛鳴之義,而麥屬明母職部,牟屬明母幽部,二字雙聲旁對轉,是以古書多用爲「麰麥」義;後又增麥旁而爲麰。是「牟」爲「麰」之古文,所以說「牟爲麰之古文假借字」。

又如〈小雅・吉日〉:「獸之所同,麀鹿麌麌。」毛《傳》:「麌麌,眾多也。」《傳疏》:

> 麌麌,〈韓奕〉作「噳噳」。《傳》:「噳噳然,眾也。」義與此同。《說文》引《詩》作「噳」,云:「麋鹿羣口相聚皃。」麌疑虞之誤,轉寫者涉上文「麀鹿」,遂誤虍頭爲鹿頭耳,虞即噳之古文假借字。如全詩用字之例,任又做壬、儀又作義、僤又作單、仕又作士之比,〈韓奕〉作「噳噳」,〈吉日〉作「虞虞」,皆其理也。(頁466)

陳奐以爲「虍頭」與「鹿頭」不同,故疑《詩》作「麌麌」爲轉寫之誤,應作「虞虞」。其依據爲:一、《說文》「噳,麋鹿羣口相聚皃,从口虞聲」,〔註67〕而「虞」爲「噳」之初文兼諧聲偏旁,二字聲同,爲古文假借字。二、於《詩經》尋此通例,「儀」與「義」、「仕」與「士」、「任」與「壬」、「僤」與「單」均如此。以下試利用陳奐之《毛詩說》及《毛詩傳義類》,說明「儀、義」等四組詞例中古文假借的關係,以理解陳氏對毛《詩》用本字、借字的歸納,並探知陳氏探求本字方法的一斑。

《毛詩說》:

> 「義,善」,本字;「儀,善」,假儀爲義也。〔註68〕

據《傳義類》說「淑、吉、良、臧、穀、時、義、样、慶、類、价、儀,善也」,〔註69〕「義」與「儀」聲同,而均訓「善」,其中或有一字爲本字,另一字爲借字,或二字均非本字,其餘「淑、吉、良、臧、穀、時、样、慶、類、价」等字,與「義、儀」聲韻絕遠,而並訓爲「善」,或因引申,或爲它字之假借,與「義、儀」不同類。「義」字見於〈大雅・文王〉「宣昭義問」、〈大雅・蕩〉「而秉義類」、「不義從式」。〈大雅・文王〉「宣昭義問」,毛《傳》「義,善」,《傳疏》:

> 《正義》云「義,善,〈釋詁〉文」,今《爾雅》作「儀」。「儀」與「義」

〔註65〕同注14,五篇下,頁33a～b,總頁234。
〔註66〕同注14,二篇上,頁7b,總頁52。
〔註67〕同注14,二篇上,頁28b,總頁62。
〔註68〕見《毛詩說・本字借字同訓說》條,同注2,頁991。
〔註69〕同注2,頁1035。

通。（頁647）

所謂「儀與義通」，是因假借而通，並訓作善。又〈大雅‧蕩〉「而秉義類」，毛《傳》以〈文王〉已有說，故無注，陳奐說「義、類皆善也」，〔註70〕知此「義」字亦「善」義。《詩經》「儀」字凡三十五見，毛《傳》訓「善」者一見，此見〈周頌‧我將〉「儀式刑文王之典」，毛《傳》「儀，善」，陳奐說：「儀與義通，〈文王〉《傳》：『義，善也。』」則「儀式刑文王之典」之「儀」與「宣昭義問」之「義」同。而〈大雅‧文王〉「儀刑文王」之「儀」，毛《傳》無注，《傳疏》：

> 〈我將〉「儀式刑文王之典」，《傳》云：「儀，善也」。案：此《傳》義訓
> 善，則儀亦當訓善，或毛所據《詩》本作義也。（頁6488）

陳氏以爲〈文王〉篇之「儀」字應與〈我將〉之「儀」同訓，此「儀」字毛《傳》不作訓解，陳氏推測可能毛氏所據《詩經》作「義」字，則既與同章「宣昭義問」之義同訓，故不另作訓解。

〈鄘風‧相鼠〉「人而無儀」，陳奐說：

> 儀當作義。《周禮》「肆師治其禮儀」，故書「儀」爲「義」。鄭司農云：「義
> 讀爲儀。古者書儀但爲義，今時所謂義爲誼。」《說文》：「義，己之威義
> 也。」儀，度也。誼，人所宜也。古仁義字、禮義字皆作誼，威儀字作義。
> 今毛《詩》用字之例，威儀作儀，仁義、禮義皆作義，爲通用假借也。（頁
> 144）

指出毛《詩》用字之例不同於古，凡「威儀」作「儀」字，「仁義、禮義」作「義」。段玉裁解釋「威義」說：「威義，古分言之者，……『有威而可畏謂之威，有儀而可象謂之義。』……威義連文不分者，則隨處而是，但今無不作儀矣，……義之本訓謂禮容各得其宜，禮容得宜則善矣。故〈文王、我將〉毛《傳》皆曰『義，善也』，引申之訓也。」〔註71〕由此可知，陳氏何以「義」作爲「善」之本字，而以「儀」爲借字。

《毛詩說》：

> 「士，事」，本字；「仕，事」，假仕爲士也。〔註72〕

據《傳義類》「士、貫、功、公、載、仕、物，事也」，〔註73〕「士」與「仕」聲同，均訓作「事」，二字或有一字爲本字，或二字均非本字；其餘「貫、功、公、

〔註70〕同注2，頁748。
〔註71〕同注14，十二篇下，頁43a～b，總頁639。
〔註72〕見《毛詩說‧本字借字同訓說》條，同注2，頁991。
〔註73〕同注2，頁1038。

載、物」諸字，與「士、仕」二字聲音遙隔，而並訓作「事」，此與「士、仕」不同科。「士」字見於《詩經》共四十三次，僅〈鄭風・褰裳〉「豈無他士」、〈豳風・東山〉「勿士行枚」、〈小雅・祈父〉「予王之爪士」、〈周頌・敬之〉「陟降厥士」、〈周頌・桓〉「保有厥士」五處之毛《傳》，訓「士」字作「事」。陳奐以爲毛《傳》訓釋〈鄭風・褰裳〉「豈無他士」、〈小雅・祈父〉「予王之爪士」二「士」字，是透過聲音以直訓（「士，事也」），表示二者是假借關係。另於〈豳風・東山〉「勿士行枚」，《傳疏》：「《傳》於士讀爲事，……尋聲得義。」〔註74〕〈小雅・北山〉「偕偕士子」，《傳疏》：「士讀爲事。《傳》云：『士子有王事者。』」〔註75〕〈周頌・敬之〉「陟降厥士」，《傳疏》：「《傳》訓士爲事者，事即敬也。『陟降厥事』，此就敬天者一邊」、〔註76〕〈周頌・桓〉「保有厥士」，《傳疏》：「士訓事。《箋》云：『我桓桓有威武之武王，則能安有天下之事。』是也。」〔註77〕毛《傳》並以「士，事」訓之，陳奐於〈豳風・東山〉說明「士」可直接以聲音得「事」義，此音義爲直接關係，似可將二字視作同一來源。〈周頌・敬之〉、〈周頌・桓〉二篇更細分「事」的內涵，前者表敬天之事，後者是指安天下之事。但陳氏於〈鄭風・褰裳〉「豈無他士」下說：「其字作士，其意爲事，此謂假借也。〈東山〉、〈祈父〉、〈北山〉、〈敬之〉、〈桓〉同。」〔註78〕已說明陳氏認爲上述「士」字均爲「事」之借字，於《毛詩說》卻說「『士，事』，本字」，也許是就二字聲義皆近而說。〔註79〕另「仕」字作「事」解者，〈大雅・文王有聲〉「武王豈不仕」，毛《傳》「仕，事」，《傳疏》：

> 古仕、士通。士，事也，士謂之事，故仕亦謂之事。《晏子・諫下篇》：「晏
> 子曰：臣聞明君必務正其治，以事利民，然後子孫享之。」引《詩》正作
> 「事」，仕讀爲事，其訓古矣。（頁697）

陳奐此說據《說文》，謂「士，事也」，以爲「事」爲「士」之本義，又仕、士聲同而通，「士謂之事，故仕亦謂之事」。另〈小雅・節南山〉「則無膴仕」、〈小雅・四月〉「盡瘁以仕」，毛《傳》均無注，陳氏均訓「仕」作「事」。《說文》「士」字段《注》：「〈小雅・武王〉『豈不仕』，《傳》亦云：『仕，事也。』鄭注〈表記〉申之曰：『仕之言事也。』士、事疊韻，引申之凡能事其事者稱『士』。《白虎通》曰『士者，事

〔註74〕同注2，頁378。
〔註75〕同注2，頁558。
〔註76〕同注2，頁861。
〔註77〕同注2，頁873。
〔註78〕同注2，頁226。
〔註79〕《說文》：「士，事也。」同注14，一篇上，頁39b，總頁20。

也，任事之稱也」，故《傳》曰『通』，古今辯然，不謂之士。」〔註80〕又「仕」字《注》：「訓仕爲入官，此今義也。古義，宦訓仕，仕訓學，故毛《詩》《傳》五言『士，事也』，而〈文王有聲〉《傳》亦言『仕，事也』，是仕與士皆事其事之謂。」〔註81〕「士」爲「仕」之初文，「仕」之後起義爲「入宦」，所以陳奐說：「『士，事』，本字；『仕，事』，假仕爲士也。」

《毛詩說》：

「壬，大」，本字；「任，大」，假任爲壬也。〔註82〕

據《傳義類》「將、任、簡、蔍、訏、甫、荒、皐、夏、碩、廣、膚、元、壯、祁、空、芊、弘、項、幠、廢、溥、介、景、皇、壬、嘏、墳、京、駿、冡、戎、倬、假、廓、路、光、庵、濯、誕、阪、張、汾、純、封、豐、盈、佛、供、桓，大也」，「壬」與「任」聲同，同訓作「大」，其中或有一個本字，或二字均非本字；其餘「將、簡、蔍、……佛、供、桓」等字，與「壬、任」聲韻不同，而並訓爲「大」，與「壬、任」不同類。「壬」字僅見於〈小雅・賓之初筵〉「有壬有林」，毛《傳》「壬，大」，陳奐僅說：「壬，大；林，君；嘏，大，竝《爾雅・釋詁》文。」〔註83〕馬瑞辰更說：「壬、林，承上『百禮』言。『有壬』，狀其禮之大。」〔註84〕而「任」字於《詩經》中凡有六見，毛《傳》於〈邶風・燕燕〉「仲氏任只」之「任」訓「大」。陳氏說：「〈賓之初筵〉《傳》『壬，大也』，任與壬同。大者，《正義》云：『言仲有大德行。』是也。」〔註85〕又郝懿行於《爾雅義疏・釋詁上》中解「壬，大也」說：「壬者，《詩》『有壬有林』，毛《傳》『壬，大也』，通作『任』。『仲氏任只』，《傳》亦曰『任，大也』。《史記・律書》云『壬之爲言任也』，是任、壬聲義同。《說文》云『壬，象人裹妊之形』，故訓爲大矣。」〔註86〕故陳奐說：「『壬，大』，本字；『任，大』，假任爲壬也」。

《毛詩說》：

「單，厚」，本字；「僤，厚」，假僤爲單也。〔註87〕

據《傳義類》謂「渥、埤、敦、篤、媾、單、毗、朒、腹、腞、醲、僤、肜，厚也」，

〔註80〕同注14，一篇上，頁39b，總頁20。
〔註81〕同注14，八篇上，頁3a，總頁370。
〔註82〕見《毛詩說・本字借字同訓說》條，同注2，頁991。
〔註83〕同注2，頁606。
〔註84〕同注25，卷22，頁30b，總頁547。
〔註85〕同注2，頁83。
〔註86〕〔清〕郝懿行：《爾雅義疏》（臺北：漢京文化事業有限公司，1985年9月30日），上一，頁7a，總頁23。
〔註87〕見《毛詩說・本字借字同訓說》條，同注2，頁991。

「單」與「僤」聲同，訓作「厚」，二字間或有一本字，或二字皆非本字；其餘「渥、埤……厖」等諸字，與「單、僤」聲韻無涉，而並訓爲「厚」，知與「單、僤」不類。「單」字毛《傳》作「厚」字解者有二見，〈小雅・天保〉「俾爾單厚」及〈周頌・昊天有成命〉「單厥心」。〈小雅・天保〉「俾爾單厚」，毛《傳》：「單，信也，或曰單，厚也。」《傳疏》：

> 單有信、厚兩訓，皆亶之假借也。〈桑柔〉《正義》及《潛夫論・愼微篇》
> 引《詩》作「亶」，《爾雅》「亶，信也」、「亶，厚也」，《傳》據《爾雅》「亶」
> 作兩訓。「信厚」者，言信乎有厚也。「單厚」者，單亦厚也。（頁413）

陳奐指出《爾雅》訓「亶」字有信、厚二義，「厚」爲「信」之引申；今「單」字作信、厚二訓者，爲亶字之假借。又釋〈周頌・昊天有成命〉「單厥心」之「單」亦說：「單，厚，《國語》作『亶』，古亶、單通。」〔註88〕《毛詩說》「古義說」條說：「〈天保、昊天有成命〉：『單，厚也。』今訓單薄。」〔註89〕則所謂「通」者，爲古義假借而通，《尙書・盤庚》「誕生用亶」，《釋文》：「馬本作單，音同誠也。」〔註90〕

《詩經》「僤」僅一見：〈大雅・桑柔〉「逢天僤怒」，陳奐說：「僤與單同，故單謂之厚，僤亦謂之厚，厚怒猶重怒也。」「逢天僤怒」之「僤」字，《釋文》說「本亦作亶」，〔註91〕「僤」、「單」均「亶」之通假字。因「單」爲「僤」之初文，且「單」字多見而「僤」字少見，故就「單、僤」二字說：「『單，厚』，本字；『僤，厚』，假僤爲單也。」

綜上所論，可見陳氏尋得本字的方法，除見於前文外，於此亦考得以下幾點：

一、陳奐歸納毛《詩》用字之本字，指習用字、經典用字。以習用字爲本字，常用義爲本義。

二、凡同諧聲偏旁者除必同部外，諧聲偏旁與形聲字母間常存在著假借關係，諧聲偏旁爲本字，形聲字母爲添加義符後的孳乳字，用古文表後起孳乳字之古文假借字。故「古文假借」一類主要是著眼於本字與假字在形體上的衍化、孳乳，及其在語用上的假借關係。

三、毛《詩》好用古文，毛《傳》釋《詩》，就字形言，是以今字釋古字；就語義言，是以今語釋古語，故其釋字與被釋字常構成古文假借的關係。

〔註88〕同注2，頁827。

〔註89〕同注2，頁998。

〔註90〕〔唐〕陸德明：《經典釋文》，（臺北：臺灣商務印書館，四部叢刊本，影印上海涵芬樓藏明沉氏野竹齋刊本），〈尙書音義・上〉，頁15b，總頁43。

〔註91〕同上注，〈毛詩音義・下〉，頁16a，總頁96。

4. 省文假借

「省文假借」在陳奐《傳疏》中並不多見，其多稱爲「省假」或「假省」。近人也有用「省借」的名稱，但與陳奐的「省假」或「假省」實不相同。

如〈大雅・桑柔〉：「靡所止疑，云徂何往。」毛《傳》：「疑，定也。」《傳疏》：

「疑」當即「礙」之省假。《說文》：「礙，止也。」疑、礙同聲，定、止同義。《儀禮・鄉射》《注》：「疑，止也。」《爾雅》：「疑，戾也。」疑與戾亦雙聲義近，故疑謂之止，亦謂之定；猶戾謂之止，亦謂之定也。〈雨無正〉「靡所止戾」，《傳》：「戾，定也。」文義正同。（頁 761）

「疑」之本義，據《說文》爲「惑」，〔註92〕而毛《傳》釋爲「定」，陳奐謂是「礙之省假」；礙，《說文》云「止也」，定、止同義。「疑、礙同聲」，並爲疑母之部，其本字爲「礙」，疑爲礙之假借字。又「疑」爲「礙」之省假，所謂「省假」應指「省文假借」的關係，假字爲本字之諧聲偏旁，形體上比本字省，但意義與本字無關。它與「古文假借」的不同是：「古文假借」在字形上雖也是一種「省借」現象，但在意義上則相關。本例又透過疑、戾雙聲義近，說明疑訓作止、戾，然戾，來母脂部，以現今語音觀念以爲與疑字聲母不同，但來、疑二紐屬段玉裁異母雙聲中的牙舌雙聲，知陳氏承段氏聲紐系統分類。〔註93〕

又如〈魏風・伐檀〉：「寘之河之干兮，河水清且漣猗。」毛《傳》：「干，厓也。」《傳疏》：

《說文》：「厂，山石之厓巖，人可居。」籀文从干作斤。《詩》作「干」者，當從籀文「斤」假省。（頁 273）

由《說文》釋「厂」之義，知毛《傳》以厂義釋干，依《傳》例，干爲厂之假借字，又「厂」字籀文作「斤」，「干」字在形體上較省，又干，見母元部、斤，曉母元部，二字旁紐疊韻，知干爲斤之省文假借字，陳氏又將二字關係特稱爲「假省」，應等同「省假」。

〈小雅・桑扈〉「彼交匪傲，萬福來求。」《傳疏》：

〈成十四年〉引《詩》「彼交匪傲」，與今本《詩》同。而《漢書・五行志》作「匪徼匪傲」，應劭《注》云：「言在位不徼訐、不倨傲也。」臧琳《經義襍記》謂「《論語》惡徼以爲知者。徼，鄭本作『絞』。」徼、絞古通，毛《詩》作「交」，「絞」之省假。（頁 595）

毛《詩》與《左傳》用字同，然由《漢書・五行志》作「匪徼匪傲」，得「交」之異

〔註92〕同注 14，十四篇下，頁 26b，總頁 750。
〔註93〕同注 33，頁 129。

文「徽」，又臧琳於《經義襍記》中謂「徽，鄭本作絞」，故絞爲徽之異文。絞、徽，並爲見母宵部，二字同音。又交屬見母宵部，與絞音亦同，陳奐於〈小雅・采菽〉「彼交匪紓」之「交」說：「交，古絞字。交、傲一義。」〔註94〕但據段注《說文》「交，交脛」下說：「引申之，爲凡交之稱。」又於「絞，縊也」下說：「《論語》：『直而無禮則絞。』」〔註95〕絞、傲義同，可作「徽訐」、「倨傲」解，與「交」字義不相屬，又「交」爲「絞」之聲符字，形體較省，陳氏故謂「交」與「絞」爲「省假」關係。

「省假」或「假省」是陳奐有意識的稱呼。這種假借類型主要強調本字與借字在字形上有繁、簡之異，二者多爲聲符字與形聲字的關係，即假字多爲本字的諧聲偏旁，所以二字承「同諧聲偏旁必同部」之論，聲音關係必然密切，再經文獻佐證，二字的假借關係始得確立。

上述所論四種假借類型，各有其特殊性：「同音假借」，本字與借字的聯繫在於聲紐與韻部，且二者屬同音關係；「同源假借」，本字與借字除在語音方面有密切相關外，兼涉及意義，有別於一般的假借關係；「古文假借」與「省形假借」所凸顯的是本字、借字間形體的繁省變化，但二者間的關係有別：前者爲古今字；後者爲聲符字與形聲字，本字在字形上均較借字省。而四種假借類型的共通性在於「聲音相通」，這個條件建構假借的可能性，陳奐在探討本字與借字的聲音關係時，或由古書異文知二字音同互用，或明指其雙聲、疊韻，或利用字形之諧聲偏旁，以明二字同部。不論哪一類型的假借，普遍利用前二者論證聲音關係，或探其中之一，或兼探之。至於諧聲偏旁的利用，則以古文假借與省假較多。

三、陳奐破假借之條件試探

上一小節舉陳奐闡釋假借之類型，有同音（音近）假借、同源假借、古文假借、省文假借四類。前二類著眼於聲音的相同、相近，後二類除聲音條件外，尚著眼於諧聲偏旁。本小節擬就聲音條件，作進一步探討。

陳奐曾說：

> 煥（奐）聞諸先生（段玉裁）曰：「昔東原師之言：『僕之學不外以字考經，以經考字。』余之注《說文解字》也，蓋竊取此二語而已。」經與字未有不相合者，經與字有不相謀者，則轉注、假借爲之樞也。〔註96〕

陳奐知「經與字未有不合者」，是因爲經文以用本字爲常，故由經字可直尋經義；若二

〔註94〕同注2，頁614。
〔註95〕同注14，十篇下，頁9b，總頁499。
〔註96〕同注14，引陳奐〈跋〉，頁2b，總頁796。

者有不相合者，「則轉注、假借爲之樞也」，而轉注、假借二類之義多存乎音。〔註97〕又陳奐所謂的「假借」，是以本有其字的一類（即今人所謂的「通假」）爲主，故所陳述的假借字多有與之相應的本字，且藉由聲音作爲溝通本字與假字的媒介。

例如〈邶風·谷風〉「有洸有潰，既詒我肄。」毛《傳》：「肄，勞也。」《傳疏》：
肄讀爲勩。〈雨無正〉「莫知我勩」，《傳》：「勩，勞也。」勩，本字；肄，
假借字。（頁 103）

「既詒我肄」之「肄」可讀爲「勩」，又肄屬定母脂部、勩屬定母月部，二字雙聲；就段氏歸部，二字同在第十五部，且陳氏亦以爲二字疊韻，此已說明肄與勩間的聲音關係。毛《傳》訓「肄」爲「勞」，又〈雨無正〉《傳》釋「勩」爲「勞」，爲二者異字同訓之證。馬瑞辰所謂：「郭《注》引《詩》『莫知我勩』，〈左氏·昭十六年〉《傳》引作『莫知我肄』，是肄、勩古通用之證。」〔註98〕正以異文證肄與勩在典籍中通用之例。至於肄、勩二字，何者爲本字？何者爲借字？陳氏於《毛詩說》「本字借字同訓說」條說：「勩，勞，本字；肄，勞，假肄爲勩。」〔註99〕肄字於《詩經》有二見，勩字僅一見。「肄」字一見於〈周南·汝墳〉「伐其條肄」，肄訓作餘義（詳上文），另一見即是本例，訓作勞；「勩」字見於〈小雅·雨無正〉「莫知我勩」，毛《傳》「勩，勞也」，《傳疏》：「勩，勞，〈釋詁〉文。『正大夫離居，莫知我勩』，言長官大夫已離羣索居，而不知我之賢勞也。《廣雅》『勩，苦也』，勞與苦義相近。」（頁 512）所以從《爾雅》和《廣雅》，知勩訓作勞、苦，而此探得勩即是勞義的本字。

又如〈鄭風·清人〉：「二矛重喬。」毛《傳》：「重喬，累荷也。」《傳疏》：
《箋》：「喬，矛衿近上及室題，所以縣毛羽。」《釋文》云：「喬，鄭居喬
反。雉名。韓《詩》作鷮。」……然則毛《詩》作「喬」爲借字，韓《詩》
作「鷮」爲本字。謂以「鷮」羽飾矛也。《箋》言「縣毛羽」，從韓說以申
補毛義，非與毛或異也。（頁 211）

鄭《箋》之說，據馬瑞辰所言：「《說文》雉十四種，其二喬雉。又『鷮』字《注》云：『走鳴長尾雉也。』韓《詩》作『鷮』，毛《詩》作『喬』，即『鷮』之省借，謂重以鷮羽爲飾也。《爾雅·釋木》：『句如羽，喬。』知木之如羽者得名爲喬，是知喬本爲羽飾之名矣。……鄭《箋》訓『懸毛羽』者，正本韓《詩》讀『喬』爲『鷮』。

〔註97〕請參段玉裁《六書音均表》「古假借必同部說」、「古轉注同部說」、「古異部假借轉注說」、「六書說」各條。同注 14，表一，頁 22b、23a，總頁 825～826；表三，頁 7a～9a，總頁 82～843。
〔註98〕同注 25，卷 4，頁 26a，總頁 306。
〔註99〕同注 2，頁 991。

以鷸羽為飾，因名其飾為喬耳。」〔註100〕知「鷸」為此義之本字，「喬」為借字，且鷸、喬，同屬群母宵部，二字為同音假借字。陳氏特別點出韓《詩》用本字，毛《詩》用假借字，也說明二者在用字上的特性。

〈大雅・思齊〉：「肆戎疾不殄，烈假不瑕。」毛《傳》：「烈，業；假，大也。」《傳疏》：

> 烈當作厲。《傳》云：「厲，業」，謂「厲」即「列」（慧修案：疑當作「烈」）之假借。〈執競、武〉《傳》皆云：「烈，業也。」烈謂之業，厲亦謂之業，後人不通假借之例，遂改厲為烈矣。《箋》「厲、假，皆病也」，鄭所據毛《詩》本作「厲」，字同異義耳；《集韻・十四泰》引《詩》作「厲假不瑕」，皆其證。假，大。〈那〉、〈烈祖〉同。假讀為嘏。嘏，大也。《爾雅》「假、嘏」，皆「大」也。嘏，本字；假，假借字。（頁675）

《詩》「烈假不瑕」，陳氏以為鄭《箋》將「厲、假」同訓作病，是因所據毛《詩》本作「厲」字，《集韻》所引《詩》亦作「厲」，證《經》、《傳》「烈」均當作「厲」，假借為「烈」。毛《傳》「烈，業」當作「厲，業」，訓「厲」為「業」；〈執競〉、〈武〉二《傳》均釋「無競維烈」之「烈」為「業」，則厲、烈異字同訓。厲、烈二字因並屬來母月部而通假，後人闇於此，遂改借字「厲」為本字「烈」。毛《傳》訓假為大，〈那〉（「湯孫奏假」）、〈烈祖〉（「來假來享」）二《傳》之「假」均訓作大。陳奐以「假讀為嘏」說明二字的假借關係，假、嘏，二字均為見母魚部。然對此馬瑞辰說：「厲，《說文》作『癘』，云：『惡疾也。』《公羊傳》作『痢』，何《注》：『痢者，民疾疫也。』『烈』即『癘』之假借。……《隸釋》載〈漢唐公房碑〉作『厲蠱不遐』，蓋本三家《詩》。是知《箋》訓『厲、假』為『病』，亦本三家《詩》也。『烈假不瑕』，即言厲蠱之疾已也。」〔註101〕馬氏以為「厲」在《說文》作「癘」，為惡疾，與「假」（借為「蠱」）同，故於此「烈」為「癘」之假借字，二說不同，然均說明「厲」、「烈」通假之事實。

〈商頌・殷武〉：「撻彼殷武，奮伐荊楚。」毛《傳》：「撻，疾意也。」《傳疏》：

> 古滑泰字作達，讀如撻。達與疾義相近。《釋文》引韓《詩》：「撻，達也。」撻即達之假借字，毛、韓意同。（頁920）

段注《說文》「達，行不相遇也」條下說：「此與水部『滑泰』字音義皆同，讀如撻。」〔註102〕亦明達讀如撻。達屬定母月部、撻屬透母月部，二字旁紐疊韻，聲

〔註100〕同注25，卷8，頁10a，總頁354。
〔註101〕同注25，卷24，頁36b，總頁581。
〔註102〕同注14，二篇下，頁8b，總頁73。

音關係甚近。〔註103〕韓《詩》「撻，達也」，陳氏說「毛、韓意同」，是均同「疾」義，而毛多用古文假借字，韓則多用本字。

由「假借」的實例分析，聲音條件以雙聲疊韻俱存的同音關係者爲多，儘管有的聲母爲鄰紐、旁轉，甚至相距較遠，至少在韻部上是同部關係。但這只能說明「假借」在聲音條件上的一般性，因爲陳氏曾說「凡詁訓每於疊韻、雙聲得之。同部，疊韻也；異部，雙聲也。」（《傳疏》，頁930）可見陳奐對於聲音條件的考量並非獨厚於疊韻，也視雙聲爲語音的重要條件，另也說明所謂同部與異部，分別代表的是疊韻與雙聲，故又說「凡通用假借，取諸同部者多，取諸異部者少」（《傳疏》，頁931），可見取諸異部以爲通假條件者只能說是少，而非無。

異部假借之例，如：〈唐風‧山有樞〉「子有廷內，弗洒弗埽。」毛《傳》：「洒，灑也。」《傳疏》：

> 「洒，灑」，〈抑〉《傳》同。〈東山〉、〈伐木〉《箋》竝以洒爲灑。《說文》：
> 「洒，滌也。古文以爲灑埽字。」是洒爲古文假借也。（頁282）

《說文》「洒」字段《注》云：「凡言某字古文以爲某字者，皆謂古文假借字也。洒灑本殊義而雙聲，故相假借。凡假借多疊韻或雙聲也。毛《詩》『洒埽』四見。《傳》云：『洒，灑也。』」〔註104〕段玉裁由《說文》一書通例已知洒、灑二字具古文假借關係。《說文》「洒，滌也。」〔註105〕「灑，汛也。」〔註106〕滌、汛二義並不相侔，故說二字本「殊義」；又洒屬心母脂部，心母爲齒頭音（舌尖音），而灑屬生母支部，生母爲正齒音，就今日的語音認知，以爲二字發音部位相近，僅屬鄰紐關係，而非雙聲，但段玉裁在論雙聲中，有所謂的異母雙聲，而心、生二紐屬齒頭與正齒二等雙聲一類，〔註107〕陳氏依段氏，判洒、灑二字爲雙聲，〔註108〕且視脂、支爲異部。〔註109〕陳氏由二字「義殊」與「雙聲」，斷其假借關係，此亦說明假借關係在語義上無涉，而在語音上或疊韻，或雙聲，或二者兼具。所以陳奐在《毛詩音》「洒」字

〔註103〕馬瑞辰以爲：「撻，蓋勇武之貌。《爾雅‧釋言》：『疾，壯也。』《廣雅‧釋詁》：『壯，健也。』『疾』與『壯健』義近；《傳》訓『疾』者，亦『壯武』之義。《說文》：『虘，古文撻。』段玉裁曰：『從"虍"者，言有威也。』則『撻』字亦爲武貌。」同注25，卷32，頁33a，總頁725。釋毛《傳》之「撻，疾」爲「壯武」之義，與陳氏釋爲「滑泰」字之「達」，作「疾速」義者不同。二家均釋《傳》意，而所解殊異。

〔註104〕同注14，十一篇上，頁35b，總頁568。

〔註105〕同注14，十一篇上，頁35b，總頁568。

〔註106〕同注14，十一篇上，頁39a，總頁570。

〔註107〕同注33，頁126～127。

〔註108〕中古「莊」系上古歸「精」，故「生」歸「心」，同聲母。

〔註109〕支、脂、之三部，在顧炎武及江永時是合爲一個韻部，至段玉裁始分爲三個韻部。

條下說：「讀爲灑，異部之假借。」（《傳疏》，頁 949）且由他《傳》及相關文獻，亦得洒、灑二字通用之例證，可用以說明異部假借的可能。

但陳氏在判斷同聲或同部時，亦有偶失。如〈周南・樛木〉「福履綏之」，《毛詩音》「履」字條說：

> 讀祿，其字作履，其意爲祿，同部假借，此其例也。（《傳疏》，頁 931）

陳氏以「祿」爲本字，「履」爲假借字，謂二字爲「同部假借」。所謂「同部」，據上所述，指的是疊韻關係，但履屬來母脂部（段氏之「十五部」）、祿屬來母屋部（段氏之「三部」），則二字爲雙聲異部的語音關係。又《說文》「履」字段《注》亦以爲「履、祿雙聲」，〔註110〕故此應爲聲母相同之音轉，而非「異部假借」，陳氏殆偶失。

語音條件的判斷，除了透過雙聲與疊韻的查覈外，段氏所謂的「同諧聲者必同部」的理論也被陳氏大量運用在語音關係的繫聯上。例如〈小雅・我行其野〉：「成不以富，亦祇以異。」《傳疏》：

> 《論語・顏淵篇》引《詩》作「誠」，毛《詩》作「成」，「成」即「誠」
> 之假借字。（頁 483）

由《論語・顏淵篇》所引之《詩》，知「成」有異文「誠」。《說文》：「誠，信也。從言成聲。」〔註111〕成、誠同爲耕部，且有成、誠二字互用之例，故二字通假。

四、小 結

由上所述，知陳氏論假借的條件如下：

（1）本字與假借字透過聲音產生了密切關係，這種語音條件由嚴密至寬鬆共有三種標準，一、同音，包含聲韻皆同；二、疊韻，僅有韻部相同，也就是所謂的同部假借一類，包括聲轉韻同；三、雙聲，僅有聲紐相同，即異部假借的情形，包括聲同韻轉。儘管陳氏認爲這三種情形都可以構成假借的語音條件，但是在《傳疏》中所提到的假借，仍以同音爲多，其次疊韻，再其次雙聲。就今人論假借必兼聲、韻的條件來看，陳奐的說法或失之寬，不過，他是建立在實際材料上說的。

（2）語音條件雖爲破假借的重要利器，也是「因聲求義」的精神實踐。假借字在發生之時，雖帶有較大的隨意性與偶然性，如方以智所說：「蓋古人偶取一字諧聲，隨意通假耳，後始定爲典要。」〔註112〕但單憑語音條件就判定某字與某字間有假借

〔註110〕同注 14，八篇下，頁 3a，總頁 407。
〔註111〕同注 14，三篇上，頁 13a，總頁 93。
〔註112〕〔明〕方以智：《通雅（卷九）》，景印文淵閣四庫全書，（臺北：臺灣商務印書館，1983 年，初版），冊 857，頁 240。

關係，如此不免附會，而流於不切實際的臆測中。所以文獻材料將是檢驗兩字關係的重要鎖鑰，此即陳氏在語音條件下，試圖尋找二字曾經存在的假借痕跡之因，以明成爲「典要」的假借字須有約定俗成的歷程。誠如周何先生所謂：「凡云假借必有驗證可求，求之於文獻資料，以證明這兩個字在過去曾經通用成爲習慣，已爲一般人所接受的假借字。如無驗證可求、古籍淹沒，也許那些證據正好就在那些亡逸的書裏面，如今已無法找尋，爲求態度嚴謹起見，只好一概視爲近音之誤，而不認作假借字。因爲同音字太多，眞正成爲假借的畢竟有限，不希望把錯別字誤認爲假借，擾亂了典籍的正解，於是只好割愛了。」〔註113〕此道出不少解經者只憑音同、音近而濫用通假，以致在解經上造成疊床架屋的錯誤。

　　（3）陳奐在討論本字與假借字間的關係時，除了強調聲音上的聯繫外，也注意到由本義尋找本字的重要性，所以說：「古人用字寬緩，不知本義字，無由識其假借。」（《傳疏》，頁930）所謂「寬緩」代表的並非盲無標準，而是有著一定的繫聯規律。「假借字」的使用亦然，若要正確解讀文義，必須尋本義字讀之，始能怡然理順。此說明了假借字的使用，須合於語言的社會性，不但推翻了鄭玄以爲假借字的形成是因爲「其始書之也，倉卒無其字，或以音類比方假借爲之，趣於近之而已。受之者非一邦之人，人用其鄉，同言異字，同字異言，於茲遂生矣」的說法，〔註114〕也發揮王念孫所謂「訓詁之指，存乎聲音。字之聲同聲近者，經、傳往往假借。學者以聲求義，破其假借之字，而讀以本字，則渙然冰釋。如其假借之字，而強爲之解，則詰鞫爲病矣」的理論，〔註115〕一面說明本字與假字之間的聲音關係，一面也強調一般的假借，本字與借字意義無涉，故解讀經、傳必須破假借，以本字解之，文義始可暢然無礙。

　　本章旨在說明：毛《詩》多用古文假借字，《傳疏》既爲詮釋毛《傳》（毛《傳》又是詮釋毛《詩》）之力作，故於釋經義之前先釋經字，而要正確解讀經字，常須先破讀假借字，故破假借爲重要的解經方法，也是陳奐《傳疏》中的重要部分。由上述的討論，發現陳奐在段、王二氏的指導下，繼承他們解經的精神，也因爲在以「引申觸類、不限形體」及「以古音以求古義」原則的領導下，聲音爲陳氏破假借的重要線索，幾已完全拋下「右文說」的包袱，但是音同、音近之字者多，若不注重歷史材料，將陷入無所不通，無所不假的混亂局面，所以陳奐每以某某爲假借關係，

〔註113〕　周何：〈訓詁學中的假借說〉，《訓詁論叢》（臺北：文史哲出版社，1997年，初版），第3輯，頁64。
〔註114〕　《經典釋文・序錄・條例》引，同註90，文一，頁3b，總頁2。
〔註115〕　見《經義述聞・序》語。同註7，冊1，頁3。

除聲音條件相符外，必覈以文獻材料，呈現其嚴謹的治學態度。

又據上文，知陳奐利用多種假借術語進行假借現象的陳述，而術語的使用雖多承繼前賢用法，但對讀者在辨識毛《傳》以假借字為訓上卻有其提示作用，故不可將此「術語」視作毫無意義的隨文用語，須體會其匠心所在。

綜上所述，知陳氏的假借觀多承段、王二家而來，就其所論之假借概分為四類，此四類雖共具聲音條件，又各具特色：一、同音假借：本字與借字間，在聲紐與韻母一致下，構成單純的假借關係；二、同源假借：本字與假借字在用字上為假借關係，但在語源上則屬同源關係，所以此類的假借在意義上並非無涉；三、古文假借：（一）二字既是古今字，又是通假字；因為古字與今字在通用過程中，職能分工逐漸明確而分化，今字獨立承擔古字的某一義項，而在一些古籍中，為求古而寫了古字，亦是以今字釋古字，而有古文假借的情形。故本字與假借字間存在著歷時的古今字關係，卻於共時下形成假借關係。（二）古今字多半呈現相承的字形關係，古字多為單獨之文，為今文的一部分，且為其聲符，所以古字時為今字之諧聲偏旁，這種情形近似龍宇純先生所謂由文字假借增改意符而形成的轉注字。〔註116〕四、省形假借：本字與借字的關係與古文假借相同，本字為假借字的後起孳乳字，故假借字在形體上較本字為省。

長久以來，多數學者面對假借問題時，常將條件限制在聲音上的關聯及意義上的無涉，這是嚴格意義的假借。然在深入研究古人的實際用字時，可以發現「以彼代此」的假借現象，有不限於意義無涉的一類，如同源假借、古文假借均是；從文字之「別義」功能來說，固不能不視為也是一種假借現象。

第二節　陳奐對「連緜字（詞）」之訓釋

連緜字的研究早在《爾雅・釋訓》及《廣雅・釋訓》中已經開始，但都沒有成為獨立的研究系統，第一次將連緜字進行單獨研究的是宋朝張有的《復古篇（卷六）・聯綿字》，而這也是最早使用「連緜字」一詞的。明代朱謀㙔的《駢雅》內容釋有大量的連緜字，但有一半以上的內容都不屬於連緜字範疇，所以不完全屬於連緜字的

〔註116〕龍宇純先生以為「轉注字有兩種，分別因語言孳生或文字假借增改意符而形成。」（頁 156）又說：「……由表音文字之語言孳生，故其只書用其表音部分，自無所謂的『表音』；後世為求彼此間形體有所別，更加表意之一體，於是其原來的母字似退居為音符，而形成『音』意文字。」（頁 119～120）龍宇純：《中國文字學（定本）》（臺北：五四書局，2001 年 9 月，再版 2 刷。）

專著。第一次對連縣字進行科學化研究的是明朝的方以智，他在《通雅‧釋詁》中的〈謰語〉篇已抓住連縣字研究須「突破字形，因聲求義」之關鍵，且指出連縣字「上下一體，不可分訓」的特質。儘管《通雅》中所收語詞有誤釋或誤收的情形，但仍是一部連縣字研究史上的力作。清王念孫提出：「凡連語之字，皆上下同義，不可分訓。說者望文生義，往往穿鑿附會而失其本指。」多數人以爲王氏所謂的「連語」就是連縣字，細揣之，其中雖不乏有連縣字者，但很大部分是上下意義相同的合成詞、同義複詞，而非單純詞。而王國維在《觀堂集林‧藝林‧蕭霜滌場說》中表達對連縣字的觀念，即「『蕭霜』『滌場』皆互爲雙聲，乃古之聯綿字，不容分別釋之」。王氏所謂的「古之聯綿字」的重要特點是「不容分別釋之」，此近似王念孫「連語」的「不可分訓」，但二者的差別在於王念孫所釋之詞上下同義；王國維則不論上下字是否同義，均視二字爲訓釋整體。〔註117〕在之前僅強調詞義訓釋的特點，王國維更承前人如陳奐（詳下文）等，將聲音的元素納入連縣字特質的討論中，其定義，主要是強調兩個漢字都僅起表音功能，在語義結構上，二者爲單語素而合爲一個整體，〔註118〕此見連縣字於有清以還的發展。承王念孫之後的陳奐，在《傳疏》中多處明言「連縣字」一語，故本節首論王念孫的「連語」說；次論陳奐「連縣字」的觀念；最後由上述兩部分所論，歸納陳氏「連縣字」與王氏「連語」在內涵上的異同，並試論陳氏對「連縣字」的訓解，及其在訓詁學上的意義與得失。

一、論王念孫的「連語」說

因陳氏承王氏宗法，故在探討陳奐的連縣字概念前，須先對王氏「連語」的實質內涵進行討論，以進一步考究陳氏對王氏在此議題上的承繼與發展。

從「連語」一語的字面意義來看，應是相連並用的詞語。但王念孫的《讀書雜誌‧漢書十六》「連語」，爲「連語」下定義，又說：

> 凡連語之字，皆上下同義，不可分訓，說者望文生義，往往穿鑿而失其本指。〔註119〕

〔註117〕上述關於「連縣詞」研究歷程之陳述，請參見陳瑞衡：〈當今「聯綿字」：傳統名稱的挪用〉，《中國語文》，1989 年，第 4 期；劉福根：〈歷代聯綿字研究〉，《語文研究》，1997 年，第 2 期；姚淦銘：〈論清以來聯綿字觀念遞變〉，《語言文字學》，1991 年 1 月。
〔註118〕趙克勤：《古代漢語詞匯學》（北京：商務印書館，2005 年 10 月，1 版 2 刷），頁 55。
〔註119〕〔清〕王念孫：《讀書雜誌》（臺北：臺灣商務印書館，1978 年 12 月，臺 1 版），〈漢書‧第十六〉，冊 4，卷 7，頁 31。

可見他所謂的「連語」，特指「上下同義，不可分訓」之類的詞語，不可分別為訓，接近同義複詞的型態。但就王氏「連語」條所羅列的例子觀察，雖都「不可分訓」，但不見得都屬「上下同義」的同義複詞，也有屬「不可分訓」的單純詞。為了解這兩類「連語」的具體內涵，以下就王氏「連語」條所舉諸例，從訓「義」上分為「合二字成義」（借用陳奐語，說詳下）及「上下字同義」二類，以探知王氏所謂「連語」與今日所說的「連綿詞」異同。

（一）合二字成義

1. 雙聲者

王氏辨前人訓《漢書·武帝紀》之「撟虔」為「矯稱上命，以貨賄用為固」，或「稱詐為矯，強取為虔」之誤說：

> 念孫案：諸說分「撟虔」為二義，皆非也。〈呂刑〉：「敓（即「奪」字）
> 攘矯虔」，〈周官·司刑〉《疏》引鄭《注》曰：「矯虔謂撓擾。」《春秋傳》
> 曰「虔劉我邊垂」，謂劫奪人物，以相撓擾也，如鄭君說，是「矯虔」為
> 撓擾之義，故與「敓攘」連文。此詔於矯虔吏下，即云：「乘執以侵蒸庶」，
> 又云：「紛然其擾」，則「撟虔」之為「撓擾」益明矣。〔註120〕

王氏以為「撟虔」即「矯虔」，並引《尚書》鄭玄《注》，訓「矯虔」為「撓擾」。撟、虔雙聲（見、羣旁紐），此不言「上下字同義」，則是合二字以成義。

王氏辨前人訓〈陳萬年傳〉之「辜榷」為「辜，固也；榷，專也。謂規固販鬻，專略其利」，或「言己自專之，他人取者，輒有辜罪」之誤說：

> 念孫案：「辜榷」或作「辜較」，又作「嫭榷」。……《漢書音義》曰……，
> 分「辜榷」為二義，已失之迂，師古乃訓辜為罪，訓榷為專。又云：「己
> 自專之，他人取者，輒有辜罪」，則其謬滋甚。今案：「辜榷」雙聲字也。
> 《廣雅》曰「嫭榷，都凡也」，……《孝經》「蓋天子之孝也」，孔《傳》：
> 「蓋者，辜較之辭。」劉炫曰：「辜校猶梗槩也。」孝道既廣，此纔舉其
> 大略也。「梗槩」與「辜榷」一聲之轉，分言之，則或曰辜，或曰榷。……
> 亦「都凡」之意也。〔註121〕

辜榷，雙聲字（同屬見母），又作「辜較」、「嫭榷」，三者為異文通用，與「梗槩」一聲之轉，為都凡、大槩之意，合二字以成義。《漢書音義》、師古均分釋，望文生義。

〔註120〕同註119。
〔註121〕同註119，冊4，卷7，頁34。

王氏辨前人訓〈霍去病傳〉之「留落」爲「留謂遲留，落謂墜落」之誤說：

〈霍去病傳〉：「諸宿將常留落不耦。」……念孫案：「留落」即「不耦」
之意，「耦」之言「遇」也，言無所遇合也，故《史記》作「留落不遇」。
「留落」者，牢落也。陸機〈文賦〉「心牢落而無偶」，是牢落即無偶之意。……
牢字古讀作留，故牢落通作留落，今人言流落，義亦相近也。「留落」雙
聲字，不得分爲兩義；「留落」與「不耦」亦不得分爲兩義。〔註122〕

留、落二字同屬來母，非「上下字同義」之類，當合釋作「無所遇合」，與「不耦」
所釋相同。另王氏從古籍中發現有寫作「牢落」以表「不耦」之意者，而今語之「流
落」亦同此意，故表「不耦」意之「留落」，另可書以「牢落」或「流落」，均從聲
音而得其會通。

2. 疊韻者

王氏辨前人訓〈食貨志〉之「無慮」爲「大率，無小計慮」之誤說：

〈食貨志〉：「天下大氐無慮，皆鑄金錢矣。」師古曰：「大氐，猶言大凡
也；無慮亦謂大率，無小計慮耳。」……〈趙充國傳〉「亡慮萬二千人」，
師古曰：「亡慮，大計也。」念孫案：師古以「無慮」爲大計，是也。而
又云「無小計慮耳」，則是以「無」爲「有無」之無，「慮」爲「計慮」之
慮，其失甚矣。今案：「無慮」，疊韻字也。……是「無慮」爲「都凡」之
名，非無小計慮之謂也。……總計物數謂之「無慮」，故總度事宜亦謂之
「無慮」。〔註123〕

顏氏注《漢書》之「無慮」，一次解爲「大率，無小計慮」，一次則訓作「大計」。依
王氏說，「無慮」是「大率」、「大計」之意，顏師古之說未可爲非。但顏氏又說「無
小計率」，是以「無慮」之字面意義而推得「大率」、「大計」之義，是望文生義，故
王氏批評說：「其失甚矣。」「無慮」二字具疊韻關係（同屬魚部），又作亡慮、凵慮
等，〔註124〕爲「都凡」之義，是大數名，合二字以成義。

3. 不具聲音關係者

王氏辨前人訓〈刑法志〉「提封」爲「舉四封之內」之誤說：

念孫案：……《廣雅》曰：「堤封，都凡也。」都凡者，猶今人言大凡、
諸凡也。堤與提古字通，都凡與提封，一聲之轉，皆是大數之名。……若
訓提爲舉，訓封爲四封，而云舉封若干井，舉封若干頃，則甚爲不詞。……

〔註122〕同注119，冊4，卷7，頁35。
〔註123〕同注119，冊4，卷7，頁33。
〔註124〕同注45，卷第6上，頁45b，總頁197。

提，《廣雅》作「堤」……，《集韻》……字作「隄」。引《廣雅》「隄封，
都凡也」，……提封爲都凡之轉，其字又通作堤、隄，則亦可讀爲都奚反，
凡假借之字，依聲託事，本無定體，古今異讀，未可執一。〔註125〕

王氏於《廣雅疏證‧釋訓》說：「〈釋詁〉云：『都，大也，聚也。』《說文》『凡，最
括也』，合言之則曰『都凡』，猶今人言『大凡』、『諸凡』也。」〔註126〕「都凡」又
作「諸凡」、「大凡」，均上下字同義，爲「大數」之名。音轉爲「提封」、「堤封」、「隄
封」後，則是合二字成義，均爲「大數」之名。「提」字可通作堤、隄，三字聲同，
王氏認爲三字是「依聲託事，本無定體」的假借之字。

　　上述所論是合二字成義者，屬於單純詞的範圍。據王氏所羅列的例子分析，其
構詞形式有雙聲、疊韻者，有非雙聲、疊韻者。凡雙聲、疊韻者，透過聲音關係可
以尋得異文，呈現書無定體的特性，這一類是比較接近今日「連緜字」者；不具聲
韻關係者，往往透過一聲之轉、語轉，或假借而可求其本字。

（二）上下字同義

　　除有合二字成義者外，另有上下字同義者，例如：

　　王氏辨前人訓〈平當傳〉之「勞倈」爲「勞者，恤其勤勞；倈者，以恩招倈」
之誤說：

　　　〈宣紀〉：「今膠東相成，勞來不怠，流民自占八百餘口。」師古曰：「勞
　　　來者，言慰勉而招延之也。」又〈平當傳〉：「使行流民幽州，舉奏刺史二
　　　千石，勞倈有意者。」師古曰：「勞倈，謂勸勉也。勞者恤其勤勞，倈者
　　　以恩招來之。」念孫案：「勞來」雙聲字，「來」亦「勞」也，字本作「勑」，
　　　《說文》曰：「勑，勞勑也。」……「勞來」二字，有訓爲勸勉者，有訓
　　　爲恩勤者。……〈宣紀〉之「勞來」對下文「流民八百餘口」而言；〈平
　　　當〉言之「勞倈」，亦承上文「行流民」而言，皆是「恩勤」之義。師古
　　　訓爲「勸勉」，已失其指，又以「倈」爲「招倈」，而分「勞倈」爲二義，
　　　愈失之矣。〔註127〕

「勞來」二字歷來的解釋有二，一是「勤勉者」，一是「恩勤者」。〈宣帝紀〉、〈平當
傳〉之「勞來」、「勞倈」爲「恩勤」（慰勞）意。來、倈之本字作「勑」，故《說文》
訓「勑」爲「勞勑」，「勞勑」二字連文並舉，可見「上下同義，不可分訓」，顏《注》
分釋二字，非是。勞、來二字雙聲（來母），王氏於經典中尋得此二字又可作「勞勑」、

〔註125〕同注119，冊4，卷7，頁33。
〔註126〕同注45，卷第6上，頁44a，總頁197。
〔註127〕同注119，冊4，卷7，頁31～32。

－192－

「勞倈」，表現字無定體的靈活性。

王氏辨前人訓〈禮樂志〉「囹圄」爲「囹，獄也；圄，守也」之誤說：

> 師古曰：「囹，獄也；圄，守也。」念孫案：師古分囹圄爲二義，非也。
> 鄭注〈月令〉曰：「囹圄，所以禁守繫者，若今別獄矣。」然則「囹圄」
> 爲獄名，而又取禁守之義，不得訓囹爲獄，訓圄爲守也。囹之言令，圄之
> 言敔也。《說文》曰：「敔，禁也」，是囹、圄皆禁守之義，或但謂之「圄」。……
> 〈月令〉《正義》引蔡邕《章句》曰「囹，牢也；圄，止也，所以止出入」、
> 《釋名》曰：「囹，領也；圄，禦也。領錄囚徒，禁禦之也。」皆誤分囹、
> 圄爲二義。又案：《說文》曰：「囹，獄也。」又曰「囹圄所以拘罪人」，
> 是《說文》「囹圄」字本作囹。《說文》又曰「圉，守之也」，此自訓圉爲
> 守，非謂「囹圄」也。師古……蓋用《說文》，而未考其實。〔註128〕

王氏《廣雅疏證》亦有此條。王氏說「囹之言令，圄之言敔也」，又引《說文》「敔」
字，釋作「禁」，是爲囹、圄找出本字。令之、禁之，皆「禁守」之義；是上下字同
義、合之則曰「囹圄」，爲「禁守繫」（禁繫、守繫，繫，囚犯也）之義，即「獄」，
其名取「令禁、禁守」之義。《說文》「囹，獄也」、「囹圄所以罪人」，「囹」即「囹
圄」、「囹圄」。《說文》「囹圄」作「囹圉」，又釋「圉」爲「守之也」。顏因「未考其
實」，誤以爲《說文》解「囹圄」之「囹」爲獄，解「圄」爲守，其實囹、圄皆「禁
守」之義，故王氏批評非分爲二義。

王氏辨前人訓《漢書・嚴助傳》之「狼戾」爲「狼性貪戾」之誤說：

> 念孫案：師古以狼爲豺狼之狼，非也。狼亦戾也。戾字或作盭，《廣雅》
> 曰：「狼、戾，很也。」又曰：「狼，很盭也。」是狼與戾同義。〈燕策〉
> 曰「趙王狼戾無親」，《淮南・要略》曰：「秦國之俗貪狼。」狼戾、貪狼，
> 皆兩字平列。非謂如「狼之戾」，如「狼之貪」也。《文選・洞簫賦》……，
> 貪饕、布覆、狼戾，亦皆兩字平列。惟〈吳都賦〉曰……，則始誤以狼爲
> 「豺狼」之狼矣，不知狼、戾乃雙聲之字，不可分爲二義。〔註129〕

王氏首先否認顏師古據字面音義分釋「狼戾」一詞。王氏據《廣雅》知狼亦戾，二
字義同；由其他文獻用例，得「狼戾」二字平列、「不可分爲二義」，是說不能分別
訓釋作不同的意思，所以二字是同義疊用。王念孫認爲二字需合釋的重要理由，除
歷史語言環境使然外，二字的聲音關係（同屬來母的雙聲字）也是重要的條件。

王氏辨前人訓〈諸侯傳〉「狙詐」爲「狙，伺也」之誤說：

〔註128〕同注119，冊4，卷7，頁33。
〔註129〕同注119，冊4，卷7，頁35。

應劭曰：「狙，伺也，因間伺隙出兵也。……」念孫案：應分「狙詐」爲二義，非也。狙、詐，疊韻字，狙亦詐也……〈敘傳〉曰「吳、孫狙詐，申、商酷烈」，狙、詐同義，酷、烈同義，是其明證矣。〔註130〕

據〈敘傳〉，「吳、孫狙詐」、「申、商酷烈」二句平列，因「酷、烈」同義，可證「狙、詐」亦同義。應劭分釋「狙詐」二字，王氏以爲非，二字上下同義且疊韻，並爲魚部字。

王氏辨前人訓〈哀紀〉、〈酷吏傳〉之「儀表」爲「爲禮儀之表率」及「有儀形可表明者」之誤說：

念孫案：立木以示人謂之儀，又謂之表。《說文》：「㯾，榦也。從木義聲。」經、傳通作「儀」，故《爾雅》云：「儀，榦也。」《呂氏春秋・愼小篇》《注》云：「表，柱也。」故德行足以率人者，亦謂之儀表。……儀即表也。……師古注〈哀紀〉則云「言爲禮儀之表率」，注〈酷吏傳〉則云「謂有儀形可表明者」，望文生義，而注各不同，皆由不知儀、表之同爲立木，又不知儀爲㯾之借字故也。〔註131〕

《說文》「㯾，榦也」，《呂氏春秋注》「表，柱也」，均引申爲「以木示人」之義。「儀」與「㯾」同聲（均疑母歌部），「儀表」字假「儀」爲「㯾」，釋爲「德行足以率人者」，上下字同義。顏氏不知尋「儀」之本字，亦不知儀、表二字同義，遂望文生義而致誤。

王氏辨前人訓〈郊祀志〉「寖尋」爲「尋，用也」，或「尋，就也」之誤說：

〈郊祀志〉：「上始巡幸郡縣，寖尋於泰山矣。」鄭氏曰：「尋，用也。」晉灼曰：「寖尋，遂往之義也。」師古曰：「二說皆非也。寖，漸也；尋，就也。」《史記・孝武紀》作「侵尋」，《索隱》曰：「侵尋即浸淫也。故晉灼云：『遂往之意也。』小顏云：『浸淫，漸染之意。』蓋尋、淫聲相近，假借用耳。」念孫案：晉及司馬說是。〔註132〕

《漢書・郊祀志》作「寖尋」、《史記》作「侵尋」；《漢書・司馬相如傳》「是以六合之內，八方之外，侵淫衍溢」，《史記》作「浸潯」。寖、侵、浸通，本字當作「浸」；尋、淫、潯通，本字當作「淫」。《史記索隱》「寖尋即浸淫也」，即用《漢書・司馬相如傳》之「浸淫」爲釋。顏師古於〈司馬相如傳〉《注》云「浸淫猶漸漬也」，即《索隱》所引小顏云「浸淫，漸染之意」（小顏即顏師古，其叔父顏遊秦爲大顏，並

〔註130〕同注119，冊4，卷7，頁32。
〔註131〕同注119，冊4，卷7，頁32。
〔註132〕同注119，冊4，卷7，頁34。

注《漢書》，有《漢書決疑》；師古原《注》作「漸漬」，《索隱》作「漸染」，是取其意，非直引）。浸、淫二字同義，均「漸染」之意，「寖尋於泰山」，晉灼釋「寖尋」爲「遂往」，即漸進而往，由此之彼，亦「漸染」、「漸漬」之義。

王氏辨前人訓〈張陳王周傳贊〉之「魁梧」爲「梧者，言其可驚悟」；訓〈江充傳〉之「魁岸」爲「岸者，有廉棱如崖岸」之誤說：

> 〈張陳王周傳贊〉「其貌魁梧奇偉。」……師古曰：「魁，大貌也。梧者，言其可驚悟。今人讀爲吾，非也。」念孫案：師古以梧爲驚悟，則義與魁大不相屬，故又加一可字，以增成其義，其失也鑿矣。今案：魁、梧皆大也。梧之言吳也。《方言》曰：「吳，大也。」《後漢書·臧洪傳》「洪體貌魁梧」，李賢曰「梧音吾」，蓋舊有此讀。「魁梧奇偉」四字平列，魁與梧同義，奇與偉同義。應劭以「魁梧」爲邱虛壯大之意，是也。又〈江充傳〉「充爲人魁岸，容貌甚壯」，師古曰：「魁，大也。岸者，有廉棱如崖岸之形。」念孫案：《傳》言魁岸，不言魁如岸，師古說，非也。今案：魁岸者，高大之貌。……《廣雅》：「魁岸，雄傑也。」魁岸猶魁梧，語之轉耳。
> 〔註133〕

王氏指出顏師古釋「魁梧」一詞的兩個錯誤：一、分釋「魁、梧」二字；二、增字也增義，以解梧爲驚梧。魁、梧聲韻絕遠，上下同義，表大意。師古釋「魁岸」亦誤同「魁梧」。王氏指出「魁岸」與「魁梧」之岸、梧二字爲語之轉；「魁，大貌」，「梧之言吳」，假借爲吳，「吳，大也」。〈張陳王周傳贊〉稱張良「其貌魁梧奇偉」，「魁梧奇偉」四字平列，則「魁梧」二字亦平列而同義。魁岸猶魁梧，均高大、雄傑意。岸屬疑母元部、梧屬疑母魚部，此「語之轉」或稱「語轉」，是指魚、元通轉的語音關係。

此所述上下字同義者，近於今日所謂的同義複詞，在聲韻的關係上，亦有雙聲、疊韻及不具聲韻關係者。若聲韻無涉者，王念孫多據古籍以尋求本字，使上下二字同義。

王念孫雖於「連語」的定義上，以爲「上下同義，不可分訓」，又說「同義之字，而彊爲區別，求之愈深，失之愈遠」，〔註134〕似以「連語」即上下同義之「同義複詞」（並列複合詞）。然據上述所論，王氏的「連語」，在意義構詞上可以分爲上下不可分釋之「單純詞」，及上下同義，不可分訓爲二義之「同義複詞」。兩類都有三種聲音構詞類型，而聲韻無涉者多據音尋其本字以釋義。所以王氏對於此類語詞，在

〔註133〕同註119，冊4，卷7，頁35。
〔註134〕同註119，冊4，卷7，頁36。

聲韻上並無嚴格設定，重點在於意義構詞上，他將合釋二字以成義者及同義並列者，均納入「連語」的範疇，而雙聲、疊韻者多有不限形體的特點。所以王氏的「連語」內涵與今日所謂的「連緜字（詞）」不盡相同。

二、論陳奐的「連緜字（詞）」說

於《傳疏》中，陳奐直用「連語」者僅一例：〈大雅・民勞〉「無縱詭隨」，毛《傳》：「詭人之善，隨人之惡。」《傳疏》：

> 《說文》：「詭，責也。」「詭人之善」即「隨人之惡」，詭隨，疊韻連語。
> 《傳》雖分釋而同義也。（頁 738）

「連緜字」、「合二字成義」等用語在《傳疏》中並不少見，但「連語」一詞僅一見，而陳奐以爲《傳》釋「詭隨」，語雖「分釋而同義」，說是疊韻（並爲歌部）連語，故陳氏對連語的概念是上下二字同義。王引之在〈毛詩述聞〉中引王念孫說，雖然也有談到「無縱詭隨」這個例子，但僅說是「詭隨，疊韻字。不得分訓詭人之善，隨人之惡。詭隨即無良之人，亦無大惡小惡之分。詭隨謂譎詐謾欺之人也。」〔註135〕王氏顯然將「詭隨」合釋一義，是單純詞。陳氏於此爲回護《傳》說，而強說「詭人之善」與「隨人之惡」義同，似異於王氏說法，但可見陳氏是吸收王氏「連語」觀念（上下字同義），且更發展出「連緜字」、「合二字成義」之說。

「連緜字」今人或謂之「連緜詞」，本文用陳奐之語，仍稱「連緜字」。陳奐治學多承王氏而來，上文已考究王氏「連語」之內容，以下先羅列陳氏所明指爲「連緜字」及「合二字成義」、「連語」、「疊字」之例，繼就各類選取數例，探討陳奐所謂連緜字的實質內涵。

（一）連緜字

陳奐所論及之「連緜字」，就聲音上分雙聲、疊韻及聲、韻無涉三部分討論。

1. 雙聲者

陳奐指稱「雙聲連緜字」者，有：

黽勉（〈邶風・谷風〉「黽勉同心」、「黽勉求之」、〈小雅・十月〉「黽勉從
　　　事」、〈大雅・雲漢〉「黽勉畏去」）

挑達（〈鄭風・子衿〉「挑兮達兮」）

夸毗（〈大雅・板〉「無爲夸毗」）

〔註135〕同注7，卷7，冊2，頁263。此條《廣雅疏證》亦有說，同注45，卷第6上，頁
　　　30b，總頁190。

萋且（〈周頌・有客〉「有萋有且」）

踧踖（〈小雅・小弁〉「踧踧周道」、〈小雅・楚茨〉「執爨踖踖」）〔註136〕

踴躍（〈邶風・擊鼓〉「踴躍用兵」）〔註137〕

〈鄭風・子衿〉「挑兮達兮，在城闕兮。」毛《傳》：「挑達，往來相見貌。」《傳疏》：

> 胡承珙云：「上《經》方云『不來』，此《傳》不當言『相見』。觀《正義》云：『故知「挑達」爲往來兒。』可識《傳》本無『相見』二字。《釋文》『挑達，往來見兒』，無『相』字。此必陸氏本作『往來兒』，傳寫誤『兒』爲『見』，淺人復於『見』下加『兒』字耳。『挑兮』，《初學記》引作『佻』；〈大束〉『佻佻公子』，《傳》訓『獨行』；此『挑達』訓『往來』者，亦謂『獨往獨來』，與韓《詩》〈大束〉《傳》『嬥嬥，往來兒』同。」案：胡說是也。「挑達」，雙聲連緜字。又作「𢁆達」，《說文》：「𢁆，滑也。」「達，行不相遇也。」「滑」與「行不相遇」兩義皆即《正義》所謂「乍往乍來」之意。（頁231）

陳奐首先藉胡承珙從《正義》證得「挑達」毛《傳》應訓爲「往來兒」；單言「挑」訓作「獨行」，「挑達」訓作「往來」、「獨來獨往」，單訓「挑」與「挑達」合釋，義無別。挑屬透母宵部、達屬定母月部，透、定鄰紐，段玉裁並屬雙聲之「舌頭雙聲」一類，〔註138〕故陳氏說是「雙聲連緜字」。其次以爲「挑達」又作「𢁆達」，舉《說文》𢁆、達二字之訓，以爲「皆即《正義》所謂『乍往乍來』」，可見陳氏所釋「挑達（𢁆達）」一語，即王念孫所謂「上下同義，不可分訓」之「連語」，與今日連緜字之合二字以成義之單純詞，實不同科。

又〈邶風・谷風〉「黽勉同心」，毛《傳》：「言黽勉者，思與君子同心也。」《傳疏》：

> 「黽勉」，雙聲連緜字。《文選》傅亮〈劉將軍表〉（全名爲〈爲宋公求加贈劉將軍表〉）《注》引韓《詩》作「密勿」，〈十月之交〉、〈雲漢〉「黽勉」，三家《詩》皆作「密勿」也。密通作蜜，《爾雅》：「蠠沒，勉也。」《說文》：「蠠，古蜜字。」黽、蜜、蠠同義；勉、勿、沒同義。黽勉即勉勉，猶蜜勿即勿勿，亦蠠沒即沒沒矣。（頁99）

〔註136〕陳奐未於〈小雅・小弁〉或〈小雅・楚茨〉說「踧踖」爲雙聲連緜字的關係，而註明於〈周頌・有客〉「有萋有且」下，說：「『萋且』猶『踧踖』，雙聲連緜字。」
〔註137〕前三例均有異文，後三例無異文，且「踴躍」例僅說「連緜字」，未明其聲音關係。
〔註138〕同注33，頁124。

「黽勉」一詞,並爲明母,是雙聲,三家《詩》、《爾雅》亦作「密勿」、「蠠沒」。謂「黽勉即勉勉,猶蜜勿即勿勿,亦蠠沒即沒沒」者,旨在說明「黽勉」上下字同義。

又如〈大雅・板〉:「無爲夸毗。」毛《傳》:「夸毗,以體柔人也。」《傳疏》:

> 《爾雅》:「夸毗,體柔也。」《正義》云:「夸毗者,便僻其足,前卻爲恭,以形體順從於人,故云『以體柔人』。」《玉篇・身部》:「𡱖𡱖,以體柔人也。」𡱖𡱖,俗字。蓋夸,奢也;毗之言比也,比者,備也。夸毗,雙聲連緜字。(頁 744)

《爾雅》:「夸毗,體柔也。」知毛《傳》本《雅》訓;從《正義》,知《傳》文之意是「以形體柔順於人」。陳奐分釋「夸毗」二字,說「夸,奢也;毗之言比也,比者,備也」,「奢比」是過於親近之意,亦即毛《傳》之「以體柔人」。夸屬溪母、毗屬並母,字形上或作「夸毗」,或作「𡱖𡱖」;二者就今日的語音判斷,前者爲牙音,後者爲唇音,屬不同的發音部位,於段氏的雙聲歸類中,「牙唇雙聲」一類亦僅有「見、明」二紐合爲雙聲例,〔註 139〕陳氏斷定夸毗二字爲雙聲,可能是依段氏此類雙聲系統而推,抑或是陳氏之偶疏。且「夸毗」二字分訓,與王氏「連語」之定義亦不相侔。

有僅說是「連緜字」,實是「雙聲連緜字」者,如〈邶風・擊鼓〉:「擊鼓其鏜,踊躍用兵。」毛《傳》:「使眾皆踊躍用兵也。」《傳疏》:

> 《詩》上句言「擊鼓」,下句言「用兵」,鼓以動眾,故云:「使眾皆踊躍用兵也。」踊躍,連緜字。(頁 89)

陳氏藉由上下兩句經文的文脈,說明毛《傳》釋經句之義,陳氏於此雖僅說「踊躍,連緜字」,其原因亦如王先謙所解,合二字成義,以爲「踊躍」者,用兵時絕地奮迅之狀。〔註 140〕踊屬定母東部、躍屬定母沃部,二者實爲雙聲連緜字。

2. 疊韻者

陳奐指稱「疊韻連緜字」者,有:

樸樕(〈召南・野有死麕〉「林有樸樕」)

噫嘻(〈周頌・噫嘻〉「噫嘻成王」)

阿難(〈小雅・隰桑〉「隰桑有阿,其葉有難」)

鞅掌(〈小雅・北山〉「或王事鞅掌」)

判渙(〈周頌・訪落〉「繼猶判渙」)

〔註 139〕 同注 33,頁 129。

〔註 140〕 〔清〕王先謙:《詩三家義集疏》(臺北:明文書局,1988 年 10 月 10 日,初版),頁 151。

叫號（〈小雅・北山〉「或不知叫號」）〔註141〕

〈召南・野有死麕〉：「林有樸樕，野有死鹿。」毛《傳》：「樸樕，小木也。」《傳疏》：

> 王引之〈爾雅述聞〉云：「〈釋木〉：『樸樕，心。』樸樕與心皆小貌也，因以爲木名耳。古者謂小爲僕遫。《漢書・息夫躬傳》：『僕遫不足數。』顏《注》曰：『僕遫，凡短之貌也。』心之言纖；纖，小也。《釋名》曰：『心，纖也。』則二字聲義相近。〈邶風・凱風〉首章：『吹彼棘心。』《傳》曰：『棘心難長養者。』二章『吹彼棘薪。』《傳》曰：『棘薪，其成就者小。』棘謂之棘心，與樸樕小木謂之心，其義一也。故〈召南〉《傳》及《說文》皆云：『樸樕，小木也。』而樊《注》乃云：『樸樕，斛樕也。有心，能溼，江河閒以作柱。』則是以心爲松柏有心之心矣。夫木皆有心，何獨於樸樕而謂之心乎？段氏《說文注》引《廣韻》：『杺，木名，其心黃。』以爲即《爾雅》之『心』字。又謂毛《傳》、《說文》『小木』爲『心木』之譌。皆非也。」案：王說是也。樸樕爲小木，猶扶蘇爲大木，皆疊韻連緜字。
>
> （頁 69）

陳氏透過王引之的例證陳述，判定「樸樕」一詞爲疊韻連緜字，由此探知其所謂的「連緜字」所具特性有三：一、「樸樕」一詞，《爾雅》釋爲「心」，「心」、「小」義通，因此「樸樕」得訓「小木」，「樸樕」是一個完整的單純詞，「扶蘇」指大木，並爲單純詞；二、由古語知「僕遫」亦表「小」義，其與「樸樕」是同詞異形，此呈現連緜字的另一特性，即「不拘形體」；三、說明連緜字的語音關係，樸屬滂母屋部、樕、遫均是心母屋部字，不論是寫作「樸樕」或「樸遫」，聲韻上均是「疊韻」的關係，故稱「疊韻連緜字」。

又如〈小雅・北山〉：「或王事鞅掌。」毛《傳》：「鞅掌，失容也。」《傳疏》：

> 鞅掌，疊韻連緜字；鞅掌，失容，猶言倉皇失據耳。《正義》云：「《傳》以鞅掌爲煩勞之狀，故云『失容』，言事煩鞅掌，然不暇爲容儀也。今俗語以職煩爲鞅掌，其言出於此《傳》也。」案：《莊子・庚桑楚篇》：「鞅掌之爲使。」郭象《注》云：「鞅掌，不自得。」宋陳景元校本有「不」字，今各本奪「不」，不可通矣。崔譔云：「不仁意。」司馬彪云：「醜貌。」竝與失容義近。又〈在宥篇〉「遊者鞅掌以觀無妄」，鞅掌亦浮遊動容之意。
>
> （頁 559～560）

〔註141〕 前四例均有異文，但「阿難」例僅說「連緜字」；後三例均無異文，而「叫號」例僅說「連綿字」。

毛《傳》釋「鞅掌」為「失容」，陳氏以為即「倉皇失據」義。就詞義言，非上下字同義之同義複詞，而是合二字成義之單純詞；就語音言，鞅屬影母陽部、掌屬照三陽部，二者是疊韻字。則陳氏稱之為疊韻連緜字者，有此一類。

有僅說「連緜字」，而實是「疊韻連緜字」者，如〈小雅‧隰桑〉：「隰桑有阿，其葉有難。」毛《傳》：「阿然，美貌；難然，盛貌。有以利人也者。」《傳疏》：

> 阿之為言猗也。〈淇奧〉《傳》：「猗猗，美盛也。」古難、儺通，難之為言
> 那也。《釋文》：「難，乃多反。」其讀同那。〈桑扈、那〉《傳》：「那，多
> 也。」盛與多同義。阿難，連緜字。〈萇楚〉曰「猗儺」、〈那〉曰「猗那」，
> 聲、義皆同也。案：此三章皆言「隰桑有阿」。首章言「有阿」，又言「有
> 難」，故《傳》分別以釋之。（頁 628）

毛《傳》於被釋詞後均加一語尾助詞「然」，以表形容之義。陳氏以「阿」、「猗」音義同；以「難」、「那」音義同，而以「那」義表「難」；又「猗，美盛」、「那，多也」，盛、多義同，故說阿、難同義。又阿屬影母歌部、難屬泥母元部，歌、元對轉，二字為疊韻連緜字。下又說「猗儺」、「猗那」聲義同，其實也說明此二者為「阿難」的別體。陳氏此所訓釋之連緜字，除具疊韻關係外，上下二字並同義，於字形書寫上則有不拘形體的特性。

又如〈小雅‧北山〉「或不知叫號」，毛《傳》：「叫，呼；號，召也。」《傳疏》：

> 叫號，連緜字。《說文‧口部》「叫，嘑也」、「嘑，號也」。〈言部〉「訆，
> 大嘑也」；「評，召也」。〈碩鼠〉《傳》：「號，呼也。」古嘑、評、呼通用。
> 叫謂之嘑，嘑又謂之號；號謂之呼；評又謂之召，是叫、呼、號、召四字
> 同義也。（頁 559～560）

《說文》及他《傳》分釋叫、呼、號、召四字，所釋之義於古通用，得叫、號二字義同，更以此判定「叫號」為連緜字。雖說是「連緜字」，但因叫、號二字並屬宵部，故可稱「疊韻連緜字」。

3. 不具聲音關係者

陳奐指稱「連緜字」卻不具聲音關係者，有：

> 惛怓（〈大雅‧民勞〉「以謹惛怓」）

陳奐所提到的「連緜字」，除上具雙聲、疊韻的關係者外，另有不具任何聲音關係者，此如〈大雅‧民勞〉「以謹惛怓」，毛《傳》「惛怓，大亂」，《傳疏》：

> 《說文》「怋，怓也」；「怓，亂也」。《詩》曰：「以謹怋怓。」段《注》云：
> 「怋讀如民。『怋怓』為連緜字，今誤作惛，音呼昆切，則與惛無別矣。」
> 案：《說文》言「亂」，謂昏亂也，正用《傳》訓。今《傳》文衍「大」字，

不可通。（頁739）

陳氏由《說文》知：一、㥜、恢並爲「亂」（昏亂）義。二、《說文》本《傳》訓，依此校今本《傳》文之誤。另從《說文》段《注》，知段氏以爲「憒恢」當作「㥜恢」，《說文》另有「憒」字，云：「不憭也。」〔註142〕「㥜恢」聲韻絕遠（㥜在弟十二部，恢在弟五部），而段氏仍說是「連緜字」，則此連緜字應爲同義疊用字。陳氏說「憒亂」爲「連緜字」，應是承段說。由此知陳氏「連緜字」一詞的概念應是由段氏而來。

上述是對於陳奐直稱「連緜字」的例子進行討論，可分爲雙聲連緜字、疊韻連緜字、不具聲音關係的連緜字三類，三者的不同在於聲音關係，而其意義構詞上可分爲兩類，一是上下二字同義者，如〈邶風・谷風〉「黽勉同心」之「黽勉」、〈小雅・隰桑〉「隰桑有阿，其葉有難」之「阿難」；一是上下二字合釋一義者，如〈鄭風・子衿〉「挑兮達兮」之「挑達」、〈邶風・擊鼓〉「踊躍用兵」之「踊躍」、〈召南・野有死麕〉「林有樸樕」之「樸樕」。前者是不可分別訓釋作不同義，後者是不可單獨訓釋，是一單純詞。而從上述也發現，陳奐對於「連緜字」在聲音上或雙聲或疊韻；「㥜恢」二字無任何聲音關係，說是「連緜字」，是承段玉裁而說，爲《傳疏》之孤例，故陳氏對於「連緜字」在聲音的條件上比段氏更趨嚴密。而陳奐說是「雙聲連緜字」或是「疊韻連緜字」者，多可找到異文，此「不拘形體」亦是「連緜字」的特性之一。

（二）合二字成義

上文已經針對《傳疏》中，陳奐所指陳爲「連緜字」諸例進行討論，下文將繼續探討陳氏所謂「合二字成義」的內容，以便觀察其與「連緜字」是否屬同實異名的關係。以下亦分爲雙聲者、疊韻者、聲韻無涉者三部分進行討論。

1. 雙聲者

陳奐指稱「合二字成義」且具雙聲關係者，有：

　　玄黃（〈周南・卷耳〉「我馬玄黃」、〈豳風・七月〉「載玄載黃」、〈小雅・何草不黃〉「何草不黃」、「何草不玄」）

　　瑣尾（〈邶風・旄丘〉「瑣兮尾兮」）

　　眽藐（〈齊風・猗嗟〉「猗嗟名兮，美目清兮」，毛《傳》「目上爲名，目下爲清」，《傳疏》引〈西京賦〉「眽藐流盼」釋《傳》文，說「眽藐，雙聲」）〔註143〕

〔註142〕同注14，十篇下，頁42b，總頁515。
〔註143〕陳奐說「二字分釋，誤矣」，應是說二字要合釋成義。（同注2，頁261）

　　　薈蔚（〈曹風・侯人〉「薈兮蔚兮」）

　　〈邶風・旄丘〉「瑣兮尾兮」，毛《傳》：「瑣尾，少好之貌。」《傳疏》：

　　　　《傳》以少好詁「瑣尾」，猶〈甫田〉、〈侯人〉以少好詁「婉孌」。婉孌，

　　　　疊韻；瑣尾，雙聲，皆合二字連文成義。（頁 106）

瑣屬心母歌部、尾屬明母微部，心母是齒音，明母是唇音，二者發音部位本不相近，
而陳氏以爲是雙聲。在段氏雙聲系統中有脣齒雙聲「滂、心」一類，陳氏或許是承
段說而推衍。〔註144〕經文「瑣兮尾兮」，《傳》文連讀作「瑣尾」，且合釋作「少好
之貌」，陳奐說是「合二字連文成義」，是上下二字合釋爲完整的意義。

　　又如〈曹風・侯人〉「薈兮蔚兮」，毛《傳》：「薈蔚，雲興貌。」《傳疏》：

　　　　薈蔚，雙聲。《說文》：「薈，艸多皃。」《文選・西都賦》引〈倉頡篇〉：「蔚，

　　　　木盛皃」，是「薈蔚」本爲草木盛多，因之爲凡盛多之稱。《說文》〈艸〉

　　　　部引《詩》「薈兮蔚兮」，又〈女〉部「嫿，女黑色也」，引《詩》「嫿兮蔚

　　　　兮」，此或本三家《詩》。（頁 355）

薈、蔚並爲影母，是雙聲字。由《說文》、《文選》所引，分釋薈、蔚二字義，連綴
二字義作：草木盛多，就其共同義素「盛多」言，薈、蔚二字義同。陳奐說：「全《詩》
中瑣兮尾兮、挑兮達兮、薈兮蔚兮、萋兮斐兮，皆合二字成義」，〔註145〕又上文析
「挑達」爲上下二字同義之例，此「薈蔚」亦同，知陳氏所謂「合二字成義」，有說
「二字合釋一義」者，有說「二字同義疊用」者。

2. 疊韻者

　　陳奐指稱「合二字成義」且具疊韻關係者，有：

　　　虺隤（〈周南・卷耳〉「我馬虺隤」）

　　　虛邪（〈邶風・北風〉「其虛其邪」）

　　　艱難（〈王風・中谷有蓷〉「遇人之艱難」、〈小雅・白華〉「天步艱難」、〈大

　　　　　　雅・抑〉「天方艱難」）

　　　婉孌（〈齊風・甫田〉「婉兮孌兮」、〈曹風・侯人〉「婉兮孌兮」）

　　　侈哆（〈小雅・巷伯〉「侈兮哆兮」）

　　　見晛（〈小雅・角弓〉「見晛曰消」、「見晛曰流」）

　　〈小雅・巷伯〉：「侈兮哆兮，成是南箕」，毛《傳》：「哆，大貌。南箕，箕星也。
侈之言是必有因也。」《傳疏》：

　　　　《爾雅・釋言》：「誃，離也。」郭《注》云：「『誃』見《詩》。」此即「哆

〔註144〕同注33，頁 129～130。
〔註145〕同注2，頁 80。

分」之異文。三家《詩》用《雅》訓。侈、誃同字，大、離同義。……案：
「侈哆」連文，猶「萋斐」連文，皆合二字成義。萋斐成貝錦之文，侈哆
成南箕之形。（頁539）

「哆」，《爾雅》作「誃」，二字異文。侈、哆二字疊韻（並屬歌部），孔穎達說：「哆
者言其寬大哆哆然，故為大貌；……侈者因物而大之名，……因物益大而名之為侈
也。」〔註146〕侈、哆均有「大」義，「誃」為「離」義，亦與「大」義相通，故為
異文。「移」亦可引申為「大」。「侈、哆」合二字成義，表「成南箕之形」，是同義
疊用之複詞，「萋斐」亦然。

　　又如〈齊風·甫田〉「婉兮孌兮」，《傳》文：「婉孌，少好貌。」《傳疏》：

　　　　《傳》云「婉孌，少好貌」者，少好即是幼穉也。（頁253）

婉、孌二字並為元部的疊韻字。《傳》文於此釋「婉孌」作「少好貌」，陳氏以為是
「幼穉」義，說「婉孌」二字連文成義。〔註147〕又〈曹風·侯人〉「婉兮孌兮，季
女斯飢」，毛《傳》釋云：「婉，少貌；孌，好貌。季，人之少子也。女，民之弱者。」
陳奐以為毛《傳》既將「季」、「女」分釋，「婉」、「孌」亦分釋。〔註148〕而〈甫田〉
之「婉孌」是指「總角丱兮」之「遠人」，故二字合釋，連文成義，與〈侯人〉之訓
釋方式不同，其實均「少好」義，屬同義複詞。

　　為疊韻關係，但上下二字同義者，如〈王風·中谷有蓷〉「遇人之艱難」，毛《傳》：
「艱亦難也。」《傳疏》：

　　　　艱難謂饑饉也，「艱難」，合二字一義。古人屬辭，一字未盡，重一字以足
　　　　之。〈七月〉《序》《正義》亦云：「艱亦難也。」但古人之語重耳，凡全《詩》
　　　　中疊字平列者放此。（頁190）

艱、難並為元部，疊韻字。《傳》義以為艱即難，二字義同，〈七月〉《序》《正義》
之說亦同此。陳氏以「艱難謂饑饉」，又「艱亦難」，故艱、難同表「饑饉」義，以
為此即「合二字一義」。陳氏謂「合二字一義」是上下字義平列的疊字，此與「合二
字成義」之同義疊用一類相屬，是同義複詞。

3. 聲韻絕遠者

　　陳奐指稱「合二字成義」，但聲韻關係絕遠者，有：

　　　　萋斐（〈小雅·巷伯〉「萋兮斐兮」）

〔註146〕同注40，卷12之3，頁21a，總頁429。
〔註147〕陳奐云：「《傳》以少好詁瑣尾，猶〈甫田〉、〈侯人〉以少好詁婉孌。婉孌，疊韻；
　　　　瑣尾，雙聲，皆合二字連文成義。」同注2，頁106。
〔註148〕同注2，頁355。

作祝（〈大雅·蕩〉「侯作侯祝」）

天椓（〈小雅·正月〉「天天是椓」、〈大雅·召旻〉《傳》「天，天椓」）

過劉（〈周頌·武〉「勝殷過劉」）

〈大雅·召旻〉：「昏椓靡共，潰潰回遹。」毛《傳》：「椓，天椓也。」《傳疏》：

《傳》以「天椓」釋椓。〈正月篇〉：「天天是椓。」天椓者，殘害侵削之謂，合二字成義。但〈正月〉言天，故《傳》以天屬君，而椓屬在位者，語雖分釋而義實合解也。此云「天椓」，自當專指在位者而言。（頁 810）

毛《傳》釋「椓」字爲「天椓」，陳奐以「殘害侵削」義解「天椓」，以爲「語雖分釋，而義實合解」，又於〈小雅·正月〉「天天是椓」下說「天椓二字連文，竝有殘害侵削之義」，〔註149〕是二字同義疊用。陳氏說是「合二字成義」，知此指二字上下同義。

又如〈周頌·武〉「勝殷過劉」，毛《傳》：「劉，殺」，《傳疏》：

王引之〈書述聞〉云：「……咸劉皆滅也。猶言過劉、虔劉也。《逸周書·世俘篇》及《漢書·律曆志》引〈武成篇〉竝云：『咸劉商王紂』，與此同。」案：王說是也。《詩》之「過劉」即《書》之「咸劉」，皆合二字一義。〈長發〉：「武王載旆，有虔秉鉞。如火烈烈，則莫我敢曷。」《傳》：「曷，害也。」過與曷通，則此過字亦當訓爲害。（頁 857）

陳奐引王氏說法，得「《詩》之『過劉』即《書》之『咸劉』」，又說過通曷，訓作害，劉訓作殺，則過、劉二字並有消滅、侵害之義。此「合二字一義」，實是上下字同義疊用之複詞。

據上所析諸例，若具聲韻關係者，其意義構詞可分爲兩類，其一爲上下二字不可分釋的單純詞，如〈邶風·旄丘〉「瑣兮尾兮」之「瑣尾」，爲獨立且完整的意義整體；另一類爲上下二字同義，爲同義疊用之形式，如〈曹風·候人〉「薈兮蔚兮」之「薈蔚」、〈小雅·巷伯〉「侈兮哆兮」之「侈哆」、〈齊風〉「婉兮孌兮」之「婉孌」諸例。而此二類與上文所討論具聲韻關係的連緜字的實際內涵，並無二致，只是在聲韻關係上更顯寬鬆。且由〈小雅·角弓〉：「雨雪瀌瀌，見晛曰消。」毛《傳》：「晛，日氣也。」《傳疏》：

見晛，合二字成義。見謂日見，非謂雪見日也。《釋文》引韓《詩》作「曣晛」，云：「日出也。」《荀子》作「宴然」，《廣雅》：「曣晛，煗煗也。」《史記·封禪書》：「曣昷有黃雲蓋焉。」《漢書·郊祀志》作「宴溫」，皆合二字成義。《荀》書之「宴」、韓《詩》之「曣」，與毛《詩》之「見」，

〔註149〕同注2，頁 505。

皆謂：「日之初升，天氣清明也。」《說文》無「暾」字，〈火部〉：「然，燒也。」然有氣煙之意。毛、韓之「晛」，與《荀》書之「然」，義皆同也。《傳》但釋「晛」爲日氣，不解「見」字，疑有奪字。當云：「見晛，日出氣也。」則文義始備矣。（頁 618）

又《毛詩音・卷二》「見晛」條下說：

韓《詩》作「曣晛」、《荀子》作「宴然」，皆疊韻連緜字。〔註150〕

在〈角弓〉《傳疏》中，已說「見晛」應合二字成義，而據《毛詩音》「見晛」條所云，知二字爲「疊韻連緜字」，此似可說明陳氏所謂「合二字成義」，有時是指「連緜字」。故陳氏「連緜字」的概念有「上下二字同義」的同義複詞，有「合二字成義」的單純詞，也有「合二字成義」的同義複詞。至於聲韻關係絕遠者，多是上下二字同義的疊用形式，與王念孫所定義的「連語」意近。由此可見，陳奐所稱之「連緜字」多就聲韻關係說，上文僅〈民勞〉「惽（忞）怓」一例不具聲韻關係，亦是《傳疏》中的孤例，此是陳氏承段氏說法而來，或許是他認同疊韻關係絕遠者也有可能是連緜字，故保留師說。

綜上所論，試將陳奐「連緜字」之意義及所指之內涵歸納如下：

1. 陳奐將語音視爲構成連緜字的必要條件，或雙聲，或疊韻，更有雙聲疊韻兼具者。其中獨有一例聲韻絕遠卻仍稱「連緜字」者，是從段氏說法。又從陳氏用「連語」一詞例看其對連語的認知，應是具聲韻關係、上下二字同義者，此似可納入「疊韻連緜字」一類，但卻用「連語」一詞，然於訓釋上又不類王念孫，由此也說明他對王氏家法在承繼上的取捨。

2. 詞義結構歷來成爲「連緜字」判定的重點，陳氏所謂的「連緜字」，據分析有單純詞，有同義詞，顯示陳氏對於「連緜字」在「義」的結構限定上較爲寬泛。

3. 在形體上，就單獨字體而言，屬不拘形體，凸顯「義存乎聲」，「引申觸類，不限形體」的特色，所以俞樾說：「古文以聲爲主，無定字耳。」〔註151〕而分析陳奐所謂的雙聲、疊韻連緜字諸例，發現據此聲韻關係者多有異文，〔註152〕但非絕對。

〔註150〕同注 2，頁 971。

〔註151〕〔清〕俞樾：《古書疑義舉例》，收入楊家駱主編：《古書疑義舉例等七種》（臺北：世界書局，1992 年 5 月，3 版），頁 80。

〔註152〕陳奐說「雙聲連緜字」者，共有六例，具異文者有三例；「疊韻連緜字」者，共有七例，具異文者四例。

4. 就整體而言，則有或為整齊句式而以虛字分隔二字者，如萋且（〈周頌・有客〉「有萋有且」）；或有分用於上下句者，如阿難（〈小雅・隰桑〉「隰桑有阿，其葉有難」）；或有分用於不同篇者，如跛踖（〈小雅・小弁〉「跛跛周道」；〈小雅・楚茨〉「執爨踖踖」），知「連緜字」雖須「合釋成義」，但不需連文，《詩》常利用二字分用以變文。

另陳氏又有「合二字成義」之說，表明「不能分釋」的立場，如王念孫之「連語」說。但此「不能分釋」，或指二字同義疊用，或指二字合釋一單純詞。而這一類的語詞，陳氏在聲韻的限制上並不如「連緜字」嚴謹，幾乎是從「義」說，凡單純詞者或是同義疊用者，都有可能被陳氏歸為此類。

從上述的討論，可知王氏批評前人訓解之誤，所謂：「凡若此者，皆取同義之字而彊為區別，求之愈深，失之愈遠，所謂大道以多歧亡羊者也。」〔註153〕所表者除上下二字為同義字，不可強為區別外，亦指上下字不可分別訓釋，須合作一義解，此二類若「彊為區別」，將有「求之愈深，失之愈遠」之憾。王氏統稱上述二類為「連語」，然陳奐承王氏家法，試圖將「連緜字」從「連語」中抽離出來，但卻不完全，陳氏所界定的「連緜字」已近乎今日所謂者。俞樾為陳氏高足，對於「連緜字」的特性於《古書疑義舉例》一書的「不達古語而誤解例」條亦有發揮，〔註154〕「古語」中有些其實是「連緜字」者，且明其特性除了具有聲韻上的密切關係外，又因「語有倒順」而可顛倒互用。另俞氏提出「古文以聲為主，無定字耳」，〔註155〕也說明「古語」（含「連緜字」）不拘形體的特性。由此正可見王氏「連語」、陳氏「連緜字」與俞氏「古語」（此特指其中「連緜字」者）一脈相承的關係。

附論：疊字

就今日連緜字之觀念論之，疊字亦屬此類語言現象，為雙聲與疊韻之連緜字。陳奐對此類語言，未指稱是連緜字；在解釋上，也未說「合二字成義」，但與今日之連緜字有關，謹酌取數例說明，作為附論。

漢語若就音節條件論，可以分為單音節和雙音節。通常一個漢字代表一個音節，每一個音節也都具有一定的表義功能。值得注意的是，有一種複音節，在意義形式上僅具單一意義，屬於所謂的「單純詞」，故稱「雙音節單純詞」。這種雙音節單純詞，或重文，例如：悄悄、蕭蕭、赫赫；或異字，例如：徘徊、跛躅、窈窕等，往

〔註153〕同注119，頁36。
〔註154〕同注151，頁79。
〔註155〕同注151，頁80。

往被視作一個整體，僅表示一個意思。這種單純詞，據王力在《中國語法理論》中的分類，可以納入連緜字的討論中。王氏說：

> 聯綿字大致可分為三種：（一）疊字，即「關關」「呦呦」「淒淒」「霏霏」之類；（二）雙聲聯綿，即「丁當」、「淋漓」之類；（三）疊韻聯綿，即「倉皇」「龍鍾」之類。〔註156〕

所以連緜字有重文與非重文二種，重文者即所謂的疊字；非重文者，據聲音關係又可分為雙聲、疊韻，及非雙聲疊韻關係者。故連緜字（詞）是一種具有兩個，或兩個以上的語音單位，以構成一個複音節語詞。而這種複合式的詞組，也或許僅表達一個完整語意概念的單純詞，後者包含疊字及雙聲、疊韻、非雙聲疊韻之連緜字。這種現象可由王筠在《說文釋例》中所說而窺其梗概。王氏說：

> 毛《詩》形容之詞，不過重言、連語。重言有二：首篇之「關關」，有聲無義者也；二篇之「喈喈」，聲義兼取者也。連語有二：「窈窕」疊韻，兼取義者也；「參差」雙聲，但取聲者也。要之形容之詞之所重者，以聲為主，無論其字之有義無義，其義皆在聲中。〔註157〕

王筠將重言與連語合談，以為《詩經》是以二者為形容之用。以下將列舉陳奐《傳疏》及《義類》之例，探討陳奐對「疊字」的訓解方式。

例如〈小雅・角弓〉：「此令兄弟，綽綽有裕。」毛《傳》：「綽綽，寬也。」《傳疏》：

> 《爾雅・釋言》云：「寬，綽也。」寬謂之綽，故綽綽謂之寬。又〈釋訓〉云：「綽綽，緩也。」《孟子・公孫丑篇》：「豈不綽綽然，有餘裕哉。」趙《注》云：「豈不綽綽然，舒緩有餘裕乎。」寬、緩義相近。（頁616）

藉《爾雅》釋寬，知綽之義為寬，單言為寬，重言亦表寬義。又其他古籍文獻釋綽綽有緩義，而陳奐以寬、緩義相近，故可云「綽綽，寬也」，亦可云「綽綽，緩也」。

他如〈小雅・巧言〉：「蛇蛇碩言，出自口矣。」毛《傳》：「蛇蛇，淺意也。」《傳疏》：

> 《孟子・告子篇》：「訑訑之聲音、顏色。」趙《注》：「訑訑，自足其智，不嗜善言之貌。」蛇與訑聲同而義近。〈版〉《傳》：「泄泄猶沓沓也。」《說文》引《詩》作「呭」又作「詍」，多言也。蛇與泄、呭、詍又竝聲轉而義通。《傳》云「淺意也」者，淺讀與諓同。〈文十二年〉《公羊傳》

〔註156〕王力：《中國語法理論》（臺北：商務印書館，1977年3月，臺1版），冊下，頁183。

〔註157〕〔清〕王筠：《說文釋例》（北京：中華書局，1987年129月，1版1刷），頁282。

引《書》：「惟諓諓善諍言。」何《注》云：「諓諓，淺薄之貌。」〈越語〉：「又安知是諓諓者乎？」韋《注》云：「諓諓，巧辯之言。」《公羊》、《釋文》引賈注《國語》云：「諓諓，巧言也。」《楚辭·九歎》：「讒人諓諓，孰可愬兮。」王《注》云：「諓諓，讒言貌。」引《書》：「諓諓諍言。」《潛夫論·就邊篇》云：「淺淺善諍，俾君子怠。」《鹽鐵論·論誹篇》云：「淺淺面從以成人之過。」竝與《傳》訓合。解者多以「淺近」申《傳》，失其義矣。（頁 532）

陳奐據文獻材料，謂「淺意也」應讀為「諓意也」，表多言、讒言之意。但「蛇」之本義與「諓」義無涉，陳氏透過內部證據與外部材料，得知蛇（透母歌部）與泄、呭、詍諸字（同屬定母月部）因聲音關係（透、定二母鄰紐，月為歌之入聲）而通。據《說文》，「呭」、「詍」同為「多言也」，為同義之異體字。〔註158〕〈口部〉「詍」字段《注》：「《詩》作『呭呭』，此作『詍詍』，蓋四家之別也。」〔註159〕「蛇」或為「呭」或「詍」之假借。「蛇」本作「它」，表「虫也。」與重言「蛇蛇」之「淺意」有別。〔註160〕

〈邶風·新臺〉：「新臺有洒，河水浼浼。」毛《傳》：「浼浼，平地也。」《傳疏》：〈吳都賦〉：「清流亹亹。」李善《注》引韓《詩》：「亹亹，水流進兒。」不言何經之注。今按：必此章「浼浼」之異文也。……《傳》云「平地」，義不可通。奐疑「地」字乃「池」字之誤。平地猶滂池，謂河水平滿，蓄納為池，則浼浼然也。《說文》云：「浼，污也。」引《詩》「河水浼浼」。「污」下云：「一曰小池為污。」是許以污釋浼，與此《傳》「平池」釋「浼浼」，義正相同。（頁 123）

由李善注〈吳都賦〉之「亹亹」，發現此為韓《詩》用字，並判斷其為「浼浼」之異

〔註158〕《說文通訓定聲·泰部第十三》「詍」字條：「按即呭字之或體。」〔清〕朱駿聲：《說文通訓定聲》（臺北：藝文印書館，1975 年 8 月，3 版），頁 34b，總頁 690。
〔註159〕同注 14，篇三上，頁 23b～24a，總頁 98。
〔註160〕但若依此解，僅表達了「多言」之意，對於此《詩》旨為「諷刺讒人」，似有不合，王先謙以為「《潛夫論·交際篇》：『《詩》傷「蛇蛇碩言，出自口矣。巧言如簧，顏之厚矣」』。」此魯、毛同字之證。『一作訑訑』者，《呂覽·重己篇》高《注》：『訑』讀如《詩》『訑訑碩言』之訑。魯《詩》又作本也。《說文》從『它』之字隸寫多誤為從『也』，以篆文它、也形近而捝……。『訑』即『蛇』之俗體，『蛇蛇』又『詑詑』之借字。《說文》『詑』下云：『沇州謂欺曰詑。』《玉篇》：『訑，詭言也。』『訑』亦即『詑』之俗體。『詑詑碩言』，正謂大言欺人，毛訓『淺意』，於義未確。」同注 140，頁 709。由王氏所論，「訑」為「蛇」之俗體；「蛇蛇」為「詑詑」之假借字，而「詑」字據《說文》釋作「欺」，此正合「大言欺人」之意，與全《詩》所論讒人行徑相符。

文。陳奐利用《說文》釋義，以爲《傳》文「平地」應爲「平池」之譌。又單言「洿」是「污也」，污是小池；重言「洿洿」表「平池」，亦指「蓄納爲池」之地，故「洿」字單言與重言義無別。

陳奐《傳義類・釋訓弟三》有關「疊字」部分，主要是歸納毛《傳》的訓釋，且疊字多是單純詞，儘管如此，由陳奐說解上述各條例，知陳氏未有將「疊字」說成「連緜字」者，故未能確知陳氏所謂的「連緜字」是否也包含「疊字」。

三、結論——陳奐「連緜字」說在訓詁學上之意義及其得失

本文關於陳奐「連緜字」說的探討，先從分析王念孫的「連語」入手。據王氏所論，其連語之內容有「合二字成義」及「上下字同義」兩類。「合二字成義」的部分多是具聲韻關係的單純詞，若聲韻絕遠者，王氏則尋聲求其本字以得本義，且這類詞組多有異文而「不拘形體」。「上下字同義」者，聲韻關係亦多似前者，最大的差別在於構詞上是上下字平列的同義疊用詞組。陳奐所謂的「連緜字」及「合二字成義」語詞的特性，有對前人如方以智所抽繹的「連緜字」的特點及王念孫「連語」觀念的承繼，而將聲韻關係納入「連緜字」的特點討論，則是陳氏「連緜字」訓詁在訓詁學上的一大進展。

陳奐對「連緜字」的運用，在歷史發展上雖有其地位，但亦不免因護毛立場而造成詞義訓釋上的錯誤。

爲護毛而輕改毛《傳》者，例如〈周南・卷耳〉：「我馬虺隤。……我馬玄黃。」毛《傳》：「虺隤，病也。……玄馬病則黃。」《傳疏》：

> 《傳》文「玄馬病則黃」五字當作「馬病則玄黃」，與〈四牡〉《傳》「馬勞則喘息」，句法相同，今本誤也。上章《傳》云「虺隤，病」，此云「馬病」，義互明也。虺隤，疊韻；玄黃，雙聲，皆合二字成義。「玄黃」之不可分釋，猶「虺隤」之不能分釋耳。《爾雅・釋詁》：「痻瘏、虺隤、玄黃，病也。」正釋此詩辭。《傳》於「痻」、「瘏」、「虺隤」皆用《雅》訓，不應於「玄黃」更作「玄馬病黃」解，與《雅》訓乖戾。凡《傳》言「黃馬黑喙曰騧」、「黃白曰皇」、「黃騂曰黃」、「黃白襍毛曰駓」、「赤黃曰騂」，黃本馬之正色，黃而玄爲馬之病色。若以玄爲馬色，而黃爲馬病則不通矣。《易林・乾、師、震》並云：「玄黃虺隤，行者勞罷。役夫憔悴，逾時不歸。」《文選》曹子建〈贈白馬王彪詩〉云：「中逵絕無軌，改轍登高岡。修阪造雲日，我馬玄以黃。玄黃猶能進，我思鬱以紆。」古皆「玄黃」連讀，不謂「玄馬病黃」，足證今本毛《傳》之誤。（頁25）

又〈小雅・何草不黃〉:「何草不黃，……何草不玄。」《傳疏》:

> 上章言黃，下章言玄，黃玄猶玄黃也。《爾雅》:「玄黃，病也。」〈卷耳〉
> 《傳》「馬病則玄黃」，馬病謂之玄黃，草病亦謂之玄黃。《大戴禮・用兵
> 篇》:「草木嫣黃。」嫣與玄疊韻，玄與黃雙聲，是合二字成義，詩人偶分
> 屬上下章耳。（頁 639）

陳氏以爲上章言「旭顇，病」，下章言「馬病則玄黃」，上下二章「義互明」，可見均稱馬病之狀。「旭顇」與「玄黃」分別具有疊韻與雙聲的語音關係。陳氏以爲「合二字成義」、「不可分釋」，是指上下二字不能分別訓釋，須合釋成一個表義整體的單純詞，類似今日之連緜字結構。但陳奐於〈卷耳〉篇釋「玄黃」爲「黃而玄」，以「黃」爲馬之正色，以「黃而玄」爲馬之病色，與其所謂之「不可分釋」牴牾。且〈何草不黃〉篇引申之，而用於草，若依〈卷耳〉之例，豈「黃」亦爲草之正色，而「黃而玄」爲草之病色？殊不可通。其實毛《傳》釋「玄黃」爲「玄馬病則黃」，應是誤解，王引之已有糾駁，〔註161〕陳氏爲曲護毛，故謂「今本毛《傳》之誤」，實可不必。

爲護毛而訓釋失當者，如〈周頌・訪落〉:「將予就之，繼猶判渙。」毛《傳》:「判，分；渙，散也。」《傳疏》:

> 判渙，疊韻連緜字。判，從半聲，故云「分也」。《易・說卦傳》:「說而後
> 散之，故受之以渙。」渙者，散也。王肅云:「將予就繼先人之道業，乃
> 分散而去。」言己才不能繼。《正義》用王述毛，是也。《漢書・翟義傳》:
> 「王莽詔，惟經藝分析，王道離散。漢家制作之業，獨未成就。」此與《詩》
> 義合。（頁 860）

「判渙」，判屬滂母元部、渙屬曉母元部的疊韻關係。判從半得聲，陳氏說「判，從半聲，故云『分也』」，這是尋聲得義之法，以爲半有分義，故判亦表分義；又從毛《傳》，證「渙」義爲「散」。馬瑞辰說:「判渙，疊韻字，當讀與〈卷阿詩〉『伴奐爾游矣』同，伴、奐皆大也。」又以爲當與《詩序》合看:「〈小毖〉《詩》以『小毖』名篇，言當慎其小也。此《詩》『繼猶判渙』，言當謀其大也。作『判渙』者，假借

〔註161〕王引之據《爾雅》:「旭顇、玄黃，病也。」以爲凡物病皆得稱之。故孫炎屬之馬、郭璞屬之人，皆非。同注7，冊2，卷5，頁187。所以陳奐雖易今本毛《傳》之「玄馬病則黃」爲「馬病則玄黃」，以合「玄黃」二字成義之說，但陳氏是將二字視作馬的顏色，「黃」爲馬之正色，「玄」爲馬之病色。王氏則直用《雅》訓，謂「玄黃」爲「病貌」。故以爲陳氏實可不必爲符合「玄黃，皆合二字成義」、「不可分釋」而以爲毛《傳》舊觀應是「馬病則玄黃」；將「玄馬病則黃」視作是今本毛《傳》之誤，以維護毛《傳》。

字耳。《箋》訓爲『分散』，失之。」〔註162〕以爲二字亦是同義疊用，仍屬疊韻連緜字，陳氏爲曲從《傳》說，故說「與《詩》義合」。毛《傳》釋爲「分、散」，亦同義疊用，不過此是從字面說，有望文生義之弊。俞樾曾於《群經平議》「無然畔援」、「繼猶判渙」二條指陳《傳》、《箋》於「畔援」及「判渙」的說解上均未得《詩》義，以爲「此詩『判渙』即〈卷阿〉篇之『伴奐』，亦即〈皇矣〉篇之『畔援』」，且均不得分釋爲二義，並說：「畔援即畔喭也，……『畔喭』，舊《注》作『呀喭』，……《玉篇》又引作『無然伴換』，蓋古人雙聲、疊韻之字皆無一定，畔援也、呀喭也、伴換也，一而已矣。」又明「古義存乎聲，無定字也」，進一步說明古人於雙聲、疊韻之字書寫並無定體的特性。〔註163〕

　　陳奐爲維護毛《傳》，雖不免有曲從《傳》說，或輕改毛《傳》之弊，且其所謂之「連緜字（詞）」，在詞義界定上仍屬寬泛，然訓釋精確者，所在多有，於「連緜字」研究史上當亦具推助之功。

〔註162〕同注25，卷30，頁3b～4a，總頁687。

〔註163〕參見俞樾語。同注11，頁12a、41a，總頁181、196。又見齊珮瑢：《訓詁學概論》（北京：中華書局，2004年7月，1版1刷），頁79～80。

第五章　陳奐疏通毛《傳》之法（二）
——歸納互證、闡發義例

　　陳奐以爲毛《傳》是「洵乎爲小學之津梁，群書之鈐鍵」，〔註1〕故初仿《爾雅》體例，編纂《毛詩傳義類》。而《傳義類》是陳奐作《傳疏》的基礎，將毛《傳》的訓詁按《爾雅》十九類作分類、編排，此爲專輯一書訓詁開了先河，之後清朱駿聲《說雅》及程先甲《選雅》，也是仿《傳義類》編撰而成。〔註2〕本論文於「陳奐疏通毛《傳》之法（一）—因聲求義」一章後特立本章，以明陳奐對於毛《傳》詞義訓釋之用力。本章主要就歸納互證與闡發義例的訓釋角度，觀察陳氏對毛《傳》的梳理。本章共分爲四節：第一節從陳奐《毛詩說》中所談的「一字數義說」、「一義引申說」、「一義通訓說」，探求陳氏對於諸條例的詮釋、歸納及其意義，第二節則談論陳奐對虛詞的考釋，第三節討論陳奐對名物制度之考釋，而著重其考釋之方法，第四節則由前數節的討論中，蠡測陳氏的訓釋方法，並從中深究陳氏所謂與「東漢諸儒異趨」者爲何？且更欲比較陳氏與王氏父子及俞樾在訓解方法上的異同，以見三者間的繼承與發展關係。

第一節　「一字數義說、一義引申說、一義通訓說」探義

　　黃侃在「經學訓詁與小學訓詁」條說：「小學之訓詁貴圓，經學之訓詁貴專。」

〔註1〕《詩毛氏傳疏·敘》語。〔清〕陳奐：《詩毛氏傳疏》（臺北：臺灣學生書局，1986年10月，初版7刷），頁4。以下凡引及此書，只註明頁數，其餘從略。

〔註2〕周大璞等：《訓詁學初稿》（武昌：武漢大學出版社，2005年6月，修訂版8刷），頁88～89。

〔註 3〕故一般字書的義項雖然有參照傳注訓詁者，但非全盤接受，因為傳注訓詁的字義訓釋有些是因為特殊語境而在偶然的假借下產生，不具一般性，對於一般性訓解的參考價值，自有其限制。而一般字書訓詁多明本義、常用義，傳注訓詁則兼探引申義、假借義。毛《傳》即屬傳注訓詁，它是為訓釋毛《詩》而存在，自然很多字義也是因應語境而生。陳奐作《傳疏》旨在「以《經》通《傳》，以《傳》證《經》，引而伸之，擴而充之」(《傳疏》，頁 1033)，故在補「大毛公《詁訓傳》言簡理賅」，而有「漢儒不遵行，錮蔽久矣」之憾。〔註 4〕《傳疏》自然是為梳理毛《傳》而作，未撰寫此作前，他即將毛《傳》在詞義訓釋上的相關說法整理在《毛詩說》、《毛詩傳義類》等著作。本節主要針對陳奐《毛詩說》之「一字數義說」、「一義引申說」、「一義通訓說」三部分進行歸納和詮釋，以見陳氏於毛《傳》訓釋的梳理之功。

一、「一字數義說」探義

此部分主要是從陳奐在「一字數義說」所列的一百七十六組語詞中，約取數組作為分析樣例，以試探陳奐「一字數義說」內涵之旨要。

1. 時，善也，是也〔註 5〕

陳奐整理《詩經》「時」字共作善也、是也二義。訓作「善」者，有：

〈小雅·魚麗〉「維其時矣」、〈小雅·頍弁〉「爾殽既時」、〈大雅·生民〉「胡臭亶時」、〈大雅·既醉〉「威儀孔時」、〈大雅·蕩〉「匪上帝不時」

陳奐以為《經》文「時」字作「善」解者五見。毛《傳》僅於〈頍弁〉篇作此解。陳奐於首見之〈魚麗〉篇《傳疏》說：

《後箋》云：「時亦與偕、嘉同義。〈頍弁〉『爾酒既旨，爾殽既嘉』、『爾酒既旨，爾殽既時』，《傳》云『時，善也』，此『時』與『嘉』同義之證也。且此詩嘉、偕、時皆為政之善，即首章《傳》所云『取之有時，用之有道也』，故〈六月〉《序》云：『〈魚麗〉廢則法度缺矣。』」(頁 428)

陳奐引胡氏所言，以為「維其時矣」之「時」同〈頍弁〉之「時」，作「善也」解。此「善」義由該詩上下文例：「維其嘉矣」、「維其偕矣」、「維其時矣」三句一例，知嘉、偕、時同作善解。

訓作「是」者，有：

〔註 3〕黃侃述、黃焯編：《文字聲韻訓詁筆記》(上海：上海古籍出版社，1986 年 8 月，1版 2 刷)，頁 219。

〔註 4〕同注 1，頁 991。

〔註 5〕《毛詩說·一字數義說》，收入《傳疏》，同注 1，頁 994。以下凡引及此書，僅註明頁碼，其餘從略。

〈秦風・駟鐵〉「奉時辰牡」、〈小雅・十月之交〉「豈曰不時」、〈小雅・楚茨〉「時萬時億」、「孔惠孔時」、〈小雅・賓之初筵〉「以奏爾時」、〈大雅・文王〉「帝命不時」、〈大雅・大明〉「時維鷹揚」、〈大雅・緜〉「曰止曰時」、〈大雅・思齊〉「神罔時怨」、「神罔時恫」、〈大雅・生民〉「時維姜嫄」、「時維后稷」、〈大雅・公劉〉「于時楚楚」、「于時廬旅」、「于時言言」、「于時語語」、〈大雅・蕩〉「時無背無側」、〈大雅・桑柔〉「時亦弋獲」、〈大雅・韓奕〉「因時百蠻」、〈大雅・江漢、商頌・烈祖〉「時靡有爭」、〈大雅・瞻卬〉「時維婦寺」、〈大雅・召旻〉「不如時」、〈周頌・我將〉「于時保之」、〈周頌・時邁〉「肆于時夏」、〈周頌・思文〉「陳常于時夏」、〈周頌・噫嘻〉「率時農夫」、〈周頌・訪落〉「率時昭考」、〈周頌・敬之〉「佛時仔肩」、〈周頌・良耜〉「殺時犉牡」、〈周頌・酌〉「遵養時晦」、「時純熙矣」、〈周頌・賚〉「敷時繹思」、「時周之命」。

毛《傳》對單一「時」字作訓有五次，首見於〈駟鐵〉「奉時辰牡」，陳奐述毛義說：

「時，是」，《爾雅・釋詁》文。〈十月之交〉、〈文王〉、〈韓奕〉、〈訪落〉《傳》竝訓「時」爲「是」，時、是同聲，古文以「時」爲「是」字也。（頁302）

又說：

「時」之言「是」也，故「時」有善意。（頁598）

是屬禪母支部、時屬禪母之部，二字聲同。〔註6〕且「古文以時爲是字」，「時之言是」，所以在古籍中有許多二字通用之證，〔註7〕朱駿聲說「時，叚借爲是」，〔註8〕則時、是爲假借關係。「時」假借爲「是」，「是」有「然否」之是，故爲「善」義；又有「此是」之是，故爲「此」義。「時」有善、是二義，即假借爲「是」而並有此二義。毛《傳》於〈文王〉之「時」訓「是」，爲「此是」之是；於〈十月之交〉之「時」，爲「然否」之是，義實不同，故陳奐謂是「訓同而義別」。此「一字數義」是經假借而數義。《傳》文爲求精簡，多以「是也」作訓，但爲免誤讀之憾，陳奐特別指出這種「訓同義別」的現象，他在〈大雅・文王〉「有周不顯，帝命不時」，毛《傳》「有周，周也。不顯，顯也；顯，光也。不時，時也；時，是也」下疏說：

「不顯」之「不」爲語助，無實義。……「不顯」，言周德之光明也。……

〔註6〕前文已明陳奐的古韻認知仍是之、支、脂不分。

〔註7〕除在《詩經》外，亦可參見高亨：《古字通假會典》（濟南：齊魯書社，1997年7月，1版2刷），頁407。

〔註8〕〔清〕朱駿聲：《說文通訓定聲》（臺北：藝文印書館，1975年8月3版），頁209。

〈十月之交〉「豈曰不時」，《傳》「時，是也」，與此「不時」訓同而義別。
「不是，是也」，「是，是周」也，言帝命是周也，即「周雖舊邦，其命維
新」之義。（頁642）

指出〈文王〉「有周不顯，帝命不時」，即「有周顯，帝命時」，爲「周德光明，故帝
命是（此）周」之意。依陳氏說，「帝命不時」之「不」是語詞，「是」爲「此是」
之是，即「此」也；〈十月之交〉「豈曰不時」之「不」是否定副詞，「時」訓爲「是」，
爲「善」義，「豈曰不時」即「豈曰不善」。故「帝命不時」與「豈曰不時」二「時」
字雖同訓作「是」，但前者指「此」，後者表「善」，此即毛《傳》「訓同義別」之理。
毛《傳》其他同此之例甚多，如〈邶風・谷風〉「昔育恐育鞫」及〈生民〉「載生載
育」之「育」，毛《傳》均）訓作「長」，但《傳疏》以爲〈邶風・谷風〉「昔育恐育
鞫」之「長」爲「常」義，〈生民〉「載生載育」之「長」爲「生」義；又如〈邶風・
北門〉「王事適我」及〈鄭風・緇衣〉「適子之館兮」、〈小雅・四月〉「爰其適歸」之
「適」，毛《傳》均訓作「之」，但《傳疏》以爲〈邶風・北門〉「王事適我」之「之」
爲「及、往」義，〈鄭風・緇衣〉「適子之館兮」、〈小雅・四月〉「爰其適歸」之「之」
爲「至、到」義；〈陳風・宛丘〉「值其鷺羽」、〈小雅・小宛〉「螟蛉負之」、〈大雅・
抑〉「莫捫朕舌」之值、負、捫，毛《傳》均訓作「持」，然〈陳風・宛丘〉「值其鷺
羽」之「持」爲「執持」義，〈小雅・小宛〉「螟蛉負之」之「負」爲「攜持」義，〈大
雅・抑〉「莫捫朕舌」之「捫」爲「止持」義，此均「訓同」而「義別」。〔註9〕

2. 逑，匹也，合也（頁994）

「逑」字全《詩》僅出現二次，毛《傳》均有釋。〈周南・關雎〉「君子好逑」，
毛《傳》：「逑，匹也。」《傳疏》：

> 《釋文》：「逑，本亦作仇。」「仇，匹」，〈釋詁〉文。孫炎本「仇」作「逑」。
> 〈秦・無衣〉、〈小雅・賓之初筵〉、〈大雅・皇矣〉《傳》並訓「仇」爲匹。
> （頁14～15）

陳奐引《釋文》以爲「逑」字本亦作「仇」，逑、仇並爲群母幽部，二字同音通假。
由〈釋詁〉文及他《傳》知仇訓作匹，故逑訓作匹是假借得義。

〈大雅・民勞〉「以爲民逑」，毛《傳》：「逑，合也。」《傳疏》：

> 〈釋詁〉「仇，合也」，古逑、仇聲通。《箋》云「合，聚也」，《說文》：「逑，
> 斂聚也。」（頁739）

〔註9〕「育」訓作「長」，有常、生義者，見陳奐說，《傳疏》，頁102～103。訓「適」作「之」，
有往、至二義者，見陳氏說，《傳疏》，頁116。訓值、負、捫作「持」，但細繹所訓，
仍有微異，參陳氏說，《傳疏》，頁324。

說「〈釋詁〉：『仇，合也』，古逑、仇聲通。」似乎說逑可訓作合，亦是假借關係。匹、合為一義之引申，則此「逑，匹也，合也」之「一字數義」，為經假借後而引申。但從《說文》談「逑」字為「斂聚」，而鄭氏亦說「合，聚也」，故「合也」亦可說是逑字之引申義。則「逑，匹」為假借，「逑，合」為引申。陳奐並存此二說，不欲執定某說。

3. **駿，長也，大也**（頁994）

「駿」字於全《詩》凡八見，「駿」訓作「大也」者有六次：

〈大雅‧文王〉「駿命不易」、〈大雅‧文王有聲〉「遹駿有聲」、〈大雅‧崧高〉「駿極于天」、〈周頌‧維天之命〉「駿惠我文王」、〈周頌‧噫嘻〉「駿發爾私」、〈商頌‧長發〉「為下國駿厖」

〈大雅‧文王〉「駿命不易」、〈大雅‧崧高〉「駿極于天」、〈周頌‧噫嘻〉「駿發爾私」、〈商頌‧長發〉「為下國駿厖」之「駿」字，《傳》文均訓作「大」，陳奐僅於〈大雅‧崧高〉「駿極于天」、〈周頌‧噫嘻〉「駿發爾私」《傳》下有解。陳奐於〈大雅‧崧高〉「駿極于天」下疏《傳》說：「駿，大；極，至，所謂高也。」（《傳疏》，頁777）認為駿訓作大，此大所謂「高也」，又段氏於《說文》「峻」字條下注說「〈大雅〉（慧修案：指〈大雅‧崧高〉「駿極于天」）之『駿』用假借字」，〔註10〕故「駿」訓作大，且指山之大以表高義者，即峻之假借義。又〈周頌‧噫嘻〉「駿發爾私」下解《傳》訓，說：「浚與駿通。……〈周語〉：『宣王不藉千畝，虢文公述古者藉田之制云：「王耕一發，三班之，庶人終于千畝」。』韋《注》：『王耕一發，一耦之發也。耦廣五寸，二耜為耦，一耦之發，廣尺深尺，三之下，各三其上也。王一發，公三、卿九、大夫二十七也。終盡耕之也。』……《傳》云：『大發私田，各極其望』，實依〈周語〉『庶人盡耕』為說。」（《傳疏》，頁842～843）又「浚」字，段氏於《說文》「浚，抒也」下說「抒者，挹也。……浚取之則深」，〔註11〕故駿為浚之假借字。從段注《說文》「駿，馬之良材者」，並說「引申為凡大之稱」。〔註12〕知大為駿字之引申義，且為《經》文「駿」字之一般訓釋，故餘「駿」訓作「大」者，陳氏未多疏解。

訓作「長也」者有二次：

〈小雅‧雨無正〉「不駿其德」、〈周頌‧清廟〉「駿奔走在廟」

二「駿」字，毛《傳》均訓作「長」。陳奐疏解〈小雅‧雨無正〉「駿」字義說：

〔註10〕〔清〕段玉裁：《說文解字注》（臺北：黎明文化事業有限公司，1996年9月，初版12刷），九篇下，頁6a，總頁444。
〔註11〕同註10，十一篇上二，頁32a，總頁566。
〔註12〕同註10，十篇上，頁7a，總頁468。

　　　「駿，長」，《爾雅・釋詁》文，〈清廟〉同。《方言》亦云「駿，長也」，

　　　駿同峻，長猶常也。「不長其德」猶云「不恆其德耳」。（頁 512）

又釋〈周頌・清廟〉說：

　　　「駿，長」，〈雨無正〉同，「長」讀平聲。（頁 819）

長有「長幼」之長及「長短」之長二讀。陳奐特明「駿」釋作長，讀爲平聲，但與

「長短」之長不同義，而是引申爲「常」，表「恆常」義，如鄭《箋》言「王不能繼

長昊天之德」，〔註 13〕是指不能長（常）守昊天之德。由上知「駿」引申有「大」

義、「長（常）」義，或假借爲「浚」，指盡耕；或假借爲「峻」，指山之大。此「駿」

字「一字數義」之說。

　4. **永，長也，引也**（頁 994）

　　陳奐整理「永」字有二義，有當「長也」解者，有當「引也」解者。作前者解

的「永」字凡三十三見，後者則僅一見。

　　作「永，長也」者如下：

　　　〈周南・卷耳〉「維以不永懷」、「維以不永傷」、〈周南・漢廣〉「江之永矣」

　　　（三見）、〈邶風・泉水〉「茲之永歎」、〈衛風・考槃〉「永矢弗諼」、「永矢

　　　弗過」、「永矢弗告」、〈衛風・木瓜〉「永以爲好也」（三見）、〈魏風・碩鼠〉

　　　「誰之永號」、〈小雅・常棣〉「況也永歎」、〈小雅・六月〉「我行永久」、〈小

　　　雅・白駒〉「以永今朝」、「以永今夕」、〈小雅・正月〉「終其永懷」、〈小雅・

　　　小弁〉「假寐永歎」、〈小雅・楚茨〉「永錫爾極」、〈大雅・文王、下武〉「永

　　　言配命」、〈大雅・下武〉「永言孝思」（二見）、〈大雅・既醉〉「永錫爾類」、

　　　「永錫祚胤」、〈大雅・公劉〉「而無永歎」、〈大雅・烝民〉「仲山甫永懷」、

　　　〈周頌・振鷺〉「以永終譽」、〈周頌・有瞽〉「永觀厥成」、〈周頌・載見〉

　　　「永言保之」、〈周頌・閔予小子〉「永世克孝」、〈魯頌・泮水〉「永錫難老」

毛《傳》爲〈周南・卷耳〉、〈周南・漢廣〉、〈小雅・常棣〉、〈大雅・文王〉之「永」

字作解，但因爲「永」訓作「長也」，似乎是常用義，所以陳奐對此並無作太多的疏

解。又《說文》「永，水長也」，段《注》「引申之凡長皆謂之永」，〔註 14〕故「永」

字本僅止於表「水長」，透過詞義的擴大，引申爲凡「長」之稱。

　　「永，引也」之訓解僅見於〈唐風・山有樞〉「且以永日」，毛《傳》：「永，引

〔註 13〕〔唐〕孔穎達等：《毛詩注疏》（臺中：藍燈文化事業公司，影印嘉慶二十年江西南

　　　　昌府學開雕阮元重刊宋本《十三經注疏》本《毛詩注疏附校勘記》），卷 12 之 2，頁

　　　　10b，總頁 409。

〔註 14〕同注 10，十一篇下，頁 5b，總頁 575。

也。」《傳疏》：

> 《傳》於〈卷耳〉、〈漢廣〉、〈常棣〉、〈文王〉「永」訓「長」，唯此訓「引」
> 者，「引日」猶「引年」，引亦長也。（頁283）

知道全《詩》「永」字此獨訓作「引」，似以為這又是一個「隨文立訓」而產生詞義訓解的孤例。〈小雅·楚茨〉「勿替引之」、〈大雅·卷阿〉「以引以翼」、〈大雅·召旻〉「職兄斯引」諸「引」字，毛《傳》均訓作「長」，證「引」義為「長」。故於〈泮水〉「永錫難老」，《傳疏》說：「〈行葦〉《傳》云『引，長也』，義亦同。」（頁886）是明引、長二字義同。引、長既同義，毛《傳》為何於〈山有樞〉「且以永日」之「永」訓「引」，而不訓「長」，正欲明此「永」字為動詞之「長」，與〈楚茨〉等詩「引長」之引同例，非「長短」之「長」。

5. 元，大也，首也（頁994）

　　檢《詩》中「元」字凡五見。〈小雅·采芑〉「方叔元老」、〈小雅·六月〉「元戎十乘」，毛《傳》訓作「大也」，且更進一步釋「元戎」為「先良」。陳奐另提出：

> 《史記·三王世家》裴駰《集解》引《韓詩章句》：「元戎，大戎，謂兵車也。……所以冒突先啟敵家之行伍也。」《箋》云：「先前啟突敵陳之前行。」鄭從韓《詩》義。（《傳疏》，頁449）

毛釋「元戎」為「先良」，又《韓詩章句》說「元戎」是「大戎」，毛、韓並以大釋元字。鄭《箋》釋毛《傳》「先良」即「兵車」，鄭氏「先前啟突敵陳之前行」之說釋「兵車」為何是「先良」之意。陳奐認為毛《傳》「先良」之義不明，而鄭氏之解釋殆從韓《詩》說而來。

　　〈魯頌·閟宮〉「建爾元子」之元，毛《傳》訓作「首也」。《左傳·襄公九年》「元，體之長也」，〔註15〕知「元」為身體之最高處，即是「首」。從古文字說，元之本義為首，而大又為首之引申。

6. 康，安也，樂也（頁994）

　　全《詩》「康」字凡十二見，作「安也」、「樂也」二訓。訓作「安也」者，有：

> 〈小雅·賓之初筵〉「酌彼康爵」、〈大雅·公劉〉「匪居匪康」、〈大雅·卷阿〉「俾祿爾康矣」、〈大雅·民勞〉「汔可小康」、〈周頌·天作〉「文王康之」、〈周頌·昊天有成命〉「成王不敢康」、〈周頌·執競〉「不顯成康」、「自彼成康」

〔註15〕〔晉〕杜預等：《左傳注疏》（臺中：藍燈文化事業公司，影印嘉慶二十年江西南昌府學開雕阮元重刊宋本《十三經注疏》本《左傳注疏附校勘記》），卷30，頁26a，總頁526。

「康」字作「安」解者八見，《傳》僅以「酒所以安體也」解「酌彼康爵」之「康」字，餘僅釋經句，如〈周頌・執競〉「不顯成康」，毛《傳》：「不顯乎其成大功而安之也。」「自彼成康」，毛《傳》：「自彼成康，用彼成安之道。」但由《傳》訓，知「康」字作「安也」解，經典中「康」亦多訓作安。

據毛《傳》或《傳疏》所解，訓作「樂也」者，有：

〈唐風・蟋蟀〉「無已大康」（三見）、〈大雅・生民〉「不康禋祀」、〈周頌・臣工〉「迄用康年」、〈商頌・烈祖〉「自天降康」

此四見（同一文句重複者以一次算），毛《傳》對單一經字「康」作「樂也」解，陳奐對此無多疏解。《說文》「穅」字段《注》說：「今人謂已脫於米者為穅，古人不爾穅之，言空也。空其中以含米也。凡康寧、康樂皆本義空中之引申。今字分別以本義从禾，引申義不从禾。」〔註16〕故康釋作安或樂，均是引申義。

上述六組例子，均是陳奐整理毛《傳》訓義而得，且從《傳疏》所疏毛《傳》，知有本義、引申義、假借義，並以後二者為多。但不能據此以為陳奐「一字數義說」全是整理《傳》文而得，以下繼舉數例，以蠡測陳奐歸納之原則。

7. 悠，思也，遠也（頁994）

《詩經》中「悠」字多以重言出現，陳奐說「悠」可訓作「思也」或「遠也」。訓作「思也」者的，有：

〈周南・關雎〉「悠哉悠哉」、〈邶風・終風、雄雉〉、〈鄭風・子衿〉、〈秦風・渭陽〉「悠悠我思」、〈邶風・泉水〉「我心悠悠」、〈鄭風・子衿〉「悠悠我心」、「悠悠我思」、〈小雅・十月之交〉「悠悠我里」

〈周南・關雎〉「悠哉悠哉」，毛《傳》：「悠，思也。」《傳疏》：

「悠，思」，〈釋詁〉文。重言曰「悠悠」，《爾雅・釋訓》：「悠悠，思也。」（頁16）

「悠哉悠哉」亦即「悠悠」，為足句而加「哉」字。陳奐指出《傳》訓本於《爾雅》，單言「悠」與重言「悠悠」義同，均訓作「思也」。

又〈小雅・十月之交〉「悠悠我里」，毛《傳》：「悠悠，憂也。」《傳疏》：

《爾雅》「悠悠，思也」，思與憂義近。（頁511）

因思而致憂，故二義相近。段玉裁注《說文》「悠，憂也」說：「〈釋訓〉：『悠悠、洋洋，思也』。〈小雅〉『悠悠我里』，《傳》：『悠悠，憂也。』按：此《傳》乃悠之本義。〈渭陽〉『悠悠我思』，無《傳》，蓋同〈釋訓〉。」〔註17〕陳奐於〈渭陽詩〉

〔註16〕同注10，七篇上，頁46b，總頁327。
〔註17〕同注10，十篇下，頁47b，總頁518。

以「悠」解作「思」義，因是將「憂」視作「思」義。「悠」之本義「憂」，應是常用義。

訓作「遠也」者的，有：

〈鄘風·載馳〉「驅馬悠悠」、〈王風·黍離〉、〈唐風·鴇羽〉「悠悠蒼天」（〈黍離〉篇三見）、〈小雅·漸漸之石〉「山川悠遠」、〈周頌·訪落〉「於乎悠哉」

〈周頌·訪落〉「於乎悠哉」，毛《傳》：「悠，遠。」《傳疏》：

「悠，遠」，〈釋詁〉文。「遠」讀「任重而道遠」之遠。（頁860）

這不僅擬「遠」字讀音，也表意。所以段玉裁說：「〈黍離〉『悠悠蒼天』，《傳》曰：『悠悠，遠意。』此謂『悠』同『攸』，『攸』同『脩』，古多叚攸爲脩，長也，遠也。」〔註18〕所以「悠，遠」是假「攸」字義。

8. 祈，求也，報也（頁994）

《詩經》中「祈」字，若不含陳奐以爲是誤字的「興雨祈祈」之「祈」，〔註19〕則有五見。陳奐以爲「祈」字有訓作「求」者，如：〈小雅·甫田〉「以祈甘雨」、〈小雅·賓之初筵〉「以祈爾爵」、〈大雅·雲漢〉「祈年孔夙」；訓作「報」者，僅一見：〈大雅·行葦〉「以祈黃耇」。

訓作「求」者，《說文》「祈，求福也」，段《注》「祈、求雙聲」，〔註20〕祈、求並爲群母，雙聲爲訓。《說文》以祈爲求福，今〈小雅·甫田〉「以祈甘雨」、〈小雅·賓之初筵〉「以祈爾爵」、〈大雅·雲漢〉「祈年孔夙」，或求甘雨，或求不飲，或求來年，均是求福，求應是祈之本義。

訓作「報」者，〈大雅·行葦〉「以祈黃耇」，毛《傳》：「祈，報也。」《傳疏》：

祈訓作報，謂報賓也。此時射畢飲酒，成王爲主人，老者爲賓，主人既獻賓，賓亦酢主人，主人復酌大斗以酌賓，是主人報賓之酢也。（頁714）

此乃「祈黃耇」是「報老者」，是「報賓」，乃探下文「壽考維祺，以介景福」而言，則知報賓是「從求善言而報養之，故以祈爲報也」。〔註21〕「報」應是「求」之引申義。毛《傳》訓祈作報，鄭《箋》訓作告，以爲是「告黃耇之人，徵而養之也」，是孔《疏》所謂「以告黃耇將養之也」，〔註22〕又說「證祈爲告義，言養老之禮，

〔註18〕同注10，十篇下，頁47b，總頁518。
〔註19〕〈小雅·大田〉「興雨祁祁」，一作「祈祈」，陳奐以爲作「祈」者誤矣，故於此不論。參同注1，頁587。
〔註20〕同注10，一篇上，頁12b，總頁6。
〔註21〕同注13，卷17之2，頁7b，總頁603。
〔註22〕同注13，卷17之2，頁7b，總頁603。

亦當豫告老人矣」，〔註23〕二者訓異義同。

9. 干，求也，厓也，扞也，澗也（頁994）

《詩》中「干」字，毛《傳》訓作「求也」、「厓也」、「扞也」、「澗也」等四義。干訓作「厓」僅一見：〈魏風‧伐檀〉「寘之河之干兮」；訓作「扞」者三見：〈周南‧兔罝〉「公侯干城」、〈小雅‧采芑〉「師干之試」（二見），此二例釋字與被釋字的（假借）關係已說見前章。另訓「干」作「澗」者亦僅一例：〈小雅‧斯干〉「秩秩斯干」，毛《傳》：「干，澗也。」《傳疏》：

> 干讀與澗同。〈聘禮‧記〉「皮馬相閒」，古文「閒」作「干」，是古文《禮》假干爲閒，《詩》則假干爲澗也。〈考槃〉「澗」，韓《詩》作「干」，此亦干、澗聲通之理。〈采蘩〉、〈考槃〉《傳》皆云：「山夾水曰澗。」（頁484）

陳奐指出「干讀與澗同」，除擬音外，也是表義，說明《詩》以干表澗義。於〈聘禮‧記〉「閒」，古文作「干」，又〈考槃〉「澗」，韓《詩》有異文作「干」，馬瑞辰說：「干與間、澗雙聲，古通用」，〔註24〕且依前章所論，知「干」爲「澗」之假借，而「澗」當以毛《傳》所訓「山夾水」之意較爲圓通。所以此澗字與干字爲假借關係。

毛《傳》訓「干」作「求」者：〈大雅‧旱麓〉「干祿豈弟」、〈大雅‧假樂〉「干祿百福」。段玉裁以爲「干求字當作迀」，〔註25〕干、迀聲同，干爲迀之假字，所以求爲干之假借義。

綜上，陳奐於干字所列之義，均與干爲假借關係。另有《詩》「干」經字義，而陳氏未列者：

或爲陳氏未聞之地名者：〈邶風‧泉水〉「出宿于干」，毛《傳》：「干、言所適國郊也。」因「干」字於此作爲地名，故不論。

或讀如「翟」者：〈鄘‧干旄〉「孑孑干旄」、「孑孑干旟」、「孑孑干旌」，毛《傳》：「孑孑，干旄之貌。注旄於干首，大夫之旃也。」《傳疏》：

> 干讀如翟。翟，竹竿之竿。《說文》：「竿，竹梃也。」（頁145）

「干讀如翟」，「翟」指「竿」，則竿、干除聲同外，亦是假借關係，從段玉裁說「凡干旄、干旟、干旌皆竿之假借」，〔註26〕亦可得知。

〔註23〕同注13，卷17之2，頁8a，總頁603。

〔註24〕〔清〕馬瑞辰：《毛詩傳箋通釋》，收入《宋元明清十三經注疏匯要》（北京：中共中央黨校出版社，1996年），卷19，頁12b，總頁479。

〔註25〕同注10，二篇下，頁11b，總頁75。

〔註26〕同注10，五篇上，頁12a，總頁196。

　　或指「盾」者：〈大雅・公劉〉「干戈戚揚」、〈周頌・時邁〉「載戢干戈」，孔穎達釋〈秦風・小戎〉「蒙伐有苑」說：「干、伐，皆盾之別名也。」〔註27〕此「干」字本作「犯」，動字，若作名詞則引申爲武器，以武器捍衛或攻伐，故盾爲干之引申義。

　　10. 路，大也，道也（頁994）

　　陳奐由〈鄭風・遵大路〉「遵大路兮」及〈大雅・皇矣〉「串夷載路」、〈大雅・生民〉「厥聲載路」之《傳》說，歸納毛《傳》釋「路」字有「道也」、「大也」二義，訓「道」者，有：

　　　　〈鄭風・遵大路〉「遵大路兮」（二見）

《說文》：「路，道也」，〔註28〕路訓作道應是本義。

　　訓作「大也」者，有：

　　　　〈大雅・皇矣〉「串夷載路」、〈大雅・生民〉「厥聲載路」

〈魯頌・閟宮〉「路寢孔碩」，毛《傳》雖訓「路寢」作「正寢也」，又〈秦風・渭陽〉「路車乘黃」、〈小雅・采芑〉「路車有奭」、〈小雅・采菽〉、〈大雅・崧高〉「路車乘馬」、〈大雅・韓奕〉「乘馬路車」，各「路」字雖均無《傳》，然據郝懿行疏《爾雅・釋詁上》「路，大也」，說：「經典凡言路寢、路車、路馬，義皆爲大。」〔註29〕可知「路寢」之「路」，「路車」之「路」，皆是「大」義，毛《傳》於此可能因易明而不傳。段玉裁亦說：

　　　　〈釋宮〉「一達謂之道路」，此統言也。……《爾雅》、毛《傳》「路，大也」，

　　　此引申之義也。〔註30〕

此推知「道」應是路之本義，由「一達」而引申爲「大」，「大」是引申義。郝懿行以爲：「路本道路，可以通達，故謂之大。或借爲『輅』，《玉篇》云『輅，大車』、《荀子・哀公問篇》《注》引舍人云『輅，車之大也』、《後漢書・張湛傳》《注》引《曲禮》『式路馬』作『軾輅馬』，云『輅，大也』，是輅、路通矣。」〔註31〕是以「路車」之路假借爲輅，其實「輅」當是「路」之後起專字。

　　11. 猗，長也，加也（頁994）

　　陳奐歸納毛《傳》釋「猗」字，應有「長」、「加」兩訓。訓「長」者，有〈小雅・節南山〉「有實其猗」，指草木之長茂。陳奐以鄭《箋》、王肅語述毛意，說：

〔註27〕同注13，卷6之3，頁13b，總頁238。

〔註28〕同注10，二篇下，頁31b，總頁85。

〔註29〕〔清〕郝懿行：《爾雅義疏》（臺北：漢京文化事業有限公司，1985年9月30日），上一，頁7b，總頁24。

〔註30〕同注10，二篇下，頁31b，總頁85。

〔註31〕同注29。

《傳》云：「實，滿。猗，長。」《箋》以「滿」爲草木平滿。王肅又以「長」
爲草木之長茂，言山之平均，喻師尹之不平。《傳》意或然也。（頁492）
以鄭《箋》及王肅語說明《傳》釋「猗」爲長，是說「草木長茂」，猗訓作「長」，
見收於《廣韻》，而於《詩經》用字上此爲孤例。此推「猗」作「長」解，「長也」
應是「猗」之假借引申義。毛、鄭於「猗」字訓解不同，鄭以爲「猗，倚也。言南
山既能高峻，又以草木平滿其旁之畎谷，使之齊均也。」孔穎達疏《箋》語說：「猗
爲山所實之處，故以爲猗言山旁而倚近山者也。」〔註32〕又馬瑞辰說：

> 猗、阿古同，古通用。王尚書謂：「猗當讀爲阿。阿，阿曲，隅也。實，
> 廣大貌。有實其阿者，言南山之阿實然廣大也。」今按：王說是也。《爾
> 雅》「偏高曰阿丘」，阿爲偏高不平之地，故詩以興師尹之不平耳。〔註33〕

馬氏引王引之的意見，以爲猗、阿疊韻通用，用以形容南山偏高不平的情形。朱駿
聲以爲「《傳》訓長，則謂借爲阿」，〔註34〕意在調和毛《傳》、王引之說法，與馬
說不同。可見此「猗」字不見得訓作「長」，陳奐對此順《傳》作解而未加辨證，是
曲從《傳》說。

訓「加」者，有〈小雅・巷伯〉「猗于畝丘」，毛《傳》：「猗，加也。」《傳疏》：

> 《傳》詁「猗」爲「加」者，楊園在畝丘之上，故云：「楊園之路加於畝
> 丘也。」……畝丘喻自己，楊園喻讒人同處。「加讒」亦是辟嫌不審之意。
> 〈小弁〉「舍彼有罪，予之佗矣」，《傳》：「佗，加也。」兩「加」字義同。
> （頁541）

陳奐釋詩意，說明《傳》詁「猗」爲「加」，此「加」與〈小弁〉篇「佗」字所訓之
「加」義同。據段注《說文》：「〈小雅〉『舍彼有罪，予之佗矣』，《傳》曰：『佗，加
也。』此『佗』本義之見於經者也。」〔註35〕又猗屬影母歌部、佗屬定母歌部，二
者並爲疊韻，陳奐假借條件有僅疊韻者，說見前章，故猗、佗是假借關係，加爲猗
之假借義。

「猗」字除上述二訓外，另有其他五種訓解，而陳奐未列者：

（1）倚也。〈小雅・車攻〉「兩驂不猗」、〈衞風・淇奧〉「猗重較兮」之「猗」
是也。二《經》文之「猗」下，均無《傳》。

〈小雅・車攻〉「兩驂不猗」，陳奐說：「《釋文》本作『倚』字，可證。不倚，

〔註32〕同注13，卷12之1，頁3b～4a，總頁394。
〔註33〕同注24，卷20，頁2a～b，總頁484。
〔註34〕同注8，隨部第十，頁26a，總頁524。
〔註35〕同注10，八篇上，頁13a，總頁375。

無偏倚也。」又〈衛風・淇奧〉「猗重較兮」，《傳疏》：

> 猗當作倚。《禮記・曲禮》孔《疏》、《論語・鄉黨》皇《疏》、《荀子・非
> 相篇》楊《注》、《文選・西京賦》李《注》引《詩》皆作「倚」。《正義》
> 云：「入相爲卿士，倚此重較之車。」孔所據本尚不誤也。（頁157）

由陳奐所引，知「猗」字於此篇有異文「倚」，三家作「倚」，毛作「猗」，是字作「猗」，
而義爲「倚」，三家用正字，毛用借字。〔註36〕

（2）語詞。〈齊風・猗嗟〉「猗嗟昌兮」、「猗嗟名兮」、「猗嗟孌兮」、〈周頌・
潛〉「猗與漆沮」、〈商頌・那〉「猗與那與」、〈魏風・伐檀〉「河水清且漣
猗」、「河水清且直猗」、「河水清且淪猗」之「猗」是也。

段玉裁說：「有叚爲兮字者，〈魏風・伐檀〉『河水清且漣猗』、『河水清且直猗』、
『河水清且淪猗』。」〔註37〕所以「嘆辭」或「巳辭」均爲「猗」之假借義。而〈齊
風・猗嗟〉「猗嗟昌兮」、「猗嗟名兮」、「猗嗟孌兮」，毛《傳》：「猗嗟，歎辭。」《傳
疏》：

> 猗猶噫也。單言「猗」，絫言「猗嗟」，故《傳》於〈那〉之「猗」，與此
> 「猗嗟」竝云：「歎辭也」。辭當爲詞。（頁259）

猗、噫雙聲，並爲影母。此字作「猗」，義爲「噫」、「兮」，故歎詞爲猗之借義。
又俞樾於「語詞複用例」條說「古人用語助詞，有兩字同義而複用者」，〔註38〕而
「猗嗟」亦屬此用例，故陳氏以爲不論單言「猗」，或絫言作「猗嗟」，均表「歎
辭」。

（3）美盛貌。〈衛風・淇奧〉「綠竹猗猗」之「猗」是也。

〈衛風・淇奧〉「綠竹猗猗」，毛《傳》：「猗猗，美盛貌，武公質美德盛，有康
叔之餘烈。」毛氏是以爲《詩》「猗猗」，雖是形容「綠竹」，實際上是說武公質、德
之美盛。

（4）柔也。〈檜風・隰有萇楚〉「猗儺其枝」、「猗儺其華」、「猗儺其實」之「猗」
是也。

毛《傳》訓「猗儺」作「柔順也」。陳奐說：「猗儺者，枝柔之狀。」（《傳疏》，
頁347）段氏說：「『猗儺』則《說文》之『旖施』也。」〔註39〕又說：「本謂『旌旗，

〔註36〕參王先謙說。〔清〕王先謙：《詩三家義集疏》（臺北：明文書局，1988年10月10
　　　　日，初版），頁272。
〔註37〕同註10，十篇上，頁27b，總頁478。
〔註38〕〔清〕俞樾：《古書疑義舉例》，收入楊家駱主編：《古書疑義舉例等七種》（臺北：
　　　　世界書局1992年5月，3版），頁40。
〔註39〕同註10，八篇上，頁8b，總頁372。

柔順之皃」，引申爲凡柔順之稱，倚移與旖施同。」〔註40〕知「猗儺」爲「旖施」之借字，而柔順爲旖施之引申義，故柔順爲猗儺之假借引申義。

（5）角而束之也。〈豳風・七月〉「猗彼女桑」之「猗」是也。

〈豳風・七月〉「猗彼女桑」，毛《傳》：「角而束之曰猗。」《傳疏》：

> 猗當作掎。《說文》：「掎，偏引也。」《廣雅》：「捔，掎也。」《傳》云：「角而束之」，角即捔字。（頁365）

「掎」字，陳奐於〈小雅・小弁〉篇亦有說明。他說：「〈七月〉《傳》『角而束之曰掎』，賈逵《國語注》『從後牽曰掎』，《說文》『掎，偏引也』。掎有三訓，而義實相通。」（《傳疏》，頁528）「猗當作掎」，故《傳》訓是書「猗」字表「掎」義。王氏《廣雅疏證》「猗、掎古通用」，〔註41〕又俞樾《群經平議》說「猗乃掎之假字」，〔註42〕均說明了「猗」與「掎」間的假借關係，故「角而束之」當是「猗」之假借義。

綜上所論，陳奐對「猗」字僅羅列二義，實際上它於《詩》中應有七個意思，且經過上述的討論發現，這七個意思均是「猗」字之假借義，故段玉裁說：「有用爲歎辭者，……〈衛風・淇奧〉《傳》曰『猗猗，美盛貌』、〈檜風・隰有萇楚〉《傳》曰『猗儺，柔順也』、〈小雅・節南山〉《傳》曰『猗，長也』，皆以音叚借也。也有叚爲兮字者，……；也有叚爲加字者，……；也有叚爲倚字者，……。」〔註43〕而陳氏爲何僅列二義，有待繼續探究。

12. 阜，大也，盛也（頁994）

全《詩》「阜」字凡八見，可分訓爲四義，陳氏則列「大也」、「盛也」二義。訓作「大」者，如：

> 〈秦風・駟驖〉「駟驖孔阜」、〈秦風・小戎〉、〈小雅・車攻、吉日〉「四牡孔阜」

〈秦風・駟驖〉「駟驖孔阜」，毛《傳》：「阜，大也。」《傳疏》：

> 駟當作四。……「四驖孔阜」猶云「四牡孔阜」耳。

又引《周禮・廎（廋）人》鄭《注》說：

> 阜，盛壯也。大亦盛壯之意。（頁302）

〔註40〕同注10，七篇上，頁19b，總頁314。

〔註41〕〔清〕王念孫：《廣雅疏證》（南京：江蘇古籍出版社，2000年9月，1版1刷），卷第五下，頁12b，總頁159。

〔註42〕〔清〕俞樾：《羣經平議》，收入《春在堂全書》（臺北：中國文獻社，1968年），經九，頁28b，總頁156。

〔註43〕同注10，十篇上，頁27b，總頁478。

〈小雅・天保〉「如山如阜」、〈小雅・吉日〉「升彼大阜」，毛《傳》均訓作「大陸」。《說文》「阜，大陸也」，段《注》：「陸，土地獨高。大名曰阜，最大名爲陵。引申之凡厚、凡大、凡多之稱。」〔註44〕所以「大陸」爲阜字之本義，大、盛均由土山高大、厚引申得之。毛《傳》釋〈駟驖〉之「阜」爲「大」，就馬而言，則是盛壯，所以說「大亦盛壯之意」，則「大」與「盛」同。

訓作「盛」者，有：

〈鄭風・大叔于田〉「火烈具阜」、〈小雅・頍弁〉「爾殽既阜」

〈鄭風・大叔于田〉「火烈具阜」，毛《傳》：「阜，盛也。」《傳疏》：

〈四鐵（慧修案：當作「驖」）〉《傳》「阜，大」，此云「阜，盛」，各隨文訓。盛者，謂持火者盛也。（頁209）

同一「阜」字，或訓「大」，或訓「盛」，陳氏以爲是「各隨文訓」：馬說大（指盛壯），而火說盛，阜訓作大、盛，是訓異義同。

13. 里，病也，居也，邑也（頁994）

「里」字於全《詩》凡十見，毛《傳》釋爲「病」者，有〈小雅・十月之交〉「悠悠我里」、〈大雅・雲漢〉「云如何里」；釋爲「居」者，有〈鄭風・將仲子〉「無踰我里」；釋爲「邑」者，有〈大雅・韓奕〉「于蹶之里」。

毛氏釋經義者，有〈小雅・六月〉「于三十里」，毛《傳》：「師行三十里。」〈大雅・桑柔〉「瞻言百里」，毛《傳》：「瞻言百里遠慮也。」〈周頌・思文〉「終三十里」，毛《傳》：「言各極其望也。」從《傳》文可知此「里」字應是指單位詞，而此亦是「里」字本義。毛氏從「百里」引申爲遠，故說「遠慮」、「極其望」。

《穀梁傳・宣公十五年》「古者三百步爲里」，〔註45〕而三百步的距離恰可納二十五家，所以《周禮・地官・遂人》「五家爲鄰，五鄰爲里」，〔註46〕而家爲人所居，故「里」引申有「居」之意。又「邑，國也」者，段氏釋「先王之制，尊卑有大小」說：「尊卑謂公矦伯子男也。大小謂方五百里、方四百里、方三百里、方二百里、方百里也。」〔註47〕故又引申爲「邑」。

〔註44〕同注10，十四篇下，頁1a，總頁738。

〔註45〕〔唐〕楊士勛等：《春秋穀梁注疏》（臺中：藍燈文化事業公司，影印嘉慶二十年江西南昌府學開雕阮元重刊宋本《十三經注疏》本《春秋穀梁注疏附校勘記》），卷12，頁16a，總頁122。

〔註46〕〔唐〕賈公彥等：《周禮注疏》（臺中：藍燈文化事業公司，影印嘉慶二十年江西南昌府學開雕阮元重刊宋本《十三經注疏》本《周禮注疏附校勘記》），卷15，頁14a，總頁232。

〔註47〕同注10，六篇下，頁22a，頁285。

「里」訓作「病」者，如〈小雅·十月之交〉「悠悠我里」，陳奐《傳疏》說：

> 《爾雅》「悝，憂也」，「癉，病也」。郭《注》引《詩》作「悝」，《玉篇》引《詩》作「癉」，悝、癉同，里者古文假借字。（頁511）

又釋〈大雅·雲漢〉「云如何里」說：

> 《箋》云「里，憂也」，〈十月之交〉《傳》「里，病也」，憂、病同義。（頁774）

段玉裁於《說文》「悝」字下《注》說：「悝、癉同字耳。」而里、悝疊韻，同為之部字，段、陳二氏均以為二字是假借關係。〔註48〕段氏又說「蓋憂、病相因」，〔註49〕是憂甚而病也，故陳氏以為「憂、病同義」。

14. **密，安也，寧也**（頁994）

全《詩》「密」字凡三見，毛《傳》訓作「安」者，有〈大雅·公劉〉「止旅乃密」，《傳疏》：

> 《傳》訓密為安，言從遷之眾止齒乃安耳。《說文》「宓，安也」，密、宓聲相近。（頁730）

陳奐指出密、宓聲相近，同屬微母。段氏注《說文》「宓，安也」說：「此經典用字作密，密行而宓廢矣。……康，安也，轉以相訓，是密得為安。」〔註50〕故安為密之假借義。

訓作「寧」者，有〈周頌·昊天有成命〉「夙夜基命宥密」，《傳疏》：

> 密，《新書》作「謐」，同。《爾雅》：「密、寧，靜也。」郭《注》云：「見《詩傳》。」〈孔子閒居〉《注》「密，靜也」，是三家《詩》有訓密為靜也。
> 密、寧、靜三字同義。（頁827）

由賈誼《新書》知道「密」字有異文「謐」，二字聲同（並為微母），《說文》「謐，靜語也」，〔註51〕又《爾雅》訓「密」為「寧靜」也，寧、靜義同，則寧、靜之本字為「謐」，「密」是假字。陳奐在「一義引申說」中立有「密，寧也。寧，安也」一條，我們可以說，寧也許是密之假借義，但寧者安也，故透過「寧」義亦可引申出「安」義，則安或亦為密之假借引申義。又據〈釋詁〉文「密、康，靜也」，又「康，

〔註48〕段氏說：「則叚借里為悝。」同注10，十篇下，頁41a，總頁515；陳奐說：「里者古文假借。」同注1，頁511。關於「里」為「悝」之古文假借相關論說，亦可參見前章「陳奐假借類型」的部分。

〔註49〕同注10，十篇下，頁40b，總頁514。

〔註50〕同注10，七篇下，頁9a，總頁343。

〔註51〕同注10，三篇上，頁16a，總頁94。

安也」，轉以相訓，是密得訓爲安。〔註52〕

15. 穀，善也，生也，祿也（頁 994）

　　陳奐指出「穀」字有善也、生也、祿也三義，當翻檢《詩經》，發現「穀」字出現二十二次，其義訓釋如下：

　　（1）穀，善也：

　　「穀」字訓作「善」者，有：

　　　　〈陳風・東門之枌〉「穀旦于差」、「穀旦于逝」、〈小雅・黃鳥〉「不我肯穀」、
　　　　〈小雅・小宛〉「式穀似之」、〈小雅・小明〉「式穀以女」、〈小雅・甫田〉
　　　　「以穀我仕女」、〈大雅・桑柔〉「不肯以穀」、「作爲式穀」、〈魯頌・有駜〉
　　　　「君子有穀」

上列諸「穀」字均當訓作「善」，〈陳風・東門之枌〉、〈小雅・甫田〉之「穀」字均有《傳》，而〈小雅・小宛、小明〉二篇「穀」字毛《傳》及陳氏均無說明，但由鄭氏《箋》語，知二處「穀」字同此訓，當無異議。邢昺疏《爾雅・釋詁》「穀，善也」說：「穀者，養生之善。」〔註53〕知《傳》訓所本。穀訓作善，是由百穀可養生之意而引申。

　　（2）穀，生也：

　　「穀」字訓作「生」者，有：

　　　　〈王風・大車〉「穀則異室」、〈小雅・小宛〉「自何能穀」、〈小雅・小弁、
　　　　蓼莪、四月〉「民莫不穀」、〈小雅・四月〉「曷云能穀」

上列僅〈王風・大車〉有《傳》，陳奐更於此《傳》下說：

　　　　凡「穀」皆訓「善」，唯此「穀」字與下句「死」字作對文，故又訓「生」
　　　　也。（頁 198）

陳氏所言似乎是歸納出「穀」字應通訓作「善也」，於此因爲「對文」之故，此「穀」字應相對於下文「死則同穴」之「死」字而言，故訓作「生」。但陳氏於〈小弁〉「民莫不穀」與〈四月〉「曷云能穀」之「穀」亦訓作「生」，可見陳氏所謂「唯此」者，未免欠周。至於〈小宛〉「自何能穀」，毛、陳二家可能以爲易解而不作訓，今從《箋》語，知亦作「生」解。〔註54〕此處陳奐說明語詞可隨文作訓的靈活性，這也是造成

〔註52〕參孔穎達說。同注13，卷17之3，頁14b，總頁621。
〔註53〕〔宋〕邢昺等：《爾雅注疏》（臺中：藍燈文化事業公司，影印嘉慶二十年江西南昌
　　　　府學開雕阮元重刊宋本《十三經注疏》本《爾雅注疏附校勘記》），卷1，頁11a，總
　　　　頁8。
〔註54〕鄭《箋》：「乃得曰宜自從穀生也。」同注13，卷12之3，頁3b，總頁420。

詞義引申的原因之一。

（3）穀，祿也：

「穀」字作「祿」字解者，有：

〈小雅・天保〉「俾爾戩穀」、〈小雅・正月〉「蔌蔌方穀」

毛《傳》訓「俾爾戩穀」之「穀」字爲「祿」，應是《傳》訓「戩」字作「福」之故，而福、祿多連言及之。且陳奐在「一義引申說」中有「穀，祿也。祿，福也」條，〔註55〕正說明福、祿義同，穀由「養生之善」，亦可引申爲祿。又穀、祿二字，陳奐特別指出其疊韻（屋部，段氏第三部）關係，〔註56〕其聲母也可能是*kl～的複聲母，俞樾「以雙聲疊韻字代本字例」即舉穀、祿爲例，〔註57〕經典多有此用字例，可知穀、祿其音義之雙重關係。

16. **奄，大也，撫也，同也**（頁994）

《詩》中「奄」字凡十見，有：

〈秦風・黃鳥〉「子車奄息」、「維此奄息」、〈大雅・皇矣〉、〈周頌・執競〉「奄有四方」、〈大雅・韓奕〉「奄受北國」、〈周頌・臣工〉「奄觀銍艾」、〈魯頌・閟宮〉「奄有下國」、「奄有下土」、「奄有龜蒙」、〈商頌・玄鳥〉「奄有九有」

毛《傳》訓作「大」義者，有〈大雅・皇矣〉「奄有四方」，《傳疏》：「《說文》：『俺，大也。』奄與俺同。」（頁679）奄、俺音同（並爲影母談部）而通；訓作「同」義者，有〈周頌・執競〉「奄有四方」，此句與〈皇矣〉篇同，毛《傳》異訓，陳奐《傳疏》特於此說：「《爾雅》：『弇，同也。』奄與弇通。〈皇矣〉『奄有四方』，《傳》：『奄，大也。』同、大，隨文立訓，又義互相足也。」（頁834）指出同一經句中的經字，毛《傳》因隨文立訓之《傳》例，而有異訓。此異訓，非別爲訓解，反具有「義互相足」的特色；訓作「撫」義者，有〈大雅・韓奕〉「奄受北國」，《傳疏》：「《傳》訓『奄』爲『撫』者。《爾雅》『奄、撫，有之也』、『幠，有也』，撫與幠通。奄訓撫，又訓有也。」（頁796）明此「奄」訓作「撫」，可釋作「有」義。

　　上面所談各例，可以發現陳奐是歸納、整理毛《傳》對同一字的訓釋，而各字所涵蓋的意思有本義、引申義、假借義，而以假借義尤多，本義最少，此除了符合毛多用借字的慣例外，也說明毛《傳》是傳注作品，旨在梳理毛《詩》，理是隨文作訓，故毛《傳》訓解，旨求符合特殊的語言環境。陳奐既是整理毛《傳》對一字的

〔註55〕同注1，頁993。

〔註56〕同注1，頁414。

〔註57〕同注38，頁33。

不同訓解，以凸顯「一字數義」的現象，固此，有些經字之本義、引申義、假借義訓解，陳氏亦未列，多因毛《傳》未釋。除外，亦有所列義項不見於毛《傳》者，如「單，長也，厚也，信也」條之「長」，〔註58〕不見於毛《傳》釋義，而陳奐卻列入該字義項，其緣由不明。

二、「一義引申說」探義

在上一節「一字數義說探義」中，知道毛《傳》訓釋同一字，爲配合語境而給予不同的訓解，陳奐試圖將各字之義項彙整，並整理爲毛《傳》的「一字數義說」。又於《毛詩說》中另立「一義引申說」，整理出九十九個條例，並採用遞訓的方式，利用多個語詞共同點的聚合，再指出此聚合點的特定義素，以成「一義引申說」之系列。以下將藉由梳理諸例，以明陳氏對「一義引申」之歸納。

陳奐利用同義詞的聚合，將毛《傳》訓釋語詞整理爲一個聚合系列，各語詞的本身要素也許不只一個，但是只要有一個聚合點，就可以構成一個聚合系列，例如：

1. 序，緒也。緒，業也〔註59〕

是「序」有「緒」這個義素，經字「序」訓作「緒」者，如〈周頌·閔予小子〉「繼序思不忘」；又緒訓作業，此如〈大雅·常武〉「三事就緒」、〈魯頌·閟宮〉「纘禹之緒」、「纘大王之緒」、〈商頌·殷武〉「湯孫之緒」。〈閔予小子〉「繼序思不忘」，毛《傳》：「序，緒也。」陳奐《傳疏》說：

> 《爾雅》「敍，緒也」，序與敍通。……〈閟宮〉「纘禹之緒」，《傳》：「緒，
> 業也。」緒、業，一義之引申。（頁860）

《傳》依《爾雅》作解，又序、敍同音（並爲邪母魚部）通假，故可作「序，緒也」，知緒非序本有之義，爲透過假借而存在的義項。又「緒」訓作業，緒本指草木初生，又抽絲者得緒，可引申爲凡事皆有緒可纘，〔註60〕所以緒與業的聚合點則爲事，故此一義引申。陳奐以爲毛《傳》「緒，業也」，《爾雅》「業，緒也」，可說「緒、業轉相訓」。〔註61〕

〔註58〕《詩》中「單」字凡三見，毛《傳》訓作「厚」者，有〈周頌·昊天有成命〉「單厥心」；訓作「信」者，有〈小雅·天保〉「俾爾單厚」。另〈大雅·公劉〉「其軍三單」，毛《傳》：「三單，相襲也。」《傳疏》引胡承珙《後箋》語說：「單者，一也，獨也。」（《傳疏》，頁729）全《詩》「單」字無訓作「長也」者。

〔註59〕《毛詩說·一義引申說》，收入《傳疏》，同注1，頁994。以下僅註明頁碼，其餘從略。

〔註60〕參段玉裁說。同注10，十三篇上，頁1b，總頁650。

〔註61〕同注1，頁891。

2. 據，依也。依，倚也〔頁993〕

《說文》：「據，杖持也。」段《注》：「謂倚杖而持之也。杖者，人所據，則凡所據皆曰杖據。」〔註62〕引申爲「依」。故〈邶風・柏舟〉「不可以據」，毛《傳》說「據，依也」，陳奐則說「據、依同義」（《傳疏》，頁77），皆就其引申義說。《說文》：「依，倚也。」〔註63〕依，影母微部；倚，影母歌部，同聲音轉，當是同源詞。陳奐以遞訓方式說明「一義引申」，其中必有一義項爲另一義項之引申。

3. 履、穀，祿也。祿，福也〔頁993〕

此條的聚合點是「祿」，毛《傳》訓「履」作祿者，如〈周南・樛木〉「福履綏之」、「福履將之」、「福履成之」。《說文》：「履，足所依也。」段《注》：「履……又引申之訓祿，《詩》『福履綏之』，毛《傳》曰：『履，祿也。』」〔註64〕履、祿雙聲，並爲來母，祿爲履之假借義；另訓「穀」爲祿者，此說見於前。又訓祿作「福」者，有〈小雅・楚茨〉「以綏後祿」、〈大雅・既醉〉「天被爾祿」。〈大雅・既醉〉「天被爾祿」，毛《傳》：「祿，福也。」陳氏《傳疏》說：

> 「福，祿」，〈釋詁〉文。〈天保〉曰「百祿」、〈假樂〉曰「百福」、〈皇矣〉
> 曰「受祿」、〈假樂〉曰「受福」，是福、祿同也。（頁718）

以各篇句例類比，得福、祿義同，且於《詩》中福、祿多不別，〔註65〕且毛《傳》皆曰「祿，福也」，此爲古義，〔註66〕故「履、穀，祿也」，亦可作「履、穀，福也」。

4. 選、同、黎、翦，齊也。齊，正也〔頁992〕

此條的聚合點是「齊」，而此「齊」可引申作「正」。

「選」字全《詩》凡三見，其訓解各異，有訓作「數」者：〈邶風・柏舟〉「不可選也」，有訓作「算」者：〈小雅・車攻〉「選徒囂囂」；有訓作「齊」者：〈齊風・猗嗟〉「舞則選兮」。

〈齊風・猗嗟〉「舞則選兮」，毛《傳》：「選，齊也。」《傳疏》：

> 選者纂之假借字。鄭注〈樂記〉云：「綴謂酇舞者之位也。」酇與纂通，
> 選者，正其舞位之謂。齊者，正也，舞位正則與樂節相應。（頁262）

選屬心母元部、纂屬精母元部，二者爲聲母旁轉、疊韻之假借字。「舞則選兮」即「舞則纂（酇）兮」，纂者聚也，聚舞者之位，即「正其舞位」、「齊其舞位」之意，故選

〔註62〕同注10，十二篇上，頁27b，總頁603。

〔註63〕許慎說「倚，依也」、「依，倚也」，同注10，八篇上，頁16b，總頁376。

〔註64〕同注10，八篇下，頁3a，總頁407。段玉裁常混用引申與假借二詞，於此所謂「引申」者，當是「假借」。

〔註65〕福、祿二字至鄭〈既醉〉《箋》始爲分別詞。

〔註66〕參段玉裁說。同注10，一篇上，頁5a，總頁3。

有正、齊之義，齊者爲選之假借義，引申爲正。

「同」字作「齊」解者，如〈小雅・車攻〉「我馬既同」，毛《傳》：「同，齊也。」《傳疏》：

> 同訓齊。「宗廟齊豪，戎事齊力，田獵齊足」，《爾雅・釋畜》文。《傳》引之而又申明齊之義爲「尚純」、「尚強」、「尚疾」也。詩因田獵而修車馬，則齊足尚疾，正訓經之「同」字。（頁 457～458）

毛《傳》訓「同」作齊，《傳》文又說「宗廟齊豪，尚純也；戎事齊力，尚強也；田獵齊足，尚疾也」，陳奐解之，以爲此專就「田獵」之事而言。至於「尚純」、「尚強」、「尚疾」，孔穎達對此亦有解，孔氏說：「尚純、尚強、尚疾是毛以義增解之也。齊其毫毛尚純色、齊其馬力尚強壯、齊其馬足尚迅疾也。引之者證經『既同』爲『齊力』之義。」〔註 67〕此齊是指馬毫毛之色齊純，馬力齊強壯，馬足齊迅速，故此齊有整齊、一致之意。

「黎」字作「齊」解者，有〈大雅・桑柔〉「民靡有黎」，毛《傳》：「黎，齊也。」陳奐解《傳》文說：

> 「黎、齊」疊韻爲訓。《荀子・王制篇》：「先王惡齊亂也，故制禮義以分之，使有貧富貴賤之等，足以相兼臨者，是養天下之本也。《書》曰『維齊非齊』，此之謂也。」《管子・正世篇》：「治莫貴於得齊。齊不得，則治難行；故治民之齊，不可不察也。」竝與《傳》齊訓同。齊猶治也。「民靡有齊」，言民無有能齊者也。（頁 760～761）

「黎、齊疊韻爲訓」，說明黎、齊並爲脂部疊韻字，而其聲母，黎是來母，齊是從母，就今日的語音觀念，非雙聲關係，但今人李葆嘉列段玉裁之雙聲，有「位同（即發音部位相同）雙聲」一類，在「舌齒雙聲」中列有「來心」雙聲者，〔註 68〕又從母與心母均是齒音，陳奐可能據此推「來、從」二母雙聲，則黎是齊之假字。此「齊」字作何解？陳氏引古籍，知此「齊」表「治理」之治，「民靡有齊」是說人民無有能治理者。孔穎達訓作「眾也。眾民皆然，是齊一之意」。〔註 69〕鄭、孔二家之說與毛異。王引之認爲：「黎者，眾也，多也。……黎與燼相對爲文。……此詩言民多死於禍亂，不復如前日之眾多，但留餘燼耳。二者皆以多寡言之也。《箋》訓黎爲不齊，固於文義不安；《傳》訓黎爲齊，亦不若訓眾之爲得也。又案：黎民之黎，古人但訓眾，訓

〔註 67〕同注 13，卷 10 之 3，頁 2a，總頁 366。

〔註 68〕李葆嘉：《清代上古聲紐研究史論》（臺北：五南圖書出版有限公司，1996 年 6 月，初版 1 刷），頁 130。

〔註 69〕同注 13，卷 18 之 2，頁 2b～3a，總頁 653～654。

齊。」﹝註70﹞王氏所言與毛、孔二家近似，合於古訓，陳奐訓「齊」為「治」，是否合於《傳》義，不易判斷。

　　每個詞都具有多義性，也就是說，所隱含的義素不只一個，上述所提的詞義聚合，只要具有一個聚合點，即可構成一個聚合系列，也因此一個詞可以和分別具有某一共同點的詞聚合成不同的系列，例如：

　5.（a）**捷、克，勝也；勝，任也，乘也**（頁 993）

　　（b）**勝、騰，乘也；乘，升也；升，出也**（頁 993）

　　在此系列（a）中，其聚合點在「勝」。陳奐整理毛《傳》釋經文「勝」字的，有「任」和「乘」二義；系列（b）中之聚合點在「乘」，此又可引申作「升」、「出」二義。

　　《傳》文訓「捷」作勝者，如〈小雅・采薇〉「一月三捷」，毛《傳》：「捷，勝也。」陳氏僅釋《傳》訓為「〈釋詁〉文」，此為「勝敵」之勝。訓「克」作勝者，如〈小雅・小宛〉「飲酒溫克」，毛《傳》：「克，勝也。」陳氏說：

　　　《爾雅》「勝，克也」，克、勝互訓。勝，讀《論語》「不使勝食氣」之「勝」。
　　　〈玄鳥〉《傳》：「勝，任也。」（頁 521）

又於〈商頌・玄鳥〉「武王靡不勝」，毛《傳》：「勝，任也。」陳氏說：

　　　《爾雅》：「勝，克也。」任與克義同。《說文》：「任，保也」。（頁 912）

指出「溫克」之克釋為「勝」，「勝，任也」；「飲酒溫克」，是說飲酒時能以溫藉自任、自持、自守，不及於亂，所以引〈玄鳥〉「武王靡不勝」《傳》之「勝，任也」作解，「任」即「勝」之引申。「勝」訓作「任」時，作保解，段玉裁以為保為任字之引申義，﹝註71﹞此勝訓作任，應是作擔任、勝任之意，均表「能也」。﹝註72﹞又訓作「乘」者，如〈小雅・正月〉「靡人弗勝」，毛《傳》：「勝，乘也。」陳奐《傳疏》說：

　　　勝讀如騰，與乘疊韻。（頁 499）

當勝訓作「乘」時，讀如騰，騰、乘疊韻，釋為乘。勝可引申為乘，騰、乘是同源詞。﹝註73﹞故任、乘義不相屬，不可直接說「捷、克，任也，乘也」，此處應可作「捷、克，勝也。勝，任也」。

﹝註70﹞〔清〕王引之：《經義述聞》（臺北：臺灣商務印書館，1979 年 1 月，臺 1 版），冊 2，卷 7，頁 266。以下凡引及此書只註明頁數，其餘從略。

﹝註71﹞參段玉裁說。同註 10，八篇上，頁 22a，總頁 379。

﹝註72﹞從陳奐釋〈小雅・正月〉「既克有定」之「克」作「能也」，表能定亂可見。同註 1，頁 499。

﹝註73﹞參王力說。王力：《同源字典》（北京：商務印書館，2000 年 11 月，1 版 6 刷），頁 253。

從系列（b）可以知道「勝，乘也」這一系列的聚合方向，上文已說明「勝、騰，乘也」，勝可引申出「乘」義，乘、騰同源。〔註74〕又〈小雅・十月之交〉「百川沸騰」，毛《傳》：「騰，乘也。」《傳疏》：

> 騰讀爲滕，假借字也。《玉篇》「滕，水上涌也」，引《詩》正作「滕」。「騰，乘」，〈閟宮〉同。《文選》揚雄〈甘泉賦〉、顏延之〈侍遊蒜山詩〉《注》引《韓詩章句》亦云：「騰，乘也。」乘、陵義相近。（頁 507）

《說文》「滕，水超踊出」下，段《注》「超、踊皆跳也。跳，躍也」，〔註75〕凡跳、躍均爲滕字之引申義。騰應是滕字之假借字，從陳氏所引古籍可爲滕、騰二字同音（定母蒸部）通假之證，故乘爲滕之假借義。又「乘、陵義近」，陵本指大阜，又〈釋名〉：「陵，隆也」，乘因而有「隆」義，〔註76〕又隆者高也，故說升。而「升」所指廣矣，〈小雅・天保〉「如日之升」，《傳》訓「升」作「出也」，是說旭日始出之升。〔註77〕

陳奐將毛《傳》訓作「勝」義之「捷、克」二字聚合，又根據《傳》訓，指出勝字可解作「任」、「乘」，然此僅是整理《傳》訓，並非說明捷、克二字等同「任」，或是「乘」義。陳氏爲指出「任」、「乘」二義不相屬，故聚合出另一系列，以明「勝」作「乘」解，則與「騰」字爲引申關係，且「乘」義在一義引申下可得「升」、「出」二義。陳氏藉此也指出一個字具有許多義項，每一個系列的聚合，僅是透過該系列字的單一共同點構成，並在這個共同義項上進行字義的引申或假借。故最後聚合點所指出的兩個義項不見得相同，也不代表系列中的任一字之字義有與之相同，或具有一定繫聯關係的可能。

6. 寫、襄、舍、抽，除也。除，去也，開也（頁 992）

此條的聚合點在「除」。又「除」字，毛《傳》有訓作「去也」、「開也」，一個是結束，一個是開始，是一字同具正反義。事實上，「除」字本有「去舊更新」之義，故毛《傳》釋〈小雅・小明〉「日月方除」之「除」說「除陳生新」，陳奐也解釋說：

> 〈蟋蟀〉「除，去也」、〈天保〉「除，開也」。去者，除陳；開者，生新，除字兼有此二義。（頁 562）

〔註74〕段氏說「亦有叚騰爲乘者」，是以乘爲騰之假借義。同注10，十篇上，頁 17b，總頁 473。

〔註75〕同注 10，十一篇上二，頁 5b，總頁 553。

〔註76〕參段玉裁於《說文》「陵，大阜也」下之《注》說。同注 10，十四篇下，頁 1a，總頁 738。

〔註77〕同注 1，頁 416。

所以「除」字在正反引申下包含去舊和更新二義，這是兩個連續的動作，因爲去舊之後自然會更新，所以看似相反的詞義，其實是一種動作的連續，後因詞義的縮小，遂僅存除去義，此與「落」、「臭」等字之詞義變化方式類似。

至於此系列各詞所聚合之「除」義是否相同？〈唐風‧蟋蟀〉「日月其除」，毛《傳》：「除，去也。」陳奐《傳疏》說：

> 〈泉水〉之「寫」、〈牆有茨〉之「襄」、〈楚茨〉之「抽」，《傳》皆訓爲除，除皆去也。（頁280）

〈邶風‧泉水〉、〈衛風‧竹竿〉之「以寫我憂」，是去我憂。〈鄘風‧牆有茨〉「不可襄也」，陳奐疏解毛《傳》：「襄，除也。」說：「襄，除，〈釋言〉文。〈出車〉同。《說文》云：『漢令解衣而耕謂之襄』，除與解衣義相近。」（頁130）是「不可去（解衣）」之義。〈小雅‧楚茨〉「言抽其棘」，是去楚木之棘，此寫、襄、抽均同「除」，是去義。

另〈小雅‧雨無正〉「舍彼有罪」之「舍」，毛《傳》亦訓「除也」，陳奐疏此《傳》文說：

> 此《傳》讀「舍」爲「除」，謂舍即除之假借，除猶治也。（頁512）

陳奐指出舍、除的假借關係，此《傳》以本字釋假字，而訓「除」爲「治」。孔穎達《正義》釋經文「舍彼有罪，既伏其辜」二句毛《傳》之意說「『舍彼有罪，既伏其辜』者而不戮」，〔註78〕是讀「舍」爲「捨」，舍、捨古今字，捨字晚出，古文毛《傳》說：「舍，除」，與陳氏說不同。

毛《傳》因是隨文訓解《詩經》之故，所以所訓解詞語的引申方向並不確定，爲針對語言環境的臨時性個別引申。而假借也是一種偶然，所以一字有被分別置入不同的聚合系列之中的可能，例如：

7.（a）烝，實也。實，置也（頁993）

（b）烝，填也。填，久也（頁993）

「烝」字同時出現在此條之a、b系列，這是在毛《傳》訓解中找出關於「烝」字的二個引申系列，但不能說全《詩》「烝」字的訓解均在這兩組系列中。陳奐在「一字數義說」的「烝」字條即說「烝，進也，君也，眾也，實也，填也」，這是集合毛《傳》對「烝」字的所有訓釋，如：〈豳風‧東山〉「烝在栗薪」，烝訓作「眾」；〈小雅‧甫田〉「烝我髦士」，烝作「進」解；〈大雅‧文王有聲〉「文王烝哉」「皇王烝哉」、「武王烝哉」，「烝」均釋作「君」；〈魯頌‧泮水〉「烝烝皇皇」，「烝烝」

〔註78〕同注13，卷12之2，頁11a，總頁410。

二字訓作「厚也」，但以上「烝」字義項並不屬上述兩組引申系列，故不列，此亦見陳氏所列「一字數義說」與「一義引申說」之別。

　　此條系列a說烝訓作「寘」，如：〈豳風・東山〉「烝在桑野」；又訓寘為置，如：〈周南・卷耳〉「寘彼周行」、〈魏風・伐檀〉「寘之河之干兮」、「寘之河之側兮」、「寘之河之漘兮」、〈大雅・生民〉「誕寘之隘巷」、「誕寘之平林」、「誕寘之寒冰」。陳奐說：「寘者寘之俗」（《傳疏》，頁 23）。又寘、填古今字，〔註79〕故段玉裁以為烝字訓作「寘」或「填」，皆是鄭玄所謂「古聲寘、填、塵同」，作「久」解，為烝之引申。〔註〕80 若依此解，此條之a、b系列是否可併作「烝、填，寘也；填，久也」？但事實上此二系列不可合併，因「寘」〔註81〕訓作「置」，與訓填、塵之「久」義者不同，故系列a、b仍在不同的引申系列中。

8.（a）**鞠，究也。鞠、究，窮也**（頁 994）

　　（b）**鞠，盈也。盈，滿也**（頁 993）

　　「鞠」字亦因不同的引申方向，而有兩個不同的引申系列。陳奐解釋系列a〈邶風・谷風〉「昔育恐育鞠」，毛《傳》「鞠，窮也」之意以為：

　　　　「鞠，窮」，〈釋言〉文。〈齊・南山〉、〈小弁〉同。《說文》「𥷚，窮也」、
　　　　「𥷚，窮治罪人也」。今字俗作「鞫」，又作「鞠」。（頁 102～103）

又於疏解〈小雅・小弁〉「鞠為茂草」，毛《傳》「鞠，窮也」之意說：

　　　　「鞠，窮」，〈邶・谷風〉、〈齊・南山〉同。窮猶塞也。（頁 526）

指出窮為「𥷚」之本義，「鞠」為𥷚之俗寫，所以鞠可訓作窮。但三者所指「窮」之內涵有別，如：〈邶風・谷風〉「昔育恐育鞠」之「鞠」，為與富相對之窮；〈齊・南山〉「曷又鞠止」之「鞠」，是指夫道之窮。指娶妻必告父母廟，今僅告生者，故說夫道窮，為困塞、困窮之窮；〔註82〕〈小雅・小弁〉「鞠為茂草」之「鞠」是「塞」之窮，說周道本平易，但為茂草所塞。

　　而「究」訓作窮者，有：〈小雅・鴻鴈〉「其究安宅」之「究」為窮困之窮；〈小雅・小弁〉「不舒究之」，是說「不寬緩而窮治之」，與〈大雅・蕩〉「靡屆靡究」之「究」是無終極之窮，同表極盡，窮盡之窮。鞠、究二字均有訓作「窮」者，但窮意的實際內涵並非單一，陳奐對「訓同意別」的《傳》訓現象特別指出，說：「凡詁

〔註79〕參段玉裁說。同注 10，七篇下，頁 22a，總頁 349。
〔註〕80 參段玉裁說。同注 10，十篇上，頁 42a，總頁 485。
〔註81〕《說文》未收此字，但《說文新附》即以置訓寘。轉引自《故訓匯纂》。
〔註82〕《正義》釋《傳》義說：「上宜以婦道禁之，何為又使窮極邪意而至齊乎？」同注
　　　　13，卷 5 之 2，頁 5a，總頁 197。孔氏解「窮」為「窮極其意」之窮，與陳氏不同。

訓窮有二義，窮極謂之窮，窮困亦謂之窮。」（頁471）

另「鞫」有訓作「究」，故系列a作「鞫，究也。鞫、究，窮也」。但鞫訓作究，全《詩》一例：〈大雅・公劉〉「芮鞫之即」，孔穎達說：「〈釋言〉云：『鞫、究，窮也』，俱訓爲窮，故轉鞫爲究。此鞫是水厓之名，言其曲水窮盡之處也，故《傳》解其名鞫之意。」〔註83〕此「鞫」本表水厓外之名，但因是「水窮盡之處」，所以引申爲窮義，是指窮極，《傳》訓作「究」，是因鞫、究俱訓窮，故此系列不可說是「鞫，究也。究，窮也」的一義引申。

全《詩》「鞫」訓作盈者一見：〈小雅・節南山〉「降此鞫凶」，此鞫訓作盈，鄭《箋》「盈猶多」，〔註84〕故盈有滿義，而毛《傳》訓「盈」亦多作「滿也」，如：〈召南・鵲巢〉「維鳩盈之」。但不可以此誤窮與盈爲反義詞，「窮」作「窮盡」，是中性詞語，可以是極多（盈），可以是極少（空無所有）。在〈齊・南山〉「曷又鞫止」，毛《傳》訓「鞫」作「窮」，鄭《箋》則訓作「盈」，二者所解正反，孔穎達解釋二者異趣，以爲「《箋》以此則魯桓之辭，不宜唯言文姜之窮極邪惡，故易《傳》以爲盈責。魯桓盈縱文姜，不禁制之。」〔註85〕

綜上所論，陳奐「一義引申說」，是將毛《傳》訓義進行繫聯的工作。此整理工作應當是建立在「一字數義說」的基礎上，例如「素、曠，空也。空，大也，窮也，盡也。從「一字數義說」中知毛《傳》釋「素」字有作「白也」、「空也」；「空」字有作「大也」、「窮也」、「盡也」；而「曠」字全《詩》僅一見：〈小雅・何草不黃〉「率彼曠野」，毛《傳》即訓作「空也」，故在「一字數義說」不列。因「白」爲素字之本義，而採由引申義「空也」進行引申，而曠字訓作空，故說「素、曠，空也。」又知空可訓作「大也，窮也，盡也」，故素、曠可在空義上繼續引申而有大、窮或盡三義，但因爲引申是透過該字義的某一點進行聯想，最後引申而得之義，也就不盡然與原先之訓釋義等同。上文已說陳奐這一部分是透過該系列中的詞所具共同點，進行詞義的聚合，所以所作的引申，也是該聚合點的聯想引申。又一字具有多項義素，也就是一字可與不同詞義聚合爲不同系列，故有一個字處在不同的引申系列中，而一引申系列的聚合點也必須仔細分辨，若該聚合點有多種義項存在，則該組系列中的字，可能就不是單一的引申狀況，此與《爾雅》的訓釋系列所存在的問題同。

〔註83〕同注13，卷17之3，頁14b，總頁621。
〔註84〕同注13，卷12之1，頁6b，總頁395。
〔註85〕參孔穎達說。同注13，卷5之2，頁5a～b，總頁197。

三、「一義通訓說」探義

　　「一義通訓說」是陳奐整理全《詩》《傳》義，發現以下這十二組字及十四組語詞於全《詩》用法一致，所以毛《傳》多只作一次訓解，對於未作訓解者，若能「推類引申」，均可得其條理。〔註86〕以下試舉數例，見陳氏如何歸納及定位「一義通訓」。

　　1. 陟，升也〔註87〕

　　全《詩》「陟」字十八見，毛《傳》釋經「陟」字僅一見（〈周南・卷耳〉），但透過釋經句而知「陟」字字義者亦有二處（〈鄘風・載馳〉、〈大雅・文王〉）。

　　〈周南・卷耳〉「陟彼崔嵬」，毛《傳》：「陟，升也。」《傳疏》：

　　　「陟，升」，〈釋詁〉文。此及〈載馳〉、〈文王〉《傳》竝訓陟爲升。《詩》

　　　作「升」不作「登」也。《箋・公劉》「陟，升」，而〈車舝〉、〈皇矣〉「陟，

　　　登」，則升與登通用矣。（頁24）

陳奐解《傳》文所訓，以爲「陟」均訓作「升」，特別提出〈鄘風・載馳〉「陟彼阿丘」，毛《傳》：「升至偏高之丘」及〈大雅・文王〉「文王陟降」，毛《傳》：「言文王升接天，下接人也。」二《傳》竝訓「陟」作「升」，且從陳奐「一字數義說」中，亦不見「陟」字有作他義解者，可知「陟」均訓作升，而「陟降」，陟，升接天；降，下接人。全《詩》「陟」字，除〈卷耳〉毛《傳》訓作「升」外，〈小雅・車舝〉、〈大雅・皇矣〉「陟彼高岡」之「陟」，鄭《箋》訓作「登」。陳奐以爲升、登通用，段玉裁亦說「古經、傳登多作升，古文叚借也」，〔註88〕所以《箋》訓「陟」爲登者，與訓作「升」者同。

　　2. 旨，美也（頁997）

　　「旨」字，全《詩》凡十六見，分別是〈邶風・谷風〉「我有旨蓄」、〈陳風・防有鵲巢〉「邛有旨苕」、「邛有旨鷊」、〈小雅・鹿鳴〉「我有旨酒」、〈小雅・魚麗〉「君子有酒旨」、「且旨」、「物其旨矣」、〈小雅・正月〉「彼有旨酒」、〈小雅・甫田〉「嘗其旨否」、〈小雅・桑扈〉、〈周頌・絲衣〉「旨酒思柔」、〈小雅・頍弁〉「爾酒既旨」、〈小雅・車舝〉「雖無旨酒」、〈小雅・賓之初筵〉「酒既和旨」、〈大雅・鳧鷖〉「旨酒欣欣」、〈魯頌・泮水〉「既飲旨酒」。毛《傳》僅訓釋「旨」字於首見之〈谷風〉，作「美」解。餘因同此訓，故無傳。

〔註86〕參陳奐說。同注1，頁997。

〔註87〕《毛詩說・一義通訓說》，收入《傳疏》，同注1，頁997。以下僅標明頁碼，其餘從略。

〔註88〕同注10，十四篇上，頁35a，總頁726。升、登二字，王力以爲是同源詞。同注73，頁253。

3. 蓺，樹也（頁 997）

毛《傳》訓「蓺」作「樹」，首見於〈齊風・南山〉「蓺麻如之何」，毛《傳》：「蓺，樹也。……種之然後得麻。」《傳疏》：

> 今「蓺」俗通作「藝」，《傳》訓「蓺」爲「樹」，又云：「種之然後得麻」，
> 則蓺、樹皆種也。（頁 252）

所以《經》文「蓺」若訓作「樹」，皆爲「種」，爲動詞。〈唐風・鴇羽〉「不能蓺稷黍」、「不能蓺黍稷」、「不能蓺稻粱」、〈小雅・楚茨〉「我蓺黍稷」、〈大雅・生民〉「蓺之荏菽」等篇「蓺」字毛《傳》不復訓解，陳奐則多引〈齊風・南山〉毛《傳》解「蓺」字爲訓。故全《詩》凡「蓺」字，通訓作「樹也」。

4. 疆，竟也（頁 997）

檢全《詩》「疆」有二十三見：

> 〈豳風・七月〉、〈小雅・天保、南山有臺、楚茨、信南山、甫田〉「萬壽無疆」、〈小雅、信南山〉「我疆我理」、「疆場翼翼」、「疆場有瓜」、〈大雅・緜〉「迺疆迺理」、〈大雅・皇矣〉「侵自阮疆」、〈大雅・假樂〉「受福無疆」、〈大雅・公劉〉「迺場迺疆」、〈大雅・崧高〉「徹申伯土疆」、〈大雅・江漢〉「徹我疆土」、「于疆于理」、〈周頌・烈文〉「惠我無疆」、〈周頌・思文〉「無此疆爾界」、〈魯頌・駉〉「思無疆」、〈商頌・烈祖〉「申錫無疆」、「黃耇無疆」、「降福無疆」、〈商頌・長發〉「外大國是疆」

毛《傳》於全《詩》二次爲「疆」字作訓，一爲〈豳風・七月〉《傳》：「疆，竟也。」另一次爲〈小雅・信南山〉《傳》：「疆，畫經界也。」二訓似異。《說文》：「畺，界也。」段《注》：「〈七月〉『萬壽無疆』，《傳》曰：『疆，竟也。』〈田部〉曰：『界，竟也。』然則畺、界義同。……〈小雅、信南山〉『我疆我理』，《傳》曰：『疆，畫經界也。理，分地理也。』〈緜〉曰『迺疆迺理』、〈江漢〉曰『于疆于理』，其義皆同，經界出於人爲。」又說：「今則疆行而畺廢矣」。〔註89〕所以「畺，界也」，此「界」指人爲經界，即《傳》所謂的「畫經界」，又竟、界義同，〔註90〕故毛《傳》訓異義同。陳奐亦說：「疆訓竟，《傳》爲全《詩》通訓。」（《傳疏》，頁 374）知全《詩》「疆」字同訓。

5. 緐，多也（頁 997）

「繁」者「緐」之俗，〔註91〕全《詩》均作「繁」，僅三見：〈小雅・正月〉「正

〔註89〕段玉裁說，見同注 10，十三篇下，頁 48a〜b，總頁 704。
〔註90〕王力以爲疆、竟（境）、界，均同源詞。說見同注 73，頁 343。
〔註91〕參陳奐說。同注 1，頁 497。

月繁霜」、〈大雅・公劉〉「既庶既繁」、〈周頌・離〉「介以繁祉」。毛《傳》釋「繁」字於首見，訓作「多也」，此符合《傳》訓之例。

6. 寔，是也（頁997）

「寔」字僅於〈召南・小星篇〉有二見：「寔命不同」、「寔命不猶」，毛《傳》：「寔，是也。」《傳疏》：

> 「寔，是」，〈釋詁〉文。此《傳》爲全《詩》「寔」字通訓。《禮記・大學》：「寔能容之，寔不能容。」《書・秦誓》「寔」作「是」。《春秋・桓六年》：「春正月，寔來。」《公羊、穀梁傳》竝以「寔來」作「是來」，寔、是聲義皆同。《釋文》引韓《詩》作「實」，云：「有也。」與毛《詩》作寔，訓是，聲義皆異。〈燕燕〉《釋文》：「實，是也」，本亦作「寔」。〈頍弁〉《箋》：「實猶是也」，〈韓奕〉《箋》：「實當作寔。趙魏之東，實寔同聲，寔，是也。」〈無羊〉、〈召旻〉、〈閟宮〉《箋》以「是」代「實」字，或鄭所據皆作「寔」也。漢時毛《詩》「實」、「寔」錯出，今全《詩》「寔」字俱改作「實」，總由寔、實同讀，遂通假矣。（頁64）

陳奐明此《傳》爲全《詩》「寔」字通訓。但據考，全《詩》「寔」僅見於〈小星〉篇，對此，陳氏先從古籍用字，說明寔、是二字不但聲義皆同（寔，禪母錫部、是，禪母支部，錫、支對轉），且有通用之證，則釋字（寔）與被釋字（是）爲通假關係。又「寔」字於三家作「實」，訓作「有也」，則二字聲義皆異。然從《釋文》與鄭《箋》均有以「是」解「實」者，故《詩經》今作「實」者，鄭玄所見應作「寔」。造成《經》文寔、實二字錯出的原因統歸有二：趙魏之東，二字聲同；二、漢時毛《詩》二字錯出，所以今全《詩》「寔」俱改作「實」，故以寔、實二字通假。檢全《詩》「實」字，〈燕燕〉「實勞我心」、〈頍弁〉「實維伊何」、「實維何期」、「實維在首」、〈韓奕〉「實墉實壑」、〈無羊〉「實維豐年」、〈召旻〉「實靖夷我邦」、〈閟宮〉「實維大王」、「實始翦商」，字雖作「實」，但作「是」解，所以陳奐說：「實當作寔，是也。」（《傳疏》，頁597）若將解作「是」之「實」字亦視作「寔」，則全《詩》「寔」字十一見，訓作「是」，故說「寔，是也」，爲全《詩》「寔」字通訓。

7. 尸，主也（頁997）

「尸」字全《詩》十三見，《傳》之訓解有「主也」、「陳也」二者，然作「陳」解者僅見於〈小雅・祈父〉「有母之尸饔」，是「陳饔以祭母」，表達「孝子欲養而親不待也，木欲直而時不待也」的喟嘆。〔註92〕餘均作「主」解，而毛《傳》僅標示

〔註92〕同注1，頁478。

於〈召南‧采蘋〉「誰其尸之」下，此符合毛《傳》註解經文的一般通例。

8. 庶，眾也（頁 997）

　　檢全《詩》「庶」字，共出現三十三次，毛《傳》除了於〈衛風‧碩人〉「庶士有朅」以統釋經文說「齊大夫送女者」外，〔註93〕另於〈檜風‧素冠〉「庶見素冠兮」說「庶，幸也」、〈小雅‧天保〉「以莫不庶」說「庶，眾也」；而於〈小雅‧楚茨〉「為豆孔庶」句說「庶，羞也」，似乎是對「庶」字的另一種訓解，但孔穎達說：「毛以孔庶為甚眾，故云『莫莫清靜而敬』，至由后能清靜恭敬又至篤，故能為豆甚多。……『庶，羞』者，以言孔庶則非一，故為兼二羞也。」〔註94〕此「庶」亦為「眾」。故毛《傳》對「庶」字之訓解有二，當「眾」解者有二十次，〔註95〕佔總「庶」字的百分之六十六點七，故「庶」訓作「眾」的比例高於作「幸」解，而似可依此作陳奐以「眾」作為「庶」字之一義通訓者之因。

9. 說，舍也（頁 997）

　　全《詩》「說」字十二見，〔註96〕陳奐「一字數義說」歸納毛《傳》此字訓解，共有四義：服也、數也、舍也、赦也。〔註97〕可見全《詩》非凡「說」同訓作「舍」，以下羅列《詩》之「說」字，以見陳氏「說，舍也。凡說訓同」之理由。

　　（1）說，舍也。

　　如〈召南‧甘棠〉「召伯所說」，毛《傳》：「說，舍也。」《傳疏》：

　　　　「說、舍」，雙聲。〈蜉蝣〉《箋》云：「說猶舍息也。」（頁 54）

案：陳奐指出釋字與被釋字的聲音關係，也說明毛《傳》釋義上的特殊性。「說」訓作舍，作舍息解。

　　又〈鄘風‧定之方中〉「說于桑田」，《傳疏》：

　　　　《釋文》：「說，毛始銳反，舍也。」說訓舍，見〈甘棠〉《傳》。《箋》：「為辭說於桑田，教民稼穡，務農急也。」鄭讀「說」如字，或本三家義。（頁

〔註93〕同注 1，頁 163。

〔註94〕同注 13，卷 13 之 2，頁 11a，總頁 457。

〔註95〕〈召南‧摽有梅〉「求我庶士」、〈衛風‧碩人〉「庶姜孽孽」、「庶士有朅」、〈齊風‧雞鳴〉「無庶予子憎」、〈小雅‧天保〉「以莫不庶」、〈小雅‧節南山〉「庶民弗信」、〈小雅‧小宛〉「庶民采之」、〈小雅‧小明〉「我事孔庶」、〈小雅‧楚茨〉「為豆孔庶」、〈大雅‧靈臺〉「庶民攻之」、「庶民子來」、〈大雅‧生民〉「庶無罪悔」、〈大雅‧公劉〉「既庶既繁」、〈大雅‧卷阿〉「媚于庶人」、「既庶且多」、〈大雅‧抑〉「庶人之愚」、「庶民小子」、〈大雅‧雲漢〉「鞫哉庶正」、「以戾庶正」、〈周頌‧閟宮〉「宜大夫庶士」。

〔註96〕將〈衛風‧氓〉「猶可說也」、「不可說也」視作一見。

〔註97〕同注 1，頁 995。

141〜142）

案：此「說」亦作「舍」解，鄭氏訓「說」爲一般義（解說），是本三家義。

〈陳風‧株林〉「駕我乘馬，說于株野」，毛《傳》：「大夫乘駒。」《傳疏》：

由國中至株林必先經株野，然則「駕我乘馬」者，謂靈公本以諸矦車騎出，至株野託言他適，乃舍之，而乘大夫所乘之驕以至于株林，則已永夕永朝淫蕩忘返。……故《箋》云「變易車乘者」，實得《經》、《傳》微旨。……奐謂《經》言「我」，《傳》言「大夫」，鄭以「變易車乘」申明《經》、《傳》，固是精確。（頁 337）

案：知靈公變易車乘，改諸矦車爲大夫車，而舍息於株林，故此「說」亦訓作「舍息」義。

除上三者之「說」訓作「舍」義外，〈曹風‧蜉蝣〉「於我歸說」之「說」，從《箋》語稱「說」字「猶舍息也」，知此「說」作「舍」解。而〈衛風‧碩人〉「說于農郊」，鄭《箋》以爲「說」當作「禭」，衣服曰禭。言莊姜始來，更正衣服于衛近郊。〔註98〕而《釋文》則說：「說，本或作稅，舍也。」〔註99〕此或許可如《釋文》作「舍」，猶舍息義，不必更說爲「禭」。

（2）說，服也。

如〈召南‧草蟲〉「我心則說」，毛《傳》：「說，服也。」《傳疏》：

「說、服」，雙聲。《爾雅》云：「悅，服也。」劉向《說苑‧君道篇》引《詩》作「悅」，說、悅，古今字。（頁 49）

案：陳奐說「說、服」雙聲，指出釋字與被釋字間的聲音關係。又說「說」同「悅」，是古今字，訓作「服」。

又〈邶風‧靜女〉「說懌女美」，《傳疏》：

《箋》云「說懌當作說釋」，《說文》：「說，說釋也。」〈頍弁〉「庶幾說懌」，依鄭、許「懌」亦當作「釋」。今詩作「說懌」，《爾雅》作「悅懌」，并「說」字誤從心旁矣。（頁 120〜121）

〈小雅‧頍弁〉「庶幾說懌」，《傳疏》：

懌，本作「釋」，〈靜女〉《箋》「說懌」作「說釋」，與此同。（頁 598）

案：「說懌」可作「說釋」，而「說釋」亦即「說懌」、「悅懌」之意，說、悅通，悅字後起；釋、懌通，懌字後起。古書多有以「說」代「悅」者，如〈小雅‧都人士〉

〔註98〕　參鄭玄說。同注 13，卷 3 之 2，頁 17a，總頁 130。

〔註99〕　〔唐〕陸德明：《經典釋文》，四部叢刊正編（臺北：臺灣商務印書館，影印上海涵芬樓藏明沈氏野竹齋刊本），毛詩音義（上），頁 18b，總頁 60。

「我心不說」、《禮記・檀弓下》「而民說」、《大戴禮・曾子制言中》「此說而取友」、《國語・周語上》「厲王說榮夷公」、《史記・封禪書》「及見欒大，大說」之「說」即是。

（3）說，赦也。

如〈大雅・瞻卬〉「女覆說之」，毛《傳》：「說，赦也。」《傳疏》：

說與釋古字相通，故《傳》訓說爲赦。《後漢書・王符傳》、《潛夫論・述赦篇》引《詩》「女反脫之」，是三家《詩》「覆」作「反」也。（頁806）

案：此明「說」同「釋」、「脫」，故訓作「赦」。古書多有「脫」作「說」之例，如《易・蒙卦》「用說桎梏」、《詩・衛風・氓》「猶可說也」、「不可說也」、《禮記・少儀》「車則說綏」、《禮記・鄉飲酒義》「降說屨升坐」、《禮記・檀弓上》「說驂於舊館」之「說」即是。又〈氓〉「猶可說也」、「不可說也」之「說」，《箋》訓作「解」，〔註100〕可作「解脫」之義。從〈瞻卬〉之訓，知「解脫」義亦可訓作赦。

（4）說，數也。

如〈邶風・擊鼓〉「與子成說」，毛《傳》：「說，數也。」《傳疏》：

《傳》云「說，數」者，《說文》：「數，計也。」（頁90）

案：以數解說，數又解作計。

綜上所論，「說」字訓作「舍」者五處；訓作「服」者二處；訓作「赦」者二處；作「數也」者一處，則「說」訓作「舍」者爲多，似可以此解釋陳氏所謂全《詩》通訓者。

10. 戎，兵也（頁997）

陳奐於「一字數義說」明「戎，大也，相也，兵也」。（頁994）檢全《詩》「戎」字二十四見，解作「相」者爲一；「大」者爲八；「兵」者爲十五。毛《傳》訓解「戎」字，不似以往，作「兵」解者，除訓解〈小雅・雨無正〉「戎成不退」之「戎」作「兵」外，餘皆不訓。作「相」、「大」解者，則幾乎每次必訓。〔註101〕可知毛《傳》對於經字通訓之義，多僅標註一次，除此之義訓，爲免讀者誤解，則遂文標註。

由上文所論，知陳奐對於「一義通訓說」之歸納原則大致如下：

1. 所標舉該字訓解之篇名，爲毛《傳》訓解首見者，如「陟，升也」，首見於〈周南・卷耳〉。

2. 凡一字多義者，經翻檢全《詩》該經字之訓解，似乎爲陳氏所謂該字通訓之

〔註100〕參鄭玄說。同注13，卷3之3，頁3b，總頁135。

〔註101〕僅〈大雅・崧高〉「戎有良翰」之「戎」毛《傳》未作訓，《傳疏》說：「戎，大也。」（頁781）

義者，是全《詩》該經字出現較多次的訓義，使該訓義成爲該經字的常用義。

3. 作爲該字通訓之義者，毛《傳》不論是否標於首見，但多標註一次，故陳氏說「凡語詞之通訓，一見不復再見，則推類引申，皆可以得其條理矣。」（《傳疏》，頁 997）而其他訓義者不盡然，如「戎」凡訓作「大也」全《詩》有七次，毛《傳》逐一作訓，是否也指出非通訓之義，免讀者誤讀而逐一作訓。

（關於陳奐「一義通訓説」之歸納，參見附錄）

第二節　陳奐對虛詞之考釋

實詞具有實際的辭彙意義，虛詞則無，兩者所需要面對的外在世界也不盡相同：實字對應的是客觀世界；虛字對應的是語法結構的意義。所以虛詞處於語法系統中，在不同的語法位置上，表現不一的語法意義及作用，也因爲虛詞在語法意義上的不定性，常造成訓釋上的困難。但虛詞也並非毫無規則可言，它仍存在著既定的演變規律。在這種模糊而非不定的狀況下，引發歷來學者對這類詞語的探討。元代盧以緯的《語助》（明代以後改稱作《語助辭》），爲第一本研究虛詞的專著，著重以比較的方式，研討詞語於各方面的差異，並開啓匯解虛詞的先例；清代在這方面的研究碩果不斷，有劉淇的《助字辨略》、袁仁林的《虛字說》、王引之的《經傳釋詞》、孫經世的《經傳釋詞補/再補》、吳昌瑩的《經詞衍釋》等，均爲此方面的力作。儘管如此，虛詞的研究直至馬建忠的《馬氏文通》面世才開始了新的階段：系統性地從中國語法的角度出發，對於虛詞的語法意義及作用，進行更透闢的定義及研究。〔註 102〕

毛《傳》釋《詩》，也出現「辭也」的虛詞訓釋，如〈漢廣〉《傳》：「思，辭也。」陳奐在疏解經文時，即多體會毛《傳》，更予闡發，如〈周南·關雎〉：「求之不得，寤寐思服。」《傳疏》：

> 經中「思」字爲助詞，無實義。〈漢廣、文王〉《傳》皆云：「思，詞也。」
> 思爲句首、句末之詞，又爲句中之詞。（頁 16）

以爲「寤寐思服」的「思」字，與〈周南·漢廣〉「不可泳思」、〈大雅·文王〉「思皇多士」之「思」字同爲「詞也」，因所處文脈位置不同，而有句首、句末、句中之別，但均作語詞用，故〈周南·漢廣〉《傳疏》：「思訓辭，辭當作詞。休思、求思、泳思、方思，皆詞也。《傳》爲全詩『思』字句末語助之發凡也。思又爲句首語詞，義見〈文

〔註102〕 關於虛字研究的著作史，請參看郭錫良：〈古漢語虛詞研究平議〉，收入何大安主編：《古今通塞：漢語的歷史與發展》，《第三屆國際漢學會議論文集》（臺北：中央研究院語言學研究所籌備處，2003 年 6 月），頁 49～74。

王篇〉。」（頁 36）而〈大雅・文王〉《傳疏》亦說：「思，發語之辭。〈漢廣〉：『思，
辭也。』思，語已之辭，二《傳》爲全《詩》『思』字發凡也。」（頁 643）即「思」
字作語詞解爲全《詩》通訓，但因位置有異，而別作發語詞、句中之詞，及語已之詞，
均指無意義的語詞。又釋〈大雅・文王有聲〉「無思不服，皇王烝哉」時說：

> 王引之《釋詞》云：「無思不服，無不服也。思，語詞耳。」案：王說是
> 也。《荀子》〈儒效篇〉、〈議兵篇〉兩引《詩》，竝云：「通達之屬，莫不從
> 服」，釋「無思不服」，則以「思」爲語詞，明矣。《箋》與《孟子注》皆
> 不以「思」爲語詞。（頁 696～697）

陳奐由《荀子》所引，知以「思」爲語詞，但鄭玄《箋》語說「心無不歸服者」，又
《孟子・公孫丑上》：「《詩》云：『自西自東，自南自北，無思不服。』」趙岐《注》
說：「言從四方來者，無思不服武王之德，此亦心服之謂。」〔註 103〕均特著「心」
字，即不以「思」爲語詞。王引之釋作「無不服也」，與《荀子》訓作「莫不從服」
同，「思」均作語詞解。另陳奐在〈魯頌・駉〉「思無疆，思馬斯臧」二句，以異篇
句例進行詞性的虛實對勘，《傳疏》說：

> 思，詞也。……思皆爲語助。……「思馬斯臧」與「於萬斯年」、「則百斯
> 男」、「于胥斯原」、「有秩斯祜」，上一字爲語助，此其句例，解者俱以思
> 爲思慮之思，失之。（頁 880）

「思無疆，思馬斯臧」之二「思」字，陳氏說「詞也」，表虛詞，但也有人將其誤解
作「思慮」之「思」，如王先謙即以爲「上『思』，思慮；下『思』，語詞」。〔註 104〕
此誤可能是受同篇「思無邪」的「思」字的影響，事實上「思無邪」的「思」也應
作語詞，非作動詞解。由此可見先秦以來《詩》解中對語詞虛實的不同認知。

清人劉淇曾說：「構文之道，不過實字虛字兩端，實字其體骨，虛字其性情。」
〔註 105〕袁仁林則說：「較字之虛實，實重而虛輕，主本在實也；論辭之暢達，虛多
而實少，運實必虛也。」故「千言萬語，止此數箇虛字，出入參伍于其間，而運用
無窮」。〔註 106〕「虛」與「實」爲構文的兩大端，此兩端，在語言的運用上，形成

〔註 103〕 〔宋〕孫奭等：《孟子注疏》（臺中：藍燈文化事業公司，影印嘉慶二十年江西南昌
　　　　　 府學開雕阮元重刊宋本《十三經注疏》本《孟子注疏附校勘記》），卷 3 下，頁 1b，
　　　　　 總頁 63。
〔註 104〕 同注 36，頁 1065。
〔註 105〕 《助字辨略・自序》語。〔清〕劉淇著，楊家駱主編：《助字辨略等六種》（臺北：
　　　　　 世界書局，1974 年 5 月，再版），頁 1。
〔註 106〕 〔清〕袁仁林著、解惠全注：《虛字說・總說》（北京：中華書局，2004 年 7 月，2
　　　　　 版 2 刷），頁 130。

相輔相成的效果。但因虛字並無實質上的詞彙意義，多半僅表示一種情態、語氣，即馬建忠所謂「凡字有事理可解者，曰實字；無解而惟以助實字之情態者，曰虛字」，〔註107〕所以較能在語法上靈活運用。這種靈活性，伴隨而至的是模糊特質，時有難以掌握的情形，無怪乎阮元曾慨歎說：「實詞易訓，虛詞難釋。」〔註108〕而實詞與虛詞的劃然二分，雖不確定起源於何時，但至少在宋代時已經廣泛使用這兩個名稱。〔註109〕目前二者仍存在許多尚待釐清的模糊地帶，使得實詞與虛詞的明確範圍，可能因研究者的標準不一，而有不同的分類。儘管如此，對虛詞的理解，仍為解文者不可避免的課題。以下將從陳奐的訓釋條例中，蠡測陳氏用以訓釋詞語虛實的方法。

一、據古籍用例以明詞語之虛實

陳奐疏解《經》、《傳》，除參之《箋》語與《正義》外，也多參考古籍用例，以明語詞之虛實。例如〈大雅・文王有聲〉「文王烝哉」，毛《傳》：「烝，君也。」又「王后烝哉」，毛《傳》：「后，君也。」《傳疏》：

> 「后，君」，〈釋詁〉文。《傳》訓烝為君，又訓后為君。《左傳》：「不君君矣。」《國語》：「為君必君。」《論語》：「信如君不君。」皆上君字，實；下君字，虛，與此同。（頁695）

陳奐舉三個語料作為「君君」用法的說明。《左傳》「不君君矣」之「君君」與《國語》「為君必君」、《論語》「信如君不君」之「君不（必）君」的結構不同。「不君君」是「不尊其為君」，上「君」字是虛（名詞轉動詞），下「君」字是實，其結構是「不+V+N」，是動賓結構。陳奐說「皆上君字實」，於此例不然，不過他認為二君字連用則一實一虛，這是體認到語詞虛實的變化。

二、據它篇句例，明詞語之虛實

陳奐不妄斷《經》文的字義或句義，多參文獻語料或《詩》中通例，故歸納全《詩》句例（內證）以說語詞虛實，亦是陳氏的重要方法。

其據他篇句例明詞語虛實者，如〈大雅・蕩〉「侯作侯祝」，《傳疏》：

> 「侯作侯祝」，侯作祝也。侯，維也，猶有也。猶云「是剝是菹」，是剝菹也；「爰始爰謀」，爰始謀也；「迺宣迺畝」，迺宣畝也；「克禋克祀」，克禋

〔註107〕　〔清〕馬建忠：《馬氏文通》（上海：商務印書館，1935年4月，3版），卷1，頁1。

〔註108〕　參見《經傳釋詞/補/再補・阮序》文。〔清〕王引之撰、孫經世補：《經傳釋詞/補/再補》（臺北：漢京文化事業有限公司，1983年4月5日），頁1。

〔註109〕　《虛字說・前言》，同注106，頁2。

祀也；「匪紹匪游」，匪紹游也。皆以弟一字爲語詞，弟三字爲助詞，此其
句例。（頁 748～749）

陳奐藉他篇相同之句例進行句義比對，以得「矣」字之虛實。據陳氏說，諸例之
一、三字，均字同而詞性異，第三個字爲整齊句型而存在，無實義，故不影響文
意的解讀。令人感到模糊的是，「語詞」、「助詞」不均是虛詞嗎？既如此，爲何既
說「語詞」又說「助詞」？究竟所謂「語詞」的意涵爲何？馬建忠在《馬氏文通》
中以爲：「語詞者，事物之動靜也。……後四卷之論動字、靜字者，所以知語詞之
所由生也。七卷之論介詞者，爲夫起詞、語詞之意或有不足也，則知所以足之者
也。八卷之論連字者，爲夫語詞與語詞之或相承轉也，則知所以維繫之者也。九
卷之論助字者，爲夫語詞辭氣之有疑、有信也，則知所以傳之者也；猝有所感，
則辭氣不及傳，而發而爲聲者，附以嘆字終焉。字分九類，凡所以爲起詞、語詞
者盡矣。」〔註110〕就一個同心圓的理論來說，語詞是虛詞的代稱，涵蓋虛字的內
容，爲範圍最廣的一圈，而助詞則是被囊括其中的小圈。這樣「語詞」的解說便
成爲大範圍的模糊概念，故《傳疏》所舉「矦作矦祝」、「是剝是菹」、「爰始爰謀」、
「迺宣迺畝」、「克禋克祀」、「匪紹匪游」，第一個字多屬無義的語首助詞，而第三
個字，就虛詞位置及功能論，即爲無義的語中助詞，有時是爲了整齊句式、補足
語氣而存在，相當於曲中的襯字功能，故所謂「助詞」，應是語氣詞。而「剝菹」、
「始謀」、「宣畝」、「禋祀」、「紹游」，都是詞組，爲足句而加助詞。與此相仿的句
例如〈鄘風・載馳〉「載馳載驅」，毛《傳》：「載，辭也。」《傳疏》：

乘車曰載，假借之爲語詞。《傳》爲全詩「載」字發凡也。〈豈（凱）風、
泉水〉不傳者，例不限於首見也。辭當爲詞。載者發語詞也，〈載驅〉「載
驅薄薄」，言驅薄薄也；《傳》不釋「載」字，凡句首載字，無意義者，放
此。載者，語助詞也，〈賓之初筵〉「賓載手仇」，言賓取匹也。《傳》亦不
釋「載」字，凡句中「載」字，無意義者，放此。又載者，詞之乃也，〈小
戎〉曰「載寢載興」、〈斯干〉曰「乃寢乃興」，是載與乃同義。又載者，
詞之則也，〈江漢〉曰「王心載寧」、〈黍苗〉曰「王心則寧」，是載與則同
義。此《箋》及〈七月〉、〈湛露〉、〈沔水〉、〈小宛〉、〈楚茨〉、〈江漢〉、〈時
邁〉、〈有駜〉《箋》竝云：「載之言則也」。凡詩中，或言載，而或言則；
或言載，而或言乃者，放此。（頁 149）

陳氏說：「乘車曰載，假借之爲語詞」，已經說明「載」字原爲乘車義，屬動詞，今因

────────────

〔註110〕同注 107，卷 6，頁 1。

假借而爲語詞，即詞類的活用，「載」字由動字作語助字。就虛字的範疇論，楊樹達以爲「載」字可分爲無義的語首助詞、語中助詞，及釋「設也」的假設連詞，〔註111〕前兩類爲此處所謂的語詞。以下陳氏更指出「載」字作爲無義之語助詞的情況，按所屬位置可分爲句首及句中語助詞。語助詞雖是無義，但陳氏透過句法、用字一律的情形，統歸出可能與之相應的語助字。此如〈秦風・小戎〉曰「言念君子，載寢載興」、〈小雅・斯干〉曰「下莞上簟，乃安斯寢，乃寢乃興，乃占我夢」，二者所異，僅是易「載」爲「乃」。就文意而論，此載、乃應釋作「於是」，且裴普賢先生直將「載寢載興」釋作「則」，〔註112〕又楊氏於「則」字條說：「承接連詞，於始爲一事時用之。與『乃』、『於是』義同。惟『乃』『於是』語氣緩，而『則』語氣急耳。」〔註113〕故「則」與「乃」在語用上均作「承接連詞」解；〈大雅・江漢〉曰「王心載寧」、〈小雅・黍苗〉曰「王心則寧」，二者所異者，以「則」易「載」。〈江漢〉「時靡有爭」爲「王心載寧」之因；〈黍苗〉「召伯有成」爲「王心則寧」之因，載、則二字於此所表示者，同於「載」爲「乃」的承接用法。於此陳奐將「載」字，統言之爲「虛詞」，析言之則「語助詞」及「連詞」。

　　「載」字用法已歸納於上，故陳氏於他處可直接使用此通例作解，如〈周頌・載芟〉「載芟載柞，其耕澤澤。千耦其耘，徂隰徂畛。侯主侯伯，侯亞侯旅，侯彊侯以。」《傳疏》：

　　　　《詩》蓋以兩「載」字、兩「徂」字、六「侯」字皆疊用之，爲語詞。（頁
　　　　864）

此與下文所討論的「爰始爰謀」等句同一句例，第一個字均是無義的語首助詞，第三個字只是助字作用，爲了整齊句式而存在。將其視作同第一個字，則均作語首助詞；單獨看待，則爲語中助詞。若僅就意義層面談論，則第三個字的存在與否，並不影響意義結構的完整性。值得注意的是，「徂隰徂畛」之「徂」字，爲往義，屬動字，故疊用者，非盡爲虛字疊用，且這種疊用只是便於成文；〔註114〕而陳氏所謂的「語詞」非單指虛字，也有指動詞的情形，可見陳氏對語詞的界定與馬氏所謂的「凡以言起詞所有之動靜者，曰語詞」，〔註115〕相符。

〔註111〕　楊樹達：《詞詮》（北京：中華書局，2004年7月，3版14刷），卷6，頁284～285。
〔註112〕　裴普賢：《詩經評註讀本》（臺北：三民書局股份有限公司，1998年2月），頁454。
〔註113〕　同注111，卷6，頁278。
〔註114〕　俞樾：「疊用語詞以成文者。」見《古書疑義舉例》「語詞疊用例」條，同注38，頁38。
〔註115〕　《「馬氏文通」讀本》說：「語詞相當於現在所說的謂語。《文通》給語詞所下的定義是：『凡以言起詞所有之動靜者，曰語詞。』」呂叔湘、王海棻：《馬氏文通讀本》

如〈周頌‧我將〉：「我將我享。」毛《傳》：「將，大；享，獻也。」《傳疏》：

> 我，我周公，祀文王時也。下「我」爲助詞。（頁 831）

「我將我享」應是「我將享」，釋作「周公我將享」，所以上「我」字是所有格用法，而下「我」字乃爲足句而增之字，爲語助功用，無實義，此同〈陌上桑〉「秦氏有好女，照我秦氏樓」之「我」亦爲無義之語助。

或釋句義以明詞語之虛實，如〈大雅‧卷阿〉：「有馮有翼，有孝有德。」《傳疏》：

> 《爾雅》：「孝，享也。」「有孝有德」，言能有享德也。下「有」字爲助詞。
> （頁 734）

「有孝有德」，孝爲享義，此句表「有享德」，故用於享德之前的「有」即「有無」之有，是實詞；下「有」字，似《經傳釋詞》說：「有，語助也。一字不成詞，則加『有』字以配之。」〔註116〕即前人所謂的「語助」，是今日「虛詞」一類，〔註117〕此語助爲整齊句法而存在，不表實義。

或以他篇句法，並分析語義，以明語詞虛實者，例如〈曹風‧正月〉「瞻彼中林，侯薪侯蒸」，毛《傳》：「中林，林中也。薪蒸言似而非。」《傳疏》：

> 中林，林中，〈兔罝〉同。侯，維也。「侯薪侯蒸」與〈無羊〉「以薪以蒸」
> 句法正同，侯、以皆語詞。蒸薪喻小人，蒸薪不能爲大木，故《傳》云「言
> 似而非」。《箋》：「林中，大木之處，而維有薪蒸爾。喻朝廷宜有賢者，而
> 但聚小人。」《詩異義》云：「《傳》之所謂似，即《箋》之所謂宜，言既
> 曰中林矣，則似有大木，今維有薪蒸而非大木，猶既在朝廷，則當爲賢者。
> 今維是小人，《傳》言似而非，一語統釋經文二句，其言簡質，故《箋》
> 申明之，曰：『林中，大木之處，而維有薪蒸。』《爾疏》申《傳》，言『薪
> 蒸似大木而非』，誤解《傳》意矣。」案：汪說是也，《韓詩外傳》釋《詩》
> 亦云：「言朝廷皆小人也。」（頁 499）

陳奐以「句法正同」明侯、以爲語詞之解。並引汪龍《詩異義》所論，明《傳》文「薪、蒸言似而非」者，應是指林中應有大木，今卻只有蒸薪；猶朝廷宜有賢臣，今卻只有小人，如《韓詩外傳》所謂，即喻朝廷皆小人，此爲「一語統釋經文二句」，因《傳》文「簡直」，《傳》義難明，後人多誤解其義。陳奐此取他篇相同句法以明語詞之虛實，並更分析句義，以佐證其說。

（上海：上海教育出版社，2001 年 7 月，2 版 1 刷），頁 16。

〔註116〕同注 108，頁 74。

〔註117〕孫錫信：《漢語歷史語法要略》（上海：復旦大學出版社，1992 年 12 月，1 版 1 刷），
頁 96。

　　或釋他篇同字之義，由全《詩》一字通訓，明詞語之虛實，如〈邶風‧谷風〉「不念昔者，伊余來墍」，《傳疏》：

> 王引之《釋詞》云：「來，詞之是也。全《詩》『來』字多與『是』同義，解者皆以『來』爲往來之『來』，遂詰鞫爲病矣。」案：王説是也。〈谷風〉曰「伊余來墍」、〈嘉（假）樂〉曰「民之攸墍」，來猶攸也；〈采芑〉曰「荊蠻來威」、〈角弓〉曰「兄弟孔威」，來猶孔也；〈車舝〉曰「德音來括」、〈南山有臺〉曰「德音是茂」，來猶是也；〈下武〉曰「四方來賀」、〈常武〉曰「四方既平」，來猶既也，來皆語詞。（頁 103）

檢陳奐所舉《詩》中「來」字之例，毛《傳》皆無説。陳氏藉王引之《釋詞》知全《詩》「來」字與「是」字義同，爲語詞，不類作動詞的「往來」之來。又舉他篇同一句例，進行字的比對：「來」和「攸」；「來」和「孔」；「來」和「是」；「來」和「既」，知攸、孔、既各字，與「來」字並爲語詞。

　　或以他篇訓例明語詞虛實者，如〈大雅‧文王〉：「有周不顯，帝命不時。」毛《傳》：「有周，周也。不顯，顯也。顯，光也。不時，時也。」《傳疏》：

> 「有周」之「有」爲語詞，「不顯」之「不」爲語助，無實義。而《傳》又詁「顯」爲「光也」。〈執競〉《傳》亦云：「顯，光也。」〈大明〉、〈思齊〉、〈崧高〉、〈韓奕〉、〈清廟〉、〈維天之命〉、〈烈文〉、〈執競〉之「不顯」，「不」皆爲語助。「有周不顯」，言周德之光明也。（頁 642）

據楊樹達説「有」多半是「語首助詞，用在名詞之前，無義」。〔註 118〕「有周」即屬此構詞法，則「有」字應是語助詞。又古「不」、「丕」通用，「丕」作無義助詞解者甚多，故「不」亦爲無義助詞。〔註 119〕「不顯」即「顯也」，「不時」即「時也」，兩「不」字均是無義的句中助詞，故在解釋上可省。陳奐從毛《傳》所訓，知「有周」之「有」、「不顯」之「不」均爲語詞，另佐以他篇句例，明此爲全《詩》通例。

　　又如〈小雅‧雨無正〉：「戎成不退，飢成不遂。」《傳疏》：

> 成當讀如誠。〈我行其野〉「成不以富」，《論語‧顏淵篇》作「誠不以富」，此其證。凡全詩句例，「莫不」，詞也，而「民莫不穀」、「民莫不逸」，「莫不」爲句中之詞；「維其」，詞也，而「曷維其已」、「則維其常」，「維其」爲句中之詞；「是用」，詞也，而「亂是用長」、「亂是用暴」，「是用」爲句中之詞；「于時」，詞也，而「肆于時夏」、「陳常于時夏」，「于時」爲句中之詞；猶「成不」，詞也，而此篇「戎成不退、飢成不遂」，「成不」爲句

〔註 118〕同注 111，卷 7，頁 387。
〔註 119〕同注 111，卷 1，頁 14～15。

中之詞，皆其例也。《箋》云「兵成而不退，飢成而不安」，「成」連上讀，

失之。（頁 513）

陳奐除舉「莫不」、「維其」、「是用」、「于時」、「成（誠）不」，說明語詞複用的情形外，也表示語詞複用後，與單獨使用時一樣，不但可置於句首，也可以置於句中，以證成〈小雅・雨無正〉「戎成不退，飢成不遂」之「成不」，僅爲無義的句中複語詞。按：「成」若釋作「誠」，則是虛詞；若作如字解，則是實詞，鄭玄釋「戎成不退，飢成不遂」二句，正作如字解。〈我行其野〉的「成不」，《論語》作「誠不」，可證是虛詞，至於是否適用於〈雨無正〉「戎成不退，飢成不遂」的句例，尚有討論的空間。但陳氏歸納「莫不」、「維其」等例，說明可用於句首，亦可用於句中，是對前人複式虛詞研究的進一步發展。

三、據二文對舉，明詞語之虛實

陳氏在運用內證上，除比對句例以明詞語之虛實外，也常據二文並舉之法訓釋詞語，於此亦可探究詞語之虛實。

例如〈小雅・桑扈〉：「兕觥其觓，旨酒思柔。」《傳疏》：

「其觓」與「思柔」對文，則「其」與「思」皆爲語詞，〈絲衣〉篇同。（頁 595）

「兕觥其觓，旨酒思柔」二句，並見於〈桑扈〉、〈絲衣〉，陳奐於〈絲衣〉《傳疏》說：「《釋詞》：『思，句中語助也。』」（頁 871）陳氏解「思」字皆爲語詞。鄭玄釋〈桑扈〉之「旨酒思柔」云：「其飲美酒，思得柔順中和與共其樂，言不懠敖自淫恣也。」〔註120〕釋〈絲衣〉句則說：「柔，安也。……飲美酒者，皆思自安。」〔註121〕均釋「思」爲動詞。陳氏藉「對文」以得「思」字之詞性。所謂「對文」，在訓詁方法上是藉一「已知」之語詞意義，以求文字相對而意義「未知」的另一語詞意義，是從「已知」而求「未知」。「兕觥其觓，旨酒思柔」二句，「其觓」與「思柔」對文，二語作爲上一語「兕觥」與「旨酒」的謂語，「兕觥」與「旨酒」的詞性相同；「其」爲語詞，則「思」亦應爲語詞，此藉對文而判斷詞性。鄭玄釋作動詞，非是，故馬瑞辰批評爲「失之」。〔註122〕

又〈小雅・角弓〉「如食宜饇，如酌孔取」，毛《傳》：「饇，飽也。」《傳疏》：

「孔取」與「宜饇」對文，宜、孔皆語詞耳。孔，甚也，「甚取」言取酌

〔註120〕同注13，卷14之2，頁8a，總頁481。

〔註121〕同注13，卷19之4，頁14b，總頁751。

〔註122〕同注24，卷22，頁17b，總頁541。

之多，如食宜飽之，如酌甚取之。食飲飽醉，正養老之事。（頁617）
王先謙引韓《注》：「『宜』作『儀』，我也。」又說：「儀、宜古字通訓。『儀』爲『我』，言如食則我令飽，如酌則多其取，養老之正禮不可闕也。」〔註123〕鄭《箋》：「王如食老者，則宜令之飽，如飲老者則當孔取。『孔取』，謂度其所勝多少。凡器之孔，其量大小不同，老者氣力弱，故取義焉。」〔註124〕前者之韓《詩》說，將「宜」釋爲「我」，王先謙進一步以第一人稱作解；後者之鄭《箋》說，訓「孔」作「器中之所受」，〔註125〕均與陳氏以「宜」、「孔」爲語詞者不同。陳氏釋「宜」之義，如鄭《箋》，以爲語詞；其釋「孔」，則就「孔取」與「宜醵」對文而作判斷，「宜」既爲語詞，則「孔」與「宜」同，亦應爲語詞。馬瑞辰亦論說：「《爾雅·釋言》：『孔，甚也。』如食但知宜飫而已，如酌則甚取之，所以見不顧其後。《周禮·酒正》：『凡饗耆老孤子，皆共其酒，無酌數。』此詩言飲老者甚其所取，即『無酌數』之義。《箋》謂如『器之孔』，非。」〔註126〕雖所釋二句之意與陳氏不盡同，但亦將宜、孔作語詞解。

　　陳奐利用「對文」辨析詞語詞性，多已確知所舉二語中之另一語之詞性，藉此進行對比、類推，以確認另一字詞性之虛實。

四、訓釋同類詞語，明詞語之虛實

　　陳奐除了利用文獻用例、《詩》中句例之比勘外，也藉由釋義明詞語之虛實。
　　或以歸納他篇毛《傳》訓義，並分析句式，以明語詞之虛實，如〈大雅·假樂〉：「宜君宜王。」毛《傳》：「宜君王天下也。」《傳疏》：

　　　　「宜君宜王」，《釋文》作「且君且王」，云：「一本『且』作『宜』字。」案：作「宜」字是也。「宜民宜人」，兩「宜」字平列；「宜君宜王」，上「宜」字，實；下「宜」字作語詞，無實義，兩宜字不平列，詁訓中多有此例，初不泥於句法也。《傳》云「宜君王天下」，言成王有此穆穆皇皇之令德，固宜君王天下耳。〈斯干〉「朱芾斯皇，家室君王。」與此「君王」同。若《經》作「且」字，則《傳》言：「且君王天下也」，語難通矣。《正義》云：「君王別文。《傳》并言之者，以其俱有『宜』文，故總而釋之，言『宜君者，宜君天下；宜王者，宜王天下。』」《正義》本作「宜」，而君王分解，非《傳》之恉。（頁723）

<hr>

〔註123〕同注36，頁796。
〔註124〕同注13，卷15之1，頁12a，總頁504。
〔註125〕同上注。
〔註126〕同注24，卷23，頁7b，總頁554。

「宜君宜王」一句之「宜」有異文作「且」，陳奐透過語義，以為若作「且」字，則滯礙難通，所以應作「宜」。而「宜」字訓解與語法判讀有關。「宜君宜王」與上一章「宜民宜人」雖句法一致，但不作一例解：「宜民宜人」屬平行的並列結構，所以「宜民」與「宜人」並列，此為一般句法。毛《傳》於此分釋作「宜安民，宜官人也」。則可能將「宜君宜王」看成「宜君」與「宜王」的並列結構，但陳氏指出，此須「不泥於句法」，「兩宜字不平列」。就裴普賢先生對「宜君宜王」的解釋是「宜於為君為王」，〔註127〕此句可縮減作「宜君王」。在裴先生的詮釋中，以為上「宜」字應作「適宜」解，為「作」之動詞的限制詞，所以此「宜」字應為副詞，就古代漢語傳統，屬於僅有語法意義，卻無實際詞匯意義的虛詞；但王政白則視副詞為文言實詞。〔註128〕而下一「宜」字只是為了句式需要而增字，所以陳奐說：「上『宜』字，實；下『宜』字作語詞，無實義」，使上下二「宜」字屬性恰為虛實的對立概念。

或歸納《爾雅》、毛《傳》訓義，如〈鄘風・桑中〉：「爰采唐矣，沬之鄉矣。云誰之思，美孟姜矣。」毛《傳》：「爰，於也。」《傳疏》：

> 「爰，於」，《爾雅・釋詁》文。〈釋詁〉又云：「爰，于也。」「爰，曰也。」〈擊鼓〉、〈烝民〉詩或言「爰」，或言「于」；〈緜〉詩或言「爰」，或言「曰」，爰、于、曰、於四字皆語詞。「爰采唐矣」，「矣」為「起下之詞」，「爰」與下文「云誰之思」之「云」，竝為發語之詞，此《傳》為全詩「爰」字發凡也。〈緜〉《傳》：「爰，於也。」於，於是也。二《傳》訓同意別。（頁135～136）

《爾雅・釋詁》釋「爰」字作「於」、「于」、「曰」。陳氏於《詩》中亦得「爰」字或作「于」、「曰」、「云」之例，則「爰、于、曰、云」四字皆為發語之詞。毛《傳》釋〈桑中〉之「爰」為「於」，「於」亦發語詞，陳氏特指此「爰，於」例，作為全詩「爰」字發凡，並指出「於」有二義，〈緜〉《傳》之「爰，於」為「於是」義。以下更予申論「爰」字之義。

1.「爰，於也」

〈邶風・擊鼓〉「不我以歸」、「爰居爰處，爰喪其馬」，毛《傳》：「有不還者，有亾其馬者。」《傳疏》：

> 爰，於也。於，於是也。於是有居處而不還者，以釋「爰居爰處」句。「不還」承上章「不歸」而言也。《箋》云：「謂死也、傷也、病也。」於是有

〔註127〕同注112，冊下，頁462。

〔註128〕參見王政白：《文言實詞知識（修訂本）》（合肥：安徽教育出版社1990年11月，1版3刷），頁3～59。

「喪馬而死亡者」以釋「爰喪其馬」句，起下文「求于林下」而言也。（頁89～90）

陳奐明「喪馬而死亡」，又鄭《箋》所謂「不還謂死也、傷也、病也。今於何居乎？於何處乎？於何喪其馬乎？」〔註129〕是以「死也、傷也、病也」，明雖「有居處」而「不還」、「不歸」之因。孔穎達則釋《箋》語說：「從軍之士，懼不得歸。言我等從軍，或有死者、病者，有亡其馬者，則於何居乎？於何處乎？於何喪其馬乎？若我家人於後求我，往於何處求之？當於山林之下。以軍行必依山林，死傷、病亡，當在其下，故令家人於林下求之也。」〔註130〕說明了從軍之士若死、病、傷，家屬依行軍習慣，可於林下求得，故陳氏說「爰居爰處，爰喪其馬」，是啓下文的「求于林下」，「爰居處，爰喪馬」之兩「爰」字均釋作「於」，表「於是」義，爲「起下之詞」。

2.「爰，于也」

〈邶風・擊鼓〉：「于以求之，于林之下。」《傳疏》：

于，於也。於猶在也。「于林之下」，言「在林之下也」。篇中或言「爰」，或言「于」，爰、于竝與「於」同。（頁90）

此「于」可作「爰」，釋作「於」，表「在」義。據楊樹達解釋此「于」字爲「介詞，表方所，在也」，應同於「於」字條，爲「介詞，表動作之所在。可譯爲『在』」，〔註131〕故屬「介詞」。

3.「爰，曰也」

〈大雅・緜〉：「爰始爰謀，爰契我龜。曰止曰時，築室于茲。」《傳疏》：

爰，於也。於，於是也。《爾雅》：「爰，曰也。」曰亦爰，語詞也。（頁659）

陳氏認爲「曰亦爰」，既以爲「爰」指「於」，表「於是」義，則此「曰」亦是。鄭《箋》說：「此地將可居，故於是始與豳人之從己者謀，謀從又於是契灼其龜而卜之，卜之則又從矣。」〔註132〕知「爰」、「曰」是起下之詞（連詞）。

陳奐利用文義說解，明爰、于、曰、於四字，或均表「於是」義，或指「在」義，細屬雖異，但均爲語詞，前者爲「起下之詞」，後者表「介詞」。又「爰采唐矣」之「爰」與「云誰之思」之「云」，竝爲發語之詞，故「爰」等四字，有作「介詞」、

〔註129〕同注13，卷2之1，頁19a，總頁81。
〔註130〕同注13，卷2之1，頁19b，總頁81。
〔註131〕同注111，卷9，頁432；卷9，頁429。
〔註132〕同注13，卷16之2，頁16b，總頁547。

「起下之詞」、「發語之詞」三種。而「起下之詞」應爲連詞一類；發語詞則屬語首助詞一類。

　　或以同步引申之法明詞語之虛實，如〈小雅・何人斯〉：「伊誰云從，維暴之云。」毛《傳》於上「云」字無說，而釋下「云」字爲「言也」。《傳疏》：

　　　　「云從」之「云」，爲語助，與「之云」之「云」不同義。伊，維也；維，
　　　　其也。伊誰云從，其誰從也。《傳》訓「云」爲「言」，釋下「云」字，不
　　　　釋上「云」字；云，言也；言即譜言也。古「語言」之「言」謂之「云」，
　　　　「語云」之「云」，亦可謂之「言」，言又謂之「曰」；云、言、曰三字同
　　　　義，故三字亦皆爲語詞。（頁 534）

「伊誰云從」與「誰暴之云」，二「云」字不同義，據陳氏以爲前一「云」字爲「語助」，又王引之《釋詞》：「云，猶是也。」〔註133〕故爲「伊誰是從」，又作「伊誰從」。「維暴之云」之「云」，釋作「譜言」，爲名詞。陳奐說「古『語言』之『言』謂之『云』，『語云』之『云』，亦可謂之『言』，言又謂之『曰』」，說明云、言、曰三字實詞同，虛詞亦同，陳氏據此說「伊誰云從」之「云」是語詞。

　　同是判斷「云」、「言」二字的虛實，陳奐於上例，運用同步引申的概念，於〈小雅・都人士〉「言從之邁」，則以釋義之法說之，《傳疏》：

　　　　「言」猶「云」也。「我不見兮，言從之邁」，從之邁也；下章「我不見兮，
　　　　云何盱矣」，何其盱也。〈何人斯〉《傳》云：「云，言也。」是云、言同義，
　　　　故言與云亦皆爲語詞。（頁 623）

「言從之邁」可作「從之邁也」；「云何盱矣」可作「何其盱也」，從陳氏所釋，「言」與「云」可省，是無義語詞。陳氏對於相同詞語的解釋，在不同地方使用不同方法，以增加語詞判斷的準確性。

　　或尋聲得義，明同類詞語之虛實，如〈邶風・擊鼓〉「與子偕老」，毛《傳》：「偕，俱也。」《傳疏》：

　　　　〈君子偕老〉、〈陟岵〉《傳》竝訓偕爲俱。《說文》：「偕，一曰俱也。」皆、
　　　　俱，詞也。「皆」爲語詞之「俱」，偕從皆聲，義亦同。（頁 90）

從〈鄘風・君子偕老〉「君子偕老」及〈魏風・陟岵〉「夙夜必偕」之「偕」，均作「俱」解，〈秦風・無衣〉「與子偕作」之「偕」同此解。由《說文》：「偕，一曰俱」、「俱，皆也」，又「偕從皆聲」，故偕、俱「義同」。陳氏尋聲得義，因「皆爲語詞之俱」，故「偕」亦爲語詞之「俱」。

〔註133〕同注 108，頁 69。

　　又如〈邶風・柏舟〉：「日居月諸，胡迭而微。」《傳疏》：

　　　　《正義》云：「居、諸，語助。故〈日月〉《傳》曰『日乎月乎』，不言居、
　　　　諸也。居、諸皆不爲義。」案：孔說是也。……日月，喻君臣。胡，何也。
　　　　何常而微，言日月常微耳。《箋》云「君道常明如日」，此「常」字用韓義。
　　　　又云「今君失道而任小人，大臣專恣則日如月然」，鄭泥經中「居」字作
　　　　釋，毛意不然也。（頁 79）

陳氏據《正義》所論，由〈邶風・日月〉《傳》僅釋日、月作「日乎月乎」，以爲居、
諸應是無義的語助詞。並指出《箋》語，以「居」作實義解，異於毛意。又〈邶風・
日月〉：「日居月諸，照臨下土。」毛《傳》：「日乎月乎，照臨之也。」《傳疏》：

　　　　《傳》云：「日乎月乎，照臨之也」者，言日月照臨也。《經》中「居」字
　　　　當讀爲「其」，語助詞。《傳》以「諸」代「乎」（慧修案：疑當作「以乎
　　　　代諸」），不釋居字。《釋詞》云：「《小爾雅》曰：『諸，乎也。』故〈祭義〉
　　　　『勿勿諸其欲其饗之也』，〈禮器〉『諸』作『乎』。〈樂記〉『禮發諸外』，〈祭
　　　　義〉『諸』作『乎』。是皆諸、乎聲通之證。」（頁 84）

陳奐利用毛《傳》釋《經》，未釋「居」字，以爲此「居」字應讀作「其」，爲無義語
助詞。《經傳釋詞》「居」字條，舉此《詩》例，說明「居」字爲語助性質；〔註 134〕
《古書虛字集釋》「其」字條「字又或作『居』」，引「日居月諸」爲例。〔註 135〕二者，
其一支持語助說法，一則證成「居」讀作「其」之說。楊樹達則以爲「居，語末助詞，
與『乎』同」。〔註 136〕但「語末助詞」亦爲「語助」一類，若讀與「乎」同，則與《傳》
文所釋吻合。據《詞詮》「諸」字條，以爲「語末助詞，無義」。〔註 137〕則「居」與
「諸」同爲句末助詞，無義，且陳氏據《釋詞》以爲「諸、乎聲通」，故可以「乎」
字代。

　　或以詁訓釋義，明詞語虛實之用，如〈邶風・北門〉：「已焉哉！天實爲之，謂
之何哉。」《傳疏》：

　　　　「已焉」猶云「既然」。詁訓然、焉通用，既、已通用。既然，既如是，
　　　　此承上轉下之詞。解者皆誤讀「已」爲已止之已。《韓詩外傳》兩引《詩》
　　　　作「亦已焉哉」，與〈氓〉篇句同。（頁 115～116）

陳氏以訓詁明「已焉」猶云「既然」。「既然」屬連字性質，故陳氏說其爲「承上轉

〔註 134〕同注 108，頁 121。
〔註 135〕裴學海：《古書虛字集釋》（臺北：漢京文化公司，1983 年），頁 355。
〔註 136〕同注 111，頁 153。
〔註 137〕同注 111，頁 203。

下之詞」。在〈衛風・氓〉：「不思其反，反是不思，亦已焉哉。」《傳疏》也說：

> 已，既也；焉，猶然也。言今反覆不常，不思其前日信誓，亦既然哉，此
> 皆棄背悔恨之詞。（頁 168～169）

陳氏之意：「已焉」亦作「既然」解，則「已焉」二字可作為複用語氣詞，不必分作二字看。惟陳氏之釋「已焉」，於〈北門〉猶可解，於〈氓〉似仍作「已止」義為順。

五、據毛《傳》釋詞之詞性，明被釋詞語之虛實

陳奐有從釋詞之詞性反推被釋詞之詞性者，如〈鄘風・定之方中〉：「終然允臧。」毛《傳》：「允，信。」《傳疏》：

> 「信」當讀如《論語》「信乎！夫子」之「信」。允謂之信，猶洵謂之信，
> 亶謂之信；信皆作虛字解，不作實義解，故全詩「允」字多為語詞。（頁
> 141）

陳奐以為「信皆作虛字解，不作實義解」，又「『允』字多為語詞」，則「信」為虛字，而「允」為語詞。其實，允、信均有虛實二義，惟當以「信」釋「允」時，則「允」、「信」均為虛詞，故陳氏說「允謂之信」，已明此允、信並為虛詞，且亦確立《傳疏》中所談的「語詞」大部分同一般古漢語之指稱，是虛詞。

又如〈大雅・桑柔〉「民之罔極，職涼善背」、「涼曰不可，覆背善詈」，毛《傳》釋「職涼」說：「涼，薄也。」《傳疏》：

> 《傳》以「薄」詁「涼」，全詩中「薄」字皆語詞，無實義，則「涼」亦
> 為語詞矣。……「涼曰不可，覆背善詈」，謂民不可則反背而善詈之。「涼
> 曰」猶「薄言」，皆語詞，無實義。（頁 767～768）

〈周南・芣苢〉「薄言采之」，毛《傳》訓「薄」為「辭也」。故〈桑柔〉之「職涼」，陳氏由《傳》以「薄」詁「涼」，「薄」既為語詞，反推「涼」亦是。且「涼曰」如「薄言」，為無義語詞。據裴學海說：「『薄言』是複語，皆訓『乃』，故『薄言采』，亦可曰『薄采』或『言采』。」〔註138〕所以「薄言」與「涼曰」雖為複語型態，卻可分別存在，不論合用或分用，均為無義的語詞。所以〈小雅・采綠〉「予髮曲局，薄言歸沐」之「薄言」，為無義之語詞。〔註139〕就句法型態，不論連讀為「薄言歸沐」或分用作「薄歸沐」、「言歸沐」，均不影響句義的表達。

在「陳奐對虛詞之考釋」一節中，知道陳奐多透過句例及釋義判斷語詞性質，而這種判斷的準確性則來自於「歸納」與「互證」，也因為陳氏在此用力，所以得以

〔註138〕同注 135，頁 860。
〔註139〕同注 1，頁 624。

在《傳疏》中爲許多詞語訓解，以作爲全《詩》發凡。

第三節　陳奐對名物制度之考釋

　　陳奐藉由《五禮通考》而開啓讀書門徑，在「名物制度」的訓釋上自具功力，陳氏作《傳疏》除「稱引廣博」以疏《傳》外，對於「與東漢諸儒之異趨」處，於詞義上主要在古今義之別，於制度上則在眞假之辨，陳奐在《傳疏・條例》中自述說：「一切禮數名物，由漢而來，無人稱引，遂韜晦不彰，故博引古書，廣收前說，……大抵用西漢前人之說，而與東漢人說《詩》者，不能苟同。」（頁 8）以清楚說明自己疏毛《傳》，而與東漢諸儒所解異趨之因，梁啓超亦說陳氏於此處的用力甚深。〔註140〕故讀者於《傳疏》中不難見到陳氏精熟地運用各種名物制度以疏通《傳》義，在既有的史料文獻上進行推理，使訓釋結果不因材料而有所侷限。陳氏於《毛詩說・序》說：「凡制度文物，可以補《禮經》之殘闕」（《傳疏》，頁 991），足見陳氏對自己在禮制的考辨上的自信。以下將由《傳疏》所談之例，見陳氏對名物制度的考釋。

一、辨名物之異名

　　同一事物或因時代更迭，或因異地而處，遂產生不同的名號，使名物的釐清成爲閱讀《詩經》的重要環節，陳氏傳疏《經》、《傳》亦留意於此。

　　事物之稱，或有因古今而異名者，如〈魏風・陟岵〉：「園有棘，其實之食」，毛《傳》：「棘，棗也。」《傳疏》：

> 《說文》：「樲，酸棗」、「棘，小棗叢生者」。《傳》以「棗」釋棘，則小棗而非酸棗矣。《孟子・告子篇》：「養其樲棘」，趙《注》云：「樲棘，小棘，所謂酸棗也。」渾言無別爾。（頁 270）

由《說文》明棗有酸棗與小棗之別，而此《傳》雖僅以「棗」釋「棘」，但知是指「小棗」。《孟子》將「樲棘」連稱，當指酸棗，然趙岐既釋「樲棘」爲「小棗」，又說「所謂酸棗也」，陳氏以爲統言無別，析言則異。此詩「園有棘」之「棘」，應如《說文》所謂「小棗」。又王先謙說：「蓋古人專以棘爲棗，本赤心而外有刺，其刺人之草木爲棘，又旁推後起之義也。」〔註141〕知以棘爲棗應是古義。

〔註140〕〔清〕梁啓超：《中國近三百年學術史》（北京：東方出版社，1996 年 3 月，1 版 1刷），頁 245。

〔註141〕同註36，頁 404。

　　陳氏或藉論事物之三代沿革，以明異名同實者，如〈周頌・有瞽〉：「應田縣鼓，鞉磬柷圉」，毛《傳》：「應，小鞞也。田，大鼓也。縣鼓，周鼓也。鞉，鞉鼓也。」《傳疏》：

> 《傳》云「縣鼓，周鼓也」者，「縣鼓」即「鞉鼓」。〈那〉「置我鞉鼓」，《傳》：「鞉鼓，樂之所成也。夏后氏『足鼓』，殷人『置鼓』，周人『縣鼓』」，此《禮記・明堂位》文。〈那〉《傳》本之以證殷人鞉鼓爲置鼓之義，而又推言周人「鞉鼓」爲「縣鼓」之義。〈商頌〉，殷制，故曰「置」；〈周頌〉，周制，故曰「縣」，此殷因夏，周因殷，所損益可知也。《傳》以「縣鼓」爲周鼓，則「應田」承二代之典物矣。周人以夏后氏足鼓爲應鞞、朔鞞；以殷人置鼓爲建鼓，而唯「鞉鼓」，周乃改變二代足置之制，別設一縣。……古者鐘磬縣鼓皆不縣。〈考工記〉「梓人爲筍虡」，但有鐘磬而無鼓。周鼓亦不皆縣，唯鞉鼓乃縣之。〈大射儀〉云：「鞉倚于頌磬西紘」，紘猶縣也。東西兩肆皆有磬鐘鑮，建鼓自比而南陳之，則西肆不得多設一器「鞉」在西肆。頌磬之西而特縣之，所以象西方攻成。〈禮器〉云：「廟堂之下，縣鼓在西」，此其義證也。鄭《注》：「紘，編磬繩也……」，解「紘」爲編磬繩，失之。〈明堂〉《注》：「縣，縣之筍虡，擊小鼓以應，大鼓艱於擊應」，又〈那〉《箋》：「鞉雖不植貫而搖之，亦植之類」，〈大射〉《注》：「鞉如鼓，而有小柄」，〈小師〉《注》：「鞉如鼓，而小持其柄，搖之旁耳，還自擊。」後儒說「鞉」，悉依鄭說。（頁848）

縣鼓即鞉鼓，爲節樂之器。「鞉鼓」於三代所稱不同，夏爲「足鼓」，商爲「置鼓」，周爲「縣鼓」。陳奐對於夏之「足鼓」，並不清楚，引據古籍載以言之。〔註142〕《詩》之「應田」乃周人承夏商二代之典物，唯「鞉鼓」別設一「縣」。並以縣鼓爲周鼓之一，周鼓非皆縣，所易縣者，僅鞉鼓矣。而縣鼓多在廟堂之西，以表西方攻成。故〈大射儀〉之「紘」，陳氏以爲作「縣」解，鄭玄解作「編磬繩」，不辭。且鄭氏解《詩》，鞉與鼓爲二直，謂殷人之鼓皆置，周人之鼓皆縣，「鞉」有小柄，此與毛《傳》、《禮記》皆不合，〔註143〕此亦是陳氏所謂的「與東漢諸儒異趨」之處，〔註144〕而後儒皆從鄭說。

　　或藉並列及辨析名物之實，以明異名而同物者，例如〈邶風・燕燕〉：「燕燕于飛」，毛《傳》：「燕燕，鳦也。」《傳疏》：

〔註142〕同注1，頁906。
〔註143〕參陳奐說。同注1，頁906。
〔註144〕同注1，頁991。

－260－

《爾雅》：「巂周、燕燕，鳦。」舍人《注》云：「巂周名燕燕，又名鳦。」
《說文》：「巂周，燕也。从隹中象其冠也，同聲。」燕，玄鳥也。……齊
魯謂之乙，取其鳴，自謼象形也，字或從鳦。《夏小正傳》：「燕，鳦也。」
〈玄鳥〉《傳》：「玄鳥，鳦也。然則巂周也、燕燕也、鳦也、玄鳥也，一物
四名。」……《詩》重言燕燕者，此猶鷗鷗鷗鷗、黃鳥黃鳥，疊詴成義之
例。……燕燕鳦者，此猶罩罩篧、汕汕檪，重字連文之例。（頁81）

由《爾雅》知巂周和燕燕均為鳦之類，而舍人《注》更指出：巂周、燕燕、鳦三者
為異名同實之鳥。在《夏小正傳》及〈玄鳥〉《傳》中可知燕及玄鳥同指鳦，由此推
而得知，巂周、燕燕、玄鳥、鳦四者為同一鳥之異名。陳奐除明此異名同實的情況
外，也明此《傳》文訓釋之例：一是「疊詴成義」，一是「重字連文」。

二、據古籍所載，以推考典制

古代名物典制因時代遙隔而有難以確知者，幸古籍有載，陳氏依古籍所載而推
考典制。

或考門朝之制，如〈檜風・羔裘〉：「狐裘以朝。」毛《傳》：「狐裘以適朝。」
《傳疏》：

《經》言「朝」，《傳》言「適朝」。〈緇衣〉《傳》：「適，之也。」視朝在
路門外，治朝之宁；聽朝則在路門內，燕朝之堂。〈碩人〉《傳》云：「君
聽朝於路寢。」是也。首章「適朝」、二章「在堂」，其實一也。天子、
諸侯皆二朝，解之者誤以為皆三朝矣。今試明之：《周禮・宰夫》「掌治
朝」、〈小司寇〉「朝士掌外朝」，其言朝位同，此外朝即治朝也；〈司士〉
「正朝儀之位」，〈大僕〉「前王入內朝皆退」，〈大僕〉「王眠燕朝則正位」，
此內朝即燕朝也。〈槁人〉云：「掌共外內朝……。」然則天子朝，唯有
外內二而已，諸侯與天子同。《禮記》……。〈魯語〉……。鄭司農〈朝
士〉《注》云：「王有五門，外曰皋門，二曰雉門，三曰庫門，四曰應門，
五曰路門。路門一曰畢門，外朝在路門外，內朝在路門內。」奐案：仲
師說「門朝之制」確不可易。……仲師言天子二朝，而諸侯之二朝，可
據理推。（頁342～343）

陳氏對於毛《傳》釋「朝」為「適朝」：就闡發《傳》旨上，先利用他《傳》之說，
明「適朝」之意，且利用《詩經》重章疊唱的特性，認為一章說「適朝」、二章說「在
堂」，只是易詞而說，意義上並沒有不同；就補足《傳》義上，陳氏藉由《周禮》、《禮
記》、《公羊傳》及鄭司農〈朝士〉《注》說明「二朝」的問題，關於各門朝的正確位

置，陳奐有〈宮室圖說〉以補助說明，〔註145〕並據鄭《注》所言的「天子二朝」推「諸矦二朝」，所以天子諸矦都只有內朝（燕朝）、外朝（治朝），以爲這是「可據理推」所得的結果。在陳奐的訓解中，可以發現證據是解釋詞語時的必備條件，但懂得「據理而推」則可在詞語訓釋上發揮更大的效用。

　　或考夫人朝處，如〈衛風・碩人〉「大夫夙退，無使君勞」，毛《傳》：「大夫未退，君聽朝於路寢，夫人聽內事於正寢。大夫退，然後罷。」《傳疏》：

> 《禮記・玉藻篇》：「朝辨色始入，君日出而視之，退適路寢聽政，使人視大夫，大夫退，然後適小寢釋服。」此《傳》所本也。……《傳》既本〈玉藻〉文，以證經「大夫退」之義，又言「夫人聽內事」以明經「君」爲小君之義。君、夫人竝有聽政之朝，大夫退則君退適小寢，小寢即燕寢，而夫人之退適小寢，可知也。君路寢有堂，爲聽政之處，天子、諸矦皆二朝，大夫朝君，在路門外之治朝，亦爲外朝，大夫朝君於此，君視大夫朝亦於此，其聽朝在路門內之內朝，亦爲燕朝。宗人圖嘉事於此，諸臣復逆亦於此。〈玉藻〉言「聽政於路寢」，而《傳》變言「聽朝」者，謂聽大夫朝政之事也。〈玉藻〉「朝服以日視朝於內朝」，燕朝亦有視朝之政也，《傳》於君言「聽朝」，於夫人言「聽內事」；於君言「路寢」，於夫人言「正寢」，皆互文以明義也。……胡培翬云：「……毛《傳》言夫人正寢，足補《禮經》之未備。」案：胡說是也。經中「朝」字、「君」字皆就夫人說。（頁162～163）

《傳》文所言本於《禮記・玉藻篇》。陳奐除明《傳》文所本外，亦說明《禮記》僅言「君」之路寢，聽朝之事，而毛《傳》說「君聽朝於路寢，夫人聽內事於正寢」，亦言「夫人」之「正寢」，補《禮經》未備。而君之「燕寢」與夫人之「正寢」均在寢門之內，而君之「路寢」在寢門之外，便於聽朝。〔註146〕

　　或考婦人盛飾之制，如〈周南・葛覃〉「薄汙我私，薄澣我衣」，毛《傳》：「汙，煩也；私，燕服也。婦人有副褘盛飾以朝事舅姑，接見于宗廟，進見于君子，其餘則私也。」《傳疏》：

> 「私，燕服」，謂燕居之服也。有私服必有公服，下文「害否」爲不澣公
> 服，故《傳》又言婦人副褘盛飾，以推廣及之。（頁21）

毛《傳》所謂「盛飾」，陳奐分別引《禮記・檀弓下》「敬姜曰：婦人不飾不敢見舅姑」及〈明堂位〉「夫人副褘立於房中」、〈祭統〉「夫人副褘立於東房」、伏勝《書大

〔註145〕同注1，頁1008～1009。
〔註146〕參《毛詩說》所附圖示，同注1，頁1014。

－262－

傳》「古者，后夫人將侍于君前，息燭後，舉燭至于房中，釋朝服，襲燕服，然後入御于君」，〔註147〕事舅姑、見宗廟、見君子這三種情形，婦人依古禮必須服盛飾。陳氏又細繹《傳》義，以為：「當就嫁者夙興，婦沐浴以俟見，質明贊見婦于舅姑，三月廟見而後成昏之禮言之。云其餘則私者，謂事舅姑、見宗廟、見君子，其餘事則服燕服也。」（《傳疏》，頁22）以此考得婦人服盛飾之制。

或考名物確義者，如〈小雅‧出車〉：「召彼僕夫，謂之載矣。」毛《傳》：「僕夫，御夫也。」《傳疏》：

> 《周禮》「戎僕掌馭戎車」，《注》「師出王乘以自將」。「馭夫掌馭從車」，
> 《注》「從車，戎路之副」……。案：天子僕夫當即是戎僕，與馭夫別官。
> 天子自將乘戎車，其僕夫為戎僕，又有馭夫之副；若天子命將率乘戎車，
> 其僕夫即馭夫，更無戎僕之官，故《傳》以僕夫為御夫也。（頁420）

陳氏所解，以為「戎僕」與「馭夫」同為天子僕夫，二者為別官。「天子自將乘」，則僕夫為「戎僕」；「天子命將率」，則僕夫為「馭夫」，必須掌控「貳車、從車、使車」，〔註148〕而〈小雅‧出車〉為敘天子命將率討伐玁狁歸來之詩，既是「天子命將率」，則僕夫自然為「馭夫」之屬，故《傳》文以「御夫」解「僕夫」。

地理亦屬名物之一，故陳奐於《傳疏》中或考地理方位者，如〈邶風‧凱風〉「爰有寒泉，在浚之下」，毛《傳》：「浚，衛邑也。在浚之下，言有益於浚。」《傳疏》：

> 酈注《水經》「瓠子水」，云：「濮水枝津水，上承濮渠，東逕鉏邱城南。
> 京相璠曰：『今濮陽城西南十五里有沮邱城。六國時沮、楚同音。』以為
> 楚邱，非也。又東逕浚城南，西北去濮陽三十五里。城側有寒泉岡，即《詩》
> 所謂：『爰有寒泉，在浚之下。』世謂之高平渠，非也。京相璠曰：『濮水
> 故道在濮陽南者也。』」案：《漢書‧地理志》「濮陽縣在東郡」，今直隸大
> 名府開州，即古濮陽地。酈善長（即酈道元）以浚城在濮陽，浚城在沮邱
> 東，沮邱即楚邱，善長復以京說為非，誤矣。（頁92）

陳奐藉酈《注》明浚城於濮陽，並承酈《注》之說，糾世謂《詩》「爰有寒泉，在浚之下」表「高平渠」之誤；並藉酈說知沮邱於濮陽西南，並指出沮邱即楚邱，明酈氏以京氏論沮邱為楚邱之說為非，誤矣。故陳氏於〈鄘風‧定之方中〉《傳疏》特說：「京相璠以沮丘當楚丘，其說良是。」（頁140）

又考古城地理者，如〈大雅‧韓奕〉「以先祖受命，因時百蠻。王錫韓侯，其追其貊」，毛《傳》：「韓侯之先祖，武王之子也。」《傳疏》：

〔註147〕同注1，頁21。
〔註148〕參賈公彥語。同注46，卷32，頁18b，總頁490。

周有二韓，一爲姬姓之韓，〈襄二十九年〉《左傳》：「……霍、楊、韓、魏皆姬姓也。」是也。一爲武穆之韓，〈僖二十四年〉《左傳》：「……邘、晉、應、韓，武之穆也。」《國語・鄭語》：「史伯曰：『武王之子，應、韓不在。』」是也。武王克商，舉姬姓之國四十人，則姬姓之韓當受封於武王之世，其後爲晉所滅，以賜大夫韓萬。《續漢書・郡國志》「河東郡河北縣有韓亭」，即姬姓韓國地。武穆之韓封自成王之世，至西周之季尚存，其國在〈禹貢〉濟州之北，故得總領追貊北國，載諸詩篇，章章可攷。酈道元《水經注・聖水篇》……，王符《潛夫論・志氏姓篇》：「昔周宣王有韓矦，其國也近燕……。」〈五德志篇〉：「韓，武之穆也，韓姬姓也。」其辨武穆、姬姓爲二韓，尤足徵信。鄭《箋》以武穆之韓即是晉滅姬姓之韓，誤合爲一，杜注《左傳》、韋注《國語》皆沿其說。姬姓韓在河東，而後之言輿地者，梁山在夏陽西北，遂以今河西韓城縣，隋始置者，指爲韓矦古城，則謬之謬也，學者不可不辨。（頁795）

陳奐明周世有二韓，一爲姬姓之韓，一爲武穆之韓，二者於古籍均有載，且由《續漢書・郡國志》得知姬姓之韓在河東郡河北縣，而武穆之韓則在〈禹貢〉濟州之北，爲〈韓奕〉之韓侯，二韓不同，鄭玄誤合爲一，後世亦皆沿其誤。陳氏於此辨韓矦古城，即所謂與「東漢諸儒異趨」（《傳疏》，頁991）者。

三、據釋義推明典制

陳氏在推考名物典制上，除善用古籍所載外，也藉由字書或注、疏以明名物之義，藉此推論典制。

其或考廟制，如〈召南・采蘩〉「于以用之，公矦之宮」，毛《傳》：「宮，廟也。」《傳疏》：

《爾雅》「宮謂之室」，云「廟」者，宮中之一室也。《公羊》、《穀梁傳》竝云「羣公曰宮」，此羣公廟稱宮矣。廟數同於五服之親。天子、諸侯皆立四親廟，與大廟共五廟。周制天子有二祧，稱七廟，不數二祧，止五廟。（頁45）

毛《傳》所謂「宮，廟也」，陳奐引《爾雅》說明宮謂之室，而廟爲宮之一室；另舉《公羊》、《穀梁傳》均說「羣公曰宮」，即指羣公「廟」可稱「宮」。又馬其昶亦以爲「此公侯廟稱宮矣」，〔註149〕知宮含七廟（或五廟）。從陳奐所繪〈宮室圖說〉，

〔註149〕〔清〕馬其昶：《詩毛氏學》（臺北：廣文書局，1982年8月，初版），頁2。

可知庫門之內稱宮，而宮內多室，宗廟、社稷、路寢、燕寢，於外朝與內宮之朝左右各有九室，〔註150〕而廟皆在路門之內，〔註151〕故毛《傳》應是以「小名釋大名」之例作訓。

或考返馬歸宗之制，如〈召南・草蟲〉「未見君子，憂心忡忡」，毛《傳》：「婦人雖適人，有歸宗之義。」《傳疏》：

> 《傳》云「婦人雖適人，有歸宗之義」，以釋經「未見、憂心」，「未見君子」謂未成婦也。古者婦人三月廟見，然後成婦；禮未成，婦有歸宗之義。故大夫妻於初至時，心憂之衝衝然也。《春秋經・宣五年》：「秋，九月，齊高固來逆叔姬。冬，齊高固及子叔姬來。」《左傳》：「冬，來反馬也。」杜《注》云：「禮，送女，留其送馬，謙不敢自安，三月廟見，遣使反馬。」孔《疏》云：「禮，送女適於夫氏，留其所送之馬，謙不敢自安於夫，若被出棄，則將乘之以歸，故留之也。至於三月廟見，夫婦之情既固，則夫家遣使反其所留之馬，以示與之偕老，不復歸也。」案：古者諸侯以上不取國中之女，反馬告寧，乃遣大夫行之；大夫無外交，不得取他國中之女，女歲歸寧，大夫親自反馬，故齊高固既取魯女，而來反馬，示識爾。然大夫禮亦三月廟見，亦留馬，留馬之禮即有歸宗之義。諸侯以上，體尊無出；士卑，當夕成昏，皆不歸宗，故此《傳》亦謂大夫妻而言也。（頁47～48）

陳奐引《春秋經・宣五年》齊高固迎叔姬之事，又引《左傳》及杜預《注》，明女子三月廟見後，始遣使返馬，此爲歸宗之義。而孔穎達《疏》明留馬之用，及三月遣使返馬之意。所以「適人」未即「歸宗」，需「三月廟見，夫婦之情既固」，遣使返馬，始成「歸宗」之義。《詩序》說「大夫妻能以禮自防」，以爲雖適夫家，但須「三月廟見，然後成婦」，因「未成婦，有歸宗之義」，故而「以禮自防」、「憂心忡忡」。陳奐又說大夫以上與大夫娶女之限，而大夫以上因體尊無出，而大夫則有親自返馬之禮，以此辯稱《傳》文所謂「婦人」是大夫妻。

或考著衣之禮，如〈邶風・綠衣〉「綠兮衣兮，綠衣黃裏」、「綠衣黃裳」、「女所治兮」，毛《傳》「綠，閒色，黃，正色」、「上曰衣，下曰裳」、「綠，末也，絲，本也」。《傳疏》：

> 「綠，閒色」，喻妾；「黃，正色」，喻夫人。綠衣喻妾上僭。黃裏，黃裳，

〔註150〕同注1，頁1010～1011。

〔註151〕路寢爲祖廟，亦爲大廟，五廟爲宗廟，亦爲大祖廟，皆在路門之內。宗廟在路寢之東，宗廟在東，則社稷在西也。向說廟在庫門內，近儒說廟在雉門內，此據《國語》及劉向《別錄》，足證前說之謬。同注1，頁1013。

喻夫人失位。「綠兮衣兮」，言綠衣兮也，謂以閒色爲上衣也。

又說：

> 上曰衣，下曰裳，……「下曰裳」所以配衣也。……上章釋綠、黃，此章釋衣、裳，互文也。

又說：

> 綠爲所染之色，故綠爲末，而絲爲本，本末猶先後，絲所以爲衣也。「綠兮絲兮」，猶云「綠兮衣兮」也。絲，閒色、正色皆可以爲染，今女所治者，但爲閒色之絲，不爲正色之絲，以喻嬖妾上僭之非禮。（頁79～80）

陳奐從中國人對於顏色的既定認知說起，以爲黃色才是正色，應爲衣，是本；而綠色是閒色，爲裳，是末。詩今說「綠衣黃裏」、「綠衣黃裳」，均是倒末爲本，以暗喻夫人失位，嬖妾上僭，此非禮也。

　　關於《傳疏》與東漢諸儒「異趨」處，已散見於上文，於下再舉諸例，以明陳氏所謂「異趨」者。

　　或誤以今義釋之，如〈小雅‧北山〉「我從事獨賢」，毛《傳》：「賢，勞也。」《傳疏》：

> 《傳》詁「賢」爲勞者。《廣雅》：「賢，勞也。」王念孫《疏證》云：「《孟子‧萬章篇》引《詩》而釋之曰：『此非莫王事，我獨賢勞也。』賢亦勞也。賢勞猶言劬勞，故毛《傳》曰：『賢，勞也。』《鹽鐵論‧地廣篇》亦曰：『《詩》云：「莫非王事，而我獨勞。」刺不均也。』鄭《箋》、趙《注》竝以賢爲賢才，失其義矣。」案：王說是也。「我從事獨賢」，《序》云「已勞於從事」，是賢、勞同也。（頁559）

王氏藉《孟子》、《鹽鐵論》說明賢作勞解，以明鄭、趙二《注》，釋賢爲賢才，失《詩》之意。賢字本指「多財也」，引申爲凡多之謂也，於此詩則謂「事多而勞也」，故「詁賢爲勞」，鄭、趙二《注》，釋賢爲賢才，此今義，此爲「因習其引申之義而廢其本義矣」。〔註152〕陳氏於此除完全接受王氏說法，鄭、趙直以今義釋詩而致誤，又由《詩序》亦知此賢應作勞解爲當。

　　或因率意忘覺而致誤，如〈周南‧汝墳〉「遵彼汝墳，伐其條枚」、「伐其條肄」、「魴魚赬尾」，毛《傳》：「魚勞則尾赤。」《傳疏》：

> 《傳》文「魚」上當奪「魴」字，《正義》有「魴」字，可證。言「魴魚勞而尾赤」，意以魴魚之勞喻君子之勞，上二章言遵彼伐木，皆其王事賢

　　　　勞也。《說文》：「魴，赤尾魚也。」《玉篇》同。〈哀十七年〉《左傳》「如
　　　　魚窺尾，衡流而方羊」，《詩正義》引鄭眾云「魚肥則尾赤」（慧修案：疑
　　　　鄭眾應作「魚勞則尾赤」）〔註153〕，以喻蒯聵淫縱。《左傳》不言「魴魚」，
　　　　故仲師不從毛《傳》耳。（頁40）

毛《傳》言「魚勞」，是統釋上二章經義，言君子勤於王事之勞。陳奐申此《傳》說，
以為「〈汝墳〉《傳》：『魴魚赬尾』本句其實從遵墳、伐條生義，故箸一『勞』字，
則注上注下文義貫通」（《傳疏》，頁998），此《傳》文蒙上文作訓也。而鄭眾釋「魴
魚」為「魚肥則尾赤」，《正義》更引而言「以喻蒯聵淫縱」，陳氏以為因《左傳》不
言「魴魚」，鄭氏而不從《傳》說，以明《傳》說與諸儒之異趨，造成說解「異趨」
之因，陳氏說是「讀者皆率意而忘覺」所致。〔註154〕

　　或為文辭所惑而致誤，如〈邶風・日月〉「逝不相好」，毛《傳》：「不及我以相
好」，《傳疏》：

　　　　「逝不」為「不及」，此倒句法。（頁85）

《箋》釋此《傳》說「其所以接及我者，不以相好之恩情甚於己薄也」，〔註155〕此
順經解之，《傳》文則是倒文釋經，陳氏明此《傳》是「逆其文而順其義，文不害辭，
辭不害志」，指出他尊崇《傳》說的另一原因，又引武進臧氏玉琳之語說：「三代人
讀經能知其大義，漢以來儒者始沾沾於字句間，有曲通古人立言之意，而不為文辭
所惑者，惟毛公一人而已。」（《傳疏》，頁1000）指出毛《傳》勝於漢儒者，「文不
害辭，辭不害志」，即「不為文辭所惑」，此為最重要之因。

第四節　陳奐與王氏父子、俞樾在訓解觀念、方法上之比較

一、陳奐與王氏父子在訓解觀念上之比較

　　段玉裁促成王、陳二人的相遇，日後二人於學問上多有切磋，陳奐更因此得以
在學問上更加精進，並結識同好。本論文於第一章已交代陳氏對王氏宗法甚為嘆服，
並於《傳疏》中引用王氏父子的意見，以下僅略舉數例，更予說明陳氏對王氏父子
說解之取捨。如：

　　（1）〈大雅・文王〉「商之孫子，其麗不億」，毛《傳》：「麗，數也。盛德不可

〔註153〕同注15，卷60，頁10b，總頁1045。
〔註154〕同注1，頁998。
〔註155〕同注13，卷2之1，頁14b，總頁78。

為眾也。」《傳疏》：

> 王引之《釋詞》云：「不，語詞。不億，億也。『商之孫子，其麗不億』，
> 猶云『子孫千億耳』。」《箋》以為『不徒億』，失之。趙岐《孟子注》
> 誤與《箋》同。」案：王說是也。商孫子之數億，可為眾矣。（頁 644）

（2）〈周頌・雝〉「亦右文母」，毛《傳》：「文母，大姒也。」《傳疏》：

> 王引之〈詩述聞〉云：「《傳》以文母為大姒者，以上文『皇考』是文
> 王，則『文母』當為大姒，非謂因文王而稱文母也。《列女傳・母儀傳》
> 『……大姒號曰文母』，然則文母之稱專美大姒之文德，明矣。《漢書・
> 元后傳》……，《後漢書・鄧騭傳》……，〈何敞傳〉……，《漢書・杜
> 鄴傳》：『雖有文母之德，必繫於子』，顏師古《注》曰：『文母，文王
> 之妃，大姒也。』劉奉世、胡三省則皆以為文王之母『大任』，其意蓋
> 謂文王之妃，當稱『文后』，不當稱『文母』，故改為『大任』以成『文
> 母』二字之義，不知『文母』為『文德之母』，不因文王而稱之也。」
> 案：王說是也。〈杜鄴傳〉所云：「雖文母之德，必繫於子」，正本此詩
> 「先武王，後大姒」之義。（頁 854）

第一例，陳氏據王氏所釋，糾鄭《箋》、趙《注》增字解經之誤，以「不」為語詞，「不億」即「億」，猶「不顯，顯也」、「不時，時也」之訓例，並釋二句為「商孫子之數億可為眾矣」。第二例，透過王氏論證，「文母」是用以美大姒之「德」，故說「文德之母」，非因文王而稱「文母」。此二例，可窺探陳氏以王氏訓釋結果作為訓解的重要參考。

但王氏父子的方法，主要是對《詩經》語言的探討，屬於語言文字學上的訓詁；陳奐秉著遵守《詩序》、毛《傳》進行訓解，此乃經學上的訓詁。經學訓詁與語文學訓詁，基本立場往往不同，前者務在求真，後者有所承守，故常造成訓釋結論的不同。陳奐雖運用王氏父子的方法，但仍恪遵《詩序》、毛《傳》立場，故於實際訓釋時，仍免不了發生二者的矛盾。

例如：〈周南・桃夭〉「之子于歸，宜其家人」，毛《傳》：「一家之人，盡以為宜。」《傳疏》：

> 凡詩三章，……有末章與上二章「辭同而意異」者：若此篇之「宜其家人」、
> 〈螽斯〉之「揖揖」、〈鵲巢〉之「成」、〈羔羊〉之「縫」、〈考槃〉之「軸」、
> 〈緇衣〉之「蓆」、〈中谷有蓷〉之「溼」、〈兔爰〉之「庸」。毛公作《傳》，
> 循辭之變，本意之殊，故往往不與上二章同訓。（頁 30）

〈桃夭〉一詩共有三章，每章末句分別是「宜其室家」、「宜其家室」及「宜其家人」，

三章句法一律，本應作一律解。「宜其室家」，毛《傳》解作「宜以有室家」，「宜其家室」句因與「宜其室家」同而不釋。至於「宜其家人」，本應同前二章解，但毛《傳》卻另作它解，〈螽斯〉之「揖揖」訓作「會聚也」，不同前二章「詵詵」、「薨薨」均作「眾多」，陳氏解此《傳》說「眾多而會聚之進乎」（《傳疏》，頁 28～29）；〈鵲巢〉「百兩成之」之「成」，《傳》不依「百兩御之」、「百兩將之」之御、將作「送」解之例，而訓經義說「能成百兩之禮也」（《傳疏》，頁 44）；〈羔羊〉「羔羊之縫」之「縫」，《傳》文雖作「縫言縫殺之大小」，似與「羔羊之皮」、「羔羊之革」之皮、革不同訓，但陳氏解此訓說：「上言皮、革，此言縫，則所縫者皮革也。」（《傳疏》，頁 59）以明皮、革、縫三者之關聯，誠孔穎達所述，孔氏說：「對文言之異，散文則皮、革通。」又說：「此章言羔羊之皮，卒章言羔羊之縫，互見其用皮爲裘，縫殺得制也。」〔註156〕餘如〈考槃〉之「軸」、〈緇衣〉之「蓆」、〈中谷有蓷〉之「溼」、〈兔爰〉之「庸」均是末章不同前章之解，但此異陳奐則以毛公有「循辭之變」例，以應「本意之殊」，作爲毛《傳》此類訓解之由。陳氏多次以句法一律，釋經字之義，或駁他說之誤；於〈桃夭〉又爲曲護《傳》義，而放棄此規律，另以「循辭之變」爲說。由此知，陳奐是在不礙毛《傳》訓義的原則下，使用王氏父子的方法，若二者產生矛盾時，則選擇擁護《傳》說。

　　因爲王氏父子利用科學性的歸納、比較，進行語言文字的訓詁研究，所解亦往往與毛《傳》不同。陳奐既承王氏宗法，又篤守毛《傳》，於二者產生矛盾時，必然會尋得適當的平衡點進行訓解，以下茲舉諸例，說明陳氏的選擇。

　　其據王氏說以釋毛《傳》者，如〈齊風‧敝笱〉「其魚魴鰥」，毛《傳》：「興也，鰥，大魚。」《傳疏》：

> 王引之〈詩述聞〉云：「下章《傳》曰『魴鱮，大魚』，此亦當云『魴鰥，大魚』，寫者脫去『魴』字耳。或曰《傳》當作『鰥，魚』，無『大』字。按：經云『其魚魴鰥』，則鰥之爲魚已明，何須又言『鰥，魚』乎？或說非。魴也、鰥也，魚之形體差大者，故曰大魚，非必盈車之魚，而後謂之大也。」案：王說是也。魴鰥、魴鱮，皆以喻文姜，故《傳》言「大」以明經之興義也。（頁 255）

王氏藉由上下章《傳》文句例，以爲此《傳》或應作「魴鰥，大魚」，並指出「或曰」以爲應作「鰥，魚」之誤。由「魴鰥、魴鱮，皆以喻文姜，故《傳》言『大』以明經之興義也」，知陳奐取王氏之說，以釋毛《傳》興義。

〔註156〕同注 13，卷 1 之 4，頁 15b，總頁 58；頁 14a，總頁 57。

其調和王氏說法與毛《傳》之不同者，如〈小雅·菀柳〉「上帝甚蹈，無自暱焉」，毛《傳》：「暱，近也。」《傳疏》：

> 「暱，近」，《爾雅·釋詁》文。此章無自近，言無自近亂也；下章無自病，
> 言無自取病也，皆謂幽王暴虐，不可朝事。《廣雅》「暱，病也」，王念孫
> 《疏證》云：「訓暱爲病，當本之齊、魯、韓《詩》。」奐案：三家《詩》
> 暱、瘵同訓病，上下章一律；毛《傳》例不一律，而辭有互足義、有互明，
> 故訓暱爲近，與訓瘵爲病，訓不同而意無不同。王以毛《傳》訓近爲非，
> 則失之矣。（頁 620）

陳奐尋《傳》文所本，以爲「暱，近」本於《雅》訓。《廣雅》訓暱作病，王氏以爲本三家《詩》說，則首章之「暱」與次章之「瘵」，重章疊義，上下章一律。陳氏本毛《傳》，認爲與下章「瘵」互詞以互明。對王念孫所用之三家《詩》說與毛《傳》不同，解釋說「訓不同而意無不同」，正是調和二者的矛盾。

　　或雖未引王氏說，而實即彌合王說與毛《傳》異解，例如〈周南·麟之趾〉：「麟之定，振振公姓。」毛《傳》：「公姓，公同姓。」《傳疏》：

> 古者諸侯之子爲公子，公子之子爲公孫，公孫之子始以王父字爲姓。故與公
> 同姓之人，其姓實出於公。……《傳》云「公姓，公同姓」者，同其姓必同
> 其祖，故〈唐·杕杜〉「不如我同姓。」《傳》：「同姓，同祖也。」（頁 42）

王引之在《經義述聞》「增字解經」條以爲：「姓，子孫也。而解者曰『公姓，公同姓』，則於『姓』上增『同』字矣。」〔註157〕就王氏以爲應直接將「姓」解作「子孫」，而不應增字以解經，而「增字解經」，王氏以爲是「強經以就我，而究非經之本義」。〔註158〕《傳疏》雖宗於毛《傳》「公同姓」之解，但仍未脫離「姓」應釋作「子孫」，可見陳氏亦認爲「姓」應指「子孫」之意，但也不否認毛《傳》的說解，故對毛《傳》進行再度詮釋：「公姓」→「公同姓」→「公同族」→同族者，必爲後代子孫。所以，在陳奐的闡釋下，釋作「同姓」與「子孫」之間可能產生的不合，已被順利消弭。

　　上述的例子中，可以知道陳奐是在不悖毛《傳》的原則下，依從王氏宗法，故陳奐對《詩序》、毛《傳》的篤守，也成爲其貫徹考證學的包袱。

二、陳奐與俞樾在訓解方法上之比較

　　本論文一再論及陳奐依遵段、王二家，於此更提出陳奐是在不悖《傳》說的原

〔註157〕同注70，冊6，卷31，頁1311。
〔註158〕同注70，冊6，卷31，頁1309。

則下遵王氏宗法，此即繼承。下文將從對文、變文、倒文、蒙上探下等四種文例，討論俞樾在經典訓釋方法上對陳奐的承襲。

（一）發明「對文」例

陳奐時常利用古人行文有「對文」一法解《詩》，例如：

（1）〈小雅・黍苗〉「我徒我御」，毛《傳》：「徒行者，御車者。」《傳疏》：

> 「徒行者，御車者」，徒、御對文，則徒爲徒行，御爲御車也。徒行者謂小人也，御車者謂君子也。（頁626）

（2）〈小雅・賓之初筵〉「凡此飲酒」、「彼醉不臧」，《傳疏》：

> 「凡此飲酒」，「此」字承上章末六句之意。……「彼醉不臧」，「彼」字與上「此」字作對文。彼，彼飲酒無度者也。（頁608）

上述二例是藉對文形式闡釋字義，也說明兩者所屬之同一詞性。第一例，以對文說明「徒」、「御」之意，也暗含兩字詞性均屬動詞。第二例則以「彼」、「此」作對文，表達一種相對性的概念。諸例從「對文」角度切入，利用二者間並列或對比性的詞義關係，及詞性上的共同性，順利解釋文義。

俞樾在《古書疑義舉例》中，並沒有特別標立「對文」之條例，但在行文中，屢屢使用「對文」一語或觀念，以檢驗傳注者或版本的正誤。以下舉數例以明之。

或藉以糾正文序之誤者，如「上下兩句易置例」條：

> 〈少閒篇〉：「糟者猶糟，實者猶實，玉者猶玉，血者猶血，酒者猶酒。」按：「酒者猶酒」句，當在「糟者猶糟」下，二語相對成文，糟濁而酒清也；「玉者猶玉」、「血者猶血」二語，亦相對，玉白而血赤也。至「實者猶實」句，或別有對文，而今闕之，當爲衍句。（頁67）

俞樾利用「相對成文」一法發現《荀子・少閒篇》文序有誤或闕、衍之疑者。俞氏認爲糟、酒特質有清、濁之異，玉、血之色有白、赤之別，從兩兩主語中尋找出可相對之文，藉此糾傳寫者所造成的文序之誤。又文既應兩兩相對，則末句亦然，故該句或存而闕，或無而衍。

或藉以勘正脫誤者，如「字因兩句相連而誤脫例」條：

> 《老子・六十一章》：「故大國以下小國，則取小國；小國以下，則取大國，故或下以取，或下而取。」按：「或下以取，或下而取」兩句，文義無別，殊爲可疑。當作「故或下以取小國，或下而取大國」，即承上文而申言之，因下文云：「大國不過欲兼畜人，小國不過欲入事人。」兩「大國」字適相連，而誤脫其一，遂并刪上句「小國」字，相對成文耳。（頁69）

俞氏以爲「或下以取，或下而取」二句僅有以、而之異，文義無別，此不類古人行文。連從下文「大國不過欲兼畜人，小國不過欲入事人」視之，知二句相對爲文，故「或下以取，或下而取」應如下作「或下以取小國，或下而取大國」，此亦是由上下相對爲文，且承上文爲說而校得。

　　或藉以辨字之誤者，如「不識古字而誤改例」條：

> 近，古文作「斤」。《禮記・大學篇》：「見賢而不能舉，舉而不能近。」與
> 「見不善而不能退，退而不能遠」相對成文。因「近」字從古文作「斤」，
> 學者不識，疑篆文「先」字之誤，遂改爲「先」字，與下句不一律矣。（頁
> 77）

近、斤古今字，因學者不識，而誤「斤」作「先」之古字。俞樾從古人行文善用「相對成文」之法，以爲《禮記・大學篇》：「見賢而不能舉，舉而不能近。」與「見不善而不能退，退而不能遠」二句，「見賢而不能舉」、「見不善而不能退」，舉、退相對；「舉而不能近」、「退而不能遠」，與遠相對之文必是「近」，無疑，故知「斤」應是「近」之古文。

　　俞樾善用「相對成文」解決古書傳鈔或解讀之誤，此應源於「對文」，與「文義一律」、「句法一律」一樣，擁有高度穩定性，故可利用它們的規律性求得確解。但仍有因不明「對文」而致誤者，俞樾解釋說：「凡大小、長短、是非、美惡之類，兩字對文，人所易曉也。然亦有其義稍晦，致失其解者。」〔註159〕且從上所舉諸例亦見「對文」並非純指「人所易曉」者，更多是「義晦」者，俞氏提出運用「對文」解讀詩文或校勘所應留意的地方，以示讀者。

（二）發明「變文」例

　　變文是爲變化句式，以引發閱讀者的閱讀興趣，但所要表達的意思並無二致，例如〈周南・桃夭〉「之子于歸，宜其家人」，毛《傳》：「一家之人，盡以爲宜。」《傳疏》：

> 云「一家之人，盡以爲宜」者，釋經「宜其家人」句，此逆辭釋經之例，
> 《傳》不與上二章同訓也。凡《詩》三章，有末章與上二章辭異者，若〈汝
> 墳〉、〈采蘩〉、〈北風〉、〈新臺〉、〈蝃蝀〉、〈大車〉、〈清人〉、〈風雨〉、〈子
> 衿〉、〈東方未明〉、〈甫田〉、〈敝笱〉、〈唐〉〈揚之水〉、〈鴇羽〉、〈匪風〉、
> 〈庭燎〉、〈沔水〉、〈祁父〉、〈我行其野〉、〈谷風〉、〈魚藻〉、〈菀柳〉、〈漸
> 漸之石〉，此文之變也。（頁30）

〔註159〕同注38，頁83。

〈桃夭〉三章「宜其室家」、「宜其家室」、「宜其家人」，三者意同字異。陳奐指出各篇若有末章與上二章異辭，非所述有異，而是屬於變文之法，古人行文多用此法，如〈邶風·北風〉：「北風其涼，雨雪其雱。惠而好我，攜手同行。其虛其邪，既亟只且。北風其喈，雨雪其霏。惠而好我，攜手同歸。其虛其邪，既亟只且。莫赤匪狐，莫黑匪烏。惠而好我，攜手同車。其虛其邪，既亟只且。」《詩經》中運用變文技法者多矣，考陳氏所舉各篇句例亦可證得。

又〈王風·中谷有蓷〉「中谷有蓷，暵其乾矣」、「中谷有蓷，暵其脩矣」，毛《傳》：「脩，且乾也。」《傳疏》：

> 此詩弟二章言「脩」，與弟一章言「乾」同意。《傳》不云「脩猶乾也」，而云「脩且乾也」者，「且乾」，不盡乾也，脩訓且乾，則弟一章言乾，亦且乾，不盡乾之義，與乾燥之乾不同，《傳》變文立訓，互相足也。（頁190）

此例由同篇一、二章「暵其乾矣」、「暵其脩矣」，以爲二句中乾、脩同爲乾義，二字除變文外，另爲「互相足」。故變文除變化句型，另有其功用，此所謂「互相足」，即爲補足句義之用。

又如〈小雅·鶴鳴〉「魚潛在淵，或在于渚」，毛《傳》：「良魚在淵，小魚在渚。」《傳疏》：

> 《傳》以「在渚者」爲小魚，「在淵者」爲良魚，則良魚乃大魚也。〈四月〉《傳》云「大魚能逃處淵」，《正義》云：「潛淵喻隱者。」不云「大魚」而云「良魚」者，以其喻善人，故變文稱「良」是也。（頁475）

據陳氏所論，詩中以淵代大魚、渚代小魚；毛《傳》釋《詩》以良魚表大魚。因善人謂良人，既以大魚喻善人，故而變「大魚」之文爲「良魚」，以達變化句法之效。

於上述諸例，知所論「變文」者含經文與《傳》文二端，且所變之詞有時是該詞的代稱。變文之位置，或在前後文中，或在該篇的各章中。所以變文的作用有時在於變化文辭，有時則是爲了押韻的需要。俞樾《古書疑義舉例》中，即有「錯綜成文例」，指出「古人之文，有錯綜其辭以見文法之變者」，[註160] 是文變而意不改。俞氏更立「參互見義例」及「變文協韻例」，明「變文」除爲變化文句，增加閱讀興味外，也有其具體效用，如可互見義或協韻。

（三）發明「倒文」例

陳奐於《傳疏》中所明之倒文，或指《經》文，或指《傳》文。若《經》文倒

〔註160〕同注38，頁5。

文者，多「倒文協韻」，《傳》文則多「倒文明義」。

其《經》文爲「倒文協韻」者，如〈衛風‧伯兮〉「甘心首疾」，《傳疏》：

「甘心」、「疾首」平列，言「首疾」者，蓋倒句以協韻。（頁 175）

「甘心」與「疾首」平列，經文作「疾首」者，實與「首疾」意同，乃爲協韻而倒文。

其《傳》文倒《經》文以明義者，如〈曹風‧下泉〉「冽彼下泉，浸彼苞稂」，毛《傳》：「下泉，泉下流也。苞，本也，稂，童粱。」《傳疏》：

苞稂爲稂本，與下泉爲泉下，皆倒句以明義。（頁 358）

《傳》文釋「苞」爲「本」，則「苞稂」即「本稂」，爲明《經》義，則倒作「稂本」；「下泉」作「泉下」亦同此用。

又如〈大雅‧思齊〉「不顯亦臨，無射亦保」，毛《傳》：「以顯臨之，保安無厭也。」《傳疏》：

《傳》以保釋安，以猒釋射。先釋保，後釋射，倒文以明義也。（頁 675）

此《傳》文亦可說是逆辭而解，《經》文作「射亦保」，《傳》文則以「保亦射」釋之，《傳》文之倒文，以使《經》義曉暢。

「倒文」之法，就《經》文而言，旨在就韻；就《傳》文論，則在明義。而所謂「倒文」，從《經》文論，則爲倒《經》句的一般用法，此就《經》義言；由《傳》文論，則是倒經文之句以明義。俞氏曾明古人行文有「倒句」、「倒序」以成文，亦有「倒文協韻」者，以爲若「順讀之則失其解矣」。〔註 161〕

（四）發明「蒙上探下」例

「蒙上而省」或「探下而省」，都是古人行文常用的省文例，所以毛《傳》以此釋《詩》，《傳疏》亦以此解《傳》。以下茲舉例以明之。例如：

(1)〈檜風‧匪風〉「顧瞻周道」、「瞻顧周道」、「誰將西歸，懷之好音」，毛《傳》：「周道在乎西。懷，歸也。」《傳疏》：

《傳》承上章「兩周道」，故云「周道」；「在乎西」以釋經之「西」也。……之猶是也，「歸是好音」即蒙上句「西歸」而言。周之道在西，有歸之者，當歸之以善政令也，亦是思周道之意。（頁 349）

(2)〈小雅‧正月〉「憂心惸惸」，毛《傳》：「惸惸，憂意也。」《傳疏》：

《傳》云「憂意」，蓋探下文之意爲訓。（頁 498）

(3)〈小雅‧鶴鳴〉「它山之石，可以爲錯」、「它山之石，可以攻玉」，毛《傳》：

「錯，石也。可以琢玉。」「攻，錯。」《傳疏》：

　　攻訓錯者，《傳》蒙上章立訓。它山之石可以攻，即它山之石可以錯耳。

　　上章《傳》云「可以琢玉」，亦即探此章「玉」字爲訓。（頁476）

　　　第一例，因爲「歸、懷」疊韻，音義同，又「之猶是」，故「懷之好音」可作「歸是好音」。毛《傳》承上二章說「周道」，又蒙「誰將西歸」之「西歸」作解，以明「思周道」之意。陳奐疏毛《傳》蒙上經文釋《詩》例。第二例，毛《傳》以「憂」意釋「惇惇」，是探下經文「心之憂矣」、「憂心慇慇」解，此《傳疏》解《傳》文探下解經例。第三例，陳奐以爲毛《傳》之解，是蒙第一章經文「它山之石，可以爲錯」而解；而上章《傳》文「可以琢玉」，則探下章「可以攻玉」之「玉」而釋，此正爲毛《傳》蒙上探下解《詩》之例。《傳疏》除明《傳》文蒙上、探下解經例外，另可藉此見《詩》中省文的情形。陳氏所指出其他「省文」之行文現象者，另有「舉此該彼」例，如〈小雅・鼓鍾〉「笙磬同音」，毛《傳》「笙磬，東方之樂」，陳奐釋此《傳》說：「鄭亦以鍾磬之在西者爲頌，在東者爲笙矣。詩言笙磬，不言頌磬；言磬不言鍾，皆省文也。」又說：「《傳》釋笙磬爲東方之樂者，舉東方以晐西方，亦舉磬以晐鍾。」〔註162〕皆是省文例。陳氏對《經》、《傳》這種省文現象，雖有指出，但未如俞氏明白，俞氏所列之「古人行文不嫌疏略例」、「語急例」、「兩人之辭而省曰字例」、「文具於前而略於後例」、「文沒於前而見於後例」、「蒙上文而省例」、「探下文而省例」、「舉此以見彼例」，均屬「省文」一類，從俞樾所名，知古人行文省略之因。

　　　俞樾《舉例》一書所列八十八個條例，除爲自己閱讀古籍的心得外，亦受其師陳奐《傳疏》的影響。陳書中力求明白古人行文例，以明《經》、《傳》之義，俞氏不但吸取陳書精義，且更透闢的指出古人行文的習慣，及不明這些習慣所致之誤，並整理爲條例，故俞氏在文法研究上可說「青出於藍而更勝於藍」矣。因陳書爲傳注訓詁之作，對於毛《傳》訓解必須明其所由，而解經字之義很多時候是「隨文立訓」，這是因爲字詞在特殊的語境下，可透過偶然的引申或假借，另作異訓，因屬偶然，故俞書未將「隨文立訓」列爲古書條例。

─────────

〔註162〕同注1，頁567。

第六章　結　論

　　經書的訓詁，有主於經學的訓詁，有主於義理的訓詁，有主於語文學的訓詁。有清一代的訓詁成績，邁越前古，諸經訓詁之專書、專論，如雨後春筍般湧現，《皇清經解》、《皇清經解續編》爲此時期學術成績之總匯。但此時期的研究者，因所持立基點的差異，遂影響其訓釋結果。如王氏父子是以語文學爲基點，戴震、阮元以義理學爲基點，陳奐則以經學爲基點，三人站在不同的基礎點上，因此，即使爲同一批材料進行訓釋，結果亦不盡相同。本論文之目的，即以探討陳奐的《詩經》訓詁研究，觀察陳奐如何以經學的角度進行訓詁工作。

　　陳奐對毛《傳》詳盡的訓釋，從睦駿分析《傳疏》在《詩經》學上的地位，亦可窺知一二。睦氏說：

　　　　總的來說，陳奐《詩毛氏傳疏》引據該博，考釋周詳，不愧爲清代研究毛
　　　　《詩》的集大成。尤其是它從文字、音韻入手，對毛《傳》所作的再度詮
　　　　釋工作，爲後人進一步探討《詩經》原旨提供了不少富於啓發性的成果，
　　　　故其書至今仍爲《詩經》學界所重視。〔註1〕

陳奐處於小學發達的清代，能利用小學以治經，爲《詩經》的詞義作精當的訓釋，可說是毛《詩》《經》、《傳》詮解的集大成，但這種詮解只是一種手段，眞正的目的是爲了支持毛《傳》對《詩經》的說解，並發揚《傳》義。陳奐處在三家《詩》已廣被取資的學術風氣中，仍堅守此種立場，並說：雖「墨守之譏，亦所不辭」，態度堅定而自信。儘管陳氏的詮釋中，難免有因爲護毛而致誤者，但他堅持「疏不破注」的原則，也成就他在《詩經》、毛《傳》詮釋學上的獨特價值，〔註2〕完

〔註 1〕睦駿：〈「詩毛氏傳疏」提要〉，收入林慶彰，楊晉龍主編/陳淑誼編輯：《陳奐研究論文集》（臺北：中央研究院中國文哲研究所籌備處，2002 年 3 月，初版 2 刷），頁 334～335。

〔註 2〕參見洪湛侯：《詩經學史》（北京：中華書局，2002 年 5 月，1 版 1 刷），頁 234。

成廓清毛《傳》之大任。

江慎中在〈清代中葉《毛詩》學三大家解經之歧異—以對〈詩序〉、《毛傳》、《鄭箋》的依違爲考察基點〉一文中，指出陳奐是清代《詩經》學復古三大家中最能感受《詩經》今古文之爭的壓力之人。因爲在陳氏未作《傳疏》之前，今文經學已盛行，又與清代闡述三家《詩》意旨的魏源（著《詩古微》）交好，故陳氏面對今文經學的逐漸興盛，不但了解其中發展的梗概，更有積極的反思。江氏因此認爲胡、馬的毛《詩》學著作，尚不足以與今文三大家劃清界線，也許是因爲馬瑞辰、胡承珙，雖沿治漢學，但均「毛、鄭並采」，而陳奐《傳疏》「舍鄭用毛」，專意發明毛《傳》，此作才是與三家《詩》抗衡的重要力量。〔註3〕馬瑞辰、胡承珙及陳奐雖同爲清代古文大家，但在解經立場上，對於毛、鄭問題仍有不同的取捨。陳奐在《詩經》研究上以毛《詩》義爲宗，不但在毛《詩》學上具有其獨特性，也使其成爲純正的古文大家，而此正爲《傳疏》的重要精神所在。

本論文探討陳奐的學思歷程與學術性格、陳奐以古義爲尊之解《詩》系統、陳奐對段玉裁校勘毛《傳》之繼承與發展、陳奐疏通毛《傳》之法－因聲求義、歸納互證、闡發義例諸端。茲將所考結果，分述如下。

陳奐的學思歷程可分爲三個階段：第一階段是「啓蒙期」，陳奐因私探楊德墉錄記徐乾學《讀禮通考》、秦蕙田《五禮通考》二書之要領，而掌握讀書門徑，故張星鑑說「先生之學實基於此」。（上引張星鑑〈陳碩甫先生傳〉）第二階段是「學術奠基期」，陳奐從江沅治校讎，並共同校勘《說文解字注》，此厚植陳氏在小學方面的素養，奠定日後在經學研究上的基礎，故說「小學明而經學無不可明」（上引陳奐跋段玉裁《說文解字注》）。江氏對於陳氏的影響不僅於此，尤在能鑑識陳奐之才。因江氏的刻意引薦，使段玉裁識得陳奐才學，並稱他是「讀書種子」，讚譽「其學識已出孔賈之上」，寄予「傳吾道者必此人也」的厚望。而陳奐又得段氏的推薦，得以結識王氏父子，進而廣交學術同好，故江沅實是開啓陳奐學術之路的重要人物。

段玉裁與王念孫同出戴東原門下，段、王二氏家學均爲陳氏所師法。如陳氏在古音理論上，對於「古無入聲」說，即承段氏之論；「異平同入」說，是段氏爲使諸韻部均有入聲韻部可配而說，陳氏持此說以爲異部合韻的理據；「諧聲者必同部」說，此是段氏用以歸納古韻的重要方法，陳氏多準此以論求字之上古韻部；「合韻的運用」，段氏提出異部押韻的現象，並以古本音、古合韻說明「今韻異部」及「古本音有齟齬」的情形，陳氏則直接以「合韻」解釋異部押韻；王念孫明古人「隨處用韻」，

〔註3〕參見江慎中：〈清代中葉《毛詩》學三大家解經之歧異——以對〈詩序〉、《毛傳》、《鄭箋》的依違爲考察基點〉，《國文學誌》，第六期，2002年12月。

－278－

陳氏依此特性解釋《詩經》中非末句押韻的情形。又如陳奐在治學態度上，於不詳處多以「未聞」、「未詳」、「無明文」、「不可考」、「不復知」釋所疑者，堅守「不妄斷是非」、「不妄說」、「不妄解」的審慎態度。陳氏雖篤守《傳》說，但亦重古訓，凡持之有據之說，陳氏則並存之，表現的是客觀的求眞精神；又因爲學首重「本源」，故對言之有據者，不隨意屛棄，反之，對無據之論，則以爲不足憑信，此即其「重論據、反臆說」之學術精神。由陳奐治學上所呈現的「嚴謹」態度，已見其深受段、王二氏之薰陶。除於精神上承襲段、王二氏家法外，於實際的研究上亦多二氏之學。王氏於自刻之書上標明句讀，陳奐悟得「明句讀」的重要，不但於《傳疏》中採「逗」、「逗讀」、「一氣讀」、「句」等話語註記，且以此法授徒，其高足俞樾即以「正句讀」爲三大治經要道之一。陳氏常運用句法、對文、渾言及析言之語法釋義，此實承自王氏家法，於《傳》文疏解上多有發明。王氏曾利用經、傳的句勢，明古人字義的使用，陳氏則依語境確定詞義，此又溢出王氏方法之外。可見陳奐對於段、王二氏在治學精神及研究方法多所承繼，且又更進一步而有所發展。

　　陳奐學思歷程之第三階段，即「《詩毛氏傳疏》之成書期」。陳奐在這時期，專力於《詩經》之研究及著成《傳疏》一書。其《詩經》研究及《傳疏》成書的關鍵友人，首要者是與他並爲《詩經》古學大家的胡承珙。胡、陳二氏治術一同，往復討論學術甚多，胡氏著有《毛詩後箋》一書，惜未竟其業而卒，由陳奐爲之校補〈魯頌・泮水〉以下諸篇。陳奐之治毛《傳》，除受段玉裁影響最深而外，就屬胡氏。而陳奐《傳疏》之所以能梓行，實多得力於汪遠孫、汪適孫、汪邁孫昆仲之助。汪氏家族歷經由興而衰，然爲陳氏《傳疏》之付梓，努力不輟，給予陳氏情感上、經濟上極大的慰藉及幫助。如果說胡承珙屬陳氏在學問上的問難之交，而汪氏三昆仲則是陳氏在學術路上最重要的支持者。

　　陳奐從編寫《毛詩傳義類》至揉成《詩毛氏傳疏》，共歷二十八年的時間。陳氏本知胡氏「亦攻毛《詩》，與己同愾」，但初以爲其「於毛氏《經》、《傳》必爲完書」，故僅將自己研治毛《詩》的心得，編爲《義類》。後得胡書，始知其書僅是「條舉《傳》義，不爲統釋」，又因汪遠孫的敦促、勉勵，希望陳奐能「將所著毛《詩》作爲《傳疏》，互相切證」，陳氏因此，遂有「揉《疏》之志」。陳氏《傳疏》的體例，其分卷數、篇第與段氏《小箋》同，系承《毛詩故訓傳》一脈。是書題名遵《經典釋文》「大題在下，小題在上」之格式；列各國篇、什之篇目及總章句數於前，次列《詩序》，又次始錄《經》文，此即按段氏《小箋》之法；其移各章詩篇於前，則是依循孔穎達《正義》之體例，此見陳奐復《傳》文舊觀之用心。

　　陳奐之研治《詩經》，是以古義爲尊。其學術態度除受師法影響外，清代的實證

風氣對他走向古文家法之專門漢學之路，亦起推波助瀾之作用。故在今古文爭論不休的學術氛圍中，陳氏選擇「舍鄭用毛」，成為古文派正宗。陳氏篤守毛《傳》之因，主要可以分為兩點：一、毛《傳》的正統性。陳氏以為《詩序》為子夏所作，且說《序》是子夏「隱括詩人本志」而成，故「合乎詩人之本志」。又說毛公承子夏之學，依《序》作《傳》，《序》、《傳》多相合，毛《傳》自有其正統性，故「讀《詩》而不讀《序》，無本之教也；讀《詩》與《序》而不讀《傳》，失守之學也」。二、《傳》說近於古義。《傳》文不生臆說，所言者多持之有據；其引用之古訓或師說，主要是《爾雅》、內、外《傳》、《荀子》、《三禮》、《孟子》，於上知《傳》說多以師說為據。至於毛《傳》與三家《詩》說相較，陳奐也以為「《傳》必有據」、「毛《傳》精密」，認為毛《傳》除具正統性，較三家《詩》說更近於古義外，也以《傳》語「簡質」，不雜陰陽讖緯靈異之說為尚。至於毛、鄭優劣，陳氏以為《箋》語時可發明或申明《傳》說，但因鄭《箋》時以三家《詩》說申毛、「不如毛義有據」，且解經時因「膠泥一處」而致「齟齬難通」，故以為鄭亦不如毛。

陳奐對毛《傳》的篤守，從其對《傳》文的疏解，可見一斑。陳奐疏解毛《傳》，首在闡發《傳》例，據本論文所標舉者，有八事。一是「興」義的表現方式及其內涵。陳氏以為毛《傳》雖僅提出某詩為「興」，但分析其實質內涵，有「即事言興」、「離事言興」之別，有「寓意於喻言」、「明言其正意」之異，除外，陳氏還特標舉毛《傳》「興該賦、比」之特點。陳氏以為「即事言興」是「因興而賦」，「寓意於喻言」是「因興而比」（隱喻），「明言其正意」是「興而比」（明喻）。其中除「離事」一類外，都與賦、比有關。

陳氏所闡發之《傳》例，第二是毛《傳》作訓多釋於首見。三是明毛《傳》釋經義，有先釋字義，再統釋經義；直接統釋經義；直接統釋全章大恉，發經義或於首章，或於末章；以下文經義釋上文經義者。四是逆辭為訓。毛《傳》雖多依順經文脈絡，但逆辭作解情況亦多。逆辭作解多是依循《傳》例，或欲先釋同義之經文所致。五是倒文釋經。《經》文倒文多為因應「強調賓語」、「變化語法」、「押韻」等需求。六是以疊字釋單字。此《傳》例是因「一言不足則重言之，以盡其形容者」，而疊字有時是單字意義的加強，有時是連縣字，與單字義不同。七是依聲立訓。此是談毛《傳》運用釋詞與被釋詞之間的聲音關係釋義，知毛氏已知運用「聲訓」，以為《經》文尋求本字。八是複經作解。毛《傳》解經前多先「複經」，前人有不明此《傳》例而誤刪，致語意難明者。對此陳氏《傳疏》有「仍之而不補」與「隨文移改」二法，以使文意明確。

陳奐對毛《傳》進行疏解前，先之以校勘，並期復毛《傳》之舊觀。陳氏之校

勘毛《傳》，以段玉裁《毛詩故訓傳定本小箋》爲其底本，故陳氏有因襲《小箋》者，亦有段、陳二氏所校雖觀點殊異，結論卻不謀而合者。又較諸段氏《小箋》，陳氏益以詳審《正義》、《釋文》，或藉毛《傳》異本，詳審其釋義及用字之差異。陳奐之校勘毛《傳》，除以各類版本進行對校外，更輔以理校，如廣納佐證、覈校群書、推尋語義、運用《傳》例等以申補、修正、增補《小箋》，實是後出轉精。陳奐於校勘毛《傳》之工作中，更解決許多毛《傳》之版本相傳問題或錯誤，以恢復毛《傳》舊觀。據陳氏所校《傳》文，其中多有與後出之敦煌寫本相合者，除說明陳氏利用理校以破除版本侷限之成效外，亦顯陳氏湛深的校勘功力。《傳疏》一書在毛《傳》校勘上，不僅補足顧廣圻採對校法所受之侷限，對於同採理校的段玉裁亦多所補正，在毛《傳》校勘上有其地位與價值。

陳奐之疏解《傳》文，途術多方，若綜納其要，凸顯其訓釋特色，可以「因聲求義」及「歸納互證」、「闡發義例」三事說之。陳奐運用「因聲求義」方法，主要用以闡明《經》、《傳》文中的「假借」及「連緜字」。從本論文的探討得知，陳氏的「假借」觀念是屬於廣義的，包含有本字與無本字的假借，故《傳疏》中或說「假借」，或說「通假」，在陳奐之觀念中，二者並無本質上的區別。陳奐認爲，毛《傳》常釋《經》文中之假借字，故欲疏通《傳》文，必先明其訓釋《經》文假字之例。其闡發毛《傳》釋《經》文中之假借字，有毛公直指假借之例，即以本字之義釋假字；有以轉注之法表示假借，即以本字釋假字。陳氏除疏通《傳》文釋假借之例外，也透露自己對假借的認識。陳氏所認定的假借，依其所說明的語言現象約可分爲四類：一、同音假借。這類假借的特色在於本字與假字是經聲母、韻部間的連結而產生的借用關係，而此語音不限定於音同，亦有音近者。而憑藉語音而產生的借用關係，也是假借的一般途徑。二、同源假借。這一類的語音關係與同音假借同，故可視作「同音假借（二）」。一般所謂的假借，是指二字之意義無涉，但因爲語音相同或相近而借用。而「同源」亦可視爲「假借」者，是因爲詞義的引申、孳乳而產生新字，此新字與發源字雖有語源關聯，然因孳乳字承擔發源字分化出的新義，而此新字尚未成爲該義之習用字，故與發源字常產生混用的情形，就用字的標準來說，那也是一種假借關係，故稱此類爲「同源假借」。假借是共時的借用，而同源則是歷時的發展，須以不同的角度面對這兩種不相屬的特質，才不會自陷於矛盾中。三、古文假借。此類型的假借，主要是著眼於二字在字形上的相衍特點。在字形上，是以今字釋古字；在語義上，是以古語釋今語，前者是以文字學的角度說，後者則是就訓詁學的角度論，而形成所謂的古文假借。四、省文假借。此類型假借，陳奐稱作「省假」或「假省」。這是就二字在字形上的繁、簡而說，二字多具有聲符字與形聲字的關係，而此假借類型的產生，

應是在語音上承「同諧聲偏旁必同部」之論，且佐以文獻而定之。可見陳奐的假借觀念，於語音上仍以音同者爲多，而疊韻次之，雙聲者又次之。所以在語音的限制上，較諸今人或失之過寬。陳氏知道「訓詁之指，存乎聲音」，故本著「因聲求義」的精神，以破假借，但知道假借的認定必須在文獻史料中有二字習慣通用的事實，故陳氏破假借，除求之於音外，也旁蒐典要。假借理論發展至陳奐，已知「以古音求古義」、「引申觸類、不限形體」，可說是完全拋下「右文說」的包袱。

陳氏訓釋《經》、《傳》文中的「連緜字」現象，雖有承繼王念孫「連語」觀念，或段玉裁在「連緜字」上的說解，但陳氏於王氏說法上發展出「連緜字」、「合二字成義」之說。陳奐所謂的「連緜字」，於語音上有雙聲、疊韻，及不具聲音關係者三類，而聲韻絕遠者，僅「悁恢」一例，此是承段氏而說，可見陳奐所謂「連緜字」，在聲音關係上比段氏更趨嚴密，更近今日「連緜字」在聲音上的限定，而陳氏將聲韻條件納入「連緜字」的特點探討，亦是「連緜字」研究史上的一大發展。又其「合二字成義」說，於構詞上可分爲上下二字同義，即不可分別訓釋作不同義的同義複詞；上下二字合釋一義，即不可單獨訓釋的單純詞，後者比較接近「連緜字」的範疇。

陳氏另又以「歸納互證」、「闡發義例」爲鈐鍵，並透過古籍用例、《詩》中句例之二文對舉、同類詞語的訓釋等，考得毛《傳》釋《經》文之「一字數義」、「一義引申」、「一義通訓」諸例，並提出《經》、《傳》虛詞及名物制度之考釋途徑。

陳奐藉著整理毛《傳》對同一字的訓釋，而成「一字數義說」。據此說，各字所涵蓋的意思以假借義最多，此正符合毛多用假字之例。陳奐又利用各詞所具之共同點，進行詞義之聚合，一字多存數個義項，不同的聯想路徑，則形成不同的聚合方向，故又有「一義引申」說。至陳奐的「一義通訓說」，主要是標舉毛《傳》明該字之通訓義，不盡然標於首見，但多標註一次，而此訓義多爲該字之常用義。

在虛詞的考釋上，陳奐體認到詞語虛實的變化，他運用虛實對勘之法，明《經》、《傳》之虛詞用例。又以辨名物之異名、古籍所載、及釋《經》、《傳》文之義以推考名物制度，利用「博引古書，廣收前說」，以廓清後人對名物之淆亂、「補《禮經》之殘缺」，而此「前說」多指「西漢前人之說」，故自謂與「東漢人說《詩》者，不能苟同」，故《傳疏》所言多與「東漢諸儒異趨」。

陳奐的訓釋觀念上承王氏父子，故或有據王氏說以釋毛《傳》，或有調和王氏說法與毛《傳》不同者，或有雖未引王氏說法，而實彌合王說與毛《傳》異解者；而《傳疏》致力於闡明古人行文用例，則下開俞樾在文法上的研究，成就俞氏《古書疑義舉例》一書，由此亦知《傳疏》於學術發展上所具承先啓後之地位。

附錄一：《師友淵源記》姓氏錄

　　陳奐《師友淵源記・自序》說：「奐承奉庭訓，執業家塾，及長，則出門有交，資獲聞見，兢兢自持，罔敢失墜，蓋幸生昌明經術之世，同學少年類多，不賤，朋從倫輩，羣有專書，今撰述《詩疏》，次序告成。凡《詩疏》中，義有所采取者，必錄其姓氏，而無切涉於己者，勿錄也。師先之，友次之，遊於門者又次之。質媿惷愚，學慚固蔽，俾得廁從乎知解之後者，氣厥淵源，其有自矣。」〔註1〕茲錄《師友淵源記》諸家姓名如下：

姓　名	字　號	身　分	與陳奐相識因緣	專　長	餘　記
顧　濂	殿德	江蘇金匱庠生	私塾蒙師		曾許從姪竹海公女(字琴芝)與奐締姻
竹廷杏 (海公)		山東東平州戴家廟閘官			歷代沿革地理官職，無不洞曉
顧　桐	響　山	顧濂長子	同館南園	授四子書(《易》、《書》、《詩》、《禮記》)	教以先儒讀書法：上句若無下句，毋許脣油舌滑，必字字拋甎落地
司馬錫朋	賓　湄	無錫庠生	蒙塾	《周官》、《左氏傳》	時蒙塾謂「《周官》非周公書；《春秋》遵用胡安定《傳》」，唯司馬錫朋獨破蒙塾之論，以二經授學
陳兆熊	南　喬	江陰庠生	戊午秋，顧廉有疾歸里，薦陳兆熊代權舊館事，陳氏因而受業		
顧光照	履　中	庠生、顧濂孫子			

〔註1〕陳奐《師友淵源記》，收入周駿富輯：《清代傳記叢刊・學林類・思舊錄等六種》（臺北：明文書局，1985年，初版），頁67。

楊德壎	惕齋	金匱廩貢、溧陽訓導師		慣作典制八比文；自修徐乾學《讀禮通考》、秦蕙田《五禮通考》	不許學徒觀習二書，恐窒礙其文辭。奐竊過錄，如此七年，漸知讀書門徑
江沅	子蘭、鐵君	吳縣優貢、艮庭先生孫		精篆、楷工帖、經學、校讎	1. 奐受校讎，而後知讀書之道 2. 始識段玉裁
王樹穀	字芑堂	鎮洋歲貢、第十七世秀才			1. 二十七（壬申）十月，吏部左侍郎遠皋先生科試，奐補本學博士弟子員 2. 十二月，受業枝園
施源	字蒙泉	乾隆甲午舉人、特以造就與試之士，乾嘉間掇巍科者四百餘人，可謂師門之極盛			1. 奐從之學，先後兩載 2. 又先後從施源弟烱、焌學
段玉裁	字若膺、一字懋堂	乾隆二十五年庚辰舉人	江沅之薦	《說文解字》、《毛詩傳箋》	1. 江沅以校讎委任陳奐 2. 段謂奐：「汝聞道早，汝之學在唐儒陸、孔之上矣。」
兆榮			奐之從姪		奐三十（二十年乙亥）春，與兆榮往南門，並同居於此
計寵接	字漢葦		奐少時，每得與聞其教		1. 日以著述發明《論語》數則 2. 善書法，深得晉唐人遺意
毛懷	字意香	同邑布衣	與奐父友好；尊湖、莘耕皆從其學	書法	書法深得古人筆妙。嘗論學書須作淹通之儒 2. 有子名國寶，字琴山，能書
王念孫	字祖懷，一字石臞	乾隆己未進士	奐入都謁先生		1. 以爲段先生歿後，遂無讀書人 2. 專發前人之未發
姚學塽	字鏡塘	嘉慶元年丙辰進士	奐與姚氏同寓京師	博學，詳通典故	1. 爲文擅用典故 2. 強調慎獨功夫 3. 好飲酒
以下為學友					
李宏信	字柯溪			淹通群籍	1. 曾注隨園駢體文 2. 撰《韞玉注》 3. 校刊《札樸》，行於世

戴敦元	字金溪，人稱戴比部。諡簡恪	乾隆五十八年癸丑進士	因江沅而識，寓居京都時，相過從		1. 以廉治爲能 2. 《戴簡恪集》
嚴　杰	字厚民	餘杭監生	奐初至杭州，與二人遊		阮元《皇清經解》一千卷，倚重其手校
趙　坦	字寬夫	仁和秀才		易經	《寶甓齋文集》二卷
鈕樹玉	字匪石	布衣	遇於甲申多，上海道龔闇齋署	好古	《說文新附考》六卷，又《續考》一卷
程同文	字春盧	嘉慶四年己未進士	姚鏡塘所介	地理	1. 成蒙古地理書 2. 存大清版圖，藏於奐處
王引之	字伯申，諡文簡	己未探花，官至工部尙書	因王念孫之故而識	訓詁、經學	1. 因文簡，識得四方學者，頗有「有朋自遠方來」之樂 2. 文簡《釋詞》，助奐治毛《詩》語助發聲之例 3. 王時以《經義述聞》示奐
郝懿行	字蘭皋	己未進士官，戶部主事		經義	1. 撰《爾雅義疏》十九卷，王念孫點校 2. 道光二十九年，陸立夫重刊，用王氏點閱本 3. 原稿藏於嚴厚民家，副本於奐處
陳壽祺	字恭甫	福建侯官人，己未編修講學授徒			撰《五經異義疏證》
王捷南	字懷佩	陳壽祺之高足	昔見於枝園，復見於武林振綺堂		撰閩中沿革表
徐　松	字星伯	官至中書		地理	撰《漢書西域傳補注》、《伊犁總統事略》、《新疆南北路賦》二篇、《西域水道記》五卷、《西域志》
徐　頲	字直卿	官至閣學	居同里，受同業於段玉裁		刊《說文解字注》
沈　濤	字西雝	庚午舉人，官至江西糧道	段玉裁高足		著有《說文古本考》、《論語孔注辨僞》、《常山志》
顧書紳	字翼亭	金匱諸生	奐妻外族弟	理學	1. 崇信朱子 2. 有《小學博趣編》
吳志忠	字有堂	吳庠生	與奐爲中表昆弟	目錄校勘之學	與黃丕烈、顧廣圻郊遊
簡　英	簡舟先生				著經句說四卷

胡承珙	字墨莊	乙丑進士，由翰林遷御史	己卯，同人於萬柳堂公祭先師鄭康成而始交	專意於毛氏《傳》	1. 奐編《詩毛氏傳書》乃因胡氏《毛詩後箋》未成完書 2. 著《毛詩後箋》、《儀禮古今疏》、《爾雅古義》、《小爾雅義疏》等
朱琦	字蘭坡	壬戌進士	萬柳堂		著《詁經文鈔》、《續鈔》
徐璈	字樗亭	嘉慶十四年己巳進士、戶部主事	萬柳堂		著《詩經廣詁》
王劼	字海樓	浙江知西安縣事			著《毛詩傳說》
金鶚	字誠齋	嘉慶二十三年戊寅，以優貢入都	偶宿內城		1. 校胡承珙書，多用金氏說法。 2. 金子嗣，金城（字子完），編成《求古錄禮說》二十卷
劉逢祿	字申受	嘉慶十九年甲戌。庶吉士，改禮部主事		《春秋》公羊氏之學	1. 獨持西漢，探賾索隱，條理簡絜，作《釋例》若干卷 2. 《說文衍聲記》，舉分韻之要（未刊）
曾釗	字勉士	廣東南海拔貢士	奐未見及此人		1. 著《學海堂詩說》 2. 《詩疏》中往往采其說
吳毓汾	字管涔		與奐同邑，曾學於段氏，段器之		
陳沆	字秋舫	嘉慶己卯進士	與奐姪兆熊同榜		
胡培翬	字紫蒙，一字竹邨	己卯進士，官至戶部主事			1. 治官如治經，一字不肯放過 2. 《儀禮正義》，門人楊大堉補編
李璋煜	字方赤、一字箬汀	嘉慶二五年庚辰進士	出守江蘇，與奐比鄰居，舊識，無事不輕以往見		
汪喜孫	一名喜荀、字孟慈	嘉慶十二年丁卯舉人		禮經	著《喪服問答記》
王廣蔭	字薆堂，謚文慎	道光三年癸未榜眼、授編修	1. 世交 2. 與江沅就金陵試，王氏慕師名，夜叩門，始往復酬酢		

劉仲來	原名宗秀，字芝山		因蘐堂王兄而得識		
汪遠孫	字小米	嘉慶十九年丙子舉人	道光初年，始交於錢塘；偕宿西湖葛林園	經學、史學	1. 鼓勵陳氏揉《義類》成書 2. 四世藏書振綺堂 3. 《國語》三種、《漢書地理志》兩卷（未刊）、《三家詩考證》、《世本考證》
汪適孫	字亞虞	遠孫弟			
汪邁孫	字少洪	遠孫弟			承二兄志，留奐於家，以完修緝之役
費丹旭	字曉樓	布衣	識曉樓於汪世昆弟		丁未《詩疏》刊成，曉樓更作六十二歲像
朱右曾	字亮甫、一字咀霞	道光戊戌舉人，入翰林		地理	1. 著《詩地理徵》二卷屬奐校閱；奐之治毛《詩》地理也。 2. 《大戴禮補注》
魏源	字默深			其始崇尚理學，後發明西漢人之誼於三家《詩》	1. 著有《詩古微》、《書古微》、《海國圖志》、《聖武紀》 2. 與龔自珍齊名
沈炳垣	字曉滄				極留心人才，多取名宿
劉燿椿	字莊年				
王壽昌	字子仁	以文簡公蔭得戶部主事	招奐講學（振興講院）		道光二十年庚子，《詩疏》稿成，二人倡言趣刻
陸模	字子範		同受知於文遠皋		
潘曾沂	字功甫	吳相國子、丙子舉人		詩、古文	遠皋宗師所稱學弟子，應推功甫爲第一流人物
吳鍾駿	字崧甫、一字殊舫	道光十一年狀元	1. 與奐同受業於施泉 2. 延奐講學西湖詁經精舍		主：治經尙漢學、形聲訓詁爲窮經根柢、馬《記》班《書》爲經傳羽翼
顧穎吉	字松圃		奐因其爲人，於甲辰春，與之訂交	醫學	
郁松年	字泰峰	上海廩貢生	丁未春，於役滬瀆職，識奐		1. 凡宋人典籍有未刻，或刻而版廢者，不惜重資以羅置 2. 與紫珊、廷璜稱知己
項爾康	字肖卿		奐階高小坨學，沉識肖卿，感其言，因識之		

勞權	字平甫，格字季言				因奐語，倡設立讀書義塾教育
陸元綸	穉民	同邑人		詞章文藝噪冠於時	《詩疏》凡祭祀、衣服、宮室、制度，每一義成，穉民必討論而備記之
以下所述，為奐之門生					
肇潢	字養泉	蘇州刻人湯懷奇之子			
寶甤		喜孫之長子、廩生			
袗		默深子			
潘遵祁	字順之	三松先生之孫	世交 得識三松先生於枝園		
希甫	字補之	道光乙未舉人			
梁寶森	字子善		與奐居近		道光己酉三載，皆宿其家，時專意治毛《詩》
汪獻玗	字月生	同邑庠生		許氏《說文》、古文辭	胡氏《禹貢錐指》為家塾課本
汪毓沉	字東方	獻玗弟			
李善蘭	字秋紉、一號壬叔				所著之書，名冠於時
蔣仁榮	字杉亭	布衣		《大戴禮》	
馬釗	字遠林	同邑甲辰舉人、內閣中書		歷算、步數、校讎	均得位於軍功
銘芝生		優廩、六品銜			
管慶祺	字心梅	元和庠生		音韻	1. 奐：義即寓於音，音可見義，其音之有變有轉，不能全執古音繩今音矣 2. 子禮昌，與奐長孫女定親
丁士涵	字永之	元和庠生		《周禮‧考工記》、許氏《說文》、劉熙《釋名》	奐：《釋名》與毛《傳》、《說文》多不合，然可以討漢末說經家之沿流者此耳
袁清賀	字子姓，號蜨洲				因袁氏素富藏書，故蜨洲最多聞

楊　峴	字見山			《春秋》	1. 奐：學《春秋》者從《公羊》以知例；治《穀梁》以明禮。穀梁氏文句極簡，必得治禮數十年，用力既久，而後可發明其要義也 2. 奐於庚戌成《公羊逸禮》一卷，示見山，見山即於此中舉人
陳　倬	字培之			《文選》、古制	1. 作〈禘祫〉、〈宗廟〉、〈學校諸大典〉數篇
邱希濚	字湘帆				藏書富
費寶鍔	字禹三	蘇州府廩生			奐：學三家者不下數十百家，蓋三家者，兩漢習魯兼習齊，六朝以迄趙宋習韓，諸儒都從習尚
浦　照	字湘舟	為武世家，然獨尚文學			奐以茲錄，屬其清，寫俾得知學之門徑

附錄二：《毛詩說》「本字借字同訓說」一覽表

編號	本字	《經》文	借字	《經》文	釋義
1	義	〈大雅・文王〉「宣昭義問」、〈大雅・蕩〉「而秉義類」	儀	〈小雅・湛露〉「莫不令儀」、〈大雅・文王〉「儀刑文王」、〈周頌・我將〉「儀式刑文王之典」	善
2	仇	〈周南・兔罝〉「公侯好仇」、〈秦風・無衣〉「與子同仇」、〈小雅・賓之初筵〉「賓載手仇」、〈大雅・皇矣〉「詢爾仇方」	逑	〈周南・關雎〉「君子好逑」	匹
3	宴	〈邶風・谷風〉「宴爾新昏」、〈衛風・氓〉「總角之宴」、〈小雅・頍弁〉「君子維宴」	燕	〈邶風・新臺〉「燕婉之求」、〈小雅・鹿鳴〉「嘉賓式燕以敖」、「以燕樂嘉賓之心」、〈小雅・蓼蕭〉「燕笑語兮」、「孔燕豈弟」、〈小雅・六月〉「吉甫燕喜」、〈小雅・吉日〉「以燕天子」、〈小雅・北山〉「或燕燕居息」、〈大雅・文王有聲〉「以燕翼子」、〈大雅・韓奕〉「侯氏燕胥」、「韓姞燕譽」、「燕師所完」、〈周頌・雝〉「燕及皇天」	安
4	疧（痕）	〈小雅・無將大車〉「祇自疧兮」、〈小雅・白華〉「俾我疧兮」	祇（衹）	〈小雅・何人斯〉「俾我祇也」	病
5	痡	〈周南・卷耳〉「我僕痡矣」	鋪	〈小雅・雨無正〉「淪胥以鋪」、〈大雅・江漢〉「淮夷來鋪」	病
6	修		脩	〈秦風・無衣〉「脩我戈矛」、「脩我矛戟」、「脩我甲兵」、〈小雅・六月〉「四牡脩廣」、〈大雅・韓奕〉「孔脩且張」	長
7	壬	〈小雅・賓之初筵〉「有壬有林」	任	〈邶風・燕燕〉「仲氏任只」	大
8	京	〈鄘風・定之方中〉「景山與京」、〈曹風・下泉〉「念彼周京」、「念彼京周」、「念彼京師」、〈大	景	〈小雅・小明〉、〈大雅・既醉〉「介爾景福」、〈小雅・楚茨、大田〉、〈大雅・旱麓、行葦〉、〈周頌・潛〉「以介景福」、〈小雅・車舝〉「景行行止」、〈大雅・	大

─291─

		雅・文王〉「祼將于京」、〈大雅・大明〉「曰嬪于京」、「于周于京」、〈大雅・思齊〉「京室之婦」、〈大雅・皇矣〉「依其在京」、〈大雅・下武〉「王配于京」、〈大雅・文王有聲〉「鎬京辟廱」、「宅是鎬京」、〔註1〕〈大雅・公劉〉「乃覯于京」、「京師之野」、「于京斯依」、〈大雅・民勞〉「惠此京師」		既醉〉「景命有僕」、〈商頌・玄鳥〉「景員維河」	
9	嘏	〈小雅・賓之初筵〉「錫爾純嘏」、〈大雅・卷阿〉「純嘏爾常矣」、〈周頌・我將〉「伊嘏文王」、〈周頌・載見〉「俾緝熙于純嘏」、〈魯頌・閟宮〉「天錫公純嘏」	假	〈大雅・思齊〉「烈假不瑕」、〈商頌・那〉「湯孫奏假」、〈商頌・烈祖〉「鬷假無言」、「以假以享」、「來假來饗」、	大
10	嶭	〈商頌・長發〉「苞有三蘖」	肆	〈周南・汝墳〉「伐其條肄」	餘
11	遐	〈周南・汝墳〉「不我遐棄」、〈小雅・天保〉「降爾遐福」、〈小雅・白駒〉「而有遐心」、〈小雅・鴛鴦〉「宜其遐福」、〈小雅・隰桑〉「遐不謂矣」、〈大雅・棫樸、旱麓〉「遐不作人」、〈大雅・下武〉「不遐有佐」、〈大雅・抑〉「不遐有愆」	瑕	〈邶風・泉水、二子乘舟〉「不瑕有害」、〈大雅・思齊〉「烈假不瑕」	遠
12	遏	〈大雅・抑〉「用遏蠻方」	狄	〈大雅・瞻卬〉「舍爾介狄」、〈魯頌・泮水〉「狄彼東南」	遠
13	愒	〈小雅・菀柳〉「不尙愒焉」、〈大雅・民勞〉「汔可小愒」	墍	〈邶風・谷風〉「伊余來墍」、〈大雅・假樂、泂酌〉「民之攸墍」	息
14	誘	〈召南・野有死麕〉「吉士誘之」	牖	〈大雅・板〉「天之牖民」、「牖民孔易」	道
15	總	〈召南・羔羊〉「素絲五總」	襚	〈陳風・東門之枌〉「越以鬷邁」	數
16	悼	〈檜風・羔裘〉「中心是悼」	蹈	〈小雅・菀柳〉「上帝甚蹈」	動
17	訧	〈邶風・綠衣〉「俾無訧兮」	尤	〈鄘風・載馳〉「許人尤之」、「無我有尤」、〈小雅・四月〉「莫知其尤」	過
18	逝	〈邶風・日月〉「逝不古處」、「逝不相好」、〈小雅・何人斯〉：「胡逝我梁」、「胡逝我陳」、〈小雅・車舝〉「思孌季女逝兮」、〈大雅・公劉〉「逝彼百泉」	噬	〈唐風・有杕之杜〉「噬肯適我」、「噬肯來遊」	逮

〔註1〕 爲何此「京」作「京師」解，仍將其置於此，以爲有「大」義，詳參陳奐語。〔清〕陳奐：《詩毛氏傳疏》（臺北：臺灣學生書局，1986年10月，初版7刷），頁727。

19	皆	〈小雅・鴻鴈〉「百堵皆作」、〈大雅・緜〉「百堵皆興」	偕	〈邶風・撃鼓〉、〈鄭風・女曰雞鳴〉「與子偕老」、〈鄘風・君子偕老〉「君子偕老」、〈衛風・氓〉「及爾偕老」、〈鄭風・野有蔓草〉「與子偕臧」、〈魏風・陟岵〉「夙夜必偕」、〈秦風・無衣〉「與子偕作」、「與子偕行」、〈小雅・杕杜〉「卜筮偕止」、	俱
20	勩	〈小雅・雨無正〉「莫知我勩」	肄	〈邶風・谷風〉「既詒我肄」	勞
21	試	〈小雅・采芑〉「師干之試」、〈小雅・大東〉「百僚是試」、〈魯頌・閟宮〉「壽胥與試」	式	〈邶風・式微〉「式微式微」、〈小雅・鹿鳴〉「嘉賓式燕以敖」、〈小雅・南有嘉魚〉「嘉賓式燕以樂」、「嘉賓式燕以衎」、「嘉賓式燕綏之」、「嘉賓式燕又思」、〈小雅・斯干〉「式相好矣」、〈小雅・節南山〉「式夷式已」、「式月斯生」、「式訛爾心」、〈小雅・雨無正〉「庶曰式臧」、〈小雅・小宛〉「式穀似之」、〈小雅・小明〉「式穀以女」、〈小雅・車舝〉「式燕且喜」、「式燕且譽」、「式飲庶幾」、「式食庶幾」、「式歌且舞」、〈小雅・角弓〉「式居婁驕」、〈大雅・思齊〉「不聞亦式」、〈大雅・皇矣〉「憎其式廓」、〈大雅・民勞〉「式遏寇虐」、「而式弘大」、〈大雅・蕩〉「寇攘式內」、「式號式呼」、〈大雅・桑柔〉「作爲式穀」、〈大雅・崧高〉「式遄其行」、〈大雅・烝民〉「式遄其歸」、〈大雅・瞻卬〉「式救爾後」、〈周頌・我將〉「儀式刑文王之典」、〈周頌・時邁〉「式序在位」、〈魯頌・泮水〉：「式固爾猶」	用
22	單	〈小雅・天保〉「俾爾單厚」、〈周頌・昊天有成命〉「單厥心」	僤	〈大雅・桑柔〉「逢天僤〔註2〕怒」	厚
23	亟	〈邶風・北風〉「既亟只且」、〈豳風・七月〉「亟其乘屋」、〈小雅・何人斯〉「爾之亟行」、〈大雅・靈臺〉「經始勿亟」	棘	〈檜風・素冠〉「棘人欒欒兮」、〈小雅・采薇〉「玁狁孔棘」、〈小雅・出車〉「維其棘矣」、〈小雅・雨無正〉「孔棘且殆」、〈大雅・文王有聲〉「匪棘其欲」、〈大雅・抑〉「俾民大棘」、〈大雅・桑柔〉「孔棘我圉」、〈大雅・江漢〉「匪疚匪棘」	急
24	單	〈小雅・天保〉「俾爾單，〔註3〕厚」	亶	〈小雅・常棣〉「亶其然乎」、〈小雅・十月之交〉「亶侯多藏」	信

〔註2〕 〈桑柔〉《正義》及《潛夫論・愼徵篇》引《詩》作「亶」。《傳》據《爾雅》「亶」作兩訓。

〔註3〕 單有信、厚兩訓，皆亶之假借也。

25	賚	〈小雅·楚茨〉「徂賚孝孫」	釐	〈大雅·既醉〉「釐爾女士」、〈周頌·臣工〉「王釐爾成」	予
26	迪	〈大雅·桑柔〉「弗求弗迪」	軸	〈衛風·考槃〉「碩人之軸」	進
27	士	〈鄭風·褰裳〉「豈無他士」、〈齊風·園有桃〉「謂我士也驕」、「謂我士也罔極」、〈豳風·東山〉「勿士行枚」、〈小雅·北山〉「偕偕士于」、〈小雅·祈父〉「予王之爪士」、〈周頌·敬之〉「陟降厥士」、〈周頌·桓〉「保有厥士」	仕	〈小雅·節南山〉「則無膴仕」、〈小雅·四月〉「盡瘁以仕」、〈大雅·文王有聲〉「武王豈不仕」	事
28	殄	〈大雅·瞻卬〉「邦國殄瘁」	塡	〈小雅·小宛〉「哀我塡寡」	盡
29	應	〈大雅·下武〉「應侯順德」、〈周頌·賚〉「我應受之」	膺		當
30	謨	〈大雅·抑〉「訏謨定命」	莫	〈小雅·巧言〉「聖人莫之」	謀
31	賚	〈小雅·楚茨〉「徂賚孝孫」、〈商頌·烈祖〉「賚我思成」	釐	、〈大雅·江漢〉「釐〔註4〕爾圭瓚」	賜
32	彝	〈大雅·烝民〉「民之秉彝」	夷	〈大雅·皇矣〉「串夷載路」、〈大雅·瞻卬〉「靡有夷屆」、「靡有夷瘳」	常
33	勖	〈邶風·燕燕〉「以勖寡人」	茂	〈小雅·節南山〉「方茂爾惡」	勉
34	賁	〈小雅·白駒〉「賁然來思」	幩	〈衛風·碩人〉「朱幩鑣鑣」	飾
35	佸	〈王風·君子于役〉「曷其有佸」	括	〈小雅·車舝〉「德音來括」	會
36	俴	〈秦風·小戎〉「小戎俴收」、「俴駟孔羣」	踐	〈鄭風·東門之墠〉「有踐家室」	淺
37	燠	〈唐風·無衣〉「安且燠兮」	奧	〈小雅·小明〉「日月方奧」	煖
38	侑	〈小雅·楚茨〉「以妥以侑」	右	〈小雅·彤弓〉「一朝右之」	勸
39	義	〈大雅·蕩〉「不義從式」	儀	〈大雅·烝民〉「我儀圖之」	宜
40	訌	〈大雅·召旻〉「蟊賊內訌」	虹	〈大雅·抑〉「實虹小子」	潰

〔註4〕釐，賜也。予、賜義同。同注1，頁718。

附錄三：《毛詩說》「一義通訓說」一覽表

1 陟	卷耳	陟，升也	〈周南・卷耳〉「陟彼崔嵬」、〈周南・卷耳〉、〈小雅・車舝〉、〈大雅・皇矣〉「陟彼高岡」、〈周南・卷耳〉「陟彼砠矣」、〈召南・草蟲〉「陟彼南山」、〈鄘風・載馳〉「陟彼阿丘」、〈魏風・陟岵〉「陟彼岵矣」、「陟彼岡矣」、〈小雅・杕杜、北山〉「陟彼北山」、〈大雅・文王〉「文王陟降」、〈大雅・公劉〉「陟則在巘」、「迺陟南岡」、〈周頌・閔予小子〉「陟降庭止」、〈周頌・訪落〉「陟降厥家」、〈周頌・敬之〉「陟降厥士」、〈周頌・般〉「陟其高山」、〈商頌・殷武〉「陟彼景山」	凡陟訓同
2 尸	采蘋	尸，主也	〈召南・采蘋〉「誰其尸之」、〈小雅・楚茨〉「皇尸載起」、「鼓鍾送尸」、〈小雅・信南山〉「畀我尸賓」、〈大雅・既醉〉「公尸嘉告」、〈大雅・鳧鷖〉「公尸來燕來寧」、「公尸燕飲」、「公尸來燕來宜」、「公尸來燕來處」、「公尸來燕來宗」、「公尸來止熏熏」、〈大雅・板〉「善人載尸」	凡尸訓同
		尸，陳也	〈小雅・祈父〉「有母之尸饔」	
3 說	甘棠	說，舍也	〈召南・甘棠〉「召伯所說」、〈鄘風・定之方中〉「說于桑田」、〈衛風・碩人〉「說于農郊」、〈陳風・株林〉「說于株野」、〈曹風・蜉蝣〉「於我歸說」	凡說訓同
		說，數也	〈邶風・擊鼓〉「與子成說」	
		說，服也	〈召南・草蟲〉「我心則說」、〈小雅・都人士〉「我心不說」	
		說，赦也	〈邶風・靜女〉「說懌女美」、〈衛風・氓〉「猶可說也」、「不可說也」、〈小雅・頍弁〉「庶幾說懌」、〈大雅・瞻卬〉「女覆說之」	
4 音	日月	音，聲也	〈邶風・燕燕、雄雉〉「下上其音」、〈邶風・日月〉「德音無良」、〈邶風・凱風〉「載好其音」、〈邶風・谷風〉「德音莫違」、〈鄭風・有女同車〉「德音不忘」、〈鄭風・子衿〉「子寧不嗣音」、〈秦風・小戎〉「秩秩德音」、〈檜風・匪風〉「懷之好音」、〈豳風・鴟鴞〉「予維音嘵嘵」、〈豳風・狼跋〉「德音不瑕」、〈小雅・鹿鳴〉「德音孔昭」、〈小雅・南山有臺〉「德音不已」、「德音是茂」〈小雅・白駒〉「毋金玉爾音」、〈小雅・鼓鍾〉「笙磬同音」、〈小雅・車舝〉「德音來括」、〈小雅・隰桑〉「德音恐膠」、〈大雅・思齊〉「大姒嗣徽音」、〈大雅・皇矣〉「貊其德音」、〈大雅・假樂〉「德音秩秩」、〈大雅・卷阿〉「以矢其音」、〈魯頌・泮水〉「其音昭昭」、「懷我好音」	凡音訓同

5 旨	谷風	旨，美也	〈邶風・谷風〉「我有旨蓄」、〈陳風・防有鵲巢〉「邛有旨苕」、「邛有旨鷊」、〈小雅・鹿鳴〉「我有旨酒」、〈小雅・魚麗〉「君子有酒旨」、「且旨」、「物其旨矣」、〈小雅・正月〉「彼有旨酒」、〈小雅・甫田〉「嘗其旨否」、〈小雅・桑扈、周頌・絲衣〉「旨酒思柔」、〈小雅・頍弁〉「爾酒既旨」、〈小雅・車舝〉「雖無旨酒」、〈小雅・賓之初筵〉「酒既和旨」、〈大雅・鳧鷖〉「旨酒欣欣」、〈魯頌・泮水〉「既飲旨酒」	凡旨訓同
6 蓺	齊南山	蓺，樹也	〈齊風・南山〉「蓺麻如之何」、〈唐風・鴇羽〉「不能蓺稷黍」、「不能蓺黍稷」、「不能蓺稻粱」、〈小雅・楚茨〉「我蓺黍稷」、〈大雅・生民〉「蓺之荏菽」	凡蓺訓同
7 疆	七月	疆，竟也	〈豳風・七月、小雅・天保、南山有臺、楚茨、信南山、甫田〉「萬壽無疆」、〈大雅・假樂〉「受福無疆」、〈周頌・烈文〉「惠我無疆」、〈魯頌・駉〉「思無疆」、〈商頌・烈祖〉「申錫無疆」、「黃耉無疆」、「降福無疆」	凡疆訓同
		疆，畫經界也	〈小雅・信南山〉「我疆我理」、「疆場翼翼」、「疆場有瓜」、〈大雅・緜〉「迺疆迺理」、〈大雅・皇矣〉「侵自阮疆」、〈大雅・公劉〉「迺場迺疆」、〈大雅・崧高〉「徹申伯土疆」、〈大雅・江漢〉「徹我疆土」、「于疆于理」、〈周頌・思文〉「無此疆爾界」、〈商頌・長發〉「外大國是疆」	
8 庶	天保	庶，眾也	〈召南・摽有梅〉「求我庶士」、〈衛風・碩人〉「庶姜孽孽」、「庶士有朅」、〈齊風・雞鳴〉「無庶予子憎」、〈小雅・天保〉「以莫不庶」、〈小雅・節南山〉「庶民弗信」、〈小雅・小宛〉「庶民采之」、〈小雅・小明〉「我事孔庶」、〈大雅・靈臺〉「庶民攻之」、「庶民于來」、〈大雅・生民〉「庶無罪悔」、〈大雅・公劉〉「既庶既繁」、〈大雅・卷阿〉「媚于庶人」、「既庶且多」、〈大雅・抑〉「庶人之愚」、「庶民小子」、〈大雅・雲漢〉「鞫哉庶正」、「以戾庶正」、〈周頌・閟宮〉「宜大夫庶士」	凡庶訓同
		庶，羞也	〈小雅・楚茨〉「為豆孔庶」	
		庶，幸也	〈檜風・素冠〉「庶見素冠兮」、「庶見素衣兮」、「庶見素韠兮」、〈小雅・雨無正〉「庶曰式臧」、〈小雅・巧言〉「亂庶遄沮」、「亂庶遄已」、〈小雅・頍弁〉「庶幾說懌」、「庶幾有臧」、〈小雅・車舝〉「式飲庶幾」、「式食庶幾」、〈大雅・抑〉「庶無大悔」、〈大雅・江漢〉「王國庶定」、〈周頌・振鷺〉「庶幾夙夜」	
9 緐	正月	緐（繁），多也	〈小雅・正月〉「正月繁霜」、〈大雅・公劉〉「既庶既繁」、〈周頌・雝〉「介以繁祉」	凡緐訓同
10 戎	雨無正	戎，兵也	〈邶風・旄丘〉「狐裘蒙戎」、〈秦風・小戎〉「小戎俴收」、〈小雅・采薇〉「戎車既駕」、〈小雅・出車〉「薄伐西戎」、〈小雅・六月〉「戎車既飭」、「元戎十乘」、「戎車既安」、〈小雅・采芑〉「戎車嘽嘽」、〈小雅・雨無正〉「戎成不退」、〈大雅・抑〉「弓矢戎兵」、「用戒戎作」、〈大雅・韓奕〉「以佐戎辟」、〈大雅・常武〉「以修我戎」、〈魯頌・泮水〉「戎車孔博」、〈魯頌・閟宮〉「戎狄是膺」	凡戎訓同
		戎，大也	〈大雅・緜〉「戎醜攸行」、〈大雅・思齊〉「肆戎疾不殄」、〈大雅・民勞〉「戎雖小子」、〈大雅・崧高〉「戎有良翰」、〈大雅・烝民、韓奕〉「纘戎祖考」、〈大雅・江漢〉「肇敏戎公」、〈周頌・烈文〉「念茲戎功」	
		戎，相也	〈小雅・常棣〉「烝也無戎」	

| 11 予 | 小毖 | 予，我也 | 〈邶風‧谷風〉「比予于毒」、〈鄘風‧干旄〉「何以予之」、〈衛風‧河廣〉「跂予望之」、〈王風‧揚之水〉「曷月予還歸哉」、〈王風‧大車〉「謂予不信」、〈鄭風‧緇衣〉「敝予又改爲兮」、「還予授子之粲兮」、「敝予又改造兮」、「敝予又改作兮」、〈鄭風‧蘀兮〉「倡予和女」、「倡予要女」、〈鄭風‧丰〉「悔予不送兮」、「悔予不將兮」、「駕予與行」、「駕予與歸」、〈鄭風‧揚之水、小雅‧谷風〉「維予與女」、〈鄭風‧揚之水〉「維予二人」、〈齊風‧雞鳴〉「無庶予子憎」、〈魏風‧陟岵〉「父曰嗟予子行役」、「母曰嗟予季行役」、〈唐風‧葛生〉「予美亡此」、〈陳風‧墓門〉「訊予不顧」、「顛倒思予」、〈陳風‧防有鵲巢〉「誰侜予美」、〈豳風‧鴟鴞〉「或敢侮予」、「予手拮据」、「予所捋荼」、「予所蓄租」、「予口卒瘏」、「予羽譙譙」、「予尾翛翛」、「予室翹翹」、「予維音嘵嘵」、〈豳風‧鴟鴞、小雅‧雨無正〉「曰予未有室家」、〈小雅‧祈父〉「予王之爪牙」、「胡轉予于恤」、「予王之爪士」、〈小雅‧正月〉「具曰予聖」、「將伯助予」、〈小雅‧十月〉「曰予不戕」、〈小雅‧雨無正〉「維曰予仕」、〈小雅‧小弁〉「予之佗矣」、〈小雅‧巧言〉「予慎無罪」、「予慎無辜」、「予忖度之」、〈小雅‧谷風〉「女轉棄予」、「寘予于懷」、「棄予如遺」、〈小雅‧四月、大雅‧雲漢〉「胡寧忍予」、〈小雅‧采菽〉「何錫予之」、「雖無予之」、「又何予之」、「天子所予」、〈小雅‧菀柳〉「俾予靖之」、「後予極焉」、「後予邁焉」、「曷予靖之」、〈小雅‧采綠〉「予髮曲局」、〈大雅‧大明〉「維予侯興」、〈大雅‧緜〉「予曰有疏附」、「予曰有先後」、「予曰有奔奏」、「予曰有禦侮」、〈大雅‧皇矣〉「予懷明德」、〈大雅‧抑〉「莫予云覯」、〈大雅‧桑柔〉「予豈不知而作」、「反予來赫」、「雖曰匪予」、〈大雅‧江漢〉「無曰予小子」、〈大雅‧瞻卬〉「維予胥忌」、〈周頌‧雝〉「相予肆祀」、「綏予孝子」、〈周頌‧訪落〉「訪予落止」、「將予就之」、〈周頌‧小毖〉「予其懲」、「莫予荓蜂」、「予又集于蓼」、〈商頌‧那〉「顧予烝嘗」、〈商頌‧長發〉「降予卿士」、〈商頌‧殷武〉「勿予禍適」 | 凡予訓同 |

若夫寧，安；已，甚；寔，是；姑，且；既，已；克，能；洵，信；庶，幸；及，與；每，雖；矧，況；祇，適；胥，皆；云，言。

凡語詞之通訓，一見不復再見，則推類引申，皆可以得其條理矣。

主要參考書目

＊本書目但舉引用文獻，其餘不悉備錄

一、陳奐相關著作

1. 三百堂文集，〔清〕陳奐，收入趙詒琛、王大隆同輯：《乙亥叢編》，臺北：世界書局，1976 年 12 月，初版。
2. 師友淵源記，〔清〕陳奐，收入周駿富輯：《清代傳記叢刊》，臺北：明文書局1985 年，初版。
3. 詩毛氏傳疏（附毛詩音、毛詩說、毛詩傳義類、鄭氏箋攷徵），〔清〕陳奐，臺北：臺灣學生書局，1986 年 10 月，初版 7 刷。

二、專　書

（一）經　部

1. 周易注疏，〔魏〕王弼、〔晉〕韓康伯注，〔唐〕孔穎達疏，臺中：藍燈文化事業公司，影印嘉慶二十年，江西南昌府學開雕阮元重刊宋本《十三經注疏》本《周易注疏附校勘記》。
2. 毛詩注疏，〔漢〕毛亨傳、〔漢〕鄭玄箋，〔唐〕孔穎達疏，臺中：藍燈文化事業公司，影印嘉慶二十年，江西南昌府學開雕阮元重刊宋本《十三經注疏》本《毛詩注疏附校勘記》。
3. 毛詩草木鳥獸蟲魚疏，〔三國〕陸璣，景印文淵閣四庫全書，臺北：臺灣商務印書館，1983 年，初版。
4. 詩集傳，〔宋〕朱熹，臺北：學海出版社公司，埽葉山房藏本，2004 年 9 月，1版。
5. 詩傳遺說，〔宋〕朱鑑，通志堂經解，揚州：江蘇廣陵古籍印刻社，1996 年。
6. 毛詩古音考，〔明〕陳第，臺北：廣文書局，1996 年 1 月，初版。
7. 詩經世本古義，〔明〕何楷，景印文淵閣四庫全書，臺北：臺灣商務印書館，1983 年，初版。

8. 詩經通論，〔清〕姚際恆，臺北：廣文書局，1961 年 10 月，初版。

9. 毛詩後箋，〔清〕胡承珙，皇清經解續編，臺北：復興書局，1972 年。

10. 毛詩傳箋通釋，〔清〕馬瑞辰，宋元明清十三經注疏匯要，北京：中共中央黨校出版社，1996 年。

11. 詩古微，〔清〕魏源，續修四庫全書，上海：上海古籍出版社，2003 年，第 1 版。

12. 詩三家義集疏，〔清〕王先謙，臺北：明文書局，1988 年 10 月 10 日，初版。

13. 詩毛氏學，〔清〕馬其昶，臺北：廣文書局，1982 年 8 月，初版。

14. 詩經釋義，屈萬里，臺北：中國文化大學出版部，1988 年 5 月，3 版。

15. 詩經評註讀本，裴普賢，臺北：三民書局股份有限公司，1998 年 2 月。

16. 詩經評釋，朱守亮，臺北：臺灣學生書局，1984 年 10 月，初版。

17. 敦煌詩經卷子研究論文集，潘重規，香港：新亞研究所，1970 年 9 月 1 日，初版。

18. 詩序新考，程師元敏，臺北：五南圖書出版股份有限公司，2005 年 1 月，初版 1 刷。

19. 詩經語文論集，向熹，成都：四川民族出版社，2002 年 7 月，1 版 1 刷。

20. 詩經的歷史公案，李家樹，臺北：大安出版社，1990 年 11 月，1 版 1 刷。

21. 中國歷代詩經學，林葉連，臺北：臺灣學生書局，1995 年 8 月，初版 2 刷。

22. 詩經研究史，戴維，長沙：湖南教育出版社，2001 年 9 月，1 版 1 刷。

23. 詩經學史，洪湛侯，北京：中華書局，2002 年 5 月，1 版 1 刷。

24. 周禮注疏，〔漢〕鄭玄注，〔唐〕賈公彥疏，臺中：藍燈文化事業公司，影印嘉慶二十年，江西南昌府學開雕阮元重刊宋本《十三經注疏》本《周禮注疏附校勘記》。

25. 周禮正義，〔清〕孫詒讓，國學基本叢書四百科，臺北：商務印書館，1967 年 3 月，臺 1 版。

26. 周禮正義，〔清〕孫詒讓撰，王錦文等點校，北京：中華書局，1987 年 12 月。

27. 禮記注疏，〔漢〕鄭玄注，〔唐〕孔穎達疏，臺中：藍燈文化事業公司，影印嘉慶二十年，江西南昌府學開雕阮元重刊宋本《十三經注疏》本《禮記注疏附校勘記》。

28. 左傳注疏，〔晉〕杜預注，〔唐〕孔穎達疏，臺中：藍燈文化事業公司，影印嘉慶二十年，江西南昌府學開雕阮元重刊宋本《十三經注疏》本《左傳注疏附校勘記》。

29. 春秋穀梁注疏，〔晉〕范甯集解，〔唐〕楊士勛疏臺中：藍燈文化事業公司，影印嘉慶二十年，江西南昌府學開雕阮元重刊宋本《十三經注疏》本《春秋穀梁注疏附校勘記》。

30. 春秋左傳注，楊伯峻，臺北：源流出版社，1982 年 4 月，再版。

31. 清代漢學與左傳學一從「古義」到「新疏」的脈絡，張素卿，臺北：里仁書局，2007 年 3 月 15 日，初版。

32. 爾雅注疏，〔晉〕郭璞注，〔宋〕邢昺疏，臺中：藍燈文化事業公司，影印嘉慶二十年，江西南昌府學開雕阮元重刊宋本《十三經注疏》本《爾雅注疏附校勘記》。

33. 爾雅義疏，〔清〕郝懿行，臺北：漢京文化事業有限公司，1985 年 9 月 30 日。

34. 小爾雅今注，楊琳，上海：漢語大辭典出版社，2002 年 9 月，1 版 1 刷。

35. 經典釋文，〔唐〕陸德明撰，四部叢刊正編本，臺北：臺灣商務印書館。

36. 經義述聞，〔清〕王引之，臺北：臺灣商務印書館股份有限公司 1979 年 1 月，臺 1 版。

37. 群經平議，〔清〕俞樾，春在堂全書，臺北：中國文獻社，1968 年。

38. 經學通論，〔清〕皮錫瑞，臺北：河洛圖書出版社，1974 年 12 月，臺影印初版。

39. 經今古文學，周予同，臺北：臺灣商務印書館，1967 年 3 月，臺 1 版。

（二）小　學

1. 說文解字注箋，〔五代〕徐灝，續修四庫全書，上海：上海古籍出版社，2003 年，第 1 版。

2. 說文解字注，〔清〕段玉裁，臺北：黎明文化事業股份有限公司，1996 年 9 月，12 刷。

3. 說文通訓定聲，〔清〕朱駿聲，臺北：藝文印書館，1975 年 8 月，3 版。

4. 說文校議，〔清〕姚文田、嚴可均，臺北：廣文書局，1972 年 11 月，初版。

5. 說文釋例，〔清〕王筠，北京：中華書局，1987 年 12 月 9 日，1 版 1 刷。

6. 中國文字學（定本），龍宇純，臺北：五四書局，2001 年 9 月，再版 2 刷。

7. 音學五書，〔清〕顧炎武，1882〔光緒 8 年〕。

8. 聲韻考，〔清〕戴震，貸園叢書（4），百部叢書集成（551），臺北：藝文印書館，1996 年。

9. 江氏音學十書，〔清〕江有誥，臺北：藝文印書館。

10. 古韻標準，〔清〕江永，貸園叢書（3），百部叢書集成（550）。

11. 四聲切韻表，〔清〕江永，續修四庫全書。

12. 詩古韻表二十二部集說，〔清〕夏炘，續修四庫全書。

13. 聲韻學，竺家寧，臺北：五南圖書出版有限公司，1991 年 7 月，初版 1 刷。

14. 清代上古聲紐研究史論，李葆嘉，臺北：五南圖書出版有限公司，1996 年 6 月，初版 1 刷。

15. 通雅，〔明〕方以智，景印文淵閣四庫全書，臺北：臺灣商務印書館，1986 年。

16. 廣雅疏證，〔清〕王念孫，南京：江蘇古籍出版社，2000 年 9 月，1 版 1 刷。

17. 助字辨略，〔清〕劉淇，助字辨略等六種，臺北：世界書局，1974 年 5 月，再版。

18. 虛字說，〔清〕袁仁林著、解惠全注，北京：中華書局，2004 年 7 月，2 版 2刷。

19. 經傳釋詞/補/再補，〔清〕王引之撰，孫經世補，臺北：漢京文化事業有限公司，1983 年 4 月 5 日。

20. 詞詮，楊樹達，北京：中華書局，2004 年 7 月，3 版 14 刷。

21. 古書虛字集釋，裴學海，臺北：漢京文化公司，1983 年。

22. 文言實詞知識（修訂本），王政白，合肥：安徽教育出版社，1990 年 11 月，1版 3 刷。

23. 古書疑義舉例，〔清〕俞樾，古書疑義舉例等七種，臺北：世界書局，1992 年5 月，3 版。

24. 古書句讀釋例，楊樹達，古書疑義舉例等七種，臺北：世界書局，1992 年 5 月，3 版。

25. 馬氏文通，馬建忠，上海：商務印書館，1935 年 4 月，3 版。

26. 馬氏文通讀本，呂叔湘、王海棻，上海：上海教育出版社，2001 年 7 月，2 版 1刷。

27. 中國語法理論，王力，臺北：商務印書館，1977 年 3 月，臺 1 版。

28. 漢語語法史，王力，北京：商務印書館，2003 年 6 月，1 版 3 刷。

29. 中國語歷史文法，日・太田辰夫著、蔣紹愚等譯，北京：北京大學出版社，2003年 11 月，2 版 1 刷。

30. 漢語歷史語法要略，孫錫信，上海：復旦大學出版社，1992 年 12 月，1 版 1 刷。

31. 文字聲韻訓詁筆記，黃侃述、黃焯編，上海：上海古籍出版社，1986 年 8 月，1版 2 刷。

32. 同源字典，王力，北京：商務印書館，2002 年 11 月，1 版 6 刷。

33. 古字通假會典，高亨，濟南：齊魯書社，1997 年 7 月 1 版 2 刷。

34. 訓詁學原理，王寧，北京：中國國際廣播出版社，1997 年 4 月，2 版 2 刷。

35. 訓詁學初稿，周大璞，武昌：武漢大學出版社，2005 年 6 月，修訂版 8 刷。

36. 訓詁原理，孫雍長，北京：語文出版社，1997 年 12 月，1 版 1 刷。

37. 訓詁學概論，齊珮瑢，北京：中華書局，2004 年 7 月，1 版 1 刷。

38. 音韻訓詁研究，吳慶峰，濟南：齊魯書社，2002 年 10 月，1 版 1 刷。

39. 校勘學釋例，陳垣，北京：中華書局，2004 年 7 月，1 版 1 刷。

（三）史　部

1. 新校史記三家注，〔漢〕司馬遷著，楊家駱主編，臺北：鼎文書局，1999 年 6月，11 版。

2. 漢書，〔漢〕班固撰，〔唐〕顏師古注，臺北：洪氏出版社，1975年，3版。

3. 新校本晉書并附編六種，〔唐〕房玄齡撰，楊家駱主編，臺北：鼎文書局，1976年。

4. 隋書，〔唐〕魏徵撰，藝文印書館輯，臺北：臺灣開明書局，1962年。

5. 後漢書，〔宋〕范曄撰，〔唐〕李賢注，臺北：洪氏出版社出版，1975年，3版。

6. 新唐書，〔宋〕歐陽修、〔宋〕祁等編撰，臺北：洪氏出版社，1977年。

7. 清史稿，〔清〕趙爾巽等纂，臺北：洪氏出版社，1981年8月1日。

8. 清代通史，蕭一山，臺北：臺灣商務印書館，1985年，修訂本臺6版。

9. 清代樸學大師列傳，〔清〕支偉成，臺北：藝文印書館，1970年10月，初版。

10. 國朝耆獻類徵初編，〔清〕李桓輯，清代傳記叢刊，臺北：明文書局，1985年，初版。

11. 國朝書人輯略，〔清〕震鈞輯，清代傳記叢刊，臺北：明文書局，1985年，初版。

12. 續碑傳集，〔清〕繆荃孫，清代傳記叢刊，臺北：明文書局，1985年，初版。

13. 古本竹書紀年輯校，王國維輯校，臺北：藝文印書館，1958年。

14. 今本竹書紀年疏證，王國維，臺北：藝文印書館，1958年。

15. 中華六十名家言行錄，吉川幸次郎，東京：株式會社弘文堂，昭和23年11月3日，再版。

16. 四庫全書總目提要，臺北：中華書局，1997年9月，初版7刷。

17. 古籍舉要，錢基博，臺北：世界書局，1993年。。

（四）子　部

1. 朱子語類，〔宋〕朱熹著、黎靖德編輯，京都：中文出版社，1984年3月，3版。

2. 段玉裁遺書，〔清〕段玉裁，臺北：大化書局，1977年，再版。

3. 讀書雜誌，〔清〕王念孫，臺北：臺灣商務印書館，1978年12月，臺1版。

4. 墨子閒詁，〔清〕孫詒讓，高雄：復文圖書出版社，1985年10月，初版。

5. 香草校書，〔清〕于鬯，北京：中華書局，1984年8月，1版1刷。

6. 韓非子集解，〔清〕王先慎，臺北：臺灣商務印書館，1974年8月，臺3版。

7. 中國近三百年學術史，〔清〕梁啓超，北京：東方出版社，1996年3月1版1刷。

8. 清代學術概論，〔清〕梁啓超，臺北：里仁書局，1995年2月，初版。

9. 呂氏春秋新校釋，陳奇猷校釋，上海：上海古籍出版社，2002年，1版。

10. 梅園論學續集，戴君仁，戴靜山先生全集，臺北：戴靜山先生遺著編輯委員會，

1980 年 9 月，初版。

（五）集　部

1. 潛研堂文集，〔清〕錢大昕，嘉定錢大昕全集，南京：江蘇古籍出版社，1997 年，1 版。

2. 經韻樓集，〔清〕段玉裁，續修四庫全書，上海：上海古籍出版社，2003 年，第 1 版。

3. 王石臞先生遺文，〔清〕王念孫，續修四庫全書，上海：上海古籍出版社，2003 年，第 1 版。

4. 夢陔堂文集，〔清〕黃承吉，臺北：文海出版社，1967 年 5 月，臺初版。

5. 求是堂文集，〔清〕胡承珙，續修四庫全書，上海：上海古籍出版社，2003 年，第 1 版。

6. 研六室文鈔，〔清〕胡培翬，續修四庫全書，上海：上海古籍出版社，2003 年，第 1 版。

7. 曾文正公全集，〔清〕曾國藩，上海：世界書局，1937 年。

8. 羅雪堂先生全集，〔清〕羅振玉，臺北：大通出版社，1976 年。

9. 國故論衡，〔清〕章太炎，臺北：廣文書局，1973 年 6 月，3 版。

10. 胡適全集，胡適，合肥：安徽教育出版社，2003 年 9 月。

11. 榆枋齋學術論集，虞萬里，南京：江蘇古籍出版社，2001 年。

12. 陳奐研究論集，林慶彰、楊晉龍主編，臺北：中研院文哲所 2002 年 3 月初版 2 刷。

三、學位論文

1. 清儒以《說文》釋《詩》之研究：以段玉裁、馬瑞辰、陳奐之著作為依據，陳智賢，博士論文，國立政治大學中國文學系，1996 年。

2. 戴震、段玉裁、陳奐〈周南〉、〈召南〉論述辨異，張政偉，碩士論文，暨南大學中國文學系，2001 年。

3. 胡承珙、馬瑞辰、陳奐三家詩經學研究，邱惠芬，博士論文，國立臺灣師範大學國文研究所，2002 年。

4. 陳奐《詩毛氏傳疏》淺析，蘇瑞琴，碩士論文，陝西師範大學，2005 年。

5. 陳奐交遊研究，柳向春，博士論文，復旦大學，2005 年。

四、單篇論文

1. 詩卷耳芣苢「采采」說，丁聲樹，收入國立北京大學四十周年紀念論文集乙編，北京：國立北京大學出版社，1940 年 1 月 20 日。

2. 詩序辨，王禮卿，收入詩經研究論集，臺北：黎明文化事業股份有限公司，1982

年 10 月，再版。

3. 當今「聯綿字」：傳統名稱的挪用，陳瑞衡，中國語文，1989 年，第 4 期。

4. 《廣雅‧釋詁疏證》以聲音通訓詁發覆，崔樞華，北京師範大學學報（社科版），1991 年，第 6 期。

5. 朱右曾「汲冢紀年存眞」與王國維「古本竹書紀年輯校」之比較，洪師國樑，收入第二屆清代學術研討會論文集，高雄：中山大學中文系，1991 年。

6. 論清以來聯綿字觀念遞變，姚淦銘，語言文字學，1991 年 1 月。

7. 訓詁學中的假借說，周何，收入訓詁論叢，臺北：文史哲出版社，1997 年，初版，第 3 輯。

8. 歷代聯綿字研究，劉福根，語文研究，1997 年，第 2 期。

9. 略論呂思勉的假借理論，杜朝輝，培訓與研究—湖北教育學院學報，2000 年 1 月，第 17 卷，第 1 期。

10. 胡承珙與陳奐《詩》訓異同，郭全芝，收入林慶彰主編：經學研究論叢，第 8 輯，臺北：臺灣學生書局，2000 年 9 月，初版。

11. 王叔岷先生《古籍虛字廣義》對《經傳釋詞》—系虛字研究著述的繼承和發展，洪師國樑，收入王叔岷先生學術成就與薪傳研討會論文集，臺北：臺灣大學中國文學系，2001 年 8 月。

12. 清代中葉《毛詩》學三大家解經之歧異—以對〈詩序〉、《毛傳》、《鄭箋》的依違爲考察基點，黃忠慎，國文學誌，第 6 期，彰化師範大學國文系，2002 年 12 月。

13. 古漢語虛詞研究平議，郭錫良，收入古今通塞：漢語的歷史與發展，臺北：中央研究院語言學研究所籌備處，2003 年 6 月。

14. 陳奐之「假借」說試探，林慧修，世新中文研究集刊，第 2 期，2006 年 5 月。

15. 陳奐《詩毛氏傳疏》之解經立場與原則—由胡承珙、馬瑞辰、陳啓源、陳奐說《詩》之比較談起，洪文婷，中國文學研究，第 22 期，2006 年，6 月。